Dieter Heymann
Im Dunkel des Roten Felsens

Dieter Heymann
Im Dunkel des Roten Felsens
Historischer Roman

© 2024 Dieter Heymann
Verlag: BoD · Books on Demand GmbH,
In de Tarpen 42, 22848 Norderstedt
Druck: Libri Plureos GmbH, Friedensallee 273,
22763 Hamburg
ISBN: 978-3-7693-1280-5

Das Buch

Während der Krieg im Spätsommer des Jahres 1944 an allen Fronten erbarmungslos tobt, wird der junge Gendarm Hans Plöger auf die Insel Helgoland versetzt. Dort herrscht aufgrund der ständigen Bedrohung durch die alliierten Luftstreitkräfte eine nervöse Anspannung unter den Bewohnern. Einzig das tief in den Felsen getriebene Bunkersystem bietet den Menschen Schutz vor den ständigen Attacken des Feindes. Durch Zufall lernt Hans schon bald die Prostituierte Agnes kennen, in die er sich verliebt. Als er nach dem grausamen Mord an einem Mitglied der Ortsgruppenleitung der NSDAP den Schuldigen zu ermitteln versucht, muss er rasch erkennen, dass er auf sich alleine gestellt ist. Abgesehen von seiner Vermieterin erfährt er einzig von seiner Geliebten Unterstützung, die sich dadurch jedoch selbst in höchste Gefahr begibt. Vor dem Hintergrund der dramatischen Kriegsereignisse im Frühjahr 1945 nimmt der Fall urplötzlich eine ungeahnte Wendung.

Der Autor

Dieter Heymann wurde 1968 in Spelle (Kreis Emsland) geboren und wuchs in Rheine auf, wo er auch heute lebt. Nach dem Abitur kam er in die öffentliche Verwaltung, in der er noch immer tätig ist. Neben Schwimmen und Radfahren liest er gerne Spannendes und engagiert sich in der Vorstandsarbeit seines Schützenvereins. Im Jahr 2020 veröffentlichte er mit „Tod eines SA-Mannes" sein erstes Buch, das zugleich der Auftakt zu einer Reihe von historischen Kriminalromanen aus dem Münsterland der 1930er-Jahre war. Mittlerweile liegt der vierte Band dieser Serie vor.

Auf den Nordseeinseln ist er häufig zu Gast. „Das Sterben auf Neuwerk" und „Die Vergeltung auf Neuwerk" waren die ersten Inselkrimis des Autors mit dem Hamburger Hauptkommissar Richard Bruns als Protagonisten. Bei einer Bunkerführung kam ihm die Idee, Helgoland für einen historischen Roman zu nutzen, der in der Kriegszeit spielt.

Weitere Informationen gibt es auf der Facebook-Seite „Dieter Heymann (Autor)".

Für die vielen Menschen aller Länder, die während der nationalsozialistischen Schreckensherrschaft ihr Leben auf Helgoland verloren.

Bis auf wenige Ausnahmen sind sämtliche Personen sowie die Handlung dieses Romans frei erfunden. Auf den Anhang sei verwiesen.

Das Meer mag wütend wallen,
mag auch der Fels hinfallen,
die Gnade Gottes wanket nicht,
das bleibt meine Zuversicht.

Inschrift auf einer Bank in der beim Bombenangriff am 18. April 1945 zerstörten Kirche St. Nicolai auf Helgoland

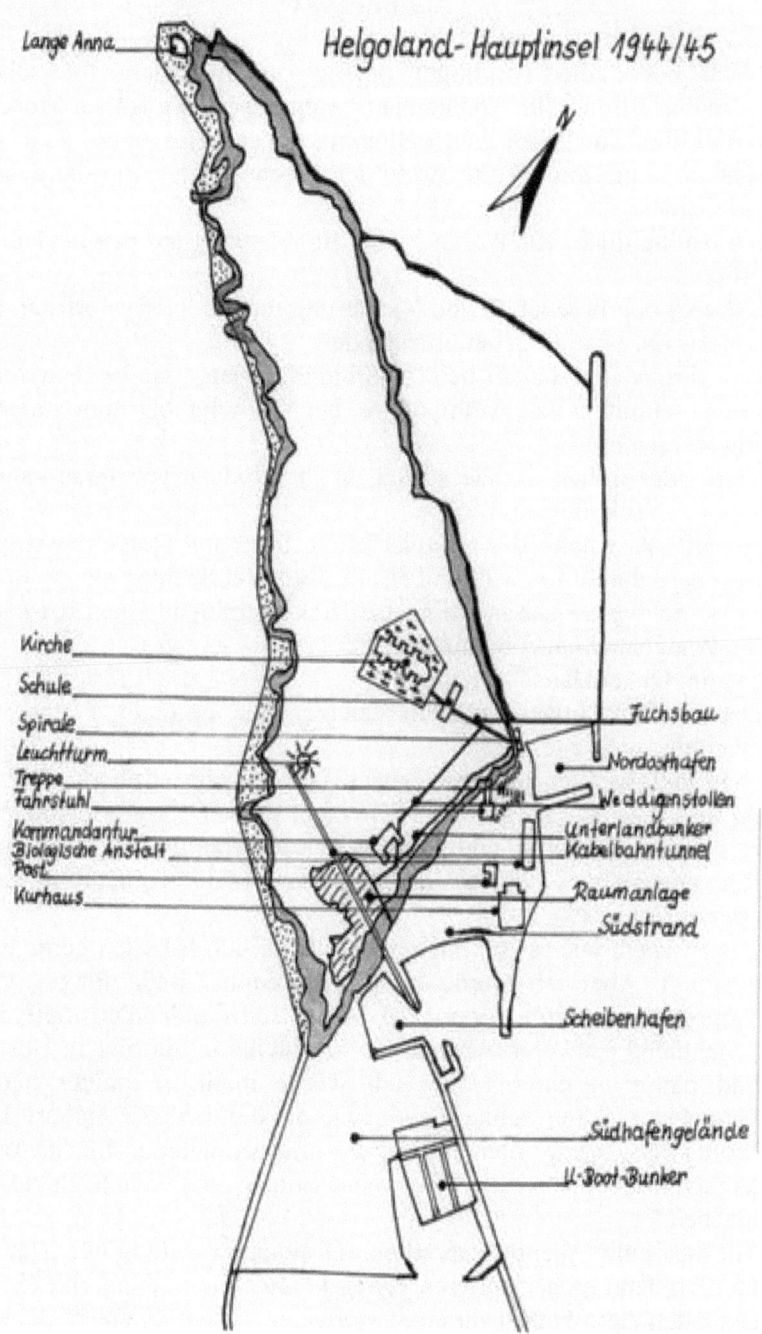

Helgoland-Hauptinsel 1944/45

Lange Anna

Kirche
Schule
Spirale
Leuchtturm
Treppe
Fahrstuhl
Kommandantur
Biologische Anstalt
Post
Kurhaus

Fuchsbau
Nordosthafen
Weddigenstollen
Unterlandbunker
Kabelbahntunnel
Raumanlage
Südstrand

Scheibenhafen

Südhafengelände
U-Boot-Bunker

9

Büsum 1984

Noch bevor die Türklingel betätigt wurde, nahm ich schon Cornelias Stimme im Treppenhaus wahr. Selbst am frühen Morgen schien ihre immerfort gute Laune ansteckend zu wirken, denn als Reaktion auf ihre Worte hörte ich ihren Bruder Burkhard laut auflachen.

Ich beeilte mich, zur Wohnungstür zu gelangen, um den beiden zu öffnen.

„Moin", begrüßte ich meine Nichte und meinen Neffen erfreut, als wir uns kurz darauf gegenüberstanden.

Wie ihre Mutter hatten beide hellblondes Haar, das bei Burkhard kurzgeschnitten war, während es bei Cornelia bis zum unteren Rücken reichte.

„Trotz der frühen Stunde strotzt ihr ja geradezu vor Tatendrang", stellte ich schmunzelnd fest.

„Moin! Wo steht das Klavier? Ich trag die Noten", witzelte Burkhard daraufhin, während er mir die Hand reichte.

Seine Schwester gab mir hingegen freudestrahlend einen Kuss auf die Wange und hauchte mir ins Ohr:

„Moin, Onkel Hans."

Danach betrachtete sie mich genauer und erkundigte sich mit zweifelnder Miene:

„Sag mal, hast du dir deine Entscheidung auch gut überlegt? Fällt dir der Abschied aus diesem Haus nicht schwer? Immerhin hast du hier beinahe dreißig Jahre gelebt. Diese Wohnung ist doch dein Rückzugsort gewesen, wo du dich immer sehr wohlgefühlt hast, oder etwa nicht?"

„Es ist eben, wie es ist", lachte ich. „Natürlich habe ich gerne hier gewohnt. Aber ich werde leider nun einmal nicht jünger. Das Treppensteigen fällt mir in den Jahren seit meiner Pensionierung zunehmend schwerer. Aber immerhin bleibe ich ja hier in Büsum und damit in eurer Nähe. Ich werde mich in meiner neuen Umgebung schon schnell einleben, da bin ich mir sicher! Die Wohnung ist vor allem ebenerdig und erleichtert mir dadurch Vieles. Du brauchst dir also keine Sorgen um deinen Onkel zu machen."

Sie warf einen skeptischen Blick auf meinen rechten Fuß. „Hättest du dich denn nicht operieren lassen können? Ich meine, mit einem gesunden Bein hättest du doch vielleicht ... und gerade in deinem

Beruf als Polizist sollte man doch ..."

Ich nahm sie liebevoll in den Arm und entgegnete:
„Weißt du, Conny, es gibt Wichtigeres im Leben als einen formvollendeten Körper. Ich bin stets gut zurechtgekommen und habe mich nie über mein Schicksal beschwert. Und was mein Berufsleben angeht, so hat man immer Rücksicht auf mich genommen und mich aufgrund meiner Behinderung all die Jahre seit dem Krieg im Innendienst eingesetzt. Dort war meine Behinderung nie ein Problem. Du siehst also, es gab aus meiner Sicht nie einen Grund zur Klage."

Burkhard war unterdessen längst ins Wohnzimmer geeilt. Seine Stimme beendete unseren kleinen Plausch. „Womit sollen wir anfangen, Onkel Hans? Wie wäre es, wenn wir zunächst die Gläser aus dem Schrank räumen?"

„Einverstanden", rief ich zurück. „Aber bevor wir anfangen, kommt bitte erst einmal in die Küche. Wenn mir meine Lieblingsnichte und mein Lieblingsneffe schon beim Umzug helfen, muss ich ihnen doch wenigstens ein ordentliches Frühstück vorsetzen!"

Cornelia war 21 Jahre alt, ihr Bruder Burkhard zwei Jahre älter. Beide waren Kinder meines jüngsten Bruders Paul, den es nach dem Krieg beruflich ebenso wie mich an die Westküste Schleswig-Holsteins in die kleine Gemeinde Büsum verschlagen hatte.

Paul war neben meiner Schwester Hedwig der einzige unter uns Geschwistern, der mir geblieben war. Unsere drei älteren Brüder Wilhelm, Karl und Josef waren im Krieg gefallen. Auch unsere Eltern waren schon vor vielen Jahren verstorben.

Hedwig hatte als zweitjüngstes Kind das Haus unserer Eltern in Ellerhoop nach deren Tod übernommen, später ihre Jugendliebe geheiratet und mit ihrem Ehemann drei Kinder bekommen. Paul und ich hatten zwar immer versucht, den Kontakt zu ihr und ihrer Familie nicht abreißen zu lassen, doch als die Kinder älter wurden, hatte irgendwann die Realität Einzug gehalten. Aufgrund der nicht unbedeutenden Entfernung von annähernd einhundert Kilometern zwischen Büsum und unserer alten Heimat beschränkten sich die gegenseitigen Besuche schon seit Langem auf die Ostertage, Weihnachten und runde Geburtstage innerhalb der Familie.

Umso herzlicher war mein Verhältnis zu Cornelia und Burkhard. Ich liebte die beiden wie meine eigenen Kinder, die mir das Leben verwehrt hatte. Aus diesem Grund war es für die beiden auch eine

Selbstverständlichkeit, mich bei meinem anstehenden Umzug zu unterstützen, wofür ich ihnen sehr dankbar war.

„Mensch, Onkel Hans, wie lange legst du schon die alten Zeitungen zurück? Die reichen ja für drei Umzüge", grinste Burkhard mit Blick auf den zugegebenermaßen recht beachtlichen Stapel Altpapier.

Mit der tatkräftigen Unterstützung seiner Schwester hatte er nach dem Frühstück damit begonnen, die Gläser aus dem Wohnzimmerschrank in Papier einzuwickeln, um sie anschließend vorsichtig in einem Umzugskarton zu verstauen.

„Da sieht man mal wieder, wie weit ihr Männer denkt", neckte Cornelia ihn. „Das Geschirr in der Küche scheinst du nämlich völlig vergessen zu haben!"

Burkhard musste laut lachen.

„Dass ihr Frauen aber auch immer das letzte Wort haben müsst ...", wehrte er sich mit gespieltem Ernst, während er gleichzeitig das letzte Weinglas in Papier einschlug.

„Wo wir recht haben, haben wir nun einmal recht", entgegnete Cornelia schmunzelnd und sah mich danach fragend an. „Ich würde sagen, als Nächstes nehmen wir uns die Bücher aus dem Schrank vor, oder was meinst du, Onkel Hans?"

„In Ordnung", erwiderte ich und griff schon nach einem Karton, um ihn für meine Nichte bereitzustellen.

In jungen Jahren hatte ich mir sehr viel aus Büchern gemacht. Schon während des Krieges hatte dieses Interesse jedoch stark nachgelassen. Später, nachdem ich nach Büsum gezogen war, hatte ich nur noch hin und wieder einen Roman zu lesen begonnen, um ihn in den meisten Fällen bereits nach wenigen Seiten zurück in den Schrank zu stellen. Aus diesem erstorbenen Interesse an der Literatur heraus hatte ich vermutlich das oberste Fach des Möbelteils als Stellfläche für die wenigen Druckerzeugnisse gewählt, die sich noch in meinem Besitz befanden.

Burkhard musste sich sehr strecken, um nach den Büchern greifen zu können.

„Warte, ich hole besser eine Trittleiter", warnte ich ihn noch, als ihm auch schon die ersten Bände entgegengeflogen kamen und zu Boden fielen, weil er sie nicht richtig zu fassen bekommen hatte.

„Du bist einfach zu ungestüm, Bruderherz", stichelte Cornelia, die sofort in die Hocke ging, um die heruntergefallenen Bücher aufzuheben.

Doch der Anblick eines Fotos, das beim Sturz aus einer alten Schreibkladde herausgerutscht und dadurch etwa zur Hälfte sichtbar geworden war, ließ sie in ihren Bewegungen innehalten. „Nanu, wer ist denn diese Frau?", fragte sie erstaunt und sah dabei zu mir auf.

Daraufhin setzte ich rasch meine Brille auf, die ich stets in einem Etui in der Brusttasche meines Hemdes mit mir führte.

Meine Nichte hatte währenddessen die Zeit genutzt, um das Bild vollständig aus der Kladde zu ziehen, welches sie einige Sekunden lang fasziniert betrachtete, um es mir anschließend mit den Worten zu überreichen:

„Der junge Mann neben dieser Frau ... das bist doch du, Onkel Hans, oder etwa nicht?"

Jetzt war auch Burkhards Interesse geweckt. Angestrengt versuchte er einen Blick auf die ziemlich vergilbte Schwarzweiß-Fotografie zu erhaschen, die ich mit zitternden Händen entgegengenommen hatte.

Mein Pulsschlag erhöhte sich schlagartig, als ich innerlich widerstrebend einen Blick auf die beiden Personen warf, die auf dem Abzug abgebildet waren. Sie standen in der Abenddämmerung eng beieinander. Die Frau war in einen Mantel gehüllt, hatte sich bei ihrem Begleiter untergehakt und lächelte fröhlich in die Kamera, während der Wind durch ihre blonden, schulterlangen Haare wehte und ihre Frisur durcheinanderbrachte. Ihr Begleiter trug einen Tschako auf dem Kopf, unter dem seine dunklen Haare hervorlugten, und den dazu passenden Uniformrock. Er hielt stolz ihren Arm und hatte dabei ebenfalls ein strahlendes Lächeln aufgesetzt. Das Glück dieser beiden jungen Menschen war förmlich mit den Händen zu greifen. Im Hintergrund war das offene Meer zu erkennen, dessen Wellen sich bedenklich hoch auftürmten.

Beim Betrachten der Fotografie waren innerhalb von Sekundenbruchteilen die Erinnerungen an die schönsten Momente, zugleich aber auch an die schlimmsten Erfahrungen meines Lebens wieder vor meinem geistigen Auge präsent. Längst vergessen geglaubte und teilweise auch krampfhaft aus meinem Gedächtnis verdrängte Bilder tauchten unvermittelt wieder auf.

Ich merkte, wie meine Augen wässrig wurden und die Beine meinen Körper auf einmal nicht mehr tragen wollten, weil der Blick in die Vergangenheit mich innerlich zu übermannen drohte.

Burkhard, dem meine plötzliche Schwäche nicht entgangen war, griff rasch nach meinem Arm und zog mich zum Sofa, bevor ich zu Boden gehen konnte. Nachdem ich mich mit seiner Hilfe niedergelassen hatte, schlug ich die Hände vor mein Gesicht und atmete tief durch. Dabei merkte ich, wie mir die Tränen über die Wangen rannen.

„Mensch, Onkel Hans, was ist denn auf einmal los mit dir?", erkundigte sich Cornelia, die mit der Kladde in der Hand nähergekommen war, mit besorgter Stimme. „Soll ich dir einen Arzt rufen?"

Ich schüttelte den Kopf und versicherte ihr schnell, ohne die Hände von meinem Gesicht zu nehmen:

„Nein, nein, nicht nötig. Es ist nur ..."

Den Rest des Satzes ließ ich unvollendet.

„Vielleicht sollten wir uns eine kurze Pause gönnen", schlug Burkhard vor, nachdem einige Sekunden lang niemand etwas gesagt hatte. „Würdest du uns rasch noch einen Kaffee zubereiten, Conny?"

„Ja, selbstverständlich", entgegnete meine Nichte und eilte auch schon in die Küche.

*

„Wer ist denn nun die junge Dame auf dem Bild neben dir?", wollte Cornelia später von mir wissen, als wir jeder jeweils eine Tasse Kaffee vor uns stehen hatten. „Sie ist sehr hübsch. Ich würde schätzen, ihr beide könnt zum Zeitpunkt der Aufnahme höchstens Mitte zwanzig gewesen sein ..."

Glücklicherweise hatte ich mich zu diesem Zeitpunkt wieder einigermaßen gefangen.

„Agnes war damals vierundzwanzig und ich zweiundzwanzig", erklärte ich traurig. Sofort schossen mir erneut die Tränen in die Augen.

„Agnes? War sie ... ich meine, wart ihr beide ...?", erkundigte sie sich zögernd, wurde aber von ihrem Bruder unterbrochen.

„Warum seid ihr Frauen immer so kompliziert? Frag Onkel Hans doch ganz direkt!" Damit wandte er sich mir zu. „Conny will wissen, ob ihr beide ein Paar wart?"

Ich brauchte eine Weile, um über diese Frage nachzudenken. Doch dann nickte ich.

„Ja, ich glaube, so würde man es heute wohl bezeichnen."
Meine beiden Besucher sahen sich erstaunt an.
„Ich wusste bislang ja gar nicht, dass du einmal liiert warst, Onkel Hans", sagte Cornelia nach einer Weile und griff erneut nach dem Foto, um es noch einmal genauer zu betrachten. „Dieses Bild ... wer hat es gemacht und wo wurde es aufgenommen?"
Es kostete mich einige Überwindung, meiner Nichte zu antworten. „Das Bild entstand eher zufällig ... es wurde von einem sehr bekannten Fotografen gemacht, der zu dieser Zeit für seine Arbeiten bereits mehrfach ausgezeichnet worden war. Er hieß Franz Schensky und lebte damals auf ... Helgoland. Dort entstand auch das Foto."
„Du warst mal auf Helgoland? Wann war das denn?", wollte Cornelia wissen.
Burkhard schien sich bereits mit der Antwort auf diese Frage befasst zu haben. „Du warst damals zweiundzwanzig, sagtest du, Onkel Hans? Demnach dürfte das Foto etwa 1944 entstanden sein, nicht wahr? Zumindest entspräche deine merkwürdige Uniform der damaligen Zeit ..."
Als ich daraufhin nur stumm nickte, fuhr er fort:
„Das war doch mitten im Krieg! Ich war mehrfach auf der Insel und habe dort einmal eine Bunkerführung mitgemacht. Wenn mich nicht alles täuscht, ist Helgoland noch kurz vor dem Kriegsende bei einem Bombenangriff der Engländer völlig zerstört worden. Ich nehme an, man hatte euch zu diesem Zeitpunkt längst auf das Festland gebracht, als die Flugzeuge kamen, oder?"
Meine Kehle war auf einmal wie zugeschnürt. Trotz aller Bemühungen bekam ich kein Wort heraus. Burkhard, der mich aufmerksam beobachtet hatte, stöhnte daraufhin:
„Oh Gott, du warst noch auf der Insel, als es losging, stimmt's? Du hast alles miterleben müssen?"
Wieder schossen mir die Tränen in die Augen. Immerhin konnte ich meinem Kopf ein leichtes Nicken abringen. Cornelia rückte näher an mich heran, ergriff meine Hand und erkundigte sich leise:
„Was ist damals passiert, Onkel Hans?"
Anstatt ihr zu antworten, begann ich, fieberhaft zu überlegen. Konnte ich es meiner Nichte und meinem Neffen, die die Schrecken des Krieges glücklicherweise nie kennengelernt hatten und in einer Zeit des Friedens aufgewachsen waren, zumuten, sie mit meinen furchtbaren Erlebnissen zu belasten? Es dauerte eine

Weile, bis ich das Für und Wider abgewogen hatte. Irgendwann hatte ich mich zu einer Entscheidung durchgerungen. Mit leiser Stimme entgegnete ich:

„Es fällt mir auch heute noch schwer, über diese grauenvolle Zeit zu sprechen. Aber ich denke, es ist an der Zeit, mein Schweigen zu brechen. Nie wieder darf unser Volk auf einen solchen Dämon wie Hitler hereinfallen! Vielleicht tragen meine Schilderungen ja dazu bei, dass sich diese schrecklichen Dinge nie wiederholen. Ich hoffe es zumindest von ganzem Herzen! Ob ich allerdings noch dazu in der Lage bin, alles originalgetreu wiederzugeben, wage ich zu bezweifeln. Darum ist es vielleicht am besten, wenn wir uns an die Kladde halten. Dort habe ich nämlich einige Jahre später die Geschehnisse auf Helgoland schriftlich festgehalten."

Daraufhin bedachte ich meine Nichte und meinen Neffen nacheinander jeweils mit einem tiefen Blick in die Augen und sagte dabei:

„Es ist ein sehr ... persönlicher und ausgesprochen emotionaler Bericht über die damaligen Ereignisse. Wenn du magst, trag es uns doch bitte vor, Cornelia!"

Diese zögerte einen Moment, ehe sie das kleine Büchlein aufschlug. Dann begann sie zunächst langsam, doch schon bald mit stetig wachsendem Interesse laut vorzulesen.

1

Kann man etwas zerstören, was eigentlich bereits vollkommen vernichtet ist? Bringt es die Menschheit fertig, ein ursprünglich einmal traumhaft schönes Fleckchen Erde der totalen Eliminierung preiszugeben, es völlig dem Erdboden gleichzumachen und damit quasi für immer von der Landkarte verschwinden zu lassen? So, als hätte es diesen winzig kleinen Ort auf der weiten Welt nie gegeben? Die Antwort auf all diese Fragen lautet ja oder zumindest beinahe ja, denn genau dies wäre um ein Haar geschehen.

Gleich zweimal in den letzten dreißig Jahren war ein nur rund vier Quadratkilometer großes Eiland in der Deutschen Bucht von der führenden Seemacht Großbritannien als Bedrohung für seine Flotte empfunden worden. Aus diesem Grund musste die zum Marinestützpunkt und zur Seefestung umfunktionierte Insel in den

Augen der Briten für alle Zeiten ausgeschaltet werden. Noch in den letzten Kriegswochen, als die Niederlage Nazi-Deutschlands längst feststand, wurde Helgoland mit annähernd 1000 Bombern angegriffen und dabei weitestgehend zerstört.

Helgoland, der rote Felsen inmitten der Nordsee mit der weißen Düne in unmittelbarer Nachbarschaft ... Obwohl ich lediglich ein Dreivierteljahr auf dieser rund 50 Kilometer vor der deutschen Küste liegenden Insel verbrachte, wird mich dieser Ort für mein ganzes restliches Leben prägen. Hier beobachtete ich quälende Ungerechtigkeit, verspürte zum ersten Mal in meinem Leben Liebe, erlebte Leid, Angst, Gewalt, Hoffnung und Trauer und durchstand auf wundersame Weise unbeschadet den furchtbaren Krieg.

Erst heute, am 25. April 1947, kann ich mich endlich dazu durchringen, meine teils schrecklichen und teilweise auch verstörenden Erlebnisse aus den Jahren 1944 und 1945 niederzuschreiben. Der innere Weckruf zu diesem Schritt war für mich paradoxerweise ausgerechnet die von den Engländern als „Operation Big Bang" bezeichnete Sprengung aller Befestigungs- und Bunkeranlagen auf der Insel.

Genau eine Woche ist seit der größten künstlich erzeugten, nichtatomaren Sprengung der Menschheitsgeschichte vergangen. Vom Torpedokopf über Wasserbomben bis hin zu Granaten verschiedenster Kaliber, kurz: Sämtliche von den Briten nach ihrer Besetzung Helgolands noch vorgefundene Munition aus Wehrmachtsbeständen war in den Tunnellabyrinthen und in den U-Bootbunker gefüllt und zur Explosion gebracht worden.

Böse kann ich den Engländern nicht sein. Im Gegenteil, ich kann sie sogar sehr gut verstehen. Sie waren es schließlich, die, anfangs auf sich alleine gestellt, jahrelang gegen das Böse angekämpft und letztlich das deutsche Volk mit ihrem Durchhaltewillen vom Joch des Nationalsozialismus befreit hatten. Kann man ihnen übelnehmen, dass sie, anders als nach dem Ersten Weltkrieg, die vom Größenwahn zeugende Idee einer deutschen Seefestung inmitten der Nordsee für alle Zeiten begraben wollen?

Der Felsen scheint den Sprengungen nach allem, was man bislang so hört, widerstanden zu haben. Doch ob es jemals wieder Leben auf dem roten Felsen geben wird, erscheint zum jetzigen Zeitpunkt mehr als ungewiss.

Schon vor der Ausmerzung der zahlreichen Bunkeranlagen und

unterirdischen Tunnel der Insel stand nach den schweren Bombenangriffen des 18. und 19. April 1945 praktisch kein Stein mehr auf dem anderen. Alles lag in Schutt und Asche, wie ich noch heute vor Augen habe.

Wer sollte all den Schrott und die Berge von Gesteinsmassen je beiseite räumen? Selbst falls es irgendwann theoretisch möglich sein sollte, die Behausungen der Bewohner neu zu errichten, ist es zum jetzigen Zeitpunkt mehr als fraglich, ob die britischen Besatzer den Einheimischen die Rückkehr auf ihre geliebte Insel überhaupt erlauben würden.

Alles auf Gottes Erde ist endlich, wie mir erst vor einer Woche wieder schmerzlich bewusst wurde. Nach dem unsäglichen Leid, welches Kriegsgefangene und Inselbewohner durchleben mussten, nach der beinahe totalen Zerstörung Helgolands ist es nach meinem Dafürhalten wichtig, der Nachwelt Zeugnis über die damaligen Geschehnisse abzulegen, bevor sie bei den Beteiligten irgendwann in Vergessenheit geraten. Möge meine Niederschrift Mahnung sein, damit sich diese Dinge niemals wiederholen! Wenn ich dem „Big Bang" also zumindest eine positive Seite abzuringen vermag, dann ist es diese Erkenntnis.

Ich selbst werde hingegen meinen Frieden zu Lebzeiten wohl nicht mehr finden. Denn drei Begebenheiten aus meiner Kriegszeit auf dem Eiland werden mich neben all dem übrigen Leid bis an mein Lebensende verfolgen: die völlige Zerstörung Helgolands, ein heimtückischer Mord und das Drama um zwei Menschen, die mir sehr am Herzen lagen ...

2

Es ist gar nicht so einfach, die Dinge, die mir widerfahren sind, zu Papier zu bringen. Wo soll ich nur beginnen? Um die späteren Geschehnisse einigermaßen verständlich schildern zu können, beginne ich wohl am besten mit einem kurzen Überblick über mein Leben vor der Übersiedlung auf die Insel.

Mein Name ist Hans Plöger. Ich wurde Anfang 1922 als viertes von sechs Kindern in Ellerhoop, einem kleinen Dorf in der Nähe von Pinneberg, geboren. Mein Vater war Schuster und betrieb nebenbei noch ein wenig Landwirtschaft, wie es auch heute noch bei den meisten Bewohnern unseres Ortes üblich ist. Neben Hühnern und

Gänsen hielten wir stets zwei Milchkühe und einige Schweine. Im Gegensatz zu meinen Geschwistern litt ich von Geburt an unter einer Extremitätenfehlbildung, einer leichten Fehlstellung meines rechten Fußes. Mein Klumpfuß, wie diese Art Behinderung im Volksmund bezeichnet wird, war in jungen Jahren ein Fluch für mich, weil ich nicht mit den Nachbarkindern herumtollen konnte und deshalb häufig gehänselt wurde. Später sollte er sich jedoch als Segen für mich erweisen, denn er verhinderte meine Einberufung zur Wehrmacht.

Durch meine körperliche Beeinträchtigung war ich früh gezwungen, mir in meiner Freizeit andere Betätigungsfelder als irgendwelche sportlichen Ertüchtigungen zu suchen. So entwickelte ich schon in jungen Jahren als Schüler der Volksschule ein reges Interesse an Büchern. Ich verschlang in dieser Zeit alles, was das karge literarische Angebot in Familie, Verwandtschaft und bei den Nachbarn hergab. Dies erklärte wohl meine recht gute Allgemeinbildung und meine schnelle Auffassungsgabe, von der ich in späteren Jahren bei vielerlei Gelegenheiten profitieren sollte. Auch das Rechnen fiel mir immer leicht.

Mit 14 Jahren hatte ich die Schule beendet. In jenem Sommer nahm mein Vater mich eines Tages an die Hand, um gemeinsam mit mir den alten Hinrichs, unseren Dorfschreiner, aufzusuchen. Dessen Frau war im Jahr zuvor verstorben, wie mir bekannt war. Hinrichs besaß in der Umgebung einen ausgezeichneten Ruf, galt als Meister seines Fachs und hatte stets gut gefüllte Auftragsbücher. Zu dieser Zeit beschäftigte er drei Gesellen und einen Lehrling, um dem Arbeitsaufkommen nachkommen zu können. Da die Ehe mit seiner Gattin kinderlos geblieben war, hatte diese in all den Jahren ihres Zusammenseins immer im Betrieb mitgearbeitet und ihrem Mann die Bücher geführt. Eine Aufgabe, die nach einer bereits vorab getroffenen Übereinkunft zwischen meinem Vater und Hinrichs zukünftig mir zufallen sollte.

So kam es, dass Hinrichs mich in den nächsten Monaten mit den Geheimnissen der Buchführung vertraut machte. Aufgrund meines schnellen Auffassungsvermögens konnte ich die Vorgänge rasch einordnen und arbeitete mich mit großem Eifer in meine neue Tätigkeit ein. Schon bald war ich zur großen Freude meines Chefs in der Lage, alle anfallenden Bürotätigkeiten selbstständig zu erledigen, während Hinrichs sich wieder vermehrt seinem eigentlichen Betätigungsfeld, dem Werken mit Holz, zuwenden konnte.

An der Korrespondenz mit Lieferanten und Kunden hatte ich schnell Gefallen gefunden. Auch das Führen der Geschäftsbücher bereitete mir sehr viel Freude.

Die drei Gesellen des Betriebes, die sich anfangs aufgrund meiner Jugend und meiner Behinderung des Öfteren über mich lustig gemacht hatten, hatte ich mit der überraschend schnellen Aneignung des nötigen Fachwissens und dem mir angeborenen Fleiß schon bald von meinen Fähigkeiten überzeugt. Spätestens beim erstmaligen Überreichen der Lohntüten hatte ich endgültig ihren Respekt erworben und sie begannen mich in den folgenden Wochen zunehmend als vollwertigen Kollegen zu betrachten.

Rückblickend würde ich die Jahre in der Schreinerei Hinrichs einerseits als eine äußerst lehrreiche und arbeitsintensive, andererseits aber auch als eine sehr schöne Zeit bezeichnen. Vermutlich werde ich mein Leben nie wieder so unbeschwert genießen können wie in diesen Jahren.

Mit dem Kriegsausbruch bekam die heile Welt, in der ich damals lebte, schnell erste Risse.

Fritz, der Jüngste unserer Gesellen, wurde schon bald nach der Kriegserklärung der Engländer und Franzosen zur Wehrmacht eingezogen. Niemals werde ich sein trauriges Gesicht vergessen, mit dem er sich an seinem letzten Arbeitstag in der Schreinerei von uns verabschiedete. In diesem Augenblick wurde mir zum ersten Mal bewusst, wie sehr mir meine Kollegen inzwischen ans Herz gewachsen waren.

Als hätte Fritz zu diesem Zeitpunkt schon Böses geahnt, drückte er mich, kurz bevor er uns verließ, noch einmal fest an seine Brust und flüsterte mir dabei leise ins Ohr:

„Hans, du bist zwar noch jung, aber von dir wird in den nächsten Jahren das Wohl des Betriebes abhängen. Pass also gut auf den Alten auf!"

Mit den letzten Worten hatte er natürlich unseren Chef gemeint. Ich wunderte mich in diesem Moment ein wenig, denn mit Albert und Heinz waren doch schließlich noch zwei erfahrene Mitarbeiter verblieben, die die Schreinerei schon weiterführen würden, falls Herrn Hinrichs etwas geschehen sollte. Darum entgegnete ich, während ich seine Umarmung erwiderte, in gleicher Lautstärke:

„Keine Sorge, Fritz. Wir werden das Kind schon schaukeln. Pass du nur gut auf dich auf und komm bald zu uns zurück!

Bevor er sich, mit seinem Rucksack bepackt, zum Sammelpunkt auf dem Dorfplatz begab, wo er mit einem Omnibus abgeholt werden sollte, winkte er uns noch einmal wehmütig zu. Es sollte das letzte Mal sein, dass ich ihn sah.

Leider sollte Fritz Recht behalten, wie sich im Frühjahr 1941 zeigte. Wie die Öffentlichkeit erst später erfuhr, plante Hitler zu diesem Zeitpunkt längst seinen Feldzug gegen die Sowjetunion, für den er ein gewaltiges Heer benötigte. Im März erhielten auch Albert und Heinz jeweils ihren Einberufungsbescheid.

Von nun an bestand der Betrieb nur noch aus dem Chef, unserem Lehrling Walter und mir.

Vom Kriegsgeschehen bekamen wir in Ellerhoop in diesen Monaten nur wenig mit. Die Zeitungen, der Rundfunk und die Wochenschauen überschlugen sich mit Siegesmeldungen aus dem fernen Russland. Dennoch mussten wir oft an unsere Arbeitskollegen denken und fragten uns, wie es ihnen wohl an der Front ergehen mochte. Doch obwohl Herr Hinrichs, Walter und ich häufig die allgemeine Kriegslage diskutierend beisammenstanden, nahm das Leben für uns in dieser Zeit noch einen fast normalen Gang.

Dies sollte sich jedoch schon im darauffolgenden Jahr ändern, wozu zwei einschneidende Ereignisse entscheidend beitrugen:

Zunächst ließ der Gesundheitszustand unseres Chefs völlig unvorhergesehen innerhalb nur weniger Wochen rapide nach. Und das, obwohl er sein ganzes Leben lang nie ernsthaft krank gewesen war, wie er uns Beschäftigten gegenüber stets betont hatte. Walter und ich begannen uns schon bald ernsthafte Sorgen um ihn zu machen.

Der zweite Vorfall betraf hingegen weitaus breitere Bevölkerungsschichten. Denn in der Nacht vom 28. auf den 29. März 1942 kam der Krieg mit der Flächenbombardierung Lübecks durch britische Flugzeuge erstmals in unsere Nähe.

Bis zu diesem Zeitpunkt hatten wir der nationalsozialistischen Propaganda vertraut und nicht glauben können, dass so etwas jemals passieren könne. Es war uns zunächst völlig unverständlich, warum Lübeck in dieser Nacht trotz der immer wieder gepriesenen Überlegenheit der Deutschen Luftwaffe nicht hatte verteidigt werden können. Würden Luftangriffe auf deutsche Städte von nun an womöglich zum Regelfall werden?

Zwei Tage nach den verheerenden Meldungen aus der Hansestadt schloss Werner Hinrichs für immer seine Augen. Was sollten Walter und ich in dieser Situation nur tun? An eine Aufrechterhaltung der Tischlerei war ohne den Chef nicht zu denken, denn für eine Übernahme des Betriebes fehlte es uns am nötigen Kapital. Meinem Kollegen und mir blieb daher nichts anderes übrig, als für die ordnungsgemäße Übergabe der Firma zu sorgen.

Da die Ehe der Hinrichs kinderlos geblieben war, kümmerte sich die Gemeindeverwaltung um die Nachnutzung des Wohnhauses und der Werkstatt. Schon bald richtete sich eine neunköpfige Familie auf dem Besitz der Familie Hinrichs ein. Auch unsere ehemalige Betriebsstätte wurde von nun an als Wohnraum genutzt, nachdem die Maschinen herausgeräumt und zur anderweitigen Verwendung abtransportiert worden waren. Wie schon damals nach Beendigung der Schule stand ich erneut vor der Frage, wie es beruflich mit mir weitergehen sollte.

Da ein Großteil der arbeitsfähigen männlichen Bevölkerung mittlerweile zum Kriegsdienst eingezogen war, gab es natürlich reichlich unbesetzte Stellen. Aufgrund meiner körperlichen Einschränkungen war ich allerdings längst nicht für jede beliebige Tätigkeit geeignet.

Doch auch in dieser Situation wusste mein Vater wieder Rat, nicht ahnend, welch dramatischen Lebensabschnitt er damit für mich heraufbeschwören sollte.

3

Mit dem Angriff auf die Sowjetunion hatte der Krieg eine neue Dimension angenommen, deren Auswirkungen selbst für die Landbevölkerung spürbar waren. Obwohl es über Monate hinweg eine Siegesmeldung nach der anderen gab, wurden immer mehr junge Männer zum Kriegsdienst einberufen. Schon bald gab es kaum mehr eine Familie in unserem Dorf, die nicht um mindestens einen ihrer Angehörigen im Russland-Feldzug bangte.

Selbst vor der Landpolizei machte die Rekrutierung nicht halt. Im April des Jahres 1942, rund zwei Wochen nach dem Tod des alten Hinrichs, wurde Johann Mertens, der jüngere unserer beiden Gendarmen, eingezogen. Angeblich sollte er für die Partisanenbekämpfung im Osten eingesetzt werden, wie es hieß.

Zurück blieb der etwa sechzigjährige Volkmar Petersen, der von nun an ganz auf sich alleine gestellt war, wenn es um die Aufrechterhaltung von Recht und Ordnung in unserer Ortschaft ging.

Nachdem mein Vater von dieser Neuigkeit erfahren hatte, nahm er mich noch am selben Abend beiseite und erklärte mir:

„Mein Sohn, als Schutzmann wirst du weder reich noch sind die Aufgaben, denen du dich zu stellen hast, immer angenehm. Aber zwei entscheidende Vorteile hat dir der Polizeidienst trotz allem zu bieten. Zum einen brauchst du nicht körperlich zu arbeiten und zum anderen wirst du dich nie wieder nach einem anderen Arbeitsplatz umsehen müssen, wenn du nicht gerade den goldenen Löffel klaust.

Da du derzeit ohne Anstellung bist, werden wir beide gleich morgen früh Petersen in seiner Amtsstube aufsuchen und uns bei dieser Gelegenheit für dich nach einer Anstellung bei der Gendarmerie erkundigen. Ich bin mir sicher, Petersen wird mir diesen Gefallen aus alter Freundschaft nicht abschlagen.“

„Aber er weiß doch von meinem Fuß“, gab ich zu bedenken. „Soll ich etwa mit meinem hinkenden Gang auf Verbrecherjagd gehen? Die Spitzbuben in unserem Ort würden sich doch über mich kaputtlachen!“

„Sei unbesorgt. Er wird sich schon etwas einfallen lassen.“

Tatsächlich reagierte der Dorfpolizist am nächsten Morgen einigermaßen überrascht, als mein Vater ihm sein Anliegen vortrug. Danach schaute er mich eine Weile nachdenklich an und wollte schließlich von mir wissen:

„Du warst bislang beim alten Hinrichs auf dem Büro tätig, nicht wahr?“

„Fast sechs Jahre war er dort angestellt“, entgegnete mein Vater für mich.

„Die Aufgaben eines Polizisten erfordern natürlich völlig andere Kenntnisse, die du erst erlernen müsstest.“

Wieder hatte mein Vater eine schnelle Antwort parat:

„Hans ist äußerst intelligent. Was er als Schutzmann wissen muss, wird er sich in kürzester Zeit aneignen.“

Der Gendarm richtete seine Aufmerksamkeit erneut auf mich.

„Wir sind hier auf dem Lande, wo die Entfernungen mitunter recht groß sind. Bist du denn mit deinem Fuß überhaupt dazu in der Lage, weitere Strecken zurückzulegen, Hans?“, fragte er mich und bedachte dabei meinen rechten Fuß eines skeptischen Blickes.

„Er ist vielleicht nicht der Schnellste, aber des Gehens ist mein Junge durchaus mächtig", erwiderte mein Vater, bevor ich etwas sagen konnte.

Schon immer hatte es mich innerlich geärgert, wenn meine Eltern mich im Gegensatz zu meinen Geschwistern wie ein kleines Kind behandelten, nur weil ich unter einer Behinderung litt. So auch in dieser Situation, denn schließlich hatte Petersen seine Fragen ja eindeutig an mich gerichtet.

Die Zeit bei Hinrichs hatte mich selbstbewusster werden lassen. Und mit meinen 20 Jahren war ich inzwischen längst in der Lage, für mich selbst zu sprechen. Deshalb funkte ich in diesem Moment einfach dazwischen, als mir der Kragen zu platzen drohte:

„Ja, Herr Petersen, ich bin gehbehindert, wie nicht zu übersehen ist. Aber das heißt noch lange nicht, dass ich mich den ganzen Tag lang nicht vom Fleck zu rühren imstande bin. Ich bin durchaus fähig, größere Distanzen zu Fuß zu überwinden. Fahrradfahren kann ich sowieso. Und was das Erlernen des Polizeiberufes angeht, so möchte ich sagen, dass mir nicht bange davor ist, mir neues Wissen aneignen zu müssen. Ich denke, das habe ich bei Herrn Hinrichs mehr als deutlich bewiesen."

Für einen Augenblick herrschte vollkommene Stille im Raum. Mein Vater bedachte mich mit einem bestürzten Blick. Er schien nicht glauben zu können, dass ich es gewagt hatte, das Wort zu ergreifen.

Auch Petersen sah mich einen Moment lang irritiert an, bevor er seinen Mund unversehens zu einem breiten Grinsen verzog. „Recht so, junger Mann! Du scheinst nicht auf den Mund gefallen zu sein und das Herz am rechten Fleck zu tragen! Warum andere für sich reden lassen, wenn man seine Dinge besser selbst regeln kann? Das gefällt mir an dir!"

Er wandte sich meinem Vater zu, der mich noch immer verblüfft anstarrte, und meinte:

„Dein Hans wird seinen Weg schon machen! In diesen Zeiten bin ich für jede Unterstützung dankbar. Darum werde ich mich gleich morgen an höherer Stelle für ihn einsetzen und bin mir sicher, dass meinem Ersuchen stattgegeben wird."

Danach drehte er sich wieder mir zu und kündigte an:

„Du wirst in den nächsten Tagen von mir hören, Hans!"

Ich konnte es fast nicht glauben. Meine Worte schienen den

Gendarmen tatsächlich beeindruckt zu haben. Petersen wollte ausdrücklich mir und nicht etwa meinem Vater Bescheid geben! Entsprechend perplex war dieser immer noch, nachdem wir uns verabschiedet hatten. Lange Zeit sprach er auf dem Heimweg kein Wort. Mein Auftreten bei unserem Dorfpolizisten schien ihn noch immer zu beschäftigen. Doch je näher wir unserem bescheidenen Zuhause kamen, desto stolzer schien mein Vater auf mich zu sein, wie ich an seiner Mimik ablesen konnte.

Ich hatte ihn überrascht. Bislang war er es gewohnt, sich wegen meiner Behinderung stets um mich sorgen zu müssen. Doch an diesem Tag hatte ich ihm zum ersten Mal bewiesen, dass seine Sorge um mich vollkommen unbegründet war, weil ich mittlerweile erwachsen geworden war und mir offensichtlich selbst zu helfen wusste.

4

Es dauerte etwa eine Woche, bis Herr Petersen mich in seine Amtsstube zu kommen bat.

„Hans, es sieht gut für dich aus", eröffnete er mir, als ich noch am selben Nachmittag vor seinem Schreibtisch saß, der in einer kleinen Kammer seines Hauses untergebracht war.

Die Tatsache, dass staatliche Dienststellen in den Privathäusern der Bediensteten untergebracht waren, war auf dem Lande durchaus nichts Ungewöhnliches. Auch Albert Janisch, unser Postbote, nutzte ein Zimmer seines Gebäudes als Poststation für unseren Ort.

„Der Polizeiinspektor hat deine Einstellung in den Polizeidienst befürwortet. Morgen früh wirst du mich nach Pinneberg begleiten, wo wir das Formelle erledigen werden. Sei mit deinem Fahrrad pünktlich um sieben Uhr hier vor dem Haus."

Petersen hatte nicht zu viel versprochen. Als wir am Nachmittag des nächsten Tages gemeinsam wieder in Ellerhoop eintrafen, trug ich bereits den graugrünen Uniformrock der Deutschen Ordnungspolizei.

Ich konnte meinen Stolz kaum verhehlen. Trotz der Missbildung meines rechten Fußes war ich mit meinen gerade einmal 20 Jahren urplötzlich als Gendarm für die Sicherheit und Ordnung in unserem Ort zuständig!

Natürlich sprach sich meine neue Stellung schnell unter den

Dorfbewohnern herum. Nachbarn, die mich schon aus meinen Kindertagen kannten, beäugten mich auf einmal misstrauisch. Bekannte und Verwandte waren anfangs verunsichert, wie sie sich in meiner Gegenwart verhalten sollten. Aber auch mir war die Situation, die meine neue Stellung mit sich brachte, anfangs etwas unangenehm.

„Es ist nicht verkehrt, wenn die Menschen dir ein wenig Respekt entgegenbringen", versuchte Petersen mich zu beruhigen, als ich ihm von den Vorbehalten der Einwohnerschaft mir gegenüber erzählte. „Behandle sie anständig, dann wird sich ihre Skepsis mit der Zeit schon legen."

Seit meiner Kindheit war ich wegen meines Klumpfußes immer ein Außenseiter gewesen. Freundschaften, wie sie andere Kinder führten, hatte ich nie kennengelernt. Deshalb genoss ich in der ersten Zeit die Achtung, die man mir plötzlich entgegenbrachte, wie ich gestehen muss. Doch schon bald hatte die Bewohnerschaft unseres Dorfes sich an meinen Uniformrock gewöhnt und man begann mich wieder als einen der Ihren zu betrachten.

Hätten wir die Auswirkungen des stetig heftiger tobenden Krieges nicht immer deutlicher zu spüren bekommen, würde ich diese Jahre im Nachhinein betrachtet vermutlich als eine ruhige und entspannte Zeit bezeichnen. Weil aber gegen Mitte des Jahres 1942 praktisch jeder kriegsdiensttaugliche männliche Einwohner im wehrfähigen Alter inzwischen eingezogen war, waren die Frauen mit der Arbeit auf den Feldern plötzlich auf sich alleine gestellt. Selbstverständlich war es ihnen kaum möglich, neben Haushaltsführung und Kindererziehung auch noch die Ernte einzufahren. Aus diesem Grund kam mit dem Abzug der männlichen Bevölkerung eine stetig wachsende Anzahl von Kriegsgefangenen in unser Dorf, die ersatzweise die anfallenden Arbeiten in der Landwirtschaft erledigen sollten. Ihnen wiederum folgten Wachmannschaften, die sie zu beaufsichtigen hatten.

Die in Gefangenschaft geratenen feindlichen Soldaten hegten natürlich einen unterdrückten Groll auf alle Deutschen. In den ersten Kriegsjahren waren es noch Polen gewesen, die vereinzelt zu den Erntearbeiten herangezogen worden waren. Doch mit Fortdauer des Krieges wurden beinahe monatlich gleich dutzendfach gefangengenommene Russen in die Dörfer unserer Region getrieben, die fernab der Heimat Fronarbeiten zu verrichten hatten.

Durch ihren Status als Kriegsgefangene waren sie in den Augen der Behörden quasi rechtlos und dem Wohlwollen ihrer Bewacher oder Arbeitgeber ausgesetzt. Die jahrelange, menschenverachtende Propaganda der Nationalsozialisten, wonach die slawischen Völker als Untermenschen zu betrachten seien, trug leider einhergehend mit den kriegsbedingt stetig spürbarer werdenden Entbehrungen des täglichen Lebens zunehmend ihre Früchte.

Die Wachmannschaften, die zumeist aus nicht- oder nicht mehr zum Kriegsdienst tauglichen Männern aller Altersklassen bestanden, besaßen die Macht, ihren Frust an den ausländischen Zwangsarbeitern auszulassen, ohne ernsthaft dafür belangt zu werden, wovon sie nur allzu häufig Gebrauch machten. Neben dem Hunger, der Kälte und den unzureichenden hygienischen Zuständen in ihren Unterkünften waren die ausländischen Zwangsarbeiter oft Schlägen oder anderen Misshandlungen ihrer Aufpasser ausgesetzt.

Meist waren die Gefangenen in Viehställen untergebracht. Selbst wenn sie das Glück hatten, auf einem Hof untergekommen zu sein, dessen Besitzer sie ordentlich behandelte, sorgten die Vorschriften des Reichsministeriums für Ernährung dafür, dass sie ein mehr als karges Leben zu führen hatten. Die Essensrationen waren vorgeschrieben. In der Regel hatten sie ihre äußerst knapp bemessene Nahrung streng getrennt von den Deutschen in ihren zugigen Behausungen zu sich zu nehmen.

Der Austausch der halben Dorfbewohnerschaft und die entsetzliche Behandlung der Fremdarbeiter zogen folgerichtig zunehmend Konflikte in unserem sonst so beschaulichen Ort nach sich.

Mit der Zeit wurde es nicht nur immer schwieriger, gegen die zunehmende Verrohung der Wachleute vorzugehen, sondern auch den aufgestauten Groll der ausländischen Arbeiter im Zaum zu halten. Selbst den Gefangenen war das Näherrücken der Fronten nicht entgangen. Wie die deutsche Bevölkerung hatten auch sie unter den immer zahlreicher werdenden Bombenangriffen alliierter Flugverbände zu leiden, denen die deutsche Flugabwehr beinahe nichts entgegenzusetzen hatte.

Um sich nicht der Gefahr sexueller Übergriffe auszusetzen, trauten sich die Frauen unseres Ortes in den Abendstunden kaum mehr vor die Tür. Zahlreiche Anzeigen wegen Eigentumsdelikten gingen bei uns ein. Meist ging es dabei um den Diebstahl von Lebensmitteln oder Kleinvieh.

Im Sommer 1944 überschlugen sich die Ereignisse. Zunächst gelang es den Alliierten, in Frankreich zu landen. Entgegen allen vollmundigen Versprechungen von Partei und Regierung wurden sie nicht etwa ins Meer zurückgedrängt, sondern konnten die eroberten Stellungen behaupten. Auch im Osten rückte die Front näher an die Reichsgrenzen heran. Die Menschen fragten sich, wann die Wehrmacht endlich wieder in die Offensive gehen würde?

Wenige Wochen später verbreiteten sich mit rasender Geschwindigkeit Gerüchte von einem Attentat auf den Führer, das allerdings allem Anschein nach wohl misslungen war.

Alles in allem würde ich die allgemeine Stimmung in Ellerhoop gegen Mitte des Jahres 1944 rückblickend als „zunehmend aufgeheizt" bezeichnen. Es war den Menschen anzumerken, dass etwas Bedrohliches in der Luft lag.

In dieser aufgeladenen Atmosphäre empfing mich mein Vater eines Abends nach Dienstschluss überraschend mit einem an mich adressierten Einschreiben der Polizeidienststelle Pinneberg, das er mir in die Hand drückte, sobald ich das Haus betrat.

Ich erinnere mich noch sehr genau, an welchem Tag mich das Schreiben erreichte, denn diese eigentlich eher belanglose Begebenheit werde ich bis zu meinem Sterbebett nicht vergessen können. Es war Mittwoch, der 9. August 1944. Der Tag, der mein Leben für immer verändern sollte!

Während ich unter den wissbegierigen Augen meines Vaters aufgeregt den Umschlag aufriss, fragte ich mich, was meine vorgesetzte Behörde mir wohl Wichtiges mitzuteilen habe. Was ich dann zu lesen bekam, verschlug mir im ersten Augenblick die Sprache.

In dem Schreiben wurde mir meine Versetzung auf die Insel Helgoland mitgeteilt. Bereits in der darauffolgenden Woche hatte ich mich am Montag um spätestens 19 Uhr im Hafen von Büsum einzufinden, wo ich mich beim 1. Offizier des Minenschiffs *Auguste* melden sollte.

Meine Gefühle waren nach dem Lesen des Textes zwiespältig. Niemals zuvor in meinem Leben war ich über einen längeren Zeitraum von meiner Familie getrennt gewesen. Lediglich bei den eher seltenen Verwandtschaftsbesuchen hatte ich außerhalb der Grenzen unseres Dorfes genächtigt. Doch plötzlich sollte ich von heute auf morgen meinen Dienst auf einer Insel verrichten, von der ich zu diesem Zeitpunkt nicht einmal wusste, wo sie genau lag! Andererseits konnte ich meinen Stolz kaum verhehlen, für diese Aufgabe berufen worden zu sein.

Ich muss beim Lesen des Briefes wohl ein ziemlich verwirrtes Gesicht gemacht haben, denn mein Vater nahm mir den Umschlag samt Inhalt aus der Hand und begann das Schreiben mit zunehmendem Unglauben eingehend zu studieren. Nachdem er zu Ende gelesen hatte, schauten wir uns beide ratlos an.

„Jetzt nimmt man dich uns auch noch weg", klagte mein Vater und schlug seine Hände vor das Gesicht.

Im Nachhinein kann ich seine Reaktion nur allzu gut verstehen, denn zu diesem Zeitpunkt waren meine beiden ältesten Brüder bereits gefallen, während Josef als vermisst galt.

Mutter kam aus der Küche geeilt und schaute in unsere ernsten Mienen. Wortlos reichte Vater ihr den Brief.

„Oh Gott", entfuhr es ihr, als ihr der Sinn des Schreibens bewusst wurde.

Mit Tränen in den Augen nahm sie mich in den Arm und flüsterte mir traurig ins Ohr:

„Mein Junge, pass nur gut auf dich auf! Das musst du mir versprechen, hörst du?"

Ich versuchte sie zu beruhigen:

„Aber natürlich, Mutter. Macht euch bitte meinetwegen keine Sorgen. Es wird schon alles gut werden! Bald ist der Krieg vorbei und ich werde zurückkehren, um meinen Dienst wieder hier im Ort aufzunehmen. Ihr werdet schon sehen!"

Hätten meine Eltern zu diesem Zeitpunkt geahnt, was auf mich zukommen würde, hätten sie sich mit allen ihnen zur Verfügung stehenden Mitteln gegen meine Versetzung auf das kleine Eiland gesträubt. Doch welch dramatische Ereignisse sich in den nächsten Monaten rund 35 Seemeilen vor der deutschen Nordseeküste abspielen würden, konnten sie natürlich nicht voraussehen ...

5

Mit meinem Uniformrock bekleidet und einem ziemlich verschlissenen Koffer aus dem Besitz meiner Eltern in der Hand begab ich mich am darauffolgenden Montag um die Mittagszeit zur Haltestelle, wo der Bus nach Elmshorn abfahren sollte. Begleitet wurde ich dabei von Vater, Mutter und meiner Schwester Hedwig. Lediglich mein jüngerer Bruder Paul fehlte bei meinem Abschied, weil er zu dieser Stunde seinen Dienst als Flakhelfer zu verrichten hatte. Mutter hatte mir für unterwegs ausreichend Proviant in den Koffer gepackt, der für die nächsten beiden Tage reichen würde. Sie schien sich ernsthaft Sorgen zu machen, dass ich auf der Fahrt nach Helgoland nicht genügend zu essen bekäme. Als der Omnibus in Sichtweite kam, umarmten mich alle schnell noch einmal innig. Vor allem meinen Eltern war anzusehen, wie ungern sie mich gehen ließen. Dies war natürlich aufgrund der schweren Schicksalsschläge, die sie durch die Tode respektive der Vermisstenmeldung meiner drei älteren Brüder bereits hinzunehmen hatten, kein Wunder. Ich musste meiner Mutter noch einmal hoch und heilig versprechen, ihr sofort nach meiner Ankunft auf der Insel zu schreiben, bevor ich in den Bus stieg.

Nachdem ich meinen Koffer untergebracht und mir mit Mühe und Not noch einen Sitzplatz ergattert hatte, winkte ich meiner Familie zum Abschied ein letztes Mal zu, bevor sich das Gefährt in Bewegung setzte. Zu diesem Zeitpunkt konnte ich natürlich nicht wissen, dass ich meine Liebsten das nächste Dreivierteljahr nicht wiedersehen und als völlig veränderter Mensch zu ihnen zurückkehren würde.

Im Bahnhofsgebäude von Elmshorn erkundigte ich mich am Schalter, welchen Zug ich zu nehmen hatte, um zu meinem Zielort zu gelangen. Zum Glück brauchte ich nicht lange auf die Bahn nach Heide zu warten.

Dort angekommen, musste ich noch einmal umsteigen, um am späten Nachmittag schließlich Büsum zu erreichen. Im Bahnhof der Küstengemeinde wandte ich mich erneut an einen Schalterbeamten, um mir den Weg zum Hafen beschreiben zu lassen, der glücklicherweise nicht sehr weit entfernt vom Bahnhof gelegen war.

Das Hafengelände erwies sich allerdings als erheblich weitläufiger, als es das Stadtbild des beschaulichen Ortes vermuten ließ, wie ich erstaunt feststellen musste, als ich dort eintraf. Das Areal bestand aus mehreren nebeneinander angeordneten Becken. Unweit der Kais waren zahlreiche Lagerschuppen errichtet worden. Der militärisch genutzte Teil des Hafens war von einem hohen Zaun umgeben und konnte nur durch ein Tor betreten werden, welches von Marinesoldaten strengstens bewacht wurde, wie man mir sagte. Wie ich vom Kapitän eines Fischkutters weiter erfuhr, lag die *Auguste* in eben jenem abgeschirmten Teil des Hafens. Mit dieser Information ausgestattet begab ich mich samt meinem Koffer zum Zugangstor, wo sich die Posten meine Papiere zeigen ließen, um mich danach ohne jede Beanstandung passieren zu lassen.

Obwohl man mir am Tor sowohl die Lage des Hafenbeckens beschrieben als auch den Anlegeplatz der *Auguste* genannt hatte, musste ich mich im Inneren des Areals noch ein weiteres Mal bei einem Hafenarbeiter erkundigen, bis ich das Schiff endlich gefunden hatte.

Den Aufbauten zufolge schien es sich um einen früheren Passagierdampfer zu handeln. Bei Ausbruch der Feindseligkeiten hatte man diesen offenbar für die Kriegsmarine requiriert und zu einem Minenschiff umgebaut. Dabei war das Schiff mit leichten Bordwaffen ausgestattet und mit grauer Tarnfarbe versehen worden.

Zu beiden Seiten der *Auguste* lagen jeweils weitere Wasserfahrzeuge am Kai. Bei einigen von ihnen schien es sich ebenfalls um ehemalige Seebäderschiffe zu handeln. Auch sie waren zu Beginn des Krieges zu Minenschiffen umgerüstet worden, wie ein Matrose mir erzählte. Im Gegensatz zur *Auguste* waren ihre früheren Namen jedoch nicht mehr zu erkennen. Stattdessen hatte man ihnen beim Auftragen des Tarnanstrichs irgendwelche militärischen Kürzel verpasst, die sich für meine Augen kaum voneinander unterschieden.

Auf der gegenüberliegenden Seite des Beckens hatten einige ebenfalls grau lackierte Frachtschiffe vor einem Lagerschuppen festgemacht. Über das gesamte Hafengelände verteilt waren kleinere und größere Bunker zu sehen, die den Hafenarbeitern und Seeleuten im Falle eines feindlichen Luftangriffs Schutz bieten sollten. Obwohl sie einen sehr massiven Eindruck auf mich machten, wirkten sie rückschauend im Vergleich zu den Befestigungseinrichtungen, die mir am nächsten Tag vorgeführt werden sollten, geradezu wie Spielzeugbauten.

Auf dem Kai herrschte hektische Betriebsamkeit. Hafenarbeiter, bei denen es sich allem Anschein nach zumindest in Teilen um feindliche Kriegsgefangene handelte, brachten schwere Kisten, die vor dem Lagerschuppen bereitstanden, in den Schwenkbereich eines dampfbetriebenen Krans, der das Frachtgut auf das Oberdeck der *Auguste* hievte. Dort wurde es von der Schiffsmannschaft in Empfang genommen und akkurat nebeneinander deponiert. Mehrere Marinesoldaten, die mit über den Schultern hängenden Karabinern bewaffnet waren, beaufsichtigen mit gelangweilten Blicken die Ladearbeiten am Schiff.

Während ich das Geschehen um mich herum fasziniert verfolgte, überlegte ich fieberhaft, an wen ich mich wenden konnte, um beim 1. Offizier der *Auguste* vorstellig werden zu können. Nach einigem Hin und Her fiel meine Wahl schließlich auf einen etwa dreißigjährigen Mann, der die Uniform der Kriegsmarine trug. Dieser schien die Aufgabe zu haben, die Anzahl der an Bord genommenen Güter schriftlich festzuhalten, denn er machte sich nach jeder verladenen Kiste in einer Schreibkladde Notizen.

Obwohl ich zu dieser Zeit noch nicht zwischen den verschiedenen Diensträngen der Kriegsmarine unterscheiden konnte, ließen mich seine Rangabzeichen und sein ganzes Auftreten vermuten, dass es sich bei ihm um einen Offizier handelte.

Nachdem ich mich einmal für ihn entschieden hatte, schlenderte ich mit meinem Koffer zögernd auf ihn zu. Da ich mir nicht sicher war, wie ich vorschriftsmäßig zu grüßen hatte, entschied ich mich für den Hitlergruß und ließ den rechten Arm zackig in die Höhe schnellen, als ich ihn ansprach:

„Heil Hitler! Wachtmeister Plöger von der Polizeidienststelle Pinneberg. Ich wurde nach Helgoland abgeordnet und soll mich zu diesem Zweck beim 1. Offizier der *Auguste* melden."

Der Mann musterte mich daraufhin einen Moment lang verwundert, ehe er salutierte und danach entgegnete:

„Haben Sie Ihre Papiere dabei?"

Ich beeilte mich, ihm diese auszuhändigen.

„Soso, nach Helgoland wollen Sie also?", meinte er beim Studieren der Dokumente und warf mir dabei einen skeptischen Blick zu. „Da sind Sie ja nicht gerade zu beneiden …"

Während ich noch überlegte, wie seine Bemerkung wohl gemeint sein könnte, erklärte er mir schon:

„Bis zum Auslaufen sind es noch beinahe vier Stunden. Sie können die Zeit bis dahin nutzen, um die Kantine aufzusuchen, wo man Ihnen ein Abendessen reichen wird." In kurzen Worten beschrieb er mir den Weg. „Lassen Sie Ihren Koffer ruhig hier, ich werde ihn an Bord bringen lassen. Finden Sie sich aber spätestens eine Stunde vor dem Ablegen wieder hier am Anleger ein!" Ich tat, wie mir geheißen und ließ mir in der Kantine einen Eintopf geben, den ich genüsslich vertilgte. Die verbleibende Zeit bis zur Abfahrt der *Auguste* nutzte ich für einen kleinen Spaziergang durch den malerischen Ort, ehe ich mich wieder auf das Hafengelände begab. Mittlerweile hatte die Abenddämmerung eingesetzt.

Zu meiner Überraschung musste ich mich in eine größere Menschenschlange einreihen, als ich an Bord wollte, denn mehrere hundert andere Personen schienen dasselbe Ziel wie ich zu haben. Die meisten von ihnen waren Soldaten. Es gab aber auch einige Zivilisten, die auf das Schiff wollten. Zu meinem Erstaunen entdeckte ich sogar mehrere Frauen unter den Passagieren.

Wenige Minuten vor dem geplanten Ablegen der *Auguste* um 22 Uhr fuhr ein Lastkraftwagen der Wehrmacht vor, dessen Ladefläche mit einer Plane überspannt war. Sobald der Fahrer das Fahrzeug zum Halten gebracht hatte, sprangen mehrere Wachsoldaten vom Wagen herunter und forderten die verbliebenen Personen mit lauten Kommandos auf, ihrem Beispiel zu folgen. Ich brauchte einen Augenblick, bis ich erfasst hatte, dass es sich bei ihnen offenbar um Kriegsgefangene handelte. Die Wachmannschaft trieb die ausgemergelten Männer hastig an Bord, wo sie von Marinesoldaten in Empfang genommen wurden, die ihnen ihre Plätze auf dem Unterdeck zuwiesen. Wenngleich ich keine Ahnung hatte, in welcher Sprache sich die Männer unterhielten, ließen mich ihre zerschlissenen Uniformen vermuten, dass es wohl Italiener waren, die nach Helgoland gebracht werden sollten.

Wie sich in der Folgezeit herausstellen sollte, verzögerte sich das Auslaufen des Schiffes wegen eines Fliegeralarms über Helgoland und im Raum Wilhelmshaven noch um beinahe zwei Stunden. Im Schutz der Dunkelheit legten wir schließlich kurz vor Mitternacht ab.

Zeitgleich mit der *Auguste* hatten auch zwei Frachtschiffe den Büsumer Hafen mit Kurs auf Helgoland verlassen, die die Insel mit Nachschub versorgen sollten, wie mir beim Durchfahren der schmalen Hafeneinfahrt von einem Marinesoldaten erklärt wurde. Da alle drei Schiffe aus Furcht vor feindlichen Fliegern keine Positionslichter gesetzt hatten, fuhren wir nur mit halber Kraft. Die Abstände zwischen den einzelnen Schiffen waren dabei wohl hauptsächlich aus diesem Grund recht beträchtlich.

Als wir die offene See erreichten, ließ die Anspannung, die sich meiner beim Auslaufen bemächtigt hatte, merklich nach und ich verspürte auf einmal eine angenehme Müdigkeit. Es war nicht ganz einfach, inmitten der Zivilisten auf dem Mitteldeck noch einen Schlafplatz zu finden. Doch ich hatte Glück und entdeckte in der Nähe der Treppen eine freie Sitzbank, auf der ich mich ausbreiten konnte. Es dauerte nicht lange, bis mich das sanfte Schaukeln des Schiffes einschlummern ließ.

6

Als ich erwachte, hatte die Morgendämmerung bereits eingesetzt. Es brauchte einen Moment, bis mir wieder bewusst war, wo ich mich befand.

Ringsherum waren die gleichmäßigen Atemgeräusche der anderen Passagiere zu hören, die teils sitzend, teils liegend sämtlich noch zu schlafen schienen. Lediglich ein etwa vierzigjähriger Mann, der neben mir auf dem Fußboden kauerte und mit dem Rücken gegen die Außenwand gelehnt eine Zigarette rauchte, hatte die Augen aufgeschlagen, mit denen er mich neugierig beäugte.

„Du bist wohl der Nachfolger des alten Hoopmann als Inselgendarm?", sprach er mich nach einer Weile mit leiser Stimme an, um die Mitreisenden nicht aufzuwecken.

Überrascht über die vertrauliche Anrede richtete ich mich auf, sah hastig an meinem Uniformrock herunter und erwiderte dann in gleicher Lautstärke:

„Ja, ganz recht. Mein Name ist Hans Plöger."

„Warst du schon einmal auf Helgoland, Hans?", wollte er wissen.

„Nein, noch nie. Ich komme aus Ellerhoop. Das ist in der Nähe von ..."

„Ich weiß, wo Ellerhoop liegt", unterbrach mich der Mann grinsend. „Als Dachdeckermeister bin ich ziemlich herumgekommen. Ursprünglich stamme ich aus Beckstein bei Heilbronn."

Als ich ihn daraufhin verständnislos ansah, erklärte er schnell:

„Das ist in Süddeutschland. Dort kannst du dich natürlich nicht auskennen. Na ja, wie das Leben manchmal so spielt, hat es mich irgendwann in den Norden verschlagen. Zuerst verdiente ich mein Geld auf einem Fischkutter. Doch als auf Helgoland der Bau der

Kasernen begann, zog ich es vor, wieder in meinem gelernten Beruf zu arbeiten. Anfangs pendelte ich noch zwischen Cuxhaven und dem Eiland. Das wurde mit der Zeit natürlich ziemlich lästig. Als sich mir die Möglichkeit bot, auf Helgoland ein Haus zu übernehmen, zögerte ich keinen Augenblick und zog mit meiner Familie auf die Insel. Obwohl der Kasernenbau längst abgeschlossen ist, gibt es dort noch immer reichlich Arbeit für mich."

Seine Stimme nahm beinahe einen Flüsterton an, als er fortfuhr: „Verantwortlich dafür ist der Feind. Der sorgt nämlich mit seinen Bomberattacken dafür, dass es auf Helgoland ständig beschädigte Dächer zu reparieren gibt!"

Auf einmal erhob er sich, kam einen Schritt näher und gab mir die Hand.

„Ich heiße übrigens Georg Braun", stellte er sich vor. „Sag mal, Hans, hast du dich eigentlich freiwillig auf den frei gewordenen Posten auf Helgoland beworben?"

„Nein, ich wurde von meiner übergeordneten Dienststelle dorthin versetzt", antwortete ich wahrheitsgemäß.

„Dann hoffe ich sehr für dich, dass du in den nächsten Monaten nicht die Hölle durchleben musst ...", meinte er mit nachdenklicher Miene.

In diesem Augenblick sprach er noch in Rätseln zu mir. Erst ein knappes Dreivierteljahr später sollte ich erfahren haben, was er mit seinen Worten gemeint hatte.

Ohne zu fragen, nahm Braun plötzlich neben mir auf der Bank Platz und erklärte mir mit leiser Stimme:

„Die Alliierten rücken an allen Fronten vor. Die Engländer und Amerikaner sind in Frankreich gelandet, die Russen werden schon bald in Ostpreußen stehen. Nacht für Nacht werden unsere Städte von den alliierten Bombern in Schutt und Asche gelegt. Das tausendjährige Reich gleicht mittlerweile einer Trümmerwüste. Der Krieg ist allen Durchhalteparolen der Regierung zum Trotz verloren! Ich kann nur hoffen, dass das Ende schnell kommt und dadurch zumindest unsere schöne Insel von größeren Zerstörungen verschont bleibt!"

Aus naheliegenden Gründen erwiderte ich lieber nichts auf diese äußerst brisanten Bemerkungen. Stattdessen zog ich es vor, mich für einen Moment von meinem Gesprächspartner abzuwenden, um in Ruhe über seine Aussagen nachdenken zu können. Brauns Worte hatten mich nämlich einigermaßen verwirrt, wurde der Bevölkerung doch in den Zeitungen oder im Rundfunk in unerschütterlicher Siegeszuversicht fortdauernd genau das Gegenteil von dem, was er gerade behauptet hatte, eingetrichtert. Was mochte Braun veranlasst haben, der deutschen Kriegspropaganda derart skeptisch gegenüberzustehen? Ich wurde aus meinen Gedanken gerissen, als die Tür zum Passagierdeck geöffnet wurde und ein Offizier eintrat. Dieser sah sich hastig unter den Schlafenden um und bemerkte dabei, dass außer Braun und mir noch niemand aufgewacht war. Daraufhin wandte er sich an uns, um uns mitzuteilen:

„Helgoland ist bereits in Sicht. In spätestens einer halben Stunde werden wir anlegen!"

„Zumindest ist uns ein Angriff durch feindliche Flieger erspart geblieben ...", seufzte mein Nebenmann kaum hörbar, um mich schon im nächsten Moment mit plötzlicher Entschlossenheit aufzufordern:

„Komm, Hans, wir wollen zum Bug gehen. Von dort hast du den besten Blick auf die Insel und kannst dir schon einmal einen ersten Eindruck von Helgoland verschaffen!"

Braun hatte nicht übertrieben, als er von der Schönheit der Insel gesprochen hatte, wie ich feststellte, als wir uns über das seitliche Deck nach vorne begaben. Im Licht der aufgehenden Sonne bot sich mir an diesem Tag ein wahrlich beeindruckendes Bild, wie es sich nach dem Krieg niemals wieder für den Inselbesucher zeigen würde! Während sich die Sonnenstrahlen im Wasser der Nordsee spiegelten, ließen sie gleichzeitig einen gewaltigen Felsen, der sich in einiger Entfernung inmitten des Meeres vor uns auftürmte, in schillernden roten Farben erstrahlen. Ich war von diesem Ausblick derart fasziniert, dass ich meine Augen kaum von der Insel abwenden konnte!

Beim Näherkommen zeichneten sich mehrere künstliche Erhebungen auf der Silhouette des Massivs ab. Ich machte einen Leucht- und einen Kirchturm, aber auch einige recht seltsam anmutende Bauten aus. Bei Letzteren schien es sich um militärische Einrichtungen zu handeln, über deren Bedeutung ich mir zu diesem Zeitpunkt jedoch noch nicht im Klaren war. Welche Funktion mochte beispielsweise ein riesiges Metallgestänge haben, dessen einzelne Elemente untereinander mit Drähten verbunden waren und dadurch wie ein überdimensionales Spinnennetz aussah? Zudem schwebten zwei gewaltige Sperrballons, wie ich sie auch schon auf dem Festland gesehen hatte, zum Schutz gegen Tieffliegerangriffe über der Insel.

„Dich irritieren die Funkmessortungsgeräte und der Flakbefehlsstand, die so gar nicht in dieses idyllische Bild hineinpassen wollen, nicht wahr?", fragte Braun, der meinem Blick gefolgt war, plötzlich in das Rauschen der Wellen hinein und hatte damit meine Gedanken erraten.

Es dauerte nicht lange, bis sich für meine Augen sowohl oben auf dem Felsen als auch unterhalb des Gesteins eine Ansammlung von Gebäuden abzeichnete. Mein Begleiter bezeichnete die beiden Siedlungsbereiche als Oberland und Unterland, was sich in meinen Ohren nur logisch anhörte. Dem Unterland war eine auf den ersten Blick überdimensioniert erscheinende Hafenanlage vorgelagert. Innerhalb eines durch eine weit ins offene Meer hineinragende Mole geschützten Hafenbeckens tummelten sich einige kleinere Wasserfahrzeuge, die in den Tarnfarben der Kriegsmarine lackiert waren. Auch einige Frachtschiffe hatten dort festgemacht. Bei den wenigen größeren Schiffen handelte es sich um eine Fregatte und drei Korvetten, wie ich von Braun erfuhr.

Er war es auch, der mich auf einen riesigen Betonkoloss am Rande der Anlage aufmerksam machte.

„Das ist der U-Bootbunker Nordsee III. In ihm können mehrere U-Boote gleichzeitig untergebracht werden. Seine Mauern sind bis zu drei Meter dick", erläuterte er mir.

Während ich noch gebannt auf den massiven Betonklotz starrte, lenkte der Dachdeckermeister meine Aufmerksamkeit nach Steuerbord, wo wir gerade ein weiteres, allerdings erheblich flacheres Eiland passierten.

„Auf der rechten Seite kannst du die Düne erkennen. In früheren Zeiten war sie einmal mit der Hauptinsel verbunden. Doch eine Sturmflut hat dafür gesorgt, dass beide Teile voneinander getrennt wurden. Die Düne ist eigentlich im Sommer sowohl für die Inselbewohner als auch für die vielen Besucher das Badeparadies schlechthin. Doch seit Kriegsbeginn wurde sie zum militärischen Sperrgebiet erklärt. Man hat dort nämlich einen Flugplatz gebaut. Zudem wurden dort unzählige Flakstellungen errichtet." Seine Stimme nahm einen verächtlichen Klang an, als er noch nachschob: „Als ob das die Insel schützen könnte ..."

Erneut schockierte mich die Tatsache, dass Georg Braun mir

gegenüber kein Blatt vor den Mund nahm und seine Zweifel am viel beschworenen Endsieg so offen äußerte. Schließlich kannte er mich ja erst seit Kurzem! Seine Meinung unverblümt zu sagen, konnte in diesen Zeiten wachsender Nervosität bei den Behörden sehr gefährlich sein ...

Mein Begleiter muss mein erschrockenes Gesicht wohl bemerkt haben, denn er beeilte sich, mich zu beschwören:

„Damit wir uns richtig verstehen: Ich habe grundsätzlich keinerlei Hemmungen, meine Meinung offen zu äußern. Trotzdem sollte das, was wir beide miteinander besprochen haben, besser unter uns bleiben, klar?"

Noch immer einigermaßen verstört versicherte ich ihm schnell:

„Ja, natürlich. Das versteht sich doch von selbst!"

Braun nickte zufrieden und klopfte mir freundschaftlich auf die Schulter. „Du bist schon in Ordnung, Hans!"

Inzwischen hatten wir die nicht sehr breite Hafenzufahrt beinahe erreicht. Zu beiden Seiten waren auf den schmalen Molen jeweils mehrere Flakstellungen zu erkennen.

Auf der *Auguste* war das Leben mittlerweile erwacht. Viele Passagiere waren nach draußen gekommen, um das Anlegemanöver von der Reling aus zu verfolgen.

Der Kapitän drosselte noch einmal die Geschwindigkeit des Schiffes, um sich dem Kai langsam zu nähern.

„Sag mal, Hans, warst du in den letzten Monaten zufällig einmal in einer Stadt, die zuvor von den alliierten Bombern heimgesucht wurde?", flüsterte Braun mir plötzlich ins Ohr.

Nachdem ich mich vorsichtig nach allen Seiten umgesehen hatte, schüttelte ich den Kopf. Daraufhin erklärte er mir noch eine Spur leiser:

„Ich war in Hamburg, und zwar nach dem großen Angriff der Tommys im letzten Jahr. Es war einfach entsetzlich, wie ich dir versichern kann! Mir fehlen die Worte, um das Grauen zu beschreiben, das ich mit ansehen musste. In der Innenstadt steht kaum noch ein Stein auf dem anderen. Viele Bewohner sind praktisch über Nacht obdachlos geworden. Von den unzähligen Toten will ich erst gar nicht sprechen. Mein größter Alptraum wäre es, wenn uns hier auf Helgoland ein ähnliches Schicksal ereilte ..."

„Aber hier gibt es doch nichts, was für den Feind von Interesse wäre ...", wandte ich ein, worauf er erbost erwiderte:

„Diese Bemerkung kann nur von jemandem kommen, der noch nie

hier war! Die Insel ist in den letzten Jahren, wie übrigens auch schon im Ersten Weltkrieg, zu einer Seefestung ausgebaut worden, um feindliche Kriegsschiffe von der Weser- und Elbmündung fernzuhalten. Die Geschütze auf Helgoland haben eine Reichweite von bis zu 50 Kilometern! Mit diesem Radius ist selbst der Kaiser-Wilhelm-Kanal, der die schnelle Verlegung der Kriegsflotte von der Ost- zur Nordsee und umgekehrt ermöglicht, geschützt. Kein feindliches Kriegsschiff wird sich angesichts dieser Feuerkraft auch nur in die Nähe der Deutschen Bucht wagen! Zeitweilig war sogar geplant, Helgoland zum mächtigsten Stützpunkt der deutschen Kriegsmarine auszubauen. Zum Glück ist es dabei geblieben, weil die Ressourcen für die Errichtung dieser Anlage nach Kriegsausbruch schlichtweg nicht mehr vorhanden waren. Dennoch habe ich die Befürchtung, dass den Engländern die Befestigungsanlagen der Insel bei ihrem Vormarsch auf das Reichsgebiet ein Dorn im Auge sind."

„Und du glaubst, die Alliierten könnten Helgoland aus diesem Grund bombardieren?"

Er nickte trübselig vor sich hin, als er entgegnete:

„Das geschieht doch schon längst, wenn auch bislang glücklicherweise nur in bescheidenem Rahmen. Wir bekommen inzwischen beinahe wöchentlich ungebetenen Besuch aus der Luft, von den vielen Alarmen bei den Anflügen auf das Festland gar nicht zu reden. Du wirst schon noch sehen!" Er schüttelte frustriert den Kopf. „Was hat man den Inselbewohnern in den letzten Jahrzehnten nicht alles zugemutet! Im Ersten Weltkrieg mussten sie ihre Heimat verlassen, weil die Militärführung eine Invasion der Engländer befürchtete. Als sie nach dem Krieg zurückkehrten, fanden sie ihre Häuser vollkommen verwüstet und ausgeplündert vor! Nicht einmal zwanzig Jahre später verbietet man ihnen den Zugang zu weiten Teilen ihrer eigenen Insel, weil dort erneut militärische Anlagen errichtet wurden.

Mit dem Ausbau zur Seefestung fordert die militärische Führung die völlige Zerstörung der Insel doch geradezu heraus! Dabei ist es absolut unsinnig, Helgoland noch zu verteidigen. Deutschland wird diesen Krieg so oder so verlieren!"

Da mittlerweile immer mehr Passagiere auf das Außendeck strömten, ließ Braun es dabei bewenden und nahm von weiteren Erklärungen Abstand.

Noch oft sollte ich in den nächsten Monaten an seine Worte

zurückdenken. Seinem kleinen Vortrag lagen Überlegungen zugrunde, die sich im Nachhinein zwar als richtig erweisen, ihm persönlich jedoch letztlich zum Verhängnis werden sollten. Doch das war zu diesem Zeitpunkt natürlich noch nicht absehbar ...

7

Die Kriegsgefangenen waren die Ersten, die nach dem Anlegen von Bord gelassen wurden. Von unserem Standort an Deck aus konnten wir verfolgen, wie sie am Kai von einer Wachmannschaft in Empfang genommen wurden, die sie zu ihren Unterkünften eskortieren würde.

Derweil hatten unsere beiden Begleitschiffe an der Mole eines anderen Hafenbeckens festgemacht, das als Scheibenhafen bezeichnet wurde, wie ich später erfahren sollte. Auf dem mehrere Meter breiten Anleger waren Kräne zum Entladen der Frachter zu erkennen. Zu meiner Überraschung gab es sogar eine schmalspurige Lorenbahn zum Abtransport des angelieferten Frachtgutes, deren Schienenstrang in einen Tunnel und damit geradewegs in den Felsen hinein zu führen schien.

Trotz der bescheidenen Größe Helgolands sollte es nach meiner Ankunft einige Wochen dauern, bis ich mich völlig sicher auf der Insel zurechtfand und das ganze Ausmaß der Unterhöhlung des Felsens einigermaßen einschätzen konnte. Die Öffnung im Felsen in Höhe der Marinemole bildete den Anfang des Kabelbahntunnels, durch den eine Schmalspurbahn auf der stark ansteigenden Strecke ins Oberland geführt wurde. Der Tunnel endete nach rund 180 Metern im Bereich der Seezielbatterie Jacobson. Von dort wurden die Gleise oberirdisch bis zur Nordspitze der Insel weitergeführt. Erst nach dem Bau der Kabel- und Zahnradbahn war es möglich gewesen, schwere Lasten und Güter, wie etwa die großkalibrigen Seegeschütze der Batterien Jacobson und von Schröder, ins Oberland zu befördern.

Beiderseits des Kabelbahntunnels waren Zubringerstollen zur Raumanlage, einem weit verzweigten unterirdischen Stollensystem, das sich beinahe über den gesamten südlichen Teil der Insel erstreckte, in den Fels getrieben worden. In einer Unzahl verschiedener Kammern waren Munitionslager, Batterieladeräume für U-Boot-Akkumulatoren, Depots, Versorgungs- und

Unterkunftsräume, Büros und ein Lazarett untergebracht. Sogar an eine Bäckerei hatte man gedacht. Doch mit welch erstaunlichen technischen Finessen die Raumanlage aufwarten konnte, würde man mir erst sehr viel später schildern.

Obwohl es eine Verbindung zu den Luftschutzräumen für die Zivilbevölkerung im Unterland gab, sollte mir der Zugang zur Raumanlage während meiner gesamten Zeit auf Helgoland stets verwehrt bleiben. Nur bei einer einzigen Gelegenheit sollte ich sie betreten dürfen ...

„In Friedenszeiten wäre die *Auguste* zwischen dem Felsen und der Düne vor Anker gegangen, wo die Kur- und Badegäste ausgebootet und von den Einheimischen mit kleinen Booten an Land gebracht worden wären", kommentierte Braun das Verlassen der ersten Fahrgäste des Schiffes. „Das ist hier auf Helgoland gute alte Tradition, die den Inselbewohnern einst vertraglich zugesichert wurde. Aber der Krieg hat selbst diesen jahrhundertealten Brauch zum Erliegen gebracht ..."

Auch wir mussten uns nach diesen Worten anschicken, von Bord zu gehen. Nachdem wir an Land angelangt waren und ich damit endlich wieder festen Boden unter den Füßen spürte, sah ich mich auf dem weiten Hafengelände neugierig um. Kräne und Lagerhallen ließen das Areal sehr unübersichtlich erscheinen. An mehreren Stellen waren Flakbatterien unterschiedlichen Kalibers, Flakscheinwerfer und Horchgeräte aufgestellt worden. Zu meiner Verwunderung entdeckte ich zu meiner Linken ein Kieslager und einen Schuppen, in dem große Mengen Zement untergebracht waren. Das dominierende Bauwerk der gesamten Hafenanlage war jedoch der U-Bootbunker, der mir aus der Nähe betrachtet noch gewaltiger erschien.

Wir mussten mehrere Gleise überschreiten, als wir unter der Aufsicht bewaffneter Marinesoldaten aus dem Hafenbereich geführt wurden. Unweit des Felsens war ein Zaun errichtet worden, der das Areal vom Rest der Insel abschirmte. Mehrere Schilder wiesen das Hafengelände als militärisches Sperrgebiet aus.

Um in den frei zugänglichen Teil des Unterlandes zu gelangen, hatten wir eine Wachbaracke zu passieren, die direkt am Kai des Scheibenhafens stand, wo man sich unsere Papiere zeigen ließ. Erst nach dieser penibelen Kontrolle wurde uns der Zutritt zur Insel durch ein zweiflügliges Tor gewährt.

In einiger Entfernung entdeckte ich einen etwa sechzigjährigen

Mann mit schütterem Haar, der wie ich den Uniformrock der Ordnungspolizei trug und die Vorbeigehenden kritisch musterte. Da die Vermutung nahelag, dass er eigens gekommen war, um mich in Empfang zu nehmen, lenkte ich meine Schritte in seine Richtung. Braun folgte mir zögernd.

Als der Mann mich aufgrund meiner Dienstkleidung als seinen neuen Kollegen erkannte und beinahe gleichzeitig meinen Begleiter wahrnahm, verengten sich seine Augen auf einmal zu schmalen Schlitzen. Der freundliche Ausdruck in seinem Gesicht wich schlagartig einer misstrauischen Miene, mit der ich beäugt wurde.

„Moin, Herr Wachtmeister", rief Braun dem Mann schon von weitem entgegen, um sich schon im nächsten Moment zu korrigieren: „Oh, Verzeihung, Heil Hitler, Herr Wachtmeister, wollte ich natürlich sagen!"

Anstatt den Gruß zu erwidern, warf der Gendarm meinem Gefährten einen unfreundlichen Blick zu und brummte dabei leise: „Überspann den Bogen nicht, Braun!"

Der Angesprochene war, die Worte des Mannes ignorierend, mittlerweile stehengeblieben und hielt mir seine Hand mit den Worten hin:

„Tja, hier trennen sich unsere Wege wohl vorerst. Mach´s gut und pass auf dich auf, Hans! Ich wünsche dir viel Glück auf Helgoland."

Ich ergriff die dargebotene Hand und drückte sie kräftig, während ich erwiderte:

„Bestimmt finden wir in nächster Zeit einmal eine Gelegenheit, ein Bier zusammen zu trinken!"

„Bestimmt", entgegnete er vage und eilte ohne jedes weitere Wort davon.

Daraufhin wandte ich mich meinem Kollegen zu:

„Heil Hitler! Mein Name ist Hans Plöger. Ich bin auf die Insel abkommandiert worden und ..."

„Das weiß ich doch alles, mein Junge", fiel er mir ungeduldig ins Wort. „Komm erst mal mit. Ich werde dir als Erstes unsere Wache zeigen und dich anschließend zu deinem Quartier führen."

Er wollte sich schon von mir abwenden, als ihm plötzlich bewusst zu werden schien, dass er sich noch gar nicht vorgestellt hatte.

„Ach, mein Name ist übrigens Knut Thomsen", sagte er schnell und gab mir dabei die Hand. „Wir beide werden zukünftig gemeinsam hier auf Helgoland für Recht und Ordnung zu sorgen haben!"

Auf einmal zeigte sich ein breites Grinsen auf seinem Gesicht. „Keine Sorge, überarbeiten brauchst du dich dabei nicht. Die Anzahl der Gesetzesverstöße hält sich hier sehr in Grenzen. Denn wohin sollte ein potenzieller Straftäter auch fliehen können?" Ich wollte gerade etwas erwidern, als seine Miene unversehens wieder ernst wurde. „Von Georg Braun solltest du dich übrigens besser fernhalten, mein Junge. Er ist ein Aufwiegler. Wenn er so weitermacht, wird es eines Tages kein gutes Ende mit ihm nehmen ..."

Nach diesen Worten forderte er mich mit einer Handbewegung auf, ihm zu folgen. Unterwegs erzählte Herr Thomsen mir von meinem Amtsvorgänger Hoopmann, der zuletzt aufgrund seiner ständigen Gichtattacken nicht mehr in der Lage gewesen war, den Dienst auf der Insel zu verrichten.

„Wo wir schon einmal beim Thema Gesundheit sind: Was ist eigentlich mit deinem rechten Fuß passiert?", erkundigte er sich danach bei mir. „Warst du an der Front? Ich sehe gar kein Verwundetenabzeichen an deinem Uniformrock ..."

„Nein, nein", beeilte ich mich zu erklären. „Ich leide seit meiner Geburt an einer Fehlstellung des Fußes. Aus diesem Grund ..."

„Schon gut", fiel er mir ins Wort. „Damit bist du hier auf Helgoland in guter Gesellschaft. Viele Männer sind auf die Insel abgeordnet worden, weil sie nur noch bedingt kriegsdiensttauglich sind."

Wir brauchten nicht weit zu gehen, bis wir die Wache erreicht hatten. Nur wenige Meter hinter der Marinemole am Scheibenhafen, wo unsere beiden Begleitschiffe bereits entladen wurden, befand sich das Zollgebäude, in dem auch unsere bescheidene Amtsstube untergebracht war. In der folgenden Viertelstunde machte mein Kollege mich mit meinem neuen Arbeitsplatz vertraut, der im hinteren Bereich des Gebäudes gleich neben der Toilette sogar mit einer Arrestzelle ausgestattet war. Zum Schluss erklärte Herr Thomsen mir:

„Ich werde dich jetzt zu deiner Unterkunft bringen, damit du deinen Koffer loswirst. Man hat dich im Obergeschoss des Hauses einer alleinstehenden Witwe untergebracht. Frau Friedrichsen wird dir ein anständiges Frühstück zubereiten, sobald wir dort angekommen sind. Dazu müssen wir uns allerdings ins Oberland begeben. Auf dem Weg dorthin werde ich dir schon einmal zeigen, worauf es ankommt, damit du deine Zeit auf Helgoland unbeschadet überstehst ..."

8

„Komm, mein Junge!", forderte Herr Thomsen mich auf. „Als Erstes werde ich dich mit dem Unterland vertraut machen. Merk dir für den Anfang schon mal den wichtigsten Grundsatz für den nicht ganz unwahrscheinlichen Fall eines Luftalarms: Einzig der Felsen bietet dir bei feindlichen Luftangriffen ausreichend Schutz vor direktem Beschuss oder der Splitterwirkung der Bomben! Deshalb ist es für alle Bewohner der Insel oberstes Gebot, in diesen Fällen stets auf kürzestem Weg in die Schutzräume zu gelangen. Diesen Leitsatz solltest du vom ersten Tag an verinnerlichen! Denn sobald Alarm ausgelöst wird, hängt dein Leben entscheidend davon ab, wie schnell du den nächstbesten Bunker erreichst! Dies setzt wiederum eine gute Ortskenntnis voraus. Du musst also jederzeit in der Lage sein, dich orientieren zu können, egal, wo du dich gerade befindest!

Es gibt sowohl im Unter- als auch im Oberland mehrere Zugänge zu den Stollen, deren Standorte ich dir allesamt noch zeigen werde. Als Inselneuling solltest du sie dir schnellstmöglich einprägen! Das Stollensystem des Unterlandes ist übrigens durch die Spirale, einer Stützmauer am Felseneck, die sich über mehrere Etagen erstreckt und ebenfalls als Luftschutzbunker dient, mit dem des Oberlandes verbunden. Und was die Sirenen betrifft: Jeden Tag um Punkt 12 Uhr ertönt ein Probealarm. Dies geschieht deshalb, um die Funktionstüchtigkeit der Sirenen ständig zu überprüfen. Von deren Einsatzbereitschaft hängt schließlich unser aller Leben ab!"

Ich nickte sichtlich beeindruckt. Herr Thomsens eindringliche Worte hatten mir vor Augen geführt, wie unzureichend die Schutzmaßnahmen daheim in Ellerhoop waren, wo immer noch die Keller der Wohnhäuser als Luftschutzräume dienten.

Als Herr Thomsen unsere Schritte in eine enge Gasse lenkte, die beiderseits von beschaulichen Wohnhäusern gesäumt war und direkt auf das Felsmassiv zuführte, beobachtete ich insgeheim neugierig das Treiben der Menschen auf der Straße. Allerdings schien dieses Belauern auf Gegenseitigkeit zu beruhen, denn auch die Passanten schienen mich ihrerseits als ihren neuen Inselgendarmen argwöhnisch zu beäugen. Mein hinkender Gang mochte sein Übriges zur Skepsis mir gegenüber beitragen. Immerhin warfen uns einige Bewohner im Vorbeigehen einen flüchtigen Gruß zu, den wir freundlich erwiderten. Obwohl das Bild, das sich mir bot, auf den ersten Blick ganz alltäglich wirkte, machten die Leute bei genauerem Hinsehen allesamt einen angespannten und gehetzten Eindruck auf mich. Zudem irritierte mich etwas, ohne dass ich in diesem Moment sagen konnte, worum es sich dabei handeln könnte.

Während ich noch darüber nachdachte, ob die ständigen Luftalarme wohl für die allgemeine Nervosität der Menschen verantwortlich sein mochten, erklärte Herr Thomsen mir: „Schon bald nach Kriegsbeginn gab es erste Luftangriffe der Engländer auf Helgoland. In den meisten Fällen konnten die feindlichen Flugzeuge abgeschossen werden oder sie drehten aufgrund des massiven Beschusses durch unsere Flak freiwillig ab, bevor sie größere Schäden anzurichten vermochten. Bei einem dieser Angriffe kam es jedoch im Jahr 1941 zu einigen tragischen Todesfällen. Die Tatsache, dass es sich bei den Todesopfern überwiegend um Schulkinder handelte, für die die Strecke bis zum nächstgelegenen Bunkerzugang in der Kürze der Zeit einfach zu weit gewesen war, machte die ganze Sache umso erschütternder. Einige Kinder hat man zu ihrem Schutz mittlerweile auf das Festland verschickt, als die Zahl der Luftalarme vor einiger Zeit rapide zunahm.

Als Reaktion auf diese Tragödie trieb man in Rekordzeit einen weiteren Stollen in den Felsen hinein, dessen Zugang sich in unmittelbarer Nähe zum Schulgebäude befindet. Folgerichtig hat man diesem Schutzraum den Namen „Schulbunker" gegeben. Da wir dich im Oberland untergebracht haben, wirst du übrigens ab sofort für diesen Abschnitt verantwortlich sein, mein Junge."

Auf meinen fragenden Blick erklärte mein Kollege mir: „Was du bei einem Luftalarm im Einzelnen zu tun haben wirst, wird man dir noch genau erklären, wenn wir später die Bunker besichtigen."

Auch, wenn ich mir in diesem Moment nicht vorstellen konnte, was es für einen Gendarmen in einem Luftschutzraum zu tun geben konnte, hatten seine Worte zumindest dafür gesorgt, dass mir plötzlich wie Schuppen vor den Augen fiel, was mich vorhin beim

Anblick der Inselbewohner so verstört hatte. Im gesamten Unterland waren uns bislang nämlich relativ wenig Kinder begegnet. Dabei hätten sie doch um diese Uhrzeit auf dem Schulweg sein müssen!

Nach einer scharfen Rechtskurve machte Herr Thomsen mich auf einmal auf eine massive Stahltür im Felsen aufmerksam, durch die man offenbar in das Innere des Massivs gelangen konnte.

„Dies ist der erste von insgesamt fünf Zugängen zum Bunker des Unterlandes hier in der Bremer Strasse beziehungsweise der Lübecker Strasse, wie die Gasse jenseits des Aufzugs bezeichnet wird", erklärte er mir. „Der Stollen selbst liegt einige Meter tief im Inneren des Gesteins, verläuft parallel zur Felskante und endet dort drüben an der Spirale."

Bei seinen Worten hatte er in nordöstliche Richtung gezeigt. Als ich seinem Blick folgte, fiel mir in einiger Entfernung ein recht seltsam anmutendes Stahlgebilde ins Auge, das in unmittelbarer Nähe zum Steilhang vom Boden bis zum oberen Felsenabschluss reichte. Die Konstruktion endete in luftiger Höhe in einer Art zweigeteilter Kabine, deren Abschnitte jeweils mit einem gewölbten Dach versehen waren und durch einen Steg mit dem Oberland verbunden waren.

„Ist das etwa die Spirale ...?", fragte ich verdutzt, worauf Herr Thomsen einen heftigen Lachanfall bekam.

„Nein, nein", beeilte er sich zu erklären, nachdem er sich wieder beruhigt hatte. „Das, was du gerade so verstört anstarrst, ist besagter Aufzug vom Unter- ins Oberland. Heutzutage wird er glücklicherweise elektrisch betrieben. Aber ich erinnere mich noch an die Zeiten, als er mit Dampfkraft angetrieben wurde und es ständig zu Betriebsstörungen kam. Nun ja, ganz ohne Beeinträchtigungen funktioniert der Fahrstuhl noch immer nicht ..."

Er klopfte mir aufmunternd auf die Schulter. „Die Spirale befindet sich einige Dutzend Meter hinter dem Aufzug. Du kannst sie von unserem Standort derzeit zwar noch nicht sehen, aber keine Sorge, wir werden sie noch ausgiebig besichtigen!"

Auf den folgenden Metern zeigte mein Kollege mir weitere Zugänge zum Schutzbunker, auf die Schilder hinwiesen. Diese hatte man weithin sichtbar in der Gasse angebracht, weil die Tunneleingänge von dort teilweise von den Wohnhäusern verdeckt wurden.

Schon seit ich den ersten Bunkerzugang gesehen hatte, beschäftigte mich innerlich eine Frage. Darum wandte ich mich Hilfe suchend an Herrn Thomsen:

„Bei meiner Ankunft auf der Insel bemerkte ich im Hafenbereich ebenfalls Zugänge zu irgendwelchen Stollen. Verbergen sich dahinter auch Schutzräume für die Zivilbevölkerung?"

Mein Begleiter ließ sich mit seiner Antwort Zeit, um mir dann in Ruhe zu erläutern:

„Durch die Tunneleingänge im Bereich des Hafengeländes gelangt man in die Raumanlage, zu der du als Zivilist jedoch keinen Zutritt hast. Nun ja, zumindest nicht zum militärischen Teil! Selbstverständlich würde man dir im Notfall schon Einlass gewähren, falls es aus irgendeinem Grund einmal hart auf hart kommen sollte. Aber sollte dies wirklich der Fall sein, musst du dir darüber im Klaren sein, dass du anschließend furchtbaren Ärger bekommen würdest. Du dürftest in der Kommandantur antreten, weil du selbst als Ordnungshüter nicht befugt bist, militärisches Sperrgebiet zu betreten!"

Unweit des Fußes der imposanten Fahrstuhlkonstruktion bedeutete Herr Thomsen mir anzuhalten.

„Die Schutzstollen sind sehr eng angelegt. Ich hoffe doch, du leidest nicht etwa unter Platzangst, mein Junge?", erkundigte er sich mit ehrlicher Sorge bei mir, während er mich zu einer weiteren schweren Stahltür im Felsen führte, durch die man in den Bunker gelangte.

War ich anfangs über die ständige Anrede „Mein Junge" noch irritiert gewesen, die ich unter Kollegen als befremdlich empfand, hatte ich mich mittlerweile längst an seine väterliche Art gewöhnt. Herr Thomsen schien sich aufrichtig um mein Wohlergehen zu sorgen.

„Ich weiß nicht so genau ...", entgegnete ich wahrheitsgemäß. „Meine Heimatgemeinde wurde bislang von Bombenangriffen des Feindes verschont. Bei den wenigen Luftalarmen suchten wir stets Schutz im Keller unseres Hauses!"

Statt einer Antwort zog er unversehens die schwere Stahltür auf, betätigte einen Lichtschalter und forderte mich mit einer Handbewegung auf, einzutreten. Nur zögernd leistete ich seiner Aufforderung Folge und betrat einen schmalen Gang von wenigen Metern Länge, der an einer weiteren, weit geöffneten Stahltür endete.

Mein Kollege schloss die Tür hinter sich, ehe er mir folgte. Erst hinter dem zweiten Tor begann der eigentliche Schutzstollen, der rechtwinklig zum Zugangskorridor in beide Richtungen führte.

„Die Zugangstüren zu den Bunkeranlagen sind zwar stets unverschlossen, um im Alarmfall, wo jede Sekunde zählt, keine unnötige Zeit zu verschwenden. Dennoch darfst du den Stollen nur betreten, wenn ein triftiger Grund, also ein Luftalarm, vorliegt. Die Inselkommandantur versteht in dieser Hinsicht keinen Spaß. Du solltest dich also besser an diese Vorgabe halten. Jeder missbräuchliche Zutritt wird bestraft!"

Als sei dies das Stichwort gewesen, wurde in diesem Moment in unserem Rücken der Zugang geöffnet und ein älterer Mann kam aufgeregt in den Korridor geeilt.

„Knut, bist du das?", rief er uns entgegen, während er uns im Halbdunkeln zu erkennen versuchte.

Herr Thomsen erwiderte hastig:

„Keine Sorge, Hinnerk, ich bin´s tatsächlich, Knut."

Daraufhin machte Herr Thomsen uns miteinander bekannt, wobei er dem Mann erklärte:

„Das ist mein neuer Kollege. Er stammt gebürtig aus Ellerhoop und heißt Hans Plöger. Da er zukünftig unter anderem auch den Luftschutzwart im Fuchsbau in seinen Aufgaben unterstützen soll, möchte ich ihn nach seiner Ankunft zuallererst mit unserem Bunkersystem bekannt machen."

Dann wandte er sich mir zu, um mir zu erläutern:

„Hinnerk Görres ist ebenfalls Luftschutzwart und in dieser Eigenschaft für die Schutzbunker im Unterland zuständig."

Ich sah meinen Kollegen überrascht an, der mein zusätzliches Betätigungsfeld erneut wie selbstverständlich erwähnt hatte, obwohl ich zu diesem Zeitpunkt noch nicht einmal wusste, worin genau meine Aufgabe bestehen mochte.

Unser Gesprächspartner meinte unterdessen:

„In deiner Funktion als Luftschutzhelfer übernimmst du eine große Verantwortung, wie du dir immer wieder vor Augen führen solltest, Hans! An manchen Tagen gibt es gleich mehrfach Luftalarm, was für die Inselbewohner natürlich sehr ermüdend ist. Die Engländer nutzen Helgoland als Peilpunkt für ihre Angriffe auf das norddeutsche Festland, musst du wissen! Dieser Umstand ist für die Bevölkerung gleichbedeutend mit einem zweimaligen Aufsuchen der Schutzräume, nämlich einmal beim Einflug der feindlichen Bomberstaffeln ins Reich und ein weiteres Mal bei deren Rückkehr nach England, und das meist mitten in der Nacht! Aber es gibt manchmal auch direkte Angriffe auf Helgoland, die zum überwiegenden Teil dem U-Bootbunker, dem Flugplatz auf der Düne oder den Seezielbatterien gelten. Im Gegensatz zu den Einflügen ins Reichsgebiet finden diese Attacken fast ausschließlich bei Tageslicht statt, weil die Bombenabwürfe in der Dunkelheit wenig zielgenau wären. Das alles setzt den Menschen auf der Insel zu und zermürbt sie. Du solltest also alles tun, um ihnen in den Schutzräumen Mut zuzusprechen und sie aufzumuntern!"

Die bedrückende Enge eines Schutzstollens sollte ich in den nächsten Monaten noch oft genug am eigenen Leib zu spüren bekommen. Zu beiden Seiten des schmalen Ganges waren Bänke aneinandergereiht, auf denen jeder Schutzsuchende seinen festen Platz hatte, wie Herr Görres mir erklärte. Auf diese Weise ließ sich sehr leicht nachvollziehen, ob es bei einem Alarm jemand nicht mehr rechtzeitig vor dem Schließen der Türen in den Bunker geschafft hatte.

Zu meinen Aufgaben würde es seinen Worten zufolge unter anderem auch gehören, die Vollzähligkeit der Menschen in dem mir zugewiesenen Stollenabschnitt festzustellen und eventuell fehlende Personen schriftlich festzuhalten.

Jedem Inselbewohner war zugestanden worden, bei einem feindlichen Angriff einen Koffer oder eine Kiste mit den wichtigsten persönlichen Papieren und Wertgegenständen in den Stollen mitzubringen, wie er weiter ausführte. Dieses Gepäckstück, das angesichts der zunehmenden Bedrohung aus der Luft offenbar in allen Haushalten ständig parat stand, war unter dem Sitzplatz unterzubringen.

Während Herr Thomsen mir noch erläuterte, wie ich von unserem derzeitigen Standort zur Spirale und von dort zu meinem Abschnitt im Schulbunker gelangen konnte, fragte ich mich, welch bedrückendes Gefühl es wohl sein mochte, in dieser Beengtheit den Abzug der feindlichen Bomber abzuwarten und gleichzeitig darauf hoffen zu müssen, dass das eigene Hab und Gut verschont geblieben war …

Nachdem wir uns von Herrn Görres verabschiedet hatten, lotste Herr Thomsen mich zum Fuß einer gewaltigen Treppenanlage am Marcusplatz, die unweit des Aufzugs inmitten einer kleinen Ansammlung von Hotelgebäuden begann. Die Felsenkante des Oberlandes war an dieser Stelle mit einigen Rundbögen, die Teil einer Stützmauer waren, gesichert, wie ich von unten erkannte.

Als mein Kollege gerade Anstalten machte, die erste Stufe zu nehmen, hielt er plötzlich mitten in seinen Bewegungen inne und warf einen skeptischen Blick auf meinen rechten Fuß.

„Normalerweise sind wir Amtsträger dazu angehalten, den Fahrstuhl nur in Ausnahmesituationen zu benutzen, weil er den Badegästen und Inselbewohnern vorbehalten ist", erklärte er mir. „Allerdings denke ich, dass wir in diesem Fall wohl eine Ausnahme machen können, zumal die erstgenannte Gruppe seit Kriegsbeginn sowieso nicht mehr auf die Insel kommt."

„Glauben Sie mir, es macht mir wirklich nichts aus, eine Treppe emporzusteigen", versicherte ich ihm schnell, war aber beim Anblick der nicht enden wollenden Stufen innerlich erleichtert, als Herr Thomsen mich zum Fahrstuhl dirigierte, vor dem sich schon eine kleine Warteschlange gebildet hatte.

Es dauerte eine Weile, bis die Kabine aus dem Oberland eintraf. Als wir schließlich in rasender Geschwindigkeit nach oben katapultiert wurden, wie es mir zumindest vorkam, spürte ich auf einmal ein flaues Gefühl im Magen. Glücklicherweise war der Fahrstuhlschacht, der sich innerhalb des Stahlgerippes befand, mit einem Sichtschutz versehen, sodass mir der Ausblick über die Insel unmöglich war.

Oben angekommen vermied ich es, nach unten zu sehen, sondern beeilte mich stattdessen, den Steg mit schlotternden Knien so schnell wie möglich hinter mir zu lassen, um auf den festen Grund des Felsens zu gelangen, wo ich mich endlich wieder sicher fühlte.

„Du scheinst unter Höhenangst zu leiden, mein Junge", lachte Herr Thomsen, dem mein banges Verhalten offensichtlich nicht entgangen war.

Im Schutz der steinernen Brüstung am Rand der Klippe warf ich daraufhin einen vorsichtigen Blick nach unten und folgte dabei mit meinen Augen dem Verlauf der Treppe, die sich mehrfach abgewinkelt ihren Weg vom Unter- ins Oberland suchte, um

schließlich vor den *Villen Friedrich* und *Elisabeth* zu enden.
„Es sind genau 184 Stufen", kommentierte Herr Thomsen, der meinem Blick gefolgt war. „Vom Falm aus hast du übrigens eine herrliche Aussicht über das Unterland, die Düne, den Hafen und das offene Meer", meinte er anschließend und fügte schnell hinzu, als er meinen fragenden Blick sah: „Als „Falm" wird die schmale Gasse hier am Klippenrand bezeichnet, auf der wir uns gerade befinden. Er erstreckt sich vom Felseneck im Osten bis zur Südspitze des Oberlandes.

In Friedenszeiten ist ein Spaziergang über den Falm dank der grandiosen Aussicht auf das Meer ein äußerst empfehlenswertes Unterfangen. Das ist derzeit allerdings nicht möglich, weil jenseits der Bebauung in Richtung Südspitze die Falmbatterie, eine Flakeinheit, in Stellung gegangen ist. Darum ist dieser Bereich für Zivilisten nicht zugänglich."

Nach einem Rundumblick über das sich unter uns befindliche Gelände und die weite Nordsee musste ich meinem Kollegen recht geben. Die Aussicht von hier oben war wirklich grandios! Lediglich die vielen Geschützstellungen und Flakscheinwerferbatterien trübten das Inselbild.

„Entsprechend kostspielig sind die Zimmerpreise der Hotels hinter uns, falls du irgendwann einmal auf die Idee kommen solltest, Helgoland als Badeurlauber zu besuchen."

Bei seinen Worten hatte er auf die prachtvollen Gebäude gewiesen, die sich in unserem Rücken befanden. Als ich mich ebenfalls umwandte, fiel mir als Erstes der Schriftzug *Belvedere* auf, der sich an der Fassade eines mehrgeschossigen Hauses befand. Links daneben befand sich das *Hotel Mailänder.*

Herr Thomsen lenkte meine Aufmerksamkeit wieder auf das Unterland. „Schau nur, dort unten kannst du das neue Kurhaus erkennen. Es ist das große Gebäude in der Nähe des Anlegers links vom Südstrand. Der ganze Komplex wurde kurz vor dem Krieg neu errichtet."

Ich war von der Fernsicht, die sich mir vom Falm aus bot, zunehmend fasziniert. Nie zuvor in meinem Leben hatte ich das Meer aus einer solch atemberaubenden Perspektive gesehen!

„Weiter links ist der Klinkerbau der Biologischen Anstalt zu sehen. Es gab Zeiten, da hatte die Anstalt Weltruhm ... aber das war natürlich vor dem Krieg."

Während ich in die von ihm angedeutete Richtung sah, kam mir auf einmal ein Gedanke in den Sinn.

„Sind Sie eigentlich hier auf Helgoland geboren, Herr Thomsen?",
erkundigte ich mich bei meinem Kollegen.

„Ja, das bin ich in der Tat, mein Junge. Ich wurde sozusagen als
Engländer geboren, habe die Staatsbürgerschaft im Kindesalter
wechseln müssen, als Helgoland an das Deutsche Kaiserreich
überging und wurde mit Beginn des Ersten Weltkriegs aus meiner
Heimat vertrieben ..." Plötzlich bekamen seine Augen einen
feuchten Glanz. „Hoffen wir, dass uns wenigstens das dieses Mal
erspart bleibt und alles gut ausgeht ..."

„Befürchten Sie etwa eine Invasion der Engländer?", wollte ich
von ihm wissen, um danach gleich einzuwenden: „Aber Sie
erwähnten doch eben erst, wie stark die Insel befestigt ist! Überall
stehen Geschütze und Flakbatterien. Ich konnte mich auf dem Weg
vom Hafen hierher selbst davon überzeugen! Glauben Sie wirklich,
der Feind könnte es angesichts dieser bedrohlichen Kulisse wagen,
Helgoland anzugreifen?"

Herr Thomsen winkte nur frustriert ab. „Mittlerweile weiß ich
nicht mehr, was ich noch glauben soll ..."

Daraufhin erkundigte ich mich vorsichtig bei ihm:
„Sie hängen sehr an dieser Insel, nicht wahr?"

Er sah mich mit müden Augen an und entgegnete:
„Was denkst du denn? Ich bin hier auf Helgoland aufgewachsen ..."
Es dauerte eine Weile, bis mein Begleiter seine Fassung
wiedergewonnen hatte. Bevor wir uns auf den Weg zu meiner
Unterkunft machten, gab er mir noch hastig eine Übersicht über die
militärischen Sperrzonen im Unterland. Diese umfassten neben der
Düne und dem Hafen auch das gesamte Nordostgelände, welches
der Nordsee erst wenige Jahre zuvor durch Sandaufspülungen
abgerungen worden war, mit seinem quadratischen Hafen. Neben
einigen Geschützstellungen befanden sich dort auch
Kasernengebäude, die Wohnbaracken der Fremdarbeiter und
mehrere Wirtschaftsgebäude.

Aufgrund der strikten Abschirmung des Geländes war für die
Inselbewohner auch das Baden am Nordstrand, der den Worten
meines Kollegen zufolge traumhaft schön sein musste, leider nicht
mehr möglich. Da auch die Düne als Badebereich ausfiel, war
damit lediglich der zwischen den beiden Anlegebrücken gelegene
Südstrand als einzige Stelle verblieben, von der aus der Zugang ins
Wasser für Zivilpersonen noch erlaubt war.

„Komm, mein Junge", forderte Herr Thomsen mich mit einem Blick auf seine Armbanduhr auf. „Ich werde dich nun zu Frau Friedrichsen bringen. Sie wird sicher schon ungeduldig auf dich warten."

10

Die Hamburger Strasse war eine von mehreren parallel verlaufenden, mit Kopfsteinpflaster ausgelegten Gassen, die vom Falm in südwestliche Richtung abgingen und in der Weddigen-Strasse mündeten. Dieses Labyrinth von schmalen Straßen war nur zum Teil durch Quergassen miteinander verbunden. Die zum überwiegenden Teil verputzten zierlichen Fischerhäuser standen dicht beieinander und besaßen teils winzige, liebevoll gepflegte Vorgärten. Die Straßenränder waren mit Abzugsrinnen ausgestattet, über die in früheren Zeiten das Abwasser ins Unterland und von dort aus ins Meer geleitet worden war.

Frau Friedrichsen bewohnte eines dieser niedrigen Häuschen mit winzigem Obergeschoss am Ende der Gasse. Als wir das Gebäude erreichten, konnte ich die Spitze des Leuchtturms hinter den Häuserdächern emporragen sehen. Etwas weiter nördlich war auch der Flakleitstand, ein aus hässlichem Stahlbeton errichtetes Turmgebäude mit kleinen, übereinander angeordneten Fensteröffnungen, zu erkennen.

Herr Thomsen klopfte leicht gegen die hölzerne Haustür, während ich mich mit meinem Koffer in der Hand in respektvollem Abstand hinter ihm postierte, den Blick erwartungsvoll auf den Eingang gerichtet.

Bereits nach kurzer Zeit wurde die Tür von einer älteren Dame geöffnet. Sie war mit einer haubenähnlichen Kopfbedeckung und einem bunt gemusterten Kleid mit weißem Spitzenbesatz an den kurzen Ärmeln bekleidet. Diese Garderobe entsprach der traditionellen Kleidung der Helgoländer Frauen, durch die sie ihre Verbundenheit mit der Insel zum Ausdruck bringen wollte, wie Frau Friedrichsen mir einige Wochen später erklären sollte.

Die Augen der Hausbesitzerin waren zunächst auf meinen Kollegen gerichtet. Doch schnell wanderten sie zu mir und musterten mich dabei mit zunehmender Neugier. Sie schien um die Siebzig zu sein, hatte schneeweißes Haar und ein ausgesprochen gutmütiges Gesicht.

Bei dieser Frau würde ich also in den nächsten Monaten unterkommen! Vom ersten Augenblick an machte sie einen äußerst sympathischen Eindruck auf mich.

„Hollah, Gesa", begrüßte Herr Thomsen sie. „Ik bring di diin nai Medbewuunder. Siin Neem es Hans Plöger." (*„Moin, Gesa. Ich bringe dir deinen neuen Mitbewohner. Sein Name ist Hans Plöger."*)

„Ich glaube, der junge Mann versteht uns nicht, Knut. Wir sollten in seiner Gegenwart besser nicht Halunder sprechen, denn das wäre ihm gegenüber ausgesprochen unhöflich!"

Zum ersten Mal war ich in Kontakt mit dem Helgoländer Friesisch gekommen, das die Inselbewohner selbst als Halunder bezeichneten. Bei meinem Abschied von der Insel ein gutes Dreivierteljahr später würde ich zwar in der Lage sein, in Halunder geführte Unterhaltungen einigermaßen verfolgen, aber dennoch weit davon entfernt sein, mich in dieser Sprache verständlich ausdrücken zu können.

„Ach herrje, da hast du natürlich recht", meinte mein Begleiter und kratzte sich verlegen am Ohr. „Halten wir uns also besser an die deutsche Sprache."

Ehe sie etwas erwidern konnte, stellte ich rasch meinen Koffer ab, trat einen Schritt näher und hielt ihr höflich meine Hand hin.

„Moin, Frau Friedrichsen", begrüßte ich sie meinerseits. „Ich freue mich sehr, Ihre Bekanntschaft zu machen!"

Sie lächelte mir gefällig zu, während sie meine Hand mit überraschend festem Griff drückte und meinen Kollegen und mich dabei gleichzeitig aufforderte:

„Moin, ihr beiden. Dann kommt doch erst einmal hinein in die gute Stube! Ich habe gerade Wasser aufgesetzt. Darf ich euch einen Tee anbieten?"

Daraufhin erklärte Herr Thomsen schnell:

„Zeig du dem Jungen nur erst sein Zimmer, Gesa. Er hat heute Morgen übrigens noch kein Frühstück gehabt! Während du dich um ihn kümmerst, werde ich die Zeit für meinen Inselrundgang nutzen. Ich komme in einer Stunde zurück, um Hans zum Dienst abzuholen."

Sie sah ihn bedauernd an. „Wie du meinst, Knut."

Er wollte sich schon von uns abwenden, als ihm noch etwas einfiel. „Ach, das sollte ich dir noch sagen, Gesa, denn es ist wichtig. Ich habe dem Jungen auf dem Weg hierher bislang nur die Zugänge zu den Bunkern im Unterland zeigen können. Auf dem Oberland kennt er sich dagegen noch nicht aus. Sollte es in der nächsten Stunde einen Alarm geben, müsstest du ihm ..."

„Aber selbstverständlich, Knut", fiel sie ihm nachsichtig lächelnd ins Wort. „Sollten sich feindliche Flugzeuge nähern, würde ich Hans selbstverständlich in den Schulbunker mitnehmen. Mach dir also keine unnützen Sorgen!"

Danach wandte sie sich mir zu: „Wenigstens du wirst bestimmt einen Tee mit mir trinken wollen. Ich werde rasch etwas Brot schneiden und dir dazu Käse und Marmelade reichen. Ich hoffe, dass du davon satt wirst! Und ich freue mich meinerseits übrigens ebenfalls, dich endlich kennenzulernen!"

„Das hört sich doch wunderbar an", lachte ich, verabschiedete mich hastig von meinem Kollegen und folgte ihr dann ins Innere des Häuschens.

Frau Friedrichsen entpuppte sich schnell als wunderbare Gastgeberin. Mein erster Eindruck, den ich von ihr gewonnen hatte, bestätigte sich in der Folgezeit.

Zunächst führte sie mich in das obere Stockwerk des Gebäudes, das über eine schmale, teils recht laut knarzende Holztreppe zu erreichen war. Das Obergeschoss bestand nur aus einer einzigen Kammer, die mit einem Bett, einer Kommode und einer darauf befindlichen Waschschüssel ausgestattet war. Die Schrägen des Dachs engten den Raum stark ein. Wenn ich mich nicht gerade in der Mitte der Kammer unter dem First bewegte, musste ich höllisch aufpassen, dass ich nicht mit dem Kopf gegen einen hölzernen Balken stieß. Zum Aufsuchen des Abortes hatte ich die Treppe hinabzusteigen und mich auf die Rückseite des Gebäudes zu begeben.

Doch trotz dieser Widrigkeiten fühlte ich mich vom ersten Augenblick an ausgesprochen wohl in meinem neuen Zuhause. Dazu trug sicherlich auch das herzhafte Frühstück bei, das meine Vermieterin mir vorsetzte, nachdem ich meine wenigen Habseligkeiten noch schnell dem Koffer entnommen und in die Kommode eingeräumt hatte. Zumindest die Versorgung der Insel mit Lebensmitteln schien auch in diesen Zeiten noch zu funktionieren!

Hatte Herr Thomsen sich mir gegenüber zuvor schon väterlich

gegeben, wurde ich nun auch von Frau Friedrichsen äußerst fürsorglich behandelt. Auch sie schien sich ehrlich um mein seelisches und körperliches Wohlergehen zu sorgen.

„Leben Sie schon lange auf Helgoland?", erkundigte ich mich bei ihr, als sie sich endlich die Zeit nahm, sich mit ihrem Tee zu mir zu setzen, nachdem sie mir zuvor mein Mahl aufgetischt hatte.

„Ich bin gebürtige Insulanerin und habe praktisch nie woanders gelebt", erwiderte sie. „Die einzige Ausnahme bildete der Erste Weltkrieg, als man uns Inselbewohner evakuierte, wie es seinerzeit so schön hieß. Mein Mann und ich mussten in dieser Zeit über mehrere Jahre hinweg auf einem kleinen Gehöft in der Nähe von Cuxhaven leben. Zum Glück führten unsere Kinder damals schon ihr eigenes Leben. Eine furchtbare Zeit!"

Sie schüttelte sich angesichts dieser unangenehmen Erinnerungen.

„Ihr Mann ...", begann ich zögernd. „Ist er ...?"

„Er ist schon vor langer Zeit verstorben", half sie mir aus meiner Verlegenheit, indem sie mich unterbrach. „Auch er war gebürtiger Helgoländer. Wir haben früh geheiratet und hatten ein erfülltes Leben miteinander. Doch das Dasein als Fischer ist hart. Die raue See hatte ihre Spuren auf seinem Körper hinterlassen. Irgendwann machte sein Herz nicht mehr mit. Da nach dem Tod meines Mannes keines unserer Kinder ein Interesse daran hatte, hierher zurückzukehren, lebe ich seitdem alleine."

Ich biss herzhaft in mein Käsebrot und nahm dazu einen großen Schluck Tee, ehe ich fragte:

„Haben Sie denn niemals darüber nachgedacht ..."

Weiter kam ich nicht, denn sie fiel mir gleich mit ehrlicher Empörung ins Wort:

„... Den Kindern auf das Festland zu folgen und der Insel ebenfalls den Rücken zu kehren? Nein, niemals! Mag kommen, was wolle, ich werde meine Heimat auf gar keinen Fall ein zweites Mal verlassen. Ich bin hier auf Helgoland geboren und werde hier irgendwann auch einmal das Zeitliche segnen!"

„Aber falls es den Engländern gelingen sollte, die Insel zu erobern ...", gab ich zu bedenken.

„Dann werde ich eben unter englischer Flagge leben", ereiferte sie sich. „Was macht das für einen Unterschied?"

Etwas leiser fügte sie hinzu:

„Außerdem solltest du diese Gedanken in deinem eigenen Interesse besser für dich behalten!"

Sie gönnte sich eine kurze Pause, ehe sie weitersprach. „Kannst du dir überhaupt vorstellen, wie es hier aussah, als uns nach dem Krieg endlich die Rückkehr auf die Insel erlaubt wurde? Unser Haus wurde während des Krieges vom Militär requiriert. Die Soldaten haben hier gehaust wie die Vandalen! Den anderen Inselbewohnern erging es in dieser Beziehung übrigens keinen Deut besser. Mein Mann und ich konnten praktisch noch einmal von vorne anfangen! Wir haben in dieser Zeit oft hungern müssen. Doch mit viel Improvisation und harter Arbeit ist es uns damals gelungen, zu überleben und uns ein zweites Mal eine Existenz aufzubauen. Während mein Mann mit seinem Kutter auf hoher See war, vermietete ich in den Sommermonaten unsere Schlafkammer an die Badeurlauber. Wir selbst schliefen währenddessen übrigens im Obergeschoss, dort, wo du jetzt untergekommen bist. Die Zeiten waren damals nicht einfach, aber mein Mann und ich haben sie gemeinsam gemeistert!"

Ich nickte anerkennend. „Obwohl ich mir nur in etwa vorstellen kann, unter welch schwierigen Bedingungen Sie den Neuanfang wagten, empfinde ich aufrichtige Hochachtung vor Ihrer Leistung. Ihr Mann hatte bestimmt allen Grund, stolz auf Sie zu sein. Sie sind eine sehr starke Frau!"

Sie winkte müde ab. „Allen Widrigkeiten zum Trotz waren wir immer glücklich miteinander. Ich bin bis heute nicht über seinen Tod hinweggekommen, wie ich gestehen muss. So hängt seine Kleidung beispielsweise noch immer in unserem Schlafzimmerschrank. Ich hätte sie längst weggeben können, habe es aber nie übers Herz gebracht, weil es mir vorgekommen wäre, als würde ich einen Teil meines eigenen Lebens fortwerfen."

Nach diesen Worten nahm Frau Friedrichsen nachdenklich einen Schluck Tee zu sich, ehe sie entschied:

„Aber jetzt haben wir genug von mir gesprochen. Bitte erzähle mir von dir, Hans! Woher kommst du? Was verschlägt dich nach Helgoland? Hast du eine Familie? Und was ist mit deinem Fuß geschehen?"

In den nächsten Minuten berichtete ich von meinem Heimatort Ellerhoop, meinen Eltern und meinen Geschwistern. Dabei erwähnte ich auch das traurige Schicksal meiner Brüder. Danach schilderte ich ihr, unter welch glücklichen Umständen ich zur Gendarmerie gestoßen und dadurch letztlich nach Helgoland abgeordnet worden war. Zum Schluss kam ich noch auf meinen

lädierten rechten Fuß zu sprechen, worauf sie entgegnete:
„Aha, du bist also von Geburt an gehbehindert. Ich hatte schon befürchtet, du hättest als Kind einen schweren Unfall gehabt. " Als ich ihr daraufhin versicherte, dass ich im Laufe der Zeit mit meiner körperlichen Beeinträchtigung leben gelernt hatte und durchaus imstande war, mich einigermaßen schnell fortzubewegen, gab sie mir noch einige wichtige Hinweise, die ich in den folgenden Monaten bei unzähligen Gelegenheiten beherzigen sollte:
„Bei einem Luftalarm bietet dir hier auf der Insel einzig der Felsen Schutz. Egal, wo du dich auch gerade aufhalten magst, begib dich im Alarmfall schleunigst und auf dem kürzesten Weg zum nächstgelegenen Schutzraum! Viel Zeit verbleibt dir nämlich nach dem Ertönen der Sirenen nicht, bevor die Flugzeuge über der Insel auftauchen!
Über die Spirale sind sämtliche Stollen miteinander verbunden. Du kannst dich also jederzeit zum Schulbunker durchschlagen, für den du verantwortlich sein wirst, sobald du dich im Stollensystem befindest. Knut wird dir nachher alles zeigen! Außerdem solltest du es wie alle anderen Inselbewohner halten und dir einen Notfallkoffer mit den wichtigsten persönlichen Dingen zusammenstellen, den du im Alarmfall unter deinem Sitzplatz im Bunker deponieren kannst."
Bevor Herr Thomsen mich von meinem neuen Domizil wieder abholte, wies Frau Friedrichsen mich noch auf einige Sehenswürdigkeiten und sonstige nützliche Einrichtungen auf der Insel hin:
„Im Unterland beginnt gleich an der Treppe die Kaiserstrasse, die zum Kurhaus und zur nördlichen Landungsbrücke am Südstrand führt. In dieser Straße findest du sowohl das Nordseemuseum und gleich daneben das Postamt, als auch die Apotheke. Vor dem Krieg wurden in den Geschäften dort zollfreie Waren wie Alkohol, Kaffee oder Zigaretten angeboten, was viele Besucher auf die Insel lockte." Sie seufzte kurz. „Leider sind diese Dinge inzwischen kaum noch zu bekommen ... aber falls du dich für Fotografie interessierst, solltest du vielleicht einmal das Geschäft von Franz Schensky aufsuchen, der für seine Bilder vor dem Krieg vielfach ausgezeichnet wurde und der dir sicher sehr gerne die kleine Ausstellung mit seinen Fotografien präsentieren wird. Auf der Terrasse am Südstrand steht in Höhe des Hotels *Deutscher-Reichs-*

Adler eine Büste Hoffmann von Fallerslebens, der im Jahr 1841 hier auf Helgoland das Deutschland-Lied verfasste. Das Haus, in dem er damals wohnte, findest du übrigens im Sapskuhlenweg. Das ist in der Nähe der Kirche. Eine weithin lesbare Inschrift am Gebäude weist auf sein Wirken hin. Nicht weit davon entfernt gibt es auch eine Vogelwarte.

Apropos Südstrand: Noch lädt das Wetter zum Schwimmen ein. Aufgrund der Errichtung militärischer Sperrgebiete ist als einzige Möglichkeit, sich im Wasser der Nordsee zu erfrischen, der Südstrand verblieben. Wenn du gerne badest, solltest du die nächsten Wochen noch ausnutzen, bevor es Herbst wird. Das Badehaus in unmittelbarer Nachbarschaft zu deiner Dienststelle ist nämlich seit Kriegsbeginn geschlossen!" Nach diesem Wortschwall sah sie mich auf einmal verstört an. „Aber was rede ich denn da? Du bist doch im Binnenland aufgewachsen! Ich weiß ja nicht einmal, ob du überhaupt schwimmen kannst?"

Nachdem ich dies verneint hatte, ermahnte sie mich:

„Dann sei nur vorsichtig, wenn du dich ins Wasser begibst und geh nicht zu weit hinein. Die Strömung ist hier nämlich sehr tückisch und könnte dich in Sekundenschnelle ins offene Meer mitreißen!"

11

Wie versprochen kam Herr Thomsen nach dem Frühstück zurück, um mich abzuholen. Nachdem wir uns von Frau Friedrichsen verabschiedet hatten, führte er mich als Erstes in die Weddigen-Strasse, um mich mit dem ersten der beiden Zugänge zum hier beginnenden Schutzstollen vertraut zu machen.

Der Weddigenstollen, der sich in etwa 18 Metern unter der Erde befand, war lediglich 1,3 Meter breit und hatte leichtes Gefälle. Dennoch waren auch hier auf beiden Seiten Sitzbänke aufgestellt worden. An den Seitenwänden und der gewölbten Decke verliefen unzählige Kabel.

Mein Begleiter hatte mich mit skeptischen Blicken beobachtet, als ich die Stufen hinabgestiegen war, wie ich aus den Augenwinkeln heraus bemerkt hatte. Doch scheinbar war die heimliche Begutachtung meiner Bewegungsfähigkeit zu seiner Zufriedenheit ausgefallen, denn er nickte mir anerkennend zu, nachdem wir unten angekommen waren.

Der Stollen, der zu meiner Überraschung mit einigen Nischen und Räumen unterschiedlicher Größe ausgestattet war, in denen Toiletten, eine Notfunkzentrale, je ein Versammlungs- und Sanitätsraum, Ruheräume für Kranke und Mütter mit Kindern sowie eine Küche mit Vorratsräumen untergebracht waren, mündete im sogenannten Fuchsbau. Der Eingang zum Fuchsbau, einem zweiten Stollen für die Bewohner des Oberlandes, begann wiederum in unmittelbarer Nähe zur Schule und führte in gerader Linie zur Spirale, über die es die Verbindung zum Stollensystem des Unterlandes gab. So zumindest erklärte es mir mein Kollege, der mich lediglich wenige Meter in den schmalen Gang führte, damit ich mir einen ersten Eindruck von der Bunkeranlage verschaffen konnte. Den Schulbunker, den Fuchsbau und die Spirale würden wir später noch ausgiebig besichtigen, wie Herr Thomsen mir versicherte.

Als wir die Stufen anschließend wieder emporstiegen, versuchte ich mir auszumalen, wie die Inselbewohner im Alarmfall wohl mit der bedrückenden Enge des Stollens zurechtkommen mochten. Die Vorstellung, irgendwann vielleicht einmal selbst der Masse der Schutzsuchenden anzugehören, die hier in den Tiefen des Felsens Zuflucht vor den feindlichen Bomben suchte und diesen Menschen in meiner Eigenschaft als Luftschutzhelfer gleichzeitig noch Mut zusprechen zu müssen, empfand ich in diesem Moment als äußerst bedrückend.

Oben angekommen lenkte Herr Thomsen unsere Schritte über den Falm in Richtung Südspitze. Sehr weit sollten wir allerdings nicht kommen, denn schon bald verwehrte uns ein Zaun den Zutritt zu dem vor uns liegenden Gelände. Zu unserer rechten Seite stand ein gewaltiger Gebäudekomplex, bei dem es sich um die Inselkommandantur handelte, wie ich erfuhr. Wie zum Beweis tummelten sich zahlreiche uniformierte Männer vor dem Eingang.

„Hier beginnt das militärische Sperrgebiet mit der Falmbatterie und der Seezielbatterie Jacobson mit all ihren technischen Einrichtungen und Anlagen", erklärte mein Begleiter mir, während er gleichzeitig auf eine Gasse hindeutete, die vor der Kommandantur nach Westen führte. „Wenn wir die Von-Aschen-Strasse bis zu deren Ende nehmen, kommen wir an der Kartoffelallee und damit auf der anderen Inselseite aus."

„Kartoffelallee?", fragte ich etwas irritiert. „Werden die Erdfrüchte etwa hier auf der Insel angebaut?"

Herr Thomsen musste lachen. „Nein, natürlich nicht. Oder zumindest nicht mehr, wie es korrekt heißen muss. In früheren Zeiten gab es auf dem Oberland tatsächlich einige kleinere Flächen, die landwirtschaftlich genutzt wurden, indem verschiedene Gemüsesorten auf ihnen angebaut wurden. Daher leitet sich übrigens auch der ungewöhnliche Name des Pfads ab. Doch seit das Militär Helgoland für sich eingenommen hat, sind die kleinen Äcker und Felder allesamt verschwunden ..."

Wir marschierten eine Weile lang schweigend nebeneinander her, bis Herr Thomsen mich kurz vor der kreuzenden Weddigen-Strasse plötzlich auf ein zweigeschossiges Gebäude zu unserer Rechten aufmerksam machte.

„Von diesem Haus hältst du dich besser fern, mein Junge", meinte er, während wir an diesem vorbeigingen.

Ich zog ein verwundertes Gesicht, wagte aber nicht, nachzufragen, wie seine Worte wohl gemeint sein mochten. Mein Kollege hatte es auf einmal sehr eilig und zog mich mit sich fort.

Als wir weitergingen, tauchte hinter den Häusern plötzlich der Leuchtturm auf, der unweit des westlichen Klippenrandes stand. In seinem Rücken tat sich ein einzigartiger Ausblick auf das offene Meer auf. Bedauerlicherweise verhinderte auch an dieser Stelle ein Zaun mit dahinter zu erkennenden Geschützen, dass wir uns dem Klippenrand weiter nähern konnten. Im Schatten des Leuchtfeuers war der Flakleitstand zu erkennen, dessen hässliches, funktionales Äußeres im krassen Gegensatz zu ersterem Gebäude stand.

„Ich kann mich noch sehr gut an den alten Leuchtturm erinnern", erklärte Herr Thomsen mir beim Anblick des Leuchtfeuers. „Er war noch von den Engländern erbaut worden, war deutlich kleiner und befand sich unweit seines Nachfolgers, direkt am Rand der Klippe. Bedauerlicherweise hat man ihn schon bald nach der Errichtung des Neubaus abgerissen ..."

In einiger Entfernung gab es mehrere Baracken, die ebenfalls von hohen Zäunen aus Stacheldraht umgeben waren. Auf dem winzigen Platz davor tummelten sich einige ausgemergelte Gestalten, die jeden unserer Schritte mit ausdruckslosen Augen verfolgten. Jenseits der Absperrung standen mehrere Soldaten rauchend beisammen, die offenbar mit der Bewachung des Areals beauftragt waren.

„Schau besser nicht hin", riet Herr Thomsen mir. „Das sind sowjetische Kriegsgefangene, die für diverse Baumaßnahmen hier auf der Insel als Arbeitskräfte eingesetzt werden."

Etwas leiser fügte er hinzu:

„Es ist eine Schande! Jedes Stück Vieh wird in diesem Land besser behandelt als diese armen Seelen ..."

Während wir unseren Weg fortsetzten, ließ ich meinen Blick über das Oberland schweifen.

Einen Großteil des weiten Geländes schien die Wehrmacht in Besitz genommen zu haben.

„Grün ist das Land, rot ist die Kant, weiß ist der Strand, das sind die Farben von Helgoland", hörte ich Herrn Thomsen auf einmal in meinem Rücken sagen.

Er schien mich sehr genau zu beobachten, als ich mich forschend zu ihm umwandte.

„Genau in dieser Reihenfolge finden sich die Farben übrigens in unserer Flagge wieder", erläuterte er mir.

Als ich über seine Worte nachdachte, kam ich rasch zu dem Schluss, dass man Helgoland nicht treffender hätte beschreiben können als in diesem Kurzgedicht. Das weite Grün auf dem Oberland, der rote Felsen und der weiße Sand an den Stränden waren die ebenso knappe wie passende Charakterisierung der Insel, wie ich sie bislang optisch wahrgenommen hatte.

Schon bald passierten wir die Südkaserne, vor der interessanterweise ein Hühnerstall errichtet worden war, wohl, um den Bewohnern ihr tägliches Frühstücksei vorsetzen zu können.

Nicht nur die Südspitze der Insel, sondern auch der gesamte nördliche Bereich war als militärische Schutzzone deklariert. Über die gesamte Länge der Klippe verteilt waren Geschütze unterschiedlichen, teils furchterregend großen Kalibers zu sehen. Letztere waren mit mächtigen Stahlplatten gepanzert. Bei dieser Ansammlung schwerster Waffen handelte es sich um die von Herrn Thomsen erwähnten Seezielbatterien von Schröder im Norden und Jacobson im Süden, beide jeweils nach einem früheren Admiral beziehungsweise Inselkommandanten benannt, wie mein Begleiter mir erläuterte.

Die Schmalspurbahn, die unweit der Klippen wie aus dem Nichts aus dem Erdreich zu kommen schien, führte an beiden Geschützformationen vorbei bis zur Nordspitze des Oberlandes. Glaubte man den Worten meines Kollegen, gab es unter den Geschützen mehrgeschossige Bunker im Inneren des Felsens, die untereinander durch Tunnel verbunden waren und sogar diverse

Werkstätten beherbergten, in denen aber auch die Munition für die schweren Geschütze lagerte. Selbst die Bedienmannschaften waren offenbar in diesen Anlagen viele Meter unter der Erde untergebracht.

Auf dem unbebauten nördlichen Areal überragten abgesehen vom Leuchtturm der Flakleitstand und ein mehrere Dutzend Meter hohes Funkmessortungsgerät, die ich beide bereits bei meiner Anreise von der *Auguste* aus bemerkt hatte, die ansonsten ebene Fläche. Beim Anblick der Verteidigungsanlagen überkam mich unversehens ein nachdenkliches Gefühl. Die Wehrmacht verwehrte den Inselbewohnern den Zutritt zur Düne, zum Hafen, zum Nordostgelände im Unterland sowie zu weiten Teilen des Oberlandes und damit zu ihrer eigenen Insel, indem man diese Gebiete kurzerhand zu Sperrgebieten erklärt hatte. Wie mochten die Einheimischen sich angesichts dieser Einschränkungen wohl fühlen? Welchen Groll mochten sie auf die Inselkommandantur hegen, die Helgoland seit den 1930er-Jahren Schritt für Schritt zu einer Seefestung ausgebaut hatte und spätestens seit Kriegsausbruch über das Leben der Menschen auf der Insel bestimmte?

„An der Nordspitze gibt es einen Brandungspfeiler, also einen einzeln stehenden Felsen", riss Herr Thomsen mich aus meinen Gedanken. „Am besten kann man ihn vom Meer aus sehen. Wir nennen ihn die „Lange Anna". Der Legende nach stand eine Kellnerin von ungewöhnlich großer Statur namens Anna, die zu Kaisers Zeiten in einem Café am Aussichtspunkt der Nordspitze arbeitete, für diese Bezeichnung Patin. Es ist wirklich sehr schade, denn ich hätte dir den Felsen gerne gezeigt! Aber leider ist uns der Zutritt dorthin nicht gestattet ..."

Danach lenkte er meine Aufmerksamkeit noch einmal in westliche Richtung. „Auch vor der Westküste gab es einmal solche Gesteinsgebilde. Sie trugen die Bezeichnungen Mönch und Nonne."

Seine Miene hatte sich plötzlich verdunkelt, als er weitersprach. „Beide wurden gleich mit den ersten Bombardierungen für immer zerstört ..."

Als wir langsam weitergingen, dauerte es eine Weile, bis sein betrübter Blick einem ernüchternden Trotz gewichen war. Es waren Momente wie dieser, die mich auch in den kommenden Monaten immer wieder spüren lassen sollten, wie sehr meinem Kollegen seine Heimat am Herzen lag.

In diese Richtung sollte wohl auch seine folgende Bemerkung abzielen, die sich auf zwei Helgolandbesuche Adolf Hitlers in den Jahren 1938 und 1939, wenige Monate vor Kriegsausbruch, bezog: „Nachdem der Führer hier bei uns zu Gast war, wurde das sogenannte „Hummerscheren-Projekt" forciert. Helgoland sollte zu einem riesigen Flottenstützpunkt ausgebaut werden und die gesamte deutsche Kriegsmarine aufnehmen."

Er zögerte kurz, bevor er deutlich leiser fortfuhr:

„Die Sandaufspülungen im Nordosten der Insel und am Nordstrand der Düne waren Teil dieser Planungen. Allerdings musste dieses gewaltige Vorhaben in den ersten Kriegsjahren aus Kostengründen und Materialmangel aufgegeben werden. Dennoch wurde die Insel vor und während des Krieges zu einer Festung inmitten der Nordsee ausgebaut, was natürlich immer wieder Attacken der Engländer provoziert, unter denen unsere Zivilbevölkerung sehr zu leiden hat. Ich fürchte ..."

Mitten im Satz brach er plötzlich ab und ließ seinen Blick stattdessen nachdenklich über den Klippenrand in weite Ferne schweifen.

„Verraten Sie mir, welche Auswirkungen Ihrer Meinung nach durch den weiteren Kriegsverlauf für Helgoland zu erwarten sind?", fragte ich nach einer Weile in die bedrückende Stille hinein.

Es dauerte einige Sekunden, bis mein Begleiter sich zu einer Gegenfrage durchringen konnte:

„Mein Junge, erinnerst du dich noch, was ich dir gegenüber als den wichtigsten Grundsatz für das Überleben auf dieser Insel bezeichnete?"

Ich brauchte nicht lange zu überlegen, um zu erwidern:

„Sinngemäß sagten Sie in etwa: Einzig der Felsen bietet dir ausreichend Schutz bei feindlichen Luftangriffen ..."

„Ganz recht, mein Junge", lobte Herr Thomsen. „Damit wir uns richtig verstehen: Auch wenn der Aufenthalt in den Stollen bei Luftalarm alles andere als angenehm ist, zweifle ich keinen Moment daran, dass den Menschen innerhalb des Felsmassivs nichts geschehen wird. Die Bunker befinden sich tief in der Erde. Das Gestein wird den Bomben standhalten! Wir sollten dankbar sein, dass uns die Möglichkeit, uns in den Felsen zurückziehen zu können, gegeben ist. Im Umkehrschluss bedeutet dies allerdings auch, dass der Rest der Insel trotz aller Bemühungen, sie militärisch zu sichern, in höchstem Grad verwundbar ist. Helgoland ist eine Art Vorposten des Deutschen Reiches und dadurch den feindlichen Fliegerverbänden relativ schutzlos ausgeliefert. Wir haben es in der Vergangenheit bereits mehrfach erlebt, als es bei Luftangriffen Tote, Verwundete und kleinere Zerstörungen zu beklagen gab. Es geht nicht nur darum, selbst zu überleben, sondern auch darum, die Insel und damit unsere Lebensgrundlage zu erhalten! Leider habe ich da so meine Zweifel, ob das gelingen wird ..."

Nach diesen trübseligen Gedanken lösten wir uns vom Anblick der Westklippe, bogen vor dem Kindergarten in die Kirchstrasse ein und gelangten schon bald darauf zur evangelisch-lutherischen St.-Nikolai-Kirche, die von einer Mauer umgeben war. Rund um das Kirchenbauwerk war der Inselfriedhof mit zahlreichen Gräbern angelegt. Der Turm der Kirche mit seinem oben angebrachten Uhrenziffernblatt hatte ebenso wie der Leuchtturm bei meiner Anreise aus der Silhouette der Insel herausgeragt, wie ich mich beim Anblick des Gebäudes wieder erinnerte.

Gleich hinter dem Kirchengelände befand sich die Inselschule, ein graues, längliches und zweigeschossiges Gebäude mit einem Anbau aus rotem Ziegelstein. Der älteste Jahrgang hatte im Rahmen der Inselverteidigung Mannschaften zu ersetzen, die zur Ostfront abgezogen worden waren, wie ich von Herrn Thomsen erfuhr. Während die Jungen als Marinehelfer an den Geschützen oder in den Leitständen sowie als Melder oder Telefonisten eingesetzt wurden, waren die Mädchen in der Verwaltung und der Flugwacht tätig. Verstärkt wurde diese Gruppe mit Schülern und Lehrlingen vom Festland, die ebenfalls als Marinehelfer eingezogen und nach Helgoland abkommandiert worden waren.

In einiger Entfernung erkannte ich mehrere noch sehr kleine Kinder, die das Pflaster der Kirchstrasse abzusuchen schienen. Zu meiner Verblüffung nahm hin und wieder eines der Kinder etwas auf und steckte es sich in den Mund. Herr Thomsen schien mich beobachtet zu haben, denn er schlug mir lachend auf die Schulter und erklärte mir:

„Dort drüben im Garten des Pastorats steht ein Maulbeerbaum. Die Früchte sind bei den Kindern sehr beliebt! Wir nennen sie Rummelbeeren. Sie haben eine rot-schwarze Farbe, sehen aus wie eine zu groß geratene Brombeere und sind eigentlich längst

65

geerntet. Doch die Kinder dort drüben finden immer noch überreife Früchte auf der Straße, die beim Pflücken offensichtlich übersehen wurden und nach und nach vom Baum abfallen."

Inmitten des Schulplatzes, zwischen Kirche und Schulgebäude, hatte man den Zugang zum Bunker errichtet, zu dem Herr Thomsen unsere Schritte zielgerichtet lenkte. Ehe wir den Eingangsbereich jedoch betreten konnten, heulten plötzlich von allen Seiten die Sirenen auf. Beinahe gleichzeitig begannen die Glocken im Kirchturm zu schlagen. Panisch riss ich die Tür zum Bunker auf und wollte schon in den Gang dahinter verschwinden, als mein Begleiter mich mit einem energischen Griff an der Schulter zurückhielt.

„Keine Sorge, mein Junge, dies ist nur der von mir erwähnte Funktionstest für die Sirenen", beruhigte er mich. „Um die Bevölkerung nicht zu verwirren, wird der jeden Tag um Punkt 12 Uhr mittags durchgeführt. Deine Reaktion war dem Grunde nach schon richtig. Es ist überlebenswichtig, sich im Alarmfall schnellstmöglich in den Stollen zurückzuziehen, doch in diesem Fall war deine Sorge unbegründet."

Nach einem prüfenden Blick in den friedlichen Himmel über uns löste sich meine plötzliche Anspannung schnell wieder. Wenngleich ich in diesem Fall aus Unerfahrenheit überreagiert hatte, sollten Schulbunker und Fuchsbau in den nächsten Monaten nicht nur zu meinem unfreiwilligen zweiten Zuhause werden, sondern auch mein gesamtes weiteres Leben entscheidend beeinflussen ...

12

Der Eingangsbereich des Schulbunkers war im Inneren mit zwei gegenläufig angeordneten Treppenanlagen ausgestattet, die gewährleisten sollten, möglichst vielen Menschen in kürzester Zeit den Zugang zu den verschiedenen Ebenen der Anlage und zum Schutzstollen in rund 18 Metern Tiefe zu ermöglichen. Demselben Zweck diente im Übrigen auch das Anlegen mehrerer Bunkerzugänge zu den jeweiligen Tunnelsystemen des Ober- und Unterlandes, um die einzelnen Zugangsbereiche im Alarmfall zu entlasten und die Wege kurz zu halten.

Dies alles erklärte Herr Thomsen mir, während wir gleich hinter einer schweren Stahltür einen kurzen Verbindungsstollen durchschritten, um anschließend die Treppe hinabzusteigen.

Obwohl der Schulbunker, der in seinem weiteren Verlauf im Volksmund auch „Fuchsbau" genannt wurde, im Gegensatz zum Weddigenstollen in der Breite geradezu geräumig wirkte, sollte einige Zeit vergehen, bis ich mich an das beklemmende Gefühl der Enge gewöhnt hatte. Auch hier waren auf beiden Seiten Sitzbänke ohne Lehne aufgestellt worden, auf denen jeder Inselbewohner seinen festen Platz hatte. Die Anlage war mit Aborten und einem Mutter-und-Kind-Raum ausgestattet. Sie führte in gerader Linie und leicht abfallend auf die Spirale zu.

Gleich zu Anfang gab es eine Nische, in der sich der Luftschutzwart und seine Helfer im Falle eines Fliegerangriffs aufhielten. Zu diesem Kreis würde zukünftig auch ich zählen, wie mein Kollege mir noch einmal verdeutlichte.

„Ich werde dich gleich mit Hauke Wykers bekannt machen, dem für den Fuchsbau verantwortlichen Luftschutzwart. Er wollte sich hier im Stollen mit uns treffen und wird sicherlich in Kürze eintreffen. Seine Zuständigkeit umfasst den gesamten Bereich vom Anfang des Schulbunkers bis zur Spirale."

Als sei dies das Stichwort gewesen, hörten wir aus dem Stollen plötzlich schlurfende Schritte auf uns zukommen. Es dauerte ein wenig, bis ich im schummrigen Licht einen Mann in den Fünfzigern erkennen konnte, der sein linkes Bein nachzog. Genau wie ich schien auch er unter einer Gehbehinderung zu leiden, was ihn gewissermaßen zu einem Leidensgenossen machte und ihn dadurch in meinen Augen gleich sympathisch erscheinen ließ.

„Moin Hauke, ich möchte dich mit Hans Plöger bekannt machen", rief Herr Thomsen dem Neuankömmling schon von weitem zu und ging ihm rasch einige Meter entgegen. „Hans wird ab sofort den Platz von Hoopmann einnehmen und dir zukünftig als Luftschutzhelfer zur Seite stehen!"

Herr Wykers musterte mich einige Sekunden lang kritisch, ehe er mir freundlich lächelnd die Hand gab. „Herzlich willkommen auf Helgoland, Hans", sagte er dabei. „Hat Knut dich schon auf der Insel herumgeführt und dich in unser Bunkersystem eingewiesen, wie ich ihm aufgetragen hatte?"

Daraufhin berichtete ich Herrn Wykers von unserem Inselrundgang und den vielen nützlichen Informationen, die ich bislang von meinem Kollegen bekommen hatte.

„Damit hat Knut dich ja quasi bereits mit den wichtigsten Verhaltensregeln auf Helgoland vertraut gemacht", entgegnete der Luftschutzwart erfreut, nachdem ich geendet hatte. „Dann fehlt dir nur noch die praktische Einweisung in deine Tätigkeit als Luftschutzhelfer hier vor Ort. Ich schlage deshalb vor, wir beginnen gleich oben am Eingang des Schulbunkers mit der Sicherung der Türen im Alarmfall."

Als ich mich nach seinen Worten in Bewegung setzte, hielt er mich mit einem sanften Griff an meinem Oberarm zurück und betrachtete mitfühlend meinen rechten Fuß, wobei er sich erkundigte:

„Bist du Kriegsversehrter, Hans?"

Nachdem ich ihm hastig erklärt hatte, was es mit meinem Fuß auf sich hatte, meinte er seufzend:

„Wir scheinen dasselbe Schicksal zu teilen, denn wir sind beide kriegsdienstuntauglich. Bei mir war es allerdings ein Motorradunfall, der mich einst zum Krüppel machte. Aber das war lange vor dem Krieg anlässlich eines Besuches bei einem Onkel auf dem Festland ..." Er grinste kurz, ehe er weitersprach. „Nun ja, wenigstens räumt man uns trotz unserer körperlichen Beeinträchtigungen die Möglichkeit ein, im Rahmen unserer Tätigkeit im zivilen Luftschutz Menschenleben zu retten, wenn wir schon nicht für den Endsieg kämpfen dürfen ..."

Während wir zu dritt die Treppe emporstiegen, fragte ich mich, ob seine Worte wohl ironisch gemeint waren.

Oben angekommen, gab Herr Wykers mir Instruktionen, wie und zu welchem Zeitpunkt genau ich bei einem Vollalarm die schwere Stahltür zu versperren hatte. Nach einer Inspektion der zweiten Tür, die vor dem Zugang zum Fuchsbau angebracht war, führte uns der Luftschutzwart in seine Nische, die sich, wie bereits erwähnt, gleich am Anfang des Stollens befand. Dieser Bereich war ihm und den Luftschutzhelfern vorbehalten, wie ein an der Tür angebrachtes Hinweisschild deutlich machte. Auf einem Tisch lagen mehrere Namenslisten, die sämtliche Bewohner der Insel umfassten, wie Herr Wykers mir erläuterte:

„Eine deiner Aufgaben wird es sein, den dir zugewiesenen Abschnitt auf Vollzähligkeit zu überprüfen. Falls es jemand nicht mehr rechtzeitig in den Bunker geschafft hat, wirst du dies anhand der Lücke in den Reihen der Schutzsuchenden gleich erkennen, weil jeder Bewohner seinen festen Platz hat. Abgesehen davon werden die anderen Bunkerinsassen dich sicherlich schon darauf hinweisen, wenn irgendwer seinen Sitznachbarn vermisst. Die Namen abgängiger Personen sind penibel schriftlich festzuhalten!" „Die Liste der nicht anwesenden Personen ist für uns von größter Bedeutung, um nach der Entwarnung gezielt nach ihnen suchen zu können", mischte Herr Thomsen sich ein. „Zum Glück ist das aber eher der Ausnahmefall ..."

„Versuche dir, die Gesichter der Leute in deinem Zuständigkeitsbereich so schnell wie möglich einzuprägen", übernahm Herr Wykers wieder das Wort. „Ich fürchte, die Gelegenheit dazu wirst du schneller bekommen, als dir lieb ist! Frag sie ruhig nach ihren Namen. Das lenkt sie ab und beruhigt sie ein wenig. Denn du musst dir immer vor Augen halten, dass diese Menschen nicht nur um ihr Leben, sondern auch um ihr gesamtes Hab und Gut bangen. Sollte ihr Haus nämlich bei einem Luftangriff getroffen werden, würde sich ihr gesamter Besitz mit einem Schlag auf das beschränken, was sie in den Bunker mitbrachten."

„Einige Inselbewohner sind inzwischen dazu übergegangen, ihre Koffer mit Wechselkleidung dauerhaft hier zu deponieren", warf mein Kollege ein und zeigte dabei wie zum Beweis auf die schier endlose Aneinanderreihung von Sitzbänken, unter denen tatsächlich mehrere Gepäckstücke und Kisten abgestellt waren.

„Nach einem Alarm bist du als Luftschutzhelfer auch für das Öffnen der Zugangstüren zuständig", teilte Herr Wykers mir weiter mit. „Dabei kannst du, falls sich eine Tür verkeilt haben sollte, auch auf die Unterstützung der Männer von der Feuerwehr und Hilfsfeuerwehr zählen. Deren Plätze befinden sich im Treppenniedergang des Schulbunkers, damit sie gegebenenfalls Brände, die durch Bombenabwürfe des Feindes verursacht wurden, möglichst schnell bekämpfen können. Der Befehl zum Öffnen der Türen wird nach der Entwarnung übrigens durch mich über Lautsprecher bekannt gegeben."

„Sind die Sirenentöne hier unten denn überhaupt zu hören?", wollte ich von ihm wissen. „Ich meine, wir befinden uns doch immerhin fast 20 Meter unter der Erde ..."

In meiner Heimatgemeinde hatte es bislang eher selten Luftalarm gegeben. Aber im gesamten Deutschen Reich konnte im mittlerweile fünften Kriegsjahr buchstäblich jedes Kind zwischen dem auf- und abschwellenden Heulton bei Feindeinflug und dem

Dauerton als Zeichen der Entwarnung unterscheiden.

„Du wirst dich wundern, was du in dieser Tiefe noch alles vom Dröhnen der Flugzeugmotoren, dem Pfeifen der Bomben vor dem Einschlag und dem Donnern der Geschütze mitbekommst ...", versicherte der Luftschutzwart mir. „Genau diese Geräusche sind es auch, die den Menschen solche Angst machen. Eben darum ist es so wichtig, dass du ihnen gut zuredest, damit hier unten nur keine Panik ausbricht!"

Er sah mich lange an, ehe er mich fragte:

„Was meinst du, Hans, traust du dir diese Aufgabe nach allem, was du bis jetzt gehört hast, zu?"

Obwohl ich mir der Verantwortung, die zukünftig auf meinen Schultern lasten würde, durchaus bewusst war, entgegnete ich aus der vollen Überzeugung heraus, meinen Teil zum Wohlergehen der Inselbevölkerung beitragen zu wollen:

„Ja, selbstverständlich! Ich empfinde es als große Ehre, mich in den Schutz der Zivilbevölkerung einbringen zu dürfen und freue mich sehr auf mein zukünftiges Betätigungsfeld!"

Hätte ich in diesem Augenblick geahnt, was in den nächsten Monaten auf mich zukommen sollte, hätte ich meine Worte möglicherweise anders gewählt.

Zu dritt durchschritten wir den Stollen, der eine Gesamtlänge von rund 160 Metern aufwies. Mein zukünftiger Zuständigkeitsbereich erstreckte sich dabei auf etwa einem Drittel dieser Strecke. Nach ungefähr der Hälfte der Distanz zweigte auf der rechten Seite der Weddigenstollen ab, dessen Zugangsbereich am anderen Ende Herr Thomsen mir bereits gezeigt hatte.

Zur Bunkereinrichtung gehörten auch Verbandskästen, die in unregelmäßigen Abständen über den Sitzbänken angebracht waren. Einer dieser Kästen wurde gerade von einer Rotkreuzschwester aufgefüllt, als wir uns grüßend an ihr vorbeizwängten.

Das Ende des leicht abschüssigen Bunkerstollens markierte den Übergang zur Spirale, die mit zwei gegenläufigen, schraubenzieherartigen und stufenlosen Gängen ausgestattet war. Auch diese waren seitlich mit Bänken für die Schutzsuchenden versehen. Auf der Felsseite waren die Außenwände seltsamerweise verklinkert. Die Erklärung für diesen Umstand folgte sogleich:

„Die Spirale war ursprünglich einmal eine Stützmauer am Felseneck, deren Mauerwerk auf der Außenseite gleich zu Beginn des Krieges mit einer dicken Betonhülle verstärkt wurde. Der auf diese Weise entstandene Hohlraum im Inneren wurde zum ersten Zivilbunker zum Schutz der Bevölkerung eingerichtet", berichtete Herr Wykers. „Die Spirale kann sowohl vom Ober- als auch vom Unterland oder eben durch die Schutzstollen betreten werden. Damit sind sämtliche Bunkersysteme einschließlich Raumanlage und Lastentunnel über die Spirale erreichbar, was sie zum Herzstück der gesamten Stollenanlage macht. Verwundete, die im Oberland geborgen werden, können beispielsweise noch während eines Luftangriffs über den Fuchsbau oder den Weddigenstollen durch die Spirale zum Lazarett oder den Operationssaal in der Raumanlage transportiert werden, ohne sich der Gefahr feindlichen Beschusses auszusetzen."

Er wurde unterbrochen, als sich ein Mann in Zivilkleidung, den ich auf etwa vierzig Jahre schätzte, mit einer kleinen Kiste in den Händen von unten näherte.

„Moin", grüßte der Hinzugekommene freundlich. „Man sagte mir, im Weddigenstollen seien einige Glühbirnen der Bunkerbeleuchtung defekt. Da dachte ich mir, ich nutze die Zeit nach Schulschluss, um die beschädigten Birnen rasch auszuwechseln."

Herr Wykers machte uns miteinander bekannt. „Das ist Hans Plöger, der neue Inselgendarm. Er wird neben dieser Tätigkeit auch Hoopmanns Aufgaben als Luftschutzhelfer im Fuchsbau übernehmen."

Nach diesen Worten wandte er sich mir zu. „Jasper Meiners ist eigentlich Lehrer, betätigt sich daneben aber dankenswerterweise ebenfalls als Luftschutzhelfer. Sein Abschnitt beginnt übrigens gleich hier an der Spirale und erstreckt sich über das erste Drittel des Fuchsbaus. Damit seid ihr gewissermaßen Kollegen."

Der Angesprochene kam daraufhin näher und gab mir die Hand. „Sehr erfreut, Hans! Du kommst also auch vom Festland? Ich stamme ursprünglich aus der Nähe von Cuxhaven. Als ich im letzten Jahr hörte, dass die Jungen aus meiner Klasse einberufen werden sollten, um hier auf Helgoland als Marinehelfer ihren Dienst für das Vaterland zu leisten, meldete ich mich freiwillig, um sie zu begleiten, zumal mein Sohn Enno sich unter ihnen befand. Glücklicherweise gab es hier auf der Insel aufgrund der zahlreichen Einberufungen in die Wehrmacht durchaus Bedarf an Pädagogen. Seitdem unterrichte ich an der hiesigen Schule und betätige mich nebenbei als Luftschutzhelfer. In dieser Eigenschaft

werden wir beide dann ja wohl zukünftig häufiger miteinander zu
tun bekommen ..."

13

Da Herr Wykers Jasper Meiners beim Auswechseln der Glühbirnen
behilflich sein wollte, verabschiedeten wir uns von den beiden
Männern und verließen die Spirale durch den am tiefsten
gelegenen Ausgang, der sich in nur wenigen Metern Entfernung
zum Nordosthafen befand.

Dort hatten eine Reihe Fischkutter angelegt, denen das Auslaufen
aufgrund der ständigen Gefahr durch freischwimmende Minen und
Tiefflieger nur noch unter erschwerten Bedingungen möglich war.
Gleich hinter der Spirale begann das für Zivilisten gesperrte und
mit einem Zaun gesicherte Nordostland. Den Weg zurück zur
Wache versuchte ich zu nutzen, um mir einige markante Gebäude
und die Straßennamen des Unterlandes einzuprägen.

In nur wenigen Stunden hatte ich, zumindest in groben Zügen, mit
meinem neuen Dienstsitz Bekanntschaft gemacht! Nach der
Führung durch Herrn Thomsen konnte ich die Sehnsucht Frau
Friedrichsens nach ihrer Heimat in den Jahren des Ersten
Weltkriegs gut nachvollziehen. Abgesehen von den vielen
Gefechtsstellungen und Gebäuden der Wehrmacht gefiel mir
Helgoland ausgesprochen gut!

Wir unterhielten uns noch eine ganze Weile in unserer Amtsstube
und tranken dabei einen Tee, den Herr Thomsen zubereitet hatte.
Ehe er mich in den Feierabend entließ, nahm ich mir noch schnell
eine Inselkarte zur Hand, um mir mit deren Hilfe gedanklich noch
einmal den Weg vor Augen zu führen, den wir an diesem Tag bei
unserem Rundgang genommen hatten. Ich erschrak beinahe, als
mir bewusst wurde, welch kleiner Bereich in Relation zur
Gesamtgröße Helgolands den Inselbewohnern von ihrer Heimat
geblieben war ...

Herr Thomsen war so nett, mir auf meine Bitte hin mehrere Bögen
Schreibpapier, einige Kuverts und einen Füllfederhalter aus
Bürobeständen auszuhändigen. Derart ausgerüstet verabschiedete
ich mich von ihm und machte mich auf den Heimweg.

Über die Siemens- und Kaiserstrasse gelangte ich zur Treppe ins
Oberland, auf der ich mich in der Folgezeit mühsam nach oben

kämpfte. Dabei kam ich nur langsam voran, weil ich immer erst den rechten Fuß nachziehen musste, bevor ich meinen linken Fuß auf die nächsthöhere Stufe setzen konnte. Zwischendurch war ich beinahe versucht, mich auf einer der Bänke, die auf den beiden Absätzen jeweils aufgestellt waren, niederzulassen und einen Moment lang auszuruhen. Doch obwohl der Ausblick über das Unterland von dort traumhaft schön war, trieb mich mein Ehrgeiz weiter nach oben. Von den anderen Treppenbenutzern, unter ihnen viele Marineangehörige, wurde ich wegen meines humpelnden Gangs mit teilnahmsvollen Blicken bedacht. Alleine schon aus Trotz versuchte ich mir meine Anstrengungen nicht anmerken zu lassen und stattdessen die Zeit des Aufstiegs zu nutzen, um über meinen ersten Tag auf Helgoland nachzudenken.

Das satte Grün auf den Weiten des Oberlandes, der weiße Sand an den Stränden und die vielen reetgedeckten Häuser, teils in Fachwerkbau, mit ihren liebevoll angelegten Vorgärten zogen an meinem geistigen Auge vorbei. Wenngleich mich die Schönheit der Insel vom ersten Moment an fasziniert hatte und die Menschen, denen ich bislang begegnet war, sehr freundlich zu mir waren, empfand ich den Umstand, dass Helgoland zu einer Seefestung ausgebaut worden war, als äußerst betrüblich. Man hatte den Bewohnern nicht nur den Zutritt zu weiten Teilen des Eilandes verwehrt, sondern ihnen auch zu einem nicht unerheblichen Teil die Existenzgrundlage entzogen, weil die Badegäste vom Festland seit Beginn des Krieges ausblieben. Selbst der Fischfang, von dem viele Helgoländer lebten, war größtenteils zum Erliegen gekommen! Umso bewundernswerter fand ich die Haltung der Insulaner, die ihr Schicksal scheinbar klaglos hinnahmen und den Widrigkeiten des Krieges trotzten.

Frau Friedrichsen schien schon auf meine Ankunft gewartet zu haben, denn kaum hatte ich das Haus betreten, setzte sie mir mein Abendessen vor, das aus einer geräucherten Makrele mit Bratkartoffeln bestand. Nach dem Mahl bat sie mich, sich zu ihr in die winzige Wohnstube zu setzen, wo zwei Sessel und ein Sofa zum Verweilen einluden.

Während sie ihre Stricksachen hervorholte, begann sie von ihrem Leben auf der Insel zu plaudern. Auch ich erzählte ihr im Anschluss mehr von meiner Familie und meinem Zuhause. Zwischendurch genehmigten wir uns ein Gläschen ihres selbst aufgesetzten Holunderschnapses, der mir hervorragend mundete.

An diesem Abend sollte sich der erste Eindruck, den ich am Morgen an der Haustür von meiner Vermieterin gewonnen hatte, weiter verfestigen. Frau Friedrichsen entpuppte sich als eine ausgesprochen herzliche Person, die mir gegenüber in den folgenden Stunden gleich mehrfach zum Ausdruck brachte, wie sehr sie sich darüber freute, mich von nun an zum neuen Mitbewohner zu haben.

„Weißt du, obwohl ich es in den letzten Jahren nicht anders kannte, tut mir das Alleinsein nicht gut, Hans. Mit dir ist endlich wieder Leben in dieses Haus eingekehrt", meinte sie und prostete mir augenzwinkernd zu.

„Bedauern Sie es eigentlich, dass sich Ihre Kinder für ein Leben auf dem Festland entschieden haben?", wollte ich daraufhin von ihr wissen.

„Ach, weißt du, irgendwann habe ich mich damit abgefunden. Außerdem sind sie schon vor langer Zeit fortgezogen und anfangs hatte ich ja auch noch meinen Mann. Erst nach seinem Tod wurde mir so richtig bewusst, welch einsames Leben ich plötzlich führte. Weder meinen Kindern noch deren Nachkommen ist es möglich, häufiger auf die Insel zu kommen, was ich natürlich sehr bedaure. Ihre Besuche beschränkten sich seit ihrem Fortzug auf die wenigen besonderen Anlässe, die ihre Anwesenheit zwingend erforderlich machten ..."

„Wie beispielsweise die Beisetzung Ihres Mannes?", wollte ich wissen und verfluchte mich schon im nächsten Moment, weil ich mit meiner Frage vermutlich alte Wunden aufgerissen hatte.

Doch Frau Friedrichsen schien mir meine unüberlegte Äußerung nicht übel zu nehmen, sondern erklärte stattdessen:

„Das war das letzte Mal, dass die gesamte Familie auf Helgoland zusammenkam ..." Auf einmal sah sie mich mit wehmütigen Augen an. „Wie gerne hätte ich meine Enkelkinder noch einmal gesehen ..."

„Aber dafür ist es ja noch nicht zu spät", versuchte ich sie aufzumuntern. „Sie könnten doch ein Schiff zum Festland nehmen und "

„Nein, Hans", unterbrach sie mich, legte ihr Strickzeug beiseite und tätschelte sanft meinen Unterarm. „Ich brauche mir nichts vorzumachen! Für diese Dinge fühle ich mich mittlerweile zu alt. Und abgesehen davon tut der Krieg sein Übriges, denn die Fahrt mit dem Schiff ist ja nicht ganz ungefährlich ..."

„Aber Ihre Enkelkinder würden sich doch bestimmt genauso über ein Wiedersehen freuen wie Sie ...", protestierte ich.

„Lass gut sein, Hans", erwiderte sie und lächelte mir verbindlich zu. „Ich weiß, du meinst es nur gut mit mir. Aber ich bin derzeit weiß Gott nicht die einzige Person auf der Insel, die sich manchmal etwas einsam fühlt. Denk alleine an die vielen jungen Frauen und Mütter, deren Männer zum Kriegsdienst eingezogen wurden! Sie hat das Schicksal ungleich härter getroffen als mich. Außerdem bist du ja jetzt da, um mir zumindest beim Frühstück und an den Abenden Gesellschaft zu leisten. Und dafür bin ich dir sehr dankbar!"

Wir hätten noch die ganze Nacht in der Stube gesessen, wenn ich mich nicht irgendwann unter dem Vorwand, meinen Eltern noch einen Brief schreiben zu wollen, zurückgezogen hätte. Frau Friedrichsen gab mir noch allerletzte Verhaltensregeln für den Fall eines nächtlichen Fliegeralarms mit auf den Weg, bevor wir einander eine gute Nacht wünschten. Oben in meiner Schlafkammer angekommen, nahm ich Briefpapier und Füllfederhalter zur Hand und schrieb noch ein paar Zeilen, ehe mir die Augen schon bald zuzufallen drohten.

14

Die Nacht verlief glücklicherweise ohne besondere Vorkommnisse. Lag es an der frischen Meeresluft oder war der Holunderschnaps von Frau Friedrichsen schuld? Ich schlief die ganze Nacht selig durch und fühlte mich am nächsten Morgen wie neu geboren!

Nach dem Frühstück beendete ich rasch den Brief an meine Eltern, in dem ich ihnen die ersten Eindrücke von meiner neuen Heimat schilderte und in diesem Zusammenhang auch Frau Friedrichsen und Herrn Thomsen erwähnte. Als ich fertig war, verabschiedete ich mich von meiner Vermieterin, gelangte über den Falm zur Treppe und begab mich ins Unterland, wo ich zunächst die Wachstube aufsuchte.

Mein Kollege nutzte die folgenden Stunden, um mich mit den laufenden Vorgängen und seiner Aktenführung vertraut zu machen. Im Zuge der Stationierung von Zwangsarbeitern und Kriegsgefangenen gab es auf Helgoland durchaus vereinzelte Vorfälle, die ein Einschreiten der Ordnungskräfte erforderten, wie mein Kollege mir erläuterte. Doch da es innerhalb der Wehrmacht eine eigene Gerichtsbarkeit gab, die diese Angelegenheiten regelte, handelte es sich bei den polizeilich zur Anzeige gebrachten Delikten ausnahmslos um Belanglosigkeiten, wie sie in jedem x-beliebigen Dorf auf dem Festland auch vorkamen.

Gegen Mittag unterbreitete Herr Thomsen mir den Vorschlag, ihn zur Bäckerei Packross in der Siemensstrasse, die seinen Worten zufolge unter anderem auch diverse Fischbrötchen in ihrem Angebot führte, zu begleiten.

Nachdem wir uns jeweils mit einem Heringsbrötchen gestärkt hatten, führte mein Kollege mich zum Postamt in der Kaiserstrasse, der Hauptverkehrsader Helgolands. Das Dach des Postgebäudes zierte ein Türmchen mit Fahnenmast, an dem eine Hakenkreuzfahne wehte. Wie in beinahe allen Ämtern und Geschäften des Landes bestand auch das Personal der Reichspost inzwischen fast ausschließlich aus weiblichen Beschäftigten.

Als ich nach dem Aufgeben des Briefes an meine Eltern zurück auf die Straße trat und wir uns gerade wieder in Bewegung setzen wollten, hielt Herr Thomsen mich unversehens mit einem Griff an meinem Oberarm zurück. Daraufhin sah ich ihn fragend an. Doch er deutete nur stumm auf die gegenüberliegende Straßenseite, wo sich das recht feudal wirkende *Hotel Königin Victoria* mit zugehörigem Restaurant befand. Genau in diesem Augenblick öffnete sich dort die Eingangstür und mehrere Männer in Militärkleidung kamen aus dem Gebäude heraus, um sich auf der Straße nach rechts zu wenden. Ihre Uniformen wiesen sie als Marineoffiziere aus.

Herr Thomsen hatte derweil Haltung angenommen und warf beim Näherkommen der Männer als Zeichen der Ehrerbietung seinen ausgestreckten rechten Arm in Schulterhöhe.

Der Trubel auf der Straße war beim Anblick der Offiziere von einem auf den anderen Moment vollkommen erstorben, wie ich mit einem schnellen Rundumblick erstaunt bemerkte. Die Menschen hatten in ihren Bewegungen innegehalten und taten es meinem Begleiter gleich, indem sie ihren rechten Arm ebenfalls hastig zum Gruß erhoben, den Blick ehrfurchtsvoll auf die Vorüberschreitenden gerichtet. In den meisten Gesichtern glaubte ich dabei eine seltsame Beklemmung zu erkennen.

Während ich das Geschehen fasziniert verfolgte, gab mein Kollege mir mit einem leichten Stoß in die Rippen zu verstehen, mich dem

Ritual anzuschließen und ebenfalls den rechten Arm zu heben, was ich schnellstens nachholte.

Ohne uns auch nur eines Blickes zu würdigen, schritten die Männer an uns vorüber und waren schon bald hinter der Apotheke verschwunden, wo es zum Aufzug ging.

„Wer waren diese Leute?", erkundigte ich mich bei Herrn Thomsen, als das Treiben auf der Straße langsam wieder einsetzte.

„Mit diesen Männern solltest du dir besser eine gute Seite halten, denn sie sind mit der Verteidigung der Insel betraut und unterstehen damit dem Küstenbefehlshaber Deutsche Bucht. Der Mann an der Spitze des Trosses war Kapitän zur See Ludwig Lohmann, der Inselkommandant. Bei seinen Begleitern handelt es sich um Angehörige seines Stabes."

Ich war mir in diesem Augenblick nicht sicher, wie ich die soeben erlebte Situation einordnen sollte. Einerseits hoffte auch ich natürlich darauf, dass Helgoland sich halten würde und der Krieg nicht verloren ging. Andererseits hatte mich das arrogante Auftreten der Marineführer irritiert. Die Inselbewohner waren bei ihrem Erscheinen vor Angst ja geradezu in Schockstarre verfallen! Wäre der Inselkommandant in der allgemein angespannten Lage nicht besser beraten, die Nähe zu den Menschen zu suchen, um sie von den getroffenen Maßnahmen zur Verteidigung der Insel zu überzeugen und sie damit auf seine Seite zu ziehen?

Herr Thomsen riss mich aus meinen Gedanken, indem er mir vorschlug:

„Es ist mächtig heiß heute! Was hältst du von einem kleinen Ausflug an den Südstrand, mein Junge? Wir könnten uns am Wasser ein wenig erfrischen, denn dort weht immer eine angenehm kühle Brise."

Da auch mir mittlerweile der Schweiß von der Kopfhaut unter dem Tschako auf die Stirn und in den Nacken rann, stimmte ich erfreut zu.

Als wir losmarschierten, bemerkte ich auf der anderen Straßenseite zwei nebeneinanderliegende Fotogeschäfte, von denen eines der Beschilderung zufolge Franz Schensky gehörte, den Frau Friedrichsen mir gegenüber erwähnt hatte. Im Schaufenster waren neben mehreren Porträtbildern auch einige äußerst ansprechende Fotografien ausgestellt, die mir gleich ins Auge fielen. Sie zeigten die Insel aus verschiedenen Perspektiven. Ein paar dieser Aufnahmen waren offensichtlich sogar von einem Boot oder Schiff aus gemacht worden. Herr Schensky schien sein Handwerk wirklich zu verstehen! Ich nahm mir vor, sein Geschäft in den nächsten Tagen aufzusuchen, sobald es meine Zeit erlaubte.

Kurz darauf kamen wir am Kurgebäude, dem früheren Konversationshaus, vorbei und gingen direkt auf die Landungsbrücke zu, die an diesem herrlichen Sommertag reichlich bevölkert war. Dieser Umstand traf auch auf den Südstrand zu, der zwischen Anleger und Marinemole gelegen war und auf dem sich überwiegend Kinder, aber auch einige Erwachsene tummelten. Die ganz Mutigen unter ihnen schwammen sogar in der Nordsee.

„Kannst du eigentlich schwimmen, mein Junge?", schmunzelte Herr Thomsen, der meinen sehnsüchtigen Blicken gefolgt war.

„Leider nicht", musste ich einräumen. „Aber ein paar Meter würde ich mich trotzdem ins Wasser trauen ..."

Wie zum Beweis zog ich mir Schuhe und Socken aus, krempelte meine Hosenbeine hoch und wagte mich anschließend mit meinen Füßen in die abebbenden Wellen. Sofort spürte ich die herrliche Erfrischung, die von dem kühlen Nass ausging.

Mein Begleiter, der mich amüsiert beobachtet hatte, kommentierte mit einem breiten Grinsen im Gesicht:

„Vielleicht solltest du hier am Südstrand häufiger auf Streife gehen, solange die sommerlichen Temperaturen noch anhalten ..."

Während ich mich langsam im Wasser vorarbeitete, ging Herr Thomsen auf dem weißen Sand des Strandes neben mir her. Auf diese Weise passierten wir das Denkmal Hoffmann von Fallerslebens, das jenseits der parallel am Strand vorbeiführenden Maxse Terrasse errichtet worden war. Schon bald waren wir wieder an der Wache angelangt.

Unweit unseres Amtsgebäudes hatte man eine Holzbaracke errichtet, in der sich die Badenden, natürlich streng getrennt nach Geschlechtern, umkleiden konnten. Welch einschneidendes Erlebnis ich nur wenige Wochen später ausgerechnet dort erleben würde, konnte ich zu diesem Zeitpunkt nicht ahnen ...

15

Meine erste Bewährungsprobe als Luftschutzhelfer sollte schneller kommen, als mir lieb war.

Nach einem weiteren sonnigen Tag saß ich am nächsten Abend

wieder lange mit Frau Friedrichsen zusammen und unterhielt mich dabei angeregt mit ihr. Es war schon spät, als wir uns voneinander verabschiedeten und ich mich nach oben in meine Kammer begab. Dort muss ich wohl relativ schnell eingeschlafen sein, nachdem ich mich ins Bett gelegt hatte.

Ich erwachte vom nervtötenden Schall der Sirenen, die mehrfach in schneller Aufeinanderfolge zwei kurze Heultöne erklingen ließen. Das bedeutete Voralarm! Schlagartig war ich hellwach und sprang aus dem Bett, um mir in aller Eile meine Kleidung anzuziehen. Gleichzeitig riss ich die Tür auf und rief mit lauter Stimme nach unten: „Frau Friedrichsen, sind Sie wach?"

Zum Glück war meine Sorge um sie unbegründet, wie sich sehr zu meiner Erleichterung schon im nächsten Moment herausstellte, denn sie hatte ihrerseits praktisch im selben Augenblick auch nach mir gerufen.

Als meine Vermieterin und ich kurz darauf mit unseren Bunkerkoffern bewaffnet vor die Tür traten, musste ich sofort an Herrn Thomsen denken. Im Nachhinein war ich ihm nämlich in diesem Moment für seine ausgiebigen Führungen über die Insel überaus dankbar. Denn der Himmel zeigte sich in dieser Nacht wolkenverhangen. Da erschwerend hinzukam, dass aufgrund der strengen Verdunklungsvorschriften auf dem gesamten Eiland nicht ein Lichtschein zu erkennen war, bedurfte es schon einer äußerst fundierten Ortskenntnis, um sich in der Finsternis sicher orientieren zu können.

Unterwegs passte ich mich der Geschwindigkeit meiner Vermieterin an, als ich merkte, wie viel Mühe es ihr bereitete, mit mir Schritt zu halten.

„Geh du nur voran, Hans", rief sie mir mit atemloser Stimme zu, als sie erkannte, dass ich langsamer wurde. „Du bist Luftschutzhelfer und musst die Menschen in den Bunker lotsen!"

„Sie verlangen doch wohl nicht ernsthaft von mir, Sie alleine zurückzulassen?", fragte ich zurück. „Vergessen Sie es, das würde ich niemals tun!"

Unterdessen huschten dunkle Gestalten auf dem Weg zum Schulbunker an uns vorbei.

Frau Friedrichsen wollte gerade etwas entgegnen, als die Sirenen in Form eines auf- und abschwellenden Dauertons erneut aufheulten. Das Signal für den Vollalarm! Daraufhin griff ich meiner

Begleiterin unter den angewinkelten Unterarm und versuchte sie dadurch zu einem etwas höheren Tempo zu bewegen.

„Die fliegen doch höchstwahrscheinlich sowieso über uns hinweg", versuchte meine Vermieterin mich zu beruhigen. „Vermutlich wollen sie Bremen, Hamburg oder gar Berlin angreifen!"

„Wir wollen es besser nicht darauf ankommen lassen", erwiderte ich und registrierte erleichtert, dass wir inzwischen den Eingang zum Stollen erreicht hatten.

Dort wurden wir bereits von mehreren jugendlichen Hilfsfeuerwehrleuten erwartet, in deren Obhut ich meine Begleiterin übergab.

„Lasst nur, ich komme schon zurecht", hörte ich Frau Friedrichsen noch keuchend protestieren, als man sie in die Katakomben des Schulbunkers hinunterführte.

Eine junge Frau mit drei kleinen Kindern an der Hand drängte sich an mir vorbei, erleichtert, es noch rechtzeitig in den schützenden Bunker geschafft zu haben. Weitere Menschen strömten über die gegenläufige Treppenanlage in die Tiefe.

Ich selbst hatte meine Aufmerksamkeit währenddessen auf die Umgebung des Bunkerzugangs gerichtet, wo ich nach weiteren Personen Ausschau hielt, die dem Eingang zum Schulbunker entgegenstrebten.

Es dauerte nicht lange, bis in der Ferne das dumpfe Brummen von Flugzeugmotoren zu hören war, das rasch anschwoll. Ein junger Hilfsfeuerwehrmann warf mir einen mahnenden Blick zu. „Du musst die Türen schließen!"

Mittlerweile war der Strom der Schutzsuchenden weitgehend abgeebbt. Lediglich ein älteres Ehepaar erschien noch in der Dunkelheit, hastete an uns vorbei und stieg die Stufen hinab, so schnell es ihnen möglich war.

„Du musst endlich die Türen schließen, um die anderen Bunkerinsassen nicht zu gefährden. Das ist Vorschrift", wiederholte der junge Mann neben mir seine Aufforderung, dieses Mal mit deutlich lauterer Stimme.

Mittlerweile war das Dröhnen am Himmel beinahe unerträglich geworden. Da mir jede Erfahrung fehlte, überzeugte ich mich noch einmal mit einem schnellen Rundumblick davon, dass sich niemand mehr dem Bunkerzugang näherte und rief dabei laut aus: „Achtung, ist da noch wer? Die Bunkertüren werden in Kürze geschlossen!"

Nachdem ich noch einige Sekunden lang angestrengt auf eine Antwort gelauscht hatte, gab ich meinem Helfer ein Zeichen, der daraufhin unverzüglich beide Türflügel zuwarf und den Hebel zum Versperren umlegte. Ohne auch nur eine Sekunde zu verlieren, drehte er sich auf dem Absatz um und rief mir dabei zu:
„Na los, worauf wartest du noch? Ab nach unten!"
Damit eilte er die Treppe hinunter. Ich folgte ihm, so schnell es mir mein Fuß erlaubte, in das Innere des Felsens.

Als ich den Fuchsbau erreichte, wunderte ich mich über die Ordnung, die hier trotz der aus dem Nachthimmel drohenden Gefahr herrschte. Die Zufluchtsuchenden hatten bereits ihre angestammten Plätze eingenommen und verhielten sich erstaunlich ruhig, wobei der Gang in der Mitte frei begehbar war. Wenn überhaupt Gespräche geführt wurden, fanden diese im Flüsterton statt. Lediglich einige Mütter mussten mit etwas lauterer Stimme auf ihre Kinder einreden, um diese zu beruhigen.

Hier unten war das Brummen der Flugzeugmotoren nur noch schwach zu hören. Die meisten Menschen wirkten wenig nervös. Das Aufsuchen des Bunkers mitten in der Nacht schien bei vielen inzwischen zum ganz normalen Tagesablauf zu gehören. Nur einige wenige ältere Inselbewohner hatten ihre Hände zum Gebet gefaltet und sahen mit bangen Blicken zur gewölbten Decke.

Der Raum für die Mütter und ihre Neugeborenen war gut besetzt, wie ich mit einem hastigen Blick bemerkte. Rotkreuzschwestern kümmerten sich um sie. Ich nutzte die Gelegenheit, um rasch die Nische des Luftschutzwartes aufzusuchen, aus der mir zu meiner Überraschung genau in diesem Moment der junge Hilfsfeuerwehrmann entgegenkam.

„Moin Hans. Ist in deinem Abschnitt alles glattgelaufen?", wurde ich von Hauke Wykers begrüßt.

„Nun, ich denke schon", entgegnete ich. „Es dürften alle noch rechtzeitig den Weg in den Bunker gefunden haben, bevor wir die Eingangstür versperrten."

Herr Wykers warf mir einen ernsten Blick zu, ehe er erwiderte:

„Hans, ein Fliegeralarm hier auf der Insel ist noch Neuland für dich. Das will ich dir in diesem Falle zugutehalten. Aber du musst die Türen in Zukunft früher schließen! Glaub mir, ich kann nachvollziehen, wie schwer es dir fallen muss, den Zugang zum Bunker abzuschotten, wenn du da draußen noch Personen vermutest, die es nicht rechtzeitig geschafft haben. Aber wenn du dich zu spät entscheidest, gefährdest du dadurch alle anderen!"

„Aha, der junge Mann hat mich also verpfiffen?", fragte ich mit einem verlegenen Lächeln und warf dabei einen Blick zur Tür.

„Sören Carlsen hat völlig korrekt gehandelt!", widersprach Herr Wykers mir energisch. „Es war richtig von ihm, mich über dein leichtfertiges Verhalten zu informieren."

„Ich verstehe ja, was Sie mir sagen wollen und sehe meinen Fehler ein", räumte ich reumütig ein. „Nun, immerhin wurde auf diese Weise niemandem der Zugang zum Bunker verwehrt. Allerdings wurden mir auf dem Weg hierher von den Anwesenden einige Namen zugeflüstert, die wohl über einen anderen Zugang in die Stollen gelangt sein müssen ...“

„Du wirst lachen, aber einige Inselbewohner weigern sich strikt, die schützenden Stollen überhaupt aufzusuchen! Sie ignorieren die Sirenen bei einem Fliegeralarm ganz bewusst, um sich in den Kellern ihrer Häuser zu verschanzen. Als ob das etwas nützen würde! Meist handelt es sich dabei um ältere Inselbewohner. Diese Menschen begeben sich sehenden Auges in Lebensgefahr! Bei einem Volltreffer bliebe von ihren Gebäuden nämlich kaum etwas übrig ..."

Ich nahm seine Worte zum Anlass, um mich anzuschicken, mit der Zählung der Anwesenden zu beginnen. Bevor ich jedoch zur Namensliste griff, entschuldigte ich mich noch einmal bei Herrn Wykers für meine Fahrlässigkeit.

Als ich im Anschluss die Reihen der Schutzsuchenden durchging und mich dabei weisungsgemäß bemühte, mit den Leuten ins Gespräch zu kommen, war ich schnell von der Gelassenheit beeindruckt, mit der die Inselbewohner ihr Schicksal nahmen. Obwohl sie von den Sirenen aus dem Schlaf gerissen worden waren und gerade um ihre gesamte Existenz bangten, hörte ich von keinem dieser Menschen auch nur die geringste Klage. Die ständige Bedrohung aus der Luft schien im Gegenteil bewirkt zu haben, dass die Bewohner Helgolands noch enger aneinandergerückt waren, einander halfen und sich gegenseitig Mut zusprachen.

Wie sich schließlich herausstellte, waren in dieser Nacht lediglich ein älteres Ehepaar und eine Mutter mit ihren beiden Kindern ferngeblieben. Allerdings fehlte mir angesichts hunderter Schutzsuchender in meinem Bunkerabschnitt so recht der Glaube, all den vielen Gesichtern jemals die zugehörigen Namen zuordnen zu können. Außer Frau Friedrichsen war mir bis dahin ja kaum jemand persönlich bekannt.

Was ich in diesem Moment nicht ahnte, war die Tatsache, dass die zahlreichen Einflüge des Feindes in nächster Zeit dafür sorgen sollten, dass ich nur vier Wochen später genau dazu in der Lage sein würde ...

Irgendwann wurde über Lautsprecher bekannt gegeben, dass die feindlichen Bomber über Helgoland hinweggeflogen waren. Es solle aber noch die Entwarnung abgewartet werden, ehe der Befehl zum Öffnen der Türen gegeben werde.

Dem Gefühl der Erleichterung folgte schnell ein allgemeines Aufstöhnen, weil allen bewusst war, dass die Bomberflotte je nach Entfernung zu ihrem Zielort schon wenige Stunden später zurückerwartet wurde. Bei deren Rückflug würde es natürlich ein zweites Mal in dieser Nacht einen Fliegeralarm geben, bei dem die Inselbewohner erneut aus dem Schlaf gerissen würden und den Stollen aufzusuchen hatten.

Ich drängte mich in Erwartung des Signals zur Entwarnung auf dem Weg zur Treppenanlage an einigen jungen Damen vorbei, die gleich am Anfang des Stollens ihren Platz zu haben schienen, um die Türen im Bedarfsfall zügig öffnen zu können.

In dieser Nacht sollten beinahe vier Stunden vergehen, bis sich die Inselbewohner abermals im Bunker einfanden. Beim zweiten Luftalarm innerhalb eines relativ kurzen Zeitraums waren die Lücken unter den Schutzsuchenden allerdings schon deutlich größer. Bei vielen Menschen schien sich im fünften Kriegsjahr die Meinung eingebürgert zu haben, dass ihnen von den zurückkehrenden Maschinen keinerlei Gefahr mehr drohe. Diese Leichtfertigkeit in Verbindung mit den zunehmend als lästige Routine empfundenen beinahe täglichen Luftalarmen sollte einigen Inselbewohnern später zum Verhängnis werden ...

16

Hatte ich geglaubt, mein erster Fliegeralarm auf Helgoland sei ein Ereignis, das sich so schnell nicht wiederholen würde, so sollte ich schnell eines Besseren belehrt werden. Auch in den folgenden Nächten mussten wir nämlich wiederholt die Bunker aufsuchen, was bei den Inselbewohnern für ein dauerhaftes Schlafdefizit

sorgte.
Immerhin trugen diese Gefahrensituationen dazu bei, dass ich schnell ein Gefühl für das rechtzeitige Schließen der Türen entwickelte. Im Nachhinein betrachtete ich die häufigen Fliegeralarme als eine Art Dauerübung, die mich in meinen Aufgaben als Luftschutzhelfer sattelfester werden ließ. Mit Sören Carlsen hatte ich mich schnell wieder versöhnt. Er sollte mir in den kommenden Monaten ein treuer Kamerad werden. Glücklicherweise flogen die feindlichen Bomberverbände in dieser Zeit stets über uns hinweg, um ihre todbringende Fracht über dem Festland abzuwerfen. Dies sollte sich jedoch schon bald ändern, denn Anfang September wurde Helgoland erstmals seit meiner Ankunft direkt angegriffen.

Es war am Nachmittag des 3. September, als nach dem üblichen Funktionstest um Punkt 12 Uhr für alle völlig überraschend die Sirenen plötzlich einen Voralarm ankündigten. Ich befand mich zu diesem Zeitpunkt auf Streife in der Nähe der Biologischen Anstalt, wo ich mich gerade mit einem Fischer unterhielt. Beim Ertönen des Alarmsignals musste ich sofort an Frau Friedrichsen denken, die um diese Uhrzeit vermutlich schon mit den Vorbereitungen für das Abendessen beschäftigt war. Noch ehe ich mir Gedanken darüber machen konnte, wie ich am schnellsten zu ihr gelangen konnte, um sie zum Schulbunker zu begleiten, signalisierten die Sirenen schon einen Vollalarm.

Im Gegensatz zum Festland besaß Helgoland keinerlei Außenposten im Meer, der Warnungen bezüglich feindlicher Flugannäherungen frühzeitig weitergegeben hätte. Die Insel sorgte aufgrund ihrer geografischen Lage vielmehr dafür, dass der Fliegeralarm an der Küste frühzeitig ausgelöst werden konnte und war damit das entscheidende Element zum Schutz der dortigen Zivilbevölkerung. Helgoland selbst musste sich hingegen einzig und allein auf die zahlreich aufgestellten Funkmeßortungs- und Horcheinrichtungen verlassen, immer im Vertrauen darauf, dass diese Geräte auch zuverlässig funktionierten. Dieser Umstand war wohl der Grund dafür, dass die Alarmmeldungen mitunter sehr kurzfristig kamen, wie ich in den nächsten Wochen gleich mehrfach erfahren sollte.

Mittlerweile war mir die Infrastruktur der Insel in Fleisch und Blut übergegangen, genau wie Herr Thomsen es mir an meinem ersten Tag eingetrichtert hatte. Darum lief ich in dieser Gefahrensituation, ohne lange zu überlegen und so schnell es mir mein rechter Fuß gestattete, zur Spirale, über die der Zugang zu sämtlichen Luftschutzstollen möglich war.

Die meisten Inselbewohner, die mit mir zusammen in die Spirale strömten, eilten in den Altegör-Stollen, wie der nördliche Teil des Unterlandbunkers im Volksmund hieß, während der südliche Abschnitt als Smutterbunker bezeichnet wurde. Auch diese Ausdrücke waren mir mittlerweile geläufig.

Mein Ziel lag jedoch etliche Meter höher. Unter größten Anstrengungen hastete ich auf der stufenlosen, spiralförmig verlaufenden Rampe nach oben, um über den dortigen Zugang in den Fuchsbau zu gelangen.

Als ich bald danach einigermaßen außer Atem meinen Abschnitt erreichte, registrierte ich sehr zu meiner Erleichterung, dass meine Vermieterin sich bereits eingefunden hatte. Frau Friedrichsen nickte mir freundlich zu, als ich an ihr vorbeihastete, um meinen Posten an der Zugangstür des Schulbunkers einzunehmen. Sogar meinen Koffer hatte sie mitgebracht, den ich zukünftig dauerhaft im Stollen zu deponieren gedachte, wie ich mir in diesem Moment vornahm.

Auch die meisten anderen Inselbewohner saßen bereits auf ihren Plätzen. Nur wenige Menschen kamen noch mit ihrer persönlichen Habe die Treppe hintergeeilt, als ich mich anschickte, die Stufen emporzusteigen.

Als ich beinahe schon den zweitobersten Treppenabsatz erreicht hatte, eilte gerade die stets am Anfang des Stollens sitzende Gruppe junger Frauen an mir vorbei die Stufen hinunter. Zu meiner Verwunderung waren die Frauen durch die Bank lediglich mit ihren Nachthemden bekleidet, über die sie offenbar in aller Eile ihre Mäntel geworfen hatten. Die Letzte des Quintetts, eine blonde Frau mit schulterlangem Haar und auffallend hübschem Gesicht, kam plötzlich auf der vorletzten Stufe ins Straucheln und schlug direkt vor meinen Augen mit dem linken Knie auf dem harten Betonuntergrund auf.

Entsetzt stürmte ich daraufhin die letzten Meter zum Podest empor, wo ich mich besorgt zu ihr hinunterbeugte. Das Knie war aufgeschlagen, wie ich sofort bemerkte. Unterhalb ihrer Kniescheibe zeigte sich eine hässliche Wunde, die sich schnell mit Blut füllte.

Angesichts ihres schmerzverzerrten Gesichts beeilte ich mich, ihr aufzuhelfen und sie zu einer Bank zu führen, die es auf jedem Treppenabsatz mehrfach gab, was sie mit einem kaum hörbaren Schniefen kommentierte. Als sie sich dort mit meiner Unterstützung niederließ, stöhnte sie leise auf und bedachte mich mit einem dankbaren Blick aus ihren wässrigen Augen. „Bitte haben Sie einen Moment Geduld. Ich werde Sie gleich nach unten begleiten und dafür sorgen, dass sich jemand um Ihre Verletzung kümmert", bat ich sie und eilte zur Eingangstür, wo ich Sören Carlsen antraf, der inmitten der anderen Feuerwehrkräfte stand.

„Sören, kannst du mich an der Tür vertreten?", rief ich ihm schon von Weitem zu. „Es gibt einen Notfall. Eine junge Dame ist auf der Treppe gestürzt und benötigt meine Hilfe!"

Sören signalisierte mir mit dem erhobenen Daumen, dass er sich um das Zusperren der Tür kümmern würde. „Klar, du kannst dich auf mich verlassen", rief er mir noch hinterher, als ich mich schon wieder auf dem Weg nach unten befand.

Das Fräulein saß noch an derselben Stelle, an der ich sie zurückgelassen hatte, wie ich schon von oben beim Näherkommen registrierte. Auf ihren Wangen waren beiderseits kleine Rinnsale zu erkennen, auf denen ihre Tränen sich den Weg nach unten gesucht hatten.

„Keine Sorge, ich werde Sie schon heil in den sicheren Stollen bringen", versuchte ich sie zu beruhigen.

„Sind Sie sich denn auch sicher, dass Sie das schaffen werden?", fragte sie mit skeptischem Blick auf meinen rechten Fuß. „Sie scheinen ja derzeit ebenfalls lädiert zu sein und haben doch bestimmt schon genügend mit sich selbst zu kämpfen!"

„Vertrauen Sie mir einfach. Ich bin keineswegs so hilflos, wie es den Anschein erwecken mag", entgegnete ich und lächelte ihr aufmunternd zu. „Wollen wir?"

Sie ergriff die dargebotene Hand und richtete sich mit meiner Hilfe auf. Indem sie sich auf meinen Unterarm stützte, stiegen wir zusammen langsam die Treppe hinab.

„Schnell, alles nach unten in den Stollen", erklang es auf einmal von oben.

Im nächsten Moment waren schon das Scheppern der Tür und ein Chor aus vielerlei Schritten zu hören, die die Stufen hinuntereilten.

„Wir sollten uns besser sputen, zu unseren Plätzen zu kommen", mahnte ich meine Begleiterin und legte meinen Arm fürsorglich um ihren Körper, um sie durch den sanften Druck auf ihren Oberarm zu einem schnelleren Tempo zu animieren.

Nachdem wir unten im Stollen angekommen waren, führte ich sie zu ihrem Platz und sah mich anschließend Hilfe suchend nach einer Rotkreuzschwester um. Da ich auf die Schnelle niemanden entdecken konnte, nahm ich kurzerhand den nächstbesten Verbandskasten von der Wand, öffnete diesen und entnahm ihm etwas Watte und das Fläschchen mit dem Jod.

„Es wird gleich etwas brennen, wenn ich Ihre Wunde desinfiziere", warnte ich sie vor, als ich vor ihr in die Hocke ging.

„Keine Sorge, ich werde es schon überleben", versicherte sie mit einem gequälten Lächeln. Beinahe gleichzeitig zog sie ihr Nachthemd etwas nach oben und streckte mir ihr linkes Knie entgegen.

Beim Anblick ihrer wunderschön geformten Beine überkamen mich ernsthafte Zweifel, ob ich mich nicht doch besser um eine Krankenschwester bemühen sollte. Ein Blick zur Seite bestätigte mich in dieser Meinung, denn ich sah in die grinsenden Gesichter der übrigen Bunkerinsassen, die mich bei meinem Tun offensichtlich genauestens beobachtet hatten.

Plötzlich spürte ich, wie mir das Blut in den Kopf schoss. Doch in dieser Situation wurde mir von völlig unerwarteter Seite über meine Verlegenheit hinweggeholfen, denn plötzlich war von oben ein laut aufheulender Flugzeugmotor zu hören. Flakgeschütze wurden abgefeuert. Im nächsten Moment erklang eine Explosion, der ein heftiger Aufschlag und kurz darauf eine zweite Detonation folgten. Wie gebannt schauten auf einmal alle ängstlich zur Bunkerdecke, als ließe sich dort ablesen, was draußen gerade vor sich ging.

Ich nutzte diese Ablenkung, um rasch die Wunde am Knie der jungen Frau zu desinfizieren. Sie stöhnte leicht auf und ihr Knie zuckte erschrocken nach vorn, als ich die aufgeschürfte Haut vorsichtig mit der in Jod getränkten Watte abtupfte. Trotz ihres Schmerzes versuchte sie mir krampfhaft zuzulächeln, als ich sie dabei mehrfach entschuldigend ansah. Zuletzt legte ich ihr einen Verband an.

„So, das dürfte fürs Erste reichen", meinte ich, als ich fertig war. „Sie sollten aber in den nächsten Tagen trotzdem einen Arzt aufsuchen, damit sichergestellt ist, dass sich die Wunde nicht entzündet!"

Damit erhob ich mich und wollte mich schon von ihr abwenden, als sie mich mit einem sanften Griff an meinem Ärmel zurückhielt. „Danke", hauchte sie mir kaum hörbar zu und sah mir dabei tief in die Augen.

Aus dem Kreis ihrer Begleiterinnen nahm ich unterdrücktes Gekicher wahr. Auch die in der Nähe sitzenden Inselbewohner hatten ihre Aufmerksamkeit inzwischen wieder uns zugewandt und abermals ihre grinsenden Mienen aufgesetzt, wie ich mit einem Blick über meine Schulter bemerkte. Erneut spürte ich das Blut in meinem Kopf pulsieren.

Von oben war währenddessen weiteres Geschützfeuer zu hören. Die Menschen in meinem Umfeld schienen allerdings mittlerweile jegliches Interesse an den Kampfhandlungen verloren zu haben, denn ich wurde fortwährend von allen belustigt angestarrt, als ich mich hastig bei der jungen Frau entschuldigte und mich davonstahl.

Ein älterer Mann, der in der Nähe saß, raunte mir im Vorbeigehen leise zu:

„Sie sind ein Glückspilz, Herr Wachtmeister. Das Knie der jungen Dame zu berühren, können sich hier auf der Insel nur die wenigsten leisten ...“

Was er mir mit seinen Worten sagen wollte, verstand ich erst einige Zeit später. In diesem Augenblick setzte ich meinen Weg rasch fort, ohne auf seine Bemerkung einzugehen.

Ich weiß nicht, wie oft ich in den folgenden Jahren an diese für mich so folgenschwere Begegnung mit der jungen Frau zurückdenken sollte. Unzählige Male würde ich ihr schmerzverzerrtes Gesicht und ihre entblößten, traumhaft schönen Beine vor Augen haben, wenn ich nachts wieder einmal nicht in den Schlaf fand ...

Da die Versorgung der Wunde einige Zeit in Anspruch genommen hatte, beeilte ich mich, hastig die Reihen der Schutzsuchenden zu durchforsten und mir dabei die Namen der nicht anwesenden Personen zu notieren. Glücklicherweise war deren Anzahl an diesem Tag recht überschaubar.

Es dauerte nicht lange, bis das Getöse außerhalb des Bunkers abrupt endete. Bald danach ertönte über Lautsprecher die Stimme Hauke Wykers´, der von seiner Nische aus telefonischen Kontakt zum Inselkommando hatte und in diesem Moment bekannt gab, dass es wohl zu keinerlei größeren Zerstörungen auf der Insel gekommen sei. Lediglich auf der Düne sei ein Gebäude durch einen abgeschossenen feindlichen Flieger stark beschädigt worden.

Wenngleich diese Meldung auch mit allgemeiner Erleichterung aufgenommen wurde, entbrannte unter den Inselbewohnern sofort eine heftige Diskussion darüber, ob der Angriff womöglich dem Hafen oder dem U-Bootbunker gegolten habe.

Es sollte eine gute Woche vergehen, bis sich herausstellte, dass sie mit dieser Vermutung gar nicht so falsch gelegen hatten.

Obwohl ich anfangs durch das Verarzten des Beins der jungen Dame abgelenkt gewesen war, atmete auch ich nach der Entwarnung erlöst auf. Helgoland war an diesem Tage noch einmal mit dem Schrecken davongekommen ...

Nachdem ich mit Sörens Hilfe die Bunkertüren geöffnet hatte, strömten die Menschen gleich ins Freie. Indem ich mich vor der Tür platzierte, versuchte ich noch einen allerletzten Blick auf meine Patientin zu erhaschen. Tatsächlich drückten ihre Augen tiefe Dankbarkeit aus, als sie gemeinsam mit ihren Kameradinnen den Schulbunker verließ und mir zum Abschied stumm zunickte.

Ich sah ihr lange hinterher, bis sie und ihre Begleiterinnen hinter den Häusern verschwunden waren. Während die anderen Schutzsuchenden sich auf dem Weg nach draußen von mir verabschiedeten, merkte ich, wie meine Gedanken immer wieder zu ihr abschweiften.

Auf einmal schoss mir eine Idee durch den Kopf. So schnell es mir möglich war, eilte ich über die Treppenanlage zurück in den Stollen. Dort ging ich schnurstracks in den Raum des Luftschutzwartes, wo Herr Wykers mich einigermaßen überrascht empfing:

„Na Hans, hast du noch etwas vergessen?"

Ich redete mich damit heraus, schnell noch einmal die Namen der Schutzsuchenden meines Abschnitts durchgehen zu wollen, damit sie mir in Zukunft geläufiger wären und nahm mir auch schon die Liste zur Hand.

Die Namensaufstellung hielt sich an die Sitzordnung, wie mir bekannt war. Ganze Familien, aber auch Personengruppen oder Einzelpersonen waren derart geordnet untereinander aufgeführt. Es dauerte nicht lange, bis mir gleich zu Anfang des Verzeichnisses fünf weibliche Namen ins Auge fielen, die man aus irgendeinem Grund als Gruppe gelistet hatte: Margret Borchers, Christel Lange, Hildegard Schwarting, Agnes Thombült und Sophia Diekmann.

Einer dieser fünf Namen musste dem verunglückten Fräulein
gehören! Doch welcher von ihnen mochte es sein und wie konnte
ich möglichst unauffällig mehr über sie in Erfahrung bringen?
Den Rest des Tages verbrachte ich mit Grübeleien und fasste
schließlich einen Entschluss, auf welche Weise ich den Namen der
jungen Dame herauszufinden versuchen würde.

17

Am nächsten Vormittag saß ich aus gutem Grund etwas länger als
üblich mit Frau Friedrichsen am Frühstückstisch zusammen, denn
meine Vermieterin wirkte an diesem Morgen sehr nachdenklich.
Im Hintergrund brachte die peitschende Stimme des Sprechers im
Volksempfänger die neuesten Meldungen von den Fronten. Doch
obwohl ich durchaus an der allgemeinen Kriegslage interessiert
war, hörte ich kaum hin, denn meine Vermieterin schien ernsthaft
beunruhigt zu sein.
„Es gehen schreckliche Gerüchte um", begann sie zögernd zu
erzählen, nachdem ich sie gebeten hatte, mir ihr Herz
auszuschütten. „Die alliierten Bombergeschwader können
inzwischen beinahe ungehindert ganze Städte in Schutt und Asche
legen, ohne dass unsere Luftwaffe sie aufhalten könnte. Genau die
Flugzeuge, die des Nachts ständig über unsere Köpfe
hinwegfliegen und uns in die Bunker zwingen, zerbomben wenig
später Cuxhaven, Hamburg oder Lübeck. Wo sollen all die
bedauernswerten Menschen, die auf diese Weise ihre Häuser und
Wohnungen verloren haben, nur unterkommen?"
„Ich bin mir sicher, die Luftangriffe werden irgendwann auch
wieder aufhören. Bestimmt wird im Luftfahrtministerium schon
fieberhaft nach Lösungen gesucht, um die feindlichen Einflüge
endlich einzudämmen", versuchte ich sie zu beruhigen.
Doch sie schüttelte entschieden den Kopf. „Nein, Hans, das
versucht man uns zwar immer noch einzureden, aber ich glaube
unserer Propaganda inzwischen nicht mehr. Ich mag nicht daran
denken, falls es irgendwann einmal Helgoland treffen sollte!
Gestern waren es nur wenige Flugzeuge, die die Insel angriffen.
Aber was geschieht, wenn es plötzlich Dutzende oder gar Hunderte
sein sollten, wie sie ständig über den Städten des Festlandes
auftauchen?"

„Nun, ich bin recht zuversichtlich, dass unsere Flak sie schon vertreiben wird."

Noch immer schien sie wenig überzeugt. „Ich kann nur hoffen, dass du recht behältst ..."

Als ich mit leichter Verspätung die Wachstube erreichte, saß Herr Thomsen vor einer Tasse Tee und war gerade mit dem Erstellen eines Berichtes beschäftigt. Wohl deshalb bat er mich, ausnahmsweise einmal alleine zum täglichen Rundgang über die Insel aufzubrechen.

Auch an diesem Morgen hatte mich die Begegnung mit dem blonden Fräulein vom Vortag gedanklich noch immer nicht losgelassen. Da ich mir in der Nacht einen Plan zurechtgelegt hatte, wie ich sie unter normalen Umständen wiedertreffen konnte, kam mir seine Bitte nicht ganz ungelegen. Also machte ich mich frohen Mutes alleine auf den Weg und schlenderte durch das Unterland, wo ich mir scheinbar gelangweilt, insgeheim jedoch aufs Höchste angespannt, die Auslagen in den Schaufenstern der Geschäfte anschaute.

Mein Bestreben war es nämlich, auf diese Weise die junge Dame aufzuspüren, die meinen Überlegungen zufolge in einem der Läden angestellt sein musste. Ein mögliches Zusammentreffen mit ihr sähe in diesem Fall wie reiner Zufall aus.

Anders als ich gehofft hatte, waren meine Bemühungen zunächst jedoch nicht vom Erfolg gekrönt. Innerlich enttäuscht lenkte ich darum meine Schritte zum Südstrand, der auch jetzt am Vormittag wieder erstaunlich gut besucht war.

Eine Zeit lang ging ich lustlos am Ufer spazieren, bis ich zu meiner Überraschung plötzlich auf der Anlegebrücke Georg Braun entdeckte, den ich seit meiner Überfahrt zur Insel nicht mehr gesehen hatte. Der Dachdecker, der seine Arbeitsmontur trug, belud gerade gemeinsam mit einigen anderen Handwerkern und Kriegsgefangenen ein kleines Motorboot, auf dem bereits ein Stapel wuchtiger Hölzer und verschiedene Werkzeuge zu erkennen waren.

„Hans, das ist ja mal eine Überraschung! Schön, dich wiederzusehen", rief Braun mir schon von weitem erfreut zu, nachdem er mich bemerkt hatte.

Daraufhin eilte er mir entgegen und gab mir die Hand, ehe er sich erkundigte:

„Wie geht es dir? Hast du dich hier schon ein wenig einleben können?"

„Jedenfalls ist Helgoland aufregender, als ich gedacht hätte", musste ich zugeben.

„Damit spielst du vermutlich auf die vielen Luftalarme an, nicht wahr? Irgendwann wirst du dich schon daran gewöhnt haben ..." Ohne auf seine Worte einzugehen, warf ich einen neugierigen Blick auf das Boot. „Die Aufträge scheinen dir jedenfalls nicht auszugehen ..." Er grinste breit. „Wie ich dir bereits sagte, sorgen die Tommys dafür, dass ich nicht arbeitslos werde. In diesem Fall gilt es, das Wirtschaftsgebäude auf der Düne zu reparieren. Es ist beim Angriff gestern schwer beschädigt worden, als eine abgeschossene Maschine genau neben dem Gebäude aufschlug und explodierte. Auch das danebenliegende E-Werk ist weitgehend hin, aber das ist bekanntermaßen nicht meine Baustelle ..."

„Immerhin scheint die Inselverteidigung zu funktionieren ..."

„Mensch Hans, in welcher Welt lebst du? Mach die Augen auf", fiel er mir mit leiser Stimme ins Wort und zog mich auf dem Anleger einige Meter vom Ufer fort, wo wir für die anderen nicht mehr zu hören waren. „Der gestrige Angriff wurde von lediglich zwei Flugzeugen durchgeführt, die es scheinbar auf den U-Bootbunker abgesehen hatten. Nur zwei! Obwohl beide getroffen wurden, gelang es dem Piloten des einen Flugzeugs sogar noch abzudrehen. Du solltest mal die Schäden sehen, die alleine das abgeschossene Flugzeug auf der Düne anzurichten vermochte! Denn dann könntest du dir in etwa eine Vorstellung davon machen, wie es hier nach einem Angriff von zehn oder mehr feindlichen Fliegern aussähe!"

Ich muss wohl ein mächtig betroffenes Gesicht gemacht haben, das Braun offensichtlich dazu animierte, seinen Gedankengang fortzusetzen:

„Hans, der Krieg ist doch längst verloren! An allen Fronten ist die Wehrmacht auf dem Rückzug. Russen, Amerikaner und Engländer nähern sich inzwischen mit Riesenschritten den Reichsgrenzen." Er stieß verächtlich die Luft aus, ehe er weitersprach. „Normalerweise hätte die Regierung unsere Kriegsgegner längst um Waffenstillstandsverhandlungen ersucht und sich damit ihre Niederlage eingestehen müssen, um den Krieg endlich zu beenden. Doch das werden diese Leute kaum tun, weil sie allesamt Dreck am Stecken haben und sich vor der Verantwortung für ihre Taten drücken wollen! Also bleibt ihnen, und damit uns, das bedauernswerte Fußvolk, nichts anderes übrig, als den Kampf bis zum letzten ausfechten, was nur in einer beispiellosen Katastrophe enden kann!"

Nach diesen Worten legte mein Gesprächspartner seinen Arm vertrauensvoll um meine Schulter und führte mich noch einige Meter weiter von seinem Kameraden fort. Auf der vom Südstrand abgelegenen Seite der Landungsbrücke legten gerade zwei hölzerne Ruderboote ab, deren Riemen von jeweils zwei Männern bedient wurden, während mehrere andere Insassen auf den Bänken am Heck Platz genommen hatten.

„Da siehst du gerade das beste Beispiel für den ganzen Irrsinn, der sich seit Jahren in diesem Land abspielt", meinte Braun, der wie ich das Schauspiel interessiert verfolgt hatte und zeigte dabei auf die sich langsam entfernenden kleinen Schiffe. „Mit diesen Booten wurden einst in Friedenszeiten die Badeurlauber von den Seebäderschiffen an Land oder zurück an Bord befördert. Man nennt sie Börteboote. Bei den Besatzungen handelt es sich um Fischer, die normalerweise um diese Uhrzeit mit ihren Kuttern längst auf See wären. Stattdessen wurden sie zum Minenräumdienst verpflichtet und müssen mehrmals wöchentlich auf das Meer hinausrudern, um freischwimmende Seeminen in der näheren Umgebung der Insel zu entschärfen. Denn die Minen erschweren nicht nur den Fischern das Leben, sondern bilden auch für die übrige Schifffahrt eine ständige Gefahr. Die Fischer sind die einzigen Personen, denen in den heftig schaukelnden Booten nicht übel wird ..."

Für einen kurzen Moment glaubte ich mich verhört zu haben. „Du willst mir doch nicht etwa gerade erzählen, dass diese Männer mit ihren ... Börtebooten ganz bewusst die im Meer schwimmenden Minen ansteuern, um diesen der Zünder zu berauben? Das wäre ja geradezu ein Himmelfahrtskommando!"

Braun sah mich mit einem gequälten Lächeln an. „Das klingt verrückt, nicht wahr? Und doch bieten die hölzernen Rümpfe der Börteboote die besten Voraussetzungen, um den direkten Kontakt mit einer Mine unbeschadet zu überstehen. Natürlich muss die Annäherung behutsam erfolgen, was angesichts des Wellengangs auf See nicht immer ganz leicht ist. Das Herannahen erfolgt übrigens rückwärts. Sobald sich der Mann am Heck in Reichweite der Mine befindet, schraubt er rasch deren Zünder heraus."

Ich schüttelte verwirrt den Kopf und murmelte leise vor mich hin: „Das ist doch der blanke Wahnsinn ..."

„Tja, da staunst du, nicht wahr? Ohne diese waghalsigen Aktionen der Fischer wäre es in der Vergangenheit mit ziemlicher Sicherheit zu erheblich mehr Unglücken im Schiffsverkehr nach Helgoland gekommen ..."

Plötzlich änderte sich sein Blick und der Ernst wich aus seinem Gesicht. „Du, Hans, wir hatten doch auf der *Auguste* verabredet, hier auf der Insel mal ein Bier zusammen trinken zu wollen. Wann hättest du denn Zeit?"

Ich brauchte nicht lange zu überlegen. „Eigentlich passt es jederzeit."

„Wie wäre es mit morgen Abend in den *Mocca-Stuben*?" Er unterbrach sich mit einer entschuldigenden Geste. „Verzeihung, ich vergaß, dass du noch nicht so lange hier bist. Du kannst ja gar nicht wissen, wo das ist ..."

Da ich mich mittlerweile einigermaßen gut auf der Insel auskannte, konnte ich mir ein Grinsen nicht verkneifen, als ich erwiderte: „Meinst du etwa die *Mocca-Stuben* in der Kirchstrasse? Das ist ja fast vor meiner Haustür ..."

Er musste schmunzeln, als er entgegnete: „Du scheinst dich hier ja erstaunlich schnell eingelebt zu haben ..."

Daraufhin sah er sich schnell zu seinen Kameraden um und meinte danach zu mir:

„Du, ich glaube, meine Kollegen warten schon auf mich. Bis morgen dann!"

Ich winkte ihm hinterher, als sein Boot ablegte und Kurs auf die Düne nahm.

18

Auch im Oberland sollte meine Suche nach der jungen Frau aus dem Stollen an diesem Tag erfolglos bleiben. Damit war mein so sorgsam erdachter Plan erst einmal zunichtegemacht und ich musste mir etwas anderes überlegen.

Frau Friedrichsen wollte ich keinesfalls mit meinem Problem belästigen, damit sie nicht schlecht von mir dachte. Immerhin war es ja möglich, dass sich der Gatte der Frau an der Front befand und sie alleine auf der Insel zurückgeblieben war. Sollte dies das

Ergebnis meiner heimlichen Nachforschungen sein, würde ich meine Bemühungen um sie sowieso schweren Herzens einstellen müssen, wie mir durchaus bewusst war. Allerdings sagte irgendetwas in meinem Inneren, dass es sich anders verhielt und sie ledig war. Für diese Vermutung sprach auch die Tatsache, dass sie bei unserem Zusammentreffen keinen Ring an ihrer Hand getragen hatte, was mir keineswegs entgangen war, auch wenn dieser Umstand während eines plötzlichen Bombenalarms mitten in der Nacht natürlich nicht viel besagen mochte.

Die Gelegenheit, ihren Namen in Erfahrung zu bringen, sollte schneller kommen, als ich gedacht hatte, denn auch in der darauffolgenden Nacht wurden wir gegen Mitternacht wieder durch die Sirenen aus dem Schlaf gerissen.

Dieses Mal trugen sämtliche Frauen der Gruppe Kleider, wie ich zu meinem Erstaunen registrierte, nachdem ich die Zugangstür hinter mir geschlossen und mich für die Zählung nach unten in den Stollen begeben hatte.

Über uns war nur ein leises Dröhnen zu vernehmen. Die feindlichen Flugzeuge schienen demnach in sehr großer Höhe zu fliegen und es dieses Mal nicht auf die Insel abgesehen zu haben, wie ich erleichtert feststellte.

Schon von weitem bemerkte ich ihr Lächeln, mit dem sie mir entgegenblickte, während ihre Kameradinnen ihre Augen sorgenvoll auf die Bunkerdecke gerichtet hielten. Obwohl ich mir unterwegs Zeit ließ, um den Menschen auf den Bänken Mut zuzusprechen, konnte ich es kaum erwarten, endlich in ihre Nähe zu gelangen.

Als ich schließlich den Anfang des Stollens erreicht hatte, tat ich so, als vergleiche ich die Anzahl der Personen auf meiner Namensliste mit den tatsächlich Anwesenden und erreichte dadurch, die Aufmerksamkeit der fünf jungen Damen für kurze Zeit auf mich zu lenken. Auch der blonde Pechvogel vom Vortag sah mich fragend an, als ich mich höflich in der Runde erkundigte, ob jemand fehle.

„Hinter unsere Namen können Sie getrost Ihren Haken setzen, Herr Wachtmeister", entgegnete eine der Damen mit auffallend tiefer Stimme. Sie hatte brünettes Haar und war von leicht untersetzter Statur. „Wir sind komplett. Mehr werden wir nicht!"

Ich musste über ihre lässige Art innerlich schmunzeln, ehe ich mich mit besorgter Miene ihrer blonden Freundin zuwandte:

„Ich hoffe, Ihrem Knie geht es schon besser, Fräulein ...?"

„Thombült", erwiderte sie wie aus der Pistole geschossen und lächelte mir dabei erneut freundlich zu.

„Dann ist dein Vorname also Agnes! Und verheiratet scheinst du nicht zu sein, weil du nicht gegen meine Anrede protestiert hast", schoss es mir sofort durch den Kopf, während sie fortfuhr:

„Vermutlich sah es im ersten Augenblick schlimmer aus, als es tatsächlich war. Ich habe inzwischen so gut wie keine Schmerzen mehr. Die Wunde wird in wenigen Tagen bestimmt kaum mehr zu sehen sein. Vielen Dank noch einmal für Ihre schnelle Hilfe! Es war wirklich sehr aufmerksam von Ihnen, mich die Treppe hinunterzuführen und gleich zu verarzten."

Bei ihren Worten hatte sie mir tief in die Augen gesehen und damit unbewusst für einige Konfusion in meinem Kopf gesorgt, denn auf einmal spürte ich in ihrer Gegenwart ein seltsames Gefühl der Beklemmung.

Ich hoffte, dass mir meine plötzliche Verlegenheit nicht anzumerken war, als ich entgegnete:

„Um jedes Risiko auszuschließen, wäre es dennoch besser, wenn Sie einen Arzt aufsuchten. Wir wollen doch nicht, dass Sie sich womöglich eine Blutvergiftung einfangen, nicht wahr?"

Meine Antwort löste ein Kichern der anderen Frauen aus, wodurch sich meine Unsicherheit weiter steigerte. Zum Glück ließ Agnes sich vom Verhalten ihrer Kameradinnen nicht beeindrucken, sondern grinste mich breit an. „Wenn es meine Zeit erlaubt, werde ich den Arztbesuch gleich morgen nachholen, Herr Wachtmeister."

Da mir auf die Schnelle nichts einfiel, was ich darauf entgegnen konnte, schob sie noch schnell nach:

„Großes Ehrenwort!"

Während ich verzweifelt darüber nachdachte, wie ich das Gespräch mit ihr in Gang halten konnte, erklang plötzlich eine Lautsprecherdurchsage:

„Achtung, Achtung! Die feindlichen Fliegerverbände haben Helgoland inzwischen überflogen, ohne die Insel anzugreifen. Es ist zu keinerlei Schäden gekommen. In Kürze erfolgt die Entwarnung!"

Der Durchsage folgte ein vielfaches erleichtertes Aufseufzen unter den Inselbewohnern. Auch ich atmete befreit auf.

„Wollen Sie sich denn gar nicht zum Ausgang begeben, Herr Wachtmeister? Ich dachte eigentlich, das gehöre zu Ihren Aufgaben

..." Die Brünette hatte mich mit ihrer rauchigen Stimme angesprochen.
Erst jetzt fiel mir auf, dass ich noch immer auf derselben Stelle verharrte und dabei den Blick auf Agnes gerichtet hatte.
„Äh, ja ... natürlich. Ich werde mich unverzüglich auf den Weg machen ...", beeilte ich mich zu sagen und wandte mich schnell ab. Als ich zur Treppenanlage davoneilte, hoffte ich, dass mir die Röte, die zweifellos von meinem Gesicht Besitz ergriffen hatte, im schummrigen Licht des Stollens nicht anzusehen war.

19

Die *Mocca-Stuben* beherbergten ein Hotel und ein Restaurant. Bis zu diesem Abend kannte ich das auffällige Gebäude lediglich von außen. Darum war ich von der gemütlichen Atmosphäre überrascht, die im Inneren herrschte, als ich das Lokal betrat.
Die Tische waren beinahe ausnahmslos besetzt. Die Gaststätte schien ein beliebter Treffpunkt für die Offiziere und Mannschaften der U-Boote und Kriegsschiffe zu sein, denn die meisten Gäste trugen die Ausgehuniform der Marine. Sie saßen in Gruppen beisammen.
Es waren jedoch auch zahlreiche Zivilisten anwesend, bei denen es sich überwiegend um Inselbewohner handelte, die aufgrund ihres Alters zu keinerlei Kriegs- oder Zivildiensten mehr verpflichtet werden konnten. Die wenigen jüngeren Männer waren entweder Hafenarbeiter oder in ihrer Eigenschaft als Fischer oder Bäcker unabkömmlich, weil sie mit ihren Berufen ihren Beitrag zur Volksernährung leisteten.
Mehrere weibliche Bedienungen kümmerten sich um das leibliche Wohl der Gäste. Unablässig wurden Speisen und Getränke serviert. Ein vielstimmiger Sprechchor sorgte für eine beachtliche Geräuschkulisse.
Ich musste ein wenig suchen, bis ich Georg Braun an einem der hinteren Tische fand.
„Moin Hans! Schön, dass du da bist", begrüßte mein Bekannter mich. „Bitte nimm doch Platz. Trinkst du auch ein Bier?"
Ohne eine Antwort abzuwarten, gab er einer vorbeieilenden Kellnerin schnell ein Zeichen.
„Dann erzähl doch mal", forderte Braun mich auf, als ich mich auf

der anderen Seite des Tisches niederließ. „Wie ist dein erster Eindruck von Helgoland?"

„Die Insel ist wirklich wunderschön", entgegnete ich. „Die gute Seeluft, der einzigartige Ausblick auf das Meer und die Herzlichkeit der Bewohner haben dafür gesorgt, dass ich mich hier sehr schnell eingelebt habe. Ich kann Menschen wie Frau Friedrichsen oder Herrn Thomsen, die hier geboren wurden, gut verstehen, wenn sie behaupten, dass sie sich ein Leben auf dem Festland nicht vorstellen können. Ohne die dauernden Luftalarme würde ich Helgoland sogar als das Paradies bezeichnen! Die ständige Bedrohung aus der Luft und die allgegenwärtige Wehrmacht trüben allerdings mein ansonsten überaus positives Bild von der Insel. Denn gerade in meiner Eigenschaft als Luftschutzhelfer bekomme ich quasi aus erster Hand mit, was die vielen nächtlichen Alarme und die damit einhergehenden Störungen der Nachtruhe mit den Menschen machen ..."

Ich wurde unterbrochen, als eine Kellnerin zwei Bier auf unserem Tisch abstellte. Bevor ich weitersprach, prostete ich meinem Gegenüber zu und nahm anschließend einen kräftigen Schluck. Nach all den Aufregungen der letzten Tage schmeckte das Bier köstlich!

„Obwohl es sich die wenigsten anmerken lassen wollen, setzen die andauernde Angst um Leib und Leben, die Sorge um das Hab und Gut und nicht zuletzt der fortwährende Schlafmangel den Inselbewohnern mächtig zu", fuhr ich fort. „Man merkt es manchmal an Kleinigkeiten, wenn man sich mit den Leuten unterhält. Ich spüre zwischen den Zeilen häufig eine gewisse Hoffnungslosigkeit, oder ... Angst, sollte ich wohl besser sagen. Angst vor dem, was kommt, wenn ich meine Vermieterin oder meinen Kollegen so reden höre. Vermutlich ist das aber auch kein Wunder, denn auch mir selbst fehlt jede Vorstellung, auf welche Weise dieser Krieg irgendwann einmal beendet werden könnte, geschweige denn, wie es danach weitergehen soll ..."

Ich hatte sehr leise gesprochen und mich mehrfach mit einem Blick über die Schulter davon überzeugt, dass ich an den anderen Tischen nicht zu hören war.

Braun nickte bedächtig, als er in gleicher Lautstärke entgegnete:

„Dann hast du also nach nur wenigen Tagen auf der Insel schon dieselben Gedankengänge entwickelt, wie ich sie seit längerem

hege ..."
Plötzlich kam mir ein Gedanke in den Sinn. „Sag mal, Georg, warum haben wir uns eigentlich noch nicht im Schutzstollen getroffen? Sagtest du nicht, du wohnst ebenfalls auf dem Oberland?"
Er musste kurz schmunzeln. „Mein Haus samt Werkstatt steht zwar an der Kartoffelallee, unweit des Leuchtturms. Allerdings befinden sich unsere Bunkerplätze im Weddigenstollen."
„Unsere ...?"
„Oh, das habe ich wohl noch gar nicht erwähnt. Ich habe Familie und bin stolzer Vater von fünf Kindern! Nun ja, die ältesten drei stammen aus meiner ersten Ehe", relativiert er sofort. „Meine zweite Frau Julia ist mit den beiden jüngsten Kindern zu mir auf die Insel gezogen, als die Aufträge sich hier häuften und ich dadurch kaum noch Zeit fand, zu ihnen nach Cuxhaven zu kommen."
„Aber wäre deine Familie auf dem Festland nicht sicherer aufgehoben?", gab ich zu bedenken. „Ich meine, ich habe in den letzten Tagen ja selbst erlebt, wie knapp die Vorwarnzeit bei einem Luftangriff bemessen ist ..."
„Auch die Hafenstädte und deren Umgebung sehen sich ständigen Bombardierungen ausgesetzt. Wo sollte da also der Unterschied sein?"
Auf einmal verengten sich seine Augen zu Schlitzen. Seine Stimme wurde noch eine Spur leiser, als er mich beinahe beschwörend ansah. „Hans, du hast mir eben auf eindrucksvolle Weise geschildert, wie sehr dir Helgoland schon ans Herz gewachsen ist. Obwohl du erst seit Kurzem hier weilst, sorgst du dich um das Schicksal der Insel und ihrer Bewohner. Was ich dir jetzt sage, muss unter allen Umständen unter uns bleiben. Versprichst du mir das?"
Ich reagierte etwas irritiert auf seine Worte und wusste nicht, was ich darauf erwidern sollte. Also nickte ich nur stumm, ehe er fortfuhr:
„Hans, es existiert ein kleiner Kreis besorgter Bürger, der sich, genau wie du, ernsthafte Sorgen um die Zukunft der Insel macht. Selbst einige Soldaten gehören dieser Gruppe an. Und wie du dir bestimmt schon denken kannst, bin auch ich Teil dieser Vereinigung. Wir treffen uns einmal wöchentlich heimlich in meinem Haus, um ..."

„Einen Moment mal", unterbrach ich ihn.

Mittlerweile war mir klar, worauf Braun hinaus wollte. Er versuchte gerade, mir das Mitwirken in diesem Kreis schmackhaft zu machen. Zwar fehlte mir jede Vorstellung, worin die Aktivitäten dieser Gruppe bestehen mochten und was deren Ziele waren, doch schrillten in meinem Kopf gerade sämtliche Alarmglocken. Das, was mein Gesprächspartner soeben angedeutet hatte, hörte sich in meinen Ohren nach irgendwelchen unerlaubten Betätigungen dieser Leute an, die sich gegen die Anordnungen der Inselkommandantur richteten. Dies konnte sehr gefährlich sein, denn mit Fortschreiten des Krieges waren die Maßnahmen gegen Personen mit abweichenden Meinungen oder gar Widerständler immer rigoroser geworden! Mehr als einmal hatte ich in meinem Heimatort erlebt, wie unbescholtene Bürger, die die nationalsozialistische Politik kritisiert oder Zweifel am Ausgang des Krieges geäußert hatten, von der Geheimen Staatspolizei abgeholt worden waren.

Angesichts der Tatsache, dass mein Gegenüber von Anfang an keinen Hehl daraus gemacht hatte, was er von den Nazis hielt, kamen mir Herr Thomsens Worte auf einmal wieder in den Sinn, wonach es mit Georg Braun kein gutes Ende nehmen würde.

„Georg, in diese Dinge möchte ich nicht hineingezogen werden", erklärte ich darum entschieden. „Als Schutzpolizist ist es meine Aufgabe, hier auf der Insel für Recht und Ordnung zu sorgen. Zudem bin ich in meiner Eigenschaft als Luftschutzhelfer auch für die Sicherheit der Inselbewohner verantwortlich. Mit diesen Tätigkeiten fühle ich mich durchaus ausgelastet. Für darüber hinausgehende Ambitionen bin ich der falsche Ansprechpartner! Außerdem möchte ich keinesfalls irgendwelche Personen in meinem Umfeld durch eine unüberlegte Aktion in Gefahr bringen."

„Aber gerade du als Gendarm bist ständig in Kontakt mit den Menschen", wandte er ein. „Du könntest uns alleine schon dadurch unterstützen, indem du ..."

„Bitte gib dir keine Mühe, Georg", fiel ich ihm ins Wort. „Sei mir nicht böse, aber ich habe dir meine Antwort gegeben und dabei bleibt es auch. Ob du Verständnis für meine Haltung aufbringst, musst du selbst entscheiden."

Ich sah ihm offen in die Augen, als ich noch schnell nachschob:

„Ach, und noch etwas: Was mich betrifft, hat dieses Gespräch selbstverständlich nie stattgefunden ..."

Obwohl Braun sich von unserem Treffen sicherlich weit mehr erhofft hatte, ließ er sich seine Enttäuschung weder im weiteren Verlauf dieses Abends noch in den folgenden Monaten je anmerken. Nachdem ich meinen Standpunkt deutlich gemacht hatte, tranken wir noch einige Biere zusammen, wobei wir unsere Unterhaltung auf andere Themen lenkten. Nachträglich betrachtet sollte sich die Haltung, die ich an diesem Abend zum Ausdruck gebracht hatte, als lebensrettend für mich erweisen.

20

Einige Tage später war ich um die Mittagszeit mit meinem Kollegen auf der Insel unterwegs. Herr Thomsen hatte sich angeboten, bei Packross zwei Fischbrötchen für uns zu holen. Während er in der Bäckerei auf seine Bestellung wartete, genoss ich vor dem Gebäude die spätsommerlichen Sonnenstrahlen und beobachtete dabei das Treiben auf der Siemensstrasse.

Plötzlich erregte eine blonde Gestalt meine Aufmerksamkeit. Bei näherem Hinsehen erkannte ich sehr zu meiner Freude Agnes Thombült, die mit einer Einkaufstasche bewaffnet langsam auf mich zuschlenderte. Daraufhin beeilte ich mich, ihr entgegenzugehen und sprach sie an, als ich sie erreichte:

„Moin, Fräulein Thombült. Was macht Ihr Bein?"

Sie sah mich überrascht an, setzte aber gleich ein freundliches Lächeln auf, als sie entgegnete:

„Moin, Herr Wachtmeister. Die Wunde ist inzwischen so gut wie verheilt. Man kann sie kaum noch erkennen." Sie errötete leicht, als sie hinzufügte: „Obwohl ich entgegen Ihrer Empfehlung doch keinen Arzt aufgesucht habe ..."

Ich musste angesichts ihres reuigen Gesichtsausdrucks lachen.

„Na, Hauptsache, es ist alles wieder gut."

Als sie mir darauf direkt in die Augen sah, spürte ich auf einmal wieder eine unerklärliche Beklemmung in mir aufkommen.

„Nutzen Sie das schöne Wetter zum Einkaufen?", fragte ich und ärgerte mich schon im nächsten Moment über meine plumpen Worte, die nur allzu deutlich als der offensichtliche Versuch, eine Konversation in Gang zu bringen, zu erkennen waren.

Glücklicherweise ließ sie sich nichts anmerken, als sie erwiderte:

„Natürlich freue ich mich über das schöne Wetter. Aber da ich heute frei habe, hätte ich den Tag sowieso genutzt, um ein paar Besorgungen zu machen. Vielleicht finde ich später sogar noch Zeit für ein Bad in der Nordsee ..."

„Sie können schwimmen?", fragte ich verwundert. „Sind Sie etwa hier auf Helgoland aufgewachsen?"

Jetzt war es an ihr, zu lachen, ehe sie mir antwortete:

„Nein, nein, ich stamme gebürtig aus Hamburg, lebe aber schon seit einigen Jahren auf der Insel."

Einige Passanten gingen währenddessen verstohlen grinsend an uns vorbei.

„Was verschlägt denn eine so hübsche Frau wie Sie an einen solch abgelegenen Ort?", wollte ich wissen und merkte, wie mir gleichzeitig das Blut in den Kopf schoss.

Wenn sie meine plötzliche Verlegenheit bemerkte, war es ihr zumindest nicht anzusehen. Sie sah im Gegenteil sogar beschämt zur Seite, als sie mehr zu sich selbst sagte:

„Das hatte sozusagen berufliche Gründe ..."

„Ach ja?", fragte ich. „Was machen Sie denn beruflich?"

Ehe sie etwas entgegnen konnte, fiel ihr Blick auf Herrn Thomsen, der in diesem Augenblick gerade mit zwei Fischbrötchen in den Händen aus der Bäckerei kam. Zu meiner Verwunderung stockte er beim Anblick der jungen Frau unversehens in seinen Bewegungen, wandte sein Gesicht von uns ab und verharrte in gebührendem Abstand zu uns.

Auch Fräulein Thombülts Reaktion auf meinen Kollegen kam mir seltsam vor, denn sie war kurz zusammengezuckt, als der graugrüne Uniformrock Herrn Thomsens in der Tür aufgetaucht war. Mit plötzlicher Nervosität erklärte sie mir hastig:

„Bitte entschuldigen Sie mich, Herr Wachtmeister, aber ich muss dann auch weiter ..."

Meine Verwirrung über das merkwürdige Verhalten der beiden beiseiteschiebend versuchte ich sie aufzuhalten:

„Aber Fräulein Thombült, warum haben Sie es denn auf einmal so eilig? Ich hatte eigentlich gehofft, Sie vielleicht zu einem Glas Limonade einladen zu dürfen ..."

Sie schaute mir lange in die Augen, ehe sie erwiderte:

„Das wäre wohl wenig vorteilhaft für Sie. Sich öffentlich in meiner Gesellschaft zu zeigen, dürfte Ihre Autorität als Schutzmann untergraben ..."

Als ich sie fragend ansah, fügte sie schnell hinzu:
„Die Erklärung für meine Worte wird Ihnen Ihr Kollege schon nachreichen ..."
Damit wandte sie sich von mir ab. Ich sah ihr verdutzt hinterher, bis sie in der Masse der Passanten verschwunden war.

„Als Inselgendarm solltest du dich besser nicht in schlechte Gesellschaft begeben, mein Junge", hörte ich plötzlich eine Stimme neben mir sagen. Herr Thomsen war offensichtlich auf leisen Sohlen neben mir getreten, ohne dass ich es bemerkt hatte. „Das schadet nämlich deinem Ansehen bei den Inselbewohnern ..." Als ich mich verstört zu ihm umdrehte, hielt er mir mein Fischbrötchen entgegen, während er mich kritisch beäugte.

„Woher kennst du dieses Weibsstück?", wollte er mit ungewohnt ernster Miene wissen.

Nur bei einer Gelegenheit hatte ich diesen Gesichtsausdruck bei meinem Kollegen schon einmal bemerkt, wie ich mich in diesem Moment wieder erinnerte. Damals war ich nach meiner Ankunft auf Helgoland in Begleitung Georg Brauns auf ihn zugekommen.

„Wie können Sie Fräulein Thombült als „Weibsstück" bezeichnen?", protestierte ich entrüstet. „Sie ist eine bezaubernde junge Dame, die ..."

„Sie ist eine Bordsteinschwalbe", fiel mein Kollege mir energisch ins Wort. „Eine Dirne, die ihren Kunden für Geld zu Willen ist!"

Angesichts seiner Worte packte mich auf einmal die nackte Wut. „Wie können Sie es wagen, Fräulein Thombült so zu bezeichnen? Was hat sie Ihnen angetan, dass Sie sie derart beleidigen?"

In meinem Zorn schlug ich ihm das Fischbrötchen aus der Hand und stürmte wutentbrannt an ihm vorbei. Meine Gedanken überschlugen sich, als ich ziellos durch die engen Gassen des Unterlandes hinkte, ohne zu wissen, was ich mit meinem störrischen Verhalten eigentlich erreichen wollte. Herr Thomsens Worte hatten mich empört! Wie konnte er, den ich bislang als väterlichen Freund wahrgenommen hatte, es wagen, solch unerhörte Behauptungen über die Frau, für die ich mich ernsthaft interessierte, aufstellen?

Tränen der Wut rannen an meinen Wangen herunter. Die Menschen, die mir entgegenkamen, sprangen erschrocken zur Seite, als sie den aufgebrachten Ausdruck in meinem Gesicht bemerkten.

Wahrscheinlich war es die körperliche Erschöpfung, die dafür sorgte, dass sich mein Verstand irgendwann wieder einschaltete. Nachdem ich nämlich völlig außer Atem anhalten musste, um Luft zu holen, war die erste Wut auf meinen Kollegen weitgehend verraucht und ich war wieder in der Lage, klar zu denken.

Zu meiner Überraschung fand ich mich am Südstrand wieder. Noch immer von meinem Kollegen enttäuscht sah ich mich suchend um und ging zu einer freien Sitzbank, auf die ich mich niederließ. Dort richtete ich meinen Blick zu Boden und überlegte, warum Herr Thomsen mir so etwas antat.

Die grinsenden Gesichter der Passanten, die ich vorhin auf der Straße bemerkt hatte, kamen mir unvermittelt in den Sinn. Dieselben belustigten Mienen hatte ich schon einmal gesehen, als ich Fräulein Thombült im Bunker verarztete ... die Bemerkung des älteren Herren im Stollen fiel mir wieder ein, wonach ich ein Glückspilz sei, weil es sich die wenigsten Bewohner leisten könnten, das Knie der jungen Dame zu berühren ...

Auf einmal erinnerte ich mich auch daran, dass Fräulein Thombült und ihre Begleiterinnen bei unserer ersten Begegnung am Nachmittag im Rahmen eines Luftalarms durchweg mit Nachthemden bekleidet gewesen waren, während alle beim zweiten Alarm in der Nacht darauf Kleider getragen hatten. Auch an Agnes´ nebulösen Andeutungen bezüglich ihres Berufes musste ich plötzlich wieder denken ...

All diese Dinge mochten für sich genommen nichts zu bedeuten haben, aber in ihrer Gesamtheit betrachtet waren sie doch einigermaßen befremdlich ... und ließen nur eine Deutung zu!

Die Erkenntnis traf mich wie ein Blitz und war äußerst schmerzhaft. Herr Thomsen konnte mit seinen Behauptungen tatsächlich recht haben!

Nein, bis zu diesem Zeitpunkt hatte ich keinerlei Erfahrungen mit dem weiblichen Geschlecht. Warum ich mich seit ihrem Missgeschick so zu Fräulein Thombült hingezogen fühlte, konnte ich mir in diesem Augenblick selbst nicht erklären. Wahrscheinlich hatte ich mich ihr gegenüber die ganze Zeit zum Narren gemacht! Ich würde mich wohl oder übel bei Herrn Thomsen entschuldigen müssen ...

Plötzlich tauchte ein Heringsbrötchen vor meinen Augen auf, das von einer kräftigen Männerhand gehalten wurde.

„Du wolltest dieses köstliche Brötchen doch nicht ernsthaft den Möwen überlassen?", hörte ich eine mir bekannte Stimme sagen.

Als ich überrascht aufsah, bemerkte ich meinen Kollegen, der mich interessiert beobachtete.

„Herr Thomsen, ich habe nachgedacht und glaube inzwischen, ich habe Ihnen Unrecht getan", stammelte ich verlegen. „Es tut mir sehr leid. Mein Verhalten ist unentschuldbar. Ich wollte einfach nicht wahrhaben ..."

„Schon gut, mein Junge", unterbrach er mich und legte seine Hand väterlich auf meine Schulter. „Die Wahrheit kann manchmal sehr schmerzhaft sein ..."

Ich brauchte einen Moment, um mich zu sammeln.

„Woher wussten Sie ...? Haben Sie sie etwa auch schon aufgesucht?", wollte ich von ihm wissen, was bei ihm zu einem heftigen Lachanfall führte.

„Nein, nein, mein Junge. Ich bin seit über vierzig Jahren glücklich verheiratet. In meinem Alter ist man sowieso über diese Dinge hinweg ..."

Er klopfte mir freundschaftlich auf den Unterarm, als er mir erklärte:

„Erinnerst du dich noch an das Gebäude auf dem Oberland in der Nähe der Südspitze, vor dem ich dich bei unserem Rundgang an deinem ersten Tag auf der Insel warnte? Dort empfangen diese Frauen ihre Kunden.

Weißt du, Hans, Helgoland ist ein Dorf. Hier kennt jeder jeden! Viele Menschen grüßen einander aus Prinzip nicht, weil sie sich unzählige Male am Tag über den Weg laufen. Glaubst du ernsthaft, Dirnen bleiben in dieser kleinen Welt anonym? Solche Sachen sprechen sich schnell herum. Bevor diese Frau auch nur den ersten Fuß auf dieses Eiland setzte, war allgemein bekannt, welchem Gewerbe sie nachgeht."

Inzwischen ärgerte ich mich über meine Naivität. Hatte ich mir wirklich eingebildet, Fräulein Thombült würde sich für einen Krüppel wie mich interessieren?

Herr Thomsens Gedanken schienen in dieselbe Richtung zu gehen, denn er fragte mich:

„Hat die Kleine dir schöne Augen gemacht? Wie hast du sie überhaupt kennengelernt?"

Daraufhin erzählte ich ihm von den Umständen unserer ersten bewussten Begegnung während des Luftalarms.

„Diese Frau meint es nicht ehrlich mit dir und spielt dir höchstens etwas vor. Das ist ihr Beruf! Halte dich in Zukunft besser von ihr fern. Das gilt im Übrigen auch für Georg Braun. Ich habe dich gleich bei deiner Ankunft vor ihm gewarnt. Der Mann bringt sich mit seinem losen Mundwerk noch ins Zuchthaus! Ich kann dir nur den guten Rat geben: Lass dich nicht in seine dubiosen Machenschaften hineinziehen!"

Als ich ihn verwundert ansah, erklärte er schnell: „Wilken Ahlers hat euch zusammen in den *Mocca-Stuben* gesehen."

Der von ihm erwähnte Wilken Ahlers war ebenfalls als Luftschutzhelfer im Fuchsbau eingesetzt. Ihm oblag die Aufsicht über den mittleren Abschnitt, zwischen meinem Bereich und dem von Jasper Meiners.

„Tja, mein Junge, wie ich bereits sagte: Hier auf der Insel bleibt nichts geheim!"

21

Drei Tage später musste ich miterleben, wie Helgoland ein zweites Mal direkt angegriffen wurde. Es war der 11. September. Ich befand mich am späten Nachmittag bereits auf dem Heimweg und wollte gerade das letzte Drittel der Treppe ins Oberland angehen, als gegen halb sechs Uhr Voralarm gegeben wurde. Durch das unerwartete Heulen der Sirenen aufgeschreckt nahm ich die verbliebenen Stufen so schnell es mir mein Fuß erlaubte und erreichte den Falm.

Dort angelangt überlegte ich kurz, ob ich es zeitlich noch schaffen konnte, Frau Friedrichsen entgegenzugehen, entschied mich aber schnell dagegen, als die Sirenen bereits kurz darauf einen Vollalarm signalisierten. Stattdessen hastete ich zur Kirchstrasse und reihte mich in den Tross der Menschenmenge auf dem Weg zum Schulbunker ein.

Als ich den Eingang erreichte, wurde ich von Sören Carlsen schon ungeduldig erwartet. Der junge Hilfsfeuerwehrmann war es auch, der anschließend gemeinsam mit mir im Zugangsbereich ausharrte und genau wie ich angestrengt lauschte, ob aus dem Himmel über uns schon irgendwelche Flugzeugmotorengeräusche wahrzunehmen waren.

Währenddessen strömten die Menschen auf dem Weg in den Stollen hektisch an uns vorbei. Irgendwann entdeckte ich auch

Agnes Thombült, die zusammen mit ihren Kolleginnen auf den Bunker zugeeilt kam. Ohne mich auch nur eines Blickes zu würdigen, passierte sie uns und eilte im Inneren der Treppenanlage entgegen.

Obwohl ich mir vorgenommen hatte, mich ihr gegenüber zukünftig gleichgültig zu geben, versetzte mir ihr Verhalten doch einen Stich ins Herz, was mich dazu veranlasste, ihr einen Augenblick lang wehmütig hinterherzusehen. Ich musste mich schon sehr zusammenreißen, um mich danach wieder auf meine Aufgaben zu konzentrieren, was jedoch dringend vonnöten war. Es dauerte nämlich nicht lange, bis aus der Ferne ein leises Dröhnen hörbar wurde, das rasch unheildrohend anschwoll.

Voller Sorge blickte ich zu den gegenüberliegenden Häusern, weil ich meine Vermieterin bislang noch nicht unter den Schutzsuchenden entdeckt hatte. Erst als die Flak bereits erste Salven abschoss, tauchte Frau Friedrichsen unvermittelt auf und kam humpelnd auf uns zugeeilt.

„Sören, ich muss ihr helfen", rief ich meinem Gehilfen hastig zu und stürmte auch schon ins Freie, ohne seine Antwort abzuwarten.

Als ich Frau Friedrichsen erreichte, zögerte ich keine Sekunde, sondern griff um ihre Taille und zog sie halb stützend, halb tragend mit mir fort. Gerade noch rechtzeitig vor einer gewaltigen Explosion, die aus dem Unterland zu hören war, gelang es uns, in den schützenden Eingangsbereich des Bunkers zu gelangen. Hinter uns warf Sören sofort beide Türflügel zu und riss beinahe gleichzeitig den Hebel zum Versperren des Tores um.

Auf dem ersten Treppenabsatz gönnte ich meiner Begleiterin eine kurze Verschnaufpause. Der Hilfsfeuerwehrmann war uns nach dem Schließen der Türen unverzüglich nach unten gefolgt und unterstützte mich auf den Stufen in meinen Bemühungen um Frau Friedrichsen, indem er ihr während des Treppensteigens unter den anderen Arm gegriffen hatte.

„Ich weiß, was du mir sagen willst", sprach ich ihn an, nachdem wir Frau Friedrichsen zur erstbesten Sitzbank in der Treppenanlage geführt hatten, auf die sie sich völlig erschöpft niederließ. „Ich hätte die Tür früher schließen müssen und den Bunkerbereich keinesfalls mehr verlassen dürfen. Aber ..."

Den Rest des Satzes ließ ich unvollendet und richtete meinen Blick stattdessen auf meine Vermieterin.

Zu meiner Verwunderung erwiderte Sören nichts, sodass ich mich genötigt sah, ihn auf die Luftschutzverordnung hinzuweisen. „Du wirst dem Luftschutzwart mein vorschriftswidriges Verhalten melden müssen! Ich bin bereit, für meinen Fehler geradezustehen!"

„Mensch Hans ...", entgegnete Sören. „Ich kenne Frau Friedrichsen seit meiner Kindheit und kann dich ja verstehen ... aber trotzdem musst du mir versprechen, dass du so etwas nie wieder machst! Du bringst uns mit deinem Verhalten alle in Gefahr und mich zudem in Teufels Küche, wenn ich dich nicht melde ..."

„Wie gesagt, ich bin bereit, die Konsequenzen meines Handelns zu tragen ..."

„Ach, Hans", seufzte er, „ich hätte doch nachts auch nicht mehr in den Schlaf gefunden, wenn Frau Friedrichsen draußen zurückgeblieben wäre! Lass uns die ganze Sache einfach vergessen. Das Einzige, worum ich dich bitte, ist, eine solche Aktion zukünftig nicht zu wiederholen ..."

Ich sah ihm kurz in die Augen, ehe ich ihn dankbar an mich drückte und ihm dabei leise ins Ohr hauchte:

„Das werde ich dir nicht vergessen, Sören!"

Nachdem ich mich wieder von ihm gelöst hatte, fragte ich ihn:

„Hilfst du mir, Frau Friedrichsen zu ihrem Platz zu bringen?"

Er grinste breit, als er entgegnete:

„Aber selbstverständlich! Ohne meine Unterstützung wärst du doch aufgeschmissen ..."

Während wir meine Vermieterin die Treppe hinab führten, erkundigte ich mich bei ihr nach dem Grund für ihr spätes Erscheinen.

„Meine Arthritis macht mir in den letzten Tagen zunehmend zu schaffen", erklärte sie daraufhin. „Ich hatte fürchterliche Schmerzen in den Beinen, als die Sirenen loszuheulen begannen. Natürlich wäre ich lieber früher am Bunker eingetroffen, aber ich konnte mich kaum auf den Beinen halten." Sie sah mich besorgt an, als sie weitersprach. „Es tut mir leid, wenn du meinetwegen Ärger bekommen solltest, Hans ..."

Bevor ich zu einer Antwort ansetzen konnte, erwiderte Sören schnell:

„Das wird er nicht ..."

Im Stollen angekommen brachten wir Frau Friedrichsen rasch zu ihrem angestammten Platz. Danach schnappte ich mir meine Liste und eilte durch die Reihen, um die Anwesenheit zu prüfen.

Agnes Thombült sah schon von weitem demonstrativ zur Seite, als ich mich langsam ihrem Platz näherte. Lediglich die verrauchte Stimme ihrer brünetten Kollegin war zu hören, als ich schließlich am Anfang des Stollens angelangt war: „Machen Sie sich um uns mal keine Sorgen, Herr Wachtmeister! Wir sind wie immer vollständig angetreten. Unkraut vergeht nicht, wie es so schön heißt ..." Während ihre übrigen Kolleginnen mit einem Grinsen auf ihre freche Bemerkung reagierten, verzog Agnes keine Miene, hielt ihren Blick abgewendet und strafte mich mit Missachtung. Da mir absolut nichts einfallen wollte, was ich sagen konnte, um ihre Aufmerksamkeit auf mich zu lenken, wandte ich mich wortlos von den Frauen ab.

Bald danach wurde über Lautsprecher verkündet, dass der Luftangriff vermutlich dem U-Bootbunker gegolten habe und ein möglicherweise ferngesteuertes Feindflugzeug abgeschossen worden war, ohne dass es irgendwelche Schäden zu verursachen vermocht hatte. Mit der Entwarnung sei in Kürze zu rechnen. Auch beim Verlassen des Bunkers würdigte Agnes mich keines Blickes.

22

Die nächsten Wochen sollten von zahlreichen nächtlichen Fliegeralarmen geprägt sein. In einigen Nächten mussten die Inselbewohner gar bis zu viermal die Bunker aufsuchen, wenn der Feind mit mehr als einem Bomberverband in das Reichsgebiet einflog. Das häufige Ertönen der Sirenen zerrte an den Nerven der Menschen. An Schlaf war in diesen Nächten oftmals nicht zu denken. Vor allem die Kinder taten mir leid. Manchmal konnten sie ihre Augen kaum aufhalten, wenn ihre Mütter sie dazu anhielten, die Stufen zum Schutzstollen so flott wie möglich hinabzusteigen. Agnes Thombült sah ich in dieser Zeit ausschließlich bei den Luftalarmen, ohne dass sie sich jedoch an einer Unterhaltung mit mir interessiert zeigte.

Dies sollte sich ändern, als ich eines Nachmittags aus der Emsmann-Strasse kommend den Falm überqueren wollte, um über die Treppe ins Unterland zu gelangen. Beim Betreten der schmalen Gasse am Rande der Klippen wäre ich beinahe mit ihr zusammengeprallt, weil sie ihren Blick über die Brüstung auf das

Unterland gerichtet hielt und somit nicht auf ihre Umgebung achtete, als sie von rechts kommend wie aus dem Nichts hinter einer Gebäudeecke auftauchte.

„Oh, Fräulein Thombült", entfuhr es mir wenig einfallsreich vor Schreck über den Beinahe-Unfall und wohl auch über das unerwartete Wiedersehen mit ihr.

Es dauerte einen Augenblick, bis sich mein Verstand zurückmeldete.

„Bitte verzeihen Sie, ich war mit meinen Gedanken offensichtlich gerade ganz woanders", beeilte ich mich danach zu sagen.

Sie sah mich einen Moment lang verwirrt an, murmelte dann etwas Unverständliches und wandte sich mit errötetem Gesicht ab, um ihren Weg fortzusetzen. Da sie dabei Anstalten machte, ebenfalls die Treppe hinabsteigen zu wollen, sagte ich schnell:

„Bitte warten Sie doch, Fräulein Thombült. Wir scheinen denselben Weg zu haben."

Sie hielt überrascht in ihren Bewegungen inne und fragte verwundert:

„Ach ja?"

Ich schloss rasch zu ihr auf und erkundigte mich mit Blick auf die Tasche in ihrer rechten Hand:

„Sind Sie wieder auf dem Weg ins Unterland, um Besorgungen zu machen?"

Anstatt auf meine Worte einzugehen, warf sie einen skeptischen Blick auf meinen rechten Fuß und antwortete mit einer Gegenfrage:

„Wollen Sie nicht besser den Fahrstuhl nehmen, Herr Wachtmeister?"

„Ich muss seit meiner Geburt mit dieser Behinderung leben und komme durchaus mit ihr zurecht", versicherte ich ihr hastig und nahm wie zum Beweis die erste Stufe.

Sie zögerte einen Moment, ehe sie trotzig erwiderte:

„Nun denn, wenn Sie unbedingt Ihren Ruf ruinieren wollen ..."

„Sie scheinen die Befürchtung zu hegen, dass es meinem Ansehen schaden könne, wenn ich die Treppe in Ihrer Gesellschaft hinabsteige? So schnell wird das kaum gehen", lachte ich leichthin, um meine innere Anspannung zu überspielen.

Wir gingen einige Stufen hinunter. Dabei mussten wir uns äußerst rechts halten, weil uns andere Passanten entgegenkamen.

„Respekt", sagte sie auf einmal in die Stille hinein. „Ein solches

Tempo hätte ich Ihnen gar nicht zugetraut!"
Plötzlich spürte ich erneut diese seltsame Beklemmung, die ihre Anwesenheit stets in mir auszulösen schien. Da mir wieder einmal keine passende Antwort auf ihre Bemerkung einfallen wollte, fuhr sie fort:
„Wenn ich Sie richtig verstanden habe, scheint es sich um einen Geburtsfehler zu handeln, nicht wahr? Jedenfalls haben Sie nicht gelogen, als Sie behaupteten, gut mit Ihrer Behinderung zurechtzukommen."
Als ich darauf immer noch nichts zu entgegnen wusste, stoppte sie plötzlich, drehte sich zu mir und sagte leise:
„Sind Sie eigentlich auf einmal so schweigsam, weil Sie mittlerweile von Ihrem Kollegen darüber aufgeklärt wurden, auf welche Weise ich mein Geld verdiene?"
„Nein, nein, es ist nur ... ich ..."
Ich merkte selbst, wie hilflos ich wirkte. Wieder wollte mir keine passende Erwiderung in den Sinn kommen.
„Sie bestehen einerseits darauf, mich zu begleiten, verweigern dann aber das Gespräch mit mir. Warum?", fragte sie und brachte mich damit in weitere Verlegenheit. „Ich bin Ihnen für die Versorgung meiner Wunde ja wirklich sehr dankbar. Aber wenn Sie schon meine Nähe suchen, sollten Sie wenigstens den Anstand haben, nicht nur mich reden zu lassen. Oder finden Sie nicht?"
„Ja, natürlich. Bitte entschuldigen Sie, ich wollte keinesfalls unhöflich erscheinen", erwiderte ich schnell, während ich fieberhaft nach einem unverfänglichen Thema suchte, mit dem sich das Gespräch fortsetzen ließ.
„Wollten Sie denn nun Einkäufe erledigen? Darf ich Ihnen vielleicht die Tasche abnehmen?", erkundigte ich mich im vollen Bewusstsein, dass meine Fragen wenig originell wirkten.
Ehe sie antwortete, setzte sie sich wieder in Bewegung. Inzwischen hatten wir den ersten Absatz erreicht, wo es nach einer Kehrtwende in entgegengesetzter Richtung weiter nach unten ging.
„Keine Sorge, ich werde Ihnen nicht zumuten, das Gepäck einer Dirne tragen zu müssen", erwiderte sie anschließend und traf mich damit direkt ins Herz. „Das Gewicht meiner Tasche hält sich außerdem sehr in Grenzen, denn es befinden sich lediglich meine Badekleidung und ein Handtuch darin. Ob Sie es glauben oder nicht, ich bin auf dem Weg zum Südstrand, wo ich ein Bad in der Nordsee nehmen will."

Ich sah sie ungläubig an. „Ein Bad im Meer? Ist es dazu heute nicht viel zu frisch?"

In der Tat war der Himmel an diesem Tag wolkenverhangen.

„Gerade, wenn es auf den Herbst zugeht, ist das Wasser besonders angenehm, weil ich die Temperatur im Vergleich zur Luft als relativ angenehm empfinde. Außerdem reinigt ein Bad im salzigen Wasser der Nordsee Körper und Geist!"

Als hätten ihr diese Worte Flügel verliehen, eilte sie davon, sodass ich Mühe hatte, mit ihr Schritt zu halten. Nachdem ich sie wieder eingeholt hatte, entfuhr es mir nach einem Blick in ihre leuchtend blauen Augen:

„Warum tun sie das?"

Schon im nächsten Moment hätte ich mich für meine Worte selbst ohrfeigen können!

Sie sah mich erstaunt an und erwiderte:

„Wie gesagt, ein Bad in der Nordsee ..."

„Das meinte ich nicht!" Auch diese Bemerkung war mir in meiner Nervosität herausgerutscht, ohne dass ich es wollte.

Sie blieb verdutzt stehen und betrachtete mich lange, ehe sie sich erkundigte:

„Sie wollen wissen, warum ich mich als Dirne verdinge, nicht wahr?"

Ich nickte nur und richtete meinen Blick dabei verlegen zu Boden.

„Warum interessiert Sie das?"

Als ich nicht antwortete, meinte sie:

„Niemand schert sich um das Schicksal eines gefallenen Mädchens wie mich! Es sei denn ..."

Nochmals unterzog sie mein Gesicht einer eingehenden Prüfung, bevor sie mich fragte:

„Sie haben sich doch nicht etwa in mich verliebt?"

Wieder fehlte mir der Mut, etwas zu entgegnen, darum schlug sie sich entsetzt die Hand vor die Stirn und stöhnte:

„Oh Gott! Frauen wie ich werden nicht geliebt, sondern dienen den Männern lediglich als Zeitvertreib. Schlagen Sie sich das also ganz schnell wieder aus dem Kopf!"

Ohne eine Erwiderung abzuwarten, stampfte sie wütend weiter. Unfähig, ein Wort zu sagen, konnte ich ihr nur traurig hinterherstarren. Ja, sie hatte mit ihrer Frage den Nagel auf den Kopf getroffen. Ich hatte mich tatsächlich in sie verliebt, wie ich mir in diesem Augenblick eingestand.

Das Gefühl der Zuneigung war allerdings nicht erst an diesem Tag entstanden, wie mir nur allzu bewusst war. Vielmehr fühlte ich mich vom ersten Moment an, als sie direkt vor meinen Augen gestürzt war, zu ihr hingezogen. Die vielen schlaflosen Nächte nach unserer ersten Begegnung, ihr Gesicht, das in den folgenden Tagen immerzu vor meinem geistigen Auge aufgetaucht war, selbst der Schmerz, den ich in meinem Herzen spürte, nachdem Herr Thomsen mich über Agnes´ Beruf ins Bild gesetzt hatte, musste Ausdruck dieses Gefühls sein!

Da ich keine Anstalten machte, ihr zu folgen, hielt sie bereits nach wenigen Stufen wieder an, drehte sich noch immer aufgebracht zu mir um und studierte eine Weile aufmerksam mein Gesicht. Für einen Moment dachte ich schon, sie wolle mich mit Spott überhäufen. Doch in ihrer Miene zeigte sich keinerlei Häme, als sie sich bei mir erkundigte:

„Du meinst es wirklich ernst, nicht wahr?"

Statt einer Antwort nickte ich nur. Daraufhin stieß sie einen tiefen Seufzer aus. „Oh Gott, ich hätte nicht gedacht, dass mir jemals so etwas passiert ..."

„Aber ... Sie sind doch eine überaus liebenswerte Person", wagte ich einzuwenden. „Und Sie sind ausgesprochen hübsch", fügte ich noch schnell hinzu.

„So, so, du findest mich also attraktiv? Und du scheinst der Meinung zu sein, eine Frau aus meinem Gewerbe könne sich so einfach auf eine Liebesbeziehung einlassen? Mal abgesehen von allem anderen, was dagegenspricht: Wie stellst du dir das eigentlich vor? Der Gendarm und die Hure! Du würdest dich zum Gespött der Leute machen ..."

Das brachte mich wieder auf meinen ursprünglichen Gedanken zurück.

„Warum tun Sie sich dieses Leben an?", wiederholte ich meine Frage.

Sie sah mich einen Moment lang empört an. Ehe sie antwortete, stieß sie verächtlich die Luft aus. „Was geht dich das überhaupt an?"

„Nichts", musste ich kleinlaut einräumen. „Ich möchte es einfach nur verstehen."

Als sie nicht reagierte, schob ich schnell nach:

„Sehen Sie, ich hatte es in meiner Kindheit aufgrund meiner Behinderung nicht immer ganz leicht, wie Sie sich vielleicht vorstellen können. Ich wurde oft gehänselt und galt zeitlebens als Außenseiter. Und dennoch haben meine Eltern mich nicht weniger geliebt als meine fünf Geschwister. Sie hätten niemals tatenlos zugesehen, dass mir etwas zustößt oder ich den rechten Weg verlasse. Und genau das ist der Grund, warum ich mich frage, wie ihre Eltern es zulassen konnten, dass ihre Tochter sich in die Fänge irgendwelcher Luden begeben konnte. Mir ist schleierhaft, warum sich eine solche attraktive ..."

„Du weißt gar nichts", fiel sie mir brüsk ins Wort.

Sie wartete kurz, bis eine Gruppe Kinder auf dem Weg ins Unterland an uns vorübergezogen war, ehe sie erbost hervorpresste:

„Wie kannst du dir anmaßen, über das Leben anderer Leute zu urteilen, ohne sie überhaupt zu kennen? Was gibt dir das Recht, dein behütetes Leben auf wildfremde Menschen zu übertragen?"

Als sie fortfuhr, funkelten ihre Augen zornig. „Ja, du magst es in jungen Jahren schwer gehabt haben. Aber du hattest im Gegensatz zu mir immer jemanden, an den du dich anlehnen konntest, wenn es dir einmal schlecht ging. Also erspare mir bitte deine oberklugen Belehrungen!"

Nach diesen Vorwürfen fühlte ich mich plötzlich unheimlich mies. Natürlich hatte sie vollkommen recht mit dem, was sie sagte. Ich wusste nichts über sie und hatte sie unbewusst genauso hochnäsig behandelt wie alle anderen! Angesichts meiner arroganten Bemerkungen hatte ich es nicht besser verdient, als von ihr angefahren zu werden.

Wenngleich ich nach ihrer Standpauke ziemlich bedröppelt aus der Wäsche geguckt haben muss, gab sie noch immer keine Ruhe. „Du willst wirklich wissen, warum ich für Geld mit Männern schlafe?"

Sie sah sich hastig suchend um. Ihr Blick blieb auf den Sitzbänken des letzten Treppenabsatzes, nur wenige Stufen tiefer, hängen, die gerade allesamt nicht besetzt waren. Dorthin zeigend forderte sie mich mit barscher Stimme auf:

„Na los, komm schon! Ich werde dir erzählen, wie ich dazu kam, mich in jungen Jahren mit einem Luden einzulassen, wie du es eben so schön formuliert hast. Das ist es doch, was du hören willst, oder etwa nicht?"

Obwohl ich genau dies von ihr erbeten hatte, klangen ihre Worte in meinen Ohren beinahe wie eine Drohung ...

23

Wir ließen uns auf einer der nebeneinander angeordneten Bänke auf dem Absatz vor der letzten Kehre nieder. Obwohl wir mittlerweile beinahe zwei Drittel der stark abschüssigen Treppe bezwungen hatten und uns damit bereits einige Dutzend Meter unterhalb des Klippenrandes befanden, war die Aussicht über das Unterland von diesem Ort noch immer grandios.

Direkt unter uns konnte ich den weithin sichtbaren Schriftzug „Mittagstisch" im Giebel des *Hotel Stadt Altona* erkennen. Rechts daneben blickte ich auf das *Hotel Kaisergarten* und dahinter auf den, von den wenigen Laubbäumen der Insel halb verdeckten, hübsch anzusehenden Eckturm des *Märkischen Hof* sowie das *Hotel Erholung.*

„Wie gerne hätte ich mich als Kind am Rockschoß meiner Mutter ausgeweint, wenn die Älteren mich wieder einmal verprügelt hatten", begann Agnes zu erzählen, nachdem sie ihren Kopf in meine Richtung gewandt hatte.

Aus Respekt hatte ich mich in gebührendem Abstand zu ihr ganz am Rand der Sitzfläche platziert.

„Aber das war mir leider nicht möglich. Weder bei meiner Mutter oder meinem Vater, noch bei meinen Großeltern oder den Geschwistern."

Als ich sie daraufhin fragend ansah, erklärte sie schnell:

„Ich habe meine Familie, wenn es sie denn überhaupt je gab, nie kennengelernt. Wer meine Mutter und wer mein Vater sind oder ob ich Geschwister habe, entzieht sich schlichtweg meiner Kenntnis! Stattdessen wuchs ich in einem von katholischen Nonnen geführten Waisenhaus in Hamburg-St. Georg auf. Kannst du dir eine Vorstellung davon machen, mit welcher Strenge wir Kinder von den katholischen Ordensschwestern erzogen wurden? Niemals habe ich in meiner Kindheit so etwas wie Liebe erfahren! Nein, das genaue Gegenteil war der Fall. Ständig hagelte es Schläge, wenn eine von uns wieder einmal gegen die Hausordnung oder irgendeine Anordnung der Mutter Oberin verstoßen hatte. Wir waren der Willkür dieser Teufel im Nonnengewand schutzlos ausgeliefert, ohne dass sich irgendwer für unser Schicksal interessiert hätte. Manchmal reichten Kleinigkeiten wie beispielsweise das Zuspätkommen zum Morgengebet aus, um drakonisch bestraft zu werden. Das Schlimmste waren dabei nicht etwa die ständigen Prügel, sondern die langen, einsamen Nächte in der Büßerkammer. So nannten unsere Erzieherinnen einen fensterlosen Raum im Keller des Hauses, in dem wir Kinder über Nacht eingesperrt wurden, wenn wir uns in ihren Augen einer besonders schlimmen Verfehlung schuldig gemacht hatten. Und das alles im Namen Gottes!"

Sie musterte mich eindringlich, ehe sie sich erkundigte: „Bist du noch immer der Meinung, dass sich jemals auch nur irgendein Mensch darum geschert hat, mit wem ich mich einlasse?"

„Ich ... also nach all dem, was Sie mir soeben über Ihre Kindheit erzählt haben, muss ich ...", stammelte ich.

„Hör endlich auf, mich zu siezen", fiel sie mir aufgebracht ins Wort. „Wie du selbst hast durchblicken lassen, bin ich es nicht wert, dass man mir mit Respekt begegnet. Also versuche es besser erst gar nicht!"

„Aber ich wollte doch nur ..."

„Lass es", unterbrach sie mich erneut, um sogleich fortzufahren: „Spitz stattdessen besser deine Ohren, wenn ich dir auch den Rest erzähle. Wenn ich dir schildere, wie ich zur Hure wurde!"

Ich musste schlucken. Wollte ich das wirklich noch hören? Angesichts meiner leichtfertig geäußerten Vorhaltungen fühlte ich mich bereits nach ihren bisherigen Ausführungen ziemlich erbärmlich. Was jetzt noch folgen konnte, würde dieses Gefühl kaum bessern können. Dennoch gab ich mir Mühe, mich zumindest einigermaßen interessiert zu geben, als sie weitersprach:

„Als man mich mit vierzehn Jahren völlig unvorbereitet aus der Obhut des Nonnenklosters entließ, wusste ich natürlich nicht, wie es mit meinem Leben weitergehen sollte. Immerhin fand ich auf der Suche nach einer Bleibe schnell Anschluss an eine Gruppe von Kindern, die mein Schicksal teilten. Es handelte sich um eine Bande, die aus Mitgliedern beiderlei Geschlechts bestand und die von einem sechzehnjährigen Jungen namens Hannes angeführt wurde. Genau wie ich hatten diese bedauernswerten Kinder allesamt kein Zuhause und niemanden, der sich für ihr Los interessierte. Der jüngste Angehörige unserer Gruppe war gerade einmal neun Jahre alt!

Wir schliefen in alten Häusern oder Fabrikgebäuden, die dem Verfall preisgegeben waren und lebten von Taschendiebstählen. Unser Überleben hing davon ab, was die Mitglieder unserer Bande arglosen Passanten in den Straßen der Stadt heimlich aus den

Taschen ziehen konnten. Manchmal mussten wir auch unter Brücken übernachten, wenn man uns wieder einmal aus einer Ruine verjagt hatte. Das war vor allem in den kalten Herbst- und Wintermonaten oft kaum durchzustehen.

Von Anfang an hatte Hannes ein Auge auf mich geworfen. Dennoch sollte es beinahe zwei Jahre dauern, bis er mir immer zwingender zusetzte, endlich mit ihm zu schlafen. Irgendwann gab ich seinem Drängen nach. Es war eine furchtbare Erfahrung für mich, denn ich hatte damals noch keine Ahnung vom Zusammensein mit einem Mann. Hannes war alles andere als zärtlich, sondern lebte seine Lust ziemlich brutal aus. Ich hatte danach furchtbare Schmerzen im Unterleib.

Nachdem ich ihm einmal den Gefallen getan hatte, forderte er von diesem Zeitpunkt an häufiger sein Recht als Anführer unserer Bande ein, wie er es so nett formulierte. Es grenzt fast an ein Wunder, dass unsere häufigen Schäferstündchen ohne Folgen blieben ... nun, jedenfalls schlug Hannes mir irgendwann vor, meinen Anteil zum Unterhalt unserer Gruppe nicht mehr durch Trickdiebstahl, sondern auf andere Art und Weise beizutragen, nämlich indem ich ..."

„Indem du dich für Geld mit anderen Männern einließest?", wollte ich wissen, ohne dass ich in diesem Augenblick eine genaue Vorstellung davon hatte, was sich zwischen einem Mann und einer Frau abspielen mochte, wenn sie sich körperlich näherkamen.

Agnes senkte ihren Blick. „Rückblickend betrachtet war das wohl der eigentliche Beginn meiner Betätigung als Hure ... Hannes hielt Ausschau nach Männern, die bereit waren, für mich zu bezahlen und kassierte das Geld, während ich ..."

„Aber wie konntest du mit einem wildfremden Menschen ... ich meine, ist es denn nicht ekelig, wenn ..."

Mir fehlten die Worte, um meinen Satz vollenden zu können.

Agnes half mir über meine Verlegenheit hinweg, indem sie mir angewidert ins Wort fiel:

„Natürlich fühlte es sich anfangs abscheulich an, wenn plötzlich ein Fremder meinen Körper berührte. Ich musste mir immer wieder einreden, dass ich es ja zum Wohle der gesamten Gruppe tat! Irgendwann hatte ich meinen Ekel überwunden und schaltete einfach mein Gehirn aus, wenn sich ein Kunde auf meinem Leib abmühte.

Später fand ich heraus, dass Hannes das von mir verdiente Geld nicht etwa zum Unterhalt der Gemeinschaft verwendet, sondern den Großteil der Einnahmen für sich selbst behalten hatte. Aber das war zu einer Zeit, als er mich längst gegen eine entsprechende Provision an einen anderen Kuppler vermittelt hatte.

Für mich änderte sich dadurch wenig. Ich tat weiterhin das Einzige, was ich, abgesehen von meinem Geschick, gedankenlose Menschen um ihre Brieftasche zu erleichtern, beherrschte. Immerhin wurde mir von meinem neuen Luden ein Dach über dem Kopf zur Verfügung gestellt. Ich war mehrere Jahre für ihn tätig, bis ich irgendwann völlig überraschend von der Kriegsmarinedienststelle Hamburg einbestellt wurde. Dort fragte man mich, natürlich unter Verwendung der unterschwelligen Drohung mit persönlichen Konsequenzen bei einer abschlägigen Antwort, ob ich mir die Ausübung meines Gewerbes auf Helgoland vorstellen könne. Man wolle den vielen dorthin abgeordneten Marinesoldaten die Möglichkeit zur Zerstreuung bieten.

Das war vor etwa zwei Jahren. Zu diesem Zeitpunkt hatte ich meine zwischenzeitliche Selbstverachtung längst überwunden. Ich hatte mich damit abgefunden, dem Abschaum der Gesellschaft anzugehören. Darum machte es mir wenig aus, von den Beamten der Marinedienststelle wie ein Mensch zweiter Klasse behandelt zu werden. Da Hamburg mir mittlerweile sowieso zuwider war, nahm ich das Angebot an. Seitdem lebe ich hier ..."

Nachdem Agnes geendet hatte, sah sie mich herausfordernd an.

„Jetzt kennst du also meine Geschichte. Ich hoffe, dass dir dadurch klar geworden ist, wie sehr sich mein Leben von dem deinem unterscheidet.

Falls du dennoch noch immer der Meinung sein solltest, mein Herz erobern zu wollen, kann ich dir nur das eine raten: Schmink es dir ab! Du bist ein Gendarm und fristest ein kleinbürgerliches Dasein, während ich als Dirne in meinem ganz eigenen Umfeld eingebunden bin. Unsere beiden Welten passen nicht zueinander! Ich bitte dich also, mich ein für alle Mal aus deinen Gedanken zu verbannen und mich zukünftig in Ruhe zu lassen!"

Damit erhob sie sich und eilte ohne jeden Abschiedsgruß die letzten Stufen hinunter. Ehe ich etwas erwidern konnte, war sie schon aus meinem Blickfeld verschwunden.

Ich starrte ihr noch lange verstört hinterher und musste immer wieder über ihre Worte nachdenken.

24

Ich brauchte einige Tage, um Agnes' erschütternde Lebensgeschichte zu verdauen. Ihre Schilderungen hatten mich innerlich aufgewühlt. Entsprechend schlecht schlief ich in den folgenden Nächten. Obwohl ich Abscheu und Ekel verspürte, wenn ich mir vorstellte, mit wie vielen Männern Agnes in ihrem noch jungen Leben schon intim gewesen sein musste, fühlte ich gleichzeitig auch Mitleid mit ihr. Von Geburt an hatte sie keine Aussicht auf ein normales Dasein gehabt. Nach einer bemitleidenswerten Kindheit waren ihre Perspektivlosigkeit und ihre hoffnungslose Lage von gewissenlosen Menschen zu deren eigenem Vorteil ausgenutzt worden. Inzwischen empfand ich tiefe Scham, wenn ich daran zurückdachte, wie vorschnell ich über Agnes geurteilt hatte. Leider hatte sie mir keine Gelegenheit gegeben, mich bei ihr zu entschuldigen, sondern war wutentbrannt davongestürmt, was ich im Nachhinein sogar verstehen konnte.

Bei den Fliegeralarmen in den nächsten Nächten mieden wir beide es tunlichst, sich in die Nähe des jeweils anderen zu begeben, wenn es irgend möglich war. Immerhin schien Agnes ihren Kolleginnen nichts von unserem Gespräch erzählt zu haben, denn zum Glück blieb mir deren Gespött erspart.

Lediglich bei einer Gelegenheit erkundigte ihre brünette Kollegin sich mit der ihr eigenen tiefen Stimme, nachdem ich dem Anfang des Stollens gerade den Rücken gekehrt hatte, verwundert bei Agnes:

„Dein kleiner Professor Sauerbruch scheint sich in letzter Zeit ja gar nicht mehr um dich zu sorgen, Agnes! Was ist denn nur los mit ihm?"

Glücklicherweise bekam sie für diese spitzzüngige Bemerkung keine Antwort und auch ich ignorierte ihre Worte geflissentlich.

Soweit ich es beurteilen konnte, gelang es mir, das Chaos, das Agnes in meinem Kopf hinterlassen hatte, zumindest einigermaßen vor Frau Friedrichsen und Herrn Thomsen zu verbergen.

*

Einige Tage später befand ich mich auf dem Weg in den Feierabend gerade fast genau an der Stelle auf der Treppe, an der Agnes mich zurückgelassen hatte, als Herr Thomsen plötzlich unter mir am Treppenansatz auftauchte.

„Komm schnell zurück, mein Junge!", rief er mir aufgeregt von unten zu. „Wir müssen zum *Deutschen Haus*. Dort scheint sich eine Schlägerei anzubahnen ..."

Das *Deutsche Haus* war ein Lokal in der Victoriastrasse, gleich gegenüber der Biologischen Anstalt am nordöstlichen Ufer des Unterlandes gelegen.

„Was genau ist denn geschehen?", erkundigte ich mich, als ich unten ankam.

„Eine der Kellnerinnen erschien vor wenigen Minuten völlig aufgelöst auf der Wachstube. Die Wirtin hatte sie offenbar geschickt. Wenn ich die junge Frau richtig verstanden habe, hat Wilken Ahlers wohl einen Streit mit Hergen Siemer vom Zaun gebrochen. Um was es dabei geht, konnte sie mir zwar nicht sagen, aber ich kann es mir schon denken ..."

Während Wilken Ahlers mir als Luftschutzhelferkollege natürlich bestens bekannt war, war mir der Name Hergen Siemer noch nicht untergekommen.

Wir wandten uns nach links und gelangten über die Lübecker- und Husumer Strasse in die Victoriastrasse, wo wir schon wenig später vor dem *Deutschen Haus* standen. Von drinnen waren aufgebrachte Stimmen und das Rücken von Stühlen zu hören.

Bei unserem Eintreten bot sich uns ein groteskes Bild. Ahlers und sein Widersacher, ein etwa fünfunddreißigjähriger, dunkelhaariger Mann in der Arbeitsmontur eines Hafenarbeiters, standen sich einander argwöhnisch belauernd in der Mitte des Schankraumes gegenüber. Um sie herum hatte sich ein Kreis aus den übrigen Gästen des Lokals gebildet, die je nach Sympathie jeweils für einen der beiden Kontrahenten Partei ergriffen hatten und diesen lautstark anfeuerten.

„Nimm deine Worte endlich zurück, oder ich schlage dich windelweich", forderte einer der beiden Kontrahenten im Inneren des Ringes, bei dem es sich um Hergen Siemer handeln musste, gerade mit hasserfülltem Blick.

„Warum sollte ich?", entgegnete Ahlers daraufhin hämisch grinsend. „Es stimmt ja schließlich, was ich behaupte. Das weiß hier doch jeder! Deine Frau hurt mit diesem Freese herum. Finde dich endlich mit den Tatsachen ab und stell sie besser zur Rede,

anstatt dir weiterhin die Hörner aufsetzen zu lassen!"
„Ich werde an dir ein Exempel statuieren, Ahlers! Jeder hier soll wissen, was er von mir zu erwarten hat, wenn er solche Lügen über Dortje verbreitet!"
Nach dieser Ankündigung wollte er gerade ausholen, um Ahlers einen mächtigen Schlag ins Gesicht zu verpassen, als Herr Thomsen mit einer energischen Bewegung seinen Arm ergriff. Gleichzeitig stellte ich mich zwischen die Streitenden und drängte meinen Luftschutzhelferkollegen zurück.
„Was soll das?", protestierte Siemer derweil in meinem Rücken. „Lass mich ihm eine reinhauen, Knut. Er hat es sich verdient, denn er hat Dortje aufs Übelste beleidigt."
„Ich schlage vor, du beruhigst dich erst einmal, Hinnerk", entgegnete mein Kollege. „Ansonsten wirst du die kommende Nacht nämlich nicht etwa in den Armen deiner Dortje, sondern in unserem Gästezimmer verbringen!"
Die Drohung mit der Arrestzelle schien bei Siemer zu fruchten, denn er wirkte sichtlich eingeschüchtert, als er kleinlaut erwiderte: „Schon gut, ich höre ja auf. Aber sorg dafür, dass Wilken endlich seinen Mund hält und nie wieder solche Behauptungen in die Welt setzt!"
Der derart Erwähnte wollte aufbegehren. Es gelang mir jedoch, ihn mit einem resoluten Griff an der Schulter zurückzuhalten und ihn mit einem strengen Blick zum Schweigen zu bringen, ehe er überhaupt den Mund öffnen konnte. „Mach keinen Ärger, Wilken!", ermahnte ich ihn zusätzlich für alle Fälle.
„Wir werden euch jetzt nacheinander einzeln nach Hause begleiten und beginnen dabei mit dir, Hinnerk", entschied Herr Thomsen sehr zur Enttäuschung der Umstehenden, die wohl auf ein längeres Spektakel gehofft hatten. „Morgen früh meldet ihr euch beide um Punkt zehn Uhr bei uns auf der Wache. Wehe euch, falls einer bis dahin noch einmal einen Zank anzetteln sollte!"
Damit geleiteten wir beide Streithähne nacheinander aus dem Lokal. Sowohl Siemer als auch Ahlers zeigten sich dabei reumütig und ließen sich widerstandslos zu ihrem jeweiligen Zuhause führen.
Nachdem wir beide wohlbehalten abgeliefert hatten, erklärte Herr Thomsen mir:
„Hinnerk kann einem wirklich leidtun. Die Gerüchte gehen schon länger auf der Insel herum ... Seine Dortje ist eine äußerst

attraktive Frau, die das Haushaltsgeld der Familie aufbessert, indem sie bei Justus Freese, dem Stellvertretenden Ortsgruppenleiter der NSDAP, putzt und für ihn kocht. Der Inselfunk besagt, dass es nicht bei der bloßen Haushaltsführung bleibt, sondern sie ein Verhältnis mit ihm angefangen hat. Ob an diesem Gerede etwas dran ist, vermag ich nicht zu entscheiden. Fest steht jedoch, dass seit längerem hinter Hinnerks Rücken über ein Techtelmechtel zwischen den beiden gemunkelt wird. Wenn in dieser aufgeheizten Atmosphäre einer der Inselbewohner nach ein paar Bierchen Hinnerk gegenüber seinen Mund nicht halten kann, kommt es schnell zu solch unschönen Auseinandersetzungen, wie wir sie eben erlebt haben ..."

Welche Bedeutung dieses an und für sich eher unbedeutende Ereignis einige Wochen später noch bekommen sollte, war für mich zu diesem Zeitpunkt nicht absehbar ...

25

In der ersten Oktoberwoche brachte das Versorgungsschiff vom Festland die Post und damit auch den langersehnten Brief meiner Eltern auf die Insel. Leider hatte meine Mutter mir darin nicht viel Gutes mitzuteilen. Über das Schicksal meines vermissten Bruders Volker konnte sie mir nach wie vor nichts Neues berichten. Die Versorgungslage in Ellerhoop schien sich mittlerweile auf bedenkliche Weise zuzuspitzen, weil immer mehr ausgebombte Städter aufs Land zogen, die es zu ernähren galt.

Ohne es offen zu Papier zu bringen, konnte ich ihren geschickt versteckten Andeutungen entnehmen, wie sehr sie sich um mich sorgte. Die Kunde von den immer häufiger werdenden Luftangriffen auf Helgoland schien sich auch auf dem Festland schnell verbreitet zu haben. Zudem las ich aus ihren Worten heraus, dass sie offenbar die baldige Einberufung meines jüngsten Bruders Paul, der erst sechzehn Jahre alt war, befürchtete.

Glücklicherweise war sie schlau genug, mit keinem Wort auf die allgemeine Kriegslage einzugehen, was vermutlich schlimme Folgen für uns beide nach sich gezogen hätte. Angesichts der zunehmend aussichtsloseren Situation, in der sich mein Heimatland befand, wurden in letzter Zeit nämlich immer häufiger arglose Menschen der Wehrkraftzersetzung beschuldigt und verhaftet, weil sie sich nur allzu sorglos in mündlicher oder schriftlicher Form pessimistisch über den Kriegsausgang geäußert hatten. In diesen Zeiten war damit zu rechnen, dass die Gestapo gerade den Postverkehr von und nach Helgoland besonders sorgfältig überwachte.

Doch auch fernab des Festlandes war uns Inselbewohnern keinesfalls entgangen, wie sehr die Front sich inzwischen mit jedem Tag weiter den Reichsgrenzen näherte.

Der Brief endete mit der eindringlichen Bitte meiner Mutter, auf mich aufzupassen und war sowohl von ihr und meinem Vater, als auch von meinen Geschwistern Hedwig und Paul unterzeichnet.

Noch am selben Abend verfasste ich ein Antwortschreiben, mit dessen Hilfe ich die Sorgen meiner Mutter um mich zu zerstreuen versuchte, indem ich ihr die tief in den Felsen gehauenen Bunkerstollen beschrieb, die den hier lebenden Menschen eine sichere Zuflucht boten.

Erst als ich der Meinung war, ihre Bedenken mit meinen Zeilen zumindest einigermaßen ausgeräumt zu haben, ging ich auf das Leben auf der Insel ein und schilderte einige persönliche Erlebnisse der vergangenen Wochen, wobei ich Agnes ganz bewusst mit keinem Wort erwähnte.

*

Als ich am nächsten Vormittag das Postamt in der Kaiserstrasse aufsuchen wollte, um den Brief aufzugeben, entdeckte ich zu meiner Überraschung eben jene Agnes einige Dutzend Meter vor mir inmitten der Passanten.

Trotz des herbstlichen Wetters schien sie auch an diesem Tag auf dem Weg zum Südstrand zu sein, um ein Bad zu nehmen, denn sie trug wieder ihre Tasche bei sich und steuerte geradewegs auf den Anleger zu.

Offenbar hatte sie mich ihrerseits noch nicht bemerkt, denn sie wirkte völlig unbefangen, als sie durch die viel bevölkerte Straße schlenderte und dabei die Auslagen in den Schaufenstern der Geschäfte betrachtete.

Da mich plötzlich das Gefühl überkam, mich für mein schäbiges Verhalten bei ihr entschuldigen zu müssen, beschloss ich spontan, ihr zu folgen und steckte rasch den Briefumschlag in die Innentasche meines Uniformrockes zurück.

In Höhe des Kurhauses hatte ich sie beinahe eingeholt. Mein inneres Unbehagen ignorierend wagte ich, sie von hinten anzusprechen:

„Guten Morgen, Agnes." Sichtbar überrascht stoppte sie in ihren Bewegungen, drehte sich langsam zu mir um und sah mich verärgert an.

„Keine Sorge, ich habe nicht vor, dich zu belästigen, aber ich habe das dringende Bedürfnis, mich bei dir zu entschuldigen ...", beeilte ich mich zu sagen.

„Ach ja? Plagt dich etwa dein schlechtes Gewissen, weil du mich verletzt zu haben glaubst? Was kümmert dich überhaupt der Gemütszustand einer Hure? Ich hatte bei unserem letzten Gespräch eher das Gefühl, wie für den Rest der Welt auch für dich den Abschaum der Menschheit zu verkörpern. Warum solltest du mich für dein Verhalten also um Verzeihung bitten wollen?"

„Weil ... weil ich meine Bemerkungen aufrichtig bereue", stammelte ich verlegen. „Ich habe nicht nachgedacht, als ich vorschnell über dich urteilte. Meine Worte waren unüberlegt und dumm. Ich habe mich aus Unwissenheit dazu hinreißen lassen, über dich zu richten und habe dich damit beleidigt. Dabei hattest du völlig recht. Es steht mir nicht zu, dein Leben zu bewerten. Von daher ist deine Reaktion nur zu verständlich, mich mit Missachtung zu strafen. Doch weil du mir ... also, weil ich ..."

Mir fehlte jede Vorstellung, wie ich den einmal begonnenen Satz zu Ende bringen sollte. Agnes half mir dieses Mal bedauerlicherweise nicht, indem sie einfach dazwischenfunkte und dem Gespräch damit eine neue Wendung gab, sondern hüllte sich in Schweigen. Stattdessen belauerte sie mich mit spöttischem Blick, während ich verzweifelt nach den richtigen Worten suchte.

„Verdammt, ich habe mich dir gegenüber ausgesprochen gemein verhalten, obwohl du mir alles andere als egal bist", rang ich mir schließlich ab. „Ich kann nur hoffen, du glaubst mir, wenn ich dir versichere, dass es nicht in meiner Absicht lag, dich zu beleidigen." Noch immer sagte sie kein Wort.

„Dabei ... fühle ich mich doch seit unserer ersten Begegnung zu dir hingezogen! Ja, das will ich gerne zugeben", entfuhr es mir, ehe ich mich versah.

Als sie mich daraufhin überrascht ansah, fuhr ich, einmal in Fahrt, fort:

„Wahrscheinlich hältst du mich jetzt für einen Trottel, der nicht weiß, was er gerade von sich gibt. Doch auch wenn ich in deinen Augen vielleicht der einfältige Bauernjunge vom Lande bin, so sind meine Gefühle für dich doch ehrlich! Und darum möchte ich mich in aller Form bei dir entschuldigen. Ich habe dir Unrecht getan und es tut mir sehr leid."

Nach kurzem Zögern schob ich noch schnell nach: „Agnes, ich flehe dich an, bitte nimm meine Entschuldigung an!" Ich war selbst erstaunt, wie fest meine Stimme geklungen hatte, als ich mich ihr offenbart hatte. Aber nachdem meine Worte verklungen waren, war es mit meinem Selbstbewusstsein schnell wieder vorbei, denn Agnes sah mich mit skeptischen Augen an, als sie entgegnete:

„Ist das vielleicht deine Masche, um mich in dein Bett zu zerren? Bist du etwa auf ein Gratis-Schäferstündchen mit mir aus?"

„Aber nein, das ist doch überhaupt nicht meine Absicht! So glaub mir doch bitte, dass ich es ernst meine", beschwor ich sie und schaute sie dabei eindringlich an. „Was könnte ich denn sonst tun, außer mich bei dir zu entschuldigen, damit du wieder mit mir sprichst?"

Als sie nicht gleich antwortete, senkte ich meinen Blick und räumte niedergeschlagen ein:

„Außerdem, was diese ... Dinge angeht, habe ich keinerlei ... Erfahrung mit den Frauen. Du würdest mich wahrscheinlich fürchterlich auslachen, falls du es mir je erlauben solltest, mich dir ... zu nähern, denn ich würde mich in deinen Augen vermutlich ziemlich ungeschickt anstellen ..."

Nach diesem Eingeständnis rechnete ich damit, von Agnes mit Häme und Spott überschüttet zu werden. Doch zu meinem Erstaunen geschah das genaue Gegenteil. Nachdem sie mich einige Sekunden lang forschend betrachtet hatte, nickte sie mir plötzlich anerkennend zu und meinte:

„Hut ab! Es gibt nicht viele Vertreter deines Geschlechts, die zu diesem intimen Geständnis bereit wären, wie ich aus Erfahrung weiß. Die meisten Männer prahlen vielmehr mit irgendwelchen abenteuerlichen Bettgeschichten, die sich höchstens in ihren Fantasien abgespielt haben. Vielleicht habe ja auch ich dir Unrecht getan und du bist ein viel besserer Mensch, als ich nach unserem Disput dachte."

Wir waren nicht weit von der Landungsbrücke zum Stehen gekommen. Die Menschen gingen an uns vorüber und beäugten uns neugierig. Doch es war mir egal, was die Leute von mir dachten. Ich hatte nur Augen für Agnes, die mir in diesem Moment schöner denn je erschien.

Auf einmal erhellte sich ihre Miene und sie lächelte mir aufmunternd zu. „Ich nehme deine Entschuldigung an, Hans."

Obwohl es mittlerweile zu nieseln angefangen hatte und der Aufenthalt im Freien alles andere als angenehm war, fiel mir vor Erleichterung ein großer Stein vom Herzen. Dennoch war ich innerlich noch immer leicht angespannt, als ich mich vorsichtig bei ihr erkundigte:

„Dann ist zwischen uns jetzt wieder alles gut?"

Sie gab mir einen sanften Stoß in die Rippen und grinste mich an. „Auf irgendeine Art bist du ja wirklich süß. Verguckst dich ausgerechnet in eine Dirne! Was deine Schwärmerei für mich angeht, muss ich dich leider enttäuschen. Eine feste Bindung würde unsere beiden Leben zu sehr komplizieren. Aber wenn du dich damit zufriedengibst, können wir zukünftig immerhin gute Freunde sein."

„Mir ist alles recht, wenn du mir nur nicht mehr böse bist", strahlte ich. „Darf ich dich denn wenigstens heute zu einem Glas Limonade einladen?"

Sie warf einen hastigen Blick zum Südstrand. „Eigentlich wollte ich ja ein Bad nehmen ..."

Plötzlich schnellte ihr Kopf zurück und sie schlug mir zu meiner Überraschung vor:

„Warum kommst du nicht einfach mit ins Wasser?"

Ich fühlte mich völlig überrumpelt. „Aber ich kann gar nicht schwimmen! Das Wetter lädt zudem nicht gerade zu einem Bad im Meer ein ...", stammelte ich verlegen. „Und außerdem müsste ich erst meinem Kollegen Bescheid geben und ..."

„Und ...?"

Ich senkte verschämt meinen Blick. „Und es fehlt mir an einer Badehose ...", musste ich mit verhaltener Stimme einräumen.

Agnes konnte sich ein Lachen nicht verkneifen. „Du versuchst wohl, dich zu drücken, was? Wie ich dir neulich erst erklärte, ist die Temperatur des Wassers im Vergleich zur Luft recht angenehm, wenn du dich erst einmal hineingetraut hast. Diesen Umstand weiß ich gerade bei ungemütlichem Wetter sehr zu schätzen. Als Nichtschwimmer solltest du dich natürlich nicht zu weit ins Wasser trauen. Wenn du dich an diese Regel hältst, kann dir nichts passieren. Was schließlich deinen Kollegen betrifft: Eure Wache liegt nur einen Steinwurf vom Südstrand entfernt. Du könntest also rasch hinüberlaufen und Herrn Thomsen Bescheid geben. Das einzige Problem wäre somit deine fehlende Badehose. Auch wenn ich dich persönlich sogar völlig entblößt mit in die Nordsee nehmen würde, solltest du dies tunlichst vermeiden. Denn Wachtmeister Thomsen müsste dich andernfalls wegen unzüchtigen Benehmens verhaften." Sie stieß einen Seufzer aus. „Es ist wirklich zu schade. Ich hatte mich schon auf ein Bad mit dir gefreut ..."

Angesichts ihres bedauernden Blickes hätte ich in diesem Moment die ganze Welt verfluchen können. Wie lange hatte ich darauf gehofft, ja sogar dafür gebetet, dass Agnes sich wieder mit mir versöhnt? Es kam mir rückblickend wie eine Ewigkeit vor! Und ausgerechnet, als sie endlich bereit war, meine Freundschaft zu akzeptieren, passierte mir ein solches Malheur! Sollte das gemeinsame Bad in der Nordsee wirklich an einer solchen Lappalie wie der fehlenden Badehose scheitern?

Wie aus dem Nichts kam mir unversehens der rettende Gedanke in den Sinn. „Agnes, gib mir bitte eine halbe Stunde Zeit", flehte ich sie an. „Dann werde ich bereit sein, mich gemeinsam mit dir in die tosende Nordsee zu stürzen! Am besten wartest du vor dem Umkleidehaus auf mich, denn das Dach bietet dir Schutz vor den Unbilden des Wetters. "

26

Bevor ich mich auf den Weg ins Oberland machte, stattete ich der Wachstube noch schnell einen Besuch ab, um Herrn Thomsen über mein Vorhaben zu unterrichten, ohne Agnes dabei jedoch zu erwähnen. Mein Kollege reagierte zwar überrascht, enthielt sich aber eines Kommentars, weil er sich gedanklich wohl schon in seinem Mittagsschlaf befand.

Dann eilte ich im Nieselregen zur Treppe, die ich in Rekordzeit bewältigte. In der Hamburger Strasse angekommen, riss ich die Eingangstür zu Frau Friedrichsens Haus auf und rief sofort ungeduldig nach meiner Vermieterin, die sich daraufhin aus der Wohnstube meldete.

Ich war einigermaßen schockiert, sie mit schmerzverzerrtem

Gesicht in ihrem Sessel sitzend vorzufinden. Beim Frühstück hatte sie noch völlig normal gewirkt.

„Meine Arthritis", stöhnte sie und rieb sich dabei über ihre Knöchel. „Heute sind die Schmerzen besonders schlimm!"

„Kann ich irgendetwas für Sie tun?", erkundigte ich mich besorgt. „Soll ich Doktor Poppinga holen? Oder brauchen Sie vielleicht etwas aus der Apotheke?"

„Schon gut, Hans", versuchte sie mich zu beruhigen. „Es liegt wohl am regnerischen Wetter, dass meine Beschwerden heute besonders unerträglich sind. Aber mach dir bitte keine Sorgen um mich! Morgen wird es mir bestimmt schon wieder besser gehen."

Wenig überzeugt betrachtete ich mir ihren vor Schmerz gekrümmten Körper. „Sind Sie sich auch sicher? Sollte ich nicht doch besser ..."

„Es ist wirklich halb so schlimm", versicherte sie mir. „Das Einzige, worum ich dich bitte, ist, mir frische Umschläge für meine Knöchel anzulegen. Du brauchst die Tücher lediglich unter kaltem Wasser auszuwaschen. Die kühlen Auflagen lindern die Schmerzen in den Gelenken ein wenig."

Ich tat rasch, wie mir geheißen und nahm die Wickel von ihren geschwollenen, auffällig erwärmten Knöcheln, die ich in der Küche auswusch, auswrang und ihr anschließend wieder anlegte.

Nachdem dies geschehen war, kam ich auf den eigentlichen Anlass meines unerwarteten Erscheinens zu sprechen:

„Frau Friedrichsen, ich bitte um Verzeihung, falls ich unverschämt erscheinen sollte, aber wenn ich mich recht entsinne, erzählten Sie mir, sich noch nicht von der Garderobe Ihres Mannes getrennt zu haben. Sagen Sie, befindet sich zufälligerweise auch eine Badehose unter diesen Kleidungsstücken, die ich mir borgen könnte?"

Sie sah mich mit großen Augen an. „Aber Hans, du willst doch bei diesem abscheulichen Wetter nicht etwa in die Nordsee gehen, zumal du nicht einmal schwimmen kannst?"

Vom ersten Augenblick an war mir meine Vermieterin unheimlich sympathisch gewesen. Sie hatte mir fernab der Heimat ein Zuhause gegeben. Frau Friedrichsen hatte es in den wenigen Wochen seit meiner Ankunft auf Helgoland gar geschafft, sich für mich zu einer Art Ersatzmutter aufzuschwingen. Eben weil sie mir in dieser kurzen Zeit so sehr ans Herz gewachsen war, brachte ich es nicht fertig, ihr die Unwahrheit zu sagen.

„Bitte sorgen Sie sich nicht um mich! Ich werde mich nicht sehr weit ins Wasser begeben und außerdem in Gesellschaft einer erfahrenen Person sein, die häufiger ein Bad in der Nordsee nimmt. Es besteht also wirklich kein Anlass zur Sorge", entgegnete ich deshalb und hoffte, mit dieser geschlechtsneutralen Formulierung weitere Nachfragen ihrerseits bezüglich meiner Begleitung umgehen zu können.

Tatsächlich gab sich Frau Friedrichsen mit meiner Antwort zufrieden und erklärte mir mit einem skeptischen Blick durch das regennasse Fenster, wo ich die Badehose ihres verstorbenen Mannes finden würde.

„Vergiss nicht, ein Handtuch mitzunehmen", rief sie mir noch hinterher, als ich schon die Türklinke in der Hand hatte.

„Hab´ ich", erwiderte ich und verabschiedete mich hastig von ihr, um draußen zur Treppe zu eilen.

Der feine Niederschlag hatte inzwischen aufgehört. Dennoch waren die Straßen wie leergefegt, als ich durch das Unterland hetzte. Von einer inneren Unruhe getrieben drängte alles in mir, so schnell wie möglich zum Südstrand zu gelangen. Das Gespräch mit Frau Friedrichsen hatte unglücklicherweise länger gedauert, als ich geplant hatte. Ob Agnes wohl trotzdem so lange vor dem Umkleidehaus ausgeharrt hatte und noch auf mich warten würde, wenn ich dort auftauchte?

Schon als ich hinter dem Kurhaus die Maxse Terrasse erreichte und sich mir damit die Aussicht auf den bogenförmigen Südstrand öffnete, erkannte ich mit einem Blick, dass ich mir umsonst Sorgen gemacht hatte. Da es nicht mehr regnete, hatte Agnes das schützende Vordach des barackenähnlichen Umkleidehauses verlassen und stand einige Meter seitlich des Gebäudes. Sie schien ihrerseits ebenfalls Ausschau nach mir zu halten, während sie eine Zigarette rauchte. Ich musste aufgestapelten Hummerkörben und einigen Booten, die man auf den Strand gezogen hatte, ausweichen, um zu ihr zu gelangen.

„Das ging ja flotter, als ich erwartet hatte", begrüßte sie mich, nachdem ich sie erreicht hatte und irritierte mich damit ein wenig, weil ich das Gefühl hatte, Stunden unterwegs gewesen zu sein.

„Ein Glück", keuchte ich noch einigermaßen außer Atem. „Ich hatte nämlich schon befürchtet, du würdest sauer auf mich sein, weil es doch etwas länger gedauert hat, als ich gedacht hatte."

Sie trat einen Schritt näher an mich heran, nahm einen tiefen Zug von ihrer Zigarette und blies mir den Rauch provokativ ins

Gesicht.

„Ach ja? Was hat dich denn aufgehalten? Konntest du etwa deine Badehose nicht finden?", wollte sie wissen und sah mich mit spöttischer Miene an.

„Nein, nein", beeilte ich mich zu erklären, „die Badehose war nicht das Problem. Sie ist übrigens eine Leihgabe meiner Vermieterin."

„Frau Friedrichsen ...", warf sie ein.

„Dir ist bekannt, wo ich wohne?", fragte ich verwundert.

„Das herauszufinden ist auf einem solch kleinen Eiland nicht weiter schwierig", erwiderte sie.

„Sag mal, bist du mir etwa heimlich gefolgt?", wollte ich wissen und ärgerte mich schon im selben Moment über den misstrauischen Klang, den ich meiner Stimme gegeben hatte.

„Bilde dir bloß nichts ein", konterte sie prompt und wandte sich beleidigt ab.

„Bitte entschuldige, das ist mir so herausgerutscht und war ziemlich unüberlegt von mir", versuchte ich die Situation zu retten. „Ich wollte damit natürlich keineswegs andeuten, dass du ..."

„Hör endlich auf, dich ständig bei mir zu entschuldigen", fiel sie mir ins Wort. „Zieh dir stattdessen besser deine Badehose an, damit wir noch ins Wasser kommen, bevor es dunkel wird!"

Als ich mich daraufhin auf den Weg machen wollte, hielt sie mich mit einem sanften Griff an meinem Oberarm zurück und grinste mich an. „Ich habe dich nach einem der zahlreichen Fliegeralarme der letzten Zeit zufällig einmal mit Frau Friedrichsen in deren Haus gehen sehen. Daher weiß ich, wo du untergekommen bist."

Ehe ich etwas erwidern konnte, sah sie sich hastig nach allen Seiten um und gab mir, als sie dabei niemanden entdecken konnte, völlig unerwartet einen schnellen Kuss auf die Wange. „Und jetzt beeil dich! Die Türen zum Badehaus sind übrigens nicht verschlossen. Davon konnte ich mich überzeugen, während ich auf dich wartete!"

Aufgrund des flüchtigen Kusses war ich noch immer reichlich verwirrt, als ich wenige Minuten später aus dem Herren-Umkleidebereich trat. Erneut hatte ein feiner Nieselregen eingesetzt, was zur Folge hatte, dass sich niemand vor die Tür traute und wir damit den weiten Strand ganz für uns allein hatten.

Eine Windböe erfasste mich und ließ mich in meiner spärlichen Badebekleidung vor Kälte erzittern. Vermutlich hätte ich spätestens in diesem Augenblick meinen Entschluss, Agnes bei ihrem Bad in der Nordsee Gesellschaft zu leisten, bereut, wenn ich nicht unentwegt an ihre weichen Lippen hätte denken müssen, mit denen sie meine linke Wange geküsst hatte.

Ich musste nicht lange auf meine Begleiterin warten, die schon kurz nach mir aus der Damen-Umkleidekabine kam. Ihr einteiliger, aus weiß gepunktetem, dunkelblauem Stoff bestehender Badeanzug bildete einen schönen Kontrast zu ihrer hellen Haut und brachte ihre sportliche Figur erst richtig zur Geltung.

Doch bevor ich sie ausgiebiger betrachten konnte, hatte sie schon meine Hand ergriffen und zog mich mit sich ins Wasser, das in kleinen Wellen gegen meine Beine schlug.

„Brrr, ist das kalt", rief ich entsetzt aus.

„Stell dich nicht so an! Du wirst es schon überleben", erwiderte sie. „Wenn du erst mit dem ganzen Körper im Wasser bist, wirst du schnell feststellen, dass es dort angenehmer ist als an der kühlen Luft. Wichtig ist allerdings, sich zuvor ausgiebig abzukühlen."

Ehe ich mich versah, besprenkelte sie meinen Bauch zu meiner Bestürzung mit dem eisigen Wasser der Nordsee, was mich erschrocken zusammenzucken ließ.

Nachdem Agnes diese Prozedur bei sich selbst ebenfalls einige Male durchgeführt hatte, ging sie auf einmal in die Hocke, sodass nur noch ihr Kopf aus dem Wasser ragte.

Während ich noch zögerte, es ihr gleichzutun, rief sie mir breit grinsend entgegen:

„Feigling!"

Da ich unter allen Umständen vermeiden wollte, in ihren Augen als Hasenfuß zu gelten, überwand ich meine Abneigung gegen das kühle Nass und ließ mich, ohne lange zu überlegen, ebenfalls in die Hocke fallen.

Als das Wasser über meinem Oberkörper zusammenschlug, dachte ich für einen Augenblick, mein Herz bliebe stehen. Dieses Gefühl hielt für einige Sekunden an. Doch dann spürte ich auf einmal eine herrliche Erfrischung. Genau dieses Erlebnis musste Agnes gemeint haben, als sie davon gesprochen hatte, dass das Meer Körper und Geist reinige.

„Da du nicht schwimmen kannst, solltest du dich besser nur am Rand aufhalten. Das Wasser darf dir höchstens bis an die Brust reichen", warnte Agnes. „Die Frische der Nordsee bekommst du auch dort zu spüren. Selbst ein erfahrener Schwimmer sollte sich nicht viel weiter ins Wasser trauen, da er von der Strömung erfasst

131

und auf das offene Meer hinausgetragen werden könnte."

Während sie mir in den nächsten Minuten ihre Schwimmkünste vorführte, blieb ich in Strandnähe, ließ meinen Oberkörper dabei in unregelmäßigen Abständen immer wieder unter Wasser gleiten und fühlte mich im sanften Regen großartig.

Ich wäre gerne noch länger in der Nordsee geblieben, doch Agnes machte irgendwann Anstalten, dem Wasser entsteigen zu wollen.

„Wie alt bist du eigentlich?", fragte sie mich, als ich ihr das Handtuch reichte.

„Ich werde im Februar dreiundzwanzig", entgegnete ich.

„Dann bin ich zwei Jahre älter als du", meinte sie daraufhin.

Mittlerweile waren wir vor der Umkleidebaracke angekommen. Während Agnes mit der einen Hand auf die Herrenkabine zeigte, hatte sie mit der anderen meine rechte Hand ergriffen. Sie fühlte sich eiskalt an. Gleichzeitig spürte ich aber auch die Zartheit ihrer Finger und ihre weiche Haut.

„Trockne dich rasch ab und zieh dich um, sonst erkältest du dich noch", warnte sie.

Damit wollte sie sich von mir abwenden und versuchte, mir ihre Hand zu entziehen, um ihrerseits den Damenbereich aufzusuchen. Doch sie fühlte sich in diesem Moment so unglaublich gut an! Ich brachte es einfach nicht fertig, sie loszulassen.

Als sie merkte, dass sie auf diese Weise nicht von mir loskam, drehte sie ihren Kopf verwundert in meine Richtung und bemerkte dabei meinen Blick, der nicht von ihrem Gesicht weichen wollte.

„Hans, du musst mich schon loslassen. Sonst werden wir uns beide noch einen schlimmen Schnupfen einfangen ...", protestierte sie schwach.

Statt einer Erwiderung zog ich ihren Körper näher an mich heran, während ich ihr gleichzeitig weiterhin in die Augen sah.

„Hans ...", versuchte sie es noch einmal, brach aber ab, als ich meine Hand sanft um ihren Hinterkopf legte und mich dabei mit meinem Mund dem ihren näherte.

Plötzlich berührten sich unsere Lippen. Ich glaubte, einen Stromschlag zu spüren, der sich seinen Weg durch meinen Körper bahnte, als sich unsere Zungen fanden. Für einige Sekunden vergaß ich alles um mich herum und genoss das wohlige Stöhnen, das während unseres Kusses von Agnes zu vernehmen war. Der Krieg, die ständige Bedrohung durch feindliche Flugzeuge, der immerwährende Schlafmangel, selbst Agnes' anrüchige Art des

Broterwerbs - in diesem Moment war mir das alles egal. Ich hatte andere Menschen dabei beobachtet, wie sie sich küssten, wenn sie sich unbeobachtet fühlten. Selbst war ich hingegen bis zu diesem Zeitpunkt noch nicht in den Genuss dieses höchst intensiven Gefühls gekommen. Niemals zuvor hatte ich Vergleichbares erlebt. Noch nie hatte ich mich einem Menschen so nahe gefühlt wie in diesem Augenblick Agnes!

Doch so plötzlich dieses wunderbare Erlebnis gekommen war, so schnell war es auch wieder vorbei, denn auf einmal entzog Agnes sich mir, starrte mich verstört an und eilte dann wortlos in die Umkleidekabine.

Unfähig, zu reagieren, ließ ich sie gewähren und suchte bald darauf ebenfalls das Umkleidehaus auf, nachdem ich ihr noch eine Weile ungläubig hinterhergesehen hatte.

Noch während ich damit beschäftigt war, mich anzuziehen, hörte ich aus dem Nebenraum eilige Schritte auf dem Holzfußboden und kurz darauf die Eingangstür zum Damenbereich zuschlagen.

Agnes sollte ich an diesem Tag nicht mehr wiedersehen.

27

Wie nicht anders zu erwarten war, wollte mir der Kuss an den nächsten Tagen und vor allem in den Nächten nicht aus dem Kopf gehen. Immer wieder versuchte ich mir Agnes' weiche Lippen, die elektrisierende Wirkung ihrer Zunge und ihren zarten Körper in Erinnerung zu rufen. Manchmal erwischte ich mich sogar dabei, wie meine Gedanken zu ihr abschweiften, während ich mich gerade mit Herrn Thomsen unterhielt. Mir entging keineswegs, mit welch merkwürdigen Blicken mein Kollege mich in dieser Zeit bedachte, wenn er wieder einmal den Eindruck hatte, dass ich geistig völlig abwesend war.

Agnes selbst sah ich in der ersten Oktoberhälfte lediglich bei den nächtlichen Luftalarmen im Bunkerstollen. Sie gab sich mir gegenüber bei diesen Gelegenheiten zwar zurückhaltend, jedoch nicht etwa abweisend, wie ich anfangs befürchtet hatte. Ich hatte eher den Eindruck, dass sie sorgsam achtgab, es tunlichst zu vermeiden, sich zu vertrauensvoll mit mir zu zeigen, um mich nicht zu kompromittieren. Darum machte es mir auch nichts aus, wenn sie ihr Gesicht mit einem flüchtig angedeuteten Lächeln von mir abwandte, sobald ich in ihre Nähe kam. Sogar das genaue Gegenteil war der Fall, denn ich genoss mit innerer Genugtuung das Gefühl, ein süßes Geheimnis mit ihr zu teilen. Natürlich erfreute es mich, sie zumindest ab und an zu sehen, auch wenn die Umstände selbstverständlich alles andere als angenehm waren. Trotzdem fiel es mir zunehmend schwerer, mich von ihr fernhalten zu müssen. Meine Sehnsucht, allein mit ihr zu sein, mich mit ihr unterhalten zu können, dabei ihr hübsches Gesicht betrachten und sie womöglich küssen zu dürfen, wurde von Tag zu Tag unerträglicher.

In den Tagen seit unserem gemeinsamen Bad in der Nordsee war ich mir über meine Gefühle endgültig klar geworden. Selbstverständlich war die Vorstellung, dass Agnes sich in ihrem Gewerbe anderen Männern hingab, alles andere als angenehm. Dennoch fühlte ich mich auf mir bis dahin unbekannte Weise magisch zu ihr hingezogen. Ich liebte sie, wie ich mir inzwischen eingestand! Insgeheim hatte ich mir sogar schon Vorstellungen darüber gemacht, wie wohl ein gemeinsames Leben mit ihr in Ellerhoop aussehen mochte.

Irgendwann hielt ich es nicht mehr aus. Ich wollte endlich Gewissheit haben, ob Agnes meine Gefühle erwiderte oder ich mir vergebens Hoffnungen auf sie machte. Fieberhaft überlegte ich, wie ich ihr heimlich eine Nachricht zukommen lassen konnte und glaubte schon bald, die Lösung für dieses Problem gefunden zu haben.

Nach dem ersten Fliegeralarm in einer der nächsten Nächte war ich den Schutzsuchenden beim Ausstieg aus dem Bunkerzugang behilflich. Es dauerte nicht lange, bis ich Agnes in der Schlange der Menschen entdeckte, die sich auf den Heimweg machen wollten. Als sie gerade an mir vorübergehen wollte, ließ ich wie versehentlich schnell mein Taschentuch direkt vor ihren Füßen zu Boden fallen. Während wir uns, ganz wie ich es geplant hatte, beinahe gleichzeitig bückten, um nach dem Tuch zu greifen, raunte ich ihr leise ins Ohr:

„Agnes, ich muss unbedingt mit dir reden!"

Da die Menschen hinter ihr aus der Tür drängten, enthielt sie sich einer Antwort, signalisierte mir aber durch ein kaum wahrnehmbares Nicken, dass sie mich verstanden hatte.

Weil davon auszugehen war, dass es in dieser Nacht zu mindestens einem weiteren Luftalarm kommen würde, wenn sich die feindlichen Bomberverbände auf dem Rückflug nach England befanden, ließ ich es für den Moment dabei bewenden und übte mich in Geduld. Die Zeitspanne bis zum vorauszusehenden zweiten Alarm wollte ich nutzen, um mir Gedanken darüber zu machen, wie ich Agnes möglichst unverfänglich in ein Gespräch verwickeln konnte, bei dem wir die Einzelheiten eines Treffens besprechen konnten.

Diese Mühe hätte ich mir allerdings getrost sparen können, wie sich schon bald zeigen sollte. Denn als wir uns gut drei Stunden später erneut im Stollen trafen, sprach sie mich zu meiner Überraschung offen vor den übrigen Bunkerinsassen an:

„Entschuldigen Sie, Herr Wachtmeister, Sie haben mich vor einigen Wochen ja schon einmal verarztet. Dürfte ich ein weiteres Mal auf Ihre Künste als Sanitäter zurückgreifen?"

Bei ihren Worten hatte sie mir ihr linkes Handgelenk entgegengehalten, auf dem sich eine kleine Schürfwunde zeigte, die sie sich vermutlich selbst zugefügt hatte, während ihr Kopf verstohlen zur Nische des Luftschutzwartes deutete, die Herr Wykers gerade verließ.

Ich schaltete sofort.

„Oh, Sie haben sich erneut verletzt? Selbstverständlich werde ich mich wieder um Sie kümmern", beeilte ich mich zu entgegnen, während ich gleichzeitig einen Blick auf die Wunde warf und mich danach suchend umsah.

„Vielleicht sollten wir die Räumlichkeiten des Luftschutzwartes aufsuchen, denn dort haben wir mehr Platz", schlug ich vor.

Unterwegs schnappte ich mir rasch einen Verbandskasten und ließ Agnes vor der Tür zur Nische den Vortritt. Um keinerlei Gerüchte aufkommen zu lassen, wagte ich es nicht, die Tür hinter uns zu schließen.

Während ich in der hölzernen Kiste nach Jod suchte, zischte ich ihr leise zu:

„Ich muss wirklich dringend mit dir sprechen, Agnes!"

„Ich habe dir ebenfalls etwas Wichtiges zu sagen", erwiderte sie in gleicher Lautstärke. „Mein nächster Ruhetag ist der 14. Sei an diesem Tag gegen 18 Uhr am Umkleidehaus!"

„Du willst bei diesem Wetter wirklich noch ins Wasser gehen?", raunte ich ihr erstaunt zu, um danach für alle hörbar zu sagen: „Bitte nicht erschrecken, es könnte jetzt ein wenig auf der Haut brennen!"

Damit tröpfelte ich das Jod auf einen Wattebausch und reinigte vorsichtig ihre Verletzung.

Der Spätsommer hatte sich inzwischen längst verabschiedet. Die Temperaturen waren in den Tagen zuvor stetig gesunken und die ersten Herbststürme waren bereits über die Insel gefegt. Ich hoffte inständig, Agnes würde nicht darauf bestehen, dass ich sie bei ihrem Bad begleitete.

„Nein, natürlich nicht", hauchte sie mir sehr zu meiner Erleichterung ins Ohr. „Selbst mir ist das Wasser der Nordsee mittlerweile zu kalt. Aber gerade aus diesem Grund werden wir am Badehaus ungestört sein und können dort in Ruhe miteinander reden."

Weiter kam sie nicht, denn in diesem Moment kam Herr Wykers zurück.

„Oh, wir haben eine Verletzte?", fragte er überrascht und warf Agnes einen geringschätzigen Blick zu.

„Ja, aber es ist zum Glück nur eine Kleinigkeit", beeilte ich mich zu versichern und bestrich ihre Abschürfung weiter mit Jod. Daraufhin entgegnete er:

„Ich dachte eigentlich, für die Behandlung derartiger Verletzungen seien die Rotkreuzschwestern zuständig?"

„Ich war mit der Erfassung der Anwesenden gerade fertig und wollte die Schwestern nicht mit einer solchen Belanglosigkeit belästigen ...", versuchte ich mich herauszureden, doch Herr Wykers winkte nur gelangweilt ab.

„Schon gut. Leg der Dame nur schnell den Verband an, damit ihre Kundschaft sich nicht etwa durch eine Blessur an ihrem Körper abgestoßen fühlt!"

Ich merkte, wie mir das Blut vor Zorn ins Gesicht schoss. Doch ehe ich zu einer angriffslustigen Erwiderung ansetzen konnte, warf Agnes mir hastig einen warnenden Blick zu. Also schwieg ich, obwohl ich innerlich grollte und kümmerte mich stattdessen weiter um ihre Verletzung.

Als der Verband angelegt war und wir den Raum verlassen wollten, rief Herr Wykers mir noch hinterher:

„Ach Hans, ich möchte dich noch bitten, dich nach der Entwarnung hier zu einem Gespräch einzufinden. Jasper und Wilken werden ebenfalls anwesend sein."

Ich warf ihm einen fragenden Blick zu, doch der Luftschutzwart hatte sich bereits wieder über seinen Schreibtisch gebeugt, um die

Anwesenheitslisten zu studieren, ohne mir seine Worte näher zu erläutern.

„Vielleicht solltest du deinen kleinen Helden einmal in unserem Haus empfangen und ihm zum Dank einen Sondertarif einräumen", wurden wir von der rauchigen Stimme ihrer brünetten Kollegin empfangen, als ich Agnes zurück zu ihrem Platz brachte.

Während ihre Begleiterinnen prustend loslachten, versuchten die übrigen Ohrenzeugen dieser Bemerkung verzweifelt, sich das Grinsen zu verkneifen, was den wenigsten gelang.

„Mensch Christel, was ist nur in dich gefahren?", fauchte Agnes ihre Kollegin an. „Der Herr Wachtmeister hat sich schon zum zweiten Mal alle Mühe gegeben, mir zu helfen, wofür ich ihm sehr dankbar bin. Du solltest ihn besser nicht in eine solch peinliche Situation bringen, denn auch du könntest irgendwann einmal auf seine Hilfe angewiesen sein!"

„Ist ja schon gut! Ein bisschen Humor wird in diesen Zeiten ja wohl noch erlaubt sein", entgegnete die Brünette kleinlaut, während Agnes sich zu mir umwandte, mir ihre Hand entgegenhielt und dabei sagte:

„Bitte entschuldigen Sie die vorlaute Äußerung meiner Kollegin, Herr Wachtmeister. Christel redet manchmal drauflos, ohne vorher nachzudenken. Nehmen Sie Ihre Worte nur nicht für bare Münze. Und noch einmal ein ganz herzliches Dankeschön für Ihre Bemühungen!"

Damit ergriff sie meine Hand, die ich ihr zögernd entgegengestreckt hatte und war mit ihrem Mund plötzlich direkt neben meinem Ohr.

„Also dann am 14. um 18 Uhr am Badehaus", flüsterte sie mir kaum hörbar hastig zu und wandte sich dann von mir ab.

„Stets zu Diensten", erwiderte ich noch schnell, um mich danach zur Treppe zu begeben, wo ich die Entwarnung abwarten wollte.

*

Nachdem sich der Stollen einige Zeit später geleert hatte, stieg ich noch einmal die Stufen hinab. Die anderen beiden Luftschutzhelfer, Wilken Ahlers und der Pädagoge Jasper Meiners, hatten sich bereits bei Herrn Wykers eingefunden, als ich dazustieß. Ersterer schien die Maßregelungen in meiner Eigenschaft als Inselgendarm nach seinem Streit mit Hergen

Siemer längst vergessen zu haben, denn er wich meinem Blick nicht aus, als ich den Raum betrat.

Der Luftschutzwart schien schon auf meine Ankunft gewartet zu haben, denn er kam ohne Umschweife zur Sache: „Ich habe mir die Mühe gemacht, die Anwesenheitslisten während der Fliegeralarme der letzten vier Wochen auszuwerten. Dabei ist mir aufgefallen, dass die Lücken im Bunker, vor allem in den Nächten mit mehr als zwei Alarmen, zunehmend größer werden. Einige Inselbewohner scheinen die Gefahr, in der sie sich ständig befinden, nicht mehr mit dem nötigen Ernst zu nehmen. Dabei ist gerade die Bedrohung, die von den feindlichen Bomberverbänden ausgeht, wenn sie sich auf dem Rückflug nach England befinden, nicht zu unterschätzen, wie ich euch ja wohl nicht zu erklären brauche."

In der Tat schienen einige feindliche Bomber ihre todbringende Last in manchen Nächten nicht oder nicht vollständig über den deutschen Städten loszuwerden. Es war nachvollziehbar, dass die Piloten dieser Flugzeuge es tunlichst zu vermeiden suchten, mit einer Bombe im Frachtraum auf dem heimischen Fliegerhorst zu landen. Was lag da also näher, als die nicht zum Einsatz gekommenen Sprengkörper auf halbem Weg zur britischen Insel über Helgoland abzuwerfen, um durch diese Notabwürfe womöglich doch noch irgendwelche Schäden auf deutschem Gebiet zu verursachen?

Zwar waren die meisten dieser derart verwendeten Bomben in der Vergangenheit dank der vollständigen Verdunklung der Insel ins Meer gefallen, doch war es durchaus auch schon zu einigen Zufallstreffern gekommen. Glücklicherweise hatten sich die dadurch verursachten Schäden bislang eher in Grenzen gehalten, aber wer mochte schon garantieren, dass dies in Zukunft so blieb?

„Vor allem für die älteren Inselbewohner ist das ständige Treppensteigen äußerst beschwerlich", warf Wilken Ahlers ein.

„Mir ist eine ältere Dame bekannt, der die schlechte Luft im Stollen nicht bekommt, weil sie unter Asthma leidet", wusste Jasper Meiners zu berichten. „Zudem bewirken die ständigen nächtlichen Alarme, dass die Bevölkerung völlig übermüdet ist. Wir kennen es doch mittlerweile aus eigener Erfahrung, denn auch wir sind ja schließlich seit vielen Monaten Nacht für Nacht demselben Terror ausgesetzt wie die übrige Inselbevölkerung. Meist ist man gerade eingeschlummert, wenn die Sirenen das erste

138

Mal ertönen. Nach der Entwarnung eilt man nach Hause, damit man bis zum zweiten Fliegeralarm zumindest noch etwas Schlaf bekommt, bevor es wieder in die Bunker geht. Und diese Prozedur wiederholt sich in manchen Nächten bis zu viermal!

Dabei geht das Leben auf Helgoland am Tage unbarmherzig weiter, ohne Rücksicht auf die ständig unterbrochene Nachtruhe der Menschen zu nehmen. Ich habe durchaus Verständnis dafür, wenn sich die Leute manchmal zu erschöpft fühlen, um sich des Nachts gleich mehrfach aus dem Bett zu quälen. Auch an mir selbst geht dieser andauernde Zustand der Unruhe inzwischen nicht mehr spurlos vorüber, wie ich gerne zugebe ..."

„Trotzdem sollte sich ein umsichtig agierender Luftschutzhelfer mit diesem Verhalten Einzelner keinesfalls abfinden, sondern entschieden dagegen angehen", schnitt Hauke Wykers ihm recht barsch das Wort ab. „Die zunehmende Sorglosigkeit, die sich offenbar breitzumachen scheint, ist nämlich genau der Grund, warum ich euch nach der Entwarnung noch schnell zusammengerufen habe.

Es sind immer dieselben Namen, die in den Anwesenheitslisten als fehlend auftauchen. Glücklicherweise ist ihre Zahl äußerst gering, doch ist das Verhalten dieser Leute geradezu fahrlässig und sollte keinesfalls Schule machen.

Ihr müsst immer bedenken: Die Menschen sind den feindlichen Bomberverbänden in ihren Häusern hilflos ausgeliefert. Die Keller der Gebäude sind nicht dazu ausgerichtet, den Druckwellen der Bomben standzuhalten. Sie bieten keinen ausreichenden Schutz!

Selbstverständlich können wir niemanden dazu zwingen, den schützenden Bunker aufzusuchen, aber wir können hingegen sehr wohl an die Vernunft der Leute appellieren. Und genau das verlange ich von euch!

Ich habe mir überlegt, wie wir die Bevölkerung zu mehr Wachsamkeit aufrufen können. Ihr werdet zu diesem Zweck gleich morgen die Personen aufsuchen, die in letzter Zeit des Öfteren durch Abwesenheit glänzten, um das Gespräch mit Ihnen zu suchen. Weist auf die Gefahren hin, die ihnen in ihren Kellern drohen, falls in der Nähe ihrer Häuser eine Bombe einschlagen sollte. Malt die verheerende Splitterwirkung eines von einem Flugzeug abgeworfenen Sprengkörpers bei seinem Aufschlag in den düstersten Farben aus. Übertreibt dabei meinetwegen maßlos, aber bringt diese störrischen Dummköpfe um Himmels Willen dazu, unverzüglich den Bunker aufzusuchen, sobald die Sirenen ertönen!

Dieser Krieg hat weiß Gott schon Menschenleben genug gekostet! Ich möchte sichergestellt wissen, meinen Beitrag dazu geleistet zu haben, damit sich zumindest hier auf Helgoland die Zahl der Opfer möglichst in Grenzen hält."

Nach diesen Worten ging er die Anwesenheitslisten unserer jeweiligen Zuständigkeitsbereiche durch.

Wilken Ahlers, Jasper Meiners und ich notierten uns daraufhin die Namen der Personen, die wir aufzusuchen hatten, weil sie bei den Fliegeralarmen der letzten Wochen durch einmalige oder mehrfache Abwesenheit aufgefallen waren. Es handelte sich fast ausschließlich um Bewohner älteren Semesters. Zu meinem Leidwesen tauchte auch der Name meiner Vermieterin in der Aufstellung auf, die es offenbar vor meiner Ankunft auf Helgoland einige Male nicht rechtzeitig in den Stollen geschafft hatte.

Doch es kam noch schlimmer.

„Mir wurde von mehreren Personen zugetragen, dass Gesa es kürzlich erst im allerletzten Moment in den Bunker geschafft hat", eröffnete Herr Wykers mir. „Du solltest ihr am besten gleich morgen früh ins Gewissen reden. Gerade sie sollte um die Gefährlichkeit eines Luftangriffs wissen, wo sie doch schon einen Luftschutzhelfer im Haus hat!"

Der versteckte Vorwurf, der in diesen Worten lag, war für mich nicht zu überhören. Ich spürte, wie ich vor Scham rot anlief.

„Frau Friedrichsen leidet unter fortschreitender Arthritis, die ihr zusehends zusetzt. Bei einem Luftalarm in der Nacht ist das kein Problem, weil ich in ihrer Nähe bin und sie auf dem Weg zum Stollen stützen kann", versuchte ich mich zu rechtfertigen. „Das Problem ist ein Alarm am helllichten Tag, wenn ich mich in Ausübung meines Dienstes gerade im Unterland aufhalte. Sollte sie ausgerechnet im Alarmfall gerade unter einem Anfall leiden, schaffe ich es nicht mehr rechtzeitig zu ihr, um sie noch schnell aus ihrem Haus zu holen. Das ist die Erklärung für ihr verspätetes Erscheinen beim Tagesangriff im September ..."

„Das sollte sich keinesfalls wiederholen!", ermahnte Herr Wykers mich mit scharfer Stimme. „Sprich doch einfach mit den Leuten aus eurer Nachbarschaft. Bitte sie, sich in diesen Situationen um sie zu kümmern", schlug der Luftschutzwart vor, was ich umgehend zu veranlassen versprach.

„Sollten die feindlichen Einflüge in nächster Zeit nicht nachlassen, und es gibt in meinen Augen keinerlei Veranlassung, dies zu vermuten, erwarte ich umgehend eine deutliche Verbesserung im Verhalten der Zivilbevölkerung", schloss Herr Wykers seine Ausführungen. „Und für dieses Umdenken seid ihr mir persönlich verantwortlich, meine Herren!"

Leider lag Herr Wykers mit seinen düsteren Vorahnungen nur allzu richtig, wie sich schon bald zeigen sollte ...

28

Am nächsten Morgen schob ich das Gespräch mit Frau Friedrichsen erst gar nicht auf die lange Bank, sondern kam schon am Frühstückstisch auf mein Anliegen zu sprechen.

Entgegen meinen Erwartungen zeigte meine Vermieterin für unsere Bedenken hinsichtlich ihrer Sicherheit durchaus Verständnis. Auch mit meinem Lösungsvorschlag, wonach ihr Haus im Alarmfall von einer Person aus der Nachbarschaft aufgesucht werden sollte, die sie zum Bunkereingang begleiten würde, falls ich gerade nicht verfügbar sein sollte, erklärte sie sich überraschenderweise gleich einverstanden.

Die ganze Nacht, oder besser gesagt das, was davon noch übrig geblieben war, hatte ich mir den Kopf darüber zerbrochen, wen ich um diesen Gefallen bitten könnte. Die männlichen Bewohner der Hamburger Strasse im wehrfähigen Alter waren ja allesamt zum Kriegsdienst eingezogen worden und schieden darum aus. Es gab zwar wenige Männer, die verblieben waren, doch die waren alt und hatten genügend mit sich selbst zu kämpfen.

Auch bei der weiblichen Bewohnerschaft sah es nicht viel besser aus. Viele Frauen hatten die Lücken auszufüllen, die ihre Ehemänner aufgrund der Einberufung in die Wehrmacht in zahlreichen Wirtschaftsbereichen hinterlassen hatten. Andere hatten selbst ihre liebe Mühe, mit ihrem Nachwuchs an der Hand noch rechtzeitig vor dem Eintreffen der feindlichen Flugzeuge die schützenden Stollen zu erreichen.

Irgendwann in den frühen Morgenstunden war mir die rettende Idee gekommen. Daraufhin war ich gleich nach dem Aufstehen in die nicht weit entfernt gelegene Von-Aschen-Strasse gelaufen, um im Gasthaus *Hainburger Hof* nach Wiebke zu fragen, die dort als

Kellnerin tätig war.

Wiebke war in etwa gleichaltrig mit mir und mit einem Insulaner verlobt, der allerdings an der Ostfront kämpfte. Sie hatte mir in den vergangenen Wochen mehrfach mein Feierabendbier serviert und dabei einen recht vertrauenswürdigen Eindruck auf mich gemacht. Bei mehreren Gelegenheiten waren wir ins Gespräch gekommen und hatten uns an diesen Abenden lebhaft miteinander unterhalten. Auf die quirlige junge Frau würde ich mich verlassen können, da war ich mir sicher.

Ich brauchte nicht lange auf sie einzureden, bis sie sich damit einverstanden erklärte, im Alarmfall dafür Sorge tragen zu wollen, dass meine Vermieterin rechtzeitig in den Bunker gelangte. Für Wiebke bedeutete der kurze Abstecher in die Hamburger Strasse keinen großen Umweg, wenn sie sich sowieso schon auf dem Weg zum Schulbunker befand.

Nachdem diese Angelegenheit erfreulich schnell und zu meiner vollsten Zufriedenheit geregelt war, zählte ich die Tage bis zum 14. Oktober herunter. Ich konnte das Datum, an dem ich Agnes wiedersehen würde, kaum erwarten!

Bedauerlicherweise verging die Zeit bis dahin quälend langsam. Immerhin konnte ich die Wartephase nutzen, um noch einmal eindringlich auf die vielen Schutzsuchenden in meinem Stollenabschnitt einzureden und ihnen bei dieser Gelegenheit Herrn Wykers Botschaft zu übermitteln.

Obwohl mich dieses Unterfangen beinahe durch den kompletten bewohnten Bereich des Oberlandes führte, vermied ich es tunlichst, in die Nähe jenes Gebäudes zu gelangen, in dem Agnes arbeitete und nahm darum ganz bewusst so manchen Umweg in Kauf. Ich hoffte, durch diese Maßnahme irgendwelche düsteren Gedanken an die Art ihrer Tätigkeit erst gar nicht aufkommen zu lassen, weil ich genau wusste, dass diese mir unerträglich sein würden.

Irgendwann war es so weit. Eines Morgens durfte ich auf dem Dauerkalender, der auf meinem Schreibtisch in der Wachstube stand, den 14. Oktober 1944 einstellen. Der Tag, den ich so sehnsüchtig herbeigesehnt hatte, weil ich Agnes endlich wiedertreffen würde!

Zu diesem Zeitpunkt konnte ich natürlich nicht ahnen, dass dieser Mittwoch in der Rückschau betrachtet einerseits zum schönsten Tag meines Lebens avancieren, auf der anderen Seite aber auch für das Ende einer Epoche relativer Ruhe und Unbekümmertheit stehen sollte. Denn schon am nächsten Tag würde das gesamte alte Helgoland von einer neuen Eskalationsstufe des Bombenkrieges erfasst werden, die indirekt auch Auswirkungen auf mein persönliches Leben haben sollte.

Schon beim Drehen der kleinen Rädchen auf beiden Seiten des aus Messing bestehenden Gehäuses des Kalenders, mit dem ich den Wochentag und das Tagesdatum einstellen konnte, fühlte ich eine innere Aufgeregtheit. Ich hatte mir in den Tagen zuvor genauestens zurechtgelegt, was ich Agnes sagen wollte und hoffte, mit meinen Worten endgültig ihr Herz erobern zu können. Ob es mir allerdings gelingen würde, sie zu überzeugen, sich auf eine dauerhafte Verbindung mit mir einzulassen, wagte ich nicht einzuschätzen.

Nachdem ich den ganzen Tag auf unser Treffen hingefiebert hatte, war ich am Abend froh, mich endlich auf den kurzen Weg zum Badehaus machen zu können. Bei Frau Friedrichsen hatte ich mich in weiser Voraussicht zum Abendessen abgemeldet, da ich insgeheim hoffte, längere Zeit mit Agnes zu verbringen.

Die Dämmerung hatte bereits eingesetzt, als ich an der hölzernen Baracke eintraf. Voller Vorfreude umrundete ich das kleine Gebäude, um zu dessen Seeseite zu gelangen. Obwohl ich überpünktlich war, wurde ich zu meinem Erstaunen dort schon von ihr erwartet.

Agnes war an diesem Tag schöner denn je, wie ich fand. Sie saß in einen dunklen Mantel gehüllt auf einer Bank und sah mir ungeduldig entgegen, als ich eintraf.

Rechts von uns hatte an der Marinemole ein Lazarettschiff festgemacht, von dem schwer verletzte Marinesoldaten, die offensichtlich bei einer Seeschlacht verwundet worden waren, mit Tragen an Land gebracht wurden. Nach einer kurzen Begutachtung durch eine Gruppe von Ärzten wurden die bemitleidenswerten Männer in die in den Felsen geschlagene Raumanlage getragen, wohin nach den ersten Luftangriffen zu Beginn des Krieges das Lazarett samt Operationssaal verlegt worden war.

Agnes schien dem schauerlichen Treiben schon eine ganze Weile mit sichtbarer Abscheu zugesehen zu haben. Auch ich verfolgte das bedrückende Geschehen an der Marinemole, während ich die letzten Meter bis zu ihr zurücklegte. Abgesehen von uns beiden schien der Südstrand an diesem Abend wie ausgestorben zu sein.

Als sie mich bemerkte, erhob sie sich sofort von der Bank und empfing mich mit einem strahlenden Lächeln.

„Hallo Agnes, wartest du schon lange auf mich?", erkundigte ich mich höflich, worauf sie erwiderte:

„Guten Abend, Hans. Nein, ich bin soeben erst selbst eingetroffen." Nach einem nochmaligen Blick zum Hospitalschiff stieß sie einen Seufzer aus und meinte:

„Dieser Krieg ist einfach furchtbar! Wann wird das grausame Abschlachten endlich ein Ende haben?"

Ohne eine Antwort meinerseits abzuwarten, senkte sie auf einmal ihren Blick und erklärte:

„Hans, ich habe in den letzten Tagen intensiv über uns nachgedacht. Das ist auch der Grund, warum ich dich unbedingt sehen wollte." Sie zögerte kurz, ehe sie weitersprach. „Mir ist natürlich bewusst, was du dir von unserer heutigen Zusammenkunft erhoffst. Es war dir in den letzten Tagen überdeutlich an den Augen abzulesen, wenn wir uns im Bunker sahen. Das, was du mir bei unserem letzten Treffen alles sagtest ... unser Kuss ... glaub bitte nicht, dass das einfach so an mir vorübergeht! Ich bin inzwischen felsenfest davon überzeugt, dass du es aufrichtig mit mir meinst. Wahrscheinlich bist du überhaupt der erste Mensch in meinem Leben, der mich wirklich gern hat. Ja, ich spüre, wie sehr du mich liebst!"

Erneut war aus ihrem Mund ein Seufzer zu hören, ehe sie fortfuhr:

„Wie gern würde ich deine Liebe erwidern! Aber ..." Wieder zögerte sie kurz. „Wenn wir uns in einem anderen Leben oder unter anderen Umständen kennengelernt hätten, wäre es keine Frage für mich, auf deine Gefühle einzugehen. Da ich aber in eine andere Welt hineingeboren wurde und in den Augen der Menschen in deinem Umfeld als nicht gesellschaftsfähig gelte, muss ich dich schweren Herzens enttäuschen, was mir wahrlich nicht leichtfällt! Es würde deiner Reputation als Ordnungshüter schweren Schaden zufügen, wenn man dich mit einer Hure im Arm sähe. Zudem würden deine Eltern dich vermutlich verstoßen, wenn du mich ihnen vorstelltest. Unsere Liebe hätte keine Zukunft!"

Nach diesen Worten sah sie mich traurig an und schob noch nach:

„Es tut mir aufrichtig leid, denn ich habe dich in den letzten Tagen wirklich liebgewonnen ..."

Als ich nicht gleich antwortete, erkundigte sie sich mit ehrlicher Besorgnis:

„Ich habe dich mit meinen Worten bestimmt sehr verletzt, nicht wahr, Hans?"

Ohne auf ihre Frage einzugehen, entgegnete ich:
„Du könntest deine Tätigkeit aufgeben, um mit mir an deiner Seite ..."
Weiter kam ich nicht, denn sie fiel mir gleich ins Wort:
„Hans, natürlich könnte ich aufhören, auf diese Weise meinen Lebensunterhalt zu verdienen, zumal es mir deinetwegen in letzter Zeit immer schwerer fällt, meine Kunden zu empfangen. Schließlich zwingt mich niemand zu dieser Art des Broterwerbs. Aber was würde es bringen, wenn ich mein Dasein als Hure beendete? Man würde mich auf schnellstem Wege zurück auf das Festland bringen und durch ein anderes Mädchen ersetzen. Da du hier unabkömmlich bist, müsste ich zusehen, wie ich dort alleine zurechtkomme und würde vermutlich wieder genau dort landen, wo ich jetzt bin! Ich habe letztlich ja nie etwas anderes gelernt, um mich über Wasser zu halten! Der einzige Unterschied wäre, dass ich fernab von dir wäre und wir uns womöglich für immer aus den Augen verlieren würden ..."
„Agnes, ich könnte meinen Eltern schreiben", wandte ich ein. „Sie würden dich bei sich aufnehmen, bis ich zurückkomme und dich wie ihre eigene Tochter behandeln!"
„Sie würden einer Hure Unterschlupf gewähren! Ich würde Schande über deine Familie bringen, weil mir früher oder später unweigerlich ein früherer Kunde über den Weg laufen und mich als Dirne wiedererkennen würde! Diese Nachricht würde sich wie ein Lauffeuer in deinem Dorf verbreiten. Wie ständen deine Familie und du dann da?"
„Nun, ich für meinen Teil wäre bereit, auch woanders ein neues Leben mit dir zu beginnen ..."
„Hans, versteh doch! Du sagst es doch praktisch selbst. Es ist mir nicht möglich, mich ohne deine Unterstützung aus meinem bisherigen Leben zu verabschieden! Zu diesem Zweck ist aber deine Begleitung auf das Festland unbedingt erforderlich, was man dir wiederum nicht erlauben wird. Es ist ein Teufelskreis!" Sie sah mich niedergeschlagen an. „Also bleibt alles so, wie es ist ..."
Nach diesen Worten ließ sie ihren Kopf entmutigt nach unten sinken und sagte leise:
„Du musst einsehen, dass es für uns keinerlei Aussicht auf ein gemeinsames Leben gibt. Wir hätten einfach keine Zukunft."
Niedergeschlagen fügte sie noch hinzu:
„Leider ..."

Auch wenn ich schweren Herzens einsehen musste, dass es keinen Sinn ergab, wenn Agnes ihr Gewerbe sofort aufgab, hatte ich mich doch sorgsam auf dieses Gespräch vorbereitet und ihre Argumentation im Vorfeld gedanklich unzählige Male durchgespielt. Darum ließ ich mich nicht beirren, sondern erwiderte trotzig:

„Agnes, du hast in den vergangenen Minuten eine ganze Menge Gründe vorgebracht, die auf den ersten Blick gegen uns sprechen. Aber bei genauerer Betrachtung versuchst du mit deinen Vorbehalten lediglich, Rücksicht auf meine Person zu nehmen."

Sie wollte etwas erwidern, doch ich brachte sie mit einer Handbewegung zum Schweigen. „Du sorgst dich angesichts deiner Tätigkeit um meinen guten Ruf, was dich natürlich sehr ehrt, obwohl diese Bedenken völlig unbegründet sind. Denn du hast mir bei unserem Gespräch auf der Treppe ja ausführlich erläutert, auf welche Weise du unverschuldet in die Fänge zweifelhafter Kreise geraten konntest. Obwohl ich zugegebenermaßen anfangs falsch reagiert habe, bleibt mir im Endeffekt sowieso nichts anderes übrig, als diese Tatsache mit allen Konsequenzen zu akzeptieren, wenn ich dein Herz erobern will."

Ehe ich fortfuhr, legte ich meinen linken Arm um ihren Körper und drückte sie sanft an mich, während ich ihr mit meiner rechten Hand zärtlich über die Wange strich.

„Agnes, du kannst mir glauben, dass mir durchaus bewusst ist, in wen ich mich verliebt habe. Ich bin bereit, zu unserer Liebe und damit zu dir zu stehen, egal, wie viel Gegenwind die Zukunft auch für uns bereithalten mag. Du siehst also, dass sich die Frage, welche Folgen es für mich haben könnte, falls unsere Verbindung irgendwann einmal öffentlich werden sollte, damit gar nicht stellt. Denn das ist mir einerlei!"

Ich sah ihr fest in ihre leuchtend blauen Augen, als ich mit leiser Stimme erklärte:

„Du wirst sehen, es wird die Zeit kommen, da der Krieg ein Ende hat und wir beide auf das Festland zurückkehren dürfen. In diesem Fall könnten wir fürs Erste bei meinen Eltern unterkommen, bis wir eine eigene Wohnung für uns gefunden haben. Falls es dir in Ellerhoop nicht gefallen sollte, werde ich eben ein Versetzungsgesuch einreichen und wir ziehen in einen anderen Ort. Wo wir leben, spielt letztlich keine Rolle, solange wir nur zusammen sind!"

Erneut ließ ich mir Zeit und sah sie beschwörend an. „Du siehst also, es geht überhaupt nicht um mich oder mein Ansehen, sondern einzig um die Frage, was du willst, Agnes."

Bevor ich weitersprach, strich ich ihr noch einmal zärtlich über die linke Wange. Dann drückte ich meine Stirn vorsichtig seitlich gegen ihren Kopf und flüsterte ihr dabei leise ins Ohr:

„Willst du mich, Agnes?"

Nach diesen Worten zuckte sie leicht zusammen, drückte mich an den Oberarmen sanft von sich, ohne mich jedoch loszulassen und sah mich irritiert an. Da sie nichts erwiderte, fühlte ich mich bemüßigt, noch schnell hinzuzufügen:

„Ich wünschte, ich könnte dir mehr als ein bescheidenes und entbehrungsreiches Landleben bieten. Auch die Tatsache, dass ich unter einer Gehbehinderung leide, lässt sich nun einmal nicht verleugnen." Ich räusperte mich kurz. „Das Einzige, was ich zu meinen Gunsten vorbringen kann, ist meine Liebe zu dir!"

Noch immer schwieg sie. Darum versuchte ich nochmals, eine Reaktion bei ihr hervorzurufen:

„Agnes, es ist an der Zeit für dich, in ein normales Leben zu wechseln. Ich frage dich darum noch einmal: Willst du mich?"

Es dauerte einen Moment, bis sie reagierte. Plötzlich zog sie mich näher an sich heran. Ihre Augen waren mit Tränen gefüllt, als sie leise entgegnete:

„So liebevoll hat noch nie ein Mensch zu mir gesprochen."

Auf einmal wich sie mit ihrem Kopf etwas zurück und sah mich forschend an. Nach einer Weile meinte sie zaghaft lächelnd:

„Ich glaube, dein Dorf könnte mir schon gefallen. Und ich finde, dass du trotz deiner Gehbehinderung stets recht flott unterwegs bist."

„Heißt das, du willst mit mir zusammen sein?", wagte ich vorsichtig zu fragen.

Sie zögerte kurz, ehe sie entgegnete:

„Bist du dir denn auch wirklich sicher, den Rest deines Lebens mit einem Mädchen von der Straße teilen zu wollen?"

Statt ihr eine Antwort zu geben, umarmte ich sie ganz fest und drückte meine Lippen auf ihren Mund. Abermals schoss ein Stromschlag durch meinen Körper, als unsere Zungen sich berührten.

Auf dem sandigen Boden des Südstrandes wehte uns der herbstliche Wind um die Ohren, während wir eine ganze Weile lang eng umschlungen dastanden. Doch die aufkommende Kälte spürte ich kaum. Überhaupt spielte alles um mich herum in diesem Moment keine Rolle mehr. Ich hatte Agnes' Bedenken ausräumen und ihr Herz erobern können. Nur das zählte! Am liebsten hätte ich sie nie wieder losgelassen. Insgeheim betete ich, dass dieser Augenblick nie vergehen möge. Die Welt schien sich auf einmal langsamer zu drehen. Ich fühlte mich in diesem Moment so glücklich wie noch nie zuvor in meinem Leben! Es dauerte lange, bis wir uns voneinander lösten.

29

„Ich werde mir ab sofort wohl noch mehr Mühe geben müssen, meinen Verstand abzustellen, wenn ich einen Kunden empfange. Nur so lässt sich ertragen, was man von mir erwartet", meinte Agnes, während wir händchenhaltend auf dem weißen Sand des Strandes den Anleger ansteuerten.
Die Nordsee war an diesem Abend ausgesprochen unruhig. Die Wellen türmten sich ungewohnt hoch auf. Die auf das Ufer treffenden Ausläufer kamen einige Male gefährlich nahe an unser Schuhwerk heran, als wir am Spülsaum entlangschlenderten.
„Ob mir das immer gelingen wird, wage ich jedoch zu bezweifeln. Zwar war ich auch bislang schon darauf bedacht, während des Zusammenseins mit meinen Gästen an etwas anderes zu denken. Doch nun ist die Situation eine völlig andere, denn jetzt bist du in mein Leben getreten und trotzdem habe ich mit den Kunden weiterhin intime Dinge zu tun, die eigentlich dir vorbehalten sein sollten. Du musst angesichts des Wissens um diesen Umstand Schreckliches durchmachen, Liebster …" Sie sah mich bei diesen Worten mit traurigen Augen an.
„Es ist die reinste Hölle für mich, wie ich dir ohne zu übertreiben versichern kann", stieß ich mit heiserer Stimme aus. „Aber erstens haben wir unsere Situation ausgiebig erörtert und dabei festgestellt, dass es im Augenblick keine Alternative für uns gibt und zweitens werde ich versuchen, mich zurück nach Ellerhoop versetzen zu lassen und dich mitzunehmen, um diesen unhaltbaren Zustand schnellstens abzuändern. Ich kann nur hoffen, dass mir dies gelingen wird. Und dann …"
„Und dann?", fragte Agnes und sah mich dabei erwartungsvoll an.

„Nun ja, dann ... also, irgendwann ...", stammelte ich verlegen und hatte keine Ahnung, wie ich meine Überlegungen in Worte fassen konnte, ohne Agnes zu erzürnen.

Da sie meine Unsicherheit bemerkte, schlug sie ihren Arm um meinen Rücken und zog mich ganz dicht an ihren Körper heran. „Du möchtest mit mir schlafen, nicht wahr?"

Tatsächlich hatte sie meine Gedanken erraten, was allerdings vermutlich auch nicht sehr schwer war. Aus Scham wagte ich nur zu nicken.

„Du brauchst dich für diesen Wunsch nicht zu genieren, Liebster! Ich wünsche es mir spätestens seit unserer ersten Umarmung doch auch", flüsterte sie mir ins Ohr und gab mir danach einen aufmunternden Kuss, ehe sie fortfuhr: „Aber willst du damit wirklich warten, bis wir Helgoland verlassen haben? Wenn wir Pech haben, kann dies noch Monate dauern! Wieso nicht schon vorher?"

Sie zog mich noch dichter an sich heran und hauchte mir leise ins Ohr:

„Warum nicht schon heute?"

Ihre plötzliche Eile versetzte mir einen Schock. „Liebling, ich habe noch nie ... ich fürchte, ich würde dich furchtbar enttäuschen ..."

Erneut gab sie mir einen Kuss, für den sie sich dieses Mal jedoch deutlich länger Zeit ließ.

„Setz dich nicht selbst unter Druck, Liebster", erwiderte sie schließlich und sah mich dabei liebevoll an. „Keine Sorge, ich werde sehr viel Geduld mit dir haben. Du liebst mich, darum kannst du mich gar nicht enttäuschen! Du wirst mich so zärtlich behandeln, wie ich es noch nie von einem männlichen Wesen erfahren habe. Ich weiß das! Und glaub mir, ich werde unser erstes Zusammensein von ganzem Herzen genießen!"

Inzwischen hatten wir die Landungsbrücke erreicht. Zu unserem Erstaunen kam hinter dem hölzernen Pavillon auf dem Anleger auf einmal eine einzelne Person hervor. Es handelte sich um einen älteren Mann mit schmalem Gesicht und grauem, streng zurückgekämmtem Haar, den wir zuvor nicht bemerkt hatten. Der Fremde hatte uns den Rücken zugewandt und hielt eine Leica-Kamera in seinen Händen, mit der er Bilder von den aufbrausenden Wellen der Reede, dem Bereich zwischen Hauptinsel und Düne, zu machen schien. Zu seinen Füßen stand ein kleiner Koffer, in dem sich vermutlich seine Fotoausrüstung befand.

Als wir näherkamen, wandte er sich plötzlich um und sprach uns zu unserer Überraschung an:

„Ist das nicht ein herrlicher Anblick? Die herbstliche Nordsee mit ihrer geballten Kraft, deren gewaltige Wogen in der Abenddämmerung auf den Felsen treffen!"

Da wir nicht gleich auf seine Worte reagierten, fuhr er fort: „Schon immer war mir die glatte See ein Graus! Sie ist öde, eintönig und langweilig. Erst wenn sich die Wellen meterhoch auftürmen, lässt sich erahnen, wie viel Energie in diesem Medium steckt! Genau diesen Umstand versuche ich auf meinen Bildern festzuhalten. Obwohl meine Fotografien quasi nur Momentaufnahmen darstellen, ist es mir ein Anliegen, die Bewegung und damit die Wucht der Naturgewalten zum Ausdruck zu bringen."

Auf einmal grinste er verlegen und hob entschuldigend die Hände in die Höhe. „Ach, du lieber Himmel! Bitte verzeihen Sie mir. Da sind die Gäule wohl wieder einmal mit mir durchgegangen. Ich halte Ihnen schlaue Vorträge über mein Steckenpferd, obwohl Sie vermutlich gar kein Interesse an der Fotografie haben ..."

„Aber nein, Sie brauchen sich doch nicht zu entschuldigen. Es ist sogar höchst interessant, Ihnen zuzuhören", widersprach ich und warf einen schnellen Blick auf Agnes, die dem Mann genauso begeistert zugehört hatte wie ich. „Aus Ihrem Munde klingt es, als würden Sie die Fotografie als eine hohe Kunst betrachten. Sie scheinen Ihr Handwerk wirklich zu verstehen! Allerdings würde mich interessieren, ob das Ablichten der See lediglich Ihrem Zeitvertreib dient oder ob Sie dies auch beruflich betreiben?"

„Das Fotografieren hat mich schon immer fasziniert und ist praktisch seit meiner Kindheit mein Lebensinhalt", erwiderte er mit plötzlichem Enthusiasmus. „Ich wollte nie etwas anderes erlernen! Glücklicherweise hat meine Heimat eine Vielzahl unterschiedlichster Motive zu bieten. Obwohl ich meinen sollte, hier auf Helgoland selbst den entlegensten Winkel gut zu kennen, entdecke ich auch heute noch immer wieder neue Objekte, die sich bildlich festzuhalten lohnen."

„Demnach sind Sie gebürtiger Insulaner?"

„Ja, ich bin auf Helgoland geboren", entgegnete er. „Aber ich habe mich Ihnen ja noch gar nicht vorgestellt. Mein Name ist Franz Schensky. Ich betreibe ein kleines Fotogeschäft dort drüben in der Kaiserstrasse."

Er hatte bei seinen Worten mit der Hand auf den Bereich hinter dem Kurhaus gezeigt.

„Ach, Sie sind das?", rief ich verwundert aus. „Ich habe schon viel von Ihnen gehört! Sie sollen für Ihre Fotografien mit zahlreichen internationalen Preisen ausgezeichnet worden sein, wie man mir erzählte. Ich hatte mir immer vorgenommen, einmal zu Ihnen in den Laden zu kommen, um Sie persönlich kennenzulernen. Leider ist es bis jetzt dabei geblieben ..."

„Sie sind jederzeit herzlich willkommen, Herr Wachtmeister", erwiderte er und schob mit einem Seitenblick auf Agnes noch schnell nach:

„Das gilt selbstverständlich auch für Ihre Begleiterin!"

Daraufhin gaben wir Männer uns die Hand, während Herr Schensky im Anschluss bei Agnes einen Handkuss andeutete. Danach stellte ich uns vor:

„Das ist meine ... Freundin Agnes Thombült und ich heiße Hans Plöger."

Agnes ihm gegenüber als meine Freundin zu bezeichnen, fühlte sich zwar noch ungewohnt an, aber ich hatte meine Worte voller Stolz ausgesprochen und erntete dafür ein dankbares Lächeln von ihr.

„Ihren Worten zufolge nutzen Sie die raue See wohl häufiger als Fotomotiv?", erkundigte Agnes sich anschließend bei ihm und schmiegte sich gleichzeitig eng an meinen Körper, weil wir in diesem Moment von einem frischen Windzug erfasst wurden.

„Das bietet sich natürlich an", bestätigte der Fotograf. „Aber ich versuche auch, die Insel aus allen erdenklichen Perspektiven fotografisch festzuhalten. Manchmal besteige ich zu diesem Zweck ein Boot und lasse mich einmal um das Eiland fahren. Auf diese Weise bekomme ich einen völlig anderen Blickwinkel auf die Insel, eben von der Seeseite her. Zudem ist es mir ein besonderes Bedürfnis, Porträtfotos von möglichst vielen Inselbewohnern anzufertigen, um so das Leben auf Helgoland zu dokumentieren. Vom Fischer bis zur Hausfrau, ich fotografiere praktisch jede Person, die sich damit einverstanden erklärt. Und schließlich bietet mir die Biologische Anstalt interessante Einblicke in die Unterwasserwelt der Nordsee und damit weitere interessante Fotomotive.

Dies alles mache ich allerdings eher nebenbei. Meine Haupttätigkeit besteht selbstverständlich, wie bei allen anderen gewerblichen Fotografen auch, darin, Bilder von Hochzeitspaaren oder Kindstaufen zu machen."

Agnes und ich sahen uns kurz an und nickten dann beide anerkennend.

„Sie haben einen wirklich äußerst interessanten Beruf, der Sie sehr ausfüllen muss", entgegnete ich.

„Mit dieser Einschätzung liegen Sie durchaus richtig, Herr Wachtmeister. Besondere Freude empfinde ich, wenn ich das Glück der Menschen auf meinen Bildern einfangen kann ..." Er zögerte kurz, ehe er weitersprach. „Bitte nehmen Sie es mir nicht übel, aber Sie beide fielen mir bereits beim Betreten des Anlegers auf, als Sie drüben vor dem Umkleidehaus beisammenstanden. Sie sind ein so schönes Paar! Ich würde Sie gerne fotografieren, wenn Sie erlauben ...?" Er sah uns fast flehentlich an. „Wie sieht es aus? Hätten Sie Interesse? Es würde Sie selbstverständlich nichts kosten."

Für einen Moment waren wir beide gleichermaßen wohl zu verdutzt, um gleich antworten zu können. Nachdem ich die Fassung wiedergewonnen hatte, sah ich Agnes fragend an, die offenbar ebenfalls nicht wusste, wie sie reagieren sollte, bis sie sich auf einmal Herrn Schensky zuwandte und sich erkundigte:

„Was geschieht denn anschließend mit den fertigen Bildern?"

Der Fotograf lächelte ihr beruhigend zu und versicherte dabei:

„Ich werde die Fotografie ohne Ihre Zustimmung keinesfalls in meinem Schaufenster ausstellen oder auf irgendeine sonstige Art öffentlich machen, falls das Ihre Sorge sein sollte, mein Fräulein. Wenn Sie mögen, händige ich Ihnen jeweils ein Exemplar inklusive des Negativs aus. Mich persönlich stellt es nämlich schon zufrieden, Ihr Glück fotografisch einzufangen und Ihnen dadurch eine Erinnerung an den heutigen Tag zu schenken, Ihnen also eine Freude machen zu können. Also, was meinen Sie?"

Erneut suchten Agnes und ich den Blickkontakt zueinander. Da ich keinerlei Widerwillen in ihrem Gesicht erkennen konnte, entschied ich schließlich:

„Was spricht schon dagegen? Also gut, Herr Schensky. Wir wagen es! Bitte fotografieren Sie uns. Aber wir hätten gerne drei Abzüge, wenn es möglich ist."

Da Agnes mich nach diesen Worten fragend ansah, erklärte ich ihr schnell:

„Wir benötigen zunächst einmal je ein Bild für uns beide. Den dritten Abzug würde ich irgendwann gerne meinen Eltern schicken, wenn du damit einverstanden bist."

„Auf diese Antwort hatte ich gehofft", freute Herr Schensky sich derweil. „Wir werden uns nur etwas beeilen müssen, weil es schon dunkel wird."

Damit begab er sich zu seinem Koffer, öffnete diesen und begann darin herumzuwühlen. Agnes bedachte mich unterdessen mit einem dankbaren Blick und flüsterte mir leise ins Ohr:

„Ich kann es nicht glauben. Es wird ein gemeinsames Foto von uns geben, Liebster! Du sorgst gerade dafür, dass der heutige Tag zum schönsten meines bisherigen Lebens wird. Und ich werde mir später alle Mühe geben, ihn auch für dich zu einem unvergesslichen Erlebnis zu machen ..."

Auf Anweisung Herrn Schenskys positionierten wir uns so auf dem Anleger, dass wir das offene Meer auf der vom Südstrand abgewandten Seite in unserem Rücken hatten. Agnes hakte sich bei mir unter, ehe wir beide fröhlich lächelnd in die Kamera sahen. Eine Windböe erfasste uns, doch das tat unserer beschwingten Stimmung keinen Abbruch.

Der Fotograf hatte mehrere Meter vor uns Aufstellung genommen, um von dort auf den Auslöser zu drücken. Bereits nach wenigen Sekunden war alles vorbei. Wir wurden gleich zweimal kurz nacheinander von einem grellen Licht geblendet, bevor Herr Schensky seine Leica sinken ließ und mit zufriedener Miene meinte:

„Das war´s auch schon!"

Bevor wir uns voneinander verabschiedeten, erklärte er mir noch:

„Ich werde die Bilder noch heute Abend entwickeln. Wenn Sie mögen, können Sie sie gleich morgen früh abholen. Kommen Sie einfach in meinen Laden!"

30

„Ich möchte dir in der heutigen Nacht ganz nahe sein, Liebster", flüsterte Agnes mir leise ins Ohr, als wir das Kurhaus auf der Seeseite passierten.

Inzwischen hatte die Dunkelheit vollständig eingesetzt. Gewaltige Wellen brachen sich an dem einige Meter vor dem befestigten Kai eigens zu diesem Zweck aufgestellten zweireihigen, hölzernen

Gebilde. Das in der Finsternis wie ein langgestreckter Jägerzaun erscheinende Gestell sollte dem nordöstlichen Uferbereich der Hauptinsel Schutz vor den gewaltigen Kräften des Meeres bieten. Unentwegt schwappte Gischt auf die Mathies Terrasse. Die Straßen wirkten noch immer wie ausgestorben, als wir an der Rückseite der Biologischen Anstalt entlangschlenderten. Abgesehen vom Lärm, die das Aufschlagen der Wogen auf dem Beton des Ufers verursachten und den Geräuschen, die vom Hafen herrührten, durchschnitt nur hin und wieder das Geschrei einer Möwe die Stille.

„Willst du mit auf mein Zimmer kommen und die Nacht dort mit mir verbringen? Es dürfte nicht schwierig sein, dich ungesehen ins Haus zu schmuggeln ...", meinte sie weiter und steigerte damit meine Verwirrung.

Wenngleich die Aussicht auf eine feurige Liebesnacht mit Agnes mein Herz prompt schneller schlagen ließ, sorgte hingegen der Ort unseres Stelldicheins bei mir sogleich für ziemliches Unbehagen. Seit ich Agnes kannte, hatte ich stets einen großen Bogen um das Inselbordell gemacht, weil der Gedanke, dass sie sich dort anderen Männern hingab, zutiefst schmerzte. Wie sollte ich mich angesichts dieses Umstandes unbeschwert auf ihr Zimmer begeben und noch dazu zu ihr ins Bett legen können, ohne ständig daran denken zu müssen, wie viele ihrer Kunden sich dort schon mit ihr vergnügt hatten?

Ich stand vor einem echten Dilemma. Auch wenn ich nur eine grobe Vorstellung davon hatte, wie ich es anstellen sollte, Agnes in dieser Nacht glücklich zu machen, hatten ihre Berührungen und Küsse doch das Verlangen in mir erweckt, ihr ganz nahe zu sein. Da ich aber das Gebäude, in dem sie ihr Gewerbe betrieb, unter gar keinen Umständen betreten wollte und wir uns ja schlecht ein Zimmer in einem der Inselhotels nehmen konnten, blieb nur eine Möglichkeit.

„Liebling, ich denke, es ist besser, wenn wir die Nacht bei mir verbringen", erwiderte ich daher entschieden.

„Aber Frau Friedrichsen ... sie wird spätestens morgen merken, dass du Damenbesuch hattest", wandte sie ein. „Wenn sie dann zudem noch erfahren sollte, dass ausgerechnet eine Hure unter ihrem Dach übernachtet hat, würdest du gewaltigen Ärger bekommen ..."

„Wenn wir leise genug sind und du das Haus in der Frühe

154

rechtzeitig wieder verlässt, wird sie schon nichts von deiner Anwesenheit mitbekommen", entgegnete ich leichthin und betete insgeheim, mit dieser Prognose richtigzuliegen.

„Leise?", grinste sie. „Ich wage zu bezweifeln, dass es uns gelingen wird, leise zu sein ... oder glaubst du etwa, ich sehe dir seelenruhig beim Einschlafen zu, während ich schmachtend neben dir im Bett liege?"

„Das will ich doch nicht hoffen", schmunzelte ich nun meinerseits. „Aber wir sollten uns wirklich Mühe geben, keinen Laut von uns zu geben, wenn wir ..."

„Auch wenn es mir schwerfallen wird: An mir soll es nicht liegen!"

In dem Bewusstsein, schon bald für uns alleine zu sein, beschleunigten sich wie automatisch unsere Schritte. Über die Jütland Terrasse und Lübecker Strasse gelangten wir zur Treppe, die wir, jegliche Vorsicht außer Acht lassend, rasch emporstiegen. Nur vereinzelt kamen uns Personen entgegen, die sich in der Dunkelheit, ganz im Gegensatz zu uns, auffallend langsam vortasteten, um nicht zu stürzen. Ihre Gesichter waren für uns nur schemenhaft zu erkennen, was glücklicherweise auf Gegenseitigkeit beruhte.

Im Oberland angekommen, beeilten wir uns, dem Falm in südlicher Richtung bis zur Hamburger Strasse zu folgen, die aufgrund der Verdunklungsvorschriften wie die gesamte übrige Insel selbst um diese frühe Stunde wie ausgestorben wirkte.

„Ich werde kurz mit Frau Friedrichsen sprechen, wenn wir das Haus betreten", raunte ich Agnes zu. „Schleich du dich währenddessen schnell nach oben!"

„Mach´ ich", hauchte sie mir ins Ohr und gab mir einen flüchtigen Kuss auf die Wange.

„Ach, eines muss ich dir noch sagen. Beim Treppensteigen solltest du möglichst die dritte, fünfte und achte Stufe auslassen. Diese drei Stufen knarzen nämlich ganz fürchterlich", flüsterte ich ihr noch schnell zu, ehe ich die Haustür öffnete.

Im winzigen Korridor gab ich mir keinerlei Mühe, leise zu sein, sondern säuberte auf der Fußmatte lautstark meine Schuhsohlen, während Agnes an mir vorbei nach oben huschte.

„Frau Friedrichsen?", rief ich in Richtung Wohnstube und klopfte gleichzeitig lautstark gegen den Türrahmen.

„Komm nur herein, Hans", hörte ich sie von drinnen antworten.

„Musst du noch essen?", erkundigte sie sich bei mir, nachdem ich die Tür geöffnet hatte.

„Nein, vielen Dank. Ich verspüre keinen Hunger."

Diese Worte waren nicht einmal gelogen, denn obwohl ich an diesem Abend nichts zu mir genommen hatte, stand mir der Sinn in diesem Augenblick viel zu sehr nach etwas anderem, als dass ich meinen leeren Magen gespürt hätte.

Höflich erkundigte ich mich noch rasch, ob ihr die Arthritis an diesem Tag zu schaffen gemacht hatte und vernahm erleichtert, dass sie augenblicklich kaum Beschwerden verspüre. Ehe sich eine längere Unterhaltung entwickeln konnte, erklärte ich schnell, mich müde zu fühlen und mich aus diesem Grund schon zu Bett begeben zu wollen. Frau Friedrichsen gab sich mit dieser Erklärung zufrieden und hakte nicht weiter nach, sondern wünschte mir stattdessen eine gute Nacht.

Als ich kurze Zeit später die Tür zu meiner Kammer im Obergeschoss hinter mir schloss, fand ich Agnes zu meiner Überraschung schon in meinem Bett liegend vor.

Nachdem ich die mit dunklem Tuch umwickelte Deckenlampe eingeschaltet hatte, bemerkte ich im dämmrigen Licht ihre Kleidung, die säuberlich aufgeschichtet neben dem Bett auf dem Fußboden lag. Da sich zuoberst dieses Stapels ihre Unterwäsche befand, bestand kaum ein Zweifel, was mich erwarten würde, wenn ich mich zu ihr unter die Bettdecke gesellen würde.

„Na los, zieh dich schnell aus, lösch das Licht und leg dich zu mir", forderte sie mich flüsternd auf.

Ich beeilte mich, Ihrer Aufforderung nachzukommen. Hastig legte ich meine Bekleidung ab, betätigte den Lichtschalter und schlüpfte zu ihr unter die Decke.

Sie empfing mich, indem sie gleich ihre Arme um meine Schultern legte und mich zärtlich zu küssen begann. Während ich ihre Liebkosungen erwiderte, tastete ich mich mit meinen Händen langsam auf ihrer zarten Haut vor und war schon bald an Stellen ihres Körpers angelangt, die völliges Neuland für mich darstellten. Es dauerte nicht lange, bis ich es vor Begierde nicht mehr aushielt und ich mich auf sie schob. Agnes' Reaktion bestand darin, mir mahnend den Zeigefinger auf den Mund zu legen und mir sanft ins Ohr zu hauchen:

„Langsam, Liebster! Wir haben die ganze Nacht Zeit und wollen es doch genießen ..."

In der Folgezeit brachte Agnes mir bei, worauf es beim

Zusammensein von Frau und Mann ankam. Sie erwies sich als geduldige Lehrerin, die sich auch dadurch nicht entmutigen ließ, dass ich mich anfangs mehr als ungeschickt anstellte. Mit gewandten Händen führte sie mich und löste damit bis dahin ungeahnte Glücksgefühle in mir und, wenn ich ihre schwere Atmung richtig interpretierte, auch in ihr selbst aus. Zwischendurch musste sie mich immer wieder ermahnen, mich zu beherrschen, wenn mein freudiges Stöhnen zu laut zu werden drohte.

Als wir Stunden später endlich voneinander ließen und danach völlig erschöpft nebeneinander lagen, fühlte ich mich unendlich glücklich. Mein Bett war eigentlich viel zu schmal, um zwei Personen aufnehmen zu können. Doch wir wollten beide nicht auf den Körperkontakt zum jeweils anderen verzichten und schmiegten uns darum ganz eng aneinander. Wir küssten uns noch lange, bis uns irgendwann die Augen zufielen.

Der liebe Gott schien es gut mit uns zu meinen, denn in dieser Nacht gab es keinen Fliegeralarm, der unsere Glückseligkeit gestört hätte.

Nach einem wohltuenden Schlaf erwachte ich am nächsten Morgen zur üblichen Zeit. Für einen kurzen Augenblick bedauerte ich, dass der Platz neben mir im Bett leer war. Schon im nächsten Moment war ich Agnes jedoch dankbar, dass sie das Haus lange verlassen hatte, bevor die Straße zum Leben erwachte.

Büsum 1984

Cornelia klappte das Büchlein zusammen und sah mich verstört an. Auch Burkhard beäugte mich plötzlich mit einem seltsamen Blick, wie ich aus den Augenwinkeln heraus wahrnahm.

„Also, sag mal, Onkel Hans ...", stammelte meine Nichte mit errötetem Gesicht, nachdem sie ihre Sprache wiedergefunden hatte. Ich merkte, wie mir ebenfalls das Blut in den Kopf schoss. „Tja, auch wenn euch die Vorstellung aus verständlichen Gründen etwas schwerfallen mag, aber ich war auch mal jung ...", entgegnete ich mit einem verlegenen Lächeln. „Nun ja, wie ich eingangs bereits bemerkte, ist der Bericht sehr persönlich ..."

Noch immer starrte Cornelia mich fassungslos an. „Hat es dich denn gar nicht gestört, dass Agnes ...?"

„... dass sie eine Prostituierte war?", vollendete ich ihren Satz. „Doch, selbstverständlich störte es mich! Es ging mir sogar gehörig gegen den Strich, wenn du es genau wissen willst. Aber was hätte ich denn tun sollen? Du hast ja gehört, unter welch schwierigen Bedingungen sie aufgewachsen war. Sie war praktisch von Geburt an eine Außenseiterin gewesen. Das Schicksal hatte ihr zu keinem Zeitpunkt die Chance auf ein normales Leben eingeräumt. Ihre Not war von gewissenlosen Personen ausgenutzt worden, bevor sie überhaupt das Erwachsenenalter erreicht hatte. Diese Leute hatten sie dazu gebracht, ihren Körper für Geld zu verkaufen, um selbst dabei den Großteil ihres Verdienstes abzuschöpfen. Was Agnes in Ausübung ihres Berufes tun musste, tat sie nicht mit Freude. Doch die Art ihres Broterwerbs machte sie noch lange nicht zu einem schlechten Menschen! Im Gegenteil, sie hatte viele wunderbare Eigenschaften und vor allem ein gutes Herz. Außerdem war sie eine äußerst attraktive junge Frau. Es war für einen Vertreter meines Geschlechts keine besondere Kunst, sich in sie zu verlieben. Warum sie sich allerdings ausgerechnet für mich, dem unscheinbaren, hinkenden Gendarmen entschied, ist mir bis heute schleierhaft! Dennoch hatte ich nie einen Zweifel, dass sie es ehrlich mit mir meinte!"

Ich machte eine Pause, um meiner Nichte und meinem Neffen rasch einen entschuldigenden Blick zuzuwerfen, ehe ich fortfuhr: „Selbstverständlich war die Vorstellung, dass sie schon die darauffolgende Nacht wieder mit anderen Männern verbringen würde, alles andere als angenehm. Obschon Agnes mir gegenüber niemals die Namen ihrer Freier erwähnte, konnte ich mir an den Fingern einer Hand ausrechnen, wer zu ihrem Kundenstamm zählte, was es für mich natürlich nicht einfacher machte.

Doch sie zu diesem Zeitpunkt mit aller Gewalt aus ihrem Milieu herauszuholen, hätte zu nichts geführt. Man hätte sie wahrscheinlich sofort auf das Festland verfrachtet und durch eine andere Prostituierte ersetzt, wie sie nicht zu Unrecht vermutete. Frauen wie Agnes waren vom Inselkommando ja ganz bewusst nach Helgoland geholt worden, um den vielen Männern, die oft monatelang von ihren Ehefrauen getrennt waren, die Möglichkeit zu geben, sich auszutoben, damit ihre Hormone nicht verrücktspielten. Die Erteilung der Erlaubnis zum Führen eines Bordells auf Helgoland diente letztlich wohl einzig und alleine dem Zweck, die Männer auf diese Weise gewissermaßen zu disziplinieren, wenn ihr versteht, was ich meine.

Agnes hätte auf dem Festland zusehen müssen, wie sie alleine zurechtkommt, was ihr in diesen Zeiten beinahe unmöglich gewesen wäre. Vermutlich hätten wir uns in den Wirren der letzten Kriegsmonate für immer aus den Augen verloren, was wir natürlich unter allen Umständen vermeiden wollten."

Als ich geendet hatte, herrschte für eine Weile Schweigen. Jeder von uns hing seinen eigenen Gedanken nach, bis Burkhard plötzlich leise in die Stille hinein fragte:

„Du hast deine Agnes wohl sehr gern gehabt, nicht wahr, Onkel Hans?"

Nicht nur er, sondern auch seine Schwester schien gespannt auf meine Antwort zu warten. Ich merkte, dass meine Augen schon wieder wässrig wurden, als ich erklärte:

„Zu diesem Zeitpunkt war es längst um mich geschehen. Ja, ich habe Agnes geliebt! Insgeheim war ich in jenen Tagen schon innerlich damit beschäftigt, Pläne für eine gemeinsame Zukunft für die Zeit nach dem Krieg zu schmieden ..."

„Du hast nie erzählt, dass es einmal eine Frau in deinem Leben gab ...", meinte Cornelia nachdenklich, ohne es wie einen Vorwurf klingen zu lassen.

Ich musste schmunzeln. „Das hättest du mir wohl nicht zugetraut, was? Wie gesagt, ich war auch mal jung ..."

Im Gesicht meiner Nichte zeigte sich ein Lächeln, als sie entgegnete:

„Ich glaube, ich kann sogar nachvollziehen, warum Agnes sich so zu dir hingezogen fühlte!"

Erneut griff sie nach der Fotografie und betrachtete diese einige Sekunden lang. „Du warst in jungen Jahren ein äußerst attraktiver Mann, Onkel Hans. Überhaupt wart ihr beide ein ausgesprochen hübsches Paar, wenn ich mir das Bild so betrachte. Aber sag, blieb es bei dieser einen Nacht mit Agnes?"

Ein wenig verlegen erwiderte ich:

„Nein, natürlich nicht. In den folgenden Monaten verbrachte sie die Nächte regelmäßig in meiner Kammer, sobald es ihr zeitlich möglich war. Die lang anhaltende Finsternis in den Wintermonaten und die kriegsbedingte Verdunklung der Insel wegen der ständigen Bedrohung aus der Luft halfen uns natürlich, unser Geheimnis zu wahren."

„Und Frau Friedrichsen hat nie etwas gemerkt?"

„Natürlich mussten wir sehr vorsichtig sein, auch wegen der Nachbarn. Agnes erschien stets erst am späten Abend, wenn meine Vermieterin längst schlief. Bei diesen Gelegenheiten musste sie so lange im Schatten des Nachbargebäudes ausharren, bis ich sie heimlich einließ, um sich am nächsten Morgen in aller Herrgottsfrühe wieder aus dem Haus zu schleichen, bevor die Menschen in unserer Straße erwacht waren. In all den Monaten ist nie jemand dahintergekommen, dass ich regelmäßig Besuch von Agnes bekam.

Einzig kritisch wurde die Situation für uns bei den vielen nächtlichen Luftalarmen, die im letzten Kriegshalbjahr zunehmend häufiger vorkamen. Obwohl es eine ganz normale menschliche Reaktion ist, sich beim Aufheulen der Sirenen schnellstmöglich in Sicherheit zu bringen, musste Agnes stets warten, bis sowohl meine Vermieterin als auch sämtliche Nachbarn ihre Häuser verlassen hatten, um nicht aufzufallen. Erst, wenn die Straße frei von Menschen war, konnte sie zum Schulbunker eilen, um im Felsinneren Schutz zu suchen.

Im Eingangsbereich dauerte es bei einem Luftalarm immer mehrere Minuten, bis sich das Durcheinander, das stets entstand, weil sämtliche Inselbewohner beinahe gleichzeitig in die Stollen strömten, gelegt hatte und alle ihre angestammten Plätze eingenommen hatten. Aus diesem Grund fiel es nie auf, dass Agnes im Alarmfall des Öfteren alleine und nicht in Begleitung ihrer Kolleginnen die Schutzräume erreichte. Nun ja, zumindest bemerkten es die meisten Menschen nicht, sollte ich wohl besser sagen, denn zum Schluss brachten einige Personen sie in ziemliche Erklärungsnot.

Ob Frau Friedrichsen meine Liebesbeziehung zu Agnes wirklich nicht bekannt war, kann ich nicht mit Bestimmtheit sagen. Vermutlich ahnte sie etwas. Aber falls sie wirklich von ihren häufigen Besuchen bei mir wusste, hat sie sich zumindest nie etwas anmerken lassen. Sie war eine wirklich herzensgute Frau, die niemandem Böses wollte, müsst ihr wissen!"

„Du hättest doch wahrscheinlich mächtigen Ärger bekommen, wenn eure Liebschaft publik geworden wäre, oder nicht? Die Moralvorstellungen wurden zu dieser Zeit doch schließlich noch erheblich strenger ausgelegt als heute, oder etwa nicht?", warf Burkhard ein und rief damit bei mir erneut ein Schmunzeln hervor.

„Wenn du da nur nicht irrst", erwiderte ich zu seiner Überraschung.

160

„Du musst dir immer vor Augen halten: Es herrschte Krieg. Viele Menschen, gerade auf dem winzigen und praktisch schutzlosen Helgoland, konnten nicht abschätzen, ob sie den nächsten Tag überhaupt erleben würden. Wenn es um das nackte Überleben geht, werfen die meisten Leute moralische Bedenken gleich welcher Art ganz schnell über Bord. Denkt beispielsweise alleine an das Bordell, das am Rande des Wohngebietes auf dem Oberland angesiedelt war und bei den Inselbewohnern mit den Jahren kaum noch für Argwohn sorgte.

Vor allem die oberen Ränge der Wehrmacht hatten im letzten Kriegsjahr alle Hemmungen abgelegt und lebten ihre Gelüste unverhohlen aus. Gerade aus ihren Kreisen rekrutierte sich hauptsächlich der Kundenstamm des Etablissements, obwohl auf die meisten dieser Männer zu Hause Frau und Kinder warteten. Ganz abgesehen davon waren Agnes und ich zu dieser Zeit auf Helgoland weiß Gott nicht das einzige Paar, das eine heimliche Liebesbeziehung führte ..."

Cornelia mischte sich in ungeduldigem Tonfall ein:

„Schluss jetzt mit den Diskussionen! Ich möchte endlich wissen, wie die Geschichte weiterging. Außerdem interessiert mich die Frage, wo Agnes heute lebt und warum sie nicht unsere Tante geworden ist?"

Angesichts ihrer Worte fiel meine Stimmung vom einen auf den anderen Moment wieder auf den Tiefpunkt. Meine Miene nahm erneut einen bekümmerten Ausdruck an, als ich erklärte:

„Die Antwort auf diese Frage findest du in der Kladde. Wenn du wirklich wissen willst, was weiter geschah, brauchst du nur mit dem Text fortzufahren!"

Ohne jede Erwiderung schlug meine Nichte wieder das Büchlein auf und begann Burkhard und mir erneut aus dem Inhalt vorzulesen.

31

Der 15. Oktober 1944 begann zunächst wie jeder andere Tag auch. Niemand konnte am frühen Morgen ahnen, welch einschneidende Zäsur dieser Donnerstag für das gesamte Inselleben bringen sollte. Nur wenige Stunden später würden zahlreiche Bewohner ihr gesamtes Hab und Gut verloren haben. Für einige Personen, zu

denen auch ich zählte, sollte dieser Tag zudem Ereignisse bereithalten, die sie in den kommenden Monaten und noch lange darüber hinaus innerlich beschäftigen würden.
Nach dem Frühstück begab ich mich zur Wache. Ich fühlte mich beinahe wie beflügelt, als ich die Treppe ins Unterland hinabstieg. Die Passanten, die mir unterwegs begegneten, sahen mir verwundert hinterher, wenn ich ihren Gruß fröhlich lächelnd erwiderte.
Meine auffallend gute Laune hatte selbstverständlich ihren Grund: Agnes' hübsches Gesicht wollte einfach nicht vor meinem geistigen Auge verschwinden. Noch immer glaubte ich, ihre weichen Lippen auf meinem Mund und ihre zarte Haut auf meinen Handinnenflächen zu spüren.
„Nanu, was ist denn mit dir passiert, mein Junge?", wurde ich von Herrn Thomsen, dem mein beschwingtes Auftreten ebenfalls nicht entgangen war, beim Betreten unserer Amtsstube gefragt.
„Keine Sorge, mir geht es glänzend!', entgegnete ich wahrheitsgetreu und sorgte damit bei meinem Kollegen für Stirnrunzeln.
Am späten Vormittag nutzte ich meinen Rundgang durch das Unterland, um bei Herrn Schensky vorbeizuschauen. Sehr zu meiner Freude hatte der die Fotografien tatsächlich noch am Abend entwickelt, wie er mir voller Stolz berichtete. Voller Ungeduld verfolgte ich, wie er im Anschluss einen kleinen Umschlag aus einem hölzernen Kasten mit vielen weiteren Kuverts zog, diesen quälend langsam öffnete und ihm mehrere Bilder entnahm, die er kritisch begutachtete.
Die Prüfung schien zu seiner Zufriedenheit auszufallen, denn auf einmal zeigte sich ein breites Lächeln auf seinem Gesicht und er beeilte sich daraufhin, mir einen der Abzüge in die Hand zu drücken.
„Also ich vermag natürlich nicht einzuschätzen, wie Sie es sehen, aber ich finde die Bilder trotz der einbrechenden Dämmerung äußerst gelungen", meinte er freudestrahlend. „Schauen Sie genau hin. Erkennen Sie das Glück, das Sie und Ihre Begleiterin auf dem Foto ausstrahlen? Der Betrachter kommt gar nicht umhin, sich angesichts Ihrer strahlenden Gesichter von ganzem Herzen mit Ihnen zu freuen!"
Der Fotograf hatte keineswegs übertrieben, wie ich beim Anschauen des Abzugs fand. Agnes und ich waren auf dem Bild

wirklich hervorragend getroffen. Es kam mir beinahe so vor, als sei dieses Foto das Sinnbild des Vortages, den ich auch heute noch als den wundervollsten Tag meines Lebens bezeichne. Nie zuvor war ich so glücklich gewesen! Obwohl Agnes es mir erst später bestätigen sollte, war ihr deutlich anzusehen, dass sie unser Zusammensein ganz offensichtlich ähnlich schön empfunden hatte. Plötzlich kamen mir ihre Worte vom Vortag in den Sinn. „Sagen Sie, Herr Schensky, wir können uns doch auf Sie verlassen? Ich meine, Sie gaben uns gestern das Versprechen, die Bilder nicht öffentlich auszustellen ..."

„Seien Sie unbesorgt, Herr Wachtmeister", entgegnete er nachsichtig lächelnd. „Was ich zusage, das halte ich auch. Es existieren keine weiteren Abzüge, wie ich Ihnen versichere. Und die Negative befinden sich ebenfalls in diesem Umschlag."

Obwohl es mir peinlich war, fühlte ich mich doch bemüßigt, ihm eine Erklärung für Agnes' Bitte zu liefern:

„Wissen Sie, es ist nämlich so: Es käme in gewissen Kreisen nicht gut an, wenn man uns so vertraut miteinander sehen würde. In meinem Falle wäre dies gar nicht einmal weiter tragisch, aber Agnes würde unter Umständen ziemliche Probleme bekommen, weil sie ..."

„Mir ist durchaus bekannt, in welchem Gewerbe Ihre Freundin tätig ist", unterbrach Herr Schensky mich in dezentem Tonfall.

„Glauben Sie mir, für mich spielt es keine Rolle, womit sie ihr Geld verdient. Ich habe gestern lediglich Ihr Glück gesehen und es bildlich einfangen wollen. Und genau das ist mir, bei aller Bescheidenheit, gelungen, wofür ich Ihnen beiden sehr dankbar bin. Der Rest geht mich nichts an!"

Erleichtert stellte ich fest, dass dieses Thema damit offenbar für ihn erledigt war.

Nachdem ich den Umschlag mit den Fotos in der Innentasche meines Uniformrockes verstaut und mich mehrfach bei ihm bedankt hatte, begleitete Herr Schensky mich noch zur Tür, die er mir höflich aufhielt.

„Bitte grüßen Sie die Dame ganz herzlich von mir", verabschiedete er mich. „Und falls Sie beide zukünftig Interesse an weiteren Bildern haben sollten, kommen Sie gerne vorbei!"

Ich wollte gerade zu einer Erwiderung ansetzen, als die Sirenen unversehens zu heulen begannen. Herr Schensky und ich sahen uns daraufhin bestürzt an. Uns war beiden sofort bewusst, dass ein

Luftalarm kurz vor der Mittagszeit nichts Gutes zu bedeuten hatte, denn da es zu diesem Zeitpunkt noch deutlich vor 12 Uhr war, konnte es sich keinesfalls um den täglichen Funktionstest der Sirenen handeln. Auch die anderen Kunden im Geschäft sahen erschrocken auf, während die Passanten auf der Straße entsetzt in ihren Bewegungen innehielten.

Mir war es vorbehalten, als Erster die Fassung wiederzugewinnen. „Begeben Sie sich alle unverzüglich in die Bunker", brüllte ich aus Leibeskräften auf die Straße hinaus und versuchte damit vergeblich, die Sirenen zu übertönen.

Die allgemeine Bestürzung steigerte sich in blanke Panik, als schon kurz darauf Vollalarm gegeben wurde. Da durch diesen Umstand keine Aussicht mehr bestand, noch vor dem schon in Kürze zu erwartenden Eintreffen der feindlichen Bomberverbände unversehrt die Treppe hinaufeilen zu können, folgte ich dem Strom der vielen anderen Menschen, die sich an diesem späten Vormittag im Unterland aufgehalten hatten, zu den Eingängen der Schutzstollen.

Unterwegs machte ich mir große Sorgen um die Personen, die mir am meisten am Herzen lagen. Würde Agnes es rechtzeitig in den Schulbunker schaffen? Würde Wiebke sich um Frau Friedrichsen kümmern, damit auch sie noch den schützenden Stollen erreichte, ehe die ersten Flugzeuge über Helgoland auftauchten?

Wenigstens Herr Schensky befand sich ebenfalls auf dem Weg zum Bunker, wie ich mit einem Blick über die Schulter erkannte. Der Fotograf konnte zu diesem Zeitpunkt nicht ahnen, dass von seinem Wohn- und Geschäftshaus in der Kaiserstrasse rund eine Stunde später kaum mehr als die Grundmauern verblieben sein würden.

32

Der natürliche Fluchtinstinkt, der in jedem menschlichen Wesen innewohnt, war dafür verantwortlich, dass beinahe sämtliche Passanten der Kaiserstrasse zum nächstgelegenen Bunkerzugang gestürmt waren. Dieses durchaus nachvollziehbare Verhalten hatte allerdings zur Folge, dass sich vor dem Eingang in der Nähe des Fahrstuhls ein kleiner Stau gebildet hatte, während durch die anderen Tore deutlich weniger Schutzsuchende in den Stollen zu gelangen versuchten.

Hinnerk Görres, der Luftschutzwart des Unterlandes, versuchte mit einigen Helfern dem Chaos Herr zu werden. Unablässig trieb er die hineinströmenden Zivilisten mit lauter Stimme dazu an, den Eingangsbereich zügig zu verlassen und sich unverzüglich zu ihren jeweiligen Plätzen zu begeben.

Görres' hektisch vorgebrachte Ermahnungen waren wahrlich angebracht, denn aus dem Himmel über dem Felsen war bereits das unheilvolle Dröhnen von Flugzeugmotoren zu hören, das von Sekunde zu Sekunde weiter anschwoll.

Trotz meiner Sorgen um Agnes und Frau Friedrichsen blieb mir nichts anderes übrig, als mich in den Pulk einzureihen. Die ersten Flakgeschütze feuerten bereits, als es mir endlich gelang, den kurzen Zugangsstollen zum eigentlichen Bunkerbereich zu betreten.

Ohne der eigens für die Ortsgruppenleitung der Partei in den Stein gehauenen Nische Beachtung zu schenken, wandte ich mich im Inneren gleich nach rechts und hastete zur Spirale. Unterwegs musste ich vielen entgegenkommenden Menschen ausweichen.

Wenngleich ich mich auf Sören Carlsen verlassen konnte, wollte ich mich doch schnellstmöglich persönlich davon überzeugen, dass alle Inselbewohner in meinem Zuständigkeitsbereich es rechtzeitig in den Bunker geschafft hatten, was die eigentliche Erklärung für meine Hektik darstellte.

Über den stufenlosen Aufgang der Spirale gelangte ich in den Fuchsbau. Dort angekommen durchschritt ich so flink, wie es mir möglich war, die Bunkerabschnitte von Jasper Meiners und Wilken Ahlers, ohne meine beiden Kollegen jedoch auf die Schnelle entdecken zu können und erreichte endlich meinen Zuständigkeitsbereich.

Zu meiner großen Erleichterung bemerkte ich zunächst meine Vermieterin, der ich im Vorbeigehen rasch freundlich über den Unterarm strich und anschließend auch Agnes, die neben ihren Kolleginnen auf ihrem angestammten Platz in der Nähe der Treppenanlage saß.

Von oben war auf einmal heftiges Geschützfeuer und schon im nächsten Moment mehrere gewaltige Detonationen zu hören, die die Menschen im Stollen erschauern ließen. Ich beeilte mich deshalb, schnellstens zu Sören zu gelangen und lächelte Agnes im Vorbeigehen verstohlen zu, ehe ich die Stufen hinaufhastete, ohne ihre Reaktion abzuwarten.

Der Gefechtslärm nahm währenddessen an Intensität zu. Explosion um Explosion ertönte, die die Wände des Treppenhauses erzittern ließen. Dazwischen wurden immer wieder Flakgranaten abgefeuert.

Nach der besonders heftigen Detonation einer offenbar ganz in der Nähe niedergegangenen Bombe war plötzlich von oben her ein vielstimmiges, aufgeregtes Stimmengewirr zu hören: „Wir müssen uns zurückziehen. Ab in den Stollen, Männer!"

„Na los, Beeilung!"

„Schnell, alles nach unten!"

Nur Sekundenbruchteile später vernahm ich die Fußtritte zahlreicher schwerer Stiefel, die mir entgegenkamen.

„Sören?", rief ich daraufhin verzweifelt nach oben.

Schon im nächsten Augenblick kamen mir auf den gegenläufig angeordneten Treppen die ersten Feuerwehrkräfte entgegen.

„Drehen Sie auf der Stelle um", brüllte einer der Männer mich an und hätte mich fast mit sich nach unten gerissen. „Da oben ist es lebensgefährlich!"

Auf einmal tauchte auch Sören Carlsen in der Menge auf. „Mach, dass du wegkommst, Hans! Wir hatten einen Einschlag in der Nähe des Bunkerzugangs. Ich kann nicht dafür garantieren, dass die Decke den Belastungen noch lange standhält!"

Diese Worte waren mir Warnung genug, um schleunigst die Richtung zu wechseln und mich den Männern auf ihrer Flucht in den Stollen anzuschließen.

„Konntest du wenigstens noch die Zugangstür verriegeln?", rief ich Sören unterwegs zu, als der mich eingeholt hatte.

„Mach dir keine Sorgen, es ist alles in Ordnung", entgegnete er und schnaufte dabei heftig. „Nachdem mich die letzten Schutzsuchenden passiert hatten, warf ich noch schnell einen Blick nach draußen und konnte dabei niemanden mehr entdecken. Erst danach warf ich die Tür zu. Deine Vermieterin traf übrigens relativ frühzeitig in Wiebkes Begleitung ein."

„Ja, ich weiß. Zum Glück ist auf dich Verlass, Sören! Ich befand mich nämlich gerade im Unterland, als die Sirenen Alarm schlugen und bin über die Spirale in den Stollen gelangt. Auf dem Weg zur Treppenanlage musste ich an Frau Friedrichsen vorbei und konnte mich bei dieser Gelegenheit davon überzeugen, dass sie wohlauf ist." Ich warf einen kritischen Blick auf die Betontreppen über unseren Köpfen. „Dort oben scheint es ja dieses Mal sehr ernst zu

stehen ..."
Als sei dies das Stichwort gewesen, ertönten in diesem Augenblick weitere Detonationen. Sören und ich beeilten uns darum, die letzten Stufen zu nehmen und uns schnell noch davon zu überzeugen, dass sich niemand mehr in der Treppenanlage aufhielt, ehe wir die Stahltür hinter uns schlossen.

Im Stollen mussten sich angesichts der Bombeneinschläge in den letzten Minuten dramatische Szenen abgespielt haben. Beinahe sämtliche Schutzsuchenden schauten mit bangen Blicken zur Decke, als erwarteten sie, dass diese jeden Moment einstürzen könne. Mütter hielten ihre völlig verängstigten Kleinkinder eng umschlungen in den Armen. Einige vornehmlich Ältere hatten die Hände zum Gebet gefaltet und bewegten lautlos ihre Lippen. Die Atmosphäre in dem schmalen Gang war äußerst angespannt, wie nicht zu übersehen war. All das bestätigte mich in meiner Einschätzung, wonach es höchste Zeit wurde, um tätig zu werden und beruhigend auf die Menschen einzureden, bevor die Stimmung kippte und in Panik umschlug.

Nach einem hastigen Blickkontakt mit Agnes, die ihr angestrengtes Lächeln dieses Mal erst gar nicht vor ihren Kolleginnen zu verbergen versuchte, ging ich durch die Reihen, legte meine Hände auf vielerlei Schultern und versuchte dabei immer wieder, Zuversicht zu verbreiten. Obwohl ich wiederholt darauf hinwies, dass wir uns in 18 Metern Tiefe in absoluter Sicherheit befanden, überkam auch mich angesichts der vielen durch die Bombeneinschläge verursachten und selbst hier unten deutlich zu spürenden Erschütterungen ein mulmiges Gefühl. Welch verheerende Zerstörungen würde das furchterregende Bombardement erst auf der Insel verursachen?

Mit diesen düsteren Überlegungen schien ich nicht alleine zu sein, denn irgendwann sprach Agnes' brünette Kollegin Christel mich mit ihrer verrauchten Stimme in gewohnt flapsiger Tonlage, der allerdings ein leichtes Zittern anzumerken war, an:
„Ob da oben wohl überhaupt noch ein Stein auf dem anderen steht? Wenn es ganz schlimm kommen sollte, werden wir zukünftig wohl auf Ihr Wohlwollen angewiesen sein, Herr Wachtmeister!"
Als ich sie daraufhin fragend ansah, erklärte sie mit einer gehörigen Portion Sarkasmus in ihrer Stimme:
„Falls unser Freudenhaus einen Treffer abbekommen haben sollte, wäre es ein feiner Zug von Ihnen, wenn Sie uns Ihre Arrestzelle zur

Verfügung stellten, damit die Kunden nicht auf unsere Dienste verzichten müssen!"
Zumindest für einen kurzen Moment sorgte sie mit dieser Bemerkung bei den anderen Frauen für Heiterkeit. Lediglich Agnes sah sie empört an. Die kurzweilig aufkommende Ausgelassenheit erstarb allerdings selbst bei der Wortführerin schon im nächsten Moment jäh, als von draußen eine besonders heftige Explosion zu hören war.
Anstatt auf Christels provozierende Äußerung einzugehen, beeilte ich mich, meinen Rundgang fortzusetzen. Immerhin schienen meine Bemühungen der letzten Wochen von Erfolg gekrönt zu sein, wie ich erleichtert registrierte, denn ich hatte in meiner Anwesenheitsliste an diesem Tag nicht einen Namen als fehlend zu vermerken!
Nach rund einer Stunde verebbte der Gefechtslärm beinahe von einem auf den anderen Augenblick, ohne dass jedoch gleich Entwarnung gegeben wurde. Es dauerte lange, bis Herrn Wykers´ Stimme über Lautsprecher zu hören war, der den verängstigten Inselbewohnern wenig Erbauliches mitzuteilen hatte. Seinen Worten zufolge waren neben einigen nicht unbeträchtlichen Schäden im Hafengebiet und im Oberland vor allem weite Teile des Unterlandes völlig verwüstet worden.
Diese Mitteilung löste große Betroffenheit unter den Anwesenden aus. Die unmissverständliche Warnung in seinem Nachsatz gab nicht nur mir zusätzlich zu denken:
„Wer beim Plündern erwischt wird, wird ohne Gerichtsverfahren unverzüglich standrechtlich erschossen!"

33

Bald darauf wurde Entwarnung gegeben. Ich musste mich angesichts dessen, was uns draußen erwarten würde, regelrecht aufraffen, um mich über die Treppenanlage zur Ausgangstür zu begeben und diese zu entriegeln.
Was ich dann zu sehen bekam, raubte mir fast den Atem. Ich war zutiefst schockiert. Die ganze Insel schien in schwarzem Rauch gehüllt. Der Geruch von verbranntem Öl hing in der Luft. Durch eine Wolke aus dichtem Qualm konnte ich in einiger Entfernung ein Wohnhaus erkennen, von dem nur noch ein Geripppe aus

einzelnen Mauerresten übriggeblieben war. Dem danebenstehenden Gebäude war beinahe der komplette Dachstuhl abgerissen worden. Ein riesiger Bombenkrater verunzierte den Schulplatz. Hinter mir drängten die Menschen ins Freie. Aus verständlichen Gründen wollten sie sich mit eigenen Augen ein Bild von den Zerstörungen machen und sich davon überzeugen, ob ihr Eigentum verschont geblieben war oder sie womöglich ausgebombt worden waren und sich fortan als Obdachlose durchschlagen mussten. Zumindest hatte sich Sörens Befürchtung nicht bewahrheitet, wonach die Decke des Bunkers einzustürzen drohte. Dies war allerdings auch der einzig positive Aspekt, den ich den bestürzenden Geschehnissen der letzten Stunde abringen konnte. Agnes kam in Begleitung ihrer Kolleginnen aus der Tür, sah sich, sichtlich geschockt, kurz um und geriet plötzlich ins Taumeln, sodass ich schnell nach ihrem Arm griff, um sie zu stützen. „Rocktasche", raunte sie mir leise ins Ohr, ehe sie sich wieder fing, hastig eine Entschuldigung murmelte und dann weiterging, als sei nichts geschehen.

Während ich ihr so unauffällig wie möglich hinterherzusehen versuchte, ließ ich meine rechte Hand wie zufällig in die Außentasche meines Uniformrocks gleiten und ertastete dabei ein winziges Stück Papier, das der Stärke nach zu urteilen mehrfach zusammengefaltet war. Obwohl ich es vor Neugier kaum aushielt, wagte ich nicht, ihre zusammengeknüllte Botschaft hervorzuholen, solange die Menschen noch an mir vorbei ins Freie strömten.

*

„Die Androhung drakonischer Strafen hättest du dir getrost sparen können", ereiferte Wilken Ahlers sich mit aufgebrachter Stimme, als wir später mit Herrn Wykers vor dem Eingang zum Schulbunker zusammenstanden und sprach damit auch meine Gedanken aus. „Als wenn die Leute nach diesen bedrückenden Erlebnissen nicht schon genug Sorgen hätten?"
Er wies mit der Hand in Richtung Unterland, wo noch immer dichter Rauch aufzog, ehe er weitersprach:
„Schau dich doch nur um! Viele von ihnen haben kein Dach mehr über dem Kopf. Sie haben innerhalb einer Stunde alles, was sie besaßen, verloren! Wo sollen all diese Menschen jetzt nur unterkommen? Musste es unter diesen Umständen wirklich sein,

ihnen mit standrechtlichen Erschießungen zu drohen, falls sie sich in den Trümmern ihrer Häuser mit dem Allernotwendigsten zum Überleben zu versorgen versuchen? Findest du das wirklich in Ordnung?"

Herr Wykers gab sich kleinlaut. „Ich persönlich gebe dir ja recht. Aber der Befehl zur Durchsage dieser Warnung kam von ganz oben ..."

„Von ganz oben? Was soll das heißen? Kam die Anordnung etwa von Sontheim?"

Carl Friedrich von Sontheim war der Ortsgruppenleiter der NSDAP auf Helgoland. Ich war ihm in der Vergangenheit zwar bei mehreren Gelegenheiten begegnet, ohne dabei jedoch ein Wort mit ihm zu wechseln.

Als der Luftschutzwart darauf nichts erwiderte, wandte Ahlers sich angewidert ab und stieß verächtlich aus:

„Dieses Schwein ..."

„Bist du wahnsinnig geworden?", rief Herr Wykers ihm erschrocken hinterher, ohne dass Ahlers sich um seine Worte scherte.

Darum gab der Luftschutzwart ihm schnell noch eine Mahnung mit auf den Weg:

„In deinem Abschnitt fehlten heute drei Personen, Wilken. Überzeug dich wenigstens davon, ob sie wohlauf sind!"

Unbeeindruckt zog der Angesprochene von dannen und war schon bald aus unserem Blickfeld verschwunden.

Herr Wykers sah ihm noch eine Weile verärgert hinterher, schüttelte dabei verständnislos den Kopf und zog sich dann, ohne sich von mir zu verabschieden, humpelnd in den Schulbunker zurück.

Da ich nun alleine war, nutzte ich die Gelegenheit und holte hastig den Zettel hervor, den Agnes mir klammheimlich zugesteckt hatte. Ungeduldig faltete ich das Papier auseinander und überflog mit klopfendem Herzen ihre knappe Botschaft:

Montag um 22 Uhr bei dir? Ich liebe dich! A.

Montag um 22 Uhr bei dir? Ich liebe dich! A.

Obwohl bis zu unserem nächsten Treffen nur vier Tage vergehen würden, kam mir diese Zeitspanne in diesem Augenblick wie eine

Ewigkeit vor. Ich spürte, wie sehr ich Agnes schon jetzt, nur wenige Stunden, nachdem wir uns das erste Mal geliebt hatten, vermisste! Wie sollte ich die Zeit bis zu unserem nächsten Stelldichein nur ohne sie durchstehen? Nachdem wir uns auch körperlich nähergekommen waren, reichte es mir mittlerweile nicht mehr, einfach nur in ihrer Nähe zu sein. Ich sehnte mich nach ihren Küssen, wollte ihren Körper berühren und ihre Zärtlichkeiten genießen! Ein vielfaches, aufgeregtes Stimmengewirr riss mich aus meinen Gedanken. Den Menschen schien sich allmählich zu erschließen, welch schmerzhafter Schaden ihrer Insel an diesem Tag zugefügt worden war. Für mich waren die erregten Diskussionen um mich herum das Signal, mich endlich davon zu überzeugen, ob Frau Friedrichsens Haus unversehrt geblieben war.

Wie ich bereits von der Weddigen-Strasse aus bemerkte, war der Bereich rund um die Hamburger Strasse glücklicherweise verschont geblieben. Mit diesem beruhigenden Wissen machte ich kehrt und bog bald danach rechts in die Emsmann-Strasse ab, die die kürzeste Verbindung zur Treppe darstellte.

Dort stellte sich die Lage allerdings völlig anders dar, denn rund um die Emsmann-Strasse hatte es offensichtlich einige Bombenniedergänge gegeben. Da die Luftlinie bis zu meinem Zuhause nur wenige Dutzend Meter betrug, wurde ich mir noch einmal des Glückes bewusst, das wir an diesem furchtbaren Tag gehabt hatten.

Beim Durchschreiten der engen Gasse bekam ich bereits eine Ahnung, was mich erst im Unterland erwarten würde. An mehreren Stellen musste ich den Trümmern beschädigter Gebäude ausweichen. Von einer plötzlichen Unruhe erfasst, beschleunigte ich noch einmal meine Schritte, denn ich wollte mich so schnell wie möglich auf unsere Dienststelle begeben, um mich dort bei Herrn Thomsen zu melden.

Auf dem Falm schlugen meine düsteren Vorahnungen endgültig in traurige Gewissheit um. Wenngleich noch immer dichter Rauch über der Insel lag, konnte ich doch die verheerenden Zerstörungen erkennen, die der Bombenhagel der feindlichen Fliegerverbände hinterlassen hatte. Im Hafen war scheinbar ein Treibstofflager getroffen worden. Eine schwarze Rauchsäule stieg von dort in den Himmel. Die meisten Gebäude rund um die Kaiserstrasse hatten schwere Treffer abbekommen und schienen stark beschädigt. Das

Postamt war teilweise eingestürzt, auch das Kurhaus wies erhebliche Beschädigungen auf. Die Biologische Anstalt am Nordostufer der Insel schien hingegen auf wundersame Weise weitestgehend vom Bombenhagel verschont geblieben zu sein. Viele Wohnhäuser und Hotelgebäude hatte es da weitaus schlimmer getroffen. Sie schienen auf absehbare Zeit unbewohnbar zu sein. Große Teile des Unterlandes waren in nur einer Stunde praktisch dem Erdboden gleichgemacht worden!

Als ich mich zum Gehen wandte, tauchte plötzlich Herr Schensky mit einer Kamera in der Hand auf. Er schien es eilig zu haben. Es dauerte einen Augenblick, bis er mich wahrgenommen hatte. Doch dann hielt er an, wies mit der Hand auf das brennende Unterland und meinte mit bekümmerter Miene:

„Ist es nicht traurig, Herr Wachtmeister? Das ist der Untergang Helgolands!"

Damit hastete er in Richtung Südspitze weiter. Ich rief ihm verwundert hinterher:

„Herr Schensky, wo wollen Sie denn hin? Mir scheint, Ihr Haus wurde ebenfalls getroffen ..."

„Ja, ich weiß", rief er zurück. „Doch mit diesem Schicksal bin ich bedauerlicherweise in bester Gesellschaft. Gerade deshalb bin ich ja auf der Suche nach einem geeigneten Standort, von dem aus ich die Zerstörungen fotografisch festhalten kann."

„Aber wie wollen Sie als gebürtiger Insulaner das furchtbare Bild der Verwüstung, das sich Ihnen von hier oben bietet, nur ertragen?"

Daraufhin blieb er stehen und entgegnete mit nachdenklicher Stimme:

„Das muss ich wohl können. Es ist ein historischer Augenblick."

Nach diesen Worten wandte er sich endgültig von mir ab und eilte weiter.

Wie ich später von Marinesoldaten erfahren sollte, war Helgoland an diesem Tag von einem aus mehreren Dutzend Bombern und Jagdflugzeugen bestehenden feindlichen Verband in drei Wellen angegriffen worden. Während die Bomben der ersten Angriffswelle die Insel noch verfehlt hatten und sämtlich in der Nordsee gelandet waren, hatte der zweite Bombenteppich dagegen für beträchtliche Schäden im Hafen gesorgt. Die dritte Welle hatte schließlich das Unterland mit voller Wucht getroffen, hatte aber auch für einige Zerstörungen auf dem Oberland gesorgt.

Rund 110 Gebäude waren durch den Angriff unbewohnbar

geworden. Mehrere Tiefflieger hatten offenbar auch versucht, den U-Bootbunker direkt anzugreifen, waren dabei aber allesamt von Flakgeschützen abgeschossen worden. Wie durch ein Wunder gab es neben zwei verletzten Zivilisten und zwei verwundeten Soldaten lediglich ein Todesopfer unter den Marinesoldaten zu beklagen. Auch wenn die Attacke des Feindes erhebliche Zerstörungen verursacht hatte, war Helgoland an diesem Tag angesichts dessen, was wenige Monate später folgen würde, noch einmal mit einem blauen Auge davongekommen. Allerdings sollte sich die Zahl der Opfer im Laufe des Nachmittages noch um einen weiteren Toten erhöhen ...

34

Die Bilanz nach diesem ruinösen Luftangriff musste aus militärischer Sicht zwangsläufig äußerst ernüchternd ausfallen. Dem Feind war es gelungen, trotz massivster Gegenwehr der Luftabwehrgeschütze mit einer relativ bescheidenen Anzahl von Flugzeugen teils verheerende Zerstörungen auf der Insel anzurichten.

Dementsprechend nachdenklich stieg ich die Treppe, die glücklicherweise unbeschadet geblieben war, ins Unterland hinab. Ich mochte mir nicht ausmalen, welche Folgen ein feindlicher Luftschlag mit hunderten Bombern haben würde, wie sie Nacht für Nacht über Helgoland flogen, um ihre tödliche Last über dem Festland abzuwerfen ...

In einem weiten Umkreis rund um den Fuß der Treppe gab es nicht ein Gebäude, das den Angriff vollkommen unbeschadet überstanden hatte. Viele Häuser waren eingestürzt, von anderen waren lediglich einzelne Mauerreste stehen geblieben. Der Fahrstuhl schien hingegen lediglich leichtere Schäden davongetragen zu haben, denn drei Techniker prüften den Aufzug schon auf seine Funktionstüchtigkeit, als ich das Ende der Treppe erreichte.

Schnell musste ich feststellen, dass es nicht ganz einfach werden würde, zur Wachstube zu gelangen. Die Straßen waren nicht passierbar. Bombentrichter und Trümmerberge wechselten sich ab und versperrten mir dadurch den Weg. Die Feuerwehrkräfte bemühten sich verzweifelt, die durch das Bombardement verursachten Brände zu löschen. Kriegsgefangene und Zwangsarbeiter waren bereits damit beschäftigt, erste Trümmer beiseite zu räumen.

Nach kurzem Abwägen wandte ich mich nach links und schlug den Weg über die Lübecker Strasse zum Nordosthafen ein. Insgeheim hoffte ich, über die Jütland- und Mathies Terrasse zum Südstrand zu gelangen, indem ich das Kurhaus auf der Seeseite umlief. Wie ich nach dem Passieren der Biologischen Anstalt schnell erkannte, würde mein Plan aufgehen, denn an den Ufern der Nordsee lagen keinerlei größere Hindernisse im Weg. Als ich den Südstrand erreichte, bemerkte ich sehr zu meiner Freude, dass wenigstens das Umkleidehaus, mit dem ich beste Erinnerungen verband, noch stand.

Herr Thomsen atmete befreit auf, als ich die Wachstube betrat.

„Mein Gott, bin ich froh, dich zu sehen, mein Junge! Ich hatte mir schon Sorgen gemacht ...", empfing mich mein Kollege und drückte mich mit sichtbarer Erleichterung an seine Brust.

„Unkraut vergeht nicht", erwiderte ich mit einem gequälten Grinsen.

Herr Thomsen goss mir daraufhin rasch einen Tee ein und stellte die Tasse vor mir auf dem Tisch ab. Anschließend nahm er Platz und forderte mich mit einer Handbewegung auf, seinem Beispiel zu folgen.

„Du wirst die Durchsage im Fuchsbau ja ebenfalls vernommen haben", begann er nachdenklich. „Die Parteileitung lässt potenzielle Plünderer warnen. Um die Versuchung erst gar nicht aufkommen zu lassen, sind wir beide dazu angehalten, in den Straßen Präsenz zu zeigen."

„Wird von uns etwa erwartet, dass wir unbescholtene Bürger bei der Geheimen Staatspolizei anschwärzen, falls wir sie dabei erwischen sollten, wie sie aus den Trümmern ihrer eigenen Häuser zu retten versuchen, was noch zu retten ist?", entfuhr es mir mit empörter Stimme.

Herr Thomsen sah sich hastig nach allen Seiten um, ehe er in deutlich leiserem Tonfall entgegnete:

„Mein Junge, mir lief es doch ebenso wie dir eiskalt den Rücken herunter, als ich diesen Nachsatz hörte. Glaubst du allen Ernstes, ich würde auch nur einen Inselbewohner bei der Gestapo denunzieren, um damit womöglich das Todesurteil über ihn zu fällen?"

Als ich nichts darauf erwiderte, fuhr er in verschwörerischem Tonfall fort:
„Wir beide werden uns schon zu helfen wissen, falls wir wirklich in eine solch unangenehme Situation kommen sollten!" Er grinste mich breit an. „Also, was mich betrifft, so ist es mit meinem Sehvermögen mittlerweile beileibe nicht mehr zum Besten bestellt ..."
Diese Worte beruhigten mich, sodass ich mich zu einem Schmunzeln hinreißen ließ. „Nun, mit meiner Gehbehinderung ist es mir wohl kaum zuzumuten, die Verfolgung aufzunehmen, falls wir einen etwaigen Plünderer auf frischer Tat ertappen sollten ..."
„Ich sehe, wir verstehen uns, mein Junge!", grinste Herr Thomsen mich daraufhin schelmisch an und beugte sich vor, um mir leicht auf die Schulter zu klopfen. „Darum schlage ich vor, wir trinken rasch unseren Tee auf und machen uns dann schnellstens auf den Weg, um das Schlimmste zu verhindern."
„Einverstanden", nickte ich.
Wie sich allerdings schnell herausstellte, sollte es dazu erst gar nicht kommen, denn kurz darauf klopfte es an der Tür und ein völlig aufgelöster älterer Mann erschien in der Wachstube. Sein Name war Henrichs. Bei ihm handelte es sich um einen Luftschutzhelfer im Unterland. Seine Stimme überschlug sich beinahe, als er unter größten Mühen hervorpresste:
„Bitte folgt mir schnell in den Mittelweg. Dort gibt es einen Toten!"

35

Der Mittelweg lag im Oberland. Nördlich der Hamburger Strasse gelegen führte er, wie gleich eine ganze Fülle parallel angeordneter Gassen in diesem Bereich, von der Falm zur Weddigen-Strasse.
Um zur Treppe zu gelangen, waren Herr Thomsen, Henrichs und ich gezwungen, erneut den Umweg über den Südstrand und das nordöstliche Inselufer bis zur Lübecker Strasse zu nehmen.
Unterwegs erkundigte mein Kollege sich bei unserem Begleiter, was genau vorgefallen war.
„Beim Luftangriff am heutigen Tage waren einige Plätze im Bunker unbesetzt geblieben. Aus diesem Grund entsandte Hinnerk Görres mich, um die entsprechenden Personen aufzusuchen und

mich bei dieser Gelegenheit davon zu überzeugen, dass sie das Bombardement unbeschadet überstanden hatten. Bei einem der Inselbewohner, die den Stollen nicht aufgesucht hatten, handelte es sich um Justus Freese ..."

„Was denn? Der Stellvertretende Ortsgruppenleiter der Partei war während des Angriffs nicht im Bunker?", fiel Herr Thomsen ihm verwundert ins Wort.

„Leider nein. Das wird wohl auch der vorrangige Grund für Hinnerks Unruhe gewesen sein. Jedenfalls suchte ich darum gleich als Erstes sein Haus auf. Nachdem ich mehrfach gegen seine Haustür geklopft und dabei keine Antwort bekommen hatte, versuchte ich, durch die Fenster in das Innere zu spähen. Von der Straße aus konnte ich jedoch nichts erkennen. Deshalb umrundete ich kurzerhand das Haus und versuchte es von der Rückseite aus. Als ich von dort einen Blick durch das Fenster warf, sah ich Freese leblos am Boden liegen. Um seinen Kopf herum konnte ich eine Blutlache erkennen. Glücklicherweise war die Hintertür unverschlossen, sodass ich problemlos in die Wohnung gelangen konnte. Dort musste ich allerdings feststellen, dass für ihn jede Hilfe zu spät kam. Sein Körper fühlte sich schon ganz kalt an."

„Gab es denn rund um den Mittelweg Bombeneinschläge, die vom jüngsten Luftangriff herrührten?", wunderte Herr Thomsen sich.

Da mir die Antwort auf diese Frage bekannt war, mischte ich mich in das Gespräch ein:

„Ich konnte mir bereits einen flüchtigen Überblick über die Schäden im Oberland verschaffen, als ich nach dem Angriff noch schnell nach Frau Friedrichsens Haus sah. Zu Bombeneinschlägen kam es im Oberland lediglich im Bereich Kirchstrasse, Melkersweg und Emsmann-Strasse. Der Mittelweg ist dagegen nicht betroffen."

Über die Bedeutung dieser Information konnte sich in den nächsten Minuten jeder seine eigenen Gedanken machen. Mittlerweile hatten wir nämlich die Treppe erreicht, auf der sich das Sprechen von selbst verbot, um nicht völlig außer Atem zu geraten.

„Wer ist bis jetzt über Freeses Tod informiert?", wollte Herr Thomsen wissen, nachdem wir oben angelangt waren und sich unsere Atmung wieder einigermaßen beruhigt hatte.

„Ich habe nur noch rasch Hinnerk aufgesucht, um ihn über Freeses Tod zu informieren, ehe ich mich schleunigst zu euch aufmachte", entgegnete Henrichs, an den diese Frage gerichtet war.

„Hm … Freese muss demnach unglücklich gestürzt sein. Denn welche Erklärung sollte es sonst für seinen Tod geben?", murmelte Herr Thomsen nachdenklich vor sich hin, als wir uns wieder in Bewegung setzten.

Auf dem Falm wandten wir uns in südliche Richtung und hatten schon bald den Mittelweg erreicht, in den wir einbogen. Aus den Augenwinkeln heraus beobachtete ich, wie mein Kollege die Gebäude einer kritischen Musterung unterzog. Doch genau wie ich ihm bereits mitgeteilt hatte, waren keinerlei Auffälligkeiten an den Dächern oder Häuserwänden zu entdecken. Keines der hier stehenden Häuser wies irgendwelche sichtbaren Beschädigungen auf, die auf den gerade erst überstandenen Bombenangriff zurückzuführen sein konnten.

Bereits nach wenigen Metern bedeutete Henrichs uns, vor einem kleinen Wohnhaus in der typischen Helgoländer Bauweise anzuhalten. Einzig das auffällig große Fenster in der Vorderfront, das unnatürlich breit war und beinahe bis zur Dachrinne reichte, unterschied es von den übrigen Gebäuden in der Nachbarschaft. Rechts neben der Fensteröffnung befand sich die Haustür, die nicht verschlossen war, wie ich feststellte, als ich die Klinke nach unten drückte.

„Warte, mein Junge! Lass mich besser vorangehen", meinte Herr Thomsen und drängte mich sanft beiseite.

Bevor er im Inneren des Hauses verschwand, sagte er noch schnell in Henrichs Richtung:

„Warte hier auf uns!"

Dann gab er mir ein Zeichen, ihm zu folgen und ging hinein. Wir betraten einen schmalen Korridor, an dessen Ende sich linksseitig eine Tür befand, die in die Wohnräume zu führen schien. Ähnlich wie in Frau Friedrichsens Zuhause begann gleich rechts neben der Haustür die Treppe ins Obergeschoss. Auf der gegenüberliegenden Seite des Flures gab es eine weitere Pforte, die sich in der Holzverkleidung des Unterbaus der Treppe befand. Hinter ihr musste sich der Zugang zum Keller verbergen. Zu meinem Erstaunen fielen mir in diesem Bereich einige kleinere, unregelmäßig geformte, helle Flecken auf den ansonsten penibel gesäuberten Bodendielen ins Auge.

Mein Kollege stieß die nur angelehnte Tür zum Wohnbereich vorsichtig auf und sah sich misstrauisch um, ehe er sich mit mir im Schlepptau in Bewegung setzte. Wir kamen in einen recht geräumigen Raum, der offensichtlich als Wohnstube genutzt wurde. Um einen kreisrunden Holztisch waren ein gemütlich aussehendes Sofa und zwei dazu passende Sessel angeordnet. Der Boden unter der Sitzgruppe war mit einem Teppich mit orientalischem Muster ausgelegt. Auf einem Beistelltisch standen ein Grammophon und ein Volksempfänger, wie sie in den meisten deutschen Haushalten anzutreffen waren. Daneben hatte man den Ofen aufgestellt, dessen Abzugsrohr weiter oben in einem Wandvorsprung mündete, hinter dem sich offensichtlich der Schornstein verbarg. Ein Schrank, ein gut gefülltes Bücherregal und zwei Gemälde mit maritimen Motiven komplettierten die Einrichtung. Weiter hinten befand sich die kleine Küche. Eine sperrangelweit offenstehende Tür führte in einen weiteren Raum auf der Rückseite des Gebäudes.

Schon beim Durchschreiten des Türrahmens konnten wir auf dem Boden den leblosen Körper eines Mannes erkennen, der bäuchlings mit zur Seite gedrehtem Kopf neben einem Schreibtisch und inmitten einer Blutlache gewaltigen Ausmaßes lag, die sich rund um seinen Oberkörper gebildet hatte. Der Tote war mit der braunen Uniform der Partei bekleidet, ohne dass ich jedoch irgendwo in der Nähe die zugehörige Mütze entdecken konnte. Die Arme und Beine des Mannes lagen jeweils in leicht abgewinkelter Haltung erschlafft auf den Dielenbrettern. Auf dem oberen Teil des Hinterkopfes zeigte sich eine hässliche Wunde, aus der das viele Blut geflossen sein musste. Trotz der verzerrten Gesichtszüge konnte ich in dem Toten zweifelsfrei den Vertreter des Ortsgruppenleiters der NSDAP auf Helgoland, Justus Freese, erkennen.

Angesichts des grausigen Anblicks, der sich uns bot, musste ich heftig schlucken. Während Herr Thomsen sich dem Opfer mit behutsamen Schritten von hinten näherte, um nicht in das Blut zu treten, nutzte ich die Gelegenheit, um rasch die Tür zum Innenhof zu öffnen.

Der Anblick des Toten hatte bei mir Übelkeit hervorgerufen. Darum beeilte ich mich, in tiefen Zügen die frische Luft einzuatmen. Dabei nutzte ich die Gelegenheit, um mich hastig auf der Rückseite des Hauses umzusehen.

Der Hof des Besitzes wurde von hohen Holzzäunen zu den Nachbargrundstücken abgegrenzt. Er bestand neben dem Abort lediglich aus einem Hühnerstall und einem nur wenige

Quadratmeter großen, derzeit jedoch brach liegenden Beet, auf dem im Sommer vermutlich noch Gemüse und Salat angepflanzt gewesen war.

Als ich mich wieder ins Haus begab, hatte mein Kollege sich bereits in die Hocke begeben, um nach dem Puls des Toten zu fühlen. Indem er sich kurz darauf wieder schwerfällig erhob, schüttelte er resigniert den Kopf und murmelte dabei: „Henrichs liegt mit seiner Einschätzung völlig richtig. Freese muss hier schon länger liegen ..." Nach diesen Worten hob er seinen Kopf an und sah sich suchend im Raum um. Ich folgte seinen Augen und versuchte ebenfalls einen Gegenstand zu finden, der die tödliche Verletzung des Verstorbenen verursacht haben könnte. Als einzig mögliche Stelle machte ich in dem als Büro eingerichteten Zimmer ein an der Wand hängendes Regal aus, das mit allerlei Ordnern und Heftern gefüllt war. Herr Thomsen schien denselben Gedanken zu haben, denn auch sein Blick war dort hängen geblieben.

Hastig trat ich einen Schritt näher an das Gestell heran und betrachtete es ausgiebig von allen Seiten, wobei ich ein besonderes Augenmerk auf die Unterseite legte.

„Nichts", stieß ich schließlich ernüchtert aus. „Ich kann keinerlei Spuren erkennen, die darauf schließen lassen, dass er sich den Kopf am Regal gestoßen haben könnte."

„Hm ...", brummte mein Kollege und sah sich verzweifelt weiter um.

Als weder er noch ich fündig wurden, dehnten wir unsere Suche zunächst auf die Wohnstube und Küche, danach auf das Obergeschoss mit seinen zwei Schlafkammern und schließlich auf den Innenhof aus. Das Ergebnis blieb dasselbe. Nirgendwo war ein Anhaltspunkt zu entdecken, wonach Freese sich seine Verletzung selbst zugefügt haben könnte.

Mir war es am Ende vorbehalten, das Undenkbare auszusprechen: „Wenn es kein Unfall war, bleibt nur eine Möglichkeit. Eine andere Person muss ihm die Wunde beigebracht haben ..."

„Das kann nicht sein ... nicht hier auf Helgoland ...", erwiderte Herr Thomsen trotzig, schien aber selbst wenig überzeugt von seinen Worten zu sein.

„Sollten wir nicht die Parteileitung informieren und einen Arzt hinzuziehen?", schlug ich vor.

Es dauerte einen Augenblick, bis mein Kollege wieder bei der

Sache war und erwiderte:

„Ich fürchte, uns wird nichts anderes übrigbleiben. Auch wenn sich in meinem Inneren momentan noch alles dagegen sträubt, muss ich doch den Tatsachen ins Auge sehen. Wir scheinen es hier wirklich mit einem Mord zu tun zu haben …"

36

Henrichs hatte sich dankenswerterweise sofort bereit erklärt, uns den Weg zum Büro der Parteileitung im Unterland abzunehmen. Das gab Herrn Thomsen und mir die Möglichkeit, uns noch einmal genauer im Büro des Ermordeten umzusehen. Während mein Kollege den Schreibtisch nach Anhaltspunkten für die Tat absuchte, sah ich mir den Fußboden genauer an. Dabei entdeckte ich feinste Blutspritzer im Umfeld der Füße des Opfers, die wir bis dahin übersehen hatten.

„Freese muss mit einem Gegenstand erschlagen worden sein", meinte Herr Thomsen, nachdem ich ihn auf meine Entdeckung aufmerksam gemacht hatte. „Die Frage ist nur, um welchen Gegenstand es sich dabei handeln könnte und wo er sich jetzt befindet?"

„Wir haben beinahe das gesamte Haus auf den Kopf gestellt und dabei nichts entdecken können", gab ich zu bedenken. „Der Täter muss sein Mordwerkzeug demnach mitgenommen haben, als er das Gebäude nach der Tat verließ."

Herr Thomsen nickte nur, während er gleichzeitig angestrengt nachzudenken schien. Ich wartete darum kurz, ehe ich von ihm wissen wollte:

„Ist Ihnen bekannt, ob Herr Freese Feinde hatte? War er womöglich vermögend?"

Für einen kurzen Moment zeigte sich ein flüchtiges Schmunzeln im Gesicht meines Kollegen, ehe er sofort wieder ernst wurde. „Du machst dir doch nicht etwa schon Gedanken über das Motiv für den Mord?"

„Ja, selbstverständlich. Irgendwer wird ja schließlich einen Grund gehabt haben, den Stellvertretenden Ortsgruppenleiter der Partei umzubringen. Des Weiteren würde mich interessieren, wann genau der Mord stattfand. Geschah er noch vor, während oder nach dem Luftangriff?"

„Immer langsam mit den jungen Pferden", versuchte Herr Thomsen meinen plötzlichen Elan zu bremsen. „Zumindest auf deine letzte Frage wird uns der Doktor vermutlich eine Antwort geben können, sobald er sich den Toten genauer angesehen hat." „Vielleicht sollten wir uns in der Nachbarschaft umhören. Möglicherweise hat ja jemand ..."

„Was ist das hier für eine Sauerei?", wurde ich jäh von einer barschen Stimme in meinem Rücken unterbrochen.

Daraufhin drehten wir uns überrascht um und blickten in das Gesicht von Carl Friedrich von Sontheim, dem Ortsgruppenleiter, der gerade Anstalten machte, das Büro zu betreten.

Von Sontheim war ein etwa sechzigjähriger Mann von schlanker Statur, dessen stark gelichtetes Haar längst ergraut war. Der harte Zug um seine Mundpartie und sein stets strenger Blick waren vermutlich der Grund für seine respekteinflößende Ausstrahlung.

Folgerichtig war mein Kollege beim Anblick des Ortsgruppenleiters sofort sichtlich erbleicht. Schon im nächsten Moment hatte er sich jedoch wieder gefangen, riss geistesgegenwärtig den rechten Arm in die Höhe und brüllte gleichzeitig mit überlauter Stimme:

„Heil Hitler!"

Mit innerem Widerstreben tat ich es ihm gleich. Ohne unseren Gruß zu erwidern, wollte sich von Sontheim an uns vorbeischieben. Ehe ich überlegen konnte, entfuhr es mir:

„Bitte treten Sie nicht weiter in den Raum hinein!"

Während Herr Thomsen mir einen entsetzten Blick zuwarf, stutzte von Sontheim, hielt zu meiner Überraschung aber tatsächlich in seinen Bewegungen inne und sah mich irritiert an. „Wie war das?"

Erschrocken über meine eigene vorlaute Bemerkung beeilte ich mich zu erklären:

„Nach unserer ersten Einschätzung spricht einiges dafür, dass Herr Freese gewaltsam zu Tode kam. Der Raum könnte demnach ein Tatort sein! Aus diesem Grund sollte möglichst niemand mehr in die Nähe des Leichnams gelangen, um etwaige Spuren nicht zu vernichten."

Der Ortsgruppenleiter warf daraufhin einen skeptischen Blick auf das Opfer, ehe er sich wieder mir zuwandte.

„Wie ist denn Ihr Name, junger Mann?", erkundigte er sich in rüdem Tonfall, der mich Schlimmes befürchten ließ.

Ich musste schlucken, ehe ich stotternd hervorbrachte:

„Wachtmeister Plöger. Hans Plöger, Herr Ortsgruppenleiter."
Wie von einer fremden Macht gesteuert war bei meinen Worten die
rechte Hand automatisch nach oben zum Tschako geschnellt, um
zu salutieren.

Von Sontheim musterte mich kurz mit seinen frostigen Augen, ehe
er zu meiner Erleichterung erwiderte:
„Kompliment! Sie scheinen äußerst umsichtig zu handeln, Plöger.
Ich schlage unter diesen Umständen vor, unser Gespräch draußen
vor der Tür fortzusetzen."
Ohne eine Entgegnung meinerseits abzuwarten, drehte er sich
abrupt um und verschwand aus unserem Blickfeld. Bevor ich ihm
folgen konnte, nahm Herr Thomsen mich schnell beiseite und
raunte mir zu:
„Sei nur vorsichtig mit dem, was du ihm gegenüber sagst, mein
Junge. Mit von Sontheim ist nicht zu spaßen. Wenn es sein muss,
geht der über Leichen!"
Als wir kurz darauf auf die Straße traten, fanden wir zu unserer
Verwunderung weitere Personen vor, die sich zu von Sontheim und
Henrichs gesellt hatten. Sogar der Inselkommandant, Kapitän zur
See Ludwig Lohmann, hatte sich eingefunden. Er stand etwas
abseits mit zwei Männern zusammen, die ebenfalls
Offizierskleidung trugen und uns mit argwöhnischen Blicken
beäugten. Einer von ihnen hatte eine etwas merkwürdig
aussehende Tasche zu seinen Füßen abgestellt.
Aufgrund der herausragenden Stellung des Verstorbenen schienen
sich sämtliche Personen von Bedeutung vor dem Haus eingefunden
zu haben.
Luftschutzwart Hinnerk Görres redete währenddessen aufgeregt
auf von Sontheim ein. Henrichs hatte sich daneben postiert und
verfolgte mit sichtlichem Interesse das Gespräch der beiden.
Hier draußen hing noch immer ein unangenehmer Geruch nach
verbranntem Öl in der Luft. Auch jetzt zog noch dunkler Rauch
über die Insel. Obwohl der Mittelweg um diese Uhrzeit
ungewohnter Weise wie leer gefegt war, schien der kleine
Menschenauflauf durchaus das Interesse der Nachbarschaft
hervorzurufen, denn ich sah viele neugierige Gesichter hinter den
Fenstern der umliegenden Häuser, als ich mich umsah. Entweder
hatten sich die Menschen beim Anblick der hochrangigen Offiziere
ehrfürchtig in ihre Heime zurückgezogen, oder sie waren von
diesen genau dazu aufgefordert worden, während wir uns noch im

Haus befunden hatten.

Sobald Lohmann uns bemerkte, kam er eilig auf uns zu. „Meine Herren, der Ortsgruppenleiter deutete soeben an, Freese sei nach Ihrem Dafürhalten möglicherweise ermordet worden. Ich möchte von Ihnen die Gründe hören, die Sie zu dieser Einschätzung gelangen lassen!"

Herr Thomsen suchte kurz den Blickkontakt zu mir, ehe er mit nervöser Stimme erklärte:

„Nun, der Tote weist eine klaffende Wunde im hinteren oberen Schädelbereich auf. Die Art der Verletzung lässt darauf schließen ..."

„Wurde das Gebäude beim Luftangriff getroffen, und sei es nur durch Splitter oder herumfliegende Trümmerteile?", wurde er von Lohmann unterbrochen.

„Scheinbar nicht. Zumindest konnten wir bei unserem Rundgang durch das Gebäude keinerlei Schäden feststellen ..."

„Kann Freese sich den Kopf irgendwo gestoßen haben?"

„Das war auch unser erster Gedanke. Allerdings fanden wir im gesamten Haus nirgendwo eine Stelle, die mit dem Blut des Toten behaftet war. Am Fundort der Leiche hingegen ..."

„Ja?"

Mein Kollege stockte und sah mich Hilfe suchend an. Ich beeilte mich daraufhin zu erklären:

„Unweit des Leichnams entdeckten wir feinste Blutspritzer auf dem Fußboden, die darauf schließen lassen, dass das Opfer dort niedergeschlagen wurde."

Der Inselkommandant wandte sich mit erstaunter Miene mir zu.

„Ach, tatsächlich? Und diese Vermutung hat wer?"

Ich versuchte schnell, Haltung anzunehmen, ehe ich erwiderte:

„Verzeihung, Herr Kapitän. Ich bin Wachtmeister Plöger, seit August auf Helgoland stationiert."

Ohne mir weiter Beachtung zu schenken, wandte Lohmann sich zu seinen Begleitern um und forderte den Mann mit der Tasche auf:

„Herr Doktor, würden Sie sich den Toten jetzt bitte ansehen?"

Während der Angesprochene seine Tasche aufnahm und danach im Haus verschwand, flüsterte mein Kollege mir hastig zu:

„Das ist Stabsarzt Doktor Heiner!"

Der Inselkommandant sprach unterdessen den zweiten Mann an:

„Falls es sich wirklich um einen Mord handelt, sollten wir Meyer hinzuziehen ..."

Ohne weitere Erläuterungen abzuwarten, machte sich der Offizier unverzüglich auf den Weg, um die verlangte Person herbeizuholen.

Erneut raunte Herr Thomsen mir leise erklärend zu: „Meyer ist der Justizinspektor des Kriegsgerichts. Bei dem Begleiter Lohmanns handelt es sich übrigens um Karl Sämann, einen Verwaltungsoffizier."

Lohmann sah Letzterem noch kurz hinterher, ehe er einen Schritt auf von Sontheim zuging. „Ich möchte mir rasch selbst ein Bild von der Situation im Inneren des Hauses machen. Bitte führen Sie mich zu dem Toten!"

Wir mussten uns eine Weile gedulden, bis die Männer aus dem Gebäude zurückkehrten. Der Inselkommandant kam danach zielstrebig auf Herrn Thomsen und mich zu, um uns zu erklären: „Sie scheinen mit Ihrem Verdacht richtigzuliegen, meine Herren. Sollte sich Ihre Vermutung tatsächlich bestätigen, werden wir eine offizielle Untersuchung in die Wege leiten müssen."

Es verging beinahe eine Stunde, bis Doktor Heiner seine Leichenschau beendet hatte. Als er aus der Tür kam, war sein Gesichtsausdruck ausgesprochen ernst.

Lohmann, der die Zeit dazu genutzt hatte, um sich mit dem zwischenzeitlich eingetroffenen Justizinspektor Meyer, einem etwa vierzigjährigen Mann in Zivilbekleidung, zu beratschlagen, erkundigte sich gleich:

„Nun, wie ist Ihre Einschätzung, Herr Doktor?"

„Der Mann wurde eindeutig erschlagen", erklärte dieser. „Als Tatwaffe dürfte ein stumpfer Gegenstand gedient haben, der sich allerdings nicht mehr am Tatort befindet. Der Mörder muss ihn beim Verlassen des Hauses mitgenommen haben."

Die endgültige Gewissheit, es tatsächlich mit einem Mord zu tun zu haben, löste bei sämtlichen Anwesenden tiefe Betroffenheit aus. Eine Weile schwiegen alle.

Dann wandte sich der Inselkommandant erneut an uns: „Meine Herren, konnten Sie schon irgendwelche Tatverdächtige ermitteln?"

Herr Thomsen schüttelte entschieden den Kopf. „Nein, das war in der Kürze der Zeit nicht möglich. Wie gesagt, wir konnten uns noch kurz im Haus umsehen, als auch schon Herr von Sontheim erschien."

Ehe Lohmann seine nächste Frage stellen konnte, platzte es aus mir heraus:

„Herr Doktor, konnten Sie bei Ihrer Untersuchung den Zeitraum eingrenzen, in dem der Mann ermordet worden sein muss?"

Angesichts meines vorlauten Vorpreschens tauschten sämtliche Beteiligte sofort pikierte Blicke aus, was Herr Thomsen veranlasste, rasch zu erklären:

„Bitte entschuldigen Sie meinen übereifrigen Kollegen. Er ist noch jung und hatte bislang nie mit einem Tötungsdelikt zu tun ..."

„Aber er hat doch genau die richtige Frage gestellt", sprang Doktor Heiner mir zu meiner Verwunderung völlig unerwartet zur Seite. „Der Tatzeitpunkt dürfte nämlich aufhorchen lassen!" Er hob seinen linken Arm an, um einen hastigen Blick auf seine Armbanduhr zu werfen. Dann erklärte er:

„Ich konnte die Zeitspanne anhand der Körperwärme des Opfers in Verbindung mit der Umgebungstemperatur im Haus relativ genau eingrenzen. Der Mord an Herrn Freese dürfte nach meinem Dafürhalten vor rund drei Stunden verübt worden sein, eventuell eine halbe Stunde früher oder später."

Diese Mitteilung löste erneut Unruhe in der Gruppe aus. Beinahe alle taten es dem Mediziner gleich und warfen einen hektischen Blick auf ihre Uhren. Danach herrschte für einen kurzen Augenblick Fassungslosigkeit. Der Inselkommandant war es schließlich, der aussprach, was allen im Kopf herumschwirrte:

„... Aber dann ist Freese ja umgebracht worden, als Helgoland gerade bombardiert wurde ..."

37

„Damit dürfte ja wohl klar sein, wo wir den Mörder Freeses zu suchen haben!"

Von Sontheim hatte gesprochen. Alle sahen ihn daraufhin fragend an.

„Würden Sie uns bitte erklären, was genau Sie uns mit dieser Bemerkung sagen wollen?", forderte Lohmann den Sprecher auf.

„Na, das liegt doch auf der Hand! Sämtliche Soldaten der Insel befanden sich zum Zeitpunkt des Mordes in ihren Stellungen und hatten mit der Abwehr des feindlichen Luftangriffs zu tun, während sich die Zivilbevölkerung in den Schutzstollen befand. Somit verbleibt nur eine Gruppe, die sich zu diesem Zeitpunkt unbehelligt auf der Insel bewegen konnte!"

„Wen meinen Sie damit, Herr Ortsgruppenleiter?", mischte sich der Justizinspektor in die Diskussion ein.

„Ich rede natürlich von den Fremdarbeitern", entgegnete der Angesprochene und sah sich dabei um Zustimmung heischend um. „Nur sie haben im Falle eines Luftalarms die Möglichkeit, sich frei auf der Insel zu bewegen! Zumindest soweit sie während der Kämpfe nicht als Munitionsträger eingesetzt sind. Niemand achtet auf sie, weil jeder mit sich selbst zu tun hat, sobald die Sirenen ertönen. Der Täter kann demzufolge nur ihrem Kreis entstammen!" Mit dieser Erklärung schien von Sontheim zumindest die Fantasie seiner Zuhörer angeregt zu haben, denn plötzlich herrschte absolutes Schweigen.

Die Überlegungen des Ortsgruppenleiters entbehrten auf den ersten Blick nicht einer gewissen Logik. In der Tat wurde den Zwangsarbeitern und Kriegsgefangenen im Alarmfall der Zutritt zu den Bunkerstollen verwehrt. Lediglich das Aufsuchen des Schienentunnels war ihnen zugestanden worden. Dies wohl auch nur deshalb, weil es für das Inselkommando angesichts der allgemeinen Kriegslage mittlerweile immer schwieriger geworden war, überhaupt noch Arbeitskräfte zugeteilt zu bekommen.

„Um uns die zeitraubenden Vernehmungen der Fremdarbeiter zur Ermittlung des Täters zu ersparen, schlage ich ein verkürztes, ebenso effektives wie vielfach bewährtes Verfahren vor", setzte von Sontheim seine Erläuterungen nach kurzer Pause fort. „Wir erschießen kurzerhand zehn von ihnen und drohen anschließend mit weiteren Exekutionen, sollten sie den Mörder meines Stellvertreters nicht unverzüglich benennen. Wenn wir auf diese Weise vorgehen, garantiere ich Ihnen, dass es keine halbe Stunde dauert, bis wir den Schuldigen haben!"

Im ersten Augenblick glaubte ich, mich verhört zu haben. Doch der Ortsgruppenleiter schien es tatsächlich ernst zu meinen, denn er blickte sich nach seinen Worten stolz in der Runde um. Ihm schien es nichts auszumachen, notfalls das Leben dutzender Unschuldiger auszulöschen, um sein Ziel zu erreichen. Ich war zutiefst schockiert!

All meinen Mut zusammennehmend wollte ich gerade zu einem Einwand ansetzen, als Lohmann mir aus ganz anderen Beweggründen zuvorkam:

„Sind Sie noch bei Sinnen, Sontheim? Sie haben doch gerade erst selbst erlebt, wie verwundbar die Insel aus der Luft ist! Wenn wir

Helgoland als Speerspitze in der Deutschen Bucht gegen den Feind halten wollen, werden wir zusätzliche Geschützstellungen errichten müssen. Für deren Bedienungsmannschaften gilt es, weitere Bunker zu bauen. Bereits in der Erstellung befindliche Befestigungsbauten, die durch Bombeneinschlag beschädigt wurden, sind wieder instand zu setzen. Zudem arbeiten wir mit Hochdruck am weiteren Ausbau der Raumanlage, um in absehbarer Zeit noch mehr lebensnotwendige Einrichtungen zur Versorgung des Eilandes an unterirdische Standorte verlegen zu können. Für all diese Maßnahmen benötigen wir Arbeitskräfte! Arbeitskräfte, die inzwischen kaum noch zu bekommen sind und die Sie ohne einleuchtenden Grund dezimieren wollen!"

Er gönnte sich eine kurze Pause, um seine Worte wirken zu lassen. Dann fuhr er fort:

„Im letzten Monat habe ich zweihundert neue Arbeiter angefordert. Wissen Sie, wie viele mir davon bewilligt wurden?"

Er sah von Sontheim herausfordernd an, ehe er sich selbst die Antwort gab:

„Ganze acht. Acht! Und trotzdem wollen Sie Teile unserer Arbeiterschaft erschießen lassen, um auf diese Weise den Namen des Mörders Ihres Stellvertreters aus den Leuten herauszupressen? Das werde ich nicht zulassen!"

„Außerdem wäre längst nicht sichergestellt, ob dieser Schritt überhaupt den gewünschten Erfolg brächte", warf der Justizinspektor ein. „Oder glauben Sie etwa, der deutsche Arbeiter schert sich um das Schicksal seines ukrainischen Leidensgenossen? Meinen Sie nicht, dem Italiener ist es vollkommen gleichgültig, ob Sie zehn Russen erschießen? Sie müssten sich also schon aus jeder dieser Gruppen Ihre Todeskandidaten herauspicken, wenn diese Maßnahme ihre Wirkung nicht verfehlen soll."

Mit diesen Worten hatte Meyer tatsächlich einen wunden Punkt in der Argumentation von Sontheims getroffen, denn die Arbeiter waren streng nach ihren jeweiligen Herkunftsländern getrennt in separaten Lagern untergebracht.

Während es für Russen und Ukrainer sowohl im Unter- als auch im Oberland Unterkünfte gab, befanden sich diese für die Kriegsgefangenen aus dem ehemals verbündeten Italien unweit des Scheibenhafens.

Bei den Russen wurde zudem zwischen regulären Truppen und Angehörigen der Wlassow-Armee unterschieden. Generalleutnant

Andrei Andrejewitsch Wlassow hatte nach seiner Gefangennahme im Juni 1942 zur Beseitigung des Sowjetsystems aufgerufen. Die Kriegsgefangenen, die seiner Armee angehört hatten, waren in einem eigenen Lager im Oberland untergebracht.

Für die deutschen Zwangsarbeiter, bei denen es sich ausschließlich um Inhaftierte der Konzentrationslager handelte, gab es hingegen ein Barackenlager in der Nähe des Leuchtturms.

Selbst Gefangene aus Frankreich, Belgien und den Niederlanden waren auf Helgoland anzutreffen. Gerüchten zufolge waren diese Menschen auf die Insel verschleppt worden, weil sie sich an anderer Stelle als besonders arbeitsscheu gezeigt hatten, was in meinen Augen mehr als verständlich war. Wer stellte seine Arbeitskraft schließlich gerne dem Feind zur Verfügung, um damit letztlich dem eigenen Herkunftsland zu schaden?

All diesen Menschen war eines gemeinsam. Obwohl es auf Helgoland wahrlich nicht an Nahrungsmitteln fehlte, schienen die Zwangs- und Fremdarbeiter ihrem Äußeren nach zu urteilen durchweg an Mangelernährung zu leiden. Trotz härtester körperlicher Arbeit bekamen sie offenbar nicht genügend zu essen!

„Haben Sie etwa einen besseren Vorschlag?", wehrte der Ortsgruppenleiter sich und sah sowohl Lohmann als auch Meyer dabei unwirsch an.

Letzterer erwiderte:

„Ja, den habe ich! Das scheint mir auch dringend vonnöten zu sein. Denn wie Ihnen ja wohl nicht entgangen sein dürfte, sind Ihre Vorschläge zur Überführung des Täters nach Meinung aller Anwesenden völlig abwegig. Allerdings halte ich es für ausgeschlossen, den Schuldigen mit den Ressourcen, die uns hier auf der Insel zur Verfügung stehen, ermitteln zu können. Denn wer könnte schon die Zeit aufbringen, mehrere Hundert Fremdarbeiter zu befragen?

Wir haben hier augenblicklich weiß Gott Wichtigeres zu tun! Sie selbst müssen die vielen Menschen unterzubringen, die im Bombenhagel ihr Dach über dem Kopf verloren haben. Kapitän Lohmann hat sich um den weiteren Ausbau beziehungsweise die Wiedererrichtung zerstörter Verteidigungsstellungen zu kümmern. Brände müssen gelöscht, der Wiederaufbau der beschädigten Gebäude muss in die Wege geleitet werden. Sie werden also einsehen, dass wir den Mord mit den hier vorhandenen Mitteln kaum aufzuklären vermögen!

Aus diesem Grund habe ich über Funk bereits in Pinneberg um Unterstützung ersucht. Morgen früh erwarte ich zwei Herren von der Sicherheitspolizei, die mit dem Schiff aus Büsum anreisen werden, um die Morduntersuchungen einzuleiten."

Nach seiner offiziellen Ernennung zum Reichsführer SS und Chef der deutschen Polizei im Jahr 1936 hatte Heinrich Himmler die Politische Polizei und die Kriminalpolizei der Länder zur Sicherheitspolizei zusammengeführt. Das zentral geführte Hauptamt Sicherheitspolizei in der Reichshauptstadt Berlin gliederte sich in vier Abteilungen, von denen eines das Reichskriminalpolizeiamt war.

„Aber das ist doch Humbug", wehrte von Sontheim sich. „Geben Sie mir freie Hand und ich präsentiere Ihnen noch heute Abend den Mörder!"

Ebenso wie der Ortsgruppenleiter wartete auch ich gespannt auf die Reaktionen seiner Zuhörer. Als diese unerwarteterweise ausblieben, weil offenbar niemand etwas auf diese völlig abwegige Bemerkung erwidern wollte, wagte ich, meine eigenen Gedanken vorzubringen:

„Verzeihung, wenn ich mich einmische, aber können wir uns denn überhaupt sicher sein, den Mörder unter den Fremdarbeitern suchen zu müssen?"

Mit einem Mal sahen mich alle entgeistert an. Es dauerte nur Sekundenbruchteile, bis ein Sturm der Entrüstung über mich hereinbrach.

„Sie sind wohl nicht bei Trost? Was maßen Sie sich an, Sie Jüngling?", empörte sich von Sontheim.

Auch Meyer zischte mir erbost zu:

„Ich empfehle Ihnen dringend, sich aus dieser Diskussion herauszuhalten, junger Mann, wenn Sie die Konsequenzen Ihrer unüberlegten Bemerkung vermeiden wollen. Von diesen Dingen verstehen Sie nichts!"

Ich merkte, wie mir das Blut in den Kopf schoss und sah mich verlegen um. Herr Thomsen, Henrichs und Herr Görres hatten ihre Blicke betreten zu Boden gerichtet. Doktor Heiner und Sämann starrten mich genauso wie die anderen grimmig an. Einzig der Inselkommandant nickte mir zu meiner Verblüffung aufmunternd zu.

„Meine Herren, ich finde, wir sollten dem jungen Mann Gelegenheit geben, seine Gedanken zu Ende zu führen", rief er den anderen zu. „Was er bislang vorgebracht hat, klang in meinen Ohren nämlich durchaus plausibel! Also, Herr …?"

„Plöger", beeilte ich mich ihm auf die Sprünge zu helfen.

„Also, Herr Plöger, würden Sie uns bitte mitteilen, was Sie mit Ihrem Einwand andeuten wollten?"

Erneut sah ich mich schnell in der Runde um. Nach Lohmanns Worten schauten mich alle auf einmal erwartungsvoll an.

„Ja, also …", begann ich mit unsicherer Tonlage, um mich danach hastig innerlich zur Ordnung zu rufen. „Es gibt bei fast allen Alarmen immer wieder Personen, die aus unterschiedlichen Gründen in ihren Häusern bleiben, anstatt die Bunker aufzusuchen", erklärte ich dann mit erstaunlich fester Stimme. „Diese Leute werden in den Anwesenheitslisten als fehlend vermerkt. Nach einem direkten Angriff auf die Insel werden sie von den Luftschutzhelfern aufgesucht, damit sichergestellt ist, dass ihnen nichts widerfahren ist."

Der Inselkommandant sah mich auffordernd an. „Weiter …?"

„Auch beim heutigen Luftangriff gab es vereinzelt Inselbewohner, die es nicht rechtzeitig in die Stollen schafften oder ganz bewusst zu Hause blieben. Diese Personen sind uns anhand der Listen namentlich bekannt. Herr Henrichs berichtete mir beispielsweise von mehreren Bewohnern, die in den Schutzräumen des Unterlandes vermisst wurden …"

„Stimmt!", riefen Henrichs und Herr Görres beinahe gleichzeitig aus.

Beim nochmaligen Studieren der Gesichter der Runde bemerkte ich, dass mir inzwischen die volle Aufmerksamkeit aller Anwesenden zuteilgeworden war. Selbst von Sontheim schien mir mit ehrlichem Interesse zuzuhören.

„Dies war übrigens auch der Grund, warum Herr Henrichs den Toten überhaupt entdeckte", fuhr ich deshalb schon deutlich selbstsicherer fort. „Was das Oberland betrifft, kann ich als Luftschutzhelfer natürlich nur für meinen eigenen Zuständigkeitsbereich sprechen. Dort fehlte am heutigen Tag niemand. Wie es in den anderen Abschnitten des Weddigen Stollens und des Fuchsbaus aussieht, entzieht sich allerdings meiner Kenntnis. Aber es dürfte anhand der Listen ein Leichtes sein, auch dort die Abwesenden zu ermitteln, um diesen Personenkreis einer genaueren Überprüfung zu unterziehen, zumal dessen Anzahl recht überschaubar sein dürfte. Was hingegen das

Motiv für den Mord angeht ...“
„Ja?“
Ich warf meinem Kollegen einen schnellen Blick zu. Mir war bewusst, dass ihm das, was ich vorzubringen gedachte, nicht gefallen würde. Doch den Gedanken, der mir schon die ganze Zeit über im Kopf herumspukte, wollte ich nicht unerwähnt lassen. Darum sprach ich unbeirrt weiter:
„Nun, es gibt möglicherweise jemanden, der eine ziemliche Wut auf Herrn Freese gehabt haben könnte. Ich wage zu bezweifeln, ob dieser Person tatsächlich ein Mord zuzutrauen ist, aber sie sollte meiner Meinung nach zumindest befragt werden ...“
„Wer ist es?“, wollte Lohmann in ungeduldigem Ton wissen und beobachtete mich dabei mit zu Schlitzen verengten Augen.
Ich warf Herrn Thomsen hastig einen entschuldigenden Blick zu, ehe ich erwiderte:
„Hergen Siemer!“

38

Aus den Augenwinkeln heraus konnte ich beobachten, wie Herr Thomsen mich entsetzt anstarrte. Da alle anderen jedoch gespannt auf die Begründung meines vorgebrachten Verdachts warteten, ignorierte ich meinen Kollegen zunächst und erläuterte stattdessen schnell:
„Vor einigen Wochen wurden Herr Thomsen und ich am späten Nachmittag wegen eines Streits ins Gasthaus *Deutsches Haus* gerufen. Als wir dort eintrafen, drohte gerade eine Auseinandersetzung zwischen Hergen Siemer und Wilken Ahlers zu eskalieren. Letzterer hatte offenbar vor allen Gästen angedeutet, dass Siemers Frau ein Verhältnis mit Justus Freese habe, bei dem sie sich als Haushaltshilfe verdingte. Wir konnten die Streithähne schnell trennen und begleiteten sie danach getrennt voneinander nach Hause, nachdem sich die Gemüter wieder beruhigt hatten."
„Ich verstehe", entgegnete Lohmann nachdenklich, während sich die anderen Teilnehmer der Runde bedeutungsvolle Blicke zuwarfen. „Sie denken, Siemer könnte Freese aus Eifersucht getötet haben. Haben Sie in den letzten Tagen irgendwelche Anzeichen festgestellt, die diese These untermauern könnte?"
„Nein, nein, keineswegs", beeilte ich mich wahrheitsgetreu zu

versichern. „Ehrlich gesagt, habe ich Hergen Siemer seitdem kaum zu Gesicht bekommen. Weitere Beschwerden über ihn gab es seit jenem Vorfall jedenfalls nicht mehr ..."

Bei meinen letzten Worten hatte ich Herrn Thomsen auffordernd angesehen, der sofort bestätigte:

„Hergen ist danach nicht mehr auffällig geworden. Er hatte an diesem Abend wohl ganz einfach zu tief ins Glas geschaut. Ahlers' Sticheleien taten ihr Übriges, um ihn aus der Haut fahren zu lassen. Glauben Sie mir, Hergen ist ein gutmütiger Mensch. Er könnte keiner Fliege ..."

„Ist an den Gerüchten denn etwas dran? Hatte seine Frau tatsächlich ein Techtelmechtel mit Freese?", fiel Lohmann ihm mit scharfer Stimme ins Wort.

Ich sah meinen Kollegen hilflos an. Der zögerte kurz, räumte dann aber ein:

„Na ja, getuschelt wird hier auf der Insel schon länger über die beiden. Die Dortje ist eine äußerst attraktive Frau. Wahrscheinlich ist dieser Umstand auch der eigentliche Grund für das Gerede. Ob die Gerüchte der Wahrheit entsprechen, vermag ich allerdings nicht zu beurteilen."

„Wie lange ist ... war Frau Siemer denn schon bei Freese beschäftigt?"

Bei dieser Frage musste auch Herr Thomsen überlegen. „Ehrlich gesagt, bin ich mir nicht sicher ...", entgegnete er und sah sich unsicher um.

„Freese wurde im Herbst 1941 hierher versetzt und zog schon bald danach in dieses Gebäude", meldete von Sontheim sich wieder zu Wort. „In den ersten Wochen kümmerte sich noch eine andere junge Dame um seinen Haushalt. Als in dieser Zeit dann immer mehr Männer zum Kriegsdienst eingezogen wurden, um ihrem Vaterland zu dienen, wurde das Fräulein der Hafenverwaltung als Schreibkraft zugeteilt. Nach einigem Hin und Her übernahm schließlich Frau Siemer, die zu diesem Zeitpunkt bereits drei Kinder hatte, wenn ich mich recht entsinne, die Haushaltsführung bei meinem Vertreter."

Er zögerte kurz, ehe er weitersprach. „Natürlich habe auch ich von den Gerüchten gehört, denen zufolge Freese sogar der Vater des vierten Kindes der Siemers sein soll. Ob dies zutrifft, kann ich nicht sagen. Mir war sein Privatleben immer egal, solange er nur seine Arbeit ordentlich verrichtete."

„Besaß Freese irgendwelche Dinge von Wert, die er in seinen Räumlichkeiten aufbewahrte?"

Die Frage des Inselkommandanten war an von Sontheim gerichtet, der nur mit den Schultern zucken konnte. „Das entzieht sich meiner Kenntnis."

Lohmann schien einen Moment lang über das Gehörte nachzudenken, ehe er sich schließlich in der Runde umsah und entschied:

„Meine Herren, ich bin der Meinung, dass wir uns nicht mit diesen Dingen zu befassen haben. Die weiteren Ermittlungen sollten wir stattdessen den Herrschaften der Sicherheitspolizei überlassen, die ja bereits auf dem Weg hierher sind. Ich denke, wir haben nach dem neuerlichen Terrorangriff des Feindes allesamt Besseres zu tun, als uns mit einem Mord zu beschäftigen!"

Ehe die Männer sich verabschiedeten, wandte Lohmann sich nochmals an Herrn Thomsen und mir:

„Sie beide werden den ordnungsgemäßen Abtransport des Toten überwachen! Außerdem erwarte ich, dass Sie das Gebäude danach verschließen und den Schlüssel an sich nehmen, damit niemand das Haus betreten kann, bevor die Sicherheitspolizei eintrifft."

Henrichs bot sich daraufhin gleich an, zwei Marinesoldaten und eine Trage zu organisieren. Doktor Heiner gab uns noch rasch Instruktionen, wohin der Leichnam Freeses für die Obduktion gebracht werden sollte, ehe er sich den anderen anschloss und uns verließ.

„Mensch, Junge, was hast du dir nur dabei gedacht, als du diesen Zwischenfall im *Deutschen Haus* Lohmann gegenüber erwähntest?", zischte Herr Thomsen mir aufgebracht zu, sobald wir alleine waren. Er konnte seinen Ärger kaum verhehlen. „Der Hergen kommt doch jetzt in Teufels Küche!"

„Aber ich habe ihn doch mit keinem Wort der Tat beschuldigt, sondern wollte lediglich auf ein mögliches Tatmotiv hinweisen", wehrte ich mich. „Außerdem wäre der Streit mit Ahlers spätestens morgen im Rahmen der Befragungen der Sicherheitspolizei sowieso ans Tageslicht gekommen."

„Trotzdem gehört es sich nicht, einen Inselbewohner im Beisein der Obrigkeit derart zu denunzieren! Hergen ist der friedfertigste Mensch, den ich kenne. Er könnte niemals jemanden umbringen!"

Ich muss angesichts seiner Worte wohl einen mächtig geknickten Eindruck gemacht haben, denn Herr Thomsen klopfte mir auf einmal aufmunternd auf die Schulter, wobei er schon eine wesentlich freundlichere Miene aufgesetzt hatte, und meinte: „Lass nicht gleich den Kopf hängen, mein Junge! Ganz Unrecht hast du ja nicht einmal, wie ich zugeben muss. Hergens Disput mit Wilken wäre den Kollegen von der Sipo irgendwann zwangsläufig zu Ohren gekommen. Und der Verdacht, der aufgrund des Streites unweigerlich aufkommen muss, sollte in Hergens eigenem Interesse schnellstmöglich ausgeräumt werden. Wenn ich es mir also recht überlege, war es vielleicht gar nicht einmal so falsch von dir, den Vorfall zur Sprache zu bringen."

Da ich schon befürchtet hatte, dass unser gutes Verhältnis zukünftig dauerhaft gestört sein würde, fühlte ich nach diesen Worten eine große Erleichterung in mir.

Nach dem Abzug des Inselkommandanten und des Ortsgruppenleiters trauten sich die ersten Nachbarn inzwischen wieder aus ihren Häusern, um sich zaghaft bei uns zu erkundigen, was genau vorgefallen war. Die Nachricht vom Tod Freeses schien sich rasend schnell unter den Inselbewohnern verbreitet zu haben, wie wir in den Gesprächen mit ihnen feststellen mussten. Wir gaben uns darum gar nicht erst die Mühe, diese Tatsache abzustreiten, hielten uns aber mit darüber hinausreichenden Informationen wohlweislich zurück.

Irgendwann kam Henrichs mit zwei Marinesoldaten im Schlepptau, die eine Trage mit sich führten, zurück. Nachdem wir die Männer ins Haus geführt und ihnen den Toten gezeigt hatten, machten diese sich sogleich ans Werk und hoben den Leichnam auf die Trage, um ihn danach abzutransportieren.

Mittlerweile hatte die Dämmerung bereits eingesetzt. Ehe der Trupp abzog, nahm Herr Thomsen mich kurz beiseite und erklärte mir:

„Ich werde die Männer ins Unterland begleiten, um mich persönlich davon zu überzeugen, dass die sterblichen Überreste Freeses auch ordnungsgemäß abgeliefert werden. Schließ du noch schnell die Türen des Hauses ab, bevor du dich auf den Heimweg begibst. Den Schlüssel kannst du mit nach Hause nehmen. Sei aber morgen pünktlich auf der Wache, weil das Schiff mit den Kollegen vom Festland vermutlich schon in den frühen Morgenstunden eintreffen wird!"

Daraufhin tat ich, wie mir geheißen und begleitete Herrn Thomsen und die anderen noch bis zum Falm, wo sich unsere Wege trennten.

Nachdem wir uns voneinander verabschiedet hatten, zog es mich wie automatisch zur steinernen Brüstung, wo ich mich weit nach vorn beugte, um von hier oben einen neugierigen Blick auf das Unterland zu werfen. Obwohl die Brände mittlerweile offenbar größtenteils gelöscht waren, zogen noch immer vereinzelte Rauchschwaden in die Höhe. Erst jetzt wurde mir das ganze Ausmaß der Zerstörungen bewusst. Abgesehen von der Bebauung rund um die Biologische Anstalt gab es im gesamten nordöstlichen Teil des Unterlandes kaum ein Gebäude, von dem mehr als ein paar kümmerliche Mauerreste verblieben waren, geschweige denn bewohnbar war. Auch auf dem Gelände des Südhafens und auf der Düne schien es zu erheblichen Schäden gekommen zu sein, wie ich bei genauerem Hinsehen bemerkte.

Beim Anblick der Trümmerwüste wurde mir das Herz schwer. Wie sollte das Leben auf der Insel angesichts dieser Verwüstungen nur weitergehen?

39

Als ich die Haustür öffnete, nahm ich aus der Wohnstube ein leises Wimmern wahr. Alarmiert stürmte ich in den Raum und fand meine Vermieterin zusammengesunken in ihrem Sessel vor. Die Augen waren von einem Taschentuch verborgen, das sie vor ihrem Gesicht hielt.

„Frau Friedrichsen, geht es Ihnen nicht gut? Soll ich einen Arzt holen?", erkundigte ich mich besorgt, während ich mich gleichzeitig zu ihr herunterbeugte.

Sie ließ das Taschentuch sinken und entgegnete mit bekümmerter Miene:

„Ach, Hans ... unsere schöne Insel! Sie ist heute in großen Teilen zerstört worden. Was soll nur aus uns werden, wenn diese ständigen Bombardierungen weiter anhalten?"

„Darüber mache ich mir auch große Sorgen ...", musste ich zugeben.

Frau Friedrichsen starrte eine Weile mit ausdruckslosem Gesicht vor sich hin, ehe sie entgegnete:

„Luftangriffe auf Helgoland hat es praktisch seit Kriegsbeginn gegeben. Schon im Jahr 1939 versuchten die Engländer, deutsche

Kriegsschiffe zu vernichten, die vor der Insel festgemacht hatten. Die Situation auf der Insel eskalierte, als am 13. und 21. Mai 1941 bei zwei Überraschungsangriffen des Feindes mit Tiefffliegern zahlreiche Menschen, darunter viele Kinder, ums Leben kamen. Die Attacken kamen seinerzeit völlig unerwartet, wie aus dem Nichts! Es gab keine Vorwarnzeit. Spätestens mit dieser Aktion war der Krieg endgültig nach Helgoland gekommen! Daraufhin wurden hastig die Bunker in den Felsen getrieben und Fesselballons zum Schutz vor Tiefffliegerattacken über der Insel in Stellung gebracht.

Zwei Jahre später, am 15. Mai 1943, gab es den ersten Großangriff auf Helgoland. Trotz der zwischenzeitlich errichteten Schutzräume gab es erneut etliche Todesopfer zu beklagen. Am 27. Januar dieses Jahres gab es schließlich weitere Bombardierungen, dieses Mal glücklicherweise ohne Todesopfer."

Sie bedachte mich mit einem traurigen Blick. „Die Luftangriffe im September hast du ja selbst miterleben müssen. Was sind das nur für grauenvolle Zeiten, in denen wir leben? Ich frage mich, wo das alles noch hinführen soll?"

Um sie zu trösten, legte ich meine Hand mitfühlend auf ihren Unterarm. „Glauben Sie mir, irgendwann wird dieser Spuk vorbei sein! Der Krieg kann ja nicht ewig dauern ..."

Ihre Reaktion bestand darin, sich zu mir nach vorn zu beugen und mich verschwörerisch anzusehen. „Hans, ich kann mir im Augenblick beim besten Willen nicht vorstellen, auf welche Weise dieser Krieg beendet werden sollte. Unsere Feinde sind an allen Fronten auf dem Vormarsch. Sie werden den Kampf nicht eher einstellen, bis wir kapituliert haben.

Aber Hitler wird nicht freiwillig aufgeben! Er war es schließlich, der den Krieg begonnen hat. Es kann also noch einige Zeit vergehen, bis wir endlich wieder Frieden haben werden ..."

Darauf wusste ich nichts zu erwidern. Auch wenn es mir schwerfiel, musste ich ihr innerlich recht geben. Mir fehlte ebenfalls jede Vorstellung, auf welche Weise das Grauen beendet werden könnte.

Vermutlich hätten wir noch die ganze Nacht über die eher düsteren Zukunftsaussichten spekulieren können. Da mir jedoch bewusst war, wie sehr Frau Friedrichsen das Kriegsgeschehen im Allgemeinen und das eng damit verbundene Schicksal ihrer Heimatinsel im Besonderen mitnahm, wechselte ich vorsichtshalber das Thema. Nach all den Aufregungen dieses Tages und angesichts ihres schmerzverzerrten Gesichts erkundigte ich mich mit ehrlicher Besorgnis nach ihrem Gesundheitszustand.

„Die ständige Bedrohung, der wir hier inmitten der Nordsee ausgesetzt sind, trägt nicht unbedingt zu meiner Gesundung bei", erwiderte sie daraufhin mit einem gequälten Lächeln. „Das ständige Treppensteigen beim Aufsuchen der Schutzstollen ist natürlich auch nicht gerade förderlich. Meine Fußgelenke schmerzen heute Abend wieder ganz fürchterlich."

„Oh, verzeihen Sie! Ich hätte Ihnen gleich nach meiner Heimkehr kalte Umschläge machen sollen, anstatt mich zu Ihnen zu setzen", entgegnete ich und eilte schon in die Küche, wo ich zwei Tücher in eine Schüssel legte, die ich mit kaltem Wasser aus dem danebenstehenden Krug füllte.

Nachdem ich meiner Vermieterin die derart durchnässten Tücher um die Knöchel geschlagen hatte, lenkte ich das Gespräch behutsam auf die Geschehnisse des Nachmittags. Am liebsten hätte ich es uns beiden natürlich gerne erspart, sie über den Mord an Freese in Kenntnis zu setzen. Doch da ich mich nicht dem Vorwurf aussetzen wollte, ihr etwas verheimlichen zu wollen, zumal sie spätestens am nächsten Tag sowieso von den Nachbarn über die Ereignisse informiert werden würde, konnte ich mich dieser Aufgabe nicht entziehen.

In möglichst schonenden Worten berichtete ich ihr, wie wir den Stellvertretenden Ortsgruppenleiter aufgefunden hatten. Dabei deutete ich auch an, dass es sich höchstwahrscheinlich um einen gewaltsamen Tod handelte, der der genaueren Untersuchung durch zwei Beamte der Sicherheitspolizei bedürfe.

„Justus Freese war kein guter Mensch", erwiderte Frau Friedrichsen zu meiner Verwunderung, nachdem ich geendet hatte. „Er war arrogant, korrupt und wusste aus seinem Amt als Stellvertretender Ortsgruppenleiter der Nationalsozialistischen Deutschen Arbeiterpartei stets seine Vorteile zu ziehen. Zudem zog er sich den Zorn der Bevölkerung zu, als er im vergangenen Jahr einen Inselbewohner von der Gestapo verhaften ließ, weil der sich im Widerstand gegen die Nazi-Herrschaft engagiert hatte. Ihm wird kaum jemand eine Träne hinterherweinen. Im Gegenteil, es gab damals sogar viele Menschen, die ihm den Tod wünschten."

„Ach ja? Wer denn zum Beispiel?", fragte ich erstaunt und sah sie wissbegierig an.

Doch zu meiner Enttäuschung weigerte sich meine Vermieterin, meine Neugier zu befriedigen, indem sie entgegnete:
„Hans, bitte hab Verständnis, wenn ich dir auf diese Frage keine Antwort gebe. Ich möchte niemanden in Schwierigkeiten bringen. Glaub mir, es ist besser, wenn ich dir die Namen dieser Personen nicht nenne."
Ohne mir Gelegenheit zu geben, etwas zu erwidern, erhob sie sich plötzlich umständlich aus ihrem Sessel und forderte mich auf:
„Na komm, Hans. Schau nicht so beleidigt drein, sondern hilf mir stattdessen lieber, das Abendbrot vorzubereiten. Ich habe mit dem Essen extra auf dich gewartet!"

*

Später an diesem Abend schrieb ich einen langen Brief an meine Familie, da ich befürchtete, dass man sich nach dem heutigen Luftangriff auf Helgoland daheim Sorgen um mich machen könnte. Erstmals erwähnte ich darin Agnes und meine Liebe zu ihr, selbstverständlich, ohne dabei auf ihre Herkunft oder Tätigkeit einzugehen.
Als ich das mehrseitige Schreiben schließlich in den Umschlag steckte und die Fotografie von Agnes und mir hinzufügte, stellte ich mir innerlich schmunzelnd die verdutzten Gesichter meiner Eltern beim Öffnen des Briefes vor. In Anbetracht dieser Neuigkeiten würde das Antwortschreiben vermutlich nicht lange auf sich warten lassen …

40

In der Nacht konnte ich lange nicht in den Schlaf finden. Immer wieder kamen mir die verstörenden Geschehnisse des Tages in den Sinn. In der Abgeschiedenheit meiner Schlafkammer kamen mir sowohl der Bombenangriff auf die Insel als auch der im Anschluss entdeckte Mord völlig unwirklich vor. Hatte es beide Unglücke tatsächlich gegeben oder bildete ich mir diese Ereignisse nur ein? Zwischendurch schweiften meine Gedanken wiederholt zu Agnes ab, die vierundzwanzig Stunden zuvor noch in meinen Armen gelegen hatte. Gerade in diesen schweren Stunden sehnte ich mich nach ihrer Stimme, dem Duft ihrer Haut und ihren Berührungen.

Wenngleich sie sich zu dieser Stunde in nur wenigen hundert Metern Entfernung zu mir aufhielt, war sie für mich für die nächsten Tage doch unerreichbar fern. Ich vermisste sie! Niemals zuvor hätte ich gedacht, dass Sehnsucht so schmerzhaft sein konnte.

Mit ihrem Bild vor meinem geistigen Auge merkte ich, wie meine Augenlider schwerer und schwerer wurden, bis ich schließlich in einen tiefen Schlaf fiel.

*

Obwohl meine letzten Gedanken am späten Abend Agnes gegolten hatten, war nicht etwa sie es, die dafür verantwortlich war, dass ich irgendwann in der Nacht verstört hochschreckte. Nach den vielen nächtlichen Luftalarmen der vergangenen Wochen lauschte ich schon aus Gewohnheit zunächst für einige Sekunden, ob die Sirenen gerade heulten. Zu meinem Erstaunen war dies jedoch nicht der Fall. Demnach musste es etwas anderes gewesen sein, das mich aus dem Schlaf gerissen hatte.

Es dauerte eine Weile, bis ich in der Lage war, klar zu denken. Ich fühlte mich seltsam aufgewühlt. Eine innere Unruhe hatte von mir Besitz ergriffen. Beim Betasten meines Oberkörpers bemerkte ich zu meiner Verwunderung, wie verschwitzt ich war. Irgendetwas musste in meinem Unterbewusstsein geschehen sein, während ich geschlafen hatte.

Als ich nach dem Wecker schaute, versuchte ich mich verzweifelt daran zu erinnern, was ich geträumt hatte, bevor ich aufgewacht war. Doch so sehr ich mich auch bemühte, mein nächtliches Schlaferlebnis ließ sich nur bruchstückhaft in mein Gedächtnis zurückrufen.

Irgendwann gab ich es auf und warf stattdessen einen gelangweilten Blick aus dem winzigen Dachfenster. Der Himmel zeigte sich in dieser Nacht bedeckt. Nur ganz schwach war der Mond hinter den Wolken zu erkennen, die durch das fahle Licht eine gräuliche Färbung angenommen hatten.

Der Anblick dieses Naturschauspiels war es, der die Erinnerung an meinen Traum unvermittelt zumindest in Teilen zurückkehren ließ! Ein grauer Farbton hatte darin nämlich eine Rolle gespielt, ohne dass ich in diesem Augenblick den Zusammenhang erfassen konnte ...

Ich zermarterte mir fieberhaft den Kopf. Wo konnte mir im Laufe des Vortages eine gräuliche Farbschattierung untergekommen sein? War sie mir womöglich im Zusammenhang mit den zahlreichen Schuttbergen nach dem Bombenangriff im Gedächtnis haften geblieben? Die Erkenntnis traf mich wie ein Blitz. Gleichzeitig wurde mir bewusst, dass ich der Sache umgehend auf den Grund gehen musste, wenn ich in dieser Nacht noch ein Auge zutun wollte.

Obwohl es halb zwei war, zog ich rasch meine Kleidung an, vergewisserte mich des Inhalts meiner Hosentasche, schlüpfte in meine Schuhe und schlich mich auf der Treppe beinahe geräuschlos nach unten. Im Korridor tastete ich nach der Kommode, auf der Frau Friedrichsen eine Taschenlampe aufzubewahren pflegte und steckte mir diese in die Jackentasche. Dann öffnete ich so leise wie möglich die Haustür und schlüpfte ins Freie.

Draußen verharrte ich einen Augenblick und legte mein Ohr horchend an die Tür. Keinesfalls wollte ich meine Vermieterin mit meinem nächtlichen Ausflug um ihren Schlaf bringen. Doch meine Sorge um sie schien unbegründet zu sein, denn im Haus blieb alles ruhig.

Nach rund zwei Monaten ständiger nächtlicher Luftalarme war ich es inzwischen gewohnt, mich im Dunkeln auf der Insel zu orientieren. Dennoch hielt ich es in dieser besonders finsteren Nacht für angemessen, mich nur langsam fortzubewegen, als ich mich in Richtung Falm wandte. Zu groß erschien mir das Risiko, gegen ein Hindernis zu stoßen.

Die Verdunklung sorgte für eine beinahe unheimliche Atmosphäre. Die vollkommene Stille verstärkte diesen Eindruck noch. Lediglich der Wind verursachte leise Geräusche. Das Eiland schien um diese Stunde wie ausgestorben. Nicht einmal der matte Schein einer stoffumhüllten Lampe war hinter den Vorhängen der Fenster zu erkennen.

Ich arbeitete mich langsam zum Falm vor, um an dessen steinernen Brüstung für einen kurzen Moment zu verharren, nachdem ich ihn erreicht hatte. Voller Sehnsucht schaute ich nach rechts, wo sich die Von-Aschen-Strasse und damit das Gebäude, in dem Agnes arbeitete, befanden. Ich hoffte, dass sie um diese Uhrzeit bereits ihre Ruhe gefunden hatte und friedlich schlafend in ihrem Bett lag. Wie gern hätte ich in diesem Augenblick neben ihr gelegen ...

Innerlich seufzend löste ich mich von meinen Träumereien, wandte mich stattdessen in die entgegengesetzte Richtung und warf dabei einen Blick über die Falmbrüstung. Das Meer hob sich vom Himmel als dunkler Fleck ab. Noch immer lag ein unangenehmer, rauchiger Geruch in der Luft, der vom Unterland heraufzog. Bis zum Mittelweg waren es nur wenige Dutzend Meter. Schon bald stand ich vor dem Haus, in dem am Tag zuvor ein Mensch ermordet worden war. Hastig zog ich den Schlüssel aus meiner Hosentasche hervor und schloss mit dessen Hilfe die Tür auf.

Nachdem ich den kleinen Korridor des Gebäudes betreten hatte, arbeitete ich mich in der Finsternis behutsam vor, indem ich meine Arme nach beiden Seiten ausstreckte. Auf diese Weise konnte ich die Wand zu meiner Linken und gleichzeitig die hölzerne Verkleidung der Treppe auf der rechten Seite ertasten, um mich zurechtzufinden.

Beim Erreichen der gegenüberliegenden Seite des Flures stoppte ich und ging in die Hocke, um mit meiner Hand den Boden abzutasten. Genau an dieser Stelle waren mir bei unserem Eintreffen am Vortag kleinere gräuliche Verschmutzungen auf den Dielenbrettern aufgefallen. Diese Flecken mussten mich derart in meinem Unterbewusstsein beschäftigt haben, dass ich dadurch erwacht und danach auf die Idee gekommen war, mich des Nachts hierherzuschleichen, um in das Gebäude einzudringen.

Ich fühlte feinste Körner unter meinen Fingern, als ich mit der Hand über den Boden strich. Dies bestätigte mich in meiner Vermutung, wonach es sich bei dieser Substanz um Mörtelreste handeln musste.

Nach dieser Erkenntnis erhob ich mich, tastete nach der Türklinke am Ende der Treppenverkleidung und öffnete die dazugehörige Tür, nachdem ich sie gefunden hatte.

Mit äußerster Vorsicht trat ich mit dem linken Fuß in den dahinter liegenden Bereich und musste ein wenig Geduld aufbringen, bis mein Schuh endlich festen Halt gefunden und mit der gesamten Sohle aufgesetzt hatte. Daraufhin zog ich den rechten Fuß rasch nach und schloss die Tür hinter mir.

Erst jetzt riskierte ich es, die Taschenlampe einzuschalten, um nach dem Lichtschalter zu suchen. Nachdem ich diesen betätigt hatte, stellte ich fest, dass die Deckenbeleuchtung nur unzureichend war und ließ meine Taschenlampe darum eingeschaltet. Immerhin war ich nicht enttäuscht worden, wie ich bemerkte, als ich mich umsah.

Genau wie ich erwartet hatte, befand ich mich auf einer Treppe, die in den Keller des Hauses führte. Da ich von außen keine Fenster bemerkt hatte, konnte ich die Lampe gefahrlos benutzen, ohne gegen die Verdunklungsvorschriften zu verstoßen. Vorsichtigen Schrittes begab ich mich auf der steilen Stiege nach unten. Schon nach wenigen Stufen hatte ich das Untergeschoss erreicht, das nur aus einem einzigen, ziemlich niedrigen Raum bestand und im Wesentlichen dem Keller Frau Friedrichsens glich. In der Mitte befand sich die Zisterne, in die das Regenwasser geleitet wurde. Das Zuleitungsrohr schien an irgendeiner Stelle ein Leck aufzuweisen, denn der Boden war von einer leichten Feuchtigkeit überzogen.

Rechts der Treppe gab es einen aufgemauerten Behälter mit Holzdeckel, wie er vielerorts zum Einlegen von Fleisch und Fisch in Salz, dem Pökeln, verwendet wurde, bevor der Inhalt später zum Trocknen aufgehängt wurde.

Als ich den Verschluss anhob, um einen Blick ins Innere zu werfen, bekam ich ein überraschend breit gefächertes Sortiment verschiedener, jeweils mit einer dicken Salzschicht bestreuter Fleisch- und Fischvarianten zu Gesicht. Der dazugehörige Tonbehälter mit der würzenden Substanz stand gleich neben der steinernen Truhe.

An der gegenüberliegenden Wand des Kellers war ein hölzernes Regal errichtet worden, auf dem zahlreiche Weckgläser mit diversen Früchten und Gemüse verschiedenster Art sowie einige Weinflaschen gelagert waren. Aus unerfindlichen Gründen waren zu Füßen des Regals mehrere Ziegelsteine aufgeschichtet, von denen sich eine feine Mörtelschicht gelöst und auf dem Boden verteilt hatte.

Als ich meine Taschenlampe gezielt auf diesen Bereich richtete, bemerkte ich, dass sich durch die Verbindung mit der auf dem Grund befindlichen Nässe eine Art matschiger Masse gebildet hatte. Und noch etwas fiel mir ins Auge: Inmitten dieser Materie befand sich der deutlich erkennbare Abdruck eines rechten Schuhs. Daraufhin leuchtete ich rasch den Weg bis zur Treppe und danach die einzelnen Stufen ab. Dabei erkannte ich, dass sich die Spur von der Steinansammlung bis zum Erdgeschoss in immer schwächer werdenden Ausprägungen fortsetzte. Die Verschmutzung im Korridor musste demnach aus dem Keller stammen! Die Frage war nur, ob sie vom Hausherrn persönlich oder von einer anderen

Person verursacht worden war?

Ein Gedanke schoss mir durch den Kopf. Deshalb löschte ich schnell das Licht meiner Taschenlampe und stieg nach oben, wo ich die Deckenbeleuchtung ausschaltete und anschließend die Tür zum Flur öffnete. Von dort bahnte ich mir in tiefster Dunkelheit vorsichtig den Weg zum Büro, wo wir wenige Stunden zuvor den Toten vorgefunden hatten. Um ja nicht in das Blut zu treten, welches zweifellos noch in geronnenem Zustand den Boden bedeckte, drückte ich mich eng an die Wand, um auf diese Weise zum Schreibtisch zu gelangen.

Dort angekommen tastete ich zunächst die Tischoberfläche ab und durchsuchte danach auf gleiche Weise die Läden, bis meine Hände schließlich fanden, wonach ich gesucht hatte.

Dann schlich ich mich zurück ins Untergeschoss, wo ich meine Taschenlampe erneut betätigte und derart auf dem Regal platzierte, dass der Bereich um die Steinansammlung einigermaßen gut ausgeleuchtet war.

Danach machte ich mich ans Werk. Mithilfe eines Bleistiftes aus dem Büro des Opfers versuchte ich den Schuhabdruck möglichst maßstabsgerecht zu Papier zu bringen, was einige Zeit in Anspruch nahm. Auch das Papier entstammte dem Schreibtisch des Toten und entpuppte sich im Licht der Taschenlampe als ein Universalvordruck für irgendwelche Materialanforderungen.

Als ich endlich fertig war, war das Ergebnis meiner Bemühungen zu meiner Verwunderung besser ausgefallen, als ich erwartet hatte. Vor allem eine Besonderheit, nämlich eine längliche, konisch verlaufende Erhöhung des Schuhabdrucks in Höhe des Zehenansatzes, die auf eine Beschädigung der Fußbekleidung schließen ließ, hatte ich sehr gut getroffen, wie ich mir zumindest einbildete.

Nach einem letzten prüfenden Blick durch den Raum löschte ich abermals das Licht, begab mich nach oben, verschloss sorgfältig die Haustür hinter mir und machte mich auf den Heimweg.

Unterwegs dachte ich über meine Entdeckung nach. Ob Freese selbst oder womöglich sein Mörder den Schuhabdruck hinterlassen hatte, vermochte ich nicht einzuschätzen. Doch zumindest hatte ich eine genaue Vorstellung davon, wie ich diese Frage ohne großen Aufwand schnellstmöglich klären konnte.

Es war beinahe vier Uhr, als ich völlig erschöpft ins Bett fiel.

41

Wenngleich die Nacht äußerst kurz für mich gewesen war, fühlte ich mich am nächsten Morgen doch voller Tatendrang. Früher als sonst machte ich mich zum Unterland auf, um meinen Dienst aufzunehmen, bevor die Kollegen von der Sicherheitspolizei eintreffen würden, wie ich zu diesem Zeitpunkt zumindest glaubte. Mein Elan wurde jedoch jäh gebremst, als ich die Treppe erreichte, die mir den Blick auf die Verwüstungen unter mir eröffnete. Wo vierundzwanzig Stunden zuvor noch eine beschauliche Siedlung mit einem Gemisch aus Geschäfts-, Hotel- und Wohngebäuden gestanden hatte, lag jetzt eine einzige Trümmerwüste.

Als ich das Unterland auf demselben Weg wie am Vortag umschiffte, wäre meine Stimmung vermutlich noch erheblich bedrückter gewesen, wenn ich nicht die vielen Menschen beiderlei Geschlechts bemerkt hätte, die trotz der frühen Stunde schon mit Hochdruck an der Beseitigung der Trümmerberge arbeiteten. Die ungebrochene Zuversicht und der scheinbar unerschütterliche Glaube an bessere Zeiten, die in diesem Tun lagen, weckten auch in mir wieder die Lebensgeister, sodass ich wenige Minuten später schon wesentlich optimistischer gestimmt die Wache betrat.

Zu meiner Verwunderung fand ich dort zwei Männer in Zivilkleidung vor, die es sich vor dem Schreibtisch meines Kollegen gemütlich gemacht hatten. Vor ihnen standen jeweils eine Tasse Kaffee und ein Aschenbecher, aus dem eine Zigarette vor sich hin dampfte.

Als Herr Thomsen mich bemerkte, erhob er sich gleich von seinem Stuhl und erklärte seinen Besuchern:

„Meine Herren, ich möchte Sie mit meinem Kollegen bekannt machen. Das ist Wachtmeister Plöger. Wie ich bereits andeutete, hat er Ihnen Interessantes mitzuteilen."

Damit wandte er sich mir zu. „Hans, Kommissar van der Laan und Kriminalassistent Walbröl sind von der Sicherheitspolizei in Pinneberg hierher beordert worden, um den Mord an dem Stellvertretenden Ortsgruppenleiter Justus Freese zu untersuchen. Sie sind heute schon in aller Frühe mit dem Schiff aus Büsum eingetroffen."

Als beide Besucher ihre Aufmerksamkeit daraufhin gelangweilt in meine Richtung lenkten, beeilte ich mich, meinen rechten Arm in die Höhe zu heben und dabei den vorgeschriebenen Gruß herunterzuleiern. Ihre Erwiderung beschränkte sich darauf, ebendiese Armbewegung lediglich hastig anzudeuten.

„Was hast du uns denn so Wichtiges zu berichten, Plöger?", wollte van der Laan stattdessen von mir wissen und musterte mich bei diesen Worten mit einem herablassenden Blick von oben bis unten.

„Nun, es gab vor einigen Wochen einen Streit im *Deutschen Haus*, an dem ein gewisser Hergen Siemer beteiligt war. Siemer war an besagtem Abend offenbar damit aufgezogen worden, dass seine Frau ein Verhältnis mit dem Mordopfer habe. Die wiederum führte Herrn Freese den Haushalt. Es könnte also durchaus sein ..."

„Sobald wir den Tatort besichtigt haben, werden wir uns dieses Ehepaar als Erstes vornehmen", fiel der Kommissar mir ungeduldig ins Wort, um seinem Untergebenen gleich danach aufzutragen:

„Walbröl, notieren Sie sich die Namen!"

Dann drehte er sich wieder zu mir und erkundigte sich:

„Dein Kollege deutete bei unserem Gespräch an, du hättest dir noch weitere Gedanken gemacht?"

Ich nickte. „Das ist korrekt, Herr Kommissar. Ich bin hier auf Helgoland nämlich neben meinem Beruf als Gendarm auch als Luftschutzhelfer tätig und weiß daher, dass in den Schutzstollen Anwesenheitslisten geführt werden. Da der Mord nach Doktor Heiners Einschätzung während des gestrigen Bombenangriffs verübt worden sein muss, wäre es interessant, in Erfahrung zu bringen, wer ..."

„Sehr guter Hinweis", unterbrach er mich erneut. „Walbröl, vermerken Sie auch das!"

Wieder wandte er sich mir zu. „Weiter?"

Ehe ich fortfuhr, warf ich Herrn Thomsen einen entschuldigenden Blick zu. Dann erklärte ich zögernd:

„Ich fand im Keller des Gebäudes einen Schuhabdruck, der ..."

„Was?", entfuhr es meinem Kollegen. „Wann um Himmels willen warst du denn im Keller des Gebäudes, mein Junge?"

Ich schaute verlegen in die Runde. „Na ja, die gestrigen Geschehnisse ließen mich aus irgendeinem Grund auch nach Feierabend nicht los. In der letzten Nacht wachte ich auf und musste plötzlich wieder an die Mörtelspuren denken, die mir bei unserem Besuch im Korridor aufgefallen waren. Der Dreck konnte meiner Meinung nach nur aus dem Keller stammen, da der übrige Boden ausgesprochen sauber wirkte. Und da ich den Schlüssel mit nach Hause genommen hatte, dachte ich mir ..."

Herr Thomsen sah mich einen Moment lang verstört an und schüttelte danach fassungslos den Kopf.

"... Da dachtest du dir, dieser Spur gleich nachzugehen, ohne unser Eintreffen abzuwarten", vollendete van der Laan meinen Satz.

Sein Tonfall wechselte unversehens, als er mich unwirsch anfuhr: "Du bist dir hoffentlich darüber im Klaren, dass du durch dein unüberlegtes Handeln womöglich wichtiges Beweismaterial vernichtet hast! Sollten wir Belege dafür finden, werde ich mich persönlich darum kümmern, dass du entsprechend belangt wirst!"

Während ich beschämt zu Boden sah, holte ich zögernd meine Zeichnung aus der Innentasche meines Uniformrocks hervor, die ich dem Kommissar überreichte. "Ich habe mir große Mühe gegeben, das Profil der Sohle genauestens auf das Papier zu übertragen", brachte ich in bekümmertem Tonfall hervor. "Die Abmessungen stimmen exakt mit dem Original überein. Davon habe ich mich extra noch einmal überzeugt, ehe ich das Haus wieder verließ."

Van der Laan warf einen Blick auf mein nächtliches Werk, reichte es an Walbröl weiter und sah mich verständnislos an. "Dieses Geschmiere stammt also aus deiner Hand?"

"Seien Sie unbesorgt, ich habe einen großen Bogen um diesen Bereich gemacht", beteuerte ich schnell. "Der Schuhabdruck ist noch exakt in demselben Zustand, wie ich ihn vorgefunden habe. Mehr als diesen einen Abdruck werden Sie übrigens dort nicht finden! Ich habe den Boden komplett abgesucht. Es war reiner Zufall, dass es überhaupt eine Spur gibt, denn der Verursacher ist in aufgeweichten Mörtelstaub getreten, den es nur an dieser einen Stelle gibt."

Noch immer schien der Kommissar aufgebracht. "Anstatt kluge Reden zu halten, solltest du mir besser endlich den Hausschlüssel aushändigen!"

Walbröl hatte die Szene die ganze Zeit über belustigt verfolgt. Nachdem sein Vorgesetzter den Schlüssel in Empfang genommen hatte, erkundigte er sich bei Herrn Thomsen:

"Ich hätte noch einige Fragen zu den Fremd- und Zwangsarbeitern auf Helgoland. Aus welchen Ländern stammen sie, in welcher Zahl sind sie auf der Insel und wo sind sie untergebracht? Was geschieht mit ihnen während eines Fliegeralarms?"

"Nun, es gibt verschiedene Lager, sowohl im Ober- als auch im

Unterland", erwiderte mein Kollege. „Genaueres sollten Sie in der Kommandantur erfahren. Sie finden sie im Oberland."

„Könnte sonst irgendwer einen Grund gehabt haben, Freese umzubringen?", wollte van der Laan wissen und sah Herrn Thomsen dabei erwartungsvoll an.

Doch der schüttelte nur mit dem Kopf. „Nicht, dass ich wüsste."

Angesichts der Zurechtweisung, die mir der Kommissar hatte zukommen lassen, aber auch, um meiner Vermieterin unangenehme Befragungen durch die Sicherheitspolizisten zu ersparen, verschwieg ich in diesem Moment ganz bewusst, was Frau Friedrichsen mir am Abend zuvor erzählt hatte.

Nachdem die beiden Besucher untereinander rasch einen vielsagenden Blick ausgetauscht hatten, entschied der Kommissar schließlich:

„Also gut, dann führen Sie uns jetzt bitte zum Tatort!"

42

Auf dem Weg zur Treppe betrachteten die beiden Sicherheitspolizisten mit sichtlicher Neugier die gewaltigen Zerstörungen im Unterland, ohne sich jedoch über dieses Thema auszulassen. Vor allem Walbröl hatte auf den schier endlosen Stufen zu kämpfen, weil er einen recht unhandlichen Koffer mit sich führte, in dem sich einige Ausrüstungsgegenstände zu befinden schienen.

Nachdem van der Laan die Tür zu Freeses Wohnhaus aufgeschlossen hatte, gingen wir zu viert in das Gebäude. Der Kommissar ließ sich im Flur kurz beschreiben, wo sich der Leichnam Freeses befunden hatte und bedeutete uns im Korridor zu warten, während er in Begleitung Walbröls den Wohnbereich betrat.

Ich nutzte die Wartezeit, um Herrn Thomsen auf die Verschmutzung der Dielenbretter aufmerksam zu machen. Der ging daraufhin prompt in die Hocke, um die Mörtelreste genauer zu untersuchen. Obwohl sein Blick im Anschluss gleich zur Kellertür wanderte, wagten wir nicht, das Untergeschoss ohne die Genehmigung van der Laans zu betreten.

„Und dir ist der Flecken wirklich schon beim Betreten des Hauses aufgefallen? Warum hast du mich nicht darauf aufmerksam gemacht?", erkundigte mein Kollege sich stattdessen mit ungläubiger Miene bei mir.

„Weil ich ihm in diesem Moment noch keine Bedeutung beimaß", erwiderte ich wahrheitsgemäß. „Erst in der Nacht erinnerte ich mich wieder an die Verschmutzung, die mir angesichts des ansonsten sauberen Bodens auf einmal merkwürdig vorkam."

„Und du hast mitten in der Nacht nichts Besseres zu tun, als dich durch die dunklen Gassen hierher zu schleichen?"

Mit einem verlegenen Lächeln entgegnete ich:

„Na ja, ich hätte sowieso nicht mehr schlafen können, ehe ich der Sache auf den Grund gegangen war. Warum also nicht sofort?"

Herr Thomsen schüttelte verständnislos den Kopf, während er mich gleichzeitig mit strengem Blick musterte. Plötzlich verzogen sich seine Mundwinkel zu einem breiten Grinsen.

„Du bist mir vielleicht eine Marke, mein Junge", konnte er gerade noch zwischen den Lippen hervorpressen, ehe er von einem heftigen Lachanfall geschüttelt wurde.

Auch für mich gab es jetzt kein Halten mehr. Ohne es zu wollen, stimmte ich in sein Gelächter ein.

„Was hat es denn nun mit diesem Fußabdruck auf sich?", erkundigte Herr Thomsen sich, nachdem wir uns wieder beruhigt hatten.

Ich wollte gerade zu einer Erklärung ansetzen, als die beiden Kriminalbeamten zurück in den Korridor kamen.

„Obwohl die halbe Insel in Schutt und Asche liegt, scheinen Sie beide ja glänzender Laune zu sein", fauchte van der Laan uns sogleich an, um sich danach an mich zu wenden:

„Anstatt deine Späße zu treiben, solltest du mir besser schildern, wo genau du diesen Fußabdruck entdeckt hast!"

Bei seinen Worten hatte er mit meiner Skizze gewedelt. Ich beeilte mich zu erklären:

„Wenn Sie über die Treppe in den Kellerraum hinabsteigen, werden Sie auf der linken Seite ein Regal vorfinden, vor dem einige Ziegelsteine aufgeschichtet sind. Rund um diesen Stapel hat sich Mörtel verteilt, der in Verbindung mit der Feuchtigkeit zu einer breiigen Masse geworden ist. Auf ebendiesem Untergrund fand ich den Abdruck."

Ohne ein Wort der Erwiderung öffnete der Kommissar die Tür zum Keller. Doch bevor er seinen Fuß auf die erste Stufe setzte, drückte er mir rasch noch das Papier mit meiner Zeichnung in die Hand.

„Die werden wir kaum benötigen", meinte er und deutete dabei auf seinen Kollegen.

Der hielt eine Leica-Kamera in seinen Händen und grinste mich breit an, während er in hämischem Tonfall erklärte: „Willkommen im zwanzigsten Jahrhundert!"

Nachdem die Kollegen in den Keller hinabgestiegen waren, wobei sie die Tür sorgsam hinter sich geschlossen hatten, waren Herr Thomsen und ich wieder alleine.

„Wie war das denn nun mit diesem Fußabdruck?", erkundigte mein Kollege sich abermals, den beiden Sicherheitspolizisten genervt hinterherschauend.

Auch ihm schien die Arroganz, mit der sie uns begegneten, gewaltig gegen den Strich zu gehen.

„Na ja, ich habe mir eben so meine Gedanken gemacht ...", begann ich zögernd.

„Die scheinst du dir ständig zu machen", unterbrach mein Kollege mich schmunzelnd, bedeutete mir aber sogleich, fortzufahren.

Daraufhin sah ich hastig zur Kellertür, ehe ich erklärte: „Als wir gestern die Wohnung durchsuchten, um nach einer Stelle Ausschau zu halten, wo Freese sich den Kopf eingeschlagen haben könnte, fiel mir gleich der Zustand auf, in dem sich die Räumlichkeiten befanden. Die Wohnung wirkte sauber! So sauber, als läge die letzte Reinigung noch nicht lange zurück. Selbst im Keller konnte ich, abgesehen von den Mörtelspuren, keinen nennenswerten Dreck ausmachen! Umso verwunderlicher empfand ich den Flecken vor dem Zugang zum Untergeschoss. Wir sollten Frau Siemer unbedingt befragen, um in Erfahrung zu bringen, wann Sie hier zuletzt sauber gemacht hat."

„Wir?", fragte Herr Thomsen mit skeptischer Miene und zeigte mit dem Daumen über seine Schulter zur Kellertür. „Das werden die Kollegen von der Sipo schon erledigen ..."

„Hoffentlich", erwiderte ich mit Nachdruck. „Jedenfalls lässt sich der Zeitraum, in dem der Fußabdruck entstanden sein muss, auf diese Weise entscheidend eingrenzen, was uns wiederum unter Umständen etwas über seinen Verursacher verrät. Meiner Theorie zufolge kommt dafür nur eine Person infrage, und zwar der Mörder!"

Mein Kollege reagierte mit einem belustigten Blick. „Jetzt bist du aber etwas vorschnell mit deinen Gedanken, mein Junge. Die Wahrscheinlichkeit, dass es Freese war, der den Abdruck verursacht hat, ist ziemlich hoch, wie du selbst zugeben musst. Genauso gut könnte er aber auch nach der letzten Reinigung noch Besuch empfangen haben."

„... Und diesen in den Keller geführt haben?", fragte ich mit ungläubiger Miene. „Das wäre schon sehr ungewöhnlich." Ehe ich weitersprach, holte ich abermals meine Zeichnung hervor, die ich ihm entgegenhielt. „Wie Sie sehen, handelt es sich um den Abdruck eines rechten Schuhs. Erkennen Sie das auffällige Profil und die kleine Erhöhung an der Außenseite in Höhe des Zehenansatzes? Ich habe auf Freeses Schuhe geachtet, als er am Boden lag, weil ich in diesem Augenblick wissen wollte, ob sie blutbehaftet waren. Sie hatten ein anderes Profil und wiesen auch keinerlei Beschädigung auf! Der Abdruck kann demnach nicht von ihm stammen, es sei denn ..."

Herr Thomsen schien meinem Gedankengang folgen zu können, denn er fiel mir aufgeregt ins Wort:

„... Es sei denn, in seiner Schlafkammer befinden sich ein zweites Paar Schuhe. Komm, lass uns schnell nach oben gehen, bevor ..." Den Rest des Satzes ließ er mit einem Blick auf die Kellertür unausgesprochen.

Wie sich schnell herausstellte, besaß die Sohle des zweiten Paars Schuhe ebenfalls ein anderes Profil. Auch eine Beschädigung der Sohle war nicht zu erkennen.

„Verdammt, du könntest tatsächlich recht haben", meinte Herr Thomsen anschließend, während er sich nachdenklich das Kinn rieb. „Doch auch wenn sie es eigentlich nicht verdient haben, sollten wir den Kollegen diese Information nicht vorenthalten."

Wir mussten lange warten, bis van der Laan und Walbröl wieder aus dem Keller zurückkamen. Der Kommissar hörte sich meine Erklärung mit sichtlicher Langeweile an, um danach zu erwidern: „Das Inselleben scheint dir nicht gut zu bekommen, Junge! Du glaubst wohl, den Fall alleine lösen zu können, wie? In deinem Heimatdorf magst du ja beim Regeln des Straßenverkehrs oder beim Begleiten der Kinder auf ihrem Schulweg deine Stärken haben. Aber ein vorsätzlich herbeigeführter Todesfall übersteigt eindeutig deinen geistigen Horizont! Die erforderlichen Mordermittlungen solltest du besser uns Profis überlassen. Genau aus diesem Grund hat man uns ja schließlich auf diese gottverlassene Insel geholt!"

Er wollte sich schon von mir abwenden, als er noch schnell

nachschob:

„Haltet euch also besser zurück und pfuscht uns vor allem nicht ins Handwerk! Und keine Sorge, wir werden es euch Dorfpolizisten als Erste wissen lassen, sobald wir den Fall gelöst haben!"

43

Die Kollegen der Kriminalpolizei schienen uns nicht einmal für Botengänge oder sonstige Hilfsarbeiten hinzuziehen zu wollen, wie sich schnell zeigen sollte. Van der Laan verbat sich nicht nur jegliche Einmischung in die Ermittlungen, wie er uns gegenüber ja deutlich zum Ausdruck gebracht hatte, sondern fühlte sich offenbar auch nicht bemüßigt, uns über den aktuellen Stand der Untersuchung auf dem Laufenden zu halten! Da ich mich bis dahin in der Mordsache Freese sehr engagiert und, wie ich zumindest glaubte, auch einige recht interessante Hinweise zutage gefördert hatte, empfand ich das Verhalten der Kollegen als ebenso enttäuschend wie ungerecht.

Entsprechend mürrisch war ich gelaunt, als ich am nächsten Tag die Wachstube betrat. Die Tatsache, dass ich den Sicherheitspolizisten zu allem Überfluss auch noch meinen Schreibtisch hatte überlassen müssen, verbesserte meine Gemütslage nicht.

„Trag es mit Fassung, mein Junge", grinste Herr Thomsen mich bei meinem Erscheinen an und klopfte mir aufmunternd auf die Schulter. „Die beiden Herren machen aus ihrer Abneigung gegen unsere Insel keinen Hehl. Aus diesem Grund werden sie sich alle Mühe geben, den Fall in Rekordzeit aufzuklären, damit sie schnellstmöglich wieder zurück auf das Festland können. Wir werden sie also nicht allzu lange zu ertragen haben."

Weil van der Laan und Walbröl an diesem Morgen bereits in aller Frühe aufgebrochen waren, um Zeugen zu befragen, hatten wir unsere Amtsstube ganz für uns allein. Dies gab mir Gelegenheit, mich mit meinem Kollegen ungestört über den Mord auszutauschen.

„Man sagte mir, Freese sei bei den Inselbewohnern nicht besonders beliebt gewesen ...", begann ich zögernd, als wir bei einem Tee zusammensaßen.

Herr Thomsen hatte sich eine Zigarre angezündet, an der er

genüsslich zog, während er mich amüsiert betrachtete. „Der Fall scheint dich wohl immer noch nicht loszulassen, was?"

„Wenn ich ehrlich bin, nein", musste ich zugeben. „Seit gestern beschäftigt mich schon die Frage, ob es neben Hergen Siemer weitere Menschen gab, die einen Grund gehabt haben könnten, Freese umzubringen. Möglicherweise hatte irgendwer einen Hass auf ihn, weil er sich von ihm ungerecht behandelt fühlte. Ich hörte beispielsweise, dass Freese einen Inselbewohner von der Gestapo verhaften ließ, weil der ..."

„Jetzt mal ganz langsam, mein Junge", ermahnte Herr Thomsen mich. „Du steigerst dich in diesen Fall ja geradezu hinein! Vergiss nicht, dass sich die Kollegen der Sipo jede Einmischung verbeten haben! Du solltest deine Nase also besser nicht in Dinge stecken, die dich nichts angehen."

„Aber haben Sie nicht die Gleichgültigkeit bemerkt, mit der die beiden meine Hinweise aufgenommen haben? Ich werde das Gefühl nicht los, dass sie den Mord dem erstbesten Fremdarbeiter in die Schuhe schieben wollen, weil das für sie am bequemsten wäre."

„Uns wird nichts anderes übrigbleiben, als abzuwarten, was die Herren bei ihren Ermittlungen zutage fördern. Vielleicht irren wir beide ja auch und die Kollegen entpuppen sich als äußerst fähige Kriminalbeamte, die unvoreingenommen an die Sache herangehen."

Ich zog ein skeptisches Gesicht. „Jedenfalls interessiert es mich schon, wer Freese während des Fliegerangriffs in seinem Haus aufsuchte und warum der Hausherr dabei sterben musste."

Meine eigenen Worte brachten mich auf einen weiteren Gedanken. „Sagen sie, wenn mich nicht alles täuscht, erwähnte Ortsgruppenleiter von Sontheim, Freese sei im Herbst 1941 auf die Insel gekommen. Wer bewohnte das Gebäude eigentlich vor ihm?"

Daraufhin winkte mein Kollege gelangweilt ab. „Was soll das denn mit dem Mord zu tun haben?"

„Das weiß ich nicht", musste ich einräumen. „Aber es wäre schon interessant für mich, es zu erfahren. Wer weiß, wofür diese Information noch gut sein kann?"

Herr Thomsen zögerte kurz, ehe er erwiderte:

„Das Haus befand sich bis zum Sommer des Jahres 1941 im Besitz der Familie Selig."

Überrascht über diese recht knappe Antwort erkundigte ich mich:

„Warum haben die Seligs das Gebäude denn aufgegeben? Mussten sie es aus wirtschaftlichen Gründen verkaufen?"
Wieder dauerte es eine Weile, bis Herr Thomsen widerwillig entgegnete:
„Die Seligs sind damals auf das Festland gezogen."
An seinem Gesichtsausdruck konnte ich ablesen, wie ungern er über dieses Thema sprach. Dennoch gab ich keine Ruhe:
„Ist Ihnen bekannt, wo die Familie heute lebt?"
Noch ehe ich zu Ende gesprochen hatte, schüttelte er schon entschieden den Kopf. „Nein, das entzieht sich meiner Kenntnis."
Ich dachte einen Moment nach. „Selig ... das ist doch ein jüdischer Name, nicht wahr?"
Abermals fiel die Antwort äußerst dürftig aus:
„*Er* war Jude."
Da ich merkte, dass Herrn Thomsen diese Dinge aus irgendeinem Grund unangenehm und demzufolge allerhöchstens oberflächliche Informationen von ihm zu erwarten waren, ließ ich es für den Augenblick dabei bewenden. Das merkwürdige Verhalten meines Kollegen hatte allerdings bewirkt, dass mein Interesse für das Schicksal der Familie Selig unversehens geweckt war. In meinem Hinterkopf hatte ich mir längst zurechtgelegt, von welcher Person ich genauere Auskünfte über die Seligs bekommen würde.

44

Nur unter größten Anstrengungen war es den Behörden nach der Bombardierung des Unterlandes gelungen, für die vielen obdachlosen Menschen ausreichend Unterkünfte zu organisieren. Wer keine Freunde oder Verwandten auf der Insel hatte, wurde in Notquartieren untergebracht, die in aller Hektik in den noch intakten öffentlichen Gebäuden eingerichtet worden waren.
Auch das Postamt in der Kaiserstrasse hatte einen Bombentreffer abbekommen und musste notgedrungen in die relativ unversehrt gebliebene Biologische Anstalt umziehen. Deshalb war es mir erst am Samstag, zwei Tage nach dem verheerenden Angriff, möglich, den Brief an meine Eltern aufzugeben.
Am frühen Nachmittag desselben Tages wurde ich zufällig Zeuge einer Begebenheit, die mich sehr nachdenklich stimmen sollte.
Da Herr Thomsen sich zu seinem Mittagsschlaf zurückgezogen

hatte, war ich alleine zu einem Rundgang durch das Oberland aufgebrochen. Ich befand mich gerade in der Norderstrasse im nordöstlichen Teil der Insel, als direkt vor mir plötzlich ein vielleicht fünfjähriger Junge aus einer Seitenstraße geschossen kam, gegen meine Beine prallte und dadurch zu Fall kam. Dabei fiel ihm ein Apfel aus der Hosentasche, der holpernd einige Meter über das Kopfsteinpflaster rollte, ehe er mitten auf der Straße liegenblieb.

Ehe ich mich zu dem Kleinen herunterbeugen konnte, um ihm wieder auf die Beine zu helfen, hörte ich schon eine männliche Stimme aus der Seitenstraße schreien:

„Haltet den Dieb!"

Als der Knabe diesen Ruf hörte, versuchte er sich hastig aufzuraffen und fortzulaufen, was ich jedoch mit einem beherzten Griff an seinen Hosenträgern zu verhindern wusste. Schon im nächsten Augenblick bog der Kaufmann Hajo Brürch, der in der parallel verlaufenden Windstrasse ein kleines Lebensmittelgeschäft betrieb, ebenfalls in überhöhtem Tempo um die Gebäudeecke und konnte gerade noch stoppen, um nicht auch noch mit mir zusammenzustoßen.

„Ein Glück! Sie konnten den Lausebengel aufhalten, Herr Wachtmeister", keuchte er völlig außer Atem, als er meinen Fang bemerkte.

„Was hat der junge Mann denn Schlimmes verbrochen, Herr Brürch?", erkundigte ich mich.

Der zeigte auf den Apfel, der einige Meter weiter auf dem Boden lag und erklärte erbost:

„Geklaut hat er, der Schlingel! Er kam in den Laden, griff gleich nach dem Apfel und rannte einfach davon, ohne ihn zu bezahlen."

Daraufhin richtete er seinen Blick auf den Knaben und drohte diesem:

„Zu allem Überfluss ist dir der Apfel auch noch zu Boden gefallen, sodass dieser sich Druckstellen eingefangen hat, die schnell zu faulen beginnen werden. In diesem Zustand kann ich ihn unmöglich noch meinen Kunden anbieten! Doch dafür werde ich dir den Hosenboden versohlen, dass dir das Hören und Sehen vergeht, das verspreche ich dir!"

Ich nahm seine Worte zum Anlass, um den Jungen genauer zu betrachten. Der hielt seinen Kopf inzwischen schuldbewusst gesenkt. Eine Träne rann an seiner Wange herunter, während er sehnsüchtig nach dem Apfel schielte. Der Kleine tat mir in diesem Augenblick leid.

„Na, na, die Verfolgung dieser Straftat sollten Sie besser der Gendarmerie überlassen", sagte ich darum schnell zu Brürch. „In welcher Höhe ist Ihnen denn überhaupt finanzieller Schaden entstanden?"

„Meine Äpfel werden im Alten Land angebaut. Die Kunden bezahlen für einen Jonagold dieser Güte acht Pfennige!"

Ich wühlte schnell in meiner Geldbörse und holte einen Groschen hervor, den ich dem Kaufmann mit den Worten überreichte:

„Dann dürfte Ihr Verlust damit ja wohl mehr als beglichen sein."

Brürch sah mich zwar völlig entgeistert an, nahm aber die Münze entgegen und steckte sie ein.

„Ich werde dem Jungen ins Gewissen reden und ihn zu seiner Mutter bringen", versicherte ich ihm noch, ehe er sich kopfschüttelnd von mir verabschiedete.

Als wir alleine waren, beugte ich mich zu dem Jungen herunter.

„Na los, hol dir schon den Apfel und iss ihn, solange er noch schmeckt! Der Kaufmann hat ganz recht. Morgen ist er nicht mehr genießbar!"

Wenngleich er ein wenig überrascht wirkte, ließ der Junge sich dies nicht zweimal sagen.

Nachdem er den Apfel aufgehoben und rasch mit dem Zipfel seines Hemdes gesäubert hatte, biss er herzhaft hinein.

„Schmeckt er dir?", fragte ich überflüssigerweise und erntete dafür ein begeistertes Nicken als Antwort.

„Wie heißt du überhaupt?", erkundigte ich mich daraufhin bei ihm.

Erst nach dem zweiten Bissen erwiderte er:

„Fiete."

„Und wie weiter?"

„Fiete Ebbers."

Er sah mich mit großen Augen an, als er sich mit besorgter Stimme erkundigte:

„Muss ich jetzt ins Gefängnis? Meine Mama wird bestimmt sehr böse mit mir sein ..."

Ich musste schmunzeln. „Nein, Fiete. So schnell kommt man nicht ins Gefängnis. Außerdem ist der Apfel ja jetzt bezahlt. Herr Brürch hätte also gar keinen Grund mehr, dich anzuzeigen."

Das beruhigte ihn offenbar ein wenig, denn plötzlich fragte er mich:

„Wie heißt du denn?"

„Mein Name ist Hans", erwiderte ich. „Ich bin seit rund zwei Monaten bei der Gendarmerie hier auf Helgoland."

Diese Worte schienen ihm sein Fehlverhalten wieder in Erinnerung zu rufen. Mit gesenktem Blick wollte er von mir wissen:

„Wirst du meiner Mama erzählen, dass ich mir den Apfel einfach so genommen habe?"

„Wenn du mir versprichst, es nie wieder zu tun, dann bleibt das unser Geheimnis."

Sofort schnellte sein rechter Arm hoch. Indem er Daumen, Zeige- und Mittelfinger nach oben spreizte, erklärte er:

„Ich schwöre, mir nie wieder einen Apfel zu nehmen, ohne vorher zu fragen!"

Ich griff schnell nach seiner Hand und verhinderte dadurch das Absenken des Armes, während ich mit gespielter Strenge ergänzte:

„... Und auch sonst keine Dinge an mich nehme, die mir nicht gehören!"

Nachdem ich ihm auch dieses Versprechen abgenommen hatte, erkundigte ich mich bei ihm:

„Wo wohnst du überhaupt, Fiete?"

Sein Kopf drehte sich augenblicklich nach links, wo sich Fahrstuhl und Treppe befanden, ehe sich seine Augen mit Tränen füllten.

„Ich verstehe", sagte ich schnell und drückte ihn an mich. „Euer Haus wurde von einer Bombe getroffen, nicht wahr?"

Er nickte nur, während er sein Gesicht in meinem Uniformrock verbarg.

„Weißt du, Fiete, wenn etwas zerstört ist, muss man es notgedrungen neu errichten", versuchte ich ihn zu trösten. „Meistens wird es dann viel schöner, als es vorher war. Du wirst sehen, irgendwann ist der Krieg vorbei und euer Haus wird wiederaufgebaut. Danach wird alles so sein wie vorher!"

Wenn ich geglaubt hatte, ihn damit zu beruhigen, lag ich falsch, denn er schüttelte wild protestierend den Kopf. „Mama sagt, dass der Papa nicht zurückkommt, weil er zu Oma und Opa gegangen ist."

Dieses Mal hatte er nach rechts geschaut, wo Kirche und Friedhof lagen. Ehe ich etwas erwidern konnte, erklärte er schon:

„Wir haben in unserem Garten einen Apfelbaum. Manchmal erlaubt Mama mir, einen der Äpfel zu essen, die vom Baum abgefallen sind."

„Ah", lachte ich. „Daher also deine Vorliebe für Äpfel. Du isst sie gerne, nicht wahr?"

„Ja, sie sind lecker!"

Fiete wurde mir von Minute zu Minute sympathischer. Darum kniff ich ein Auge zu und erwiderte mit verschwörerischer Miene: „Wenn du das nächste Mal Appetit auf einen Apfel hast, wendest du dich einfach an mich. Ich werde dir dann einen kaufen. Einverstanden?"

„Ja, das mache ich. Versprochen", rief er begeistert aus.

Dann wurde ich ernst. „Wo bist du denn mit deiner Familie untergekommen, Fiete?"

Sofort verfinsterte sich sein Gesichtsausdruck. „Mama, Sinja und ich wohnen jetzt bei Tante Lene."

„Dann werde ich dich jetzt besser nach Hause bringen, wenn du einverstanden bist. Deine Mutter wird sich bestimmt schon Sorgen um dich machen."

„Und du wirst mich auch bestimmt nicht bei Mama verraten?"

Ich lächelte ihm freundlich zu. „Das habe ich dir doch versprochen. Und was man verspricht, muss man auch halten!"

Wie sich herausstellte, hatte Frau Ebbers mit ihrer dreijährigen Tochter Sinja und dem fünfjährigen Fiete den Schuppen einer Tante ihres Gatten beziehen können, nachdem die Familie am 15. Oktober ausgebombt worden war. Ihr Mann war gleich im ersten Jahr des Russland-Feldzuges gefallen. Dennoch wirkte sie keineswegs verbittert und gab sich mir gegenüber ausgesprochen freundlich, nachdem ich Fiete abgeliefert hatte. Gleich mehrfach bedankte sie sich dafür, dass ich ihren Sohn nach Hause begleitet hatte. Obwohl es im neuen Zuhause der Familie äußerst beengt zuging, musste ich erst noch einen Tee mit ihr trinken, ehe sie mich wieder gehen ließ.

Die Zuversicht, die sie trotz der vielen Schicksalsschläge nicht verloren hatte, fand ich beeindruckend. Zum Abschied musste ich Fiete versprechen, ihn baldmöglichst wieder zu besuchen.

45

Am Abend des nächsten Tages saß ich noch lange mit Frau Friedrichsen zusammen. Im Gegensatz zu Herrn Thomsen war sie gleich bereit, meine Neugier zu befriedigen. Als alteingesessene

Inselbewohnerin konnte sie mir natürlich einiges über die Familie Selig berichten.

Nachdem ich uns einen Tee zubereitet und mich zu ihr gesetzt hatte, legte sie ihr Strickzeug beiseite und begann zu erzählen: „Das Haus am Mittelweg befand sich schon seit Ewigkeiten im Besitz der Familie Selig. Simon Selig betrieb dort in fünfter Generation ein Kolonialwarengeschäft. Das obere Stockwerk diente der Familie als Wohnraum. Er ist zwar Jude, aber seine Frau Enna ist Protestantin. Beide sind gebürtige Insulaner und wuchsen hier auf dem Eiland zusammen auf."

Ich nickte. „Ein Kolonialwarengeschäft. Das erklärt das große Fenster zur Straße ..."

„Richtig. Das war früher das Schaufenster ihres Ladens. Nun, als die beiden älter wurden, entdeckten sie irgendwann ihre Liebe zueinander und heirateten, wie es hier auf Helgoland seit Jahrhunderten üblich ist. Das Einzige, was sie von anderen Paaren unterschied, war ihre ungleiche Religionszugehörigkeit. Doch dies schien für die beiden nie ein Problem zu sein, denn sie waren sehr glücklich miteinander. Aus ihrer Ehe gingen sechs Kinder hervor, fünf Mädchen und ein Junge."

Meine Vermieterin nahm einen Schluck Tee zu sich, ehe sie fortfuhr:

„Ich hoffe, ich kriege die Namen noch zusammen: Janis, Peerke, Bente, Anneke, Emma und ... wenn mich nicht alles täuscht, Beeke. Nichts unterschied die Seligs von anderen Familien. Sie führten ein ganz normales Leben."

Erneut griff sie zu ihrer Teetasse. Ihre Stimme wurde leiser, als sie weitersprach. „Doch dann kamen die Nationalsozialisten an die Macht. Und mit ihnen begannen die Schikanen gegen die Juden. Dazu musst du wissen, dass Hitler hier auf Helgoland auch vorher schon seine Anhänger hatte. Waren die gut betuchten Juden früher gern gesehene Badegäste, weil sie Geld auf die Insel brachten, wurden sie plötzlich zu unerwünschten Personen erklärt. In den Jahren nach der Machtübernahme der Nationalsozialisten wurden sogar Werbeprospekte gedruckt, die Helgoland einerseits als Ort der Erholung in den schönsten Farben anpriesen, die andererseits aber auch einen Hinweis enthielten, wonach Juden nicht willkommen seien. Es ist absurd. Diese beiden Aussagen sind doch schon ein Widerspruch in sich. Wenn man schon für das Seebad wirbt, sollte es doch allen Menschen zur Verfügung stehen!

Aber was die Hetze gegen die Juden angeht, wird es in deinem Heimatdorf vermutlich nicht viel anders gewesen sein ..." Sie schüttelte entrüstet den Kopf, ehe sie sich wieder besann. „Aber ich schweife ab, Hans. Nun, jedenfalls gab es in den Jahren vor Hitler selten antisemitische Anfeindungen gegen die wenigen jüdischen Inselbewohner. Doch schon bald nach dessen Ernennung zum Reichskanzler wurden sie von der Insel gejagt. Die Seligs hatten zunächst Glück, weil Enna eine sogenannte Arierin war. Ihre Kinder galten dagegen als Halbjuden, oder, wie es die Nationalsozialisten so zynisch beschreiben, als Mischlinge ersten Grades, und hatten es entsprechend schwer. Dennoch sollte es bis weit nach Kriegsausbruch dauern, bis auch sie ihr Haus zu einem Spottpreis verkaufen mussten und man sie auf das Festland vertrieb."

„Wissen Sie zufällig, welchen Hafen das Schiff, mit dem die Seligs abreisten, anlief?", wollte ich wissen.

„Soweit ich weiß, wurden sie mit dem wenigen Gepäck, das sie mitnehmen durften, nach Cuxhaven befördert." Erneut schüttelte sie missbilligend den Kopf. „Wie Vieh hat man sie zum Hafen getrieben. Es war eine Schande!"

„Wie alt waren die Kinder damals?"

„Das kann ich nicht mehr genau sagen, aber sie waren auf jeden Fall noch klein. Jannis als der Älteste dürfte zu diesem Zeitpunkt vielleicht elf oder zwölf Jahre alt gewesen sein."

„Ist Ihnen das weitere Schicksal der Familie bekannt?"

„Später hörte ich, die Seligs seien irgendwo in der Nähe Cuxhavens untergekommen. Wenn es stimmt, was man mir erzählte, wurde Simon zur Arbeit in einer Fabrik, die Rattengift herstellt, zwangsverpflichtet. Ob die Seligs heute noch dort leben, entzieht sich allerdings meiner Kenntnis. Womöglich hat man ihn als Juden in den Osten abgeschoben, wie so viele andere. Man hört ja so allerhand ..."

„... Und meist nichts Gutes", ergänzte ich nachdenklich, um mich danach bei ihr zu erkundigen:

„Wer war denn seinerzeit der Käufer ihres Hauses?"

„Das Gebäude wurde von der Gemeinde Helgoland erworben, die es seitdem vermietet."

„Können Sie sich erinnern, seit wann Freese dort wohnte?"

„Soweit ich weiß, ist er bald nach seiner Ankunft dort eingezogen."

Ich überlegte kurz. „Ist Ihnen zufällig eine Person in Cuxhaven bekannt, die bereit wäre, dezent Erkundigungen für mich einzuholen? Es müsste allerdings jemand sein, der besonders vertrauenswürdig ist ..."

Frau Friedrichsen riss entsetzt ihre Augen auf. „Du denkst hoffentlich nicht etwa daran, Nachforschungen nach dem Verbleib der Familie Selig anzustellen? Das wäre mit großen Gefahren verbunden, Hans!"

„Das ist mir durchaus bewusst ", entgegnete ich. „Aber ich werde nun einmal das Gefühl nicht los, dass der Mord an Freese auf irgendeine Weise mit dem Schicksal der Familie Selig zusammenhängt ..."

46

In der Nacht gab es erneut einen Fliegeralarm. Glücklicherweise hatte ich keinerlei Probleme, Frau Friedrichsen rechtzeitig zum Bunker zu bringen.

Nachdem ich die Türen verriegelt hatte, begab ich mich nach unten in den Stollen, wo ich Agnes zu sehen hoffte.

„Na, Herr Wachtmeister? Alle Schäfchen im Stall?", wurde ich von der rauchigen Stimme Christels empfangen, als ich den Tunnel erreichte.

Ohne auf ihre flapsige Bemerkung einzugehen, registrierte ich erleichtert, dass auch Agnes im Kreis ihrer Kolleginnen auf der Bank saß und damit in Sicherheit war.

Bei der anschließenden Anwesenheitskontrolle bemerkte ich aus den Augenwinkeln heraus ihre verstohlenen Blicke, mit denen sie mich zwischendurch immer wieder bedachte. Sie schien voller Ungeduld auf die Beantwortung ihrer Nachricht zu warten, die ja noch ausstand. Doch zu meinem Bedauern ergab sich zunächst keine Gelegenheit, unbemerkt mit ihr in Kontakt zu treten.

In dieser Nacht galt der Einflug der feindlichen Flugzeuge nicht der Insel. Erst nach der Entwarnung beim zweiten Alarm konnte ich Agnes beim Verlassen des Bunkers leise ins Ohr raunen:

„Versteck dich um kurz vor zehn im Schatten des Nachbarhauses. Dort werde ich dich abholen!"

Obwohl es bis zu unserer Verabredung nicht mehr lange hin war, vergingen sowohl der Sonntag als auch der Montag quälend langsam.

*

Am Abend unseres Wiedersehens verschlang ich geradezu mein Essen, als ob sich die Uhr dadurch schneller drehen ließ. Um kurz nach neun wünschte ich Frau Friedrichsen eine gute Nacht und begab mich auf meine Kammer, die ich eine gute halbe Stunde später noch einmal verließ, um den Abort im Garten aufzusuchen. Auf dem Rückweg sah ich mich auf der Straße suchend um und entdeckte dabei einen Schatten, der sich bei meinem Näherkommen auf einmal von der Hauswand des Nachbargebäudes löste. Ohne, dass ein Wort zwischen uns fiel, huschte Agnes vor mir ins Haus und eilte lautlos die Treppe hinauf, wobei sie die dritte, fünfte und achte Stufe in geschickter Weise ausließ. Ich folgte ihr, wobei ich weniger darauf bedacht war, jedes Geräusch zu vermeiden. Oben angekommen zogen wir uns beide schweigend aus und legten uns ins Bett. Erst, als ich Agnes in meinem Arm hielt, wagte ich ihr leise ins Ohr zu flüstern: „Oh Gott, ich habe dich so sehr vermisst!"
„Ich dich auch, Liebster", raunte sie mir zu, ehe sie mich zärtlich zu küssen begann.
Später lagen wir erschöpft nebeneinander. Plötzlich fiel mir etwas ein. Ich sprang aus dem Bett, wühlte in der Innentasche meines Uniformrocks und zog die Fotografie hervor, die Herr Schensky von uns gemacht hatte.
„Ich finde, wir beide geben ein ausgesprochen hübsches Paar ab", meinte Agnes, nachdem wir das Bild eine Weile gemeinsam im Schein einer Kerze betrachtet hatten. „Bestimmt werden unsere Kinder einmal genauso attraktiv werden wie ihre Eltern!"
Ich musste schmunzeln. „Na ja, ich würde mir eher wünschen, dass sie das Aussehen ihrer Mutter erben!"
„Da muss ich dir energisch widersprechen! Ich finde nämlich, der Vater ist auch nicht zu verachten", grinste sie und gab mir wie zum Beweis einen Kuss auf die Wange.
Wir hatten uns schnell angewöhnt, nur im Flüsterton miteinander zu sprechen. Auf diese Weise hoffte ich, dass Frau Friedrichsen Agnes' nächtliche Besuche verborgen bleiben würden.
„Apropos Eltern", nahm ich den Faden auf. „Ich habe meiner Mutter und meinem Vater einen Abzug des Fotos geschickt und bin schon sehr auf ihre Reaktionen gespannt, wenn sie dich zu sehen

bekommen."

Sie warf mir einen nachdenklichen Blick zu, ehe sie sich mit besorgter Stimme erkundigte:

„Und du bist dir immer noch sicher, dass du mich ihnen vorstellen willst?"

„Ich bin mir in meinem Leben bei einer Sache noch nie so sicher gewesen", entgegnete ich bestimmt und gab ihr nun meinerseits einen Kuss, den sie zunächst zögernd, dann immer heftiger erwiderte.

Danach dauerte es eine Weile, bis wir beide wieder bei Atem waren.

„Was war denn eigentlich am Donnerstag nach dem Bombenangriff im Oberland los?", wollte Agnes irgendwann wissen. „Stimmt es, dass der Stellvertretende Ortsgruppenleiter Freese tot aufgefunden wurde, wie gemunkelt wird?"

„Ja, das ist leider wahr", bestätigte ich. „Aber Freese wurde nicht etwa ein Opfer des Fliegerangriffs. Er ist vielmehr umgebracht worden!"

In der Folgezeit berichtete ich ihr von den Geschehnissen rund um den Mord und erwähnte dabei auch die beiden Kollegen von der Sicherheitspolizei, die die Ermittlungen aufgenommen hatten. Als ich geendet hatte, erklärte Agnes zu meiner Verwunderung:

„Ich kannte Freese. Er war praktisch Stammgast in unserem Haus. Ein Widerling, der uns Frauen wie Abschaum behandelte!"

„Du kanntest ihn?", fragte ich und verspürte dabei einen Stich im Herzen. „Hast du etwa mit ihm ..."

Agnes legte schnell ihren Zeigefinger auf meine Lippen. „Daran darfst du nicht einmal denken, Liebster! Natürlich ist mir klar, wie unerträglich meine Tätigkeit für dich sein muss. Aber du musst auch wissen, dass es mir nichts bedeutet. Ich empfinde nichts, wenn ich einen Kunden auf meinem Zimmer empfange. Wenn ich dagegen mit dir zusammen bin, ist die Situation eine völlig andere. Zu dir fühle ich mich hingezogen. Bei dir sind Gefühle im Spiel, du bedeutest mir etwas! Ich liebe dich, Hans. Das darfst du niemals vergessen!"

Erneut küsste sie mich. Ohne zu zögern erwiderte ich ihren Kuss und bereute dabei schnell meine unüberlegte Bemerkung.

„Bitte verzeih mir, das ist mir so herausgerutscht", sagte ich im Anschluss voller Schuldbewusstsein. „Es ist nur ..."

„Es ist aus verständlichen Gründen schwer für dich, die Situation so zu akzeptieren, wie sie nun einmal ist", fiel sie mir ins Wort. „Aber das ist es für mich ebenso. Einzig meine Liebe zu dir und die Hoffnung, diese Phase meines Lebens schon bald für alle Zeiten hinter mir lassen zu können, lassen mich diese Abscheulichkeiten durchstehen."

In dieser Nacht liebten wir uns noch lange, ehe wir irgendwann eng umschlungen einschliefen. Dennoch fühlte ich mich am nächsten Morgen wie neu geboren, als ich alleine in meinem Bett aufwachte.

47

Am nächsten Nachmittag besuchten uns van der Laan und Walbröl völlig überraschend in der Wachstube. In den Tagen zuvor hatten wir sie mehr oder weniger nur aus der Entfernung wahrgenommen, wenn sie im Zuge ihrer Ermittlungen unterwegs waren.

Da beide beim Betreten unseres Büros einen eher missmutigen Eindruck machten, schien das Ergebnis ihrer Untersuchungen bislang nicht so ausgefallen zu sein, wie sie es sich erhofft hatten.

„Wir wollten uns noch schnell von Ihnen verabschieden", eröffnete der Kommissar uns völlig überraschend, während sein Kollege die Tür hinter sich schloss. „Wir werden noch heute Abend mit einem Versorgungsschiff, das mit Eintritt der Dunkelheit ausläuft, nach Büsum zurückreisen."

„Ach, tatsächlich? Dann konnten Sie den Mörder Freeses also ermitteln?", wollte Herr Thomsen wissen und zog dabei eine scheinheilige Miene.

„Zumindest konnten wir den Kreis der Verdächtigen entscheidend einengen", knurrte van der Laan missgelaunt. „Zu zweit ist es alleine schon aus zeitlichen Gründen nahezu unmöglich, sämtliche Fremdarbeiter zu vernehmen, zumal diese überwiegend in Schichten arbeiten. Von den sprachlichen Barrieren ganz zu schweigen. Aus diesem Grund können wir Ihnen den Schuldigen zwar nicht präsentieren, doch dass es einer von den Ausländern war, steht für uns außer Zweifel."

„Woran machen Sie diese Erkenntnis fest?", mischte ich mich nun auch ein.

„Das ist relativ simpel zu erklären", entgegnete Walbröl und sah mich dabei überheblich an. „Wir sind nach dem Ausschlussprinzip vorgegangen."

Auf meinen fragenden Blick erläuterte er mir:

„Doktor Heiner bestätigte uns nach der Obduktion des Leichnams noch einmal den Todeszeitpunkt. Freese muss demnach tatsächlich während des Bombardements umgebracht worden sein. Da sich zu diesem Zeitpunkt bis auf wenige Ausnahmen sämtliche Inselbewohner in den Bunkern befanden, wie die Anwesenheitslisten belegen, muss der Mörder demnach woanders zu suchen sein."

„Die wenigen Personen, die es nicht rechtzeitig in die Schutzstollen geschafft hatten, haben wir natürlich aufgesucht und befragt", erläuterte der Kommissar. „Bei diesem Personenkreis handelt es sich zum überwiegenden Teil um ältere Menschen, die für den Mord alleine schon aufgrund ihrer körperlichen Konstitution nicht infrage kommen. Der kümmerliche Rest konnte uns ein Alibi präsentieren."

„Haben Sie auch mit Dortje und Hergen Siemer gesprochen?", warf ich ein.

Van der Laan lächelte mich nachsichtig an. „Selbstverständlich haben wir auch Siemer nach seinem Alibi gefragt. Er gab an, während des Luftangriffs an seinem angestammten Platz im U-Bootbunker gewesen zu sein. Weil an diesem Tag niemand aus dem Kreis der Hafenarbeiter als fehlend vermerkt war, gibt es keinen Grund, an seinen Worten zu zweifeln."

„Und seine Frau Dortje? Haben Sie sich bei ihr erkundigt, wann die Wohnung respektive der Keller zuletzt gereinigt wurde?", wollte ich wissen.

Der Kommissar reagierte zunehmend verärgert. „Mensch Junge, willst du uns etwa erklären, wie wir unsere Arbeit zu machen haben? Frau Siemer hatte die untere Etage des Hauses am Nachmittag des Vortages einer gründlichen Reinigung unterzogen. Im Untergeschoss beschränkte sie sich auf das Kehren des Bodens, was sie ihren Worten zufolge zweimal im Monat machte. Letztmalig hatte sie dies offenbar in der Vorwoche getan."

„Der Fußabdruck kann demnach frühestens am Abend des Vortages entstanden sein, weil die Mörtelreste sonst nicht im Hausflur zu sehen gewesen wären ...", murmelte ich leise vor mich hin, um mich dann laut zu erkundigen:

„Was sagen die Nachbarn? Ist Ihnen vielleicht etwas Verdächtiges aufgefallen, als sie sich zu den Schutzstollen begaben?"

„Sie haben niemanden in Freeses Haus bemerkt, nachdem die

Sirenen losgegangen waren."

„Und was ist mit ..."

Weiter kam ich nicht, denn ich wurde von van der Laan brüsk unterbrochen:

„Langsam reicht es mir, Plöger. Deine Fragerei geht mir fürchterlich auf die Nerven! Du scheinst noch immer unter den Einheimischen nach dem Täter suchen zu wollen. Doch von ihnen kann es niemand gewesen sein, wie du soeben gehört hast. Demnach bleibt nur eine Möglichkeit übrig. Der Stellvertretende Ortsgruppenleiter Justus Freese wurde durch einen Fremdarbeiter umgebracht! Bedauerlicherweise übersteigt es aus den eingangs erwähnten Gründen unsere Möglichkeiten, die gesamte Arbeiterschaft der Insel, die bekanntermaßen aus mehreren Tausend Männern besteht, zu überprüfen. Der Mord an Freese wird somit wohl ungesühnt bleiben, wie ich fürchte."

Angesichts dieser Worte begehrte plötzlich alles in mir auf.

„So einfach machen Sie es sich also?", fragte ich und konnte meine aufkommende Wut kaum zügeln. „Freese war nicht sehr beliebt bei den Inselbewohnern. Er hat zu Lebzeiten einige Menschen gegen sich aufgebracht. Haben Sie auch in diese Richtung ermittelt? Ich hörte beispielsweise von einem Mann, den Freese durch die Gestapo verhaften ließ. Bislang war, aus welchen Gründen auch immer, niemand dazu bereit, mir den Namen dieser Person zu nennen, geschweige denn von deren weiterem Schicksal zu berichten. Womöglich existieren Angehörige, die allen Grund gehabt hätten, das Opfer zu hassen. Sollten sich Ihre Morduntersuchungen nicht auch auf diesen Sachverhalt erstrecken?"

Van der Laan hatte mich zwar ausreden lassen. Doch während ich noch gesprochen hatte, war ihm sein Zorn schon anzusehen gewesen. Darum war es keine Überraschung für mich, als er lospolterte, sobald ich geendet hatte:

„Obwohl du noch nicht einmal trocken hinter den Ohren bist, bildest du dir wohl ein, hier den großen Matador markieren zu können, wie? Ich war schon bei der Kriminalpolizei, als du noch in die Windeln gemacht hast, du Hanswurst! Wenn der Kollege Walbröl und ich zu dem Schluss kommen, den Mörder im Kreis der Fremdarbeiter zu vermuten, hast du das nicht anzuzweifeln! Ich warne dich ein allerletztes Mal: Halte dich aus Dingen heraus, von

denen du nichts verstehst! Andernfalls sehe ich mich nämlich gezwungen, Meldung zu machen. Und in diesem Fall könnte es sein, dass du deinen Dienst zukünftig an der Ostfront verrichten wirst, Klumpfuß hin oder her. Haben wir uns verstanden?"
Als ich nicht sofort antwortete, wiederholte er seine Frage laut brüllend:
„Haben wir uns verstanden?"
Daraufhin beeilte ich mich, schuldbewusst zu nicken und mir dabei ein „Jawohl, Herr Kommissar" abzuringen.
Van der Laan bedachte mich noch eine Weile mit einem grimmigem Blick, während sein Kollege mich hämisch angrinste. Dann wandte der Kommissar sich an Herrn Thomsen, der die Szene betreten verfolgt hatte:
„Sie sollten in Zukunft besser auf Ihren ungestümen Kompagnon achtgeben, damit er sich nicht wieder in irgendetwas verrennt!"
Herr Thomsen nickte nur, ohne etwas zu erwidern.
„Wir werden unseren Abschlussbericht auf unserer Dienststelle in Pinneberg verfassen und Ihnen eine Durchschrift zukommen lassen", ließ van der Laan noch verlauten, ehe sich die beiden Kriminalpolizisten von uns verabschiedeten, wobei sie mich kaum eines Blickes würdigten.
Nachdem sie die Wachstube verlassen hatten, schloss mein Kollege hastig die Tür hinter ihnen und atmete erleichtert auf. „Puh, die sind wir endlich los!"
Danach richtete sich sein Blick auf mich.
„Nun sitz nicht da wie ein begossener Pudel! Schließlich haben wir hier auf der Insel ab sofort wieder unsere Ruhe", versuchte er mich zu trösten.
Herr Thomsen hatte den Nagel auf den Kopf getroffen. Nach der nicht misszuverstehenden Maßregelung durch den Kommissar fühlte ich mich tatsächlich noch immer mächtig niedergeschlagen. Dennoch erwiderte ich mit einem gewissen Trotz:
„Nehmen Sie van der Laan diesen Unsinn etwa ab? Ich wette, für ihn stand von vornherein fest, aus welchem Kreis der Täter zu kommen hat! Die beiden Kriminalbeamten haben sich nicht einmal die Mühe gemacht, überhaupt in eine andere Richtung zu ermitteln, weil sie Helgoland so schnell wie möglich wieder verlassen wollten. Genau, wie wir schon vermutet hatten! Ich würde mich gerne selbst noch einmal mit den Siemers unterhalten!"
„Mach dich nicht unglücklich, mein Junge! Du hast die Drohung

van der Laans gehört. Halte dich da besser heraus ..."
Ohne auf seine Warnung einzugehen, entgegnete ich:
„In diesem Zusammenhang wäre es vielleicht auch hilfreich, wenn
Sie mir endlich den Namen der Person verraten würden, den Freese
von der Gestapo verhaften ließ und mich über sein weiteres
Schicksal aufklärten."
Anstatt mir zu antworten, wich Herr Thomsen auf einmal meinem
Blick aus und murmelte leise vor sich hin:
„Das ist leichter gesagt als getan, mein Junge ..."
Ich sah ihn verständnislos an. „Was kann denn Schlimmes daran
sein, wenn Sie mir den Namen dieses Mannes nennen?"
Mein Kollege erweckte plötzlich einen sehr müden Eindruck, als er
mit leiser Stimme erwiderte:
„Mork wurde rund zehn Monate nach seiner Verhaftung zum Tode
verurteilt und schon bald darauf hingerichtet ..."

48

Ich sah meinen Kollegen fassungslos an. „Was? Der Mann lebt
nicht mehr? Was genau wurde ihm denn überhaupt vorgeworfen?"
Herr Thomsen nahm erst mehrere Züge von seiner Zigarre, ehe er
zögernd zu erzählen begann:
„Mork Kruskopp betrieb einen Frisiersalon auf dem Oberland,
bevor er verhaftet wurde. Er machte aus seinen politischen
Ansichten nie einen Hehl." Bevor er weitersprach, sah er sich
vorsichtig nach allen Seiten um. „Vor der versammelten
Kundschaft wetterte er des Öfteren offen gegen den Führer und
prophezeite dabei auch, dass Deutschland den Krieg verlieren
werde. Das sprach sich natürlich herum und so dauerte es nicht
lange, bis Justus Freese eines Tages auf dem Frisierstuhl saß und
das Gespräch in geschickter Weise auf das Kriegsgeschehen lenkte,
während er sich von Mork rasieren ließ.
Hätte Mork doch wenigstens in diesem Moment den Mund
gehalten! Doch einmal in Fahrt zog er ausgerechnet im Gespräch
mit dem Stellvertretenden Ortsgruppenleiter über den Führer und
den Nationalsozialismus im Allgemeinen vom Leder und
wiederholte seine These, wonach der Krieg verloren sei. Das
erzürnte Freese derart, dass er die Gestapo auf die Insel kommen
ließ, die Mork prompt verhaftete. Dies alles geschah im Oktober

des vergangenen Jahres. Im August hörten wir, Mork Kruskopp sei vom Volksgerichtshof zum Tode verurteilt und in Brandenburg an der Havel hingerichtet worden."

Für einen Moment war ich zu geschockt, um etwas entgegnen zu können. Doch schon im nächsten Augenblick begann es heftig in meinem Kopf zu arbeiten.

„Hinterließ Kruskopp Angehörige?", erkundigte ich mich.

Herr Thomsen sah mich kopfschüttelnd an. „Genau diese Frage habe ich befürchtet. Du steigerst dich da in etwas hinein, mein Junge. Die Sache mit Mork ist ein Dreivierteljahr her. Niemand denkt nach einem solch langen Zeitraum noch daran, Rache zu üben ..."

„Also gibt es jemanden?", hakte ich nach.

Mein Kollege zögerte kurz, ehe er zugab:

„Morks Frau starb bei der Geburt ihres einzigen Kindes. Aber sein Sohn lebt noch hier auf der Insel."

„Wie heißt er denn und wie alt ist er heute?"

Herr Thomsen winkte ab. „Vergiss es, Hans! Olle wurde zwar zur Kriegsmarine eingezogen, hatte aber das Glück, zur Inselverteidigung abkommandiert zu werden, wodurch er wenigstens hier auf Helgoland bleiben konnte. Soweit ich weiß, gehört seine Einheit der Falmbatterie an, wo er ein Flakgeschütz zu bedienen hat. Olle dürfte also für die Tatzeit ein wasserdichtes Alibi haben, denn seine Gefechtsstellung während eines feindlichen Luftangriffs zu verlassen wird er kaum riskiert haben."

„Da gebe ich Ihnen natürlich recht. Dennoch würde ich mich gerne aus zwei Gründen persönlich mit ihm unterhalten. Erstens könnte der Mord nämlich theoretisch immer noch unmittelbar vor dem Alarm verübt worden sein und zweitens ist die Entfernung zwischen seinem Kampfstand und dem Mittelweg nicht so groß, als dass man sie nicht innerhalb weniger Minuten überwinden könnte."

Herr Thomsen zog ein unzufriedenes Gesicht. „Das halte ich für keine gute Idee. Vergiss nicht, dass van der Laan sich jede Einmischung unsererseits ausdrücklich verbeten hat!"

Als ich nichts darauf erwiderte, beschwor er mich:

„Junge, übertreib es nicht! Die Kollegen sind doch zu einem Ergebnis gekommen, mit dem wir alle gut leben können. Es war jemand von den Fremdarbeitern, ohne dass sich der Mörder genauer ermitteln lässt. Niemand kommt zu Schaden und alle sind

zufrieden!"
„Aber mit einem solchen Ermittlungsergebnis kann ich mich doch nicht zufrieden geben! Die Schlussfolgerung der Kollegen mag vielleicht bequem sein, ist aber keineswegs akzeptabel!" Ich schüttelte entschieden den Kopf. „Nein, mich interessiert schon, ob es auf der Insel einen Mörder gibt, der frei herumläuft. Und genau deshalb werde ich weitere Befragungen durchführen." Daraufhin entgegnete mein Gegenüber mit skeptischer Miene. „Ich hoffe sehr für dich, dass du dir van der Laan damit nicht zum Feind machst ..."

49

Unsere Vorsichtsmaßnahmen schienen von Erfolg gekrönt zu sein, denn Frau Friedrichsen hatte bislang offensichtlich nichts von Agnes' nächtlichen Besuchen in ihrem Haus mitbekommen. Allerdings würden bis zu unserem nächsten Schäferstündchen noch einige Tage vergehen, sodass ich mich in Geduld üben musste, obwohl alles in mir nach meiner Geliebten verlangte.
Immerhin fand ich durch die unfreiwillige Unterbrechung unseres Techtelmechtels die nötige Zeit, um in Ruhe zu überlegen, wie ich im Mordfall Freese weiter vorgehen wollte. Denn dass ich auf eigene Faust weitere Nachforschungen anstellen würde, stand für mich außer Frage. Zu sehr hatte mich längst das Fieber gepackt, das Rätsel um die Ermordung des Stellvertretenden Ortsgruppenleiters zu lösen.
Das brutale Verbrechen übte eine unerklärliche Faszination auf mich aus, seit ich den blutüberströmten Freese gesehen hatte. Die Ermittlungsergebnisse der beiden Kriminalbeamten hatten mich von der ersten Sekunde an wenig überzeugt. Nicht einen Augenblick hatte ich ihre Sicht der Dinge für bare Münze genommen.
Wie ich im Gespräch mit Herrn Thomsen schon angemerkt hatte, war ich mir beinahe sicher, dass beide sich denkbar wenig Mühe gegeben hatten, den Fall aufzuklären. Ihr einziges Anliegen schien es gewesen zu sein, Helgoland so schnell wie möglich wieder verlassen zu können. Zu diesem Zweck hatten sie die bequemste aller Lösungen gewählt. Schließlich war nichts einfacher, als den Mord den Fremdarbeitern in die Schuhe zu schieben!

Doch mit dieser Erklärung wollte ich mich keineswegs zufriedengeben, denn es gab durchaus andere Spuren, die es, Herrn Thomsens Warnungen zum Trotz, wert waren, verfolgt zu werden. Aus diesen Überlegungen heraus führte mich mein erster Weg am nächsten Morgen zu Dortje Siemer, der Haushälterin des Ermordeten. Ihre Familie lebte in der Brunnenstrasse, die es beim Angriff am 15. Oktober arg getroffen hatte. Die Siemers schienen jedoch noch einigermaßen glimpflich davongekommen zu sein, denn bis auf einige herabgefallene Dachziegel, kleinere Abbröcklungen am Putz des Gebäudes und zerborstenen Fensterscheiben schien das Haus unbeschädigt.

Nachdem ich den Türklopfer bedient hatte, wurde mir von einer älteren Frau geöffnet. Schnell stellte sich heraus, dass es sich bei ihr um eine Nachbarin handelte, die nach dem schweren Bombardement mit ihrer Familie bei den Siemers untergekommen war.

„Es war schon ein ziemlicher Schock für mich, als ich hörte, dass Herr Freese auf diese Weise ums Leben gekommen ist", berichtete Dortje Siemer mir, als wir an ihrem Küchentisch zusammensaßen. Ihre Nachbarin, deren Tochter und Schwiegertochter hatten ebenfalls bei uns Platz genommen und verfolgten das Gespräch neugierig, während ihre eigene Tochter, die allerhöchstens zwei Jahre alt sein konnte, in Decken gehüllt friedlich auf dem Sofa schlief.

„Wann haben Sie Ihren Arbeitgeber denn letztmalig gesehen?", erkundigte ich mich.

„Das war am Morgen des Tages, an dem er ... ich dachte zuerst, er sei von den feindlichen Bombern überrascht worden, als ich von dem Unglück hörte ..."

„Ich verstehe", versicherte ich schnell. „Wie spät war es, als Sie sein Haus verließen?"

„Etwa zehn Uhr. Herr Freese war zu diesem Zeitpunkt allerdings längst auf seiner Dienststelle. Er war gleich nach dem Frühstück aufgebrochen, um kurz nach acht Uhr."

„Das heißt, er kam später noch einmal zu seinem Zuhause zurück?"

„Das war nicht ungewöhnlich. Vermutlich wollte er sein Mittagessen aufwärmen, das ich ihm vorbereitet hatte."

„Ich erinnere mich, einen Topf auf dem Herd gesehen zu haben", bestätigte ich.

Ich betrachtete meine Gesprächspartnerin genauer, bevor ich meine nächste Frage stellte.

Dortje Siemer hatte lange, blonde Haare und ein auffallend hübsches Gesicht. Obwohl sie die Dreißig überschritten hatte, besaß sie noch immer eine beinahe jugendliche Ausstrahlung. Dazu trug neben ihrer makellosen Haut sicherlich auch ihre schlanke Figur bei, die sie sich trotz der Kinder bewahrt hatte.

„Frau Siemer, bitte überlegen Sie jetzt genau", bat ich sie. „Wann reinigten Sie letztmalig den Fußboden des Hauses?"

„Am Nachmittag des Vortages", kam es wie aus der Pistole geschossen zurück. „Herr Freese legte großen Wert auf Sauberkeit und war in diesen Dingen sehr penibel."

„Und der Keller? Wie oft säuberten Sie ihn?"

„Nicht wöchentlich, sondern lediglich zweimal im Monat."

„Fegten Sie bei diesen Gelegenheiten auch den Boden?"

Sie nickte. „Ja, selbstverständlich. Erst in der Vorwoche unterzog ich auch den Kellerraum einer gründlichen Reinigung."

Ich ließ mir mit meiner nächsten Frage absichtlich etwas Zeit.

„Räumten Sie eigentlich die Steine beiseite, wenn Sie den Boden säuberten, oder fegten Sie einfach um den Stapel herum?"

Frau Siemer sah mich verständnislos an. „Von welchen Steinen sprechen Sie?"

Daraufhin erzählte ich ihr von den Ziegelsteinen vor dem Regal.

„Seit ich Herrn Freeses Haushalt führe, habe ich dort nie irgendwelche Steine herumliegen sehen", erklärte sie entschieden, nachdem ich geendet hatte.

„Haben Sie denn eine Ahnung, um was für Steine es sich handeln könnte? Wurden auf dem Grundstück vielleicht irgendwelche Abbrucharbeiten durchgeführt?", erkundigte ich mich, doch sie schüttelte nur verwundert den Kopf.

„Ich weiß nicht, woher diese Steine stammen können. Bis letzte Woche lagen sie dort jedenfalls nicht!"

„Ist Ihnen zufällig bekannt, ob Ihr Arbeitgeber sich häufiger im Untergeschoss aufhielt?"

„Er ging allerhöchstens in den Keller, wenn ich einmal vergessen hatte, den Krug in seinem Schlafzimmer mit frischem Wasser zu füllen. Ansonsten holte er sich hin und wieder eine Flasche Wein. Alles andere erledigte ich für ihn."

Da ich auf diese Weise nicht weiterkam, ließ ich die Angelegenheit auf sich beruhen und wechselte stattdessen zu einem anderen Thema. „Ist Ihnen bekannt, ob Herr Freese an seinem Todestag

Besuch erwartete?"

Sie zuckte nur mit den Schultern. „Davon hat er mir zumindest nichts erzählt."

„Bewahrte Herr Freese irgendwelche Gegenstände von Wert in seinem Haus auf? Vielleicht Schmuck oder eine größere Summe Bargeld?"

„Geld schien er zur Genüge zu haben", entgegnete Frau Siemer. „Er bewahrte immer eine größere Menge Bargeld in der Innentasche seines Wintermantels im Schlafzimmerschrank auf und machte aus diesem Umstand mir gegenüber auch nie ein Geheimnis. Ihre Kollegen fanden dort bei der Durchsuchung des Hauses mehrere Hundert Reichsmark. Ob sich der Täter nach dem Mord trotzdem am Vermögen meines Arbeitgebers bediente, ehe er das Haus verließ, vermag ich allerdings nicht einzuschätzen. Mir ist nicht bekannt, in welcher Höhe sich Herrn Freeses Bargeldreserven beliefen."

„Wissen Sie vielleicht von irgendwelchen Personen, die einen Grund gehabt hätten, ihn umzubringen?"

Dortje Siemer brauchte für die Beantwortung dieser Frage nicht lange nachzudenken. „Mein Arbeitgeber war bei den Menschen auf der Insel nicht sonderlich beliebt, falls Ihre Frage in diese Richtung zielen sollte. Für ihn zählte nicht der Mensch, sondern nur die Ziele der Partei. Er pflegte keinerlei Rücksicht zu nehmen, wenn es darum ging, die Vorgaben aus Berlin umzusetzen. Vermutlich hegte die halbe Insel insgeheim einen Groll gegen ihn."

Ich überlegte kurz und entschied dann mit einem Blick auf unsere Zuhörerinnen:

„Frau Siemer, ich hätte noch einige weitere Fragen an Sie, möchte Sie aber bitten, mich zu diesem Zweck nach draußen zu begleiten."

Sie sah mich überrascht an, folgte mir aber, ohne zu protestieren, nachdem ich mich erhoben hatte. Obwohl das Wetter inzwischen umgeschlagen war, entfernten wir uns einige Meter vom Haus, um ungestört miteinander reden zu können.

In der Nachbarschaft waren einige Frauen zu sehen, die verzweifelt versuchten, die Trümmerberge abzutragen, um wenigstens einen Bruchteil ihres Besitzes zu retten. Handwerker waren damit beschäftigt, Reparaturen an den weniger beschädigten Bauten auszuführen, um sie möglichst noch vor dem Winter wieder bewohnbar zu machen.

„Ich kann mir schon denken, warum Sie das weitere Gespräch

unter vier Augen zu führen wünschen", erklärte Dortje Siemer mir, noch ehe ich etwas sagen konnte. „Genau wie Ihre beiden unsympathischen Kollegen von der Sicherheitspolizei denken Sie sicher auch, ich hätte ein Verhältnis mit Herrn Freese gehabt, nicht wahr?"

Von ihrer direkten Art überrascht entgegnete ich:

„War es denn so? Hatten Sie ein Verhältnis mit ihm?"

Einen Moment lang sah sie mich empört an, ehe sie erwiderte:

„Wenn es nach ihm gegangen wäre, hätten wir zumindest eines gehabt! Es war zwar nicht immer ganz einfach, mir diesen Lustmolch vom Leib zu halten, aber in sein Bett hat er mich nie gekriegt!"

„Warum waren Sie weiterhin für ihn tätig, wenn er sich Ihnen gegenüber ungebührlich benahm? Sie hätten die Stelle doch aufgeben können!"

Sie zuckte mit den Schultern. „Er zahlte gut. Und er hat ja auch niemals Gewalt angewandt, um mich zu zwingen, mit ihm ... na ja, Sie wissen schon ..."

Ich winkte schnell ab. „Schon gut. Allerdings frage ich mich, ob Ihr Mann möglicherweise den Verdacht hegte, zwischen Ihrem Arbeitgeber und Ihnen könne doch etwas sein. Ich habe ihn nämlich bei einer Gelegenheit erlebt, in der er ausgesprochen dünnhäutig reagierte, weil man ihn mit ebendiesen Gerüchten aufgezogen hatte ..."

„Aber das bin ich doch schon alles mit Ihren Kollegen durchgegangen! Natürlich reagiert ein Mann eifersüchtig, wenn öffentlich behauptet wird, ihm seien die Hörner aufgesetzt worden. Darin unterscheidet Hergen sich nicht von anderen Männern! Er hatte an diesem Abend ein wenig zu tief ins Glas geschaut und verhielt sich Wilken gegenüber entsprechend aggressiv. Glauben Sie mir, am nächsten Tag hatte er sich schon wieder beruhigt."

Da ich Dortje Siemer in diesem Augenblick nichts Gegenteiliges beweisen konnte, ließ ich es vorerst dabei bewenden. Etwas anderes interessierte mich allerdings noch. Darum erkundigte ich mich bei ihr:

„Sagen Sie, wie viel Paar Schuhe besitzt Ihr Mann eigentlich, Frau Siemer?"

Sie sah mich misstrauisch an. „Hergen besitzt zwei Paar Schuhe. Eines für den täglichen Gebrauch und ein zweites für besondere Anlässe. Warum wollen Sie das wissen?"

Ihre Antwort bestärkte mich in dem Verdacht, dass van der Laan und Walbröl den Schuhabdruck offenbar nicht ernst genommen und diese Spur wohl deshalb nicht weiterverfolgt hatten. Anstatt auf Ihre Frage einzugehen, bat ich sie:

„Würden Sie mir bitte die Schuhe Ihres Mannes zeigen?"

Fünf Minuten später konnte ich mir sicher sein, dass Hergen Siemer zumindest nicht mit seinen besten Schuhen im Keller des Mordopfers gewesen war. Deren Sohlen wiesen nämlich keinerlei Beschädigungen auf und besaßen zudem ein anderes Profil als der Abdruck, den ich skizziert hatte. Anders konnte es sich hingegen mit seinen Alltagsschuhen verhalten.

„Wo finde ich Ihren Mann um diese Uhrzeit?", wollte ich daher von ihr wissen.

„Hergen ist natürlich auf der Arbeit im Hafen. Um das Gelände betreten zu dürfen, benötigen Sie allerdings eine Zugangsberechtigung, die man Ihnen jedoch nicht so ohne weiteres ausstellen wird ..."

„Das lassen Sie nur meine Sorge sein", erwiderte ich und kämpfte mich gleichzeitig gedanklich schon die Treppe ins Oberland hoch.

50

Ein kalter Wind mit feinstem Nieselregen in seinem Schlepptau zog mittlerweile durch das Unterland, als ich mich von Frau Siemer verabschiedete. Das trübe Wetter ließ die Trümmerwüste vor mir noch bedrückender erscheinen. Nie wieder würde ich mir ein Fischbrötchen bei Packross kaufen können, weil von der Bäckerei nur noch eine Ruine übrig war.

Die feindlichen Bomben hatten eine Schneise in die Bebauung geschlagen, durch die ich von meinem Standort aus zumindest theoretisch bis zum Südstrand hätte blicken können, wenn mir nicht überall Berge von Schutt die Sicht versperrt hätten.

Seltsamerweise hatte mit der Umkleidebaracke ausgerechnet das Gebäude mit der geringwertigsten Statik in diesem Bereich den Angriff wie durch ein Wunder überstanden. Da ich Agnes dort das erste Mal geküsst hatte, wertete ich diesen Umstand als gutes Omen für unsere Liebe, als ich mich seufzend von dem wenig erbaulichen Anblick des Unterlandes abwandte, um zur Treppe zu gelangen.

Auf dem ersten Absatz kam mir Franz Schensky entgegen, der an diesem Tag trotz der Zerstörung seines Hauses einen erstaunlich entspannten Eindruck machte.
„Konnten Sie zumindest einen Teil Ihrer Ausrüstung retten?", erkundigte ich mich bei ihm, nachdem wir uns begrüßt hatten.
„Es ergibt wenig Sinn, in den Trümmern noch nach irgendwelchem technischen Gerät zu suchen", entgegnete er abwinkend. „Beinahe meine gesamte Fotoausrüstung ist hin. Das lässt sich leider nicht ändern. Aber diese Dinge lassen sich ersetzen. Wichtiger ist mir das Bildarchiv mit meinen Schätzen, die mir glücklicherweise geblieben sind, weil ich die Glasplattennegative in den Jahren seit dem Kriegsausbruch nach und nach auf das Festland befördern ließ und dort sicher einlagern konnte."
„Sie scheinen zum Glück Weitsicht bewiesen zu haben ...", meinte ich und schien ihm damit das richtige Stichwort gegeben zu haben.
„Apropos Glück. Mich würde interessieren, wie Ihrer Freundin die Fotografie gefallen hat, die ich von Ihnen beiden anfertigte. Sie hat den verheerenden Luftangriff doch hoffentlich unbeschadet überstanden?"
Mit plötzlicher Verlegenheit erwiderte ich:
„Danke der Nachfrage. Ihr geht es erfreulicherweise bestens. Ich hatte kürzlich Gelegenheit, ihr das Foto zu überreichen. Es gefällt ihr ausgesprochen gut! Sie ist der Meinung, dass Sie uns hervorragend getroffen haben. Vielen Dank noch einmal für Ihre Dienste. Sie haben uns damit wirklich eine große Freude gemacht!"
„Das freut mich wiederum", versicherte Herr Schensky mir und strahlte mich dabei an. „Sie beide sind ein so hübsches Paar!"
Nach diesen Worten senkte er seine Stimme merklich und fragte mich leise:
„Ihre Situation ist wohl nicht ganz einfach, nicht wahr?"
„Leider nein", musste ich etwas beschämt zugeben. „Wir hoffen, die Insel gemeinsam verlassen zu können, sobald der Krieg beendet ist, damit Agnes endlich ein bürgerliches Leben führen kann und nicht weiterhin ..."
„Diese Dinge gehen mich nichts an", fiel er mir schnell ins Wort. „Aber ich wünsche Ihnen von Herzen alles Gute für Ihre gemeinsame Zukunft!"
Damit machte er Anstalten, sich von mir zu verabschieden. Bevor sich unsere Wege trennten, drückte er mir noch einmal herzlich die

235

Hand.

Im Oberland angekommen, wandte ich mich auf dem Falm nach links, um mich zur Kommandantur zu begeben. Dort hörte sich ein Zivilangestellter mein Anliegen an und verlangte eine ausführliche Begründung, bis ich nach beinahe einer Stunde geduldigen Wartens an einen Oberbootsmann verwiesen wurde, der endlich ein Einsehen hatte und mir den gewünschten Passierschein für den Südhafen ausstellte.

Derart bewaffnet machte ich mich auf den Weg zurück ins Unterland und wurde zu meiner Überraschung anstandslos auf das Hafengelände gelassen.

Auch das Hafengebiet hatte beim Luftangriff vom 15. Oktober einige Bombentreffer hinnehmen müssen. Die Schäden waren auch eine Woche nach diesem einschneidenden Ereignis noch deutlich sichtbar, wenngleich mit Hochdruck an der Beseitigung der Zerstörungen gearbeitet wurde. Ein ganzes Heer von Fremdarbeitern war damit beschäftigt, Bombentrichter zuzuschütten, die Gleise der Schmalspurbahn zu reparieren, eingestürzte Schuppen neu aufzubauen oder Kräne wiederaufzurichten.

Währenddessen ging der Betrieb an den Kais unbeirrt weiter. Fracht- und Versorgungsschiffe wurden entladen und die angelieferten Güter in die Loren der Schmalspurbahn verladen, die von Diesellokomotiven bewegt wurden.

Hergen Siemer gehörte den Beschäftigten an, die die zahlreichen Kräne bedienten, wie man mir mitteilte, als ich mich bei einer Gruppe von Hafenarbeitern nach ihm erkundigte. Nach dieser Auskunft brauchte ich nicht lange, bis ich ihn gefunden hatte.

„Ich habe Ihren Kollegen doch bereits alles gesagt", empörte Siemer sich, nachdem er von seinem Arbeitsgerät abgestiegen war und ich mein Anliegen vorgebracht hatte. „Warum können Sie mich nicht einfach in Ruhe lassen?"

„Weil ich mit eigenen Augen gesehen habe, wie aufgebracht Sie reagierten, als Wilken Ahlers Sie provozierte und der Sache auf den Grund gehen wollte. Außerdem bin ich persönlich der Meinung, dass die Sicherheitspolizei sich bei ihren Ermittlungen nicht gerade große Mühe gegeben hat. Aber das bleibt besser unter uns ..."

Siemer zündete sich eine Zigarette an. Er nahm erst einen tiefen Zug, ehe er seufzend erklärte:

„Wie alle anderen Personen, die sich zum Zeitpunkt des Luftangriffs im Hafen aufhielten, suchte auch ich Schutz im U-Bootbunker. Dafür gibt es Zeugen. Wie hätte ich also während des Bombardements unbemerkt ins Oberland gelangen können, um dort Freese zu ermorden? Das wäre mir rein zeitlich schon nicht möglich gewesen!"

Während ich über seine Worte nachdachte, richtete ich meinen Blick auf den von ihm erwähnten gewaltigen Betonklotz, dessen Tore gerade geöffnet waren und mir den Blick auf die drei Kammern im Inneren freigaben. Dabei konnte ich zwei U-Boote und mehrere Kriegsschiffe kleinerer Bauart, vermutlich Torpedoboote, erkennen. Selbst zwei Kleinst-U-Boote der Bauart Seehund und Molch hatten dort angelegt.

„Wenn Sie mir die Zeugen benennen, lässt sich Ihr Alibi gleich im Anschluss an unser Gespräch klären", erwiderte ich. „Doch zuvor möchte ich Sie bitten, mir die Sohle Ihres rechten Schuhs zu zeigen."

Siemer sah mich misstrauisch an. „Sie glauben mir wohl noch immer nicht, wie? Ihnen scheint die Tatsache, dass ich mich gegen die Beleidigung meiner Frau zur Wehr setze, schon zu genügen, um mich des Mordes an Freese zu verdächtigen."

„Ging es bei Ihrem Streit mit Ahlers denn wirklich nur um den Ruf Ihrer Gattin? Oder spielte auch verletzte Eitelkeit eine Rolle?"

„Dortje hatte nichts mit ihm. Das hat sie mir stets versichert, wenn diese hässlichen Gerüchte wieder einmal aufkamen. Und ich habe ihr geglaubt!"

Als ich nicht sofort reagierte, beteuerte er:

„Was denken Sie denn nur von uns? Dortje und ich sind beide hier auf Helgoland aufgewachsen. Wir haben vier gemeinsame Kinder und lieben uns! Würden Sie nicht auch allergisch reagieren, wenn man vor versammelter Mannschaft schlecht über Ihre Frau spräche?"

Bei diesen Worten wanderten meine Gedanken sogleich zu Agnes ab. Selbstverständlich wäre auch ich äußerst aufgebracht, falls man sie in aller Öffentlichkeit verunglimpfen würde. Deshalb konnte ich sein Verhalten durchaus nachvollziehen.

„Ich gebe zu, auch ich würde mich mit allen Mitteln gegen ein solches Gerede zur Wehr setzen", räumte ich reumütig ein. „Aber sehen Sie es doch einmal so: Falls Ihr Alibi bestätigt wird und die Sohle Ihres rechten Schuhs keine Übereinstimmung mit einem am

Tatort sichergestellten Schuhabdruck aufweist, sind Sie ein für alle Mal aus dem Schneider und werden in dieser Sache nicht weiter von der Polizei behelligt!"

Dieses Argument schien ihn zu überzeugen. Dennoch spürte ich noch immer einen gewissen Widerwillen, als er sich auf einen Poller setzte, seinen rechten Schuh auszog und mir diesen anschließend entgegenhielt.

Ich brauchte meine Zeichnung erst gar nicht aus meinem Uniformrock hervorzuholen, um zu erkennen, dass Siemer nicht für den Abdruck im Keller des Mordopfers verantwortlich war. Seine Sohle wies gleich ein ganzes Heer an Beschädigungen auf! An mehreren Stellen zeigten sich deutliche Risse im Leder. An Regentagen wie diesem musste Siemer ständig nasse Füße haben! Zudem hatten seine Schuhe ein anderes Profil.

Während ich noch mit seinem Schuh beschäftigt gewesen war, hatte er zwei Kollegen gerufen, die seine Anwesenheit im U-Bootbunker für die Dauer des Luftangriffs mir gegenüber bestätigten.

Wenn mich nicht sämtliche Befragten angelogen hatten, konnte Siemer damit keinesfalls für den Tod Freeses verantwortlich sein.

51

Bevor ich mich am nächsten Tag erneut auf den Weg zur Kommandantur machte, begab ich mich aus einem spontanen Impuls heraus in den Mittelweg, um die Nachbarschaft des Mordopfers noch einmal zu befragen. Doch schon bei den ersten Gesprächen merkte ich, dass ich mir diese Mühe getrost hätte sparen können. Sobald am 15. Oktober das Geheul der Sirenen eingesetzt hatte, war jeder Inselbewohner nur noch darauf bedacht gewesen, so schnell wie möglich in die schützenden Stollen zu gelangen. In diesem Moment höchster Gefahr hatte aus verständlichen Gründen niemand auf die Vorgänge im Haus des Stellvertretenden Ortsgruppenleiters geachtet. Keinem der Nachbarn war eine Person aufgefallen, die sich unmittelbar vor dem Fliegeralarm im oder in der Nähe des Gebäudes aufgehalten hatte.

Da ich einsehen musste, dass meine Bemühungen keinen Erfolg bringen würden, brach ich meine Aktion vorzeitig ab, um stattdessen meinen ursprünglichen Plan weiterzuverfolgen. In der Kommandantur angekommen, hielt ich mich erst gar nicht mit langen Erklärungen auf, sondern bat gleich, zu dem Oberbootsmann vorgelassen zu werden, der die Beweggründe für mein Anliegen bereits kannte.

„Ihnen scheint der Mord an dem Stellvertretenden Ortsgruppenleiter Freese keine Ruhe zu lassen, Herr Wachtmeister", begrüßte der Mann mich durchaus nicht unfreundlich. „Liefen die Ermittlungen dieses Kommissars und seines Kriminalassistenten aus Pinneberg denn ins Leere?"

„Nun, lassen Sie es mich so formulieren: Sie schienen an der Aufklärung des Falles nicht sonderlich interessiert zu sein", entgegnete ich. „Zumindest nahmen die beiden einige Hinweise, die es durchaus gab, offenbar nicht ernst. Die Tatsache, dass es hier auf dieser kleinen Insel einen Mörder gibt, der frei herumläuft, ist für mich Ansporn genug, die Sache weiterzuverfolgen. Darum bitte ich Sie auch, mir Auskunft zu erteilen, wo ich einen gewissen Olle Kruskopp antreffen kann und mir gegebenenfalls einen weiteren Passierschein auszustellen. Soweit ich weiß, gehört Kruskopp einer Mannschaft an, die die Geschütze bedient."

„Verdächtigen Sie Kruskopp etwa des Mordes an Freese?"

Ich schüttelte den Kopf. „Nein, es gibt derzeit keinen konkreten Verdacht gegen ihn. Aber er hätte möglicherweise ein Motiv gehabt. Und weil ich im Gegensatz zu meinen Kollegen von der Sicherheitspolizei nichts unversucht lassen möchte, um den Täter zu überführen, würde ich mich gerne mit ihm unterhalten."

Der Oberbootsmann nickte nur und verließ den Raum. Nach wenigen Minuten kam er mit einem Zettel in seinen Händen zurück, den er mir überreichte.

„Der Marinehelfer Kruskopp gehört der Falmbatterie an. Sie finden ihn, wenn Sie sich zur Südspitze begeben. Erkundigen Sie sich am Kontrolltor, an welchem Geschütz er genau eingesetzt ist."

Nachdem ich mich bedankt hatte, verließ ich die Kommandantur. Auf der gegenüberliegenden Seite der Von-Aschen-Strasse konnte ich in einiger Entfernung das Gebäude erkennen, in dem Agnes arbeitete. Da mir angesichts des Zwecks, dem das Haus diente, wieder einmal unangenehme Gefühle aufzukommen drohten, wandte ich meinen Blick hastig wieder ab.

Bis zum Zaun, der das militärische Sperrgebiet auf der Südspitze und im Westen des Oberlandes abriegelte, war es nicht weit. Bei

239

der Kontrolle am Einlasstor erklärte man mir, wo ich Kruskopp finden würde.

Um zu seinem Einsatzort zu gelangen, musste ich einige Flakgeschütze unterschiedlichen Kalibers passieren, bis ich schließlich glaubte, an der richtigen Stelle angelangt zu sein. Als ich mich daraufhin bei einem jungen Soldaten, der auf seinem Gefechtsstand war, nach dem Gesuchten erkundigte, rief dieser belustigt aus:

„Sie meinen unseren Barbier? Der ist in seiner Freischicht. Vermutlich ist er gerade damit beschäftigt, den Kameraden die Haare zu schneiden. Das macht er nämlich häufiger. Aber wenn Sie sich einen Moment gedulden wollen, kann ich ihn holen lassen."

Während er einen weiteren Soldaten damit beauftragte, Kruskopp aus der bunkerähnlichen Unterkunft herzuholen, musste auch ich innerlich grinsen. Olle Kruskopp schien den Beruf des Vaters ergriffen zu haben, was sich bei seinen Kameraden offensichtlich schnell herumgesprochen hatte.

Es dauerte nicht lange, bis ein etwa siebzehnjähriger Marinehelfer aus dem Betonunterstand kam, sich kurz suchend umsah und auf mich zukam, sobald er mich entdeckt hatte. Als er mich erreicht hatte, salutierte er vorschriftsmäßig und nannte dabei seinen Namen sowie seinen Dienstrang, woraufhin ich mich vorstellte und ihm den Grund meines Besuches nannte.

„Freese ...", brachte er verächtlich hervor und spuckte dazu aus. „Dieser hinterhältige Halunke hat meinen Vater auf dem Gewissen ..."

„Ich habe davon gehört", erwiderte ich mitfühlend. „Genau aus diesem Anlass bin ich auch zu Ihnen gekommen. Sie hatten wahrlich allen Grund, Freese zu hassen. Darum möchte ich von Ihnen wissen, wo Sie sich während des Luftangriffs am 15. Oktober aufhielten."

Der junge Mann stieß einen Seufzer aus. „Wo soll ich schon gewesen sein? Hier, auf meinem Gefechtsstand natürlich! Wir hatten alle Hände voll zu tun, um die feindlichen Flugzeuge abzuwehren. Mit welchem Ergebnis sehen Sie ja selbst. Fragen Sie nur meine Kameraden!"

Bevor er weitersprach, ließ er seinen Blick in die Ferne schweifen, wo die unruhige See zu erkennen war. „Ist es nicht geradezu paradox? Mein Vater wurde für seine Kritik am herrschenden System und am Führer mit dem Tod bestraft und sein einziger

Sohn, den er unter schwierigsten Umständen alleine großziehen musste, ist als Flakhelfer tätig, um die Insel im Namen seiner Mörder zu verteidigen."

Dass ihm im Falle einer Dienstverweigerung ein ebensolches Schicksal wie seinem Vater drohte, stand in diesem Augenblick unausgesprochen zwischen uns.

„Ich fürchte, es hat die längste Zeit gedauert, bis sich herausstellen wird, wie richtig mein Vater mit seinen Ansichten lag. Zurückbringen wird ihn das allerdings auch nicht ..."

„Herr Kruskopp, ich kann Ihre Verbitterung natürlich gut verstehen", versicherte ich ihm. „Trotzdem ist es mein Anliegen, den Mord an Freese aufzuklären. Ich möchte Sie darum bitten, mir die Unterseite Ihres rechten Schuhs zu zeigen."

In diesem Augenblick heulten die Sirenen auf. Schon im nächsten Moment waren die Glocken der St. Nicolai-Kirche zu hören. Wie auch seine Kameraden am Geschütz war Kruskopp kurz zusammengezuckt, um sich im nächsten Augenblick gleich wieder zu entspannen. Ich hatte mich ebenfalls mit einem hastigen Blick auf meine Armbanduhr davon überzeugt, dass es sich um den üblichen Probealarm um 12 Uhr mittags handelte.

„Na ja, was soll's? Sie werden schon Ihre Gründe haben, warum meine Schuhe für Sie von Interesse sind", seufzte Kruskopp und drehte sich gleichzeitig, um mir seinen rechten Fuß entgegenzustrecken.

„Besitzen Sie noch ein weiteres Paar Schuhe?", erkundigte ich mich, ohne mir meine Enttäuschung anmerken zu lassen, als er sein Bein wieder nach unten nahm.

„Nein, ich besitze nur dieses eine Paar", versicherte er mir.

*

„Kommst du mit deinen Ermittlungen voran, mein Junge?", wollte Herr Thomsen später von mir wissen.

„Bislang verlaufen meine Nachforschungen eher enttäuschend", antwortete ich wahrheitsgemäß. „Wenn man mich nicht nach Strich und Faden belogen hat, scheiden Siemer und Kruskopp als Täter aus. Mit dieser Erkenntnis kann ich jedoch gut leben, denn beide sind mir nicht gerade unsympathisch."

*

„Aber wenn es beide nicht gewesen sein können, bleibt ja quasi nur noch eine Möglichkeit übrig", flüsterte Agnes mir in der darauffolgenden Nacht ins Ohr, nachdem ich ihr von meinen Recherchen erzählt hatte. „Diese beiden Sicherheitspolizisten müssen recht gehabt haben. Es kann nur ein Fremdarbeiter gewesen sein!"
Später lag sie längst schlafend in meinem Arm, als ich noch immer darüber nachdachte, ob ich mich wirklich mit dieser Erklärung zufriedengeben wollte.

Büsum 1984

„Oh Gott, deine Agnes muss ja in dieser Zeit die Hölle durchgemacht haben", entfuhr es Cornelia. „Obwohl sie dich liebte, hatte sie mit anderen Männern zu ..." Ihr Gesicht war vor Scham rot angelaufen. „Ich meine, man erwartete doch von ihr, dass sie weiterhin ..."
Verunsichert brach sie ab.
„Die Situation war für uns beide nicht einfach", entgegnete ich schnell, um ihr über ihre Verlegenheit hinwegzuhelfen. „Glaubst du etwa, mir gefiel, was sie tat? Aber wir hatten immerhin ein gemeinsames Ziel vor Augen, so glaubten wir zumindest. Wir hofften, dass es nicht mehr lange dauern würde, bis Agnes dieses Leben endgültig hinter sich lassen konnte. Die weiteren Geschehnisse sollten zeigen, dass diese Hoffnung nicht ganz unberechtigt war. Denn bis zur totalen Niederlage Deutschlands und dem damit einhergehenden Zusammenbruch der menschenverachtenden Nazi-Herrschaft sollte es nur noch ein halbes Jahr dauern. Danach hätten uns alle Türen offen gestanden."
Burkhard schien ein ganz anderes Problem zu beschäftigen. „Sag mal, Onkel Hans, hast du dich denn nun weiter mit der Aufklärung des Mordes an diesem Freese befasst? Ich könnte mir vorstellen, dass dies nicht ganz ungefährlich war. Immerhin hatte dir dieser van der Laan doch eine Warnung zukommen lassen ..."
„Natürlich hatte er mir für den Fall, dass ich ihm in die Quere kommen sollte, gedroht. Aber ich habe nach seiner Abreise nie wieder etwas von ihm gehört. Er hätte mich sowieso nicht davon

abhalten können, weiter zu ermitteln, denn dazu hatte ich mich zu diesem Zeitpunkt schon viel zu sehr in diesen Fall verbissen."
Mein Neffe zog verwundert die Augenbrauen in die Höhe. „Du hast deine Nachforschungen trotz der Androhung von Konsequenzen weiter betrieben? Aber in welche Richtung konntest du denn überhaupt noch ermitteln? Die Hinweise, die dir vorlagen, hatten doch ins Nichts geführt! Ergaben sich im Laufe der Zeit etwa neue Ansatzpunkte? Oder hast du deine Nachforschungen auf die Fremdarbeiter ausgedehnt?"
„Oh, du wirst dich wundern, wie es weiterging, wenn Cornelia gleich fortfährt. Durch einen puren Zufall ergaben sich nämlich schon bald darauf tatsächlich neue Spuren!"
Meine Nichte meldete sich plötzlich zu Wort. Indem sie auf die vielen Kartons zeigte, die noch immer nicht befüllt waren, gab sie zu bedenken:
„Ich fürchte, wenn wir uns nicht bald dazu aufraffen, Onkel Hans´ Hausstand einzupacken, wird es nichts mit dem Umzug! Wir sind ja gerade einmal bei der Hälfte des Buches angelangt ..."
„Willst du denn nicht hören, wie die Geschichte ausging?", protestierte ihr Bruder. „Der wirklich spannende Teil kommt doch bestimmt noch, oder etwa nicht, Onkel Hans?"
Ich nickte, wobei mir gleich wieder trübselige Gedanken durch den Kopf schossen. „Ja", bestätigte ich mit belegter Stimme. „Der interessanteste, zugleich aber auch schmerzhafteste Teil liegt noch vor uns ..."
Burkhard sah mich neugierig an. „Konntest du den Mörder denn nun am Ende überführen?"
Daraufhin musste ich kurz schlucken, ehe ich erwiderte:
„Die Antwort auf diese Frage finden wir in meinen Aufzeichnungen."
Ich sah mich rasch in der Wohnung um und warf einen Blick auf die Uhr. „Wenn ihr wirklich wissen wollt, wie das Ganze ausging, werden wir das Einpacken meines Hausstandes wohl auf morgen verschieben müssen, falls es eure Zeit erlaubt."
„Wir werden gleich morgen früh erscheinen, um den Rest zu erledigen", versicherte Cornelia schnell und nahm die Kladde abermals in die Hand. „Heute haben wir jedoch Wichtigeres zu tun. Schließlich will ich wissen, wie es mit Agnes und dir weiterging!"
„... Und ich brenne darauf, zu erfahren, wer diesen Freese umbrachte", warf Burkhard in den Raum.

52

Am 30. Oktober, einem Freitag, wurde die Insel um die Mittagszeit ein weiteres Mal direkt angegriffen. Ich war gerade im Unterland unterwegs, als ich den Voralarm wahrnahm. Ein Blick auf die Uhr bestätigte meine Befürchtung, dass es sich keinesfalls um den täglichen Probealarm handeln konnte. Daraufhin begab ich mich auf direktem Wege in die Bremer Strasse, um von dort in das Bunkersystem zu gelangen. Ehe ich den Stollen betreten konnte, verkündeten die Sirenen schon Vollalarm. So schnell es mir im Gedränge möglich war, versuchte ich mich zur Spirale vorzuarbeiten. Zu meinem Entsetzen traf ich dabei unterwegs auf Wiebke, die Kellnerin des *Hainburger Hofs*, die in der gleichen Richtung unterwegs war.

„Mein Gott Hans, du warst auch im Unterland?", fragte sie mich mit ebensolcher Bestürzung.

Auch ihre Gedanken schienen Frau Friedrichsen zu gelten, die hoffentlich in der Lage sein würde, den Weg zum Schulbunker alleine zu bewältigen.

„Wiebke, was um Himmels willen machst du im Unterland?", antwortete ich mit einer Gegenfrage.

„Ich hatte einen Brief in der Biologischen Anstalt aufgegeben und befand mich gerade auf dem Rückweg zur Treppe, als die Sirenen losgingen", erwiderte die Kellnerin, um sich gleich darauf mit besorgter Miene zu erkundigen:

„Wie ging es Gesa denn heute früh? Hatte sie Beschwerden?"

„Nein, zum Glück nicht", entgegnete ich. „Aber das hat nicht viel zu besagen. Ihre Arthritis kann bei diesem ungemütlichen Herbstwetter schlagartig einsetzen. Wir können nur hoffen, dass sie heute von einem Anfall verschont blieb ..."

Ich versuchte, mein Tempo noch einmal zu steigern, was angesichts der vielen Schutzsuchenden, die erst ihre Plätze auf den Bänken einnehmen mussten, gar nicht so einfach war. Erst in der Spirale kam ich besser voran.

Meine Sorge um Frau Friedrichsen steigerte sich, nachdem ich die Bereiche von Jasper Meiners und Wilken Ahlers passiert und meinen eigenen Bunkerabschnitt erreicht hatte, wo ich ihren Platz verwaist vorfand.

Daraufhin warf ich Agnes, die zu meiner Erleichterung im Kreis ihrer Kolleginnen saß, einen flüchtigen Blick zu und hastete die

Treppenanlage empor. Oben angekommen, musste ich konsterniert zur Kenntnis nehmen, dass Sören Carlsen die Zugangstür bereits zugeschlagen und verriegelt hatte.

„Sören, Frau Friedrichsen sitzt nicht auf ihrem Platz", presste ich mit letzter Kraft hervor.

„Ach, du lieber Himmel", entgegnete dieser ebenso entsetzt. „Aber ich versichere dir, dass niemand mehr zu sehen war, als ich die Tür verschloss."

Von draußen waren mittlerweile die ersten Flakgeschütze zu hören, die pausenlos zu feuern schienen.

„Das weiß ich doch", erwiderte ich. „Du würdest ihr niemals die Tür vor der Nase zuschlagen. Aber das lässt meine Sorgen leider nicht kleiner werden, denn sie muss sich demnach noch in ihrem Haus befinden. Hoffentlich ist sie zumindest in der Lage, sich in den Keller zu begeben ..."

Als in der Ferne eine heftige Explosion zu hören war, der schnell weitere folgten, mahnte Sören:

„Hans, wir müssen uns schleunigst nach unten begeben!"

Im Stollen überzeugte ich mich davon, dass außer meiner Vermieterin niemand fehlte. Agnes lächelte mir verstohlen zu, als ich mich mit der Anwesenheitsliste bewaffnet dem Anfang des Stollens näherte, während Christel mir mit ihrer tiefen Stimme entgegenrief:

„Moin, Herr Wachtmeister. Sie hüpfen ja im Stollen herum, als sei der Leibhaftige hinter Ihnen her! Liegt es etwa an mir, dass Sie heute so nervös sind?"

Bei ihren Worten hatte sie mich mit verführerischen Augen angesehen.

Ihre Kolleginnen bogen sich beinahe vor Lachen. Selbst Agnes konnte sich ein Grinsen nicht verkneifen. Ihre Heiterkeit verflog jedoch schnell wieder, als sie meine ernste Miene bemerkte.

„Bitte nehmen Sie es nicht persönlich, aber im Augenblick gelten meine Gedanken ausschließlich meiner Vermieterin, die es offenbar nicht rechtzeitig in den Bunker geschafft hat. Darum werden Sie sicherlich Verständnis dafür haben, wenn ich derzeit keinen Blick für Ihre Reize habe", versuchte ich, ebenso locker zu antworten, obwohl mir in dieser Situation überhaupt nicht zum Scherzen zumute war.

Bei den Damen schien dieser Spruch jedoch gut anzukommen, denn Hildegard Schwarting, eine Blondine mit Berliner Dialekt, feixte:

„Da hörst du es, Christel! Du wirst deinen Rock wohl noch ein wenig weiter anheben und dadurch etwas mehr Bein zeigen müssen, um den Herrn Wachtmeister aus der Reserve locken zu können!"

Um das anzügliche Gespräch mit Christel nicht ausufern zu lassen, entfernte ich mich vorsichtshalber rasch einige Meter von den Damen und betete für die baldige Entwarnung.

Glücklicherweise hatte der Gefechtslärm kurz nach den Detonationen aufgehört. Irgendwann war die Stimme Hauke Wykers´ zu hören, der über Lautsprecher bekannt gab, dass der Feind die Insel mit mehreren Flugzeugen angegriffen hatte. Seinen Worten zufolge hatte die Attacke offenbar erneut dem U-Bootbunker gegolten. Eine Maschine war demnach abgeschossen worden und ins Meer gestürzt, während eine zweite zwar getroffen worden war, aber trotz sichtbarer Beschädigungen entkommen konnte. Zu Zerstörungen auf der Insel sei es nicht gekommen.

In Erwartung der Entwarnung begab ich mich schon einmal nach oben, um mich so schnell wie möglich zu Frau Friedrichsen begeben zu können. Sören sicherte mir zu, mich währenddessen am Ausgang zu vertreten.

Obwohl ich Agnes gerne noch einmal gesehen hätte, um schnell noch ein paar heimliche Worte mit ihr zu wechseln, ließ mir die Ungewissheit über das Wohlbefinden meiner Vermieterin keine Ruhe. Sobald die Sirenen Entwarnung gaben, riss ich die Tür auf und stürzte nach draußen.

In der Hamburger Strasse waren keinerlei Schäden an den Gebäuden zu erkennen, wie ich aufatmend zur Kenntnis nahm, als ich Frau Friedrichsens Haus erreichte. Dennoch rief ich mit großer Besorgnis nach ihr, als ich ins Innere stürmte und war überrascht und erleichtert zugleich, plötzlich ihre Stimme aus dem Keller zu hören.

*

„Schon bald, nachdem du heute früh das Haus verlassen hattest, setzte meine Arthritis ein", erklärte meine Vermieterin mir, nachdem ich uns einen Tee zubereitet hatte.

Bevor ich mich zu ihr setzte, legte ich ihr noch schnell kalte Umschläge an.

„Im Laufe des Vormittages wurden meine Beschwerden immer schlimmer. Darum legte ich mich ins Bett, um mich ein wenig auszuruhen. Dann ertönten plötzlich die Sirenen, die mich hochschrecken ließen. Als nach dem Vollalarm weder Wiebke noch du erschienen waren, um mich abzuholen, wurde mir klar, dass die Sache dieses Mal ernst stand. Mit letzter Kraft gelang es mir, mich über die steile Treppe in den Keller hinab zu hangeln, wo ich zumindest einigermaßen sicher zu sein hoffte."
Auf einmal warf sie mir einen besorgten Blick zu. „Du bist mir doch hoffentlich nicht böse, Hans?"
Daraufhin nahm ich sie erleichtert in den Arm, während ich ihr gleichzeitig versicherte:
„Aber für dieses Malheur können Sie doch nichts! Es war ganz alleine meine Schuld, dass Sie in diese gefährliche Situation kamen. Wiebke und ich waren beim Auslösen des Alarms zeitgleich im Unterland, was nie hätte geschehen dürfen! Ich werde mich zukünftig besser mit ihr absprechen müssen."
Hätte ich dieses Vorhaben doch nur konsequenter in die Tat umgesetzt ...

53

Der Zufall wollte es, dass ich in den ersten Novemberwochen gleich zwei Anhaltspunkte in die Finger bekam, die mich bei meinen Ermittlungen im Nachhinein betrachtet zumindest einen kleinen Schritt voranbringen sollten. Auslöser dieser Entwicklung sollte ausgerechnet ein Gespräch sein, das ich mit Georg Braun führte, als ich ihn völlig unerwartet bei meinem Inselrundgang im Unterland antraf.
„Moin Hans", erklang es an einem besonders ungemütlichen Nachmittag auf einmal in meinem Rücken. „Ich habe dich lange nicht gesehen. Wie geht es dir?"
Als ich mich daraufhin umdrehte, bekam ich den Dachdecker zu Gesicht, der offenbar mit der Wiedererrichtung eines am 15. Oktober beschädigten Gebäudes beschäftigt war.
„Moin Georg", begrüßte ich ihn und sagte im Anschluss daran mit Blick auf die vielen zerstörten Häuser in unserem Umfeld:
„Dieses Mal haben dir die Engländer ja besonders viel Arbeit hinterlassen ..."

Weitere Personen, überwiegend weiblichen Geschlechts, waren noch immer damit beschäftigt, die Trümmer zu beseitigen. Hölzer, Steine und Dachziegel, die den verheerenden Luftangriff heil überstanden hatten und beim Wiederaufbau der Gebäude erneut Verwendung finden sollten, lagen säuberlich aufgeschichtet am Rand der Schiffer Strasse.

Braun sah sich nachdenklich im weitgehend zerstörten Unterland um, als er mit trauriger Miene erwiderte:

„Genau das hatte ich immer befürchtet. Noch drei oder vier Luftangriffe dieser Größenordnung und Helgoland liegt komplett in Schutt und Asche ..."

„Irgendwann muss dieser Krieg doch einmal ein Ende haben! Sobald endlich wieder Frieden herrscht, können Fachleute wie du die Siedlungen wiederaufbauen", versuchte ich ihn aufzurichten.

„Sei nicht naiv, Hans! Bis dahin wird es noch ein weiter Weg sein. Wie ich dir schon bei unserem letzten Gespräch prophezeite, werden die Nazis bis zum Schluss kämpfen, weil sie allesamt buchstäblich ihre Leichen im Keller haben! Man hört von den Soldaten, die sich ein paar Tage auf Fronturlaub befinden oder den verwundeten Kriegsheimkehrern die schlimmsten Dinge. Angeblich soll es im Osten Arbeitslager geben, in denen Zustände herrschen, wie wir sie beide uns in unseren schlimmsten Albträumen nicht vorstellen können! Die SS soll dort Juden und andere Menschen, die sie als Feinde des Reiches betrachten, gleich reihenweise vorsätzlich ermorden. Den Berichten dieser Leute zufolge setzt man dazu offenbar Gas ein.

Für diese Verbrechen wird man die Verantwortlichen an den Galgen bringen. Und weil denen dies natürlich bewusst ist, versucht man, das Volk zum Durchhalten zu bewegen und gleichzeitig auf das Unmögliche zu hoffen. Dabei war dieser Krieg von Anfang an verloren!"

Ich wusste nicht, was ich darauf erwidern sollte. Brauns Worte hatten mich zutiefst schockiert. Falls es stimmte, was er gerade behauptet hatte, fragte ich mich, wofür es sich überhaupt noch zu kämpfen lohnte. Wurden dem deutschen Volk etwa die allerhöchsten Entbehrungen mit dem alleinigen Ziel aufgebürdet, eine Herrschaft des Terrors aufrechtzuerhalten? In diesem Fall wäre es wirklich allerhöchste Zeit, der Barbarei Einhalt zu gebieten!

„Ja, da staunst du, nicht wahr?", fragte der Dachdecker, als er mein erschüttertes Gesicht bemerkte. „Von solchen Verbrechern werden wir regiert!"

„Aber ... ich verstehe nicht. Diese Lager, von denen du sprachst ... Wen sollte die SS denn vorsätzlich umbringen wollen? Und in wessen Namen?"

Braun sah mich mitleidig an. „Mensch Hans, hast du es nach beinahe zwölf Jahren Nazi-Herrschaft noch nicht kapiert? Bestimmte Gesellschaftsschichten sollen für alle Zeiten von dieser Welt verschwinden. Juden, Zigeuner, Homosexuelle, Kommunisten ... genau gegen diese Menschen wird doch seit Beginn der Hitler-Diktatur auf übelste Art gewettert! In den Augen der Nazis sind diese Bevölkerungsgruppen Untermenschen, die kein Recht haben, sich fortzupflanzen. Sie sollen ausgemerzt werden! Aber vermutlich werden in den Lagern auch Kriegsgefangene interniert sein. Kinder, Frauen, Alte ... jeder, der körperlich nicht dazu in der Lage ist, seine Arbeitskraft für den Endsieg einzubringen, ist in den Augen der Nazis wertlos und hat damit sein Lebensrecht verwirkt!"

„Das kann nicht wahr sein ...", war das Einzige, was ich hervorzubringen imstande war und hoffte von ganzem Herzen, mit dieser Einschätzung richtigzuliegen.

Waren diese Schauergeschichten vielleicht ein neuerlicher Versuch Brauns, mich für seine Sache gewinnen zu wollen oder entsprachen sie tatsächlich der Wahrheit? Ich konnte mir Letzteres einfach nicht vorstellen!

Natürlich hatte auch ich erlebt, wie rigoros mit Andersdenkenden umgegangen wurde, wie die Juden und Zigeuner schrittweise aus der Gesellschaft ausgegrenzt und später in den Osten abgeschoben worden waren. Aber all diese Menschen umzubringen, überstieg in diesem Augenblick meine Vorstellungskraft.

Dass in Wirklichkeit alles noch weitaus schlimmer war, als es der Dachdecker soeben vorgebracht hatte, konnte ich damals nicht ahnen ...

Braun schien zu spüren, wie sehr mir seine Schilderungen zu schaffen machten und wechselte darum schnell das Thema.

„Sag mal, wollen wir nicht mal wieder auf ein Bier treffen? Vielleicht morgen Abend in den *Mocca-Stuben*?"

Noch immer unter dem Eindruck des soeben Gehörten stehend stimmte ich zögernd zu, indem ich wie geistesabwesend nickte.

„Ja, sehr gerne."

Wir unterhielten uns noch eine Weile über belanglose Dinge, ehe ich mich von ihm verabschiedete.

Einigermaßen verwirrt und ausgesprochen nachdenklich bahnte ich mir anschließend den Weg durch das Labyrinth von Schuttbergen und Baumaterialien im Unterland. In dieser Gemütslage traf ich wenig später auf unserer Wachstube ein.

Herrn Thomsen blieb meine Bedrücktheit natürlich nicht lange verborgen.

„Ist etwas passiert, mein Junge?", erkundigte er sich mit ehrlicher Besorgnis, während er eine Tasse Tee vor mir auf dem Tisch abstellte.

„Nein, nein, es ist alles in Ordnung", versicherte ich schnell. „Ich hatte soeben nur eine Unterhaltung, die mich sehr ins Grübeln gebracht hat ..."

Hastig nahm ich mir vor, meinen Kollegen keinesfalls mit dem zu belasten, was ich gerade erfahren hatte. Allerdings beschäftigte ich mich in meinem Unterbewusstsein neben den abscheulichen Mutmaßungen, von denen Georg Braun gesprochen hatte, schon die ganze Zeit über mit noch etwas anderem, ohne dass ich in diesem Moment zu sagen vermochte, worum es sich dabei handeln könnte.

„Hast du etwa mit Georg Braun gesprochen?", wollte Herr Thomsen auf einmal wissen und sah mich dabei argwöhnisch an.

„Ich sah ihn heute Früh im Unterland, wo er offenbar mit der Wiedererrichtung eines weniger beschädigten Gebäudes beauftragt ist."

„Ja, das habe ich", gab ich unumwunden zu. „Und er war es, der mir von einigen sehr verstörenden Dingen berichtete."

Mein Kollege sah mich lange an, ehe er loswetterte:

„Mein Junge, ich habe dich bereits mehrfach vor Braun gewarnt. Lass dich von ihm nicht gegen das herrschende System aufwiegeln!"

„Mittlerweile konnte ich ihn davon überzeugen, seine Bemühungen in dieser Richtung einzustellen, weil sie bei mir keinen Erfolg haben werden. Allerdings hat mich das, was er zu berichten hatte, schon sehr nachdenklich gestimmt ...", versuchte ich meinen Kollegen zu besänftigen.

Der schien jedoch wenig überzeugt. „Braun ist ein Aufrührer. Er versucht sich gegen die bestehende Ordnung, in der alles seinen festen Platz hat, aufzulehnen und wird am Ende doch den Kürzeren

ziehen. Sollte sich nämlich herausstellen, dass ..."
Weiter kam er nicht, denn auf einmal war ich wie elektrisiert. „Was haben Sie gerade gesagt?", unterbrach ich ihn.
Leicht verwundert wiederholte Herr Thomsen:
„Nun, ich sagte, Braun wird am Ende den Kürzeren ziehen ..."
„Nein, nein, das meinte ich nicht", fiel ich ihm erneut ungeduldig ins Wort. „Davor! Was sagten Sie davor?"
„Davor?", fragte er verwirrt. „Ich glaube, ich sprach von der Ordnung, in der alles seinen festen Platz hat und gegen die Braun sich aufzulehnen versucht ..."
„Das ist es!", entfuhr es mir beinahe frenetisch.
Auf einmal sah ich klar. In diesem Augenblick wusste ich, was mich in meinem Inneren beschäftigt hatte. Mit plötzlicher Unruhe forderte ich meinen Kollegen auf:
„Herr Thomsen, wir müssen uns sofort in den Mittelweg begeben. Ich glaube, ich weiß jetzt, wohin die Steine gehören, die ich in Freeses Keller vorfand!"

54

Wir hasteten die Treppe hoch und erreichten wenig später völlig außer Atem Freeses Haus. Doch bevor ich den Türklopfer betätigen konnte, hielt Herr Thomsen mich durch einen energischen Griff an meinem Oberarm zurück.
„Jetzt sag mir doch endlich, warum du mich hierhergeschleppt hast", keuchte er und bekam gleich darauf einen heftigen Hustenanfall.
Ich wartete, bis er wieder zu Atem gekommen war, ehe ich erwiderte:
„Als Sie sich eben über Georg Braun ereiferten und dabei die bestehende Ordnung erwähnten, in der alles seinen festen Platz habe, musste ich plötzlich an die vielen Steine denken, die am Rande der Trümmerberge im Unterland säuberlich aufgeschichtet sind, um für den Wiederaufbau der Häuser Verwendung zu finden. Das erweckte in mir die Assoziation zu dem Stapel Ziegelsteine, den ich im Untergeschoss eben dieses Gebäudes entdeckt hatte. Irgendwo müssen diese Steine ja herkommen! An irgendeiner Stelle müssen sie einmal verbaut gewesen sein, also ihren festen Platz gehabt haben, um mit Ihren Worten zu sprechen. Denn

schließlich hafteten an ihnen noch Mörtelreste.

Und jetzt frage ich Sie: Würden Sie sich die Mühe machen, Ziegelsteine von nicht ganz unbedeutendem Gewicht, die aus irgendwelchen Abbrucharbeiten auf Ihrem Grundstück stammen, in Ihren Keller zu schleppen? Sie würden Sie doch vermutlich draußen an einer Stelle Ihres Grundstücks lagern, wo sie nicht im Weg liegen, oder etwa nicht?"

Mein Kollege, der mir aufmerksam zugehört hatte, nickte nur, ohne etwas zu erwidern.

„Also liegt die Vermutung nahe, dass die Steine aus dem Keller stammen, nicht wahr?", schlussfolgerte ich.

Ehe ich weitersprach, betätigte ich den Türklopfer.

„Ich habe eine Vermutung, wo die Steine einmal verbaut gewesen waren und möchte diese Theorie mit Ihrer Hilfe überprüfen", teilte ich dem verdutzten Herrn Thomsen noch schnell mit, als sich auch schon die Haustür öffnete.

Eine Frau in den Vierzigern stand in der Tür und sah uns fragend an. „Nanu, die Gendarmerie? Moin, was kann ich für Sie tun, meine Herren?"

Rund drei Wochen nach dem Mord an dem früheren Bewohner hatte die örtliche Parteileitung angesichts der plötzlichen Wohnungsknappheit aus verständlichen Gründen darauf gedrängt, das Gebäude schnellstmöglich wieder freizugeben. Da zu diesem Zeitpunkt aus polizeilicher Sicht nichts gegen diesen Schritt sprach, hatte Herr Thomsen diesem Wunsch entsprochen.

Daraufhin waren erst wenige Tage zuvor die Familien Emken und Poen hier eingezogen, deren Heime am 15. Oktober vollkommen zerstört worden waren, wie mein Kollege mir mitgeteilt hatte. Da mir beide Familien bislang nicht persönlich bekannt waren, stellte ich mich zunächst vor, ehe ich auf mein Anliegen zu sprechen kam: „Ihnen ist sicherlich bekannt, was am Tag des großen Luftangriffs in diesem Gebäude geschah, Frau ...?"

„Poen", beeilte sie sich zu sagen. „Ja, wir wissen natürlich von dem Mord an Herrn Freese. Aber was haben wir damit zu tun?"

„Nun, mein Kollege und ich würden gerne noch einmal im Keller Ihres Hauses etwas überprüfen, wenn Sie nichts dagegen haben. Erlauben Sie mir in diesem Zusammenhang die Frage, ob nach Ihrem Einzug dort etwas verändert wurde?"

Sie musste sich ein Lachen verkneifen, als sie entgegnete: „Im Keller, sagen Sie? Nein, dort ist bestimmt noch niemand von uns gewesen. Sowohl die Emkens als auch wir sind erst vor zwei Tagen darüber informiert worden, dass wir hier einziehen dürfen. Wir sind noch dabei, uns mit den wenigen Habseligkeiten, die uns verblieben sind, einzurichten. Um uns das Untergeschoss anzusehen, fehlte uns bislang die Zeit. Aber kommen Sie doch bitte herein!"

Damit machte sie uns Platz. Während ich zielstrebig auf die Kellertür zuging, hörte ich aus dem Wohnbereich Kinderstimmen.

„Frau Emken hat vier kleine Kinder, während in meinem Falle nur noch die jüngste Tochter bei mir lebt", erklärte Frau Poen mir, nachdem sie die Tür hinter uns geschlossen hatte.

„Konnten Ihre Ehemänner wenigstens auf der Insel bleiben, um ihren Dienst hier vor Ort zu verrichten?", wollte ich von ihr wissen. Sie schüttelte traurig den Kopf. „Sie kämpfen beide an der Ostfront, wobei mein Mann ..."

Sie schniefte kurz, ehe sie weitersprach:

„Mein Mann gilt seit diesem Sommer als vermisst."

Herr Thomsen, dem Frau Poen natürlich seit vielen Jahren bekannt war, warf mir einen vorwurfsvollen Blick zu, ehe er ihr schnell versicherte:

„Das tut uns beiden sehr leid, Merle. Lübbo wird nach dem Krieg bestimmt zu dir zurückkommen. Du wirst schon sehen!"

Angesichts ihrer Reaktion wurde mir bewusst, wie unpassend meine Frage geklungen hatte und wollte mich bei ihr entschuldigen. Doch sie winkte nur ab. „Es sind für uns alle nicht ganz leichte Zeiten ..."

Danach begaben Herr Thomsen und ich uns in den Keller.

Die Steine waren noch genauso aufgestapelt, wie ich sie in Erinnerung hatte. Selbst der Schuhabdruck war noch deutlich zu erkennen. Doch meine Aufmerksamkeit galt vorrangig der steinernen Truhe, deren hölzernen Deckel ich gleich anhob.

„Bitte helfen Sie mir, die Truhe zu leeren", bat ich meinen Kollegen, dessen Blick auf einmal mehrfach zwischen Steinen und Truhe wechselte.

„Ich glaube, so langsam verstehe ich, worauf du hinauswillst", erwiderte Herr Thomsen mit einem Schmunzeln im Gesicht.

In der Folgezeit nahm er den Inhalt des aufgemauerten Behälters aus gesalzenem Fisch und Fleisch entgegen, den ich ihm nach und nach anreichte und legte ihn auf dem Regal ab. Zuletzt entfernte ich auch das Salz, soweit mir das mit meinen Händen möglich war, und füllte es in den danebenstehenden tönernen Krug.

Durch unsere Aktion waren auf der linken Seite in der nun inhaltslosen Truhe Mörtelreste im Bereich des Bodens und der Längsseiten sichtbar geworden, die in gerader Linie verliefen und dadurch auf einen aufgemauerten, abgetrennten Bereich schließen ließen.

„Bitte reichen Sie mir die Steine einzeln an."

Diese Worte hätte ich mir getrost sparen können, denn Herr Thomsen hatte bereits die ersten Klinker des Stapels, der sowohl aus gespaltenen als auch ganzen Ziegelsteinen bestand, in der Hand.

Schon bald hatte ich die unterste Reihe Steine in der Truhe ausgelegt. Sie füllte den Raum zwischen den Außenwänden perfekt aus! Weitere Schichten folgten, bis ich schließlich oben angelangt war. Auf diese Weise war hinter der von mir angefertigten kleinen Mauer eine Spalte von rund zehn Zentimetern Breite entstanden. Mit einem schnellen Blick zum Regal verschaffte ich mir Gewissheit, dass wir bei unserer Aktion sämtliche dort lagernden Steine verbaut hatten.

Da der Deckel in der Breite deutlich schmaler als die Truhe war, weil die an beiden Seiten jeweils einen breiten Betonabschluss aufwies, waren die kleine Mauer und der dadurch entstandene Hohlraum auf der linken Seite nicht zu bemerken, wenn man von oben in den Behälter hineinschaute.

„Also gut, das Rätsel mit den Ziegelsteinen hast du damit gelöst, mein Junge. Sie entstammten ohne jeden Zweifel der Truhe. Aber was soll dir diese Erkenntnis bringen?", wollte Herr Thomsen von mir wissen, nachdem er mein Werk eine Weile schweigend betrachtet hatte. „Was ich damit sagen will: Inwieweit ist dieser Umstand für deine Mordermittlung von Belang?"

Da ich mich im Vorfeld schon mit dieser Frage beschäftigt hatte, konnte ich mit einer Antwort aufwarten:

„Zunächst einmal das Offensichtliche: Ein Teil der Truhe wurde irgendwann in der Vergangenheit abgetrennt, und zwar in einer Weise, dass der Nutzer dadurch keinen Zugriff mehr auf diesen Bereich des Behältnisses hatte. Gleichzeitig war dessen Existenz für einen Außenstehenden nicht erkennbar. Damit liegt die Vermutung nahe, dass der Hohlraum als Versteck diente."

„Als Versteck? Wofür? Und vor allem, von wem? Etwa von Freese?"

„Das gilt es herauszufinden. Aber weiter. Aufgrund der Mörtelspuren im Erdgeschoss und der Aussage Dortje Siemers ist davon auszugehen, dass die Steine frühestens am späten Nachmittag des 14. Oktober aus der Truhe herausgebrochen worden sein können. Denn Frau Siemer hatte die Wohnung ja an diesem Tag noch gereinigt.

Da ich neben den Ziegelsteinen einen Schuhabdruck fand, den ich dem Mörder Freeses zuordne, besteht für mich kein Zweifel, dass er es war, der die Steine aus der Truhe entfernte. Dem Täter war demnach die Existenz des Versteckes bekannt! Es stellt sich also die Frage, woher er davon wissen konnte? Des Weiteren wäre zu klären, ob sich in dem Versteck Dinge von Wert befanden, wovon beinahe sicher auszugehen ist. In diesem Fall liegt hier vermutlich das Motiv für den Mord."

Mein Kollege sah mich fassungslos an. „Oh Gott, mir klingeln die Ohren! Junge, du hast deinen Beruf verfehlt. Du hättest besser zur Kriminalpolizei gehen sollen!"

55

In der darauffolgenden Woche sollte ich bei meinen Ermittlungen einen weiteren kleinen Schritt vorankommen. Verantwortlich dafür war ein Hinweis, der mich von völlig unerwarteter Seite erreichte.

Nach dem gemeinsamen Abendbrot überreichte Frau Friedrichsen mir nämlich zwei Briefe, die an diesem Tag für mich abgegeben worden waren. Überrascht nahm ich sie in Empfang und besah mir die Umschläge.

Während ich auf dem ersten Kuvert zu meiner großen Freude die Handschrift meiner Mutter erkannte, war mir der Name des Absenders auf dem zweiten Umschlag gänzlich unbekannt. Ich bereitete uns rasch noch einen Tee zu, ehe ich mich zu meiner Vermieterin in die Wohnstube setzte, wo ich zunächst den Brief meiner Mutter öffnete.

Genau, wie ich schon erwartet hatte, überschüttete diese mich geradezu mit Fragen bezüglich Agnes. Es gab praktisch keinen Bereich des gesamten Seins meiner Freundin, über den sich meine Mutter keine Gedanken gemacht hatte.

Da ich aus naheliegenden Gründen meiner Familie gegenüber einige Details aus Agnes' Leben nicht erwähnen konnte, beschloss ich, einige Tage verstreichen zu lassen, ehe ich mein Antwortschreiben verfassen würde. Diese Zeit wollte ich dazu nutzen, um intensiv darüber nachzudenken, was ich meinen Angehörigen aus dem Leben meiner Freundin mitteilen würde. Immerhin schien Agnes meiner Mutter auf der Fotografie sehr zu gefallen, wie ich, nicht ohne Stolz, aus ihren Zeilen herauszulesen glaubte.

„Ist bei dir Zuhause alles in Ordnung?", wollte Frau Friedrichsen wissen, nachdem ich zu Ende gelesen hatte.

„Zum Glück geht es allen gut", entgegnete ich.

Um mir peinliche Nachfragen meiner Vermieterin zu ersparen, steckte ich den Brief zurück in den Umschlag und verstaute ihn anschließend in meinem Uniformrock. Danach riss ich neugierig das zweite Kuvert auf und zog ein einzelnes, sorgsam gefaltetes Blatt Papier heraus.

„Dieses Schreiben stammt von meinem Neffen Eiko. Er ist der Sohn meiner Schwester", ließ Frau Friedrichsen, die mein Tun interessiert verfolgt hatte, zu meiner Verwunderung plötzlich verlauten. „Dein Wunsch, mehr über das Schicksal der Seligs zu erfahren, hat auch meine Neugier geweckt. Wie du dich vielleicht erinnerst, hattest du dich bei unserem Gespräch nach dem Mord an Herrn Freese nach einer vertrauenswürdigen Person auf dem Festland erkundigt, die bereit sei, Auskünfte über die Familie einzuholen. Irgendwann fiel mir Eiko ein, der ja in Cuxhaven lebt. Darum bat ich ihn in einem Brief um einige Informationen zu den Seligs, soweit ihm das noch möglich ist. Eiko wurde nämlich gleich zu Beginn des Krieges in Norwegen verwundet und ist seitdem kriegsdienstuntauglich, musst du wissen. Ihm ... ihm musste das linke Bein amputiert werden."

Sie zögerte kurz, ehe sie fortfuhr:

„Nun, da es in diesen Zeiten nicht ganz ungefährlich ist, so ohne Weiteres Auskünfte über das Schicksal jüdischer Mitbürger einzuholen, war ich gezwungen, mein Anliegen in, sagen wir, etwas verklausulierter Form zu formulieren. Ich denke aber, mich ihm gegenüber dennoch verständlich ausgedrückt zu haben. Da Eiko nicht dumm ist, wird er dir in gleicher Weise geantwortet haben. Falls du also mit seinem Schreiben nichts anfangen kannst, stehe ich dir gerne hilfreich zur Seite."

Ich sah sie bewundernd an. „Also, Frau Friedrichsen, mir fehlen die Worte! Ich weiß gar nicht, wie ich Ihnen danken soll ..."

Sie winkte ab. „Schon gut, Hans. Ich sehe doch, wie sehr dich dieser Mord beschäftigt und wollte dich in deinen Bemühungen unterstützen. Aber jetzt lies bitte Eikos Schreiben laut vor! Ich bin wirklich schon sehr gespannt darauf, was er zu berichten hat."
Daraufhin tat ich, wie mir geheißen. Glücklicherweise hatte der Neffe meiner Vermieterin auf eine lange Einleitung verzichtet und kam ohne Umschweife zur Sache:

Sehr geehrter Herr,
die Familie, über die Sie sich Auskünfte erwünschen, kam im Sommer des Jahres 1941 nach Cuxhaven. Anfangs wies man ihr ein Quartier im Amerikahafen zu, ehe sie auf einem Pferdegehöft in Holten unterkommen konnte. Der Vater wurde im Frühjahr 1943 zum Pflichtdienst einberufen. Die Kinder schlossen im Herbst desselben Jahres die Volksschule in Holten-Spangen ab. Soweit mir bekannt ist, lebt die Mutter mit ihren Kindern noch immer auf besagtem Gehöft.
Ich hoffe, dass diese Informationen hilfreich sind.
Höflichst
Eiko Tietjen

Nachdem ich den Text gelesen hatte, ließ ich das Papier nachdenklich sinken. Frau Friedrichsens Stirn hatte sich unterdessen in tiefe Falten gelegt.

257

„Oh, wie schrecklich", stöhnte sie. „Aber ich hatte es schon fast befürchtet ..."

Ich ließ mir absichtlich etwas Zeit, ehe ich mich bei ihr erkundigte: „Sie sprachen vorhin von der verklausulierten Form der Kommunikation mit Ihrem Neffen. Demnach kann ich wohl davon ausgehen, dass die Lage, in der sich die Seligs befinden, keineswegs so rosig ist, wie seine Worte auf den ersten Blick vermuten lassen?"

„Ganz im Gegenteil. Sie scheinen gerade Furchtbares durchzumachen", seufzte meine Vermieterin.

Danach erklärte sie mir:

„Eiko war mit seinen Eltern in früheren Zeiten ein paar Mal auf der Insel, um meinen Mann und mich zu besuchen. Daher kennt er die Seligs und wusste aufgrund einiger geschickt verpackter Andeutungen meinerseits natürlich gleich, wen ich in meinem Brief meinte. Seine Antwort lässt jedoch Schlimmes vermuten. Das, was mein Neffe so nett mit der Ankunft der Seligs in Cuxhaven umschreibt, war in Wahrheit ihre Vertreibung von der Insel. Eikos Worte lassen mich vermuten, dass die Familie in den ersten Tagen nach ihrer Ankunft auf dem Festland in den Lagerschuppen des Amerikahafens schlafen musste. Da die Wehrmacht für ihren Russland-Feldzug beinahe den gesamten Pferdebestand der Region requirierte, steht zu befürchten, dass die Seligs seitdem in einem leerstehenden Pferdestall leben."

Ehe sie weitersprach, sah sie mich traurig an. „Wie viele andere Juden vor ihm wird auch Simon Selig im Frühjahr des letzten Jahres seinen Deportationsbefehl bekommen haben, um in ein Arbeitslager im Osten eingewiesen zu werden."

Bei dieser Auslegung der Schilderungen ihres Neffen kamen mir sofort wieder die Aussagen Georg Brauns in Erinnerung, der mir in düsteren Worten beschrieben hatte, wie die SS mit den Juden verfuhr. Doch davon wollte ich Frau Friedrichsen keinesfalls berichten, um sie nicht noch mehr zu beunruhigen.

„Wie Eiko weiter schreibt, schlossen die Kinder im Herbst des letzten Jahres die Schule ab", hörte ich sie stattdessen sagen. „Wie soll das gehen? Beeke, die Jüngste, muss gerade einmal fünf oder sechs Jahre alt sein. Die anderen Sprösslinge sind nicht viel älter! Demnach ist dieser Satz meines Neffen wohl seine relativ harmlos klingende Umschreibung für den Umstand, dass man die Kinder als sogenannte Halbjuden vom Unterricht ausschloss! Die arme

Enna ..."
Ihre Augen waren wässrig geworden, als sie verzweifelt den Kopf schüttelte. „Die Seligs waren immer freundliche und ehrbare Leute. Sie haben nie jemandem Böses gewollt. Wie kann man ihnen nur so etwas antun?"
Ihre Deutung des Briefes hatte auch mich sprachlos gemacht. Mit diesem Schreiben war mir noch einmal deutlich vor Augen geführt worden, wie die Nationalsozialisten mit Menschen umgingen, die sie als minderwertig betrachteten. Ein Umstand, den auch ich nur allzu oft gerne verdrängte, weil der Gedanke daran unbequem war. Mit welchem Recht maßen sich diese Leute an, über die Wertigkeit menschlicher Wesen zu urteilen?

„Frau Friedrichsen, auch mich berührt das Schicksal der Seligs zutiefst", versicherte ich meiner Vermieterin und legte ihr dabei zum Trost meine Hand auf den Unterarm. „Trotzdem hätte ich noch eine Frage bezüglich der Familie Selig, die Sie mir vielleicht beantworten können, soweit Sie sich dazu in der Lage fühlen."
Sie holte ihr Taschentuch hervor und schnäuzte sich, ehe sie erwiderte:
„Schon gut, Hans. Frag nur."
Ich überlegte kurz. „Ist Ihnen bekannt, ob die Seligs vermögend waren, bevor sie die Insel verlassen mussten?"
„Vermögend? Wenn, dann haben sie es zumindest nie gezeigt."
Jetzt war es an ihr, kurz nachzudenken.
„Sie haben es andere nie spüren lassen, falls sie wirklich reich gewesen sein sollten", erklärte sie weiter. „Andererseits wird ihr Geschäft in früheren Zeiten sicherlich einiges abgeworfen haben, wenn ich es mir recht überlege. Es befand sich ja seit mehreren Generationen in Familienbesitz und lief immer gut. Da dürfte schon einiges hängen geblieben sein ..."
„Dazu kam der Erlös aus dem Hausverkauf, auch wenn es weit unter Wert den Besitzer wechselte ..."
„Simon und Enna bekamen nur einen Bruchteil des Verkaufswertes", entgegnete sie mit empörter Miene. „Spätestens, als man sie von der Insel fortjagte, wird man ihnen wohl sowieso ihr gesamtes Erspartes abgenommen haben."
Nach allem, was ich bislang herausgefunden hatte, musste ich ihr in diesem Punkt widersprechen:
„Und eben das glaube ich nicht! Inzwischen bin ich sogar davon überzeugt, dass das Vermögen der Seligs das Motiv für den Mord

56

„Wie kommst du nur darauf?", wollte Herr Thomsen am nächsten Morgen von mir wissen, nachdem ich ihm von meiner Theorie erzählt hatte.

„Ganz einfach", entgegnete ich. „Freese pflegte sein Geld in der Innentasche seines Wintermantels aufzubewahren, der sich in seinem Kleiderschrank befand, wie ich ganz sicher von Frau Siemer weiß. Er wird es demnach nicht gewesen sein, der sich das Versteck einrichtete. Also muss Simon Selig die Wand aus Ziegelsteinen in der Truhe errichtet haben, um dahinter irgendwelche Wertgegenstände oder sein Barvermögen zu verstecken. Ich ahne sogar, aus welchem Grund er dies tat."

„Du vermutest, er wusste, welches Schicksal seiner Familie drohte?"

„Na ja, es hatte sich ja bereits seit Langem angekündigt. Die übrigen Inselbewohner jüdischen Glaubens hatte man ja bereits Mitte der 1930er Jahre fortgejagt. Spätestens, als im November des Jahres 1938 im gesamten Deutschen Reich die Synagogen brannten, jüdische Geschäfte geplündert wurden und Juden gleichzeitig grundlos verhaftet oder gar ermordet wurden, muss ihm klar geworden sein, wohin die Reise geht! Die Hemmschwelle, offen gegen die jüdische Bevölkerung vorzugehen, wurde mit jedem Jahr seit der Machtübernahme der Nationalsozialisten geringer. Dass auch er und seine Familie Helgoland irgendwann zu verlassen haben würden, wird Selig bewusst gewesen sein. Wohin man sie bringen würde, konnte er hingegen natürlich nicht abschätzen.

Da er zudem damit rechnete, dass man ihnen bei ihrer Abreise sämtlichen Besitz von Wert abnehmen würde, wird er die Truhe im Keller zu einem Versteck ausgebaut haben, um später einmal, wenn die Hetze gegen die Juden ein Ende hatte, zurückzukehren und sich das Familienvermögen zurückzuholen."

„Es ist zugegebenermaßen beschämend, wie mit den Juden umgegangen wird", kommentierte Herr Thomsen. „Aber dennoch frage ich mich, ob es nicht doch eine andere Erklärung für diese eigenartige Konstruktion im Keller geben könnte. Sollte dies nämlich der Fall sein, würde dein gesamtes Gedankengebilde in sich zusammenstürzen."

„Da haben Sie natürlich recht ", musste ich zugeben. „In diesem Fall wäre zu klären, ob besagte Wand von vornherein Bestandteil der Truhe gewesen ist oder sie nachträglich eingebaut wurde, wie ich eher vermute. Um ganz sicherzugehen, werde ich mir die Baupläne des Hauses zeigen lassen."

„Das dürfte aber nicht ganz einfach werden", gab mein Kollege zu bedenken. „Bedauerlicherweise hat auch das Gemeindehaus am 15. Oktober großen Schaden erlitten. Seitdem versucht die Verwaltung verzweifelt, zumindest den Großteil ihrer Akten zu retten. Man will sie übergangsweise in der Biologischen Anstalt lagern."

„Ein Versuch ist es dennoch wert. Die Alternative bestünde nämlich darin, sich an die Kollegen in Cuxhaven zu wenden, um die Anschrift der Familie Selig in Erfahrung zu bringen."

Herr Thomsen sah mich ungläubig an. „Du willst *was* tun?"

„Nun ja, ich könnte Frau Selig in einem Brief den Sachverhalt erläutern und sie gleichzeitig bitten, mir zu bestätigen, was ich vermute. Des Weiteren wäre zu klären ..."

„Bist du denn völlig von Sinnen, mein Junge?", fiel Herr Thomsen mir aufgebracht ins Wort. „Hast du etwa vergessen, was van der Laan dich zum Abschied wissen ließ? Er drohte dir mit ernsthaften Konsequenzen, falls du keine Ruhe gibst! Für ihn ist der Fall erledigt. Was bringt es dir, wenn du deine Nachforschungen weiter betreibst? Wem ist damit gedient, wenn man dich als Kanonenfutter an die Ostfront schickt, nur weil du keine Ruhe geben konntest?"

„Herr Thomsen, hier auf der Insel gibt es einen Mörder, der frei herumläuft!', appellierte ich an sein Gewissen. „Sind Sie denn nicht daran interessiert, ihn dingfest zu machen?"

„Doch, natürlich. Aber nicht um jeden Preis!"

„Bis Pinneberg ist es weit. Woher sollte van der Laan also erfahren, wenn ich die Kollegen in Cuxhaven um Amtshilfe bitte?", sagte ich leichthin.

„Weil die Cuxhavener Kollegen sich bei der Sipo in Pinneberg rückversichern werden, sobald sie erfahren, in welchem Zusammenhang du sie um diese Auskunft bittest!"

Ehe ich darauf etwas erwiderte, überlegte ich kurz. Schließlich sagte ich:

„Also gut, ich verspreche Ihnen, Sie aus dieser Geschichte

herauszuhalten. Sie sollen keinesfalls meinetwegen Ärger bekommen! Was mich jedoch betrifft, so werde ich nichts unversucht lassen, um den Schuldigen zu überführen. Und in diesem Zusammenhang gilt es, möglichst bald eine Antwort auf die allerwichtigste Frage zu bekommen, die gleichzeitig auch die Lösung des Falles bedeuten könnte. Vorausgesetzt natürlich, dass meine Theorie stimmt. Die alles entscheidende Frage lautet nämlich: Woher konnte der Täter von dem Versteck wissen?"

57

Die Frau am provisorisch eingerichteten Empfang brach in schallendes Gelächter aus, nachdem ich ihr mein Anliegen vorgetragen hatte. „Das haben Sie sich ja schön überlegt", meinte sie, als sie wieder einigermaßen sprechen konnte. „Leider haben Sie nur eine Kleinigkeit nicht bedacht. Es gab nämlich im letzten Monat einen Bombenangriff auf die Insel. Vielleicht haben Sie ja davon gehört! Dabei wurde das Gemeindehaus in der Kaiserstrasse völlig zerstört.
Wir versuchen zwar, die Unterlagen aus den Trümmern zu bergen, aber ein großer Teil wird wohl für immer verloren sein. Selbst wenn es uns gelingen sollte, einzelne Akten zu retten …"
Anstatt weiterzusprechen, griff sie in eine Kiste und zog ein völlig durchnässtes Papierbündel heraus, das sie mir mit bedauernder Miene demonstrativ entgegenhielt. Die einzelnen Seiten klebten zusammen und die Tinte der Beschriftung auf dem Deckblatt war völlig zerlaufen, wie ich mit einem Blick erkannte.
„Sehen Sie selbst. Das Löschwasser hat sein Übriges getan …"
Ich sah mich Hilfe suchend in der Biologischen Anstalt um, als könne ich in den zahlreichen Aquarien mit seinen Meeresbewohnern die Lösung für mein Problem finden.
„Wann ist denn damit zu rechnen …?", wagte ich zaghaft zu fragen.
Erneut bekam sie einen Lachanfall. Immerhin blieb mir dieses Mal ihr Sarkasmus erspart, als sie entgegnete:
„Bis sämtliche Akten, die in den Trümmern noch gefunden werden, hierhergebracht worden sind, diese dann gesichtet und geordnet wurden … keine Ahnung. Das kann Wochen dauern … vielleicht

sogar Monate ..."
„So ein Mist", entfuhr es mir.
Mit entsprechend bedröppeltem Gesicht bat ich sie noch schnell:
„Würden Sie sich einen Vermerk machen und mich benachrichtigen, falls die Baupläne des besagten Hauses im Mittelweg wiederauftauchen sollten?"
Daraufhin bedachte sie mich mit einem mitleidigen Blick und sagte nur:
„Selbstverständlich ..."

*

„Es dürfte also nicht einfach werden, genauere Informationen über das Haus der Seligs zu bekommen", meinte Frau Friedrichsen und sah dabei von ihren Stricknadeln auf.
Zuvor hatte ich ihr von meinem erfolglosen Versuch erzählt, mir die Baupläne im Gemeindehaus vorlegen zu lassen.
„Enna wirst du nicht fragen können, denn selbst, wenn du ihre Adresse herausfinden solltest, wird sie kaum bereit sein, mit einem Vertreter der Staatsmacht zu korrespondieren."
„... Was angesichts dessen, was ihr und ihrer Familie angetan wurde, wenig verwunderlich ist ...", murmelte ich nachdenklich vor mich hin.
„Abgesehen davon möchte ich Eiko nicht zumuten, weitere Ermittlungen bezüglich ihres Aufenthaltsortes anzustellen, um ihn nicht weiter in Gefahr zu bringen. Ich fürchte, du wirst dich gedulden müssen, bis die Unterlagen des Gemeindehauses aufgearbeitet sind, falls die entsprechende Akte überhaupt je gefunden wird ..."
„... Um damit lediglich die Gewissheit zu erlangen, dass die Geheimkammer erst nachträglich eingerichtet wurde. Wichtiger wäre jedoch für mich, in Erfahrung zu bringen, was darin versteckt wurde. Oder sollte ich besser sagen: Ob die Familie Selig dort wirklich ihre Wertgegenstände unterbrachte, ehe sie Helgoland verlassen musste, wie ich vermute?"
Eine Weile schwiegen wir. Frau Friedrichsen richtete ihre ganze Aufmerksamkeit auf den Pullover, an dem sie gerade arbeitete. In den nächsten Minuten waren lediglich das leise Klappern ihrer Stricknadeln und das Ticken der Wanduhr zu hören.
Irgendwann sagte sie in die Stille hinein:

„Ich kann natürlich nicht entscheiden, ob diese Information hilfreich ist, aber Enna hat einen Onkel, der noch hier auf Helgoland lebt. Obwohl ich es für ziemlich unwahrscheinlich halte, könnte es immerhin sein, dass Enna ihm von dem Versteck erzählte, weil sie und ihre Familie zu dieser Zeit vor einer mehr als ungewissen Zukunft standen."

„Frau Selig hat Verwandtschaft auf der Insel?", erwiderte ich einigermaßen erstaunt.

„Nur diesen einen Onkel", entgegnete sie. „Allerdings hatten die beiden meines Wissens kaum Kontakt. Lüder Melk war ein Nationalsozialist der ersten Stunde. Schon lange vor der Machtübernahme Hitlers engagierte er sich hier auf Helgoland für die Partei. Bis heute ist er in der örtlichen Leitung der NSDAP tätig. Ennas Heirat mit einem Juden war ihm darum natürlich ein Dorn im Auge, gegen die er mehr als einmal in aller Öffentlichkeit heftig wetterte. Aus diesem Grund glaube ich auch nicht, dass Enna ihn ins Vertrauen gezogen hat, aber ..."

„... Aber einen Versuch ist es immerhin wert", vollendete ich ihren Satz.

58

Lüder Melk hatte sich mir gegenüber ausdrücklich verbeten, im Büro der Partei irgendwelche Fragen zu seiner Nichte zu beantworten. Stattdessen hatte er ein Treffen im Freien auf dem Hindenburg-Platz vorgeschlagen.

Der Mittelpunkt des in den 1930er Jahren neu errichteten Platzes unweit der St. Nicolai-Kirche war eine kunstvoll gestaltete Mauer mit einem darauf angebrachten gewaltigen Adler aus Bronze, unter dessen mächtigen Flügeln das Antlitz des früheren Generalfeldmarschalls und Reichspräsidenten Paul von Hindenburg angebracht war.

Ein eisiger Wind zog über das Areal, als ich mich einem etwa sechzigjährigen Mann in der braunen Uniform der Partei näherte, der rauchend unterhalb des Denkmals stand und mir ungeduldig entgegenblickte.

„Wie Sie sich sicherlich vorstellen können, spreche ich nur ungern über meine Nichte, Herr Wachtmeister", empfing er mich. „Enna hat Schande über die Familie gebracht, als sie diesen Juden heiratete. Ich habe ihr damals mehr als einmal ins Gewissen geredet, aber sie ließ sich einfach nicht von ihrem Vorhaben abbringen! Nur zwei Jahre später wäre diese Hochzeit schon gar nicht mehr möglich gewesen, weil da das Gesetz zum Schutz des deutschen Blutes und der deutschen Ehre in Kraft trat. Ein Glück, dass ihre Eltern das nicht mehr erleben mussten ..."

Das von Lüder Melk erwähnte, jeder menschlichen Zivilisation widersprechende Gesetz war auf dem Reichsparteitag des Jahres 1935 beschlossen worden und verbot die Eheschließung und den außerehelichen Geschlechtsverkehr zwischen Juden und Nichtjuden.

„Hatten Sie nach der Hochzeit der beiden noch Kontakt zu Ihrer Nichte? Wenn ich meine Vermieterin richtig verstanden habe, waren Sie immerhin ihr einziger Verwandter auf der Insel."

„Nachdem Enna diesen Isidor geehelicht hatte, sind wir uns weitgehend aus dem Weg gegangen, soweit dies auf einem solch kleinen Eiland wie Helgoland überhaupt möglich ist." Er spuckte verächtlich aus. „Sechs Kinder hat sie sich von ihm machen lassen! Was sie sich selbst damit angetan hat, musste sie später auf schmerzliche Weise erfahren, nachdem es diesen Halsabschneidern endlich an den Kragen ging."

Ich musste mich zwingen, ruhig zu bleiben. Die Aussagen dieses Mannes widerten mich an. Dennoch entfuhr es mir:

„Warum haben Sie sich nicht für die Familie Ihrer Nichte eingesetzt, als man sie und ihre Familie von der Insel vertrieb?"

„Enna hätte sich ihr Leben einfacher machen können, wenn sie diesen Juden verlassen hätte. Mehr als einmal habe ich sie bekniet, ihn zum Teufel zu jagen. Aber sie war ja unbelehrbar! Also wird sie auch die Konsequenzen ihrer Verbohrtheit tragen müssen."

„Sind Sie niemals auf die Idee gekommen, dass sie ihren Gatten lieben könnte?"

„Lieben? Wie kann man ein Wesen lieben, dessen einziger Lebensinhalt darin besteht, andere Menschen auszubeuten?"

Lüder Melk hatte seiner Nichte soeben Verbohrtheit vorgeworfen. Ich fragte mich, welchen Ausdruck es dann noch für seine Einstellung geben mochte, die leider von nur allzu vielen Menschen im Deutschen Reich geteilt wurde?

Da ich mich nicht der Gefahr aussetzen wollte, mich von seinen unerträglichen Ansichten weiter provozieren zu lassen, wechselte ich vorsichtshalber das Thema und kam auf mein eigenes

Ansinnen zu sprechen:
„Waren Sie jemals im Haus Ihrer Nichte?"
„Solange es sich im Besitz Ihres Beschälers befand, nicht. Erst nach ihrem Auszug besichtigte ich das Gebäude, um abzuklären, ob es sich für die Nutzung durch unseren Stellvertretenden Ortsgruppenleiter eignet."
Seine neuerliche Beleidigung ignorierend, fuhr ich fort:
„Suchten Sie im Rahmen dieser Besichtigung auch den Kellerraum des Hauses auf?"
Er überlegte kurz. „Das ist schon möglich ..."
„Hat Ihre Nichte Ihnen gegenüber jemals eine Geheimkammer erwähnt, die sich in der Truhe ihres Kellers befand?"
Melk sah mich daraufhin verdutzt an. „Nein, ganz bestimmt nicht."
„Sie wussten demnach nicht von diesem Versteck und bemerkten es bei Ihrer Hausbesichtigung auch nicht?", vergewisserte ich mich noch einmal.
„Verdammt, nein! Was soll dieses ganze Gefasel von einer Geheimkammer?"
Ich ließ mir mit meiner Antwort Zeit. „Ich halte es für möglich, dass Ihre Nichte und ihr Mann ihre Vermögenswerte in dieser Kammer unterbrachten, bevor sie Helgoland für immer verlassen mussten. Ferner glaube ich, dass dieser Umstand der Grund für die Ermordung des Stellvertretenden Ortsgruppenleiters war."
Melks Gesicht war kalkweiß geworden, als er wutschnaubend erwiderte:
„Oh, mein Gott! Finden Sie das Schwein, das Justus das angetan hat. Ich will den Mann hängen sehen!"

59

Wenngleich Agnes und ich uns an diesem Abend ausgiebig geliebt hatten, konnte ich später dennoch kein Auge zumachen. Während sie selig in meinem Arm schlief, dachte ich ununterbrochen über die Frage nach, woher der Mörder Freeses von dem Versteck gewusst haben konnte.
War Simon Selig womöglich beim Aufmauern der Steine im Keller gesehen worden? Nein, diese Möglichkeit verwarf ich ganz schnell wieder als höchst unwahrscheinlich, weil das Untergeschoss ihres Gebäudes ja keine Fenster hatte.

Demnach blieben nur zwei Alternativen übrig: Entweder hatten die Seligs bewusst jemanden ins Vertrauen gezogen oder irgendwer hatte bei einem Gespräch der Eheleute über eben dieses Thema etwas aufgeschnappt.

Oder hatte Lüder Melk mich vielleicht doch belogen? Hatte ihn seine Nichte eventuell als ihren letzten Angehörigen auf der Insel in das Familiengeheimnis eingeweiht? Andererseits hätte er das Versteck in diesem Fall doch gleich geplündert, nachdem die Familie seiner Nichte Helgoland verlassen und das Haus leer gestanden hatte. Aber möglicherweise hatte er erst später vom Familienschatz erfahren?

Mir dröhnte der Kopf! In dieser Nacht würde ich dieses Rätsel ganz sicher nicht lösen können, wie ich mir schweren Herzens eingestehen musste. Stattdessen würden die Grübeleien mich höchstens um meinen Schlaf bringen! Es bedurfte wohl weiterer Anstrengungen meinerseits, um in dieser Frage Klarheit zu bekommen.

Agnes' gleichmäßige Atemzüge ließen mich nach einiger Zeit zur Ruhe kommen. Eng an ihren Körper geschmiegt schlief ich irgendwann ein.

*

Erschrocken fuhr ich hoch. Auch Agnes war in meinen Armen zusammengezuckt.

Ich fühlte ihre weiche Haut. Um uns herum war alles düster. Durch das Dachfenster waren einige Sterne zu erkennen, die schwach leuchteten. Doch unsere Stimmung nach dem unfreiwilligen Aufwachen war alles andere als romantisch, denn von draußen drang das nervenaufreibende Heulen der Sirenen in meine Schlafkammer, die einen Voralarm signalisierten.

„Oh Gott, was nun?", flüsterte Agnes mir panisch ins Ohr und sprang auch schon aus dem Bett.

„Ganz ruhig, mein Liebling", mahnte ich in gleicher Lautstärke.

„Wir sind diese Situation gedanklich doch oft genug durchgegangen. Es wird schon alles gutgehen!"

Daraufhin erhob auch ich mich schnell aus meinem Nachtlager und suchte auf dem Fußboden nach meiner Kleidung, was in der Dunkelheit nicht ganz einfach war.

Während wir uns beide hastig anzogen, öffnete ich die Tür zum

Treppenhaus und rief mit lauter Stimme:
„Frau Friedrichsen?"
Zu meiner Erleichterung hörte ich sie schon im nächsten Moment antworten:
„Ich bin wach, Hans!"
Mittlerweile hatte ich mir meine Kleidung übergestreift. Hastig zog ich auch meine Schuhe an, um meiner Freundin im Anschluss zuzuraunen:
„Alles wie abgesprochen, Liebling. Lass uns ein paar Sekunden Vorsprung, bevor du uns aus dem Haus folgst. In der Finsternis wird dich niemand von den Nachbarn erkennen. Glaubst du, du wirst den Weg zum Bunker auch ohne Straßenbeleuchtung finden?"
Sie kam schnell hinter dem Bett hervor, um mir einen flüchtigen Kuss zu geben. „Mach dir um mich keine Sorgen, sondern kümmere dich stattdessen besser um Frau Friedrichsen, Liebster. Wir sehen uns gleich im Stollen!"
Nachdem ich ihren Kuss in aller Hektik erwidert hatte, tat ich, wie mir geheißen und eilte die Treppe hinunter.
Unten im Korridor brauchte ich nicht lange zu warten, bis meine Vermieterin erschien und wir beide das Haus verlassen konnten.
Draußen auf der Straße reihten wir uns in den Tross der Nachbarn ein, die ebenfalls schnellen Schrittes, jedoch keineswegs in Panik auf dem Weg zum Schulbunker waren.
Bald, nachdem Vollalarm gegeben wurde, hatten wir den Bunkerzugang bereits erreicht. Dort übergab ich Frau Friedrichsen rasch in die Obhut eines jungen Hilfsfeuerwehrmannes, der sie zu ihrem Platz im Stollen zu begleiten versprach.
Währenddessen hielt ich in der Dunkelheit ungeduldig nach Agnes Ausschau, die glücklicherweise kurz nach uns erschien und mir verstohlen zuzwinkerte, ehe sie sich zur Treppenanlage begab.
In dieser Nacht hatten wir noch ein weiteres Mal den Bunker aufzusuchen. Nach der erzwungenen Störung unserer Bettruhe verbrachten Agnes und ich den Rest der Nacht sehr zu meinem Bedauern in getrennten Betten.
Es war das erste Mal, dass unsere Zweisamkeit durch einen nächtlichen Fliegeralarm jäh unterbrochen worden war. Unzählige weitere Bettfluchten sollten in den kommenden Monaten folgen ...

60

Nur allzu gerne hätte ich mich anhand der Baupläne des Hauses der Seligs davon überzeugt, dass ich mit meiner Theorie richtig lag. Doch die entsprechenden Unterlagen des Gemeindehauses waren auch zwei Wochen nach meiner Anfrage noch immer nicht auffindbar, wie mir die Dame am Empfang mit zunehmender Ungeduld mitteilte. Ihren Worten zufolge wurden die aus den Trümmern des Gemeindehauses geborgenen Akten nach wie vor aufbereitet und sortiert.

In dieser Zeit überlegte ich ernsthaft, trotz der eindringlichen Warnungen meines Kollegen ein Amtshilfeersuchen an die Kollegen in Cuxhaven aufzusetzen und sie darin zu bitten, mir den Aufenthaltsort der Familie Selig mitzuteilen.

*

An einem besonders düsteren Tag zum Ende des Novembers hatte ich mich für den späten Nachmittag mit Agnes an der Umkleidebaracke des Südstrandes, dem Ort unseres ersten Kusses, verabredet. Angst vor Entdeckung brauchten wir nicht zu haben, denn kaum jemand würde sich in der Dunkelheit hierher verirren. Entsprechend verwaist zeigte sich bei meiner Ankunft in einiger Entfernung die rund 250 Meter in die Reede hineinragende Landungsbrücke, die bei schönem Wetter normalerweise ein beliebtes Ziel bei den Spaziergängern war.

„Bleibst du heute Nacht wieder bei mir?", erkundigte ich mich bei meiner Freundin, nachdem wir uns zur Begrüßung lange geküsst hatten.

Agnes zog mich zur Sitzbank vor dem Gebäude, auf der wir Platz nahmen, ehe sie grinsend erwiderte:

„Hast du etwa etwas anderes erwartet?"

„Nein, natürlich nicht", entgegnete ich freudig und küsste sie erneut.

Am liebsten hätte ich mit ihr zusammen gleich meine Schlafkammer aufgesucht, was aber natürlich aufgrund der frühen Stunde zu gefährlich gewesen wäre.

„Glaubst du, wir könnten es riskieren, gemeinsam ins Kino zu gehen?", schlug sie stattdessen völlig überraschend vor und zog sich dabei ihren Schal enger um den Hals. „Dort wäre es im

Gegensatz zu hier angenehm warm und wir könnten uns im Dunkeln zumindest an den Händen halten, ohne dass es jemand mitbekommt." Sie sah mich beinahe flehentlich an. „Ich würde so gerne Münchhausen sehen. Die anderen Mädchen haben den Film schon gesehen und fanden ihn köstlich!"

Meine Gedanken überschlugen sich. Wie gerne würde ich generell mit Agnes unter die Leute gehen, wie es bei anderen Paaren völlig normal war. Doch Agnes und ich waren nun einmal kein normales Paar, wie uns beiden natürlich bewusst war. Sie war in einem Gewerbe tätig, das bei den meisten Menschen, mich selbst nicht ausgenommen, als verrufen galt. Wie würden die Inselbewohner reagieren, wenn sich ihr Gendarm in aller Öffentlichkeit mit einer Dirne zeigte?

Ihr erwartungsvoller Blick, der nicht von meinem Gesicht weichen wollte, gab schließlich den Ausschlag. Sämtliche Bedenken über Bord werfend entgegnete ich:

„In Ordnung. Wir wagen es einfach!"

Daraufhin warf sie sich mit unbändiger Freude um meinen Hals und flüsterte mir zwischen ihren Küssen ins Ohr:

„Ich danke dir, Liebster. Du wirst sehen, es wird ein wunderbarer Abend werden. Ich freue mich so sehr!"

Währenddessen versuchte ich bereits abzuschätzen, wie hoch das Risiko war, erkannt zu werden. Draußen auf den Straßen herrschte aufgrund der Verdunklungsvorschriften tiefste Finsternis. Auch im Kino selbst war das Licht derartig gedämmt, dass gerade noch zu erkennen war, wo man hintrat. Sobald die Vorführung begann, war der Saal abgeschottet, damit ja kein Lichtstrahl nach draußen dringen konnte. Falls es uns gelingen sollte, einen Platz im hinteren Zuschauerbereich zu ergattern, war die Wahrscheinlichkeit, dass man uns erkennen würde, nach meinem Dafürhalten äußerst gering.

Je länger ich darüber nachdachte, desto mehr konnte ich mich mit dem Gedanken anfreunden, den Abend in Agnes' Gesellschaft im Kino zu verbringen.

„Ist dir bekannt, wie spät die Vorstellung beginnt?", fragte ich mit einem Blick auf die Uhr.

„Wenn wir uns beeilen, können wir es noch schaffen", meinte Agnes, die mir über die Schulter gesehen hatte.

Ich sah sie daraufhin auffordernd an und sprang gleichzeitig auf. „Na los, worauf warten wir dann noch? Auf geht's!"

Das vom Ehepaar Jürgens betriebene Lichtspielhaus war ein dreigeschossiger Bau auf dem Oberland. Agnes hielt sich etwas abseits, als ich das Eintrittsgeld entrichtete. An diesem Abend herrschte glücklicherweise nicht sehr viel Betrieb, sodass wir im schummrigen Licht des Vorführsaals noch zwei freie Plätze für uns in der letzten Sitzreihe fanden. Von den anderen Besuchern schien uns niemand besondere Beachtung zu schenken. Bald nachdem wir Platz genommen hatten, wurde die Zugangstür zum Saal geschlossen und das dämmrige Licht ging aus. Auf der großen Leinwand am anderen Ende des Raumes wurde ein monumental erscheinender Adler vor einer Darstellung der Umrisse des Großdeutschen Reiches sichtbar, der die Wochenschau vom 25. Oktober ankündigte, die offenbar erst mit einiger Verspätung auf Helgoland eingetroffen war. Gleichzeitig ertönte aus dem Lautsprecher die seit Jahren verwendete, immergleiche Fanfare.

In der nächsten Viertelstunde bekamen wir teils verstörende Bilder zu sehen, die sowohl Agnes als auch mich sehr nachdenklich stimmten. Nach der Berichterstattung über die Beisetzung Generalfeldmarschalls Rommel folgten die Meldungen von den Fronten. Nicht einmal die nationalsozialistische Propaganda konnte mittlerweile verhehlen, dass sich die einst so gefeierte Wehrmacht überall auf dem Rückzug befand.

Überhaupt hatte sich der Ton in den Zeitungen, im Rundfunk und eben im Film inzwischen grundlegend geändert. Waren es früher überschwängliche Siegesmeldungen, die die ersten Kriegsjahre beherrscht hatten, wurden angesichts der feindlichen Übermacht nunmehr verzweifelt anmutende Durchhalteparolen und Appelle zur Aufopferungsbereitschaft der Volksgemeinschaft verkündet.

Folgerichtig nahm die Mobilisierung des Volkssturms zeitlich den größten Raum des Films ein. Alle 16- bis 60-jährigen Männer wurden dazu aufgerufen, sich freiwillig zu diesem offensichtlich letzten Aufgebot, das die Führung noch in die Schlacht zu werfen imstande war, zu melden. Die Wochenschau endete mit einer Rede Heinrich Himmlers vor Angehörigen eben jenes Volkssturms.

Wenn es der Zweck dieser Ausgabe der Wochenschau gewesen sein sollte, Zuversicht zu verbreiten, so war der in meinen Augen gründlich verfehlt worden. Die düsteren Zukunftsaussichten und die allgemeine Hoffnungslosigkeit, die von den Bildern ausging, waren geradezu mit den Händen greifbar. Glaubten die Nazis allen Ernstes, das Land mit Jugendlichen und alten Männern gegen bestens ausgerüstete feindliche Panzerverbände verteidigen zu können?

Agnes schien es ähnlich zu gehen. Wiederholt hatte sie während der Vorführung sichtlich bestürzt nach meiner Hand gegriffen. Umso glücklicher war ich, als der Spielfilm endlich begann. Obwohl Münchhausen bereits seit dem Frühjahr des Vorjahres in den Kinos lief, hatte ich mir den Film bislang nicht angeschaut. Entsprechend überrascht reagierte ich, als wir auf einmal völlig unerwartet Farbbilder zu sehen bekamen. Wenngleich im Vorraum ein farbenfrohes Plakat hing, das den Hauptdarsteller Hans Albers auf einer fliegenden Kanonenkugel zeigte, war ich doch stillschweigend davon ausgegangen, den gewohnten Schwarzweißfilm zu sehen zu bekommen.

Verstohlen sah ich zu meiner Begleiterin herüber, die ebenso fasziniert auf die Leinwand starrte wie ich selbst. Auch für sie schien der Farbfilm etwas bislang völlig Unbekanntes zu sein.

In der Folgezeit registrierte ich mit Wohlwollen, dass in diesem Werk auf die üblichen propagandistischen Andeutungen verzichtet worden war und der Film offenbar ausschließlich der Unterhaltung diente. Die Handlung sorgte immer wieder für Heiterkeit im Saal. Auch Agnes lachte einige Male herzhaft, was mich besonders froh machte. Insbesondere der auf dem Werbeplakat dargestellte Kanonenkugelflug Münchhausens in eine Festung und die Reise des Lügenbarons zum Mond in einem Heißluftballon schienen ihr sehr zu gefallen.

Zwischendurch suchte sie mehrfach meine Hand, die sie so lange hielt, bis sie von einem neuerlichen Lachanfall geschüttelt wurde. Auch aus heutiger Sicht erinnere ich mich nicht, Agnes während unserer gemeinsamen Zeit auf Helgoland jemals so ausgelassen und fröhlich erlebt zu haben! Ich genoss an diesem Abend ihre beinahe kindliche Freude.

Rund zwei Stunden dauerte die Vorführung. Zu unserem Bedauern verging die Zeit wie im Fluge. Als der Abspann lief, sahen wir uns einigermaßen enttäuscht an, weil wir die gemütliche Atmosphäre gerne noch länger ausgekostet hätten. Zum Trost gab ich ihr hastig einen Kuss auf die Wange und raunte ihr dabei zu:

„Wir bleiben besser noch ein wenig auf unseren Plätzen, bis die

anderen Besucher gegangen sind."
Ohne ein Wort zu erwidern, nickte sie nur und griff gleichzeitig wieder nach meiner Hand.
Während wir geduldig auf unseren Sitzen ausharrten, erhoben sich die übrigen Zuschauer von ihren Plätzen und strebten dem Ausgang entgegen. Auch in der Sitzreihe vor uns war ein älteres Paar aufgestanden und wollte auf dem Weg zur Tür an uns vorübergehen, als der Mann plötzlich direkt vor mir stehen blieb und mich verdutzt anstarrte. Als ich meinen Kopf daraufhin anhob, erstarrte ich im nächsten Moment.
„Guten Abend, Herr Thomsen. Hat Ihnen der Film gefallen?", rutsche es mir sichtlich verlegen heraus, ehe ich darüber nachdenken konnte, wie ich mit der unangenehmen Situation umzugehen gedachte.
Doch anstatt mir zu antworten, wechselten seine tadelnden Augen stumm zwischen Agnes und mir. Auch seine Begleiterin, bei der es sich um seine Gattin handeln musste, bedachte meine Sitznachbarin mit missbilligenden Blicken, ehe sie von ihrem Ehemann mit einem sanften Druck gegen die Schulter fortgeschoben wurde.
Wir sahen den beiden erschrocken hinterher. Nachdem das Paar den Saal verlassen hatte, fiel Agnes mir weinend um den Hals. „Oh Gott, Liebster, was habe ich dir nur angetan? Dein Kollege wird dich von nun an verachten! Wenn wir Pech haben, weiß schon morgen die ganze Insel von uns. Es ist meine Schuld! Ich hätte dich niemals überreden sollen, mit mir ins Kino zu gehen. Was soll denn jetzt nur werden?"
Selbstverständlich war auch mir das unerwartete Zusammentreffen mit Herrn Thomsen peinlich. Anders als Agnes reagierte ich aber nicht panisch, sondern versuchte mir sogleich auszumalen, was schlimmstenfalls passieren konnte. Deshalb war ich schon wieder einigermaßen gefasst, als ich ihren Kopf mit meinen Händen umfasste und ihn mit sanftem Druck anhob, damit sich ihr Gesicht direkt vor meinen Augen befand.
„Was kann uns schon geschehen, mein Liebling? Im ungünstigsten Fall wird mein Kollege mich zur Rede stellen und mir eine Moralpredigt halten. Doch sei unbesorgt, ich werde es schon überleben! Dass er mit seinem Wissen hausieren geht, kann ich mir hingegen nicht vorstellen, denn dazu bin ich ihm viel zu sehr ans Herz gewachsen. Und seiner Frau wird er es schon auszureden

wissen."

„Aber wenn ..."

„Mach dir bitte keine Gedanken um mich, mein Liebling", unterbrach ich sie. „Selbst wenn unsere Beziehung öffentlich werden sollte, könnte ich damit leben. Vielleicht wäre das sowieso mittlerweile angebracht, denn dadurch könnte ich dir beweisen, dass ich zu dir stehe ..."

„Aber das zeigst du mir doch bereits an jedem Tag, seit wir zusammen sind", entgegnete sie unter Tränen. „Welcher andere Mann hätte schon Achtung vor einer Frau wie mir?"

Bald danach hatte Agnes sich wieder beruhigt und wir konnten das Kino verlassen. In dieser Nacht wurden wir in unserer Zweisamkeit glücklicherweise nicht von feindlichen Bomberverbänden gestört.

61

Es war an den ersten Dezembertagen, als mich eine Begebenheit, bei der ich zufällig Zeuge wurde, zutiefst berührte.

Zu meiner Verwunderung war ich am Morgen nach unserer überraschenden Begegnung im Kino von meinem Kollegen zwar mit einem lauernden Blick begrüßt, nicht jedoch mit irgendwelchen Vorhaltungen überschüttet worden. Wenn Herr Thomsen wegen meiner Zuneigung zu Agnes wirklich Verachtung für mich empfand, wie sie befürchtete, so ließ er es mich zumindest nicht spüren. Weil ich meinerseits keine Veranlassung sah, selbst dieses Thema aufzugreifen, ignorierten wir unser zufälliges Zusammentreffen vom Vorabend stillschweigend und ließen den Dingen ihren Lauf, als sei nichts geschehen.

Um die Mittagszeit dieses Tages wollte ich zu einem Inselrundgang aufbrechen. Da Herr Thomsen es vorzog, sich zu dieser Stunde zu seinem Mittagsschlaf zurückzuziehen, machte ich mich alleine auf den Weg.

Die Temperaturen lagen nur knapp über dem Gefrierpunkt. Ein frostiger Wind erfasste mich, als ich die Treppe ins Oberland emporstieg. Als mein erstes Ziel hatte ich den Leuchtturm gewählt, und so lenkte ich meine Schritte in die Kirchstrasse, die ich zügig bis zu deren Ende durchschritt.

Am Leuchtturm angekommen sah ich in einiger Entfernung zwei kleine Kinder, die an einem Zaun standen, der das Lager der sowjetischen Kriegsgefangenen einfasste. Zu meinem Erstaunen stand auf der anderen Seite des Zaunes ein russischer Soldat, der sich freundlich mit den Kleinen zu unterhalten schien. Merkwürdigerweise hatten die Wachsoldaten ihre Blicke demonstrativ abgewandt und schauten auf die weite Nordsee hinaus.

Neugierig geworden ging ich auf das ungleiche Trio zu. Als der Soldat mich bemerkte, sprang er erschrocken zurück und wollte sich hastig entfernen. Doch der Ruf des älteren Kindes hielt ihn zurück:

„Warte, Sergej! Ich habe dir doch noch gar nicht dein Brot überreicht."

Verwundert nahm ich zur Kenntnis, dass mir die Stimme des Jungen geläufig war. Es handelte sich nämlich um Fiete, den ich nicht gleich erkannt hatte, weil er genau wie seine Schwester Sinja in eine dicke Winterjacke eingepackt war und eine Pudelmütze auf dem Kopf trug.

Der Russe verharrte für einen Augenblick unschlüssig in seinen Bewegungen, ehe er mir einen ängstlichen Blick zuwarf und sich beeilte, in seine Baracke zu kommen.

„Bitte warten Sie doch", rief ich ihm daraufhin freundlich zu. „Die Kinder scheinen Ihnen etwas geben zu wollen."

Wieder stoppte der Mann und blieb unentschlossen stehen.

„Dein Brot, Sergej", wiederholte Fiete noch einmal und zeigte danach auf mich. „Das ist Hans. Er ist mein Freund!"

„Bitte haben Sie keine Angst. Kommen Sie ruhig zurück an den Zaun", rief ich dem Russen schnell zu und begrüßte danach die Kinder.

Dabei bemerkte ich, dass beide jeweils eine kleine Puppe in ihren Händen hielten. Fiete, der meinem Blick gefolgt war, beeilte sich, mir voller Stolz zu erklären:

„Die hat Sergej für mich gebastelt. Sieh nur, wie schön sie ist!"

Auch Sinja präsentierte mir daraufhin ihre Puppe, die im Gegensatz zu Fietes Modell mit langen Haaren versehen war, die aus einzelnen Strohhalmen bestanden. Die Körper der Puppen waren aus verschiedenfarbigen und unterschiedlich gemusterten Stoffresten hergestellt, die sorgfältig zusammengenäht und innen mit irgendwelchem Füllmaterial ausgestopft worden waren. Augen, Nase und Mund waren offensichtlich mit einem Stück Kohle auf den Stoff aufgemalt worden.

275

„Die sind ja wirklich ganz wunderbar", erwiderte ich und warf dem Soldaten einen anerkennenden Blick zu.

Der beäugte mich zwar noch immer argwöhnisch, schien aber zumindest nicht mehr in seine Baracke flüchten zu wollen.

„Sie haben den Kindern eine große Freude gemacht", rief ich ihm zu und lächelte dabei.

Erst jetzt betrachtete ich den Mann genauer. Er war höchstens zwanzig Jahre alt. Sein Körper wirkte ausgemergelt. Die Kleidung, die aus dem Kampfanzug der Roten Armee bestand, von dem man das Hoheitszeichen entfernt hatte, flatterte nur so an seinem Leib.

Obwohl den Kriegsgefangenen härteste körperliche Arbeit abverlangt wurde und es auf Helgoland wahrlich nicht an Nahrung mangelte, schienen die Fremdarbeiter dennoch an Unterernährung zu leiden.

„Haben Sie keine Angst. Ich glaube, Fiete wollte Ihnen als Dank ein Brot geben", versuchte ich es deshalb noch einmal und hoffte auf diese Weise, das Vertrauen des Mannes zu gewinnen, damit er die Furcht vor mir verlor.

Nochmals warf ich einen schnellen Blick zu den Wachsoldaten. Doch meine Sorge war unbegründet, denn die taten weiterhin so, als würden sie nichts vom Geschehen am Zaun mitbekommen.

„Na los, kommen Sie schon", forderte ich ihn erneut auf und machte gleichzeitig entsprechende Handbewegungen.

Vermutlich war es der Hunger, der ihn schließlich dazu bewegte, meiner Aufforderung Folge zu leisten. Sich mehrfach nach allen Seiten umsehend taxierte er mich noch immer mit misstrauischen Blicken, als er sich zögernd in Bewegung setzte.

Fiete hatte seine kleine Kinderhand währenddessen bereits durch den Zaun gestreckt und hielt ihm zwei Scheiben Brot hin, auf die der Mann gierig starrte, als er sich uns näherte.

Unter welch erbärmlichen Umständen mochten er und seine Kameraden in den Baracken wohl leben müssen, fragte ich mich in diesem Moment. Vermutlich kamen zum Hunger, unter dem die Männer ganz offensichtlich zu leiden hatten, auch noch die Kälte in den zugigen Unterkünften und die Todesangst während der zahlreichen Fliegeralarme hinzu.

Warum ging man mit diesen Menschen nur so um? Wieso konnte man sie nicht mit Respekt behandeln, ihnen genug zu essen geben und ihnen eine menschenwürdige Behausung zur Verfügung stellen?

Der junge Soldat hatte uns inzwischen erreicht. Indem er sich zu den Kindern hinunterbeugte, sagte er irgendetwas in seiner Landessprache, das sich dem Tonfall nach zu urteilen wie ein Dank anhörte. Im nächsten Augenblick griff er schon hastig nach den beiden Brotscheiben, von denen er eine rasch in seiner Hosentasche verschwinden ließ, während er von der anderen gierig abbiss. Es dauerte nur wenige Sekunden, bis er auf diese Weise die komplette Schnitte vertilgt hatte. Danach sprach er noch einige freundliche Worte zu den Kindern. Obwohl er sich dabei wieder seiner Landessprache bediente, hörten Fiete und seine Schwester ihm zu meinem Erstaunen aufmerksam zu.

Zum Schluss wandte er sich mir zu und sagte auch einige Worte in meine Richtung, mit denen ich aber natürlich nichts anfangen konnte. Darum deutete ich auf die Puppen und sagte: „Sie scheinen eine sehr kreative Hand zu besitzen. Diese Puppen gefallen mir außerordentlich gut!"

„Puppen gut", wiederholte er in gebrochenem Deutsch. Auf seinem Mund zeigte sich dabei erstmals der Anflug eines Lächelns.

Sehr zu meiner Freude registrierte ich, dass er mittlerweile sämtliche Scheu vor mir über Bord geworfen zu haben schien.

„Schau mal, was Sergej mir noch geschenkt hat", rief die kleine Sinja auf einmal aus und öffnete gleichzeitig den obersten Knopf ihrer Jacke, um sich anschließend von einer Kette, die sie um den Hals getragen hatte, zu befreien. „Die ist auch toll, oder nicht?"

Damit überreichte sie mir das Schmuckstück, das aus einem dünnen Lederriemen sowie kleinsten Steinchen und verschiedenartig geformten Muscheln, die allesamt jeweils mit einer Bohrung versehen waren, bestand. Die Steinchen entstammten ursprünglich einmal dem Felsen, wie ich an der rötlichen Färbung, die an einigen Stellen mit gräulichen Maserungen durchsetzt war, erkannte. Sie waren in mühevoller Kleinarbeit geschliffen worden, sodass sie allesamt eine flache, halbrunde Form aufwiesen.

„Oh, die ist aber wirklich wunderschön", bestätigte ich zu ihrer Freude und meinte es auch so.

Sergej musste in seiner knapp bemessenen Freizeit viele Stunden an der Halskette gearbeitet haben, um sie derart zu gestalten.

Als ich Sinja die Kette zurückgab, kam mir plötzlich ein Gedanke in den Sinn. Deshalb fragte ich Sergej schnell:

„Sagen Sie, Sergej, würden Sie für mich auch eine solche Halskette anfertigen? Ich würde sie gerne zu Weihnachten verschenken!" Der junge Russe sah mich verständnislos an.

„Nich verstehn …", murmelte er bedauernd und zuckte dabei mit den Schultern.

Daraufhin zeigte ich zuerst auf die Kette, dann auf mich und erklärte dabei:

„Es geht mir um die Kette. Wären Sie bereit, ein ähnliches Stück auch für mich anzufertigen?"

Auf einmal erhellte sich sein Gesicht. „Ah, verstehn … Kette dich!"

Dabei zeigte er mit dem Finger mehrfach auf meinen Hals.

„Nein, nein, nicht für mich", korrigierte ich ihn schnell.

Indem ich mich von den Kindern abwandte, deutete ich mit meinen Händen rasch die Konturen eines weiblichen Körpers an und tat anschließend so, als würde ich die Kette am Hals einer anderen Person anlegen, was bei Sergej für heftiges Kopfnicken sorgte.

„Ah, verstehn", rief er erfreut aus. „Kette … Frau!"

„Ja, ich will sie einer Frau schenken", bestätigte ich und hob dabei meinen rechten Daumen.

Anstatt etwas zu erwidern, schien der junge Soldat kurz zu überlegen. Dann nahm er beide Hände in die Höhe, spreizte alle zehn Finger in die Höhe und wippte gleichzeitig mehrfach mit den Händen. Das, was er dabei von sich gab, konnte ich zwar nicht verstehen, doch Fiete übersetzte schnell für mich:

„Sergej sagt, du kannst die Halskette in zehn Tagen abholen."

Daraufhin musste ich lachen.

„Bitte sag Sergej, dass ich ihn verstanden habe", bat ich Fiete noch immer grinsend, was dieser prompt tat.

Bevor ich mich verabschieden konnte, sah der junge Russe mich flehend an.

„Sigareta?", fragte er und nahm gleichzeitig einige Züge von einer imaginären Zigarette.

„Ich verstehe", versicherte ich ihm schnell. „Ich bin zwar Nichtraucher, aber ich werde Ihnen Zigaretten mitbringen!"

Zum Abschluss reichte ich Sergej meine Hand durch den Zaun, die er mit dankbarer Miene ergriff.

Als ich meinen Rundgang anschließend fortsetzte, stellte ich mir gedanklich bereits vor, wie ich Agnes die Kette aus Muscheln und Steinchen anlegte.

62

Wenige Tage später traf ein Brief meiner Mutter ein. Hatte ich erwartet, dass sie mich freudestrahlend anfleht, ihr mehr über Agnes mitzuteilen, so wurde ich zumindest im ersten Abschnitt ihres Schreibens bitter enttäuscht. Stattdessen gewann ich schnell einen ausgesprochen niedergeschlagenen Eindruck von ihr, was ich beim Überfliegen der weiteren Zeilen auch gut nachvollziehen konnte.

Nach wie vor gab es keine Neuigkeiten von Josef, der immer noch als vermisst galt. Paul und Vater waren hingegen Mitte November zum Volkssturm einberufen worden. Den Worten meiner Mutter zufolge verbrachten beide ihre Tage seitdem mehrere Male in der Woche auf einem Truppenübungsplatz in der Nähe Ellerhoops, wo man ihnen den sicheren Umgang mit dem Gewehr und der Panzerfaust beibrachte. Seit dieser Zeit betete meine Mutter täglich mehrfach dafür, dass der Krieg vorbei sein möge, bevor er in unsere Heimat käme und beschwor mich in diesem Zusammenhang noch einmal, gut auf mich aufzupassen.

Beim Gedanken an meine Familienangehörigen, von denen erwartet wurde, dass sie den Feind gegebenenfalls aufhalten würden, wurde ich wütend. Sofort schossen mir die Bilder der Wochenschau durch den Kopf, die ja über eben jenes letzte Aufgebot, in Zivilbekleidung und lediglich mit einer lächerlichen Armbinde versehen, berichtet hatte. Warum mussten nun auch noch Kinder und alte Leute geopfert werden, anstatt diesen sinnlosen Krieg endlich zu beenden?

Erst im letzten Drittel ihres Briefes kam Mutter auf Agnes zu sprechen. In einigen sehr lieb formulierten Sätzen gab sie ihrer Freude darüber Ausdruck, dass es mir gelungen war, das Herz einer so hübschen jungen Dame zu erobern. Erneut erkundigte sie sich nach Agnes' Herkunft und ihren Eltern, wollte wissen, was sie nach Helgoland verschlagen hatte und fragte zum Schluss, wann es mir möglich sein würde, mit ihr zusammen nach Ellerhoop zu kommen, um sie meiner Familie vorzustellen. Obwohl ich für ihre mütterliche Neugier natürlich Verständnis hatte, musste ich mir beim Lesen ihrer letzten Worte ein Grinsen verkneifen.

Der Gedanke, den eigenen Eltern die Unwahrheit sagen zu müssen, war dagegen alles andere als angenehm. Dennoch würde ich ihnen einige Punkte aus dem Lebenslauf meiner Freundin verschweigen müssen. Anderes würden Agnes und ich zu beschönigen haben, um Mutter nicht aus ihrem seelischen Gleichgewicht zu bringen. Doch diese wenig erbaulichen Dinge war ich bereit, in Kauf zu nehmen, wenn Agnes und ich dadurch eine Zukunft hatten.

Mutter schloss ihren Brief mit den herzlichsten Grüßen von Vater und meinen beiden verbliebenen Geschwistern.

Nachdem ich das Schreiben zur Seite gelegt hatte, überlegte ich lange. Es waren erst rund drei Monate her, seit ich meine Heimat verlassen hatte. In dieser Zeit war eine Menge geschehen. Ich war in eine andere Welt getaucht, hatte dabei viele neue Menschen und gleichzeitig die Grauen des Krieges kennengelernt. Vor allem aber hatte ich die Person gefunden, mit der ich den Rest meiner Tage verbringen wollte.

Rückblickend gesehen kam es mir in diesem Augenblick so vor, als habe ich schon mein halbes Leben auf Helgoland verbracht. Die Frage, die ich mir immer wieder stellte, war, wie es wohl sein würde, mit Agnes an meiner Seite ins beschauliche Ellerhoop heimzukehren?

*

Wenngleich die Bergung der Unterlagen aus dem Gemeindehaus mittlerweile abgeschlossen war, konnte man mir die Baupläne des Hauses im Mittelweg gegen Mitte Dezember immer noch nicht aushändigen, wie mir die Dame am Empfang mit wachsender Gereiztheit mitteilte. Ihren Worten zufolge wurden die Akten noch immer gesichtet und geordnet. Zum wiederholten Male versicherte sie mir, mich unverzüglich zu benachrichtigen, sobald der entsprechende Vorgang gefunden worden war.

Ich nahm dies zum Anlass, um noch einmal über meine Theorie nachzudenken.

War es möglich, dass ich mich von Anfang an auf dem Irrweg befunden hatte? Konnte der eigentümliche Hohlraum in der Truhe doch einem anderen Zweck gedient haben als dem, etwas darin zu verstecken? Aber falls dies stimmte, welchem?

So sehr ich auch darüber nachdachte, fiel mir einfach keine andere Nutzungsabsicht ein. Niemand würde ohne Grund eine Wand in das Behältnis, dessen Lagerfläche sich dadurch nicht unerheblich verkleinerte, einbauen! Demnach musste mein Gedankengang bis hierher stimmen.

Konnte sich womöglich, von den Seligs oder Freese einmal abgesehen, eine andere Person dieses Versteck eingerichtet haben? Auch in diesem Fall fiel meine Antwort verneinend aus, denn der Stellvertretende Ortsgruppenleiter war ja bald nach der Verbannung der Familie Selig in das Gebäude eingezogen. Selbst wenn die Ziegelsteine durch eine andere Person verbaut worden wären, hätte diese ihr Versteck doch spätestens vor dem Einzug Freeses aufgelöst.

Diese Überlegungen brachten mich gleich auf die nächste Frage. Konnte ich wirklich gesichert davon ausgehen, dass die Seligs ihre Wertgegenstände in der Truhe untergebracht hatten? Aber was, wenn nicht der Familienschmuck oder Geldvermögen, würde man sonst vor anderen Menschen verbergen wollen? Vielleicht irgendwelche geheimen Unterlagen?

Je länger ich darüber nachdachte, umso wichtiger erschien es mir, endlich Kontakt zu Enna Selig aufzunehmen, um mir in dieser Frage Klarheit zu verschaffen. Aus diesem Grund teilte ich Herrn Thomsen, sobald ich auf die Wachstube zurückgekommen war, mit:

„Ich habe mir überlegt, doch Kontakt zu den Cuxhavener Kollegen aufzunehmen, um sie um die Anschrift von Frau Selig zu bitten. Wenn der Mord an Freese überhaupt noch aufgeklärt werden soll, halte ich es für unerlässlich, ihre Aussage einzuholen. Und bevor Sie an die Decke gehen: Ich nehme diese Aktion voll und ganz auf meine Kappe. Sie haben damit nichts zu tun!"

Herr Thomsen war bei meinen Worten vor Wut rot angelaufen. Für einen Moment befürchtete ich schon, er würde tatsächlich explodieren. Doch dann besann er sich, atmete tief durch und griff nach seiner halb angerauchten Zigarre, die er sich genüsslich anzündete. Erst, nachdem er sich erhoben und seinen Blick aus dem Fenster gerichtet hatte, erwiderte er in verdächtig ruhigem Ton:

„Du bist hartnäckig, mein Sohn. Sehr hartnäckig! Beharrlicher, als ich gedacht hätte. Doch diese an und für sich gute Charaktereigenschaft wird dich in diesem speziellen Fall in große Schwierigkeiten bringen, wenn du nicht endlich klein beigibst. Ich habe keinerlei Zweifel, dass van der Laan seine Drohung wahrmacht, sobald er von deinem Vorhaben erfährt. Du musst bedenken, dass du ihn und damit seine Arbeit bloßstellst, falls du Erfolg haben solltest! In diesem Fall würde er alles tun, um dir größtmöglichen Schaden zuzufügen. Es ist an der Zeit, deine Nachforschungen einzustellen, bevor du dir die Finger verbrennst. Lass es also bitte bleiben und gib deinen Plan in deinem eigenen Interesse auf. Denn das, was du vorhast, ist höchst gefährlich!"

„Aber das kann ich nicht", protestierte ich. „Ich habe mir nun einmal vorgenommen, den Täter ans Messer zu liefern. Meine Ermittlungen einzustellen würde bedeuten, dem Schuldigen einen Mord durchgehen zu lassen ..."

Mit einem Ruck drehte mein Kollege sich zu mir um. „Mensch Hans, ich versuche doch nur zu verhindern, dass du dich unglücklich machst."

„Unglücklich? Unglücklich wäre ich höchstens, wenn es mir nicht gelänge, den Schuldigen zur Strecke zu bringen ..."

Er sah mich lange an, ehe er erwiderte:

„Ich mache mir noch aus einem anderen Grund Sorgen um dich. Diese ... Frau, mit der ich dich vor einigen Wochen im Kino sah ... habt ihr etwas miteinander?"

Jetzt kam der Abend mit Agnes im Kino also doch noch zur Sprache! Dabei hatte ich wirklich gehofft, mein Kollege würde dieses Thema unter den Tisch fallen lassen, nachdem er über Wochen geschwiegen hatte.

Natürlich waren Agnes´ und meine Gefühle füreinander für einen Außenstehenden schwer begreiflich. Umso weniger verspürte ich das Bedürfnis, mich anderen Menschen gegenüber erklären zu müssen. Darum entgegnete ich:

„Auch wenn es schwer für Sie nachzuvollziehen ist, lieben Agnes und ich uns. Wir werden die Insel verlassen, sobald der Krieg vorbei ist, um gemeinsam ein neues Leben anzufangen. Ich erwarte nicht, dass Sie von dieser Kunde begeistert sind, bitte Sie aber, die Situation zu akzeptieren."

Herr Thomsen ließ sich mit seiner Antwort Zeit.

„Über den Sommer des vergangenen Jahres war eine Fliegerstaffel aus Jagdflugzeugen des Typs Messerschmidt Me 109 auf der Düne stationiert", begann er irgendwann zu erzählen. „So mancher feindliche Bomber wurde beim Einflug auf das Reichsgebiet durch diese Maschinen abgefangen und vom Himmel geholt. Die Piloten galten bei den Mädchen und jungen Frauen auf der Insel schnell als Helden. Sie wurden geradezu angehimmelt! Aus dieser Verehrung entstand so manche Liebelei, die tragischerweise in einigen Fällen nicht ohne Folgen blieb. Ich denke, du verstehst, was ich meine."

Er sah mich lange an, ehe er weitersprach. „Im November wurde die Staffel schließlich abgezogen. Der Flugplatz auf der Düne hatte sich als zu anfällig für Bombenattacken aus der Luft erwiesen. Mit den Jagdflugzeugen verschwanden auch die Piloten. Zurück blieben ihre zutiefst betrübten Geliebten, von denen zu diesem Zeitpunkt bereits mehrere in anderen Umständen waren. Diese jungen Frauen werden vermutlich nie wieder von den Vätern ihrer Kinder hören und ein Leben lang an der Last, ein uneheliches Kind zur Welt gebracht zu haben, zu tragen haben. Sie haben sich leichtfertig unglücklich gemacht! Verstehst du, worauf ich hinaus will?"

Selbstverständlich hatte ich verstanden, was mein Kollege mir mit diesen Worten sagen wollte. Er befürchtete, ich würde mein Leben durch die Liaison mit einer Dirne ebenfalls zerstören. Da ich die Dinge selbstverständlich vollkommen anders sah und seine Bedenken keineswegs teilte, entgegnete ich:

„Ihre Sorge um mich in allen Ehren, aber in diesem Fall muss ich meinem Herzen folgen. Und mein Gefühl sagt mir, dass Agnes die Richtige für mich ist, mit der ich mir eine Zukunft aufbauen will."

Zu meinem Erstaunen widersprach Herr Thomsen mir nicht, sondern nickte nur.

„Weiß Gesa von euch?", wollte er lediglich wissen.

Mein Schweigen war Antwort genug.

„Also gut, mein Junge", meinte er daraufhin. „Du bist alt genug, um selbst über dein Leben zu entscheiden. Aber als dein Vorgesetzter werde ich es keinesfalls verantworten, dass du dein Leben so einfach dahinwirfst, soweit dies zumindest in meiner Macht steht. Deshalb untersage ich dir, den offiziellen Briefbogen unserer Dienststelle für eine Anfrage an das Polizeirevier in Cuxhaven zwecks eines Auskunftsersuchens bezüglich der Anschrift Enna Seligs zu verwenden!"

63

Kurz vor Weihnachten wurde die allgemeine Kriegslage für das Deutsche Reich immer aussichtsloser. Auch eine letzte Kraftanstrengung im Westen, anfangs von der Propaganda pompös als Kriegswende bejubelt, schnell aber in ihrer Wirkung verpuffend, hatte nicht verhindern können, dass Amerikaner und

Briten in das Reichsgebiet eingedrungen waren.

Im Osten stand die Rote Armee vor Schlesien und Ostpreußen. Doch noch immer dachte Hitler offenbar nicht daran, zu kapitulieren und damit dem Blutvergießen ein Ende zu bereiten. Es stand zu befürchten, dass noch viele weitere Menschen auf beiden Seiten für einen sinnlosen Kampf ihr Leben lassen würden, ehe es endlich zum Frieden kam.

Agnes verbrachte die Nächte in diesen Wochen oftmals bei mir. Häufig wurden wir dabei durch die Sirenen aus unserem Bett gescheucht, weil die Luftangriffe auf deutsche Städte unablässig fortgesetzt wurden. Viele Inselbewohner schlugen sich in dieser Zeit mit Erkältungen herum, weil sie die schützenden Stollen in der Kürze der Zeit trotz der Kälte oftmals nur unzureichend bekleidet erreichen konnten. Aus diesem Grund hatten fast alle Schutzsuchenden inzwischen eine wärmende Decke auf ihren Plätzen deponiert, in die sie sich selbst und vor allem ihre Kinder während eines Alarms hüllten. Immerhin wurde Helgoland in dieser Zeit nicht direkt angegriffen.

Sergej hatte Wort gehalten. Wie versprochen hatte er für mich eine zweite Halskette angefertigt. Als ich ihn eines Tages am Zaun seines Lagers aufsuchte, machte ich die Wachen schnell auf einige über dem Meer fliegende Seevögel aufmerksam. Mit grinsenden Gesichtern wandten diese daraufhin ihre Aufmerksamkeit vom Zaun ab, damit Sergej und ich dort in Ruhe unsere Geschäfte erledigen konnten.

Mittlerweile kannte das Wachpersonal mein Gesicht, denn bereits in den Tagen zuvor war ich mehrfach erschienen, um Sergej mit Zigaretten oder kleineren Essensrationen zu versorgen. Auch an diesem Tag übergab ich ihm zunächst sein Päckchen, das sofort in seiner Hosentasche verschwand, ehe er mir die Kette durch die Maschen reichte.

„Oh Sergej, die ist wirklich wunderschön geworden", entfuhr es mir, als ich das Schmuckstück in den Händen hielt.

Wie schon beim Exemplar der kleinen Sinja wechselten sich kleinste, fein geschliffene Steinchen mit winzigen Muscheln ab, die auf einen dünnen Lederriemen gezogen waren.

„Ich glaube, Agnes wird sich sehr über mein Geschenk freuen", sagte ich in seine Richtung, ohne meinen bewundernden Blick von der Kette nehmen zu können.

Der junge Russe, der mich aufmerksam beobachtet hatte, schien

meine Freude zu teilen, denn er lächelte, als er in seinem gebrochenen Deutsch erwiderte:
„Anes schön freun."
Ich verstaute die Kette rasch in der Tasche meines Uniformrockes, um ihm danach meine rechte Hand durch den Zaun zu reichen.
„Vielen Dank, Sergej. Dank deiner Hilfe bin ich in der Lage, einem ganz besonderen Menschen eine große Freude zu bereiten!"
Sergej ergriff meine Hand und sah mich fragend an. „Anes?"
Ich musste lachen. „Ja, Agnes, Sergej. Sie ist meine Freundin und wird deine wunderschöne Kette demnächst um ihren Hals tragen. Vielleicht kommt irgendwann die Zeit, wo ich sie dir vorstellen kann."
Hastig malte ich ein Herz in der Luft, was bei ihm ein breites Grinsen auslöste.
Nachdem ich mich von ihm verabschiedet hatte, hörte ich ihn in meinem Rücken fröhlich vor sich hinmurmeln:
„Anes schön freun".

*

In der darauffolgenden Nacht trieben feindliche Bomberverbände Agnes und mich wieder einmal aus dem Bett. Unglücklicherweise hatte Frau Friedrichsen ausgerechnet an diesem Tag besonders unter ihrer Arthritis zu leiden gehabt. Nur mit einiger Mühe schaffte ich es, noch rechtzeitig mit ihr zum Bunker zu gelangen. Unterwegs war in der Finsternis eine Gestalt an uns vorbeigeeilt, in der ich Agnes zu erkennen glaubte.
Nachdem ich die Türen verriegelt hatte, hastete ich nach unten, um mich vom Wahrheitsgehalt meiner Vermutung zu überzeugen und wurde nicht enttäuscht. Agnes saß tatsächlich bei ihren Kolleginnen, wie ich zu meiner Beruhigung bemerkte.
Als ich wenig später bei der Anwesenheitskontrolle in die Nähe des Quintetts kam, wurde ich unbeabsichtigt Zeuge einer Diskussion, die sich unter den Damen anbahnte.
„Sag mal, wo kamst du eben eigentlich her, Agnes?", erkundigte Christel sich mit ihrer rauchigen Stimme gerade, als ich mich dem Anfang des Stollens näherte.
„Na, aus dem Bett natürlich", entgegnete meine Freundin.
„Aber nicht aus deinem eigenen", behauptete ihre brünette Kollegin daraufhin. „Ich habe dich nämlich nicht gesehen, als wir

uns auf den Weg zum Bunker machten!"
Spätestens jetzt war meine Aufmerksamkeit geweckt. Aus diesem
Grund ließ ich mir mit meiner Kontrolle absichtlich Zeit und
sprach mit den Schutzsuchenden in diesem Bereich einige
unverfängliche Worte, während meine Ohren gleichzeitig gespannt
die Unterhaltung der Frauen verfolgten.
„Ihr wart ganz einfach zu flott für mich", versuchte Agnes sich
herauszureden. „So schnell konnte ich mir meine Kleidung nicht
überwerfen. Ich bin erst kurz nach euch aus dem Haus gestürmt."
„Du glaubst wohl, du könntest uns zum Narren halten, wie?",
erwiderte Christel erbost. „Dein Zimmer war leer, als die Sirenen
losgingen! Ich habe mich selbst noch rasch davon überzeugen
können, bevor ich mit den anderen Mädchen das Haus verließ. Ich
habe nämlich schon länger den Verdacht, dass du die Nächte an
deinen freien Tagen woanders verbringst."
Agnes warf mir hastig einen verzweifelten Blick zu, den die
anderen Frauen glücklicherweise nicht bemerkten.
„Mein Privatleben geht dich nichts an, Christel", wehrte sie sich.
„Solange es sich wirklich nur um dein Privatvergnügen handelt,
nicht. Soweit sind wir uns einig", mischte sich nun auch Sophia
Diekmann, ihre schwarzhaarige Kollegin, ein. „Falls du jedoch in
deinen Freischichten unsere Kunden zu Hause aufsuchst, um
nebenbei auf eigene Rechnung zu arbeiten, geht uns anderen das
hingegen sehr wohl etwas an. Denn in diesem Falle würdest du uns
aus reiner Raffgier um unser Geschäft bringen!"
„Aber das tue ich doch gar nicht", verteidigte Agnes sich
hartnäckig. „Ihr seid völlig auf dem Holzweg!"
Sie zögerte kurz, ehe sie weitersprach. „Ja, es stimmt schon, ich
verbringe meine Nächte hin und wieder auswärts. Doch der Grund
dafür ist nicht etwa, dass ich einen Kunden in seinem Zuhause
aufsuche, sondern ein völlig anderer."
„Ach ja? Und der wäre?", wollte Christel wissen.
„Das ist etwas Persönliches. Ich möchte nicht darüber sprechen ..."
Die anderen Frauen starrten sie einen Augenblick lang verstört an,
bis es aus Christel herausplatzte:
„Ich fasse es nicht! Unsere Agnes hat sich verliebt ..."
Während ihre Kolleginnen einander entgeistert ansahen, war Agnes
rot angelaufen.
Es dauerte einen Moment, bis sich alle wieder beruhigt hatten.
„Na sag schon, wer ist es?", wollte Hildegard Schwarting wissen,

die ihrem Dialekt nach aus dem Rheinland stammen musste. Die übrigen Schutzsuchenden in der Nähe hatten das Gespräch die ganze Zeit über grinsend verfolgt. Wollte ich Agnes weitere Verlegenheit ersparen, war es allerhöchste Zeit, einzugreifen.

„Bei Ihnen scheint die Stimmung heute Nacht ja prächtig zu sein", mischte ich mich in das Gespräch der Frauen ein, indem ich mit meiner Liste in den Händen schnell nähertrat. „Wie sieht es denn überhaupt bei Ihnen aus? Fehlt jemand aus Ihrer Runde?"

„Wie Sie sehen, sind alle Mann an Bord", entgegnete Christel, die sich gleich darauf wieder Agnes zuwenden wollte.

„Ich muss schon sagen, Sie enttäuschen mich ein wenig, Fräulein Lange", sagte ich daraufhin in gespielt vorwurfsvollem Ton, um die Runde davon abzubringen, Agnes weiter auszufragen. „Vor einigen Wochen erkundigten Sie sich noch bei mir, ob Sie es mit Ihrem Charme geschafft hätten, mich zu verwirren. Wie ich gerne zugebe, warte ich seitdem voller Ungeduld auf weitere Signale Ihrerseits, um Ihre These gegebenenfalls mit meinem Handeln weiter untermauern zu können. Bedauerlicherweise bislang vergebens! Muss ich davon ausgehen, dass Sie Ihre Bemühungen um mich zwischenzeitlich eingestellt haben?"

Diese so lapidar dahingesprochenen Worte verfehlten ihre Wirkung nicht. Während ihre Kolleginnen sofort lauthals loslachten, warf Agnes mir heimlich einen dankbaren Blick zu.

„Überschätzen Sie sich nicht ein wenig, Herr Wachtmeister?", presste Sophia unter dem Gekicher der anderen hervor. „Jugend hin oder her, Christel wird Ihnen schnell Ihre Grenzen aufzeigen, falls Sie sich jemals mit ihr einlassen sollten. Wenn die einmal in Fahrt ist, gibt es kein Halten mehr!"

Zu meiner Verwunderung war es mir mit meiner Bemerkung tatsächlich gelungen, ein Gespräch in Gang zu bringen, das sich sogar bis zur Entwarnung hinzog, auch wenn es in der Folge immer alberner wurde. Immerhin hatte ich die Damen dadurch davon abgebracht, sich weiter um Agnes' heimliche Liebschaft Gedanken zu machen.

Trotz der völlig niveaulosen Konversation bedachte meine Freundin mich mit einem anerkennenden Blick, als sie den Bunker wenig später im Kreis ihrer Kolleginnen verließ.

64

Den Heiligabend verbrachte ich mit Frau Friedrichsen, die mir einen selbstgestrickten Pullover samt Schal als Weihnachtsgeschenk überreichte und mir damit eine große Freude bereitete. Beim gemeinsamen Abendessen gönnten wir uns ein Glas Wein, den ich ihr meinerseits als Präsent zum Fest überreicht hatte. Angesichts des fortwährenden Krieges waren es recht trostlose Festtage. Erst am frühen Abend des ersten Weihnachtstages bekam ich bei einem Spaziergang am Südstrand Gelegenheit, Agnes die von Sergej angefertigte Halskette umzulegen und erntete dafür als Dank einen langen Kuss. Im Anschluss mussten wir beide herzhaft lachen, weil auch sie mir eine Halskette überreichte, die aus Silber bestand und einen Anhänger in Herzform aufwies. Sehr zu meinem Bedauern sollte das von Sergej erschaffene Schmuckstück im Zuge der dramatischen Ereignisse im April des darauffolgenden Jahres für immer verloren gehen.

*

Noch vor dem Jahreswechsel sollten abermals zwei Ereignisse dafür sorgen, dass ich mit meinen Nachforschungen einen entscheidenden Schritt vorankam.

Völlig überraschend drückte Frau Friedrichsen mir am Montag nach den Weihnachtstagen einen Brief ihres Neffen Eiko in die Hand, in dem er mir die Anschrift der Familie Selig in Holte mitteilte.

Ich war wie vom Donner gerührt und wusste nicht, was ich sagen sollte. „Aber ... Sie meinten doch ... wissen Sie, ich fühle mich nicht wohl bei dem Gedanken, dass Ihr Neffe sich wegen seiner Erkundigungen nach den Seligs meinetwegen in Gefahr bringen könnte", stammelte ich verlegen. „Die Familie wird vermutlich noch immer unter Beobachtung der Gestapo stehen, wo der Vater doch Jude ist und die Kinder damit als Halbjuden gelten. Sie werden also sicher verstehen, wenn ich angesichts Eikos neuerlicher Nachricht ein ziemlich schlechtes Gewissen habe ..."

„Das brauchst du aber nicht zu haben", beruhigte meine Vermieterin mich und legte ihre Hand besänftigend auf meinen

Unterarm. „Wie Eiko mir in einem separaten, an mich gerichteten Schreiben mitteilte, war es nicht besonders schwierig für ihn, die Anschrift Ennas in Erfahrung zu bringen.

Eine seiner früheren Mitschülerinnen verrichtet ihren Dienst nämlich derzeit in der Stadtverwaltung. In geschickter Weise brachte er sie dazu, die Adresse der Seligs herauszusuchen, indem er mich und meinen Wohnort ihr gegenüber wie zufällig erwähnte. Seinen Worten zufolge tat er im Gespräch mit ihr, als habe er bei seinen früheren Besuchen auf Helgoland eine äußerst freundliche Frau kennengelernt, die ihm in guter Erinnerung geblieben sei, weil sie ihn stets mit leckeren Plätzchen versorgt habe. Diese Dame solle die Insel mit ihrer Familie laut Gerüchten, die ihm zu Ohren gekommen seien, zwischenzeitlich verlassen haben."

Meine Vermieterin musste kurz schmunzeln, ehe sie fortfuhr: „Das war von Eiko übrigens nicht einmal gelogen, denn Enna verwöhnte ihn früher tatsächlich hin und wieder mit ihrem Gebäck. Nun, jedenfalls war dadurch die Neugier der jungen Dame geweckt, die ihm in Erwartung, ihm damit eine Freude zu bereiten, besagte Anschrift mitteilte, ohne jeden Verdacht zu schöpfen."

Für einen kurzen Moment war ich sprachlos.

„Hatten Sie ihn etwa darum gebeten, diese Nachforschungen anzustellen?", erkundigte ich mich danach.

„Nein, wirklich nicht", entgegnete sie schmunzelnd. „Im Gegenteil, du scheinst Eiko mit deinem Ehrgeiz, den Mörder zur Strecke bringen zu wollen, angesteckt zu haben. Ich war ebenso wie du vollkommen überrascht, als seine Briefe eintrafen."

*

Noch am selben Abend verfasste ich ein Schreiben an Enna Selig, in dem ich ihr eine recht allgemein gehaltene Schilderung des Mordes in ihrem früheren Heim gab, ohne dabei den Namen oder das Betätigungsfeld des Hausbewohners zu erwähnen. Im Anschluss daran berichtete ich von der Entdeckung des Hohlraumes in der Truhe und kam schließlich auf meine Theorie hinsichtlich des Mordmotivs zu sprechen. Zum Schluss bat ich sie, mir Auskunft darüber zu geben, ob das Versteck wirklich von Ihrem Mann errichtet worden war und ob es tatsächlich dem von mir vermuteten Zweck gedient hatte.

Um Herrn Thomsen nicht zu erzürnen, hatte ich absichtlich auf den offiziellen Briefbogen unserer Dienststelle verzichtet und stattdessen neutrales Papier verwendet. Da ich vonseiten Enna Seligs mit erheblichen Vorbehalten gegenüber den Behörden rechnete, hatte ich mir Mühe gegeben, mein Schreiben in einem möglichst persönlichen Ton zu halten. Nun würde ich mich in den nächsten Wochen in Geduld üben müssen, bis Enna Seligs Antwort eintraf. Vorausgesetzt natürlich, sie fühlte sich überhaupt bemüßigt, einem, wenn auch unbedeutenden, Vertreter der Ordnungskräfte zu antworten.

*

Zwei Tage nach diesem Ereignis wollte Herr Thomsen gerade frisches Teewasser aufsetzen, als am frühen Nachmittag auf einmal heftig gegen die Eingangstür unserer Wachstube gehämmert wurde.

Ehe er reagieren konnte, sprang ich schon auf und rief schnell in seine Richtung:

„Ich gehe schon!"

Als ich die Tür öffnete, bekam ich einen vielleicht zehnjährigen Jungen zu Gesicht, der lauthals verkündete:

„Wachtmeister Plöger wird gebeten, zur Biologischen Anstalt zu kommen!"

Als der Kleine Anstalten machte, sich gleich wieder zu entfernen, griff ich schnell nach seinem Arm und erwiderte schmunzelnd:

„Nun mal langsam, Junge! Weißt du zufällig auch, weshalb Wachtmeister Plöger sich dort hinbegeben soll?"

Doch der junge Mann schien es eilig zu haben. „Weiß nicht", rief er mir noch schnell zu, ehe er sich von mir losriss und sich endgültig davonmachte.

Da kam mir plötzlich eine Ahnung. Hastig zog ich meinen Mantel über und legte mir meinen Schal um.

„Trink erst deinen Tee, mein Junge. Die Biologische Anstalt kann doch warten", meinte mein Kollege.

„Lieber nicht", entgegnete ich von plötzlichem Tatendrang getrieben. „Es wird schon seinen Grund haben, warum man mich ruft. Wenn ich Glück habe, sind die Baupläne des Hauses im Mittelweg endlich aufgetaucht!"

*

„Da haben Sie aber wirklich Glück gehabt", empfing mich die mir nur zu bekannte Mitarbeiterin der Gemeindeverwaltung wenig später in der Biologischen Anstalt. „Wir konnten die Akte nicht nur retten, sondern sind sogar in der Lage, sie Ihnen in einem erstaunlich guten Zustand zu präsentieren."

Ihr stolzer Tonfall legte die Vermutung nahe, dass sie sich höchstpersönlich für diesen Umstand verantwortlich fühlte.

„Sie können dort drüben Platz nehmen, um die Pläne zu sichten!" Bei ihren Worten hatte sie auf einen kleinen Tisch vor einem Aquarium gezeigt, in dem ich eine Qualle zu erkennen glaubte und mir gleichzeitig einen dünnen Ordner in die Hand gedrückt.

„Falls Sie irgendwelche Fragen haben sollten, können Sie sich gerne an mich wenden", ließ sie mich mit einem Blick, der das genaue Gegenteil vermuten ließ, noch wissen, ehe sie sich mit schnellen Schritten zurückzog.

Mit einem skeptischen Blick auf den Seebewohner ließ ich mich auf einer der beiden Stühle am Tisch nieder und schlug die Akte auf, deren einziger Inhalt aus einem mehrfach gefalteten Konstruktionsplan bestand. Glücklicherweise schien die Akte wirklich nicht mit Löschwasser in Berührung gekommen zu sein, denn die Tinte auf dem vergilbten Papier war nicht zerlaufen.

Weil mir technische Zeichnungen aus meiner Zeit beim Schreiner Hinrichs nicht gänzlich unbekannt waren, dauerte es nicht lange, bis ich die Skizzierung des Untergeschosses auf dem großflächigen Papier gefunden hatte.

Obwohl ich sowohl die Zisterne als auch die Truhe dem Grunde nach ausmachen konnte, war es mir nicht möglich, genauere Details zu erkennen. Darum erhob ich mich und begab mich nochmals zum Empfangstresen.

„Verzeihung, hätten Sie vielleicht eine Lupe für mich?", fragte ich die Frau, die gerade einen Brief zu tippen schien.

Sie unterbrach daraufhin ihre Tätigkeit und bedachte mich mit einem genervten Blick. „Eine Lupe?"

Als ich bejahend nickte, öffnete sie eine Lade ihres Schreibtisches, die sie hektisch durchwühlte. Nach kurzer Suche fand sie das Verlangte, welches sie kommentarlos vor mir auf dem Tresen ablegte.

Mit der Lupe bewaffnet machte ich mich wieder ans Werk und

studierte mit höchster Konzentration jeden Strich, der Teil der Darstellung besagter Truhe war.

Als ich die Lupe eine ganze Weile später schließlich zur Seite legte, war ich mir sicher, dass es die Trennwand aus Ziegelsteinen in der Truhe beim Bau des Hauses noch nicht gegeben hatte. Sie musste also zu einem späteren Zeitpunkt eingebaut worden sein! Demnach schien schon einmal ein wesentlicher Punkt, auf dem meine Theorie fußte, zu stimmen.

Nachdem ich die Zeichnung wieder zusammengefaltet hatte, wollte ich den Ordner gerade schließen, als mir ein auf der Innenseite angeheftetes Blatt Papier ins Auge fiel. Bei genauerem Hinsehen bemerkte ich vier untereinander aufgeführte Einträge, von denen der letzte sofort mein Interesse weckte.

„Entschuldigen Sie, wenn ich noch einmal störe, aber was haben diese Vermerke auf dem Papierbogen zu bedeuten?", fragte ich meine Ansprechpartnerin, die daraufhin missgelaunt von ihrer Schreibmaschine aufsah, um sich anschließend widerwillig zu erheben. Sie stieß einen tiefen Seufzer aus, bevor sie mir mit betont lustloser Stimme erklärte:

„Wie Sie sehen können, halten wir auf diesem Zettel fest, zu welchem Zeitpunkt und durch welche Personen jeweils Einblick in die Akte genommen wurde."

Das Haus war Anfang der 1860er-Jahre, also noch unter englischer Herrschaft erbaut worden. Das erklärte sowohl die merkwürdigen Maßangaben in der Zeichnung, mit denen ich wenig anfangen konnte, als auch die obersten beiden Namen auf dem Laufzettel, die englisch klangen.

Nach der Übergabe der Insel an das Deutsche Reich im Jahr 1890 hatte im darauffolgenden Jahr eine Person namens Wilhelm Gardeweg Einsicht in die Unterlagen genommen, vermutlich, um das Gebäude für das Katasteramt zu erfassen.

Der für meine Nachforschungen bedeutsame Eintrag befand sich jedoch ganz unten. Denn erst Ende August, also wenige Tage nach meiner Ankunft auf der Insel, hatte sich eine mir nur allzu bekannte Person die Akte aushändigen lassen, um ebenso wie ich den Bauplan zu studieren. Die Frage, die sich mir sofort aufdrängte, lautete, aus welchem Grund dies geschehen war.

Die Frau wollte sich schon von mir abwenden, als ich sie mit einer Frage zurückhielt:

„Sagen Sie, hatten Sie am 27. August zufällig Dienst?"

Als ihre Augen vor Empörung immer größer wurden, schob ich nach einem hastigen Blick auf den an der Wand hängenden Kalender noch schnell nach:

„Es handelt sich um einen Donnerstag."

Sie schien sich mittlerweile nur noch mit Mühe beherrschen zu können. „Das ist ja über vier Monate her!", blaffte sie mich an. „Sehe ich etwa so aus, als wüsste ich noch, was ich an diesem Tag gemacht habe?"

„Dann können Sie mir vielleicht wenigstens sagen, ob Sie sich an diesen Mann erinnern?", erwiderte ich darauf. „Möglicherweise entsinnen Sie sich noch, ob er einen Grund angab, warum er Einsicht in die Akte nehmen wollte?"

Bei meinen Worten hatte ich den Zeigefinger auf den untersten Eintrag gelegt. Nach einem hastigen Blick auf den dort aufgeführten Namen entgegnete sie:

„Jasper Meiners? Das ist unser Lehrer hier auf Helgoland! Er ist häufiger im Gemeindehaus zu Gast, um sich die Baupläne irgendwelcher Gebäude auf der Insel vorlegen zu lassen."

„Ach, tatsächlich?", fragte ich erstaunt. „Wissen Sie zufällig auch, warum er das tut?"

Sie zuckte nur mit den Schultern. „Soweit ich weiß, beschäftigt er sich mit der Architektur Helgolands. Aber das fragen Sie ihn am besten selbst!"

Erneut sah sie mich genervt an. „Wenn Sie keine weiteren Fragen haben, würde ich jetzt gerne weiterarbeiten."

„Nein, nein, ich kann Sie beruhigen. Das war's schon, Frau ..."

„*Fräulein* Petersen", berichtigte sie mich schnippisch. „Also dann: Guten Tag, Herr Wachtmeister!"

Damit wandte sie sich endgültig von mir ab. Ehe ich das Gebäude verließ, rief ich ihr noch schnell zu:

„Und vielen Dank noch einmal für Ihre freundliche Unterstützung, Fräulein Petersen!"

65

Jasper Meiners bewohnte gemeinsam mit seinem Sohn die Räumlichkeiten im Erdgeschoss eines zweistöckigen Hauses in der Feldstrasse unweit der Nordkaserne auf dem Oberland. Sein Wohnort war vermutlich für den Umstand verantwortlich, dass man ihm als Luftschutzhelfer den Bereich des Fuchsbaus zugewiesen hatte, der unmittelbar an der Spirale begann und damit gut für ihn erreichbar war.

Nach dem Betätigen des Türklopfers brauchte ich nicht lange zu warten, bis er mir die Tür öffnete.

„Hans, das nenne ich eine Überraschung", rief er erfreut aus, als er mich sah. „Komm schnell herein. Draußen ist es ungemütlich kalt!"

Damit geleitete er mich in die Wohnstube, in der ein Ofen eine gemütliche Wärme verbreitete. Ein etwa vierzehnjähriger Junge in der Uniform eines Flakhelfers erhob sich bei meinem Eintreten gleich aus einem Sessel, riss seinen rechten Arm in die Höhe und brüllte dabei mit viel zu lauter Stimme:

„Heil Hitler!"

„Kennst du meinen Sohn Enno schon?", fragte Jasper, nachdem ich seinen Gruß mit erheblich weniger Enthusiasmus erwidert hatte.

„Nein, wir hatten noch nicht das Vergnügen", musste ich zugeben.

„Kein Wunder", meinte Jasper daraufhin. „Enno geht noch zur Schule. Aber glaub nur nicht, dass er irgendwelche Privilegien genießt, nur weil ich als Vater gleichzeitig sein Lehrer bin! Nun, jedenfalls hat er neben der Schule noch seinen Dienst als Marinehelfer zu versehen. In dieser Eigenschaft ist er natürlich häufig nachts gefordert, was wiederum zulasten des Schlafes geht. Der ständige Schlafmangel geht auf Dauer an die Substanz, wie ich ja auch an mir selbst merke. Jungs in diesem Alter brauchen ihre Nachtruhe! Na ja, immerhin wurde ihm im November ein zweiwöchiger Heimaturlaub gewährt, den er zu Hause auf dem Festland verbrachte."

„Dort leben vermutlich deine Frau und der Rest der Familie, oder? Ich glaube, du erwähntest, du kommst aus der Nähe von Cuxhaven, nicht wahr?"

„Ja, genau. Meine Frau und ich bewohnen zusammen mit den Kindern ein bescheidenes Häuschen mit Garten. Abgesehen von Enno und unserem Ältesten, der in Polen dient, lebt unser Nachwuchs noch bei uns zu Hause."

Nachdem Jasper uns einen Tee zubereitet hatte, erkundigte er sich bei mir:

„Was führt dich zu mir, Hans? Gibt es etwa Probleme im Stollen?"

„Nein, zum Glück nicht. Zumindest nicht, dass ich wüsste", entgegnete ich, um im Anschluss auf mein Anliegen zu sprechen zu kommen. „Ich bin aus einem anderen Grund zu dir gekommen. Wie du vielleicht weißt, untersuche ich noch immer den Mord an Freese."

Während meiner Worte hatte ich in meine Innentasche gegriffen, aus der ich meine Zeichnung vom Schuhabdruck des Täters hervorholte, die ich vor ihm auf den Tisch ablegte. Jasper warf einen flüchtigen Blick auf die Skizze und fragte dann verwundert: „Du alleine? Bekommst du denn keine Unterstützung durch Thomsen? Wieso ermittelst du überhaupt noch? Ich dachte eigentlich, dieser Kommissar van der Laan hätte den Fall längst abgeschlossen?"

„Na ja, das stimmt leider nicht so ganz", musste ich einräumen. „Lass es mich so formulieren: Die Kollegen der Sicherheitspolizei verließen die Insel eher unverrichteter Dinge ..."

„Verstehe. Mit anderen Worten: Du versuchst zu erreichen, wozu die beiden Herren aus Pinneberg offensichtlich nicht in der Lage waren ..."

Ich zog es vor, diese Bemerkung nicht zu kommentieren.

„Wie kann ich dir denn bei deinen Nachforschungen behilflich sein?", wollte Jasper anschließend von mir wissen.

„Indem du mir etwas erklärst", entgegnete ich. „Im Zuge meiner Untersuchungen habe ich mir nämlich die Baupläne von Freeses Haus vorlegen lassen. Dem Laufzettel zufolge hast du ebenfalls Einsicht in die Akte genommen, und zwar am 27. August, also auf den Tag genau sieben Wochen vor dem Mord an Freese. Verrätst du mir, inwieweit besagte Bauzeichnung für dich von Interesse ist?"

Jasper ließ ein kurzes Lachen erklingen, ehe er erwiderte: „Das hatte einen ganz einfachen Grund. Ich habe mich in meiner Freizeit schon immer für Architektur interessiert. Das ist mein Steckenpferd, wenn du so willst. Seitdem ich mich hierher versetzen ließ, versuche ich die Bebauung auf der Insel möglichst umfassend zu katalogisieren. Dabei nehme ich natürlich auch Einblick in die Bauzeichnungen der Gebäude, soweit sie noch vorhanden sind. Bedauerlicherweise sind am 15. Oktober viele Unterlagen wohl für alle Zeiten vernichtet worden ..."

Ich sah ihn entgeistert an. „Jasper, verstehe mich bitte nicht falsch. Das Kurhaus, die Biologische Anstalt, das Badehaus, meinetwegen noch der Leuchtturm, das Wohnhaus Hoffmann von Fallerslebens und das Nordseemuseum. Wenn du ein architektonisches Interesse an diesen Bauten hättest, könnte ich es ja noch verstehen. Aber was genau erregt dein Interesse an einem ganz normalen Fischerhaus, wie dem Freeses, das in dieser oder ähnlicher Form dutzendfach auf Helgoland anzutreffen ist?"

Meiners lächelte nachsichtig, als er mir erklärte: „Gerade diese Gebäude sind es doch, die für das alte Helgoland stehen und die Insel ausmachen! Das besagte Haus im Mittelweg ist dabei sogar von ganz besonderer Bedeutung für mich, weil es in der Vergangenheit baulich verändert wurde. Irgendwann wurde nämlich auf der Straßenseite ein deutlich größeres Fenster eingebaut, um die untere Etage fortan als Geschäftsräume nutzen zu können. Wenn mich nicht alles täuscht, wurde dies im Jahr ..."

Er überlegte kurz, um sich dann an seinen Sohn zu wenden: „Enno, bitte reich mir doch mal meine Unterlagen!"

Der Angesprochene sprang sogleich auf und nahm einen ziemlich dicken und augenscheinlich willkürlich aufeinandergeschichteten Stapel aus Heftern und losem Papier von einem Schreibtisch, den er vor seinem Vater auf dem Tisch ablegte. Der brauchte zu meiner Verblüffung nicht lange zu wühlen, bis er die gesuchten Angaben gefunden hatte.

„Ha, wusste ich´s doch", jubelte er. „Der Umbau der Vorderfront wurde mit dem Einzug der Familie Selig im Jahr 1874 veranlasst."

„Respekt", nickte ich anerkennend, während ich gleichzeitig dachte: „Nur das Genie beherrscht das Chaos".

„Selbstverständlich habe ich mich seit meiner Ankunft auch mit den übrigen von dir erwähnten Gebäuden und einigen anderen mehr intensiv befasst. Mein Ziel ist es, irgendwann eine möglichst umfassende Dokumentation des Gebäudebestandes auf der Insel herauszubringen. Aber das wird wohl erst nach dem Krieg möglich sein. Die vielen Zerstörungen machen mir meine Arbeit natürlich nicht gerade leichter ..."

Jasper schien meinen fassungslosen Blick bemerkt zu haben, mit dem ich seine Unterlagen betrachtete, denn völlig unerwartet forderte er mich plötzlich auf:

„Greif doch einfach mal wahllos in den Stapel und nimm dir irgendeinen Vorgang heraus, Hans, damit ich dir erklären kann, wie ich mir die Dokumentation vorstelle!"

Noch immer einigermaßen verwirrt tat ich, wie mir geheißen und bekam einen Hefter zu fassen, der sich mit der Villa Anna in der Emsmann-Strasse beschäftigte. Ein Blick auf die vielen Zahlen und technischen Angaben reichte mir, um mich davon zu überzeugen, dass ich mich an diesem Tag nicht nur mehr als hinreichend mit dem Thema Architektur auseinandergesetzt, sondern für Jaspers Einsichtnahme in die Baupläne des Hauses der Seligs auch eine befriedigende Erklärung bekommen hatte.

66

Wie nicht anders zu erwarten war, verlief die Silvesternacht auf der Insel vollkommen unspektakulär. Leider blühte gerade an den Feiertagen das Geschäft im Inselbordell, sodass Agnes und ich den Jahreswechsel zu unserem Bedauern nicht gemeinsam begehen konnten.

Gegen Mitternacht gönnten Frau Friedrichsen und ich uns ein Gläschen Schaumwein, um auf das neue Jahr anzustoßen, obwohl die Aussichten auf Frieden alles andere als gut standen. Würde das sinnlose Gemetzel im Jahr 1945 endlich ein Ende finden?

Kurz vor dem Jahreswechsel hatte Helgoland einen neuen Kommandanten bekommen. Ludwig Lohmann, der zukünftig das Seekommando Elbe-Weser übernehmen würde, war durch Kapitän zur See Alfred Roegglen ersetzt worden. Von der offiziellen Kommandoübergabe hatte die Zivilbevölkerung allerdings so gut wie nichts mitbekommen.

Nachdem mit dem Ausscheiden Jasper Meiners´ aus dem Kreis der Verdächtigen eine weitere Spur im Mordfall Freese im Sande verlaufen war, legte ich all meine Hoffnungen auf das Antwortschreiben Enna Seligs. Was blieb mir in dieser Situation auch anderes übrig? Ich sah nur noch eine Möglichkeit, den Mörder zu überführen, nämlich, wenn es mir gelingen sollte, die frühere Hausbesitzerin davon zu überzeugen, mir die benötigten Auskünfte zu erteilen.

Ob Frau Selig nach allem, was man ihr angetan hatte, dazu überhaupt bereit war, konnte ich dabei nur hoffen. Und selbst, wenn ich Sie dazu überreden konnte, mich zu unterstützen, war noch lange nicht sichergestellt, dass mir ihre Informationen auch wirklich weiterhelfen würden. Angesichts dieses Schwebezustandes war ich ihr auf Gedeih und Verderb ausgeliefert und musste mich vor allem in Geduld üben.

Sobald es Agnes´ Zeit erlaubte, traf ich mich mit ihr in den Januarwochen zu gemeinsamen Abendspaziergängen in der

Dunkelheit. Meist verbrachte sie bei diesen Gelegenheiten die anschließende Nacht in meinem Bett. Obwohl wir hierbei häufig die Bunker aufsuchen mussten, genossen wir doch unsere Zweisamkeit und schmiedeten gemeinsam weiter an unseren Zukunftsplänen.

Bei meinen Inselrundgängen in dieser Zeit trug ich stets den Pullover, den Frau Friedrichsen mir geschenkt hatte, unter meinem Uniformrock und hatte auch den von ihr gestrickten Schal umgelegt, was angesichts der eisigen Temperaturen ein wahrer Segen war.

*

Gegen Ende des Monats kam es auf Helgoland zu einem weiteren tragischen Todesfall. Herr Thomsen und ich hatten nach einem gemeinsamen Rundgang gerade hinter unseren Schreibtischen Platz genommen, um uns aufzuwärmen, als wir von aufgeregten Stimmen aufgeschreckt wurden, die sich der Wachstube rasch näherten.

Es dauerte nicht lange, bis die Zugangstür zu unserem Amtszimmer aufgerissen wurde und mehrere Frauen hektisch hereinstürmten.

„Meine Herren Wachtmeister, bitte kommt schnell mit", rief uns die erste Frau aus der Gruppe mit atemloser Stimme entgegen. „Es ist etwas Schreckliches geschehen. Am Felseneck ist eine Person aus dem Oberland abgestürzt!"

Mein Kollege und ich sprangen angesichts dieser schockierenden Nachricht sofort alarmiert von unseren Stühlen auf, als uns eine weitere Frau auch schon erklärte:

„Wir glauben, es handelt sich um Rieke Folkerts ..."

Eine dritte Frau jammerte:

„Ihr Körper sieht furchtbar aus!"

„Am Felseneck?", vergewisserte sich Herr Thomsen noch einmal, während er sich gleichzeitig hastig seinen Uniformrock überzog.

„Ja, genau. Bitte beeilt euch!"

„Dann nichts wie raus mit euch!"

Damit trieb er die Frauen vor sich her nach draußen. Auch ich setzte mich daraufhin in Bewegung, schloss aber noch schnell die Tür hinter mir, ehe wir uns alle gemeinsam auf den Weg machten.

Mein Kollege wählte die Siemens Terrasse, die in den letzten Wochen von den Trümmern der zerstörten Gebäude befreit worden war, um auf kürzestem Wege zum entgegengesetzten Teil des Unterlandes zu gelangen.

„Habt ihr schon nach einem Arzt geschickt?", erkundigte sich Herr Thomsen unterwegs bei einer der Frauen, die sichtlich Mühe hatte, selbst mit meinem Tempo Schritt zu halten.

„Frieda wollte Doktor Poppinga holen", entgegnete diese keuchend.

Bald darauf waren wir an der Unglücksstelle eingetroffen, an der sich bereits viele Neugierige, unter ihnen auch einige Marinesoldaten, eingefunden hatten. Ohne die Aufforderung meines Kollegen abzuwarten, rief ich der Menge zu:

„Bitte machen Sie Platz und lassen Sie uns durch!"

Nur widerwillig bildeten die Menschen daraufhin eine Gasse für uns, was mich dazu veranlasste, sie aufzufordern:

„Und jetzt gehen Sie alle mindestens bis zum *Hotel Stadt Altona* zurück, damit wir uns in Ruhe einen Überblick über das Geschehen verschaffen können. Na los doch, gehen Sie schon!"

Ich musste einige Personen sanft zurückdrängen, ehe sich der gesamte Tross murrend in Bewegung setzte.

Herr Thomsen war unterdessen schon zu einer menschlichen Gestalt geeilt, die unmittelbar neben der Spirale leblos am Boden lag.

Als ich näherkam, signalisierte er mir mit einem unmerklichen Kopfschütteln, dass wir nichts mehr für diese Person tun konnten.

Ich nahm seine Geste zum Anlass, um mir die Tote genauer anzusehen. Obwohl ihr Gesicht furchtbar entstellt war, erkannte ich sofort, dass die Frauen in unserer Wachstube richtig vermutet hatten. Bei der Toten handelte es sich tatsächlich um Rieke Folkerts, die mir flüchtig bekannt war. Ihre Augen waren weit aufgerissen. Um ihren Körper hatte sich eine Blutlache gebildet. Auch aus ihrem Mund und aus ihren Ohren hatten sich vermutlich durch innere Verletzungen jeweils kleine rote Rinnsale ergossen, die schon fast geronnen waren. Ihr Körper wies verheerende Wunden auf, während ihre Beine in einem unnatürlichen Winkel zum Rumpf auf dem Boden lagen.

Automatisch hob ich meinen Kopf an und richtete meinen Blick auf die Felskante, wo ich weitere neugierige Gesichter bemerkte, die auf uns herabschauten. Genau von dieser Stelle dort oben musste Rieke Folkerts nach unten gestürzt sein. Ihr geschundener Körper ließ vermuten, dass sie bei ihrem Sturz mehrfach auf dem

Felsen aufgeschlagen war, dessen Wand nicht etwa in gerader Form, sondern leicht schräg und mit kleineren Vorsprüngen versehen nach unten verlief.

Herr Thomsen hatte seinen Blick mittlerweile sichtlich bewegt abgewandt und starrte verstört auf den Nordosthafen, der sich direkt vor uns befand.

„Mein Gott ...", murmelte er mit gequälter Stimme immer wieder vor sich hin.

Auch ich konnte den Anblick der toten Rieke nicht länger ertragen und erhob mich deshalb. Noch einmal sah ich nach oben zur Felskante, während ich mich gleichzeitig fragte, was den Sturz wohl ausgelöst haben mochte.

„Der Falm dort oben ist doch gut gesichert. Glauben Sie, man hat sie absichtlich hinuntergestoßen?", erkundigte ich mich bei meinem Kollegen, nachdem ich mich zu ihm gesellt hatte.

Er sah mich niedergeschlagen an, als er leise zwischen den Lippen hervorpresste:

„Ich weiß es nicht!"

In meinem Rücken nahm ich plötzlich eine männliche Stimme wahr, die sich offenbar gerade durch die stetig anwachsende Menschenansammlung kämpfte. „Nun lasst mich doch bitte durch! Womöglich lebt sie noch ..."

Als ich mich daraufhin umdrehte, erkannte ich Doktor Poppinga, der sich mühsam den Weg durch die Menge zu bahnen versuchte und ging ihm schnell entgegen.

„Machen Sie bitte für den Herrn Doktor den Weg frei", forderte ich mit lauter Stimme von den Menschen und erreichte dadurch immerhin, dass sich erneut eine kleine Gasse bildete, durch die der Mediziner hindurchschlüpfen konnte.

„Moin, Herr Wachtmeister. Lebt Rieke noch?", erkundigte sich dieser sogleich, nachdem er mich erreicht hatte.

Man schien ihn beim Überbringen der Unglücksnachricht offenbar auch gleich darüber in Kenntnis gesetzt zu haben, um wen es sich bei der verunglückten Person vermeintlich handelte.

„Leider nein", entgegnete ich. „Sie war bereits tot, als wir eintrafen. Wir konnten nichts mehr für sie tun ..."

Während Doktor Poppinga in den nächsten Minuten den Leichnam Rieke Folkerts untersuchte, nahm Herr Thomsen mich beiseite.

„Denk nur nicht gleich wieder das Schlimmste, mein Junge! Es muss nicht zwingend Mord gewesen sein. Möglicherweise gibt es für Riekes Sturz eine andere Erklärung. Sie könnte aus irgendeinem Grund die Brüstung bestiegen haben und ausgeglitten sein, oder ..."

„... Oder freiwillig aus dem Leben geschieden sein. Ich weiß! Bedauerlicherweise kannte ich sie kaum. Gab es denn im Vorfeld Anzeichen dafür, dass sie suizidgefährdet war?" Rieke Folkerts war etwa dreißig Jahre alt. Soweit mir bekannt war, war sie verheiratet, hatte aber keine Kinder. Ich war ihr einige Male im Postamt begegnet, in dem sie beschäftigt gewesen war. Mein Kollege zögerte kurz, ehe er antwortete. „Nein, das stand meines Wissens nicht zu befürchten. Zumindest nicht zum jetzigen Zeitpunkt ..."

Ohne mir seine Worte näher zu erläutern, warf er einen Blick zur Felskante, wo neben dem oberen Abschluss der Spirale noch immer zahlreiche Menschen zu erkennen waren, die die Vorgänge, die sich zu ihren Füßen abspielten, aufmerksam verfolgten.

„Vielleicht finden wir ja dort oben die Antwort auf die Frage, warum Rieke in die Tiefe stürzte", meinte er stattdessen. „Komm, mein Junge. Wir sollten uns schleunigst ins Oberland begeben, um nach Zeugen des Unglücks Ausschau zu halten!"

67

Da wir uns schon einmal direkt neben der Spirale befanden, begaben wir uns über den stufenlosen Aufgang des Bauwerks ins Oberland.

Wenige Minuten später traten wir aus dem am höchsten gelegenen Ausgang der Spirale ins Freie. Die Schar der Schaulustigen war unterdessen nicht kleiner geworden, wie ich mit einem Blick bemerkte. Auch hier oben auf dem Felsen konnte die empfindliche Kälte die Menschen offenbar nicht davon abhalten, in ihrer Neugier auf dem Falm auszuharren. Mit weit über die gemauerte Brüstung gelehnten Oberkörpern verfolgten einige das Geschehen im Unterland.

Als ich mich daraufhin ebenfalls näher an die Schutzmauer heranwagte, um einen Blick nach unten zu werfen, wurde mir sofort schwindelig, sodass ich hastig einige Schritte zurücktrat und mich Schutz suchend an einer Hauswand in meinem Rücken festzuklammern versuchte. Wie Herr Thomsen bereits an meinem ersten Tag auf der Insel erkannt hatte, schien ich tatsächlich unter Höhenangst zu leiden! Alleine schon aus diesem Grund hielt ich es für unvorstellbar, dass Rieke Folkerts freiwillig die etwa hüfthohe Mauer bestiegen haben konnte und dabei versehentlich abgestürzt war. Immerhin hatte man ihren entstellten Körper inzwischen mit einem Tuch abgedeckt, wie ich noch schnell bemerkt hatte, ehe ich zurückgewichen war.

„Leute, jetzt wendet euch alle einmal von der abscheulichen Aussicht dort unten ab und hört mir zu", versuchte Herr Thomsen sich derweil mit lauter Stimme Gehör zu verschaffen. Er musste seine Aufforderung noch zweimal wiederholen, bis sich auch die letzte Person uns zugewandt hatte. Als er danach erneut seine Stimme erhob, war es auf einmal mucksmäuschenstill geworden.

„Also gut", begann er. „Mein Kollege und ich müssen euch jetzt einige Fragen stellen. Beginnen wir mit dem wichtigsten Punkt. Hat jemand beobachtet, wie Rieke nach unten stürzte?"

Nach dieser kurzen Ansprache sah ich mich gespannt unter den Zuhörern um und bemerkte zu meinem Erstaunen gleich vier Hände, die sogleich nach oben geschnellt waren.

„Sie kam mir entgegen", rief uns ein Marinesoldat zu. „Ehe ich mich versah, kletterte sie auf die Mauer, schaute kurz nach unten und sprang dann auch schon, bevor ich eingreifen konnte."

Eine ältere Frau ergänzte:

„Rieke überholte mich auf der Treppe. Ich sprach sie noch an, weil ich den Eindruck hatte, dass sie weinte. Doch sie beachtete mich gar nicht, sondern eilte weiter nach oben. Auf dem Falm wandte sie sich nach rechts. Dann verlor ich sie aus den Augen, bis ich einen markerschütternden Schrei hörte. Da wusste ich, dass etwas Furchtbares geschehen sein musste ..."

Nun mischte auch ich mich in das Gespräch ein, indem ich mich noch einmal an den ersten Augenzeugen wandte:

„Hielt sich zu diesem Zeitpunkt vielleicht eine weitere Person in Frau Folkerts Nähe auf?"

Während er verneinend den Kopf schüttelte, meldete sich ein etwa dreizehnjähriger Schüler zu Wort:

„Da war weit und breit niemand, als sie auf die Brüstung kletterte."

„Sie ist nicht hinuntergestoßen worden, falls das Ihre Vermutung sein sollte", erklärte eine Frau, die offenbar die Mutter des Jungen war. „Es war ihre eigene Entscheidung. Sie muss es bereits vorher geplant haben. Denn sie wirkte sehr entschlossen, als sie die Mauer bestieg."

Ich warf schnell einen skeptischen Blick zur Unglücksstelle.

„Es dürfte für eine Frau nicht ganz einfach sein, auf die Brüstung zu klettern ...", meinte ich dann. „Wenn ich auf die Mauer wollte, würde ich mich wahrscheinlich mit dem Rücken zur Wand stehend hochhieven, um im Sitzen dann meine Beine nachzuziehen. Saß sie auf der Brüstung, als sie sprang?"

„Nein", erwiderte die Frau. „Rieke richtete sich sogleich auf, nachdem sie sich in der von Ihnen beschriebenen Weise hochgezogen hatte. Das Ganze geschah innerhalb von Sekunden, ohne jede Vorwarnung. Da war kein Zögern in ihren Bewegungen, das darauf hingedeutet hätte, dass sie in diesem Augenblick noch einmal über ihren Entschluss nachdachte. Bevor wir reagieren konnten, tat sie einen Schritt nach vorn und war im nächsten Moment auch schon verschwunden ..."

Ihr Sohn nickte nur. Auch die anderen beiden Zeugen schienen mit der Darstellung der Frau einverstanden zu sein, wie ihre Mienen mir verrieten.

Nachdem sie geendet hatte, wagte für eine Weile niemand etwas zu sagen. Der Gedanke an den grausamen Tod Riekes schien allen zuzusetzen.

„Gut, ich danke euch", sagte Herr Thomsen irgendwann in die bedrückende Stille hinein. „Ich bitte alle vier Zeugen, im Laufe des morgigen Tages auf der Wache zu erscheinen, damit wir eure Aussagen schriftlich festhalten können."

Er zögerte kurz, ehe er die Anwesenden in deutlich leiserer Stimme aufforderte:

„Geht jetzt bitte alle nach Hause!"

*

„Ich befürchte das Schlimmste", sagte Herr Thomsen zu mir, als wir uns über die Spirale wieder ins Unterland begaben. „Rieke und Hindrik hatten zwei Jungs. Es waren Zwillinge!"

„Hatten ...?", fragte ich, Böses ahnend.

„Allerdings. Die Jungs wurden beim Angriff im Mai 1941 durch die Maschinengewehrsalven der feindlichen Flugzeuge getötet. Seit diesem Tag war Rieke eine gebrochene Frau. Hindrik ließ wirklich nichts unversucht, um sie seelisch wiederaufzurichten, solange er noch auf der Insel war. Doch irgendwann wurde auch er einberufen und musste fort. Das war für Riekes Gemütslage natürlich nicht gerade förderlich. Das Alleinsein wird ihr nicht gutgetan haben ..."

Die Folkerts bewohnten ein Haus in der Bremer Strasse, welches den Bombenangriff vom Oktober relativ unbeschadet überstanden hatte. Die Haustür war nicht verschlossen, wie wir feststellten, als wir das Gebäude erreichten.

Wonach genau wir im Inneren des Hauses Ausschau hielten, hätten wir beide in diesem Augenblick nicht erklären können. Fest stand jedoch, dass etwas Schreckliches geschehen sein musste, das Rieke veranlasst hatte, den Freitod zu wählen.

Während Herr Thomsen sofort in die Wohnstube ging, begab ich mich in die Küche, wo mir auf dem Tisch gleich ein Brief ins Auge fiel. Bereits nach dem Überfliegen der ersten Zeilen war mir klar, warum Rieke freiwillig aus dem Leben geschieden war.

„Herr Thomsen, ich glaube, Sie können Ihre Suche einstellen ...", rief ich ihm daraufhin mit belegter Stimme zu.

Als er kurz danach in die Küche erschien, drückte ich ihm wortlos das Schreiben in die Hand, das von Hindrik Folkerts´ Kompaniechef verfasst worden war.

Im Felde, den 05.01.1945
Sehr geehrte Frau Folkerts!

In einer Schlacht bei Goldap (Ostpreußen) fiel Ihr Gatte, der Soldat Hindrik Folkerts, im Kampf um die feindliche Großmachtgewalt in vorbildlicher Pflichterfüllung getreu seinem Schwur für Führer, Volk und Vaterland.

Zugleich im Namen seiner Kameraden spreche ich Ihnen meine tiefempfundene Anteilnahme aus. Die Kompanie verliert in Ihrem Gatten stets ein ehrliches Andenken bewahren und in ihm ein Vorbild sehen.

Die Gewissheit, dass Ihr Gatte für die Größe und Zukunft unseres ewigen Deutschen Volkes sein Leben hingab, möge Ihnen in Ihrer schweren Leid, das Sie getroffen hat, Kraft geben und Ihnen ein Trost sein.

In aufrichtigem Mitgefühl grüße ich Sie mit Heil

[Unterschrift]

Im Felde, den 05.01.1945
Sehr geehrte Frau Folkerts!

In dem Gefecht bei Goldap (Ostpreußen) fiel Ihr Gatte, der Soldat Hindrik Folkerts, im Kampf um die Freiheit Großdeutschlands in soldatischer Pflichterfüllung getreu seinem Fahneneid für Führer, Volk und Vaterland.
Zugleich im Namen seiner Kameraden spreche ich Ihnen meine wärmste Anteilnahme aus. Die Kompanie wird Ihrem Gatten stets ein ehrliches Andenken bewahren und in ihm ein Vorbild sehen.
Die Gewissheit, dass Ihr Gatte für die Größe und Zukunft unseres ewigen Deutschen Volkes sein Leben hingab, möge Ihnen in dem schweren Leid, das Sie getroffen hat, Kraft geben und Ihnen ein Trost sein.
In aufrichtigem Mitgefühl grüße ich Sie mit Heil Hitler.

*

In der darauffolgenden Nacht fand ich kaum Schlaf. Immer wieder tauchte der völlig entstellte Körper Rieke Folkerts' vor meinem geistigen Auge auf, was zur Folge hatte, dass ich unentwegt an ihr tragisches Schicksal denken musste.

68

Anfang Februar drückte Frau Friedrichsen mir das langersehnte Antwortschreiben Enna Seligs in die Hand, als ich eines Abends nach Hause kam. Ohne mich erst meines Uniformrocks zu entledigen, riss ich voller Erwartung den Umschlag auf und entnahm ihm ein einzelnes Blatt Papier. Obwohl ich schon befürchtet hatte, dass es schwer werden würde, ihr die benötigten Informationen zu entlocken, sorgte der Inhalt des Schreibens schnell für Ernüchterung bei mir, als ich die Zeilen hastig überflog:

[handschriftlicher Text]

[Handschriftlicher Text in dekorativer Schrift, teilweise lesbar]

Sehr geehrter Herr Wachtmeister,
Ihr Brief hat mich zutiefst erschüttert. Ihre Schilderungen bestärken mich in der Gewissheit, dass meine Familie für alle Zeiten vernichtet werden soll. Bitte erwarten Sie von meiner Seite keinerlei Unterstützung bei Ihren Ermittlungen, denn dazu wurde mir von Ihnen und Ihresgleichen zu viel angetan. Im Übrigen bitte ich Sie, von weiteren Anfragen Abstand zu nehmen.
Mit freundlichen Grüßen
Enna Selig

„Was schreibt Enna denn?", erkundigte Frau Friedrichsen sich, die mich beim Lesen des Briefes aufmerksam beobachtet hatte und der damit auch mein enttäuschtes Gesicht nicht entgangen sein dürfte.
„Tja, ich fürchte, das ist nicht so einfach mit einem Satz zu erklären", entgegnete ich und ließ meine Hand mit dem Schreiben entmutigt nach unten sinken. „Auf den ersten Blick gibt sie mir einen gehörigen Korb. Bei genauerem Hinsehen kann ich aber auch einen entscheidenden Hinweis erkennen, den sie mir bewusst oder unbewusst gibt."
Damit reichte ich ihr den Brief. „Aber lesen Sie selbst!"
Während meine Vermieterin sich in die Wohnstube begab, um das Schreiben in Ihrem Sessel zu studieren, legte ich rasch meinen Uniformrock ab und begab mich in die Küche, um heißes Wasser aufzusetzen.
Mit zwei Tassen Tee bewaffnet ließ ich mich wenig später neben ihr nieder.
„Ennas Verbitterung ist natürlich nicht zu übersehen. Ich kann sie nur allzu gut verstehen", meinte Frau Friedrichsen. „Sie bangt um ihren Mann und sieht gleichzeitig ihre eigene Zukunft und die ihrer Kinder gefährdet."
Sie sah mich offen an. „Was hast du erwartet, Hans? Hast du wirklich gehofft, sie werde einem Gendarmen, der schon von Amts

wegen seinen Beitrag zur Aufrechterhaltung des herrschenden Systems zu leisten hat, so einfach Auskunft erteilen?"
„Nein, das stand wohl nicht zu vermuten. Dennoch werde ich mich noch einmal an sie wenden müssen, obwohl sie sich dies ausdrücklich verbittet.

Denn wenn Sie zwischen den Zeilen lesen, werden Sie bemerken, dass sie indirekt meinen Verdacht bestätigt, wonach ihr Familienvermögen im Hohlraum der Truhe versteckt war."

Daraufhin nahm Frau Friedrichsen den Brief noch einmal in die Hand und studierte ihn sorgfältig.

„Enna schreibt, sie sei erschüttert ... ich vermute, dieser Satz bezieht sich nicht etwa auf die Tatsache, dass ein Mensch ermordet wurde, sondern dass ihr Versteck entdeckt worden ist ...", murmelte sie leise vor sich hin.

Abermals ging sie die wenigen Zeilen komplett durch. „Hm ... sie spricht von der Vernichtung ihrer Familie, die weiter vorangetrieben werde ... damit dürfte sie den Verlust des Familienschatzes meinen, von dem sie erst durch deinen Brief erfahren hat, was eine neuerliche Hiobsbotschaft für sie bedeuten muss. Die Seligs dürften die Vermögenswerte ja wohl zum Aufbau einer neuen Existenz eingeplant haben, sobald der Spuk der nationalsozialistischen Herrschaft irgendwann sein Ende hat."

Sie ließ das Papier sinken und sah mich fragend an. „Habe ich Ennas Worte deiner Meinung nach in etwa richtig interpretiert?"

Ich nickte. „Ja, genau das meinte ich, als ich sagte, sie habe meine Vermutung indirekt bestätigt. Es müssen also wirklich Dinge von Wert in der Truhe gelagert gewesen sein, von denen Frau Selig wusste, weil sie sie gemeinsam mit ihrem Mann selbst dort untergebracht hatte!

Im Übrigen dürfte ich noch in einem weiteren Punkt mit meiner bisherigen Einschätzung richtig liegen. Im gesamten Gebäude gab es nämlich keinerlei Anzeichen dafür, dass irgendwelche Schränke oder Kommoden durchwühlt worden waren. Im Gegenteil, der Mörder Freeses ging offenbar ganz gezielt in den Keller, um sich der Wertgegenstände in der Truhe zu bedienen.

Höchstwahrscheinlich hatte er sogar das hierzu passende Werkzeug, vermutlich einen Hammer, mitgebracht, mit dem er wohl auch Freese erschlug.

Dieses Vorgehen lässt nur einen Schluss zu: Der Täter wusste tatsächlich von dem Versteck! Und weil man mit einem

Geheimfach nicht unbedingt hausieren geht, vermute ich, dass die Seligs diesen Mann oder zumindest eine Person, die ihm nahesteht, kennen. Sie werden ihn irgendwann absichtlich oder versehentlich ins Vertrauen gezogen haben. Das bedeutet für mich ..."

„Du musst Enna unbedingt davon überzeugen, dir den Namen dieses Mannes zu verraten", fiel Frau Friedrichsen mir aufgeregt ins Wort, um schon im nächsten Moment einzuschränken: „Was jedoch nicht ganz einfach werden dürfte ..."

„Ich muss es wenigstens versuchen! Eine andere Möglichkeit, den Schuldigen zur Strecke zu bringen, sehe ich nicht. Aus diesem Grund werde ich ihr noch heute Abend erneut schreiben, um mit ihrer Hilfe den Namen dieser Person herauszufinden. Allerdings werde ich meine Worte dabei wohl mit noch mehr Bedacht wählen müssen, als bei meinem ersten Versuch, wenn ich sie auf meine Seite ziehen will ..."

„Ja, du wirst sehr sensibel vorgehen müssen", meinte meine Vermieterin. „Aber vielleicht ..."

Auf einmal hellte sich ihre Miene auf. „Vielleicht ist es ja hilfreich, wenn ich deinem Schreiben noch ein paar Zeilen hinzufüge. Schließlich kennt sie mich von früher!"

„Aber ja", rief ich begeistert aus. „Die Idee ist geradezu genial! Wissen Sie was? Ich werde schnell Papier und Federhalter holen. Lassen Sie uns den Brief an sie gleich aufsetzen!"

In der folgenden Stunde formulierte ich mit Frau Friedrichsens Unterstützung einen einfühlsamen Text, in dem ich als Einleitung zunächst mein Verständnis für ihre ablehnende Haltung zum Ausdruck brachte. Danach ging ich nochmals auf meine Vermutung ein, wonach sie und ihr Mann Gegenstände von Wert in der Truhe versteckt haben mussten. Im Anschluss daran gab ich zu bedenken, dass dieser Familienschatz unwiderruflich verloren sei, falls es mir nicht gelänge, den Täter zu ermitteln.

Zum Schluss appellierte ich an ihr Gerechtigkeitsempfinden, indem ich ihr die Frage stellte, ob es gerade in diesen Zeiten zunehmender Verrohung nicht auch in ihrem Interesse sei, einen Dieb und Mörder seiner gerechten Strafe zuzuführen. In diesem Zusammenhang bat ich sie erneut um Auskunft darüber, wer von diesem Versteck gewusst haben könnte.

Als ich fertig war, reichte ich den Brief an meine Vermieterin weiter, die rasch noch einige Zeilen hinzufügte. Nach einigen kurzen Grußworten beschrieb sie mich dabei als einen couragierten

Ordnungshüter mit einem ausgeprägten Gerechtigkeitssinn, dessen einziges Anliegen es sei, den Schuldigen zu überführen und bat ihrerseits ebenfalls um ihre Unterstützung bei meinen Ermittlungen. Zuletzt wünschten wir beide ihr und ihrer Familie alles Gute. Zufrieden faltete ich im Anschluss das Briefpapier und schob es in den Umschlag, den ich sorgfältig verklebte. Den fertigen Brief wollte ich gleich am nächsten Morgen in der Biologischen Anstalt aufgeben. Nun hieß es wieder warten. Aufgrund der kriegsbedingt nur unregelmäßig verkehrenden Schiffsverbindungen von und zum Festland konnten Wochen vergehen, bis ihr unser Schreiben zugestellt, geschweige denn, ihr Antwortschreiben eintreffen würde.

69

Ende Februar war die Lage an den Fronten schier hoffnungslos geworden. Vom Westen drangen amerikanische und britische Truppen immer tiefer in das Reichsgebiet ein, während die Russen bereits an der Oder und damit kurz vor Berlin standen. Neu entwickelte Tötungsmaschinen, von der Propaganda überschwänglich als „Wunderwaffen" gefeiert, die die Kriegswende bringen sollten, schienen in ihrer Wirkung völlig überschätzt worden zu sein.

Wann würde Hitler endlich ein Einsehen haben und aufgeben? Weiterhin wurden von der Führung die immer gleichen Durchhalteparolen ausgegeben, die angesichts der bitteren Realität zunehmend verzweifelter wirkten.

Agnes und ich hatten uns für den Abend des 23. Februar am Umkleidehaus verabredet. Meine Freundin hatte ihre Schicht eigens mit ihrer Kollegin Sophia Diekmann getauscht, um die Nacht mit mir verbringen zu können, denn ich hatte an diesem Tag Geburtstag. Nach einem ausgiebigen Spaziergang auf dem Unterland, bei dem wir mehreren Personen begegnet waren, steuerten wir die Treppe zum Oberland an.

Auch Herr Thomsen hatte uns bei unserem Gang erneut zusammen gesehen und dabei zu meinem Erstaunen völlig anders reagiert, als zu erwarten gewesen war, indem er uns im Vorbeigehen freundlich zugenickt hatte. Ob ihm zwischenzeitlich klar geworden war, dass unsere Verbindung doch ernster war, als er gedacht hatte? Die Zeiten, in denen ich mich wegen meiner Liebe zu Agnes ihm gegenüber rechtfertigen musste, schienen jedenfalls überwunden. Ich genoss es, dass wir von ihm offenbar endlich als ganz normales Paar akzeptiert wurden.

Überhaupt machte es mir an diesem Tag nichts aus, mich gemeinsam mit Agnes in der Öffentlichkeit zu zeigen. Auch sie war nur ganz kurz zusammengezuckt, als mein Kollege in unser Blickfeld gekommen war, um ihm anschließend freundlich zuzulächeln. Unser Leben schien sich zu normalisieren, soweit man in diesen Zeiten überhaupt von Normalität sprechen konnte.

Nach dem unerwarteten Zusammentreffen mit Herrn Thomsen dachte ich kurzzeitig sogar ernsthaft darüber nach, Frau Friedrichsen von Agnes zu erzählen, selbstverständlich ohne dabei ihre regelmäßigen nächtlichen Besuche bei mir zu erwähnen. Nach einigem Abwägen entschied ich mich schließlich doch dagegen.

In dieser Nacht liebten wir uns besonders lange und ausgiebig. Als Agnes später erschöpft in meinem Arm lag, erzählte ich ihr von meinem Schriftwechsel mit Enna Selig.

„Du untersuchst noch immer diesen Mord, Liebster?", flüsterte sie mir daraufhin überrascht ins Ohr. „Ich dachte eigentlich, du hättest deine Bemühungen längst eingestellt."

„Der Fall lässt mir einfach keine Ruhe", musste ich zugeben. „Ich bin felsenfest davon überzeugt, den Mord aufklären zu können, sobald Frau Selig mir die Antworten auf meine Fragen geliefert hat. Es ist mir ein großes Bedürfnis, den Schuldigen zur Rechenschaft zu ziehen."

Daraufhin drehte Agnes sich zu mir und küsste mich lange.

„Du hast ein ausgesprochen ausgeprägtes Gerechtigkeitsempfinden, Liebster", hauchte sie mir danach ins Ohr. „Diese Eigenschaft treibt dich an, um die Dinge wieder zurechtzurücken. Du bist ein Mensch, der das Böse erkennt und dagegen ankämpft. Wahrscheinlich ist es gerade dieser Zug, der dich so anziehend für mich macht!"

Erneut gab sie mir einen Kuss und raunte mir dann zu:

„Soll ich dir ein Geheimnis verraten? Ich freue mich auf das zukünftige Leben an deiner Seite!"

Damit stürzte sich ihr Mund auf mein Ohrläppchen, an das sie heftig zu knabbern begann, sodass ich beinahe laut aufgeschrien hätte.

Später dachte ich noch lange über unsere Zukunft nach, als ich längst ihren gleichmäßigen Atem neben mir wahrnahm. Ich war glücklich wie noch nie in meinem Leben, seit Agnes und ich ein Paar waren! In dieser Nacht nahm ich mir vor, sie zu bitten, meine Frau zu werden, sobald der Krieg beendet sein würde. Zwischendurch schweiften meine Gedanken kurzzeitig ab, denn am Vortag war ein Poststück für mich eingetroffen. Mutter hatte mir anlässlich meines Geburtstages einen langen Brief geschickt, in dem sie mir im Namen der gesamten Familie herzlich gratulierte. Wie sie weiter schrieb, bereitete sich auch Ellerhoop inzwischen auf die Verteidigung der Heimat vor. Vater und Paul hatten mit ihrem Volkssturmbataillon Gräben auszuheben, durch die die feindlichen Panzer aufgehalten werden sollten. Wenngleich die gegnerischen Truppen noch weit davon entfernt waren, sich zu einer unmittelbaren Bedrohung für meinen Heimatort zu entwickeln, schien man sich auch dort mittlerweile auf das Schlimmste vorzubereiten. Ich hoffte von ganzem Herzen, dass der Krieg beendet sein würde, bevor die Kämpfe meine Familie erreichten. Erneut bedrängte meine Mutter mich, um Urlaub zu bitten, damit sie endlich Gelegenheit bekäme, Agnes kennenzulernen.

Obwohl mich die Freude, die sie für mich empfand, fröhlich stimmte, würde ich sie dennoch weiter vertrösten müssen. In dieser kritischen Lage, in der unsere Nation sich augenblicklich befand, war an einen Heimaturlaub nicht zu denken.

*

Mein Eindruck vom Vortag hatte mich nicht getäuscht. Schon am nächsten Morgen sprach Herr Thomsen mich auf Agnes an:
„Du liebst diese Frau wirklich, mein Junge, nicht wahr?"
Etwas irritiert über seine Direktheit entgegnete ich:
„Ja, ich bin sehr glücklich mit Agnes und werde ihr nach dem Krieg einen Heiratsantrag machen."
Daraufhin nickte er nur, ohne gleich etwas zu erwidern. Erst nach einiger Zeit meinte er:
„Dass du mit deiner Agnes glücklich bist, scheint auf Gegenseitigkeit zu beruhen. Ich habe auf ihr Gesicht geachtet, als ihr mir gestern entgegenkamt. Sie scheint es entgegen meiner

ursprünglichen Einschätzung doch ehrlich mit dir zu meinen. Ich fürchte, ich werde mich bei ihr entschuldigen müssen ..."
Angesichts dieser vollkommenen Umkehr seiner Meinung fehlten mir die Worte. Das Einzige, was mir auf die Schnelle einfiel, war eine Bitte, die ich hastig vorbrachte:
„Ich habe Frau Friedrichsen gegenüber noch nichts von meinem Glück verlauten lassen. Es wäre nett von Ihnen, wenn Sie ihr noch nichts verraten würden ..."
Herr Thomsen beeilte sich zu versichern:
„Von mir erfährt Gesa nichts. Ehrensache! Das Beichten überlasse ich schon dir!
Zumindest scheint deine Agnes dich davon abgebracht zu haben, weiterhin nach dem Mörder Freeses zu suchen, was ich nur begrüßen kann!"
Als er nach dieser Bemerkung mein schuldbewusstes Gesicht bemerkte, erkundigte er sich hastig:
„Du hast deine Bemühungen doch eingestellt, mein Junge, oder etwa nicht?"
In den folgenden Minuten musste ich tatsächlich eine Beichte ablegen, wenngleich es sich dabei um ein Bekenntnis ganz anderer Art handelte.

70

Der März kam, in dem der neue Inselkommandant Alfred Roegglen Helgoland zur Seefestung erklären sollte. Damit einhergehend ließ er Vorräte für sechs Monate auf die Insel schaffen, um einer möglichen feindlichen Belagerung standhalten zu können. Infanteristen übten in den Häuserruinen des Unterlandes den Nahkampf und sogar ein Volkssturmbataillon wurde aus der Taufe gehoben. Die Ufer der Insel wurden mit Minen und Stacheldraht befestigt.
Immerhin besserte sich das Wetter langsam. Erste längere Sonnenstunden kündigten den nahenden Frühling an, während ich weiterhin gespannt und mit wachsender Ungeduld auf eine Antwort von Enna Selig wartete. Ohne die von ihr erhofften Auskünfte waren mir die Hände gebunden, sodass ich keine Möglichkeit sah, meine Ermittlungen weiter voranzutreiben.
Anstatt in der Mordsache Freese voranzukommen, hatten Herr

Thomsen und ich uns unversehens mit einem ganz anders gelagerten Verbrechen zu beschäftigen. Es war an einem verregneten Vormittag, als zaghaft an der Tür unserer Wachstube geklopft wurde. Schon im nächsten Augenblick trat zu unserer Verwunderung der Pfarrer der St. Nicolai-Kirche ein.

„Moin, meine Herren. Ein wirklich scheußliches Wetter heute", meinte er zur Begrüßung und schüttelte seinen Regenschirm aus, den er in den Schirmständer stellte.

Mein Kollege und ich hatten uns bei seinem Erscheinen sogleich von unseren Plätzen erhoben.

„Herr Pastor! Moin ...", entgegnete Herr Thomsen, ohne sich Mühe zu geben, seine Überraschung zu verbergen. „Womit können wir dienen?"

Unser Besucher nahm sich für seine Antwort Zeit. „Nun, es ist mir etwas unangenehm, Sie mit dieser Angelegenheit behelligen zu müssen, aber andererseits ..."

„Vielleicht nehmen Sie erst einmal Platz, Herr Pastor", meinte mein Kollege und rückte ihm einen Stuhl zurecht. „Dürfen wir Ihnen einen Tee anbieten?"

„Ja, danke. Sehr gerne!"

Daraufhin sah Herr Thomsen mich auffordernd an.

„Schon in Arbeit", versicherte ich schnell und begab mich schon zum Herd.

„Was genau führt Sie denn nun zu uns?", wollte Herr Thomsen von unserem Gast wissen, als wir wenig später jeweils mit einer Tasse Tee vor uns am Schreibtisch meines Kollegen beisammensaßen.

„Wie gesagt, es ist mir beinahe peinlich, Sie mit dieser Sache belästigen zu müssen, aber ... in der letzten Nacht wurde der Opferstock aus unserer Kirche entwendet ..."

Mein Kollege und ich sahen uns entgeistert an.

„Der Opferstock wurde geraubt?", vergewisserte Herr Thomsen sich vorsichtshalber noch einmal. „Wie viel Geld enthielt er denn?"

„Das kann ich nicht einmal so genau sagen, aber der Küster schätzt, dass so in etwa 30 Reichsmark darin gewesen sein dürften. Seinen Worten zufolge hatte er wohl am gestrigen Nachmittag noch einen Blick in den Behälter geworfen, ohne dabei jedoch das Geld zu entnehmen."

„Ist dieses Vorgehen so üblich?", erkundigte ich mich verwundert.

„Wenn er doch sowieso schon einmal das Geld in der Hand hatte, warum nahm er es dann nicht gleich mit?"

„Das macht er nur einmal im Monat, und zwar immer um die Monatsmitte herum."

„Könnte eventuell sonst jemand aus der Gemeinde den Opferstock geleert haben, ohne Sie oder den Küster darüber zu informieren?" Der Pfarrer sah uns ratlos an. „Ich wüsste nicht, wer ..."

„Vielleicht ein Dummejungenstreich?", suchte mein Kollege nach einer Erklärung.

„Das ist durchaus möglich", meinte der Pfarrer. „Zumindest, soweit man bei einer Beute in dieser Höhe überhaupt noch von einem Streich sprechen kann."

„Da haben Sie auch wieder recht", musste Herr Thomsen zugeben.

„Wer weiß bis jetzt von dem Diebstahl?", schaltete ich mich wieder in das Gespräch ein.

„Bis jetzt nur der Küster und ich."

„Ist das Kirchengebäude nachts verschlossen?"

„Nein, die Kirche ist niemals zugesperrt. Warum auch? Es wurde noch nie etwas gestohlen! Außerdem soll niemandem die Möglichkeit verwehrt werden, jederzeit zu Gott sprechen zu können."

„Also könnte theoretisch jeder auf der Insel für den Diebstahl verantwortlich sein", stellte ich frustriert fest. „Es dürfte nicht ganz einfach werden, den Schuldigen zu ermitteln."

Auch Herr Thomsen machte ein hilfloses Gesicht.

„Die einzige Möglichkeit, die ich sehe, ist, in der Nachbarschaft der Kirche Erkundigungen einzuziehen und dabei zu hoffen, dass irgendjemand etwas Verdächtiges beobachtet hat", meinte ich, worauf mein Kollege stöhnte:

„Ich sag' es doch immer wieder. An dir ist ein Kriminalpolizist verloren gegangen ..."

*

Da Herr Thomsen keinen besseren Vorschlag hatte, verbrachten wir den Großteil der nächsten Tage auf dem Oberland, um bei den Anwohnern im Umfeld der Kirche getrennt voneinander Erkundigungen einzuholen.

Sowohl mein Kollege als auch ich hielten es für unwahrscheinlich, dass der Schuldige bei der Ausübung seiner Tat gesehen worden war, weil ja, abgesehen vom Pfarrer, niemand den Diebstahl zur Anzeige gebracht hatte. Im Mittelpunkt unseres Interesses stand darum die Frage, ob Einzelpersonen oder Gruppen dabei beobachtet worden waren, wie sie sich in den Abend- oder Nachtstunden in oder in der Nähe der Kirche sowie auf dem Friedhof aufgehalten hatten.

Obwohl dieses Vorgehen sehr zeitintensiv und der Aufwand angesichts der doch eher geringen Schadenssumme vermutlich keinesfalls gerechtfertigt war, sorgte die Arbeit immerhin für eine gewisse Ablenkung bei mir. Zu diesem Zeitpunkt lag mir nämlich noch immer keine Antwort von Frau Selig vor.

Wie nicht anders zu erwarten war, wurden uns bei unseren Befragungen eine Menge Namen genannt. Unter ihnen waren viele Hundebesitzer, aber auch zahlreiche Insulaner, die vor dem Zubettgehen noch zu einem abendlichen Spaziergang aufzubrechen pflegten. Auf mein Anraten hin notierten wir uns sämtliche Personen, die uns genannt wurden, um diesen Kreis später noch einmal gezielt befragen zu können.

Am Ende des dritten Tages hatten wir mit den meisten Anrainern rund um die St. Nicolai-Kirche persönlich gesprochen. Bei der anschließenden Auswertung unserer Aufzeichnungen in der Wachstube weckten drei Namen unser besonderes Interesse, weil die entsprechenden Personen allabendlich offenbar erst um kurz vor Mitternacht zu ihren Runden aufbrachen, wie uns von mehreren Befragten übereinstimmend berichtet worden war.

Alle drei waren zwar im Rahmen unserer Aktion bereits befragt worden. Doch da wir uns von Ihnen weitere Hinweise erhofften, suchten wir Sie am nächsten Tag noch einmal gemeinsam auf.

Ein älterer Herr, der jeden Abend vor dem Zubettgehen seinen Dackel auszuführen pflegte, konnte uns nicht weiterhelfen. Ihm war an besagtem Datum niemand bei seinem Spaziergang begegnet.

Anders sah es bei der zweiten Person aus, zu der wir uns im Anschluss begaben. Eine Frau in den Dreißigern, ebenfalls Hundebesitzerin, berichtete uns nach längerem Nachdenken von einer älteren Dame, die sie in der Nacht des Diebstahls auf dem Friedhof gesehen zu haben glaubte. Interessanterweise handelte es sich bei dieser Person zufällig um den dritten Namen auf unserer Liste.

*

„Was wollt ihr denn schon wieder von mir?", empfing uns Sunna Ortgies, die die Siebzig schon vor längerer Zeit überschritten haben musste, kurz darauf und verwehrte uns mit ihrem Körper demonstrativ den Zugang zu ihrem kleinen Haus.

„Wir suchen noch immer nach Hinweisen im Zusammenhang mit dem Diebstahl des Opferstocks in der Kirche vor vier Tagen", erklärte mein Kollege ihr daraufhin.

„Und wieso kommt ihr damit ausgerechnet zu mir?"

„Nun ja, im Rahmen unserer Befragungen wurde uns von mehreren Personen dein Name genannt, weil du wohl des Öfteren spätabends noch unterwegs sein sollst, Sunna. An diesem Abend will man dich um kurz vor Mitternacht noch auf dem Friedhof gesehen haben ..."

„Und das reicht, um in deinen Augen als verdächtig zu gelten?", empörte sie sich.

„Aber nein, Sunna. Das verstehst du völlig falsch. Wir sind hergekommen, weil ..."

„... Weil es dir merkwürdig vorkommt, dass ich so spät am Abend noch zu einem Spaziergang aufbreche und dabei trotz der tiefen Finsternis sogar den Friedhof nicht auslasse, nicht wahr? Aber ich versichere dir, es gibt hier auf der Insel hoch angesehene Bürger, die bei so manchen Gelegenheiten noch viel seltsamere Wege einschlagen, und das gar am helllichten Tag! Mit diesen Dingen sollten sich dein junger Kollege und du besser befassen, anstatt mich ständig zu belästigen!"

„Sunna, jetzt sei doch vernünftig! Wir wollen dir lediglich ein paar Fragen stellen ...", versuchte Herr Thomsen es noch einmal.

Es war ihm anzumerken, dass er mit seiner Geduld langsam am Ende war.

„Was denn für Fragen? Ich habe euch bereits alles gesagt. Außerdem verstehe ich nicht, warum ihr für rund 30 Reichsmark einen solchen Aufstand macht!"

„Diebstahl ist nun einmal Diebstahl", beharrte Herr Thomsen. „Gerade bei Eigentumsdelikten verstehen wir keinen Spaß. Schließlich sind wir ..."

„Moment einmal", unterbrach ich ihn, um mich gleich darauf an Frau Ortgies zu wenden:

„Woher wollen Sie wissen, dass sich im Opferstock 30 Reichsmark befanden?"

Sie sah mich entrüstet an. „Ihr habt es eben doch selbst erwähnt!"
„Das taten wir keineswegs, Frau Ortgies", widersprach ich.
„Na, dann hat es mir eben der Herr Pastor erzählt."
„Auch von ihm können Sie diese Information nicht haben, denn er hat, abgesehen vom Küster, mit niemandem über den Diebstahl gesprochen, wie er uns gegenüber beteuerte. Woher wollen Sie also erfahren haben, welche Summe entwendet wurde?"
Daraufhin sah sie abwechselnd von Herrn Thomsen zu mir. Ihr Blick wurde dabei immer unsicherer.
„Mein Gott, dann werde ich es wohl beim Einkaufen gehört haben ..."
„Von wem denn, wenn niemand davon wusste?"
Unfähig, etwas zu erwidern, sah sie Herrn Thomsen Hilfe suchend an. „Knut, was will dein Kollege mir unterstellen?"
Mein Begleiter warf mir einen vielsagenden Blick zu, ehe er entgegnete:
„Es wäre gut für dich, wenn du seine Frage beantworten könntest, Sunna."
Ihre Augen sahen uns mit zunehmender Verzweiflung an. Gleichzeitig begannen ihre Lippen zu zittern. Als sie unsere ernsten Blicke nicht mehr ertragen konnte, brach es plötzlich aus ihr heraus:
„Ich wollte das doch gar nicht! Das musst du mir glauben, Knut! Es ist nur ... die kleine Witwenrente ... es reicht kaum zum Leben. Ich wollte nur ..."
Weiter kam sie nicht. Auf einmal begann sie hemmungslos zu weinen. Herr Thomsen beeilte sich, sie tröstend in den Arm zu nehmen.
Es dauerte eine Weile, bis sie sich wieder beruhigt hatte.
„Was geschieht denn jetzt mit mir?", fragte sie danach mit bangen Blicken.
Herr Thomsen sah kurz zu mir, ehe er sich Sunna Ortgies zuwandte:
„Wenn du mir das gestohlene Geld aushändigst, mir zudem versprichst, nie wieder eine solche Dummheit zu begehen und Wachtmeister Plöger sich einverstanden erklärt, könnte ich ..."
Er warf mir hastig einen fragenden Blick zu, den ich mit einem Nicken beantwortete, ehe er fortfuhr:
„... Dann könnten wir uns dazu durchringen, die ganze Geschichte einfach zu vergessen."

In der Folgezeit überschüttete Frau Ortgies uns mit Danksagungen und Versprechungen.

*

Auf dem Rückweg zur Wachstube nahmen wir einen kleinen Umweg in Kauf, um dem Opferstock in der Kirche stillschweigend das geraubte Geld wieder zuzuführen. Die alte Frau hatte uns beiden gleichermaßen leidgetan. Die Aufdeckung des Diebstahls war für sie Strafe genug und würde ihr gewiss eine Lehre sein. Aus diesem Grund hatte ich der von Herrn Thomsen vorgeschlagenen Lösung ohne zu zögern zugestimmt, nicht ahnend, dass wir rund vier Wochen später erneut vor Frau Ortgies' Haustür stehen würden.

71

„Hans, bitte komm schnell zu mir in die Stube", wurde ich einige Abende später von meiner Vermieterin empfangen, als ich das Haus gerade betrat. „Du hast einen Brief von Enna Selig bekommen. Sie scheint dir tatsächlich geantwortet zu haben!" Obwohl Frau Friedrichsen in diesen Tagen wieder sehr unter ihrer Arthritis litt, klang ihre Stimme erstaunlich lebhaft. Da sie meine Nachforschungen in den letzten Monaten mit wachsendem Interesse verfolgt hatte, war es wohl die Neugier, die sie in diesem Moment antrieb.

Trotz ihres Drängens bereitete ich uns zunächst einen Tee zu und legte frische Auflagen um ihre Knöchel, ehe ich das Kuvert öffnete. Als ich danach zu lesen begann, staunte ich nicht schlecht. Doch schnell wurde mir klar, dass ich mich zwar auf dem richtigen Weg befand, aber lange noch nicht am Ziel angelangt war.

(handschriftlicher Text)

318

Gewissheit haben mich zu der Überzeugung
gelangen lassen, Ihnen Unrecht getan zu haben.
Entgegen meiner rechten Einschätzung scheinen die
nicht jenen Leuten anzugehören, die Menschen
nur aufgrund bestimmter äußerer Merkmale in
Gut und Böse unterteilen, sondern im Gegenteil
frei von jederartigen Vorurteilen zu sein. Ihnen geht
es einzig und allein um die Aufklärung eines
schrecklichen Verbrechens, wie mir inzwischen klar
geworden ist!
Selbstverständlich werde die Zielen Ihrer
Vereintheit, der guten Frau freundlichen, ist
Übrigens, um mich zuzustimmen. Bitte grüßen
die sie herzlich von mir!
Gerne will ich versuchen, die mit meinen
Auskünften in Ihren Ermittlungen zu
unterstützen, soweit mir dies möglich ist. Um die
ganz richtig verstehen, legten mein Mann und
ich in Bearbeitung der Dinge, die vor uns lagen,
wenigen Wochen, bevor wir Helgoland verlassen
mussten, im Keller unseres Hauses ein
Geheimdepot in der Küche an. Darin brachten wir
unser Barvermögen in Höhe von rund
fünfundsiebzigtausend Reichsmark sowie unseren
Schmuck unter, selbstverständlich in der Hoffnung,
diese Dinge irgendwann wieder in unseren Besitz
nehmen zu können, sobald sich die Zeiten geändert
hätten. Da mein Mann den Hohlraum mit einer
Mauer aus Ziegelsteinen verbarg, hielten wir
einen Entdeckung für ausgeschlossen.
Die Plünderung unseres Depots stellt für uns
natürlich einen herben Verlust dar, zumal wir
uns mit diesem Vermögen nach dem Krieg ein
neues Leben in Argentinien aufbauen wollten.
Entgegen Ihrer Annahme wussten jedoch außer
meinem Mann und mir niemand von diesem
Depot. Wir verschwiegen es nicht einmal unseren
Kindern gegenüber, um uns nicht der Gefahr
auszusetzen, dass einer von ihnen diese Geheimnis

Sehr geehrter Herr Wachtmeister,
bevor ich auf Ihr Anliegen zu sprechen komme, möchte ich Sie
zunächst für meinen rauen Tonfall in meinem ersten Brief um
Verzeihung bitten. Ihre einfühlsamen Worte, Ihre aufrichtige
Anteilnahme am Schicksal meiner Familie und nicht zuletzt Ihr
nicht zu verkennendes Streben nach Gerechtigkeit haben mich zu
der Überzeugung gelangen lassen, Ihnen Unrecht getan zu haben.
Entgegen meiner ersten Einschätzung scheinen Sie nicht jenen
Leuten anzugehören, die Menschen nur aufgrund bestimmter

äußerer Merkmale in Gut und Böse unterteilen, sondern im Gegenteil frei von jedweden Vorurteilen zu sein. Ihnen geht es einzig und alleine um die Aufklärung eines scheußlichen Verbrechens, wie mir inzwischen klar geworden ist!

Selbstverständlich taten die Zeilen Ihrer Vermieterin, der guten Frau Friedrichsen, ihr Übriges, um mich umzustimmen. Bitte grüßen Sie sie herzlich von mir!

Gerne will ich versuchen, Sie mit meinen Auskünften in Ihren Ermittlungen zu unterstützen, soweit mir dies möglich ist. Wie Sie ganz richtig vermuten, legten mein Mann und ich in Erwartung der Dinge, die vor uns lagen, wenige Wochen, bevor wir Helgoland verlassen mussten, im Keller unseres Hauses ein Geheimdepot in der Truhe an. Darin brachten wir unser Barvermögen in Höhe von rund fünfundsiebzigtausend Reichsmark sowie unseren Schmuck unter, selbstverständlich in der Hoffnung, diese Dinge irgendwann wieder in unseren Besitz nehmen zu können, sobald sich die Zeiten geändert hätten. Da mein Mann den Hohlraum mit einer Mauer aus Ziegelsteinen verbarg, hielten wir eine Entdeckung für ausgeschlossen.

Die Plünderung unseres Verstecks stellt für uns natürlich einen herben Verlust dar, zumal wir uns mit diesem Vermögen nach dem Krieg ein neues Leben in Argentinien aufbauen wollten. Entgegen Ihrer Annahme wusste jedoch außer meinem Mann und mir niemand von diesem Versteck. Wir erwähnten es nicht einmal unseren Kindern gegenüber, um uns nicht der Gefahr auszusetzen, dass eines von ihnen dieses Geheimnis irgendwann einmal unbeabsichtigt ausplaudert.

Ich habe mir lange den Kopf darüber zerbrochen, wie eine dritte Person von unserem Geheimfach erfahren haben könnte. Als einzige Möglichkeit sehe ich einen Menschen, der nach der Internierung meines Mannes mit ihm zu tun gehabt haben muss. Von Simon habe ich mittlerweile seit über einpiphalb Jahren nichts mehr gehört. Als Jude bekam er im Jahr 1943 seinen Deportationsbefehl zugestellt, wonach er in ein Arbeitslager auf polnischem Gebiet überstellt werden sollte. Dort wird man ihn vermutlich in einer Weise unter Druck gesetzt haben, dass er in seiner Not unser Geheimnis verriet.

Auch wenn Sie mir in Ihrem Schreiben Hoffnungen auf eine Rückerlangung unseres Eigentums machen, werde ich den Verlust unseres Schatzes notfalls ertragen können. Viel wichtiger ist mir

die Rückkehr meines Mannes, an die ich trotz allem noch immer glaube. Wenngleich Sie sich sicherlich weiterführende Informationen von mir erwünscht hatten, hoffe ich doch, Ihnen mit meinen Auskünften weitergeholfen zu haben, damit dieses furchtbare Verbrechen aufgeklärt wird. Sollte ich unerwarteterweise noch etwas in Erfahrung bringen, werde ich Ihnen abermals schreiben und verbleibe bis dahin mit freundlichen Grüßen
Enna Selig

Ohne jeden Kommentar reichte ich den Brief an Frau Friedrichsen weiter, die ihn gründlich studierte. Nachdem sie zu Ende gelesen hatte, meinte sie:

„Auch wenn sie dir keinen konkreten Namen nennen kann, solltest du die völlige Umkehr in ihrer Meinung über dich doch lobend anerkennen. Deine wohlüberlegten Worte scheinen bei ihr gefruchtet zu haben!"

„Vielleicht waren es ja auch Ihre Zeilen, die sie überzeugt haben!", gab ich das Kompliment zurück. „Die Frage ist nur, was ich mit diesem Zugeständnis anfangen kann. Ohne Kenntnis des Namens der Person, die von dem Versteck wusste, werde ich den Fall kaum aufklären können."

Sie überlegte kurz. „Du könntest dich an die SS wenden, um in Erfahrung zu bringen, in welchem Arbeitslager Simon Selig untergebracht ist."

„Aber diese Lager existieren nicht mehr", gab ich zu bedenken. „Sie lagen in den annektierten polnischen Gebieten. Mittlerweile steht dort längst die Rote Armee. Außerdem ..."

Frau Friedrichsen sah mich fragend an. „Außerdem?"

Ich überlegte hastig, wie ich meiner Vermieterin möglichst schonend beibringen konnte, was Georg Braun mir über die Zustände in den besetzten Ostgebieten berichtet hatte. Die ganze Wahrheit konnte ich ihr unter keinen Umständen zumuten. Darum entgegnete ich vage:

„Nun, nach allem, was man so hört, wurde dort nicht gerade zimperlich mit den Internierten umgegangen. Man wird seitens der SS kaum ein Interesse daran haben, einem einfachen Inselpolizisten mitzuteilen, wohin man Herrn Selig brachte. Zudem ist ja nicht einmal sichergestellt, ob er überhaupt noch lebt. Ich werde mir also wohl oder übel etwas anderes einfallen lassen müssen, um den ominösen Mitwisser zu ermitteln …

72

Anfang April schien die Zeit der Massenbombardements auf
deutsche Städte weitestgehend überwunden zu sein. Welche
strategischen Ziele hätten die Briten und Amerikaner auch noch
zerstören können? Sämtliche größere Ansiedlungen von Bedeutung
lagen längst in Schutt und Asche. Zudem waren weite Landstriche
des Deutschen Reiches mittlerweile von den alliierten Truppen
eingenommen worden.
Für die Helgoländer Bevölkerung bedeutete diese Entwicklung
jedoch noch keineswegs eine Entspannung ihrer Lage. Eher das
Gegenteil war der Fall. Noch immer nutzten kleinere feindliche
Fliegerverbände die Insel auf ihrem Weg zum Festland als
Peilpunkt. Damit einhergehend blieb das Aufsuchen der
Schutzstollen für die Inselbewohner Teil ihrer Alltagsroutine.

*

Schon von weitem bemerkte ich Agnes' Hilfe suchenden Blick.
Rund eine Viertelstunde zuvor waren wir eng umschlungen in
meinem Bett unsanft von den Sirenen aus dem Schlaf gerissen
worden. Nur wenige Minuten später hatte ich in Frau Friedrichsens
Begleitung das Haus verlassen, um mich schleunigst mit ihr zum
Bunker aufzumachen.
Als ich meine Vermieterin im Gang zur Treppenanlage gerade in
die Obhut eines Hilfsfeuerwehrmannes übergeben wollte, war auch
Agnes erschienen. Zu meinem Entsetzen hatte sie mir in ihrem
Übermut heimlich in den Allerwertesten gekniffen, als sie an mir
vorbeigehuscht war. In diesem Moment hatte ich mich sehr
zusammenreißen müssen, um nicht laut aufzulachen!
Unten im Schutzstollen schien ihre Unbeschwertheit jedoch ein
jähes Ende gefunden zu haben. Sie hatte nämlich eine ziemlich
verkrampfte Miene aufgesetzt, während ihre Kolleginnen von allen
Seiten auf sie einsprachen und sich dabei ganz im Gegensatz zu ihr
köstlich zu amüsieren schienen. Da von oben kein Gefechtslärm zu
vernehmen war, hatte das Quintett die volle Aufmerksamkeit der
anderen Schutzsuchenden in ihrer Umgebung.

Angesichts ihres gequälten Blickes konnte ich mich des Eindrucks nicht erwehren, dass die vier anderen Frauen Agnes mit ihrer Fragerei zunehmend in Bedrängnis brachten. Deshalb lenkte ich meine Schritte rasch wie zufällig in ihre Richtung und war wenig überrascht, als ich erkannte, welches Thema Gegenstand der Unterhaltung der Runde war.

„Du warst auch heute Nacht wieder nicht auf deinem Zimmer, als der Alarm ertönte. Nun sag schon, wo du dich am Abend herumgetrieben hast, Agnes", forderte Christel Langes rauchige Stimme gerade, als ich in Hörweite kam.

„Warum sollte ich das tun? Es geht euch schließlich nichts an", wehrte die Angesprochene sich.

„Wir haben dich schon einmal gewarnt, Schätzchen. Solltest du an deinen freien Tagen auf eigene Rechnung arbeiten, kriegst du es mit uns zu tun", drohte Margret Borchers und ballte ihre Hand demonstrativ zur Faust. „Das Geschäft lassen wir uns von dir nämlich nicht vermiesen!"

„Aber das habe ich doch gar nicht vor", beteuerte Agnes. „Ich war ... spazieren."

„Das glaubst du doch selbst nicht", erwiderte Hildegard Schwarting. „Kein vernünftiger Mensch kommt auf die Idee, nach Mitternacht noch in der Gegend herumzuspazieren!"

„Sei ehrlich, Agnes! Du warst bei einem Mann, nicht wahr?", wollte Sophia Diekmann wissen. „Du hast bei einer früheren Gelegenheit einmal zugegeben, dich verliebt zu haben, falls du dich erinnerst. Ist es noch derselbe Liebhaber, mit dem du deine freien Nächte verbringst?"

Daraufhin lief Agnes rot an und entgegnete:

„Kümmert euch um euren eigenen Kram", was Margret Borchers dazu veranlasste, laut auszurufen:

„Also doch! Ich wusste es doch gleich. Das Flittchen macht ihre eigenen Geschäfte!"

„Aber nein! Ich schade euch mit meinem Verhalten nicht", versicherte Agnes. „Es ist nur ... es ist etwas anderes ..."

„Etwas anderes? Was soll denn das nun wieder bedeuten?", fragte Sophia Diekmann in die Runde.

„Ich habe ... es ist ..."

„Mensch, Kinder, merkt ihr es eigentlich nicht?", platzte es plötzlich aus Christel heraus, indem sie die anderen amüsiert ansah. „Sie ist verliebt und meint es tatsächlich ernst! Unsere

Agnes glaubt wirklich, als Gespielin ihres Rosenkavaliers diesem lausigen Leben entfliehen zu können. Ich lach´ mich schief!"

Während die anderen Frauen feixten, warf Agnes mir hastig einen verzweifelten Blick zu, der mir zu verstehen gab, dass es für mich höchste Zeit war, einzugreifen.

„Wer ist es denn, Agnes? Etwa der Inselkommandant?", hörte ich Hildegard Schwarting noch zur Belustigung der anderen fragen, ehe ich mich einmischte.

„Bei Ihnen scheint es ja heute Nacht wieder besonders hoch herzugehen, meine Damen. Darf ich erfahren, was so lustig ist?" Meine Worte sorgten mit Ausnahme von Agnes für einen erneuten Lachanfall in der Gruppe.

„Stellen Sie sich vor, Herr Wachtmeister, eine Person aus unserem erlauchten Kreis scheint sich ernsthaft verliebt zu haben und träumt von einem ehrbaren Leben", prustete Christel los, als sie sich gerade einigermaßen erholt zu haben schien.

„Aus Ihrem Kreis hat jemand einen Verehrer? Dabei kann es sich ja wohl nur um Sie handeln, oder etwa nicht, Fräulein Lange?", erkundigte ich mich mit vorgetäuschtem Interesse bei der brünetten Frau und sah sie dabei forschend an. „Einerseits freue ich mich natürlich für Sie. Ihr Verehrer scheint einen ausgesprochen guten Geschmack zu haben, was Frauen betrifft! Auf der anderen betrübt mich diese Nachricht aber natürlich auch, weil es meine eigenen Aussichten bei Ihnen schmälert ..."

Für diese Bemerkung erntete ich ein tosendes Gelächter der Frauen. Immerhin schien es mir mit meinen schwülstigen Worten gelungen zu sein, sie auf andere Gedanken zu bringen.

„Aber Herr Wachtmeister, erlaubt Ihnen Ihre Stellung überhaupt, in dieser Form mit einem gefallenen Mädchen zu sprechen?", erkundigte Christel Lange sich mit gespieltem Ernst und sorgte dadurch erneut für Gekicher.

„Selbstverständlich sollte mein Dienstherr besser nicht davon erfahren. Aber da in Ihrem Gewerbe ja größten Wert auf Diskretion gelegt wird, werden Sie mich bestimmt nicht verraten", erwiderte ich.

In der Folgezeit gelang es mir, die Runde mit dieser Art Konversation bis zur Entwarnung zu beschäftigen.

Zu meiner Verwunderung flüsterte Agnes mir beim Verlassen des Bunkers leise ins Ohr, auch den Rest der Nacht mit mir verbringen zu wollen.

„Hoffentlich bist du mir nicht böse, Liebster", sagte Agnes später zu mir, als wir wieder nebeneinander lagen. „Ich kann dich nur zu gut verstehen. Es macht dir inzwischen nichts mehr aus, dich mit einer Dirne in der Öffentlichkeit zu zeigen, weil du mich aufrichtig liebst und zu mir stehst. Ich habe mittlerweile sogar das Gefühl, du würdest mich am liebsten auf dem ganzen Eiland als deine Freundin präsentieren. Selbst Herr Thomsen akzeptiert unsere Liebe ja inzwischen! Dennoch sollten wir weiter vorsichtig sein. Es wäre nicht gut für dein Ansehen, wenn wir uns den Leuten allzu sorglos zeigten. Du hast erlebt, wie meine Kolleginnen reagieren. Gerade in meinen Kreisen würde sich die Nachricht von unserer Verbindung schnell herumsprechen. Darum bitte ich dich um Verständnis, wenn ich unsere Beziehung vorerst weiter möglichst geheim halten möchte. Glaub mir, an meiner Liebe zu dir ändert das nichts!"

73

Agnes hatte mit ihrer Einschätzung meiner Gemütslage vollkommen recht gehabt. Mir war es inzwischen egal, was die Leute von mir dachten. Mochten sie doch die Nase über mich rümpfen. Ich wollte mich mit ihr in der Öffentlichkeit zeigen, weil ich trotz ihres Berufes stolz auf sie war! Dies war wohl auch der Grund, warum mir die Idee kam, sie zu einem zweiten gemeinsamen Kinobesuch zu überreden.
Wir befanden uns am Umkleidehaus. Ich ließ meinen Blick über den Südstrand gleiten, der in diesen Wochen einen ausgesprochen trostlosen Eindruck erweckte. Weite Teile des Reichsgebietes waren mittlerweile vom Feind erobert. Die Russen standen kurz davor, die Hauptstadt einzukesseln. Der Krieg neigte sich unweigerlich dem Ende entgegen. Da in diesem Zusammenhang eine Invasion Helgolands durch die Engländer befürchtet wurde, hatte man die Inselufer vermint. Der Strand war zudem mit einem hässlichen Geflecht aus Stacheldraht befestigt.
Wie gern wäre ich mit Agnes wieder in die Nordsee gegangen, sobald es das Wetter zuließ! Doch ein Badebetrieb würde in absehbarer Zeit kaum mehr möglich sein, solange die Kämpfe noch

andauerten.

Im Gegensatz zum November waren die Tage inzwischen deutlich länger geworden. Damals hatten wir uns im Schutz der Dunkelheit in den Vorführsaal schleichen können. Dies würde uns jetzt, Mitte April, natürlich nicht mehr möglich sein. Wir würden das Kino bei Tageslicht betreten müssen und damit für jedermann sichtbar sein, was bei Agnes für Bedenken sorgte.

„Man wird dir in deiner Eigenschaft als Gendarm keinen Respekt mehr entgegenbringen. Schlimmer, man wird dich verachten, weil du mit einer Hure ausgehst, Liebster. Das kann ich dir nicht antun", meinte sie, nachdem ich ihr meinen Vorschlag unterbreitet hatte. Mit diesem Einwand hatte ich natürlich gerechnet und war entsprechend vorbereitet.

„Ich will meine Gefühle für dich in der Öffentlichkeit nicht auf ewig verbergen müssen, weil die Leute womöglich schlecht über uns reden könnten. Stattdessen möchte ich endlich das tun, wovon ich schon lange träume. Ich bin fest entschlossen, aller Welt zu zeigen, dass ich zu dir stehe!"

Als ich ihre skeptische Miene sah, erklärte ich ihr schnell: „Worauf sollen wir noch warten? Der Feind steht kurz vor dem Sieg. Schon bald wird in Deutschland nichts mehr so sein, wie es einmal war. Auch wenn schwierige Zeiten vor uns liegen, bietet sich uns doch die Möglichkeit auf ein neues, gemeinsames Leben. Diese Gelegenheit will ich unbedingt ergreifen! Nie wieder will ich deine Kolleginnen in ein albernes Gespräch verwickeln müssen, um sie davon abzuhalten, dich auszufragen. Ein erster Schritt, die Heimlichkeiten endlich hinter uns zu lassen, wäre ein gemeinsamer Auftritt vor allen Leuten, wie eben beispielsweise ein Kinobesuch ..."

Sie überlegte kurz, ehe sich auf ihrem Mund plötzlich ein Lächeln zeigte. „Einverstanden, Liebster. Aber beklage dich anschließend nicht, wenn du in Zukunft als Ordnungshüter nicht mehr ernst genommen wirst!"

„Das ist mir einerlei", versicherte ich ihr. „Nur wir beide zählen!" Daraufhin küssten wir uns lange. Irgendwann löste sie sich von mir und wollte wissen:

„Welcher Film wird denn überhaupt gegeben?"

„Ehrlich gesagt, weiß ich es nicht einmal", musste ich zugeben. „Aber um den Film geht es mir ja auch gar nicht. Hauptsache, ich kann meine Zeit mit dir verbringen, ohne dass wir uns dabei weiter verstecken müssen!"

*

Wie sich bald danach herausstellte, würden wir im Kino der
Familie Jürgens erneut einen Farbfilm zu sehen bekommen, wie
ich dem Werbeplakat im Vorraum entnahm. Dessen Titel war in
riesigen Buchstaben im unteren Bereich aufgedruckt: Kolberg. Das
darüber angebrachte Bild ließ mich schon ahnen, was uns erwarten
würde. Denn eine offenbar in der Schlacht völlig zerfetzte
Regimentsflagge schien dem Untergang die Stirn zu bieten. Allen
Widrigkeiten zum Trotz hielt sie sich in ehrenhafter Weise
aufrecht. Die Abbildung sollte offensichtlich symbolisch an den
Durchhaltewillen der deutschen Bevölkerung appellieren, der am
Ende belohnt würde.
Ich griff absichtlich nach Agnes' Hand, als wir den Vorführsaal
betraten. Es war höchste Zeit, das Versteckspiel endgültig zu
beenden! Deshalb führte ich meine Partnerin demonstrativ zur
ersten Sitzreihe, wo wir uns auf zwei nebeneinander liegenden
freien Plätzen niederließen.
Als ich mich im Anschluss noch einmal umdrehte, konnte ich im
halbdunklen Raum neben einigen Marinesoldaten auch mehrere
bekannte Gesichter entdecken, die jede unserer Bewegungen mit
fassungslosen Mienen verfolgten.
Im Gegensatz zu Agnes, der die Aufmerksamkeit, die man uns
entgegenbrachte, unangenehm zu sein schien, genoss ich sie
insgeheim. Noch nie in meinem Leben hatte ich mich so
wohlgefühlt, wenn ich von derart vielen Menschen angestarrt
wurde. Ich empfand mich auf einmal wie von einer großen Last
befreit! Die Kunde, dass wir beide ein Paar waren, würde sich in
Windeseile auf der gesamten Insel verbreiten.
„Ich bin mir inzwischen nicht mehr sicher, ob es wirklich so eine
gute Idee war, sich zusammen zu zeigen", flüsterte Agnes mir leise
ins Ohr und zog dabei ein zweifelndes Gesicht. „Es sind Kunden
von mir im Kino ..."
„Das spielt heute Abend keine Rolle", entgegnete ich trotzig. „Wir
beide lieben uns. Das soll jeder sehen!"
Erneut nahm ich ihre Hand und lächelte ihr aufmunternd zu. Sie
erwiderte nichts, sondern schien stattdessen in Grübeleien zu
verfallen. Es brauchte eine Weile, bis sie sich entkrampfte.

Irgendwann schien sie sich zu einer Entscheidung durchgerungen zu haben. Während sie ihr schönstes Lächeln sehen ließ, raunte sie mir ins Ohr:

„Du hast völlig recht, Liebster. Es ist an der Zeit, die Geheimniskrämerei zu beenden! Jeder soll wissen, dass wir beide uns lieben."

In diesem Augenblick wurde das Licht gelöscht und die Vorführung begann. Aufgrund der heiklen Kriegslage war es mittlerweile nicht mehr möglich, die Filmrollen mit der aktuellen Ausgabe der Wochenschau in alle noch von der Wehrmacht beherrschten Landesteile zu liefern. Die Reichsbahn hatte ihren Betrieb längst eingestellt. Deshalb begann die Vorstellung an diesem Abend gleich mit dem Hauptfilm.

Der Historienfilm handelte vom erfolgreichen Widerstand der pommerschen Küstenstadt Kolberg gegen die französischen Besatzer in der Zeit Napoleons. Die Aussage, die hinter dieser Handlung steckte, war nur allzu deutlich erkennbar. Obwohl Berlin kurz vor dem Fall stand, appellierten die Machthaber mit diesem filmischen Werk abermals an das Volk, durchzuhalten und sich der feindlichen Übermacht mit allen Mitteln entgegenzustellen.

Wie ich nach dem Krieg erfuhr, war Kolberg im Januar in die Kinos gekommen. Glaubte man in der Hauptstadt zu diesem Zeitpunkt allen Ernstes, das Kriegsglück werde sich noch zugunsten Deutschlands wenden?

Wenngleich ich mich glücklich schätzte, den Abend für jedermann sichtbar in Agnes' Gesellschaft verbringen zu dürfen, wurde ich im Laufe der Vorführung doch immer nachdenklicher.

Warum wurde der Film noch auf Helgoland vorgeführt, obwohl die Niederlage doch längst besiegelt war und sogar unmittelbar bevorzustehen schien? Wollte man die Inselbewohner in ihrer Abgeschiedenheit etwa dazu animieren, sich auch in dieser aussichtslosen Lage noch der feindlichen Übermacht zu widersetzen? Was sollte es noch bringen, das Leid der Menschen mit aller Macht zu verlängern, um sich am Ende doch dem Unvermeidlichen hingeben zu müssen und aufzugeben?

Beinahe zwei Stunden verbrachten wir vor der Leinwand. Zwischendurch stellte ich mir mehrfach die Frage, wie es den Produzenten überhaupt möglich gewesen war, trotz heftigster Abwehrgefechte an allen Fronten solch riesige Menschenmassen für die Aufnahmen zu mobilisieren.

Später kam heraus, dass es sich bei den unzähligen Statisten um Truppen der Wehrmacht handelte, die in den Jahren 1943 und 1944 eigens für die Dreharbeiten von der Front abgezogen worden waren. Propagandaminister Goebbels hatte sich nach den Niederlagen in Stalingrad und Nordafrika von *Kolberg* wohl eine überragende Wirkung bezüglich der Stärkung des Durchhaltewillens des Volkes erhofft, sodass dem Film praktisch unbegrenzte Mittel eingeräumt worden waren.

Während der gesamten Vorführung hatte ich die Blicke der anderen Zuschauer in meinem Nacken gespürt. Nach dem Abspann erhob ich mich von meinem Platz und sah mich hastig um. Dieses Mal wollte ich nicht warten, bis alle anderen gegangen waren, sondern mich beim Verlassen des Saales in Agnes´ Begleitung dem Strom der Menschen anschließen.

Obwohl meine Freundin sich anfangs noch etwas unsicher umschaute, schien sie sich sogleich wieder zu entspannen, sobald ich nach ihrer Hand gegriffen hatte.

„Wollen wir gleich noch ein wenig spazieren gehen? Ich möchte dir nämlich gerne noch etwas sagen", schlug ich ihr vor.

Obwohl sie ein wenig überrascht wirkte, zeigte sie sich einverstanden und lächelte mir liebevoll zu.

„Guten Abend. Wie hat euch der Film gefallen?", hörte ich in diesem Moment Herrn Thomsens Stimme direkt neben uns fragen.

Nun war ich es, der verdutzt reagierte, während Agnes mir schnell einen erschrockenen Blick zuwarf, der ihr Unbehagen zum Ausdruck brachte. Doch schon im nächsten Augenblick hatte sie sich wieder gefangen und bedachte meinen Kollegen mit einem freundlichen Lächeln.

„Ich bin vor allem verwundert, welche Kapazitäten dem Regisseur zur Verfügung gestanden haben müssen! Denn es muss ein gewaltiger Aufwand gewesen sein, diesen Film überhaupt drehen zu können", erwiderte ich, indem ich mich Herrn Thomsen zuwandte.

Seine Gattin schien es im Gegensatz zu ihm vorzuziehen, einige Meter Abstand zu uns zu wahren.

„Man scheint uns hier auf der Insel ermutigen zu wollen, sich die Kolberger Bewohnerschaft zum Vorbild zu nehmen und sich wie sie vor einhundertvierzig Jahren der feindlichen Übermacht mit allen Mitteln entgegenzustemmen. Sonst hätte man uns dieses Werk in der jetzigen Lage vermutlich kaum mehr gezeigt", urteilte ich weiter.

„Diese Einschätzung deckt sich mit meinem Empfinden", entgegnete mein Kollege mit leiser Stimme. „Allerdings bezweifle ich, ob dieses Unterfangen zum jetzigen Zeitpunkt noch seinen Zweck erfüllen wird ..."

Ehe ich auf diese Bemerkung einging, sah ich mich hastig noch einmal im Publikum um, das mittlerweile dem Ausgang entgegenstrebte. Einige höhere Marineoffiziere starrten uns ebenso entgeistert an wie Hauke Wykers, der seinen Platz gerade hinkend verließ. Jasper Meiners reihte sich in Begleitung seines Sohnes Enno in die Schlange ein und hatte seinen Blick dabei ebenfalls auf uns gerichtet. Sören Carlsen, der sich im Kreis seiner Feuerwehrkameraden befand, zwinkerte mir dagegen schelmisch grinsend zu.

„Es wäre mir ein Trost, wenn der Krieg bald vorbei wäre und Helgoland von weiteren Zerstörungen verschont bliebe", sagte ich in Herrn Thomsens Richtung.

„Ganz meine Meinung. Die Menschen hier haben bereits genug Opfer gebracht!"

Zu meiner Verwunderung gab mein Kollege im Anschluss an seine Worte zunächst Agnes und dann mir die Hand, ehe er sich von uns verabschiedete. „Was auch immer die nächsten Tage bringen mögen, ich wünsche euch beiden jedenfalls noch einen schönen Abend."

*

„Wollen wir uns nicht besser einen anderen Platz suchen? Das ständige Treppensteigen muss doch eine Qual für dich sein ...", meinte Agnes, als wir uns dem Falm näherten.

„Das viele Treppensteigen macht mir längst nichts mehr aus", versicherte ich ihr. „Schließlich bin ich inzwischen geübt! Noch nie in meinem Leben musste ich so häufig Treppen steigen wie hier auf der Insel. Sei es, um vom Ober- ins Unterland und umgekehrt zu wechseln oder um in den Bunker zu gelangen. Wenn du also etwas Rücksicht auf mich nimmst, werde ich schon mit dir mithalten können."

„Aber warum muss es denn ausgerechnet die Bank auf dem untersten Absatz sein?", wollte sie wissen. „Wir könnten es doch wesentlich bequemer haben."

Ich sah sie liebevoll an, als ich voller Entschlossenheit erwiderte: „Weil ich bei dem, was ich dir zu sagen habe, unter gar keinen Umständen gestört werden möchte."

Daraufhin nahm ich ihre Hand und führte sie langsam die Stufen hinab, was in der Dunkelheit, die uns umgab, nicht ganz ungefährlich war. Glücklicherweise fügte sie sich ohne jeden weiteren Protest.

An der zweiten Kehre bat ich sie, Platz zu nehmen. Hier hatten wir vor Monaten schon einmal gesessen und erbittert miteinander diskutiert. Dass wir einmal ein Paar sein würden, hätte ich damals nicht zu träumen gewagt.

Unter uns zeichnete sich das Unterland in dunklen Umrissen ab. Abgesehen von den Windgeräuschen herrschte völlige Stille.

„Man wird dich von nun an belächeln, womöglich gar mit Häme und Spott überziehen, Liebster. Niemand wird dir mehr mit Respekt begegnen. Auch für mich wird es vom heutigen Tage an nicht leichter, auf Kundenfang zu gehen. Höchstwahrscheinlich werden die Leute sogar vermuten, du seist mein Lude, der mich Anschaffen schickt. Glaubst du wirklich, dass es das wert war, nur um dich öffentlich mit mir zu zeigen?"

Anstatt gleich zu antworten, drehte ich meinen Oberkörper langsam in ihre Richtung, ergriff ihre Hände und sah ihr einen Moment lang tief in die Augen. Erst dann fand ich den Mut, ihr die Frage zu stellen, die mir auf der Seele brannte und über deren genauen Wortlaut ich schon den ganzen Abend nachgedacht hatte: „Agnes Thombült, willst du meine Frau werden?"

Es dauerte einen Augenblick, bis meine Worte zu ihr durchgedrungen waren. Erst dann reagierte sie, indem sie mich mit immer größer werdenden Augen anschaute, um sich plötzlich von mir abzuwenden und leise zu schluchzen. Es dauerte nicht lange, bis ihr die Tränen nur so über die Wangen liefen. Daraufhin entzog sie mir ihre Hände, um sie vor ihr Gesicht zu legen. Sekundenbruchteile später weinte sie hemmungslos.

Da ich mir unsicher war, ob sie es möglicherweise als störend empfinden würde, wagte ich es kaum, ihr meine linke Hand zaghaft auf die Schulter zu legen.

„Liebling, ich hoffe, ich habe dich mit meinem Antrag nicht überfallen. Es ist nur ..."

„Ich kann dir doch nicht zumuten, eine Hure zu heiraten", wimmerte sie leise hinter ihren vorgehaltenen Händen.

Ich rang mir ein gequältes Lächeln ab, als ich entgegnete:
„Dieses Thema haben wir in den letzten Monaten zur Genüge
erörtert. Darum müssen wir die Diskussion darüber am heutigen
Abend nicht neu entfachen. Es wurde bereits alles gesagt, was es
zu sagen gibt." Ich sah sie beschwörend an. „Wichtig ist nur eines:
Ich liebe dich und will den Rest meines Lebens mit dir
verbringen."
Ehe ich weitersprach, machte ich eine wegwerfende
Handbewegung. „Die Vergangenheit sollten wir so schnell wie
möglich ein für alle Mal hinter uns lassen!"
Mittlerweile schien sie sich wieder etwas beruhigt zu haben.
„Die Vergangenheit hinter uns lassen? Das wäre zu schön! Aber
das wird so schnell nicht gehen", wandte sie ein und schniefte laut
hörbar.
Ich zog schnell mein Taschentuch hervor, drückte ihre Hände sanft
beiseite und wischte ihr die Tränen fort.
„Gleich morgen früh werde ich mein Versetzungsgesuch aufsetzen.
Sobald es bewilligt wird, nehme ich dich mit auf das Festland.
Einverstanden?"
Sie nickte zwar, doch noch immer stand mein Heiratsantrag
unbeantwortet im Raum. Darum erinnerte ich sie noch einmal:
„Liebling, du hast mir meine Frage noch nicht beantwortet. Falls
du vorhast, dich um die Antwort zu drücken, würde ich dies
stillschweigend als ein „Ja" werten ..."
Obwohl ihre Augen im Licht des Mondes immer noch wässrig
glänzten, zeigte sich in ihrem Gesicht plötzlich ein zaghaftes
Lächeln, als sie meinen ungeduldigen Blick erwiderte. Ihre Stimme
war nur ganz schwach zu hören, als sie entgegnete:
„Ja, Liebster, ich will. Und ich verspreche, ich werde dir eine gute
Ehefrau sein!"

74

Agnes würde meine Frau werden! Mein sehnlichster Wunsch hatte
sich damit erfüllt. Seit sie damals direkt vor meinen Augen in der
Treppenanlage des Schulbunkers gestürzt war, hatte ich insgeheim
von einem Leben an ihrer Seite geträumt.
In den darauffolgenden Tagen fühlte ich mich wie beschwingt.
Sowohl Frau Friedrichsen als auch Herrn Thomsen blieb meine

Leichtigkeit natürlich nicht verborgen. Obwohl Letzterer den Grund für meine gute Laune vermutlich längst ahnte, hatte ich beschlossen, noch ein paar Tage verstreichen zu lassen, ehe ich beide ins Vertrauen zog.

Gleich am nächsten Tag brachte ich mein Versetzungsgesuch zu Papier, ganz wie ich es geplant hatte, wohl wissend, dass meiner Bitte vermutlich erst nach dem Krieg entsprochen werden würde.

Agnes hatte mir gegenüber in Aussicht gestellt, baldmöglichst wieder die Nacht bei mir verbringen zu wollen. Sehr zu meiner Freude teilte sie mir schon beim Verlassen des Bunkers rund vierundzwanzig Stunden nach der Annahme meines Heiratsantrags mit, dass ihr dies zeitlich bereits am darauffolgenden Tag möglich sein würde.

Mit diesen wohligen Gedanken wachte ich am nächsten Morgen auf. Der Kalender zeigte Montag, den 16. April 1945 an, ein Datum, das ich bis zu meinem Lebensende nicht vergessen werde!

Es war der Tag, an dem ich einen gewaltigen Erfolg feiern würde, an dem ich aber auch den verhängnisvollsten Fehler meines Lebens begehen sollte, den ich wohl niemals verwinden werde.

Das Wetter zeigte sich an diesem Tag frühlingshaft. Die Aussicht auf die vor mir liegende Nacht mit meiner Verlobten ließ mich die Treppe zum Feierabend geradezu hochschweben.

Im Haus meiner Vermieterin erwartete mich eine faustdicke Überraschung. Völlig unerwartet hatte Enna Selig mir einen weiteren Brief geschrieben, den Frau Friedrichsen mir triumphierend entgegenhielt, als ich die Tür hinter mir zuzog.

„Bitte öffne ihn gleich", bat sie und zog mich trotz ihrer Arthritis, die ihr in diesen Tagen wieder sehr zusetzte, ungeduldig in die Wohnstube.

Sie machte aus ihrer Neugier keinen Hehl, als sie hastig ergänzte: „Es interessiert mich brennend, was sie dir noch zu sagen hat."

Unter ihren wissbegierigen Blicken riss ich hastig den Umschlag auf, faltete das Papier auseinander und las im Anschluss den Inhalt des Schreibens laut vor:

jetzt zu geben in der Lage bin, wäre es Ihnen
erwünschlich schon früher möglich gewesen, den
Schuldigen zur Anzeige zu bringen.
Zur Erklärung muß ich anführen, daß mir Ihr
letztes Schreiben keine Ruhe ließ. Nach
nochmaliger intensiver Überlegung stellte ich
unsere Kinder zur Rede, weil mir der Verdacht
gekommen war, daß eines von ihnen möglicherweise
den Einbruch unseres Geschäftsraumes heimlich
beobachtet haben könnte.
Nach einigem Zögern gab unser ältester Knabe
schließlich zu, unsere Uhr tatsächlich entdeckt zu
haben, weil sie in jener Nacht nicht schlafen
konnte und sich über die unnatürlichen Geräusche
aus dem Keller verwundert hatten.
Leichtfertigerweise war sie ihr Wissen später
einem Mitschüler, mit dem sie zu dieser Zeit noch
gut befreundet war.
Später zeigte der Vater dieses Schülers in seiner
Eigenschaft als Rektor der Schule dafür, daß unser
Kind seine Lehranstalt zu verlassen hatten, weil
sie als Mitschülerin neben Gerade galten.
Aufgrund der Eigenständigkeit unseres ältester zog
ich weitere Erkundigungen ein, bei denen sich
herausstellte, daß besagter Rektor seinen Sohn, der
zwischenzeitlich als Marinehelfer einberufen
worden war, nach Helgoland gefolgt war, wo
er an der dortigen Schule unterrichten wollten. Es
steht also zu vermuten, daß der Sohn sein Wissen an
den Vater weitergab. Die Namen der beiden
lauten Hans und Jahre Minner.
Ich hoffe von ganzem Herzen, daß diese Auskünfte
Ihnen bei der Aufklärung des Verbrechens hilfreich
sein werden und verbleiben mit freundlichen
Grüßen
Erna Oelig

Sehr geehrter Herr Wachtmeister,
bevor ich auf mein eigentliches Anliegen zu sprechen komme, muss
ich mich zunächst in aller Form bei Ihnen entschuldigen. Mit der
Information, die ich Ihnen bedauerlicherweise erst jetzt zu geben
in der Lage bin, wäre es Ihnen vermutlich schon früher möglich
gewesen, den Schuldigen zur Strecke zu bringen.
Zur Erklärung muss ich anführen, dass mir Ihr letztes Schreiben
keine Ruhe ließ. Nach nochmaliger intensiver Überlegung stellte
ich unsere Kinder zur Rede, weil mir der Verdacht gekommen war,
dass eines von ihnen seinerzeit das Einrichten unserer
Geheimkammer heimlich beobachtet haben könnte.
Nach einigem Zögern gab unsere Tochter Peerke schließlich zu,
unser Tun tatsächlich bemerkt zu haben, weil sie in jener Nacht
nicht schlafen konnte und sich über die merkwürdigen Geräusche
aus dem Keller gewundert hatte. Leichtfertigerweise verriet sie ihr
Wissen später einem Mitschüler, mit dem sie zu dieser Zeit noch
gut befreundet war.
Später sorgte der Vater dieses Schülers in seiner Eigenschaft als
Rektor der Schule dafür, dass unsere Kinder seine Lehranstalt zu
verlassen hatten, weil sie als Mischlinge ersten Grades galten.
Aufgrund des Eingeständnisses meiner Tochter zog ich weitere
Erkundigungen ein, bei denen sich herausstellte, dass besagter
Rektor seinem Sohn, der zwischenzeitlich als Marinehelfer
einberufen worden war, nach Helgoland gefolgt war, wo er an der
dortigen Schule unterrichten wollte. Es steht also zu vermuten,
dass der Sohn sein Wissen an den Vater weitergab. Die Namen der
beiden lauten Enno und Jasper Meiners.
Ich hoffe von ganzem Herzen, dass diese Auskünfte Ihnen bei der
Aufklärung des Verbrechens hilfreich sein werden und verbleibe
mit freundlichen Grüßen
Enna Selig

Ich war wie vom Donner gerührt. Konnte Jasper Meiners, der
schon einmal ganz oben auf der Liste meiner Verdächtigen
gestanden hatte, tatsächlich für den Mord an dem Stellvertretenden
Ortsgruppenleiter Justus Freese verantwortlich sein?
Seinerzeit hatte ich ihn aufgrund der recht plausibel klingenden
Erklärung für seine Einsichtnahme in die Baupläne des Hauses von
meiner Liste gestrichen. Sollte er mich derart geschickt getäuscht
haben?

Die Erinnerung an unser Gespräch kam mir wieder in den Sinn, als ich ihn zu Hause aufsuchte, um ihn wegen seines Besuches im Gemeindehaus zur Rede zu stellen. Im Laufe unserer Unterhaltung hatte er mir unter anderem auch von einem Heimaturlaub seines Sohnes berichtet, den dieser einige Wochen nach dem Mord an Freese angetreten hatte.

Mit an Sicherheit grenzender Wahrscheinlichkeit hatte Enno Meiners diese Gelegenheit genutzt, um die Beute aus dem Raubmord auf das Festland zu befördern! Denn diese nach der Tat auf der Insel zu verstecken, wäre allzu leichtfertig gewesen. Eine solche Dummheit traute ich weder Meiners noch seinem Sohn zu. Eine Durchsuchung ihrer Wohnung wäre demnach wohl sinnlos.

„Wie willst du Jasper die Tat beweisen?", wollte auch Frau Friedrichsen wissen, die ebenso erstaunt auf den Inhalt des Briefes von Enna Selig reagiert hatte wie ich.

Genau in diesem Moment kamen mir gleich zwei Gedanken in den Sinn, denen ich am nächsten Tag nachgehen wollte. Darum gab ich mich optimistisch, als ich erwiderte:

„Es gibt noch einige Details, die es vorab zu klären gilt. Sollte sich dabei der Verdacht gegen ihn erhärten, wird es ein Leichtes sein, ihm den Mord nachzuweisen."

Ehe ich weitersprach, atmete ich tief durch. „Es grenzt fast an ein Wunder! Ich hatte die Hoffnung beinahe schon aufgegeben. Aber dank Frau Seligs Informationen scheint es mir nach all den Monaten doch noch möglich zu sein, diesen bestialischen Mord aufzuklären!"

*

„Und du bist dir wirklich sicher, den Schuldigen zu kennen?", raunte Agnes mir erstaunt ins Ohr.

An diesem Abend hatten wir uns lange geliebt. Zum ersten Mal waren wir bei unseren Zärtlichkeiten nicht nur verliebte junge Menschen gewesen, sondern miteinander verlobt. Es war ein wunderbares Gefühl, meine zukünftige Frau anschließend in den Armen halten zu dürfen!

„Ich habe keinerlei Zweifel an seiner Schuld. So viele Zufälle kann es nicht geben. Er muss durch seinen Sohn vom Familienschatz der Seligs erfahren haben, ließ sich aus diesem Grund nach Helgoland versetzen und beschäftigte sich hier vor Ort mit den Bauplänen des

Hauses.
Bei seiner ersten Befragung konnte er meinen Verdacht noch ausräumen. Doch nach den neuerlichen Auskünften Enna Seligs sieht die Welt anders aus! Aus dieser Geschichte wird er sich nicht mehr herauswinden können!"
„Wer ist es denn überhaupt? Wer brachte deiner Überzeugung nach diesen Freese um?", wollte sie wissen.
„Habe ich das noch gar nicht erwähnt?", fragte ich verwirrt. „Ich rede von Jasper Meiners!"
Daraufhin drehte Agnes ihr Gesicht irritiert zu mir. „Meinst du etwa den Lehrer? Ich kenne ihn. Er ist regelmäßig Gast in unserem Haus!"
Wie immer, wenn wir auf ihren Beruf zu sprechen kamen, spürte ich einen Stich in meinem Herzen. Da Agnes dies bewusst war, beruhigte sie mich schnell:
„Keine Sorge, Liebster, er bevorzugt Christel, die es ihm wohl angetan hat. Er ist ihr Stammkunde."
In der Folgezeit schilderte ich ihr, worauf sich mein Verdacht gegen Meiners begründete. Ich endete mit den Worten:
„Sollte ich im Laufe des morgigen Tages weitere Anhaltspunkte für seine Schuld finden, werde ich mir seine Schuhe genauer ansehen. Ich fertigte seinerzeit eine Skizze von einem Schuhabdruck an, den ich im Keller des Opfers fand. Nach meiner Überzeugung kann er nur vom Täter stammen. Falls das Profil seiner rechten Schuhsohle mit diesem Abdruck übereinstimmt, wäre das der Beweis für seine Tat!"
„Dazu musst du ihn nicht einmal aufsuchen", entgegnete Agnes leichthin. „Das kannst du wesentlich einfacher haben! Denn morgen ist Dienstag. An diesem Tag vergnügt Meiners sich allwöchentlich mit Christel. Und das Schönste ist: Während dieser Zeit sind seine Schuhe in einem Regal abgestellt, das sich im Korridor unseres Hauses befindet! Du brauchst mir deine Zeichnung also nur mitzugeben, um dir Gewissheit zu verschaffen, ob du auf der richtigen Spur bist."

*

Gegen sechs Uhr am Morgen wurde ich von Agnes sanft aus dem Schlaf gerüttelt. Gleich, nachdem ich meine Augen aufgeschlagen hatte, spürte ich ihre Lippen auf meinem Mund, die mir einen liebevollen Kuss gaben.

„Guten Morgen, Liebster", flüsterte sie mir leise ins Ohr und streichelte mir dabei zärtlich durchs Haar. „Spätestens in einer halben Stunde wird die Sonne aufgehen. Darum ist es höchste Zeit für mich, zu gehen. Ich wollte dich nur bitten, mir noch schnell deine Skizze mit dem Schuhabdruck des Täters auszuhändigen." Daraufhin erhob ich mich und erwiderte zunächst ihren Kuss. Dann griff ich in die Innentasche meines Uniformrockes, aus dem ich das gefaltete Blatt Papier hervorholte, das ich ihr in die Hand drückte.

„Bitte gib mir bis spätestens morgen Mittag Bescheid, ob die Zeichnung mit Meiners´ Schuhprofil übereinstimmt, damit ich ihn verhaften kann", bat ich sie noch.

Im Nachhinein habe ich mich oft gefragt, ob sie in diesem Augenblick schon geahnt hat, was geschehen würde. Jedenfalls gab sie mir im Anschluss einen ungewöhnlich langen Kuss, um mir danach für einige Sekunden tief in die Augen zu schauen.

„Ich bin dir so dankbar für alles, Liebster. Ich liebe dich", hauchte sie mir noch ins Ohr, ehe sie sich von mir löste und meine Schlafkammer verließ.

Es sollte das letzte Mal sein, dass wir uns sahen. Hinter der Tür zum Treppenhaus hörte ich, wie sie kaum vernehmbar die Stufen hinunterschlich und kurz darauf leise die Haustür hinter sich zuzog.

Büsum 1984

Cornelia schlug sichtlich betroffen die Kladde zu. „Wie muss ich das verstehen, Onkel Hans? Du hast ihr einen Heiratsantrag gemacht! Ihr müsst euch doch nach diesem Morgen noch wiedergesehen haben, oder etwa nicht?"

Obwohl ich mich verzweifelt bemühte, war es mir inzwischen kaum mehr möglich, meine Tränen länger zurückzuhalten. Angesichts der furchtbaren Erinnerungen an das Geschehen in den darauffolgenden Tagen schlug ich die Hände vor mein Gesicht und begann leise zu weinen.

„Oh Gott, Onkel Hans, was ist denn damals nur Schreckliches geschehen?", erkundigte sich meine Nichte daraufhin und legte ihren Arm etwas unbeholfen um meine Schulter.

Ihr Bruder hatte unterdessen nach meiner Hand gegriffen und sah mich besorgt an. „Soll ich dir einen Cognac holen, Onkel Hans?

Der würde dir jetzt bestimmt guttun!" Da ich unfähig war, ein Wort hervorzubringen, nickte ich nur und zeigte mit der freien Hand auf den Wohnzimmerschrank, wo sich meine bescheidene Hausbar befand. Erst, nachdem ich einen kräftigen Schluck des alkoholischen Getränks zu mir genommen hatte, gewann ich meine Fassung zurück.

„Bitte entschuldigt, aber ich habe gerade das Gefühl, die ganze Geschichte noch einmal zu durchleben", sagte ich in Cornelias und Burkhards Richtung, als ich mich wieder beruhigt hatte. „Es ist beinahe so, als würden sich die Geschehnisse jetzt, gerade in diesem Augenblick, noch einmal abspielen."

„Sollte ich vielleicht besser aufhören, uns vorzulesen?", erkundigte Cornelia sich mit besorgter Miene und warf dabei einen kritischen Blick auf das Buch. „Wir haben es inzwischen zwar beinahe geschafft, aber falls es zu schmerzhaft für dich sein sollte, könnten Burkhard und ich die Kladde auch mit nach Hause nehmen und dort zu Ende lesen."

Ich schüttelte entschieden den Kopf. „Nein, das würde mir auch nicht mehr helfen. Denn die Erinnerungen an die damaligen Ereignisse sind ja bereits wieder präsent! Außerdem werde ich sowieso wohl bis an mein Lebensende mit ihnen zu kämpfen haben." Ich warf den beiden einen bekümmerten Blick zu. „Ja, der Ausgang meiner Aufzeichnungen wird äußerst qualvoll für mich werden, wie du ganz richtig bemerkt hast, Cornelia. Aber mir ist es lieber, das Buch gemeinsam zu beenden, damit ich im Anschluss noch mit euch über das Erlebte reden kann. Glaubt mir, das hilft mir ungemein."

Burkhard überlegte kurz und fragte dann:

„Du, sag mal, diese ganzen Ereignisse müssen sich doch unmittelbar vor dem Kriegsende abgespielt haben, nicht wahr?"

„Zwei Wochen nach diesem Tag entzog Hitler sich seiner Verantwortung, indem er Selbstmord beging und drei Wochen später war der Zweite Weltkrieg in Europa endlich beendet", bestätigte ich. „Aber warum fragst du?"

„Soweit mir bekannt ist, wurde Helgoland doch kurz vor der Kapitulation noch von den Engländern angegriffen und dabei völlig zerstört. Wäre es dir denn nicht möglich gewesen, Agnes vorher auf das Festland zu bringen?"

„Das wäre rückblickend natürlich das Beste gewesen", erwiderte ich. „Wenn es ihr gelungen wäre, sich zu meinen Eltern durchzuschlagen, wäre sie in Sicherheit gewesen." Ich schüttelte frustriert den Kopf. „Aber das war zu dieser Zeit leider nicht mehr möglich. Denn im letzten Stadium des Krieges war es Zivilisten nicht mehr erlaubt, die Insel zu verlassen. Der Schiffsraum der wenigen Frachter, die Helgoland überhaupt noch ansteuerten und tatsächlich auch erreichten, blieb dem Nachschub und Verwundetentransporten vorbehalten. Außerdem musst du dir immer vor Augen halten, dass zu diesem Zeitpunkt ja niemand ahnen konnte, was noch folgen würde."

Burkhard zögerte kurz, ehe er von mir wissen wollte: „Aber diesen Meiners konntest du doch hoffentlich noch festnehmen, bevor die Engländer kamen, oder?"

Ich ließ mir mit meiner Antwort Zeit. „Burkhard, du musst bedenken, dass zu diesem Zeitpunkt die Zivilverwaltungen im gesamten Deutschen Reich kurz vor dem Zusammenbruch standen. Auch auf Helgoland sollte es nicht mehr lange dauern, bis das totale Chaos ausbrach. Dazu trugen gleich mehrere Faktoren bei, die letztlich wohl alle zusammenhingen. Unglücklicherweise wurde auch ich in meiner Eigenschaft als Inselpolizist in diese Ereignisse hineingezogen, wodurch ich von meinen eigentlichen Aufgaben abgehalten wurde."

Mein Neffe starrte mich fassungslos an. „Sag mir jetzt bitte nicht, dass dieser Schuft mit dem Mord durchkam?"

Mittlerweile hatte ich mich von meinem Gefühlsausbruch erholt. Darum konnte ich, ohne gleich wieder in Trübsinn zu verfallen, mit meinen Händen auf die Kladde weisen:

„Wir werden gleich von Cornelia erfahren, inwieweit meine Nachforschungen vom Erfolg gekrönt waren."

Meine Bemerkung schien für sie das Stichwort zu sein, sich bei mir zu erkundigen:

„Warum bist du eigentlich nie zur Kriminalpolizei gegangen, Onkel Hans? Schließlich warst du es doch, der mit seinem kriminalistischen Talent und seiner Hartnäckigkeit das Rätsel um den Mord an diesen Freese gelöst hatte!"

Auch Burkhard sah mich fragend an. „Conny hat recht! Weshalb hast du dich nie bei der Kripo beworben?"

Schlagartig war meine Niedergeschlagenheit wieder da. „Dafür gab es einen guten Grund", erwiderte ich traurig.

„Aber welchen denn?", wollte meine Nichte wissen. „Angesichts deiner Begabung hätten dir bei der Kriminalpolizei doch vermutlich alle Türen offen gestanden ..."

Beide warfen mir einen erwartungsvollen Blick zu, doch ich konnte nur mit dem Kopf schütteln. „Es mag für euch vielleicht schwer nachzuvollziehen sein, aber ich wäre bei der Kriminalpolizei niemals glücklich geworden. Denn ich hatte mich schuldig gemacht."

Nach diesen Worten sahen Cornelia und Burkhard mich verstört an.

„Ja, ihr habt richtig gehört. Ich habe den Tod eines Menschen, nein, gleich zweier Menschen zu verantworten!", bekräftigte ich noch einmal. „Zumindest in einem Fall ist es dabei beinahe so, als sei diese Person durch meine eigene Hand gestorben. Ich hatte nämlich einen schweren, nicht wiedergutzumachenden Fehler begangen, indem ich etwas Entscheidendes nicht bedacht hatte. Dieses Versäumnis verfolgt mich bis heute in meinen dunkelsten Träumen ..."

Für einen kurzen Moment sagte niemand ein Wort. Dann griff Cornelia entschlossen nach der Kladde und meinte:

„Ich kann mir beim besten Willen nicht vorstellen, dass dir etwas vorzuwerfen ist, Onkel Hans. Dazu bist du immer viel zu gewissenhaft gewesen." Sie sah kurz zu Burkhard herüber. „Ich weiß ja nicht, wie du es siehst, Bruderherz, aber ich möchte jetzt endlich wissen, wie die Geschichte ausging!"

„Ganz meine Meinung", erwiderte der. „Jetzt haben wir schon so viel aus dem Leben unseres Onkels erfahren, dass wir auch den Rest hören sollten!"

75

Das Wetter zeigte sich am 17. April erneut von seiner schönsten Seite. Die bereits am Morgen vorherrschenden angenehmen Temperaturen und ein beinahe wolkenloser Himmel versprachen einen herrlichen Frühlingstag. Nichts deutete auf die katastrophalen Ereignisse hin, die sich bereits am Nachmittag dieses Tages andeuten sollten, als ich nach dem Frühstück unsere Wachstube betrat.

Nachdem ich die Tür hinter mir geschlossen hatte, bat ich Herrn Thomsen, der bei meinem Erscheinen sogleich von seinem Stuhl aufgesprungen war, um mir einen Tee zuzubereiten, wieder Platz zu nehmen.

„Ich denke, der Tee kann heute ausnahmsweise ein wenig warten, denn ich habe Ihnen Interessantes mitzuteilen", erklärte ich meinem überraschten Kollegen. „Mir ist nämlich seit gestern Abend der Name der Person bekannt, die am 15. Oktober des letzten Jahres den Stellvertretenden Ortsgruppenleiter der NSDAP Justus Freese ermordete."

Herr Thomsen schien einen Moment lang außerstande zu sein, etwas zu erwidern, sondern sah mich stattdessen nur mit großen Augen an.

„Was sagst du da, mein Junge?", stieß er nach einer Weile verblüfft aus.

„Sie haben ganz richtig gehört. Ich bin mir ganz sicher, den Schuldigen seit gestern zu kennen", versicherte ich ihm.

„Wie hast du das geschafft und vor allem: Wer ist es?"

„Um mit Ihrer zweiten Frage zu beginnen: Freese wurde nach meiner Überzeugung von Jasper Meiners umgebracht."

Im Gesicht meines Kollegen zeigte sich ungläubiges Entsetzen.

„Jasper? Nein, das kann ich nicht glauben!"

Daraufhin schilderte ich ihm meinen Briefwechsel mit Enna Selig, deren Adresse ich durch Frau Friedrichsens Neffen Eiko Tietjen erfahren hatte, wie ich ihm beichten musste.

„Bevor ich Jasper mit meinem Vorwurf konfrontiere, möchte ich gerne noch ein paar Dinge überprüfen, um ganz sicherzugehen, dass mir kein Fehler unterlaufen ist. Aus diesem Grund werde ich im Laufe des Vormittages zunächst Hauke Wykers aufsuchen, um mit ihm noch einmal die Anwesenheitslisten des 15. Oktober durchzugehen."

„Aber die wurden doch schon von Kommissar van der Laan und Kriminalassistent Walbröl überprüft", gab Herr Thomsen zu bedenken.

„Das ist völlig korrekt", musste ich einräumen. „Ich fürchte nur, dass die Listen unrichtige Angaben enthalten, oder, wenn Sie so wollen, auf geschickte Weise manipuliert wurden."

Mein Kollege schien noch immer vollkommen perplex zu sein.

„Ich glaube, ich kann dir nicht ganz folgen. Du wirst mir wohl näher erläutern müssen, was genau du mit diesem Vorwurf meinst ..."

„Nichts leichter als das. Also, passen Sie auf!"

In der Folgezeit erklärte ich ihm, was ich vermutete.

*

„Ich hoffe wirklich für dich, dass das Ergebnis deiner Überprüfung die Mühen auch wert ist", stieß Herr Wykers keuchend aus und steuerte eine der Bänke auf dem zweiten Treppenabsatz an, um sich einen Moment lang auszuruhen.

Das Treppensteigen fiel ihm angesichts seiner Behinderung sichtlich schwer, doch eine bequemere Art, um ins Oberland zu gelangen, gab es bedauerlicherweise nicht mehr. Der Fahrstuhl war nach dem verheerenden Bombenangriff im Herbst trotz mehrerer Reparaturversuche noch immer außer Betrieb.

„Falls es uns mit dieser Aktion gelingt, den Mörder Freeses zu überführen, sollte dies Lohn genug für unsere Bemühungen sein", entgegnete ich.

Den Namen meines Verdächtigen wollte ich in seiner Gegenwart nicht eher aussprechen, bis auch der letzte Zweifel an meiner Theorie beseitigt war.

Den Luftschutzwart hatten wir zufälligerweise im Unterland angetroffen, wo er uns praktisch genau in die Arme gelaufen war, sodass sich ein Besuch bei ihm zu Hause erübrigt hatte.

„Der Junge ist einfach nicht von diesem Gedanken abzubringen", mischte sich nun auch Herr Thomsen ein, der darauf bestanden hatte, mich zu begleiten. „Mich hat er damit inzwischen beinahe überzeugt. Hoffen wir, dass er recht behält!"

„Nur, damit wir uns richtig verstehen, meine Herren", merkte ich an. „Ich hoffe, mit dieser Aktion einen weiteren Anhaltspunkt für die Schuld des Verdächtigen zu finden, der uns zusätzliche Gewissheit verschaffen soll, auf der richtigen Spur zu sein. Der endgültige Beweis wird mir später hoffentlich von anderer Stelle geliefert."

In dem Bewusstsein, dass meine Absprache mit Agnes natürlich nicht den offiziellen Dienstvorschriften entsprach, hatte ich ihren Namen meinen Begleitern gegenüber wohlweislich nicht erwähnt.

Nachdem wir oben angelangt waren, wandten wir uns auf dem Falm nach rechts, um in der Folgezeit der Kirchstrasse bis zum Zugang zum Schulbunker zu folgen.

Unten im Stollen eilte Herr Wykers gleich in seine Nische, um dem Schrank einen Ordner mit seinen Aufzeichnungen zu entnehmen. Bereits nach kurzem Suchen hatte er seinen Tagesbericht für den 15. Oktober 1944 gefunden.

„Hier haben wir es schon", murmelte er leise vor sich hin, während er seine Notizen für diesen Tag durchging.

„In deinem Abschnitt, Hans, war an jenem Tag niemand als fehlend vermerkt, während es in Wilkens Bereich zwei Personen nicht rechtzeitig in den Bunker geschafft hatten", berichtete er mir anschließend, indem er mir die entsprechende Seite aus der Akte entgegenhielt. „Jasper Meiners hat hingegen ebenfalls keinerlei Eintragungen vorgenommen. In seinem Stollenabschnitt fehlte den Unterlagen zufolge am 15. Oktober also ebenfalls niemand."

„Sehen Sie, und genau das glaube ich eben nicht", erwiderte ich mit voller Überzeugung. „Meiner Meinung nach liegt die Erklärung für die angeblich vollständige Belegung seines Bunkerbereiches ganz woanders begründet."

„Du behauptest, er habe die Namen der fehlenden Personen nicht notiert, einmal abgesehen davon, ob dies absichtlich oder unabsichtlich geschehen ist?", wollte Herr Wykers wissen und warf mir einen zweifelnden Blick zu.

„Falsch! Ich behaupte, dass er nicht einmal dazu in der Lage war, sich auch nur irgendeinen Namen zu notieren, weil er sich selbst zu diesem Zeitpunkt nämlich gar nicht im Stollen befand!"

„Aber, ich verstehe nicht ... wo sollte Jasper sich denn sonst aufgehalten haben?"

„Er begab sich während des Angriffs in den Mittelweg, um sich den Familienschatz der Seligs zu holen", erwiderte Herr Thomsen, was zur weiteren Verwirrung des Luftschutzwartes beitrug.

„Jasper hatte durch seinen Sohn erfahren, wo das Ehepaar Selig seinerzeit seine Vermögenswerte untergebracht hatte, bevor es zusammen mit den Kindern von der Insel gejagt wurde", erläuterte ich. „Als sein Sohn später zusammen mit einigen Mitschülern nach Helgoland kam, weil er hier als Marinehelfer eingesetzt werden sollte, ließ Jasper sich ebenfalls auf die Insel versetzen, um sich den Besitz der Seligs einzuverleiben.

Meiners wird nur auf die passende Gelegenheit gewartet haben, um zuzuschlagen. Die kam mit dem Luftangriff der Engländer Mitte Oktober, als er sich sowohl das Tageslicht als auch das allgemeine Durcheinander während des Alarms zunutze machen konnte und sich im Keller des Hauses des Stellvertretenden Ortsgruppenleiters alleine wähnte. Niemand aus der Nachbarschaft fühlte sich durch die lauten Hammerschläge, mit denen er die Steine aus der Truhe herausbrach, gestört, weil sich ja alle zu diesem Zeitpunkt in den

Bunkern aufhielten.

Ich vermute, Meiners wurde bei seinem Vorhaben von Freese überrascht, weil der etwas im Haus vergessen hatte und darum noch einmal zurückkam. Das war gleichbedeutend mit dessen Todesurteil! Meiners erschlug den Hausherrn mit dem Hammer, um anschließend das Versteck auszuräumen."

Herr Wykers konnte nur ungläubig den Kopf schütteln. „Es ist einfach nicht zu fassen! Ich habe Jasper immer für einen ehrbaren Menschen gehalten, der seinem Sohn zuliebe nach Helgoland gekommen war. Dass der Versetzungswunsch einzig in seiner Raffgier begründet war, hätte ich ihm niemals zugetraut ..."

„Hans glaubt, sein Sohn Enno habe die Beute bei einem Heimaturlaub im November auf das Festland gebracht", führte Herr Thomsen weiter aus.

„Genau. Dort wird er sie gut versteckt haben", erklärte ich. „Sie hier auf der Insel zu belassen, wäre für ihn nämlich viel zu gefährlich gewesen, weil man ihn dadurch mit dem Mord hätte in Verbindung bringen können. Eine Durchsuchung seiner Wohnung wäre also vermutlich zwecklos."

Noch immer schüttelte Herr Wykers fassungslos den Kopf. „Wie man so abgebrüht sein kann, ist mir ein Rätsel. Aber was mich noch interessieren würde, Hans: Wie kamst du überhaupt darauf, dass Jasper beim Luftangriff am 15. Oktober nicht den Bunker aufsuchte? Das war doch zweifellos ein unkalkulierbares Risiko für ihn. Er hätte immerhin im Bombenhagel sterben können!"

„Ja, das war es natürlich", musste ich einräumen. „Aber vermutlich hatte er bei diesem Angriff nicht mit einer solchen Wucht gerechnet. Die kam ja für uns alle ziemlich überraschend. Ich selbst befand mich an diesem Tag übrigens gerade im Unterland, als Voralarm gegeben wurde und erreichte den Fuchsbau über die Spirale. Ich erinnere mich, dass ich weder Jasper Meiners noch Wilken Ahlers entdecken konnte, als ich den Stollen durchschritt, um zu meinem Abschnitt zu gelangen. Später sah ich zumindest Wilken von meinem Standort aus. Wir beide diskutierten nach der Entwarnung ja noch eine Weile vor dem Bunkereingang mit ihm über Ihre Lautsprecherdurchsage bezüglich des Strafmaßes bei eventuellen Plünderungen. Jasper konnte ich hingegen nicht entdecken. Aber das will natürlich nichts besagen. Vom Anfang des Stollens aus wird mir das angesichts des Getümmels in dieser Situation auch nicht unbedingt möglich gewesen sein."

„Aber Wilken hätte Jaspers Abwesenheit bemerken müssen, denn sein Zuständigkeitsbereich schließt ja an dessen Abschnitt an", warf Herr Wykers ein. „Gemeldet hat er mir Jaspers Fehlen jedoch merkwürdigerweise nicht ..."

„... Was in meinen Augen ein Indiz dafür sein könnte, dass Jasper ihn dazu überreden konnte, zu schweigen. Höchstwahrscheinlich präsentierte er ihm irgendeine fadenscheinige Ausrede, die seine Abwesenheit erklären sollte. Wir werden Wilken in jedem Falle im Anschluss an unsere Unterhaltung zu diesem Sachverhalt befragen."

Herr Wykers sah uns ratlos an. „Was habt ihr denn jetzt vor? Wollt ihr Jasper verhaften?"

„Bevor wir ihn festnehmen, möchte ich neben Wilken noch eine zweite Zeugin befragen, um weitere Anhaltspunkte für seine Schuld zu finden", erwiderte ich. „Den endgültigen Beweis hoffe ich spätestens morgen um diese Uhrzeit in den Händen zu halten. Bis dahin möchte ich Sie um absolutes Stillschweigen über dieses Gespräch bitten, um Jasper nicht zu warnen!"

76

„Was soll das heißen, Jasper fehlte an diesem Tag?", wollte Wilken Ahlers wissen, nachdem ich ihn mit meinem Verdacht konfrontiert hatte.

Herr Thomsen und ich hatten ihn im Leuchtturm aufgesucht, wo er sich als Wärter verdingte.

„Und warum ist das überhaupt wichtig?"

Ohne auf seine zweite Frage einzugehen, erklärte ich ihm:

„Es gibt gute Gründe, die für diese Annahme sprechen. Ich selbst habe ihn an diesem Tag nicht im Stollen bemerkt. Herr Thomsen und ich vermuten, dass du ihn deckst. Deshalb frage ich dich noch einmal, ob Jasper sich am 15. Oktober des letzten Jahres während des Bombenangriffs im Stollen aufhielt. In diesem Zusammenhang möchte ich dich darauf hinweisen, dass wir deine Angaben überprüfen werden, indem wir gegebenenfalls bei den Schutzsuchenden seines Abschnitts diesbezügliche Erkundigungen einholen. Also, wie verhielt es sich nun? Befand Jasper sich an diesem Tag im Bunker oder nicht?"

Ehe Ahlers antwortete, sah er uns lange abwechselnd an. Irgendwann konnte er unseren Blicken nicht mehr standhalten und richtete seine Augen beschämt zum Boden. „Ja, ich gebe es zu. Es war genauso, wie du vermutest", räumte er reumütig ein. „Jasper war an diesem Tag wohl in der Schule während der Unterrichtspause eingenickt. Der ständige Schlafmangel aufgrund der nächtlichen Alarme macht ihm schon länger zu schaffen, wie er mir gegenüber mehrfach erwähnte. Bis er sich nach dem Aufheulen der Sirenen aufraffen und auf den Weg zur Spirale machen konnte, war es bereits zu spät. Die Türen waren schon verschlossen, als er eintraf. Deshalb blieb ihm nichts anderes übrig, als zurück nach Hause zu rennen und in seinem eigenen Keller Schutz zu suchen. Um keinen Ärger mit Hauke zu bekommen, bat er mich, nichts von seinem Fehlen zu erzählen."

„Es wäre deine Pflicht gewesen, Hauke zu informieren", wies mein Kollege ihn mit aufgebrachter Stimme zurecht. „Wozu werden schließlich die Anwesenheitslisten geführt? Doch wohl, um sich nach der Entwarnung vom Wohlbefinden der fehlenden Personen überzeugen zu können. Ich hoffe, Hauke wird dir eine ordentliche Standpauke halten!"

*

Die Tatsache, dass ich Jasper Meiners seinerzeit bei meinem Eintreffen im Fuchsbau nicht gesehen hatte, war mir am Vortag nach dem Lesen des Briefes wieder eingefallen. Beinahe gleichzeitig hatte ich mich an die nebulösen Andeutungen einer weiteren Person erinnert, mit der Herr Thomsen und ich erst wenige Wochen zuvor in einem ganz anderen Zusammenhang gesprochen hatten. Auch dieser Bemerkung wollte ich auf den Grund gehen, um meinen Verdacht gegen den Pädagogen weiter zu erhärten.

Es war schon Nachmittag, als mein Kollege den Türklopfer am Haus von Sunna Ortgies betätigte. Nachdem die Hausherrin uns geöffnet hatte, sah sie uns verängstigt an.

„Was wollt ihr denn schon wieder bei mir? Ich dachte, die Sache mit dem Opferstock sei für alle Zeiten ausgeräumt ..."

„Verzeihung, wenn wir Sie noch einmal belästigen müssen, aber wir kommen heute aus einem ganz anderen Grund zu Ihnen", beeilte ich mich zu erwidern.

„Worum geht es denn?", wollte sie wissen.

Daraufhin erklärte Herr Thomsen:

„Das würden wir gerne drinnen mit dir besprechen, Sunna. Es wäre nett, wenn du uns einließest."

Nur widerwillig machte die alte Frau Platz und bat uns in die Küche. Sobald wir an einem Tisch Platz genommen hatten, kam ich ohne Umschweife zur Sache:

„Als wir Sie seinerzeit im Zuge unserer Ermittlungen zum Diebstahl des Opferstocks befragten, machten Sie eine Bemerkung, deren Bedeutung mir erst im Nachhinein klar wurde. Zumindest glaube ich das", schränkte ich noch schnell ein. „Als wir in diesem Zusammenhang nämlich auf Ihre nächtlichen Spaziergänge zu sprechen kamen, erwiderten Sie sinngemäß, dass hoch angesehene Bürger bei ganz anderen Gelegenheiten noch viel merkwürdigere Wege einschlagen würden, als Sie selbst es zu tun pflegen. Ich glaube, so oder wenigstens so ähnlich formulierten Sie es damals. Darf ich Sie fragen, was genau Sie uns mit diesen Worten sagen wollten?"

Erstmals, seit ich Sunna Ortgies kannte, bemerkte ich ein Lächeln in ihrem Gesicht. „So, habt ihr also doch noch einmal über diesen Satz nachgedacht? Es hat ja auch lange genug gedauert!"

Sie ließ sich Zeit, ehe sie weitersprach. „Es war im letzten Oktober, unmittelbar vor diesem schrecklichen Luftangriff der Engländer, bei dem das Unterland so viel Schaden nahm. Die Sirenen hatten unlängst Vollalarm gegeben, als ich endlich aus dem Haus kam. Genau wie alle anderen Inselbewohner hastete auch ich, so schnell ich konnte, zum Stollenzugang, um mein Leben zu retten. Nur eine einzige Person nahm an diesem Tag den genau entgegengesetzten Weg. Das fand ich ausgesprochen merkwürdig."

„Konnten Sie erkennen, um wen es sich bei dieser Person handelte?"

„Ja, es war Jasper Meiners. Er hielt eine Tasche und einen Hammer in seinen Händen. Einen schweren Hammer! Ich wunderte mich noch, weil er doch normalerweise um diese Uhrzeit in der Schule sein musste. Aber er wird nach dem Voralarm nach Hause gerannt sein, um beides zu holen und stürmte an Kirche und Schule vorbei auf die Weddigen-Straße zu, in die er verschwand.

In diesem Augenblick habe ich mir nichts dabei gedacht, doch später hörte ich, dass Justus Freese erschlagen worden sei. Und da begann ich nachzudenken ..."

„Mensch Sunna, das hättest du uns doch sagen müssen! Warum bist du mit dieser Information nicht zu uns gekommen?", wollte Herr Thomsen von ihr wissen.

„Aber es waren doch eigens zwei Herren von der Sicherheitspolizei auf die Insel gekommen, um den Mord zu untersuchen. Herr Freese sei von einem Fremdarbeiter umgebracht worden, hieß es anschließend. Da dachte ich mir, meine Beobachtungen seien vielleicht doch nicht so wichtig, wie ich geglaubt hatte. Umso mehr habe ich mich eben gefreut, dass ihr meine Andeutungen offenbar doch verstanden habt, wenn es auch ein wenig Zeit gebraucht hat."

Herr Thomsen sah mich fassungslos an. Ich schüttelte schnell unmerklich den Kopf, um ihm zu bedeuten, ihr keinerlei weitere Vorwürfe zu machen.

*

„Ich weiß nicht, wie du es geschafft hast, aber du scheinst den Fall tatsächlich gelöst zu haben, mein Junge. Alle Indizien deuten auf Meiners als Täter hin. Ich gratuliere dir! Du solltest wirklich ernsthaft darüber nachdenken, dich bei der Kriminalpolizei zu bewerben", meinte Herr Thomsen und klopfte mir dabei anerkennend auf die Schulter, nachdem wir uns von Frau Ortgies verabschiedet hatten.

In der Tat verspürte ich in diesem Moment in meinem Inneren einen gewissen Stolz.

„Denkst du, es hätte Sinn, in Jaspers Haus nach dem Mordwerkzeug zu suchen?", wollte er noch wissen.

„Wenn er schlau war, und ich halte ihn für äußerst gerissen, wird er den Hammer nach der Tat ins Meer geworfen haben", entgegnete ich.

„Egal. Wir werden ihn auch so drankriegen", meinte mein Kollege.

„Nun, ich denke, spätestens morgen Mittag werde ich mit einem unumstößlichen Beweis für seine Schuld aufwarten können. Danach werden wir ihn verhaften!"

*

Durch welch seltsame Zufälle manchmal Pläne durchkreuzt werden, sollte ich in den nächsten Stunden erfahren. Den Anfang dieser Entwicklung markierte ein Marinesoldat, der uns auf dem Falm abfing. „Gut, dass ich Sie treffe, meine Herren", rief er uns schon von weitem entgegen. „Wir suchen Sie nämlich schon überall. Befehl vom Inselkommandanten. Sie sollen sich bis auf Weiteres auf Ihrer Wache bereithalten. Dort wird man Sie später aufsuchen und Ihnen Genaueres mitteilen!"

77

Zur Untätigkeit verbannt verbrachten Herr Thomsen und ich den Rest des Nachmittages in unserer Wachstube. Eine unheimliche Stille hatte sich auf einmal über die Insel gelegt, die für eine seltsame Atmosphäre sorgte. Wir spürten, dass etwas Bedrohliches in der Luft lag, konnten jedoch nicht einschätzen, woher dieses Gefühl rühren mochte. Genau in dieses Bild passte die Order des Marinesoldaten, dessen Botschaft recht mysteriös geklungen hatte. Doch so sehr wir uns auch den Kopf zerbrachen, weder Herr Thomsen noch ich hatten eine Vorstellung davon, was uns erwarten würde.

Wir mussten uns lange gedulden und uns zwischendurch mit Essen versorgen, ehe sich etwas tat. Es war längst dunkel geworden, als in der Ferne das Dröhnen eines Flugzeugmotors zu hören war.

Aufgeschreckt eilten wir ins Freie, weil wir durch die Erfahrungen der vergangenen Monate natürlich jeden Moment mit einem Fliegeralarm rechneten.

Doch entgegen unserer Befürchtungen blieben die Sirenen dieses Mal erstaunlicherweise stumm, als die Maschine sich der Insel näherte.

Der Fluglärm kam eindeutig aus östlicher Richtung, was ebenso ungewöhnlich war wie der Umstand, dass es sich offenbar nur um ein einzelnes Flugzeug handelte. Der Feind schien demnach nicht über Helgoland zu operieren, was zu unserer Beruhigung beitrug.

Allerdings stellte sich uns nach dieser Erkenntnis die Frage, ob die Ankunft des Fliegers in Zusammenhang mit der nebulösen Anordnung des Inselkommandanten stand.

Mittlerweile hatte das Flugzeug an Höhe verloren. Der Pilot schien zur Landung ansetzen zu wollen. Doch zu unserer Verwunderung hatte er für diesen Zweck nicht etwa den Flugplatz auf der Düne, sondern offenbar die Reede gewählt, die von der Maschine vorher zweimal in geringer Höhe überflogen wurde!

Neugierig geworden eilten wir über die Maxse Terrasse bis hinter das Kurhaus, um vom dortigen Ufer aus die Wasserlandung zu verfolgen. Heftiges Wellenschlagen war zu vernehmen, als der Rumpf des Dornier-Flugbootes aufsetzte und die Maschine danach schnell an Geschwindigkeit verlor.

Unmittelbar nach der Landung legte ein Börteboot im Nordosthafen ab und nahm Kurs auf den Flieger. Im fahlen Schein des Mondlichtes konnten wir schon bald darauf beobachten, wie mehrere Personen vom Flugzeug in das Boot wechselten.

Als dieses wieder Kurs auf die Insel nahm, wurden wir plötzlich von einer männlichen Stimme in unserem Rücken unwirsch angesprochen:

„Aha, die Herren Gendarmen! Die Neugier scheint Sie wohl hierher getrieben zu haben, wie? Hatten Sie nicht Order, in Ihrer Wachstube weitere Befehle abzuwarten?"

Als wir uns daraufhin erschrocken umwandten, entdeckten wir einen Marineoffizier, der uns mit strengen Augen musterte.

„Angesichts der vorgerückten Stunde dachten wir uns ...", setzte Herr Thomsen zu einer Erklärung an, doch der Mann fiel ihm in barschem Tonfall ins Wort:

„Das Denken sollten Sie besser Leuten überlassen, die dazu auch in der Lage sind! Ihr Ungehorsam ist der sichere Beweis dafür, dass Sie diesem erlauchten Kreis nicht anzugehören scheinen."

Ungeachtet dieser Beleidigung erkundigte mein Kollege sich:

„Können Sie uns denn wenigstens sagen, wie lange wir uns noch gedulden müssen?"

Mittlerweile war das Boot hinter dem Kai des Nordosthafens verschwunden.

„Das werden Sie noch früh genug erfahren", herrschte der Offizier Herrn Thomsen an. „Begeben Sie sich unverzüglich wieder in Ihre Wachstube und warten Sie dort, bis man sich bei Ihnen meldet. Das ist ein Befehl!"

Trotz der Dunkelheit konnte ich in der Ferne mehrere in Ledermäntel gehüllte Männer mit Hüten auf den Köpfen erkennen, die von Marineoffizieren in Empfang genommen wurden.

„Na los, zischt endlich ab", hörte ich den Mann noch zetern, ehe wir seiner Aufforderung zögernd Folge leisteten.

*

Es wurde beinahe Mitternacht, bis ein anderer Offizier in Begleitung mehrerer Marinesoldaten die Wachstube aufsuchte. Nachdem er salutiert hatte, eröffnete er uns: „Oberwachtmeister Thomsen, Wachtmeister Plöger, für den morgigen Tag sind bestimmte Maßnahmen geplant, an denen Sie sich beteiligen werden. Dazu werden Sie sich morgen früh um Punkt 5 Uhr in der Inselkommandantur einfinden. Wünsche eine angenehme Nachtruhe" Damit wandte er sich von uns ab.

Nachdem die Tür hinter ihm ins Schloss gefallen war, sahen wir uns ratlos an.

„... Und dafür hat man uns so lange warten lassen ...", schimpfte Herr Thomsen. „Nicht einmal unseren Schlaf gönnt man uns ..."

„Was mag das alles zu bedeuten haben?", erwiderte ich.

„Ich habe keine Ahnung", musste er zugeben. „Aber es scheint sich um etwas sehr Ernstes zu handeln ..."

Es dauerte lange, bis ich in dieser Nacht in den Schlaf fand. Auch wenn mir die verstörenden Vorkommnisse des Abends nicht aus dem Sinn gehen wollten, lag dies vermutlich in erster Linie an Agnes, die ich an meiner Seite vermisste.

Irgendwann fielen mir die Augen zu, nicht ahnend, welches Drama sich in nur wenigen hundert Metern Entfernung zu dieser Stunde abspielen musste ...

78

Mit einem erheblichen Schlafdefizit und ohne jede Möglichkeit zu einem Frühstück verließ ich am nächsten Morgen um kurz vor 5 Uhr das Haus. Die Sonne würde erst gute zwei Stunden später aufgehen. Warum man uns zu dieser unchristlichen Uhrzeit einbestellt hatte, war mir nach wie vor schleierhaft.

Vor der Tür der Inselkommandantur wartete ich das Eintreffen Herrn Thomsens ab, der schon bald nach mir erschien, um anschließend gemeinsam mit ihm das Gebäude zu betreten. Im Inneren herrschte zu unserer Verwunderung trotz der frühen Stunde schon emsige Betriebsamkeit.

Nachdem wir uns am Empfangstresen gemeldet hatten, wurden wir von einem Soldaten abgeholt und in einen größeren Raum geführt, in dem die Kantine untergebracht war. Dort hatte sich bereits eine größere Anzahl Marinesoldaten und Infanteristen eingefunden, die genau wie wir gespannt schienen, den Grund für diese außergewöhnliche Zusammenkunft zu erfahren. Es dauerte nicht lange, bis mehrere Marineoffiziere in Begleitung einiger Zivilisten erschienen. Bei der letzteren Gruppe handelte es sich offensichtlich um die Männer, die am Vorabend mit dem Flugboot eingetroffen waren. Wie schon beim Ausstieg aus der Maschine waren sie mit ihren ledernen Mänteln bekleidet. Einer der Offiziere ergriff sogleich das Wort: „Meine Herren, Sie wundern sich sicherlich, warum wir Sie zu so früher Stunde zusammengerufen haben. Der Grund dafür ist eine Verschwörung mehrerer Inselbewohner und Angehöriger der Wehrmacht, die Helgoland kampflos dem Feind zu übergeben planen. Unser Vaterland, das sich gerade in seiner schwersten Prüfung befindet, kann diesen Verrat an der deutschen Volksgemeinschaft keinesfalls tolerieren. Der Inselkommandant hat daher befohlen, diese schändlichen Subjekte ein für alle Mal auszuschalten, bevor sie noch mehr Unheil anrichten können. Die Einzelheiten zu den geplanten Aktionen werden Sie im Anschluss von Kommissar Leewe von der Geheimen Staatspolizei des Kreises Pinneberg erfahren, an den ich damit das Wort übergebe."

Angesichts des Gehörten überschlugen sich plötzlich meine Gedanken. Ich konnte kaum glauben, was ich gerade vernommen hatte. Hier auf dieser kleinen Insel inmitten der Nordsee, die unlängst zur Seefestung erklärt worden und militärisch entsprechend gesichert war, sollte es eine Meuterei gegeben haben? Wer waren diese Aufständischen und worin bestanden ihre Pläne? Warum war bislang nichts von ihrem Tun zu uns durchgedrungen? Das Hinzuziehen der Gestapo sprach jedenfalls dafür, dass mit den Rebellen kurzer Prozess gemacht werden sollte.

Auf einmal kam mir Georg Braun in den Sinn, der mir gegenüber von einem Kreis besorgter Bürger erzählt hatte, die sich Gedanken um das Wohlergehen Helgolands machten. Der Dachdecker hatte mich zu überreden versucht, der Gruppe beizutreten ... In Windeseile sandte ich ein Stoßgebet zum Himmel, dass Georg nicht Teil der Revolte war.

Nach diesen hastigen Überlegungen fühlte ich mich wie vor den Kopf geschlagen. Herrn Thomsen schien es ähnlich zu gehen, denn

er sah mich fassungslos an und murmelte nur leise vor sich hin: „Oh, mein Gott ..."
Leewe kam unterdessen ohne Umschweife auf die bevorstehenden Maßnahmen zur Ausschaltung der Rebellion zu sprechen: „Ab 6 Uhr gilt für die gesamte Insel ein Ausgehverbot. Sie werden die Bevölkerung über diesen Schritt in Kenntnis setzen, indem Sie an jeder Haustür einen diesbezüglichen Handzettel anbringen."
Er hielt kurz inne, als einer seiner Kollegen neben ihn trat und für alle sichtbar ein Muster des erwähnten Wurfzettels hochhielt. Die Blätter schienen noch in der Nacht in aller Eile gedruckt worden zu sein.
„Im Anschluss an das Verteilen der Zettel werden Sie die Ausgangssperre überwachen und dabei jede Person verhaften, die sich nicht an diese Anordnung hält. Diese Anweisung bleibt so lange in Kraft, bis die Aktion erfolgreich abgeschlossen ist."
Er schaute sich schnell in der Runde um, ehe er noch nachschob: „Lassen Sie sich nun von meinem Kollegen den jeweiligen Bereich zuweisen, für den Sie zuständig sein werden und decken Sie sich mit der entsprechenden Anzahl Wurfzettel ein!"
Nochmals sah er sich unter den Anwesenden um und mahnte: „Ich brauche hoffentlich nicht zu betonen, dass das, was Sie soeben vernommen haben, der strengsten Geheimhaltung unterliegt!"
Herrn Thomsen und mir wurden in den nächsten Minuten jeweils bestimmte Straßenzüge im Oberland zugeteilt, die wir zu überwachen hatten.
Nach der Einteilung ließ ich mir einen Stoß Papier geben und warf danach einen ungläubigen Blick auf den Text.

Achtung!
Ab sofort gilt bis auf Weiteres für die gesamte Insel ein Ausgangsverbot. Bleiben Sie in Ihren Häusern. Zuwiderhandlungen werden auf das Strengste bestraft!
gez. Der Inselkommandant

Achtung!
Ab sofort gilt bis auf Weiteres für die gesamte Insel ein Ausgangsverbot. Bleiben Sie in Ihren Häusern.
Zuwiderhandlungen werden auf das Strengste bestraft!
gez. Der Inselkommandant

Was die Entfernung zu meinem Einsatzort anbelangte, hatte ich das große Los gezogen, denn ich brauchte praktischerweise nur die Straßenseite zu wechseln, um mit dem Verteilen der Informationsblätter zu beginnen.

*

Das Leben in der Von-Aschen-Strasse war noch nicht erwacht, als ich die ersten Zettel an den Haustüren anbrachte. Unglücklicherweise führte mich mein Weg auch am Inselbordell vorbei. Ich hatte das Gebäude bei meinen Rundgängen in der Vergangenheit immer tunlichst gemieden, seit Agnes und ich uns nähergekommen waren, weil mir der Gedanke unerträglich war, auf welche Weise sie hinter diesen Mauern ihr Geld verdiente. Auch das Freudenhaus lag um diese Uhrzeit noch oder schon, je nachdem, wie man es betrachtete, in völliger Dunkelheit. Lediglich ein Fenster im Erdgeschoss war geöffnet, in dem ich Christel Lange erkannte, die sich über die Fensterbank gelehnt hatte, um eine Zigarette zu rauchen.

„Moin, Herr Wachtmeister", hörte ich ihre tiefe Stimme in der gewohnt lockeren Art sagen, während ich noch damit beschäftigt war, einen Zettel an der Tür des Gebäudes zu befestigen. „Falls Sie noch auf der Suche nach ein bisschen Spaß sind, kommen Sie leider zu spät. Wir haben nämlich schon geschlossen. Aber wenn Sie unbedingt darauf bestehen, würde ich Ihnen zu Ehren glatt noch ein Stündchen dranhängen."

„Ich bin wirklich untröstlich, Fräulein Lange, aber bedauerlicherweise erlaubt es mir meine Zeit nicht, auf Ihr großzügiges Angebot einzugehen. Aber aufgeschoben ist ja nicht aufgehoben ...", versuchte ich in gleichem Tonfall zu antworten, um ihr gleichzeitig einen Zettel in die Hand zu drücken.

„Es wäre mir wirklich ein Vergnügen, Herr Wachtmeister. Glauben Sie nur nicht, dass Sie mir so einfach davonkommen! Ich nehme Sie beim Wort", erwiderte sie, ehe sie ihr Feuerzeug betätigte, um im Schein der Flamme den Text des Blattes zu studieren.

„Oh ha", stieß sie aus, nachdem sie zu Ende gelesen hatte. „Das klingt aber gar nicht gut ..."

„Sie sagen es! Darum werden Sie bestimmt Verständnis dafür haben, dass wir unser Tête-à-tête verschieben müssen."

Damit verabschiedete ich mich von ihr und eilte weiter.

Später habe ich oft an diesen Moment zurückdenken müssen. Selbst wenn ich mich entgegen meiner sonstigen Grundsätze an diesem Morgen tatsächlich in das Gebäude begeben hätte, wäre ich wohl zu spät gekommen, um noch etwas retten zu können. Doch bei meiner Unterhaltung mit Christel Lange hatte ich ja nicht ahnen können, welche Tragödie sich kurz zuvor hinter den Mauern des Hauses abgespielt haben musste.

In der parallel verlaufenden Professor-Wiebel-Strasse musste ich wenig später zwei Hafenarbeiter, die sich gerade auf den Weg zur Arbeit machen wollten, mit Verweis auf die Anordnung des Inselkommandanten auffordern, in ihre Häuser zurückzukehren. Nachdem es hell geworden war, wurde ich durch vielerlei Fenster argwöhnisch beäugt. Einige Hausbewohner trauten sich, mich aus ihren geöffneten Türen oder Fenstern nach dem Grund für die Ausgangssperre zu fragen. Weisungsgemäß verweigerte ich höflich, aber bestimmt jegliche Auskunft, während ich mich gleichzeitig innerlich fragte, wie es zu diesem Zeitpunkt wohl gerade auf anderen Teilen der Insel zugehen mochte.

79

Gegen 9 Uhr wurde mir durch einen Marineoffizier mitgeteilt, dass die Ausgangssperre mit sofortiger Wirkung aufgehoben sei. Nachdem ich diese Neuigkeit an die Bewohner meines Zuständigkeitsbereiches weitergegeben hatte, begab ich mich zum Falm, um mich unverzüglich auf den Weg zu unserer Wachstube zu machen.

In Höhe der Augustastrasse hielt ich abrupt in meinen Bewegungen inne, als direkt vor mir eine Gruppe Marinesoldaten, die mehrere Zivilisten in ihrer Mitte mit sich führten, auf den Falm einbog. Den letztgenannten Personen fiel das Laufen auf dem Kopfsteinpflaster sichtlich schwer, weil man ihnen die Hände auf dem Rücken zusammengebunden hatte. Ein Gestapobeamter lief am Ende des Trosses, offenbar mit der Order, sich vom ordnungsgemäßen Ablauf der Aktion zu überzeugen.

Der Anblick der bedauernswerten Männer entsetzte mich. Welches Schicksal mochte Ihnen drohen, falls sich der Vorwurf der Revolte bewahrheiten sollte?

Mit einigem Abstand folgte ich dem Pulk, um wenige Dutzend

Meter weiter noch erheblich bestürzter zu reagieren, als ein weiterer Trupp Marinesoldaten aus der Emsmann-Strasse kommend den Falm ansteuerte. Auch sie hatten mehrere gefesselte Personen in ihre Mitte genommen, die sie offensichtlich ebenfalls gerade abführten.

Neben einer Frau und einem Mädchen sowie zwei Marinesoldaten erkannte ich inmitten der Gruppe Georg Braun, der offenbar tatsächlich am Aufstand beteiligt war, wie ich schon befürchtet hatte.

Als Georg mich bemerkte, hielt er kurz an. Doch einer der Aufpasser gab ihm einen brutalen Tritt gegen das linke Bein und forderte ihn mit unmissverständlichen Worten zum Weitergehen auf. Daraufhin rief er mir zu:

„Unsere Gruppe hat wirklich alles versucht, um die Insel vor dem Untergang zu bewahren, Hans. Wir wollten dem Morden ein Ende bereiten und Helgoland vor der völligen Zerstörung retten. Was von nun an geschieht, haben einzig und alleine diese elenden Nationalsozialisten zu verantworten!"

Ein weiterer Tritt gegen sein Bein ließ ihn verstummen.

Angesichts des erschütternden Anblicks, der sich mir bot, musste ich mich abwenden, um meinen Schock zu überwinden. Indem ich mich über die Begrenzungsmauer des Falms lehnte, ließ ich meinen Blick über Unterland und Hafen hinweg nachdenklich über die weite Nordsee schweifen.

Ich war völlig konsterniert. Was würde mit Georg und all den anderen Festgenommenen geschehen? Würde man sie in den vielfach gefürchteten Kellern der Gestapo foltern, damit sie ihren Peinigern weitere Beteiligte des Aufstandes verrieten? Würde man sie quälen, um ihre Geständnisse zu erpressen? Würde man sie womöglich vor ein Kriegsgericht stellen, um sie im Eiltempo abzuurteilen?

Es war nicht besonders schwierig, sich vorzustellen, wie ein solches Urteil ausfallen würde. Die Machthaber reagierten mit zunehmender Brutalität auf alles, was in ihren Augen als Verrat galt, je näher sich der Krieg dem Ende zuneigte. Der Gedanke an ein solches Verfahren war mir unerträglich, zumal sich unter den Gefangenen auch Frauen befunden hatten.

Dies teilte ich auch Herrn Thomsen mit, als wir wenig später in der Wachstube beisammensaßen.

„Ich habe dich nicht umsonst von Anfang an vor diesem Georg

Braun gewarnt, mein Junge", entgegnete der. „Er hat die Nationalsozialisten seit Jahren immer wieder aufs Neue provoziert. Aus diesem Grund waren die heutigen Ereignisse unschwer vorherzusehen ..."

„Aber wenn es stimmt, was uns dieser Marineoffizier erzählte, waren seine Motive doch absolut ehrenhaft und durchaus in Ihrem Sinne", entgegnete ich. „Er wollte Helgoland vor weiteren Zerstörungen bewahren."

„... Indem er und seine Kameraden die Insel kampflos den Engländern überlassen wollten, wie auch immer dies vonstattengehen sollte. Genau dieses Vorgehen wird vom Inselkommando als Verrat am eigenen Volk gewertet!"

In dieser Art diskutierten wir noch eine ganze Weile weiter, ohne dabei jedoch auf einen gemeinsamen Nenner zu kommen. Zwischendurch warf ich immer wieder einen ungeduldigen Blick auf die Wanduhr und wunderte mich, dass Agnes noch nicht aufgekreuzt war, um mir das Ergebnis ihrer Nachforschungen zu präsentieren.

Es war kurz vor zwölf Uhr, als ich mich von meinem Platz erhob, um uns vor der Mittagspause noch schnell einen Tee zuzubereiten. Gerade wollte ich Wasser in den Kessel füllen, als auf einmal die Sirenen aufheulten. In der Gewissheit, dass schon im nächsten Moment auch die Glocken der Kirche zu hören sein würden, ließ ich mich durch den vermeintlichen Funktionstest nicht beirren und setzte mein Tun fort.

Doch schon nach wenigen Sekunden hielt ich irritiert inne, weil das Glockengeläut noch nicht eingesetzt hatte. Ein hastiger Blick zur Uhr brachte die Bestätigung für meine aufkommende Unruhe. Es war nicht etwa 12 Uhr, wie ich im ersten Augenblick angenommen hatte, sondern erst 11 Uhr 53!

Daraufhin sah ich schnell zu Herrn Thomsen, der meinem Blick gefolgt war.

„Ach, du lieber Himmel ...", stieß mein Kollege entsetzt aus, ehe er schon im nächsten Moment panisch von seinem Stuhl aufsprang.

80

Von unserer Dienststelle aus gesehen befand sich der nächstgelegene Stollenzugang in der Bremer Strasse. Dorthin lenkten wir zügig unsere Schritte, nachdem wir die Wachstube fluchtartig verlassen hatten.

Unterwegs wechselte der Heulton der Sirenen von Vor- auf Vollalarm. Noch ehe wir das Eingangstor erreichten, konnten wir aus der Ferne trotz der Sirenengeräusche ein dumpfes Dröhnen wahrnehmen, das von Sekunde zu Sekunde weiter anschwoll. Angesichts dieser Drohkulisse schwante mir Fürchterliches. Sollte der Feind so kurz vor dem Kriegsende etwa noch das wahrmachen, was Georg Braun und seine Kameraden mit allen Mitteln zu verhindern versucht hatten? In diesem Augenblick betete ich, dass die feindlichen Bomberverbände über uns hinwegfliegen würden, um ein anderes Ziel anzusteuern.

Leider sollte sich diese Hoffnung schon sehr bald zerschlagen, denn kaum waren die schweren Türen hinter uns zugeschlagen, waren bereits die Flakgeschütze zu hören, die den Angriff abzuwehren versuchten. Kurz darauf schlugen die ersten Bomben ein.

Da Herr Thomsen sich zu seiner Frau in den Altegör-Stollen begeben wollte, drückte er mir kurz seine Hand und sagte dabei: „Viel Glück und alles Gute, mein Junge!"

Ich erwiderte diesen Wunsch noch schnell und wandte mich dann hastig von ihm ab, um mich durch das Gedränge zur Spirale durchzuschlagen. Zu meinem Entsetzen schloss ich dabei schon bald zu einer Person auf, die ich zu diesem Zeitpunkt eigentlich schon im Fuchsbau vermutet hätte. Schlagartig wurde mir klar, dass Frau Friedrichsen sich damit in höchster Lebensgefahr befand!

„Mein Gott Wiebke, was um Himmels willen tust du hier?", rief ich der Kellnerin panisch zu, während ich gleichzeitig versuchte, mich an ihr vorbeizudrängen.

Diese reagierte bei meinem Anblick ebenso erschüttert wie ich meinerseits auf ihre Anwesenheit.

„Oh Gott, Hans, du warst auch im Unterland? Ich versuchte gerade, Erkundigungen über meinen Bruder einzuholen, als die Sirenen losgingen. Man hat ihn heute früh verhaftet und auf das Nordostgelände gebracht. Aber ... wer kümmert sich denn jetzt um Gesa?"

Diese Frage beschäftige mich bereits seit jenem Moment, als ich sie erkannt hatte. Sofort schossen mir die furchtbarsten Gedanken durch den Kopf. Frau Friedrichsen hatte in den Tagen zuvor sehr unter ihrer Arthritis zu leiden gehabt. Ob sie an diesem Morgen dennoch in der Lage gewesen war, die Strecke bis zum Schulbunker alleine zu bewältigen, konnte ich nicht beurteilen, weil ich das Haus in aller Herrgottsfrühe verlassen hatte, ohne ihr zu begegnen. Doch es stand zu befürchten, dass sie sich ohne fremde Hilfe kaum fortbewegen konnte. Darum blieb mir in diesem Moment nur die schwache Hoffnung, dass sich irgendwer aus der Nachbarschaft ihrer angenommen hatte.

„Ich weiß es nicht", stieß ich daher entmutigt aus und verfluchte mich schon im selben Augenblick für meine Unvorsichtigkeit.

Wie hatte ich am Vormittag nur so nachlässig sein können, nicht noch rasch bei meiner Vermieterin vorbeizuschauen, bevor ich mich ins Unterland begeben hatte?

Es gab nur eine Möglichkeit, herauszufinden, ob meine Sorgen um sie gerechtfertigt waren. Ich musste mich schnellstmöglich in den Fuchsbau begeben! Darum rief ich Wiebke hastig zu:

„Wir reden später miteinander. Die Sorge um Frau Friedrichsen lässt mir keine Ruhe. Ich muss mir Gewissheit verschaffen, ob sie es rechtzeitig in den Stollen geschafft hat."

Damit wandte ich mich von ihr ab und versuchte, mir im dichten Gedränge einen Weg zur Spirale zu bahnen.

Draußen schien unterdessen die Hölle ausgebrochen zu sein. Beinahe pausenlos schlugen Bomben ein, während der Lärm der Geschütze gleichzeitig nachzulassen schien. Die Geräuschkulisse war kaum zu ertragen! Das unheimliche Pfeifen niedergehender Sprengkörper und die ständigen Detonationen drohten mein Trommelfell zu zerplatzen.

Auch in der Spirale herrschte heilloses Durcheinander. Nur mit Mühe gelang es mir, durch den engen Aufgang nach oben zu gelangen. Die Sitzplätze waren dicht an dicht mit Schutzsuchenden besetzt. Zu meinem Entsetzen entdeckte ich auf einer der Bänke Georg Braun, der von mehreren Soldaten und Gestapoleuten bewacht wurde. Da ich in diesem Moment keine Zeit für ihn hatte, rief ich ihm im Vorbeigehen schnell zu:

„Ich versuche später, zu dir zu kommen, Georg!"

Während ich weiter nach oben hastete, hörte ich in meinem Rücken, wie er mir hinterherrief:

„Falls meine Frau Julia und meine älteste Tochter auch in der Spirale festgehalten werden sollten, sag ihnen, dass ich sie liebe!"

Obwohl ich in diesem Moment wahrlich schon genug Sorgen hatte, berührten mich sein Schicksal und das seiner Familie zutiefst.

Nachdem ich mich wenig später über den Aufgang bis fast nach oben vorgearbeitet hatte, bekam ich tatsächlich die Frau und das Mädchen zu Gesicht, die am Morgen zusammen mit Georg abgeführt worden waren. Auch sie standen unter strengster Bewachung. Da der Verdacht nahelag, dass es sich bei ihnen um seine Familienangehörigen handelte, rief ich ihnen im Vorbeigehen zu:

„Georg lässt ausrichten, dass er sie beide sehr liebt", und erntete dafür von beiden einen dankbaren Blick, während ihre Bewacher mich feindselig anstarrten.

Beim Betreten des Fuchsbaus kam beinahe sofort Jasper Meiners in mein Blickfeld, der mich trotz der chaotischen Zustände, die auch hier herrschten, aufmerksam zu taxieren schien, als ich an ihm vorbeihastete.

Nachdem ich ihn längst passiert hatte, wurde ich mir auf einmal des merkwürdigen Gesichtsausdrucks, mit dem er mich beäugt hatte, bewusst. War es etwa Häme gewesen, die sich in seinen Zügen gezeigt hatte? Da ich es in diesem Augenblick eilig hatte, beschloss ich, mir später Gedanken über ihn zu machen.

Meine schlimmsten Befürchtungen wurden wahr, als ich endlich meinen Zuständigkeitsbereich erreichte. Der Platz meiner Vermieterin war leer! Verzweifelt sah ich mich daraufhin hastig in der näheren Umgebung nach Frau Friedrichsen um, ohne sie dabei jedoch ausfindig machen zu können. Sie schien es tatsächlich nicht in den Bunker geschafft zu haben!

Die Erkenntnis traf mich wie ein Schwert. Auf einmal schien sich der schmale Gang um mich zu drehen. Ich taumelte und wäre vermutlich gestürzt, wenn zwei Frauen nicht von ihren Bänken aufgesprungen wären und schnell nach meinen Armen gegriffen hätten, um mich zu stützen.

Indem ich mich mit ihrer Unterstützung noch von meinem kurzzeitigen Schwächeanfall erholte, musste ich unvermittelt wieder an den seltsamen Blick denken, mit dem Jasper Meiners mich bedacht hatte. Einer plötzlichen Eingebung folgend riss ich mich von den Frauen los und stürzte zum Anfang des Stollens.

Während von oben weiterhin schwerste Bombeneinschläge zu vernehmen waren, suchten meine Augen verzweifelt nach Agnes. Beim Näherkommen erkannte ich ihre vier Kolleginnen, die ihre Blicke ängstlich zur Decke gerichtet hatten, ohne dabei meine

Verlobte entdecken zu können.

„Wo ist Agnes?", schrie ich Christel Lange an, die sich mir daraufhin am ganzen Körper zitternd langsam zuwandte und mich mit angstgeweiteten Augen anstarrte.

„Wir wissen es leider nicht", erwiderte Margret Borchers statt ihrer mit niedergeschlagener Miene. „Es ging alles so schnell. Wir hatten keine Möglichkeit mehr, nach ihr zu sehen."

Als mir klar wurde, was dies für Agnes bedeuten musste, drohte der Boden unter meinen Füßen wegzubrechen. Die Welt, in der ich bis dahin gelebt hatte, schien von einem auf den anderen Moment einzustürzen. Plötzlich fühlte ich eine unheimliche Leere in mir. Ich merkte, wie mir die Sinne schwanden. Der Stollen drehte sich auf einmal um mich. Ich musste mich stützen und konnte dennoch nicht verhindern, dass ich zu Boden glitt.

81

Meine plötzliche Schwäche währte nur kurz. Mithilfe aller vier Frauen sowie eines älteren Mannes kam ich schnell wieder auf die Beine und eilte sogleich zur Treppenanlage. Dort kamen mir die Feuerwehrkräfte, die gerade dabei waren, sich in den schützenden Stollen zurückzuziehen, schon entgegen. Als sie meinen entschlossenen Blick bemerkten, breiteten sie ihre Arme aus, um mich auf diese Weise am Weitergehen zu hindern.

„Lasst mich durch, ich muss nach oben", protestierte ich daraufhin lautstark und wollte mich an ihnen vorbeidrängen.

„Hier kommt niemand mehr durch", entgegnete einer der Männer in einem Tonfall, der keinen Widerspruch duldete. „Da oben ist es lebensgefährlich. Die Tür ist bereits versperrt! Du kannst also beruhigt in den Stollen zurückkehren."

„Aber ich muss da raus", brüllte ich ihn panisch an und versuchte dabei, mich den immer energischer werdenden Griffen der Männer zu entziehen. „Es fehlen noch mindestens zwei Personen, denen ich helfen muss!"

„Du kannst für diese armen Teufel nichts mehr tun", erklärte mir ein anderer Feuerwehrmann. „Da oben bricht gerade die Hölle los!"

„Aber Agnes und Frau Friedrichsen sind noch irgendwo da draußen. Wahrscheinlich stehen sie in diesem Moment vor der Tür und warten nur darauf, dass ich ihnen öffne", erwiderte ich und versuchte mich gleichzeitig loszureißen.

Da traf mich plötzlich ein Faustschlag mitten ins Gesicht und Sören Carlsen tauchte vor meinen Augen auf. „Tu, was man dir sagt, Hans", befahl er mit ruhiger Stimme. „Falls die beiden wirklich noch da draußen sein sollten, kannst du ihnen helfen, indem du für ihre Seelen betest. Dieses Inferno kann dort oben niemand überleben!"

Sein Hieb hatte mich immerhin wieder zur Besinnung gebracht. In der Tat schien ihm das inzwischen pausenlos niedergehende Bombardement recht zu geben, sodass ich die Sinnlosigkeit meines Vorhabens einsehen musste. Darum ließ ich mich von ihm ohne jeden weiteren Widerstand in den Stollen zurückführen.

Selbst als Sören mich in die Nische des Luftschutzwartes schob, protestierte ich nicht. Hauke Wykers schaute bei unserem Erscheinen nur kurz auf, während er sich gleichzeitig mit versteinerter Miene den Telefonhörer ans Ohr presste. Sein Gesichtsausdruck ließ vermuten, dass er gerade vernichtende Nachrichten der militärischen Führung entgegenzunehmen hatte.

Um das Gespräch nicht zu stören, erkundigte Sören sich, mich dabei mitfühlend ansehend, im Flüsterton bei mir:

„Diese Agnes, die du erwähntest ... ihr steht euch wohl sehr nahe, nicht wahr?"

Unfähig, etwas zu erwidern, konnte ich nur nicken.

„Handelt es sich bei ihr zufällig um die junge Dame, mit der ich dich kürzlich im Kino sah?"

Da fiel es mir plötzlich wie Schuppen vor die Augen. Was war ich nur für ein Dummkopf gewesen, als ich meiner Verlobten die Skizze mit dem Schuhabdruck ausgehändigt hatte! War ich in diesem Augenblick noch ganz bei Trost gewesen?

Ich hatte Jasper Meiners seinerzeit einen Blick auf meine Zeichnung werfen lassen, als ich ihn wegen seiner Einsichtnahme in die Baupläne in der Gemeindeverwaltung befragt hatte. Von meiner Verbindung zu Agnes hatte ich Meiners wiederum nur allzu leichtfertig bei unserem gemeinsamen Kinobesuch in Kenntnis gesetzt, bei dem ich in voller Absicht und für jedermann sichtbar keinerlei Zweifel daran gelassen hatte, welcher Art mein Verhältnis zu Agnes war.

Sollte Meiners sie am vorherigen Abend also dabei beobachtet haben, wie sie das Profil seiner Schuhsohle mit meiner Skizze verglichen hatte, muss ihm schlagartig bewusst geworden sein, dass er als Mörder entlarvt war! Um dies zu verhindern, blieb ihm nur ein Ausweg. Er musste Agnes mundtot machen! Was das für sie bedeutete, mochte ich mir nicht ausmalen. Sollte ich nach dem vermeintlichen Tod Frau Friedrichsens aufgrund einer sträflichen Nachlässigkeit womöglich auch für das Dahinscheiden meiner Verlobten verantwortlich sein? Welches Recht hatte ich selbst dann noch zu leben, falls sich diese Befürchtung bewahrheiten sollte? Hatte mein Leben in diesem Fall überhaupt noch einen Sinn?

Niedergeschlagen sah ich meinen Begleiter an.

„Sören, ich bin so ein Idiot ...", stieß ich leise aus. „Ich fürchte, ich habe den Tod von gleich zwei geliebten Menschen zu verantworten. Wie soll ich damit nur jemals fertig werden?"

Daraufhin klopfte er mir aufmunternd auf die Schulter. „Red´ dir diesen Unsinn erst gar nicht ein, Hans! Das, was dort oben gerade geschieht, hast nicht etwa du, sondern ein ganz anderer Mensch zu verantworten ..."

Doch auch diese vielsagende Bemerkung konnte mich nicht trösten. Immerhin trugen seine Worte dazu bei, dass ich mich dazu aufraffen konnte, mir endgültige Gewissheit über Agnes' Schicksal zu verschaffen. Als wir gemeinsam aus der Nische traten, hörten wir hinter uns den Luftschutzwart gerade ins Telefon stöhnen:

„Gütiger Himmel ..."

Auf der anderen Seite der Tür verschaffte ich mir mit einem hastigen Blick in beide Richtungen einen Überblick über die Situation im Stollen und nahm dabei erstmals die unheimliche Anspannung wahr, die sich vom Verhalten der Menschen bei früheren Alarmen unterschied.

Obwohl der Luftangriff nach meinen Schätzungen seit nunmehr beinahe einer Stunde andauerte, ließ dessen Intensität noch immer nicht nach. Geschützfeuer konnte ich hingegen nicht mehr ausmachen. Ohne Unterlass war das unheimliche Pfeifen der niedergehenden Bomben zu hören, dem kurz darauf deren Detonationen folgten, sobald sie auf dem Boden aufschlugen. Je nach Entfernung zum Fuchsbau waren diese Explosionen mal lauter, mal leiser wahrzunehmen. Eines hatten all diese Einschläge jedoch gemeinsam. Sie ließen den Felsen und damit die Wände des Stollens erzittern und verbreiteten auf diese Weise unter den Bunkerinsassen Todesangst.

Viele Menschen hatten ihre Hände zum Gebet gefaltet. Mütter, die ihre Blicke selbst verängstigt auf die gewölbte Bunkerdecke gerichtet hatten, konnten ihre schreienden Kinder kaum beruhigen. Rotkreuzschwestern versuchten, diesen jungen Frauen zu helfen, obwohl ihnen deutlich anzusehen war, welche Todesqualen sie selbst gerade ausstanden. Viele zitterten am ganzen Körper. Der Putz an der Decke hatte inzwischen an vielen Stellen dicke Risse bekommen oder rieselte bereits auf die Köpfe der darunter sitzenden Leute nieder. Das Leid der Inselbewohner war es, das mich wieder wachrüttelte. Es war höchste Zeit für mich, meinen Pflichten nachzukommen und beruhigend auf die Menschen einzureden, um eine Panik zu verhindern. Da ich allerdings nicht überall gleichzeitig sein konnte, war ich heilfroh, als Sören mir bei diesem Vorhaben seine Unterstützung anbot.

82

Wenngleich gerade die allerdunkelsten Gedanken in meinem Kopf herumschwirrten, versuchte ich dennoch, den bedauernswerten Menschen im Bunker Mut zuzusprechen. Welche Todesängste mochten die vielen Soldaten und ihre jugendlichen Helfer an den Geschützen, Peilgeräten und in den Munitionskammern dort oben wohl erst ausstehen? Wie viele von ihnen würden diesen Tag mit ihrem Leben bezahlen?
Es dauerte noch etwa zehn Minuten, bis das Getöse draußen merklich abnahm und kurz darauf ganz aufhörte. Daraufhin atmeten die Menschen erleichtert auf. Wie alle anderen glaubte auch ich in diesem Augenblick, das Schlimmste überstanden zu haben. Doch die allgemeine Freude wurde schon bald jäh gebremst, als Hauke Wykers´ Stimme über Lautsprecher bekannt gab:
„Es tut mir leid, Ihnen mitteilen zu müssen, dass die Insel bei diesem feindlichen Terrorangriff in weiten Teilen zerstört wurde. Eine Entwarnung kann noch nicht erfolgen, da mit weiteren Attacken des Feindes zu rechnen ist. Bitte bleiben Sie daher auf Ihren Plätzen und verhalten Sie sich weiterhin ruhig!"
Der Durchsage folgte ein allgemeines ernüchtertes Aufstöhnen. Ich nutzte die Gelegenheit, um mich rasch zu Agnes' Kolleginnen zu begeben.

Die Gemütszustände der vier jungen Frauen unterschieden sich in nichts von denen der anderen Bunkerinsassen. Ihre Gesichter waren kalkweiß, während ihre Augen nervös umherwanderten.

Margret Borchers zitterte inzwischen am ganzen Körper und musste von Sophia Diekmann beruhigt werden, indem diese sie in den Arm genommen hatte und beruhigend auf sie einsprach. Selbst der sonst so schlagfertigen Christel Lange hatte es die Sprache verschlagen. Sie starrte mit ausdruckslosem Blick vor sich hin, die Handinnenflächen unruhig am Stoff ihres Rockes reibend.

„Fräulein Lange, fühlen Sie sich dazu in der Lage, mir zu sagen, wo Agnes geblieben sein könnte?", erkundigte ich mich vorsichtig bei ihr.

Doch zu meinem Leidwesen reagierte sie kaum, sondern starrte mich mit leerem Blick an.

„Fräulein Lange, haben Sie mich verstanden?", versuchte ich es noch einmal. „Wo kann Agnes sein?"

Da ich erneut keine Antwort von ihr bekam, ergriff ich ihre Schultern und schüttelte sie sanft. „Verdammt, Fräulein Lange, ich muss wissen, was mit Agnes ist! Wo kann sie sich befinden?"

Immerhin schienen meine Worte nun zu ihr durchzudringen, denn plötzlich antwortete sie mit einer Gegenfrage:

„Agnes? Warum interessieren Sie sich denn auf einmal so für Agnes?"

Als ich nicht gleich antwortete, schien ihr langsam etwas zu dämmern. Auf ihrem Mund zeigte sich unvermittelt der Anflug eines Lächelns, als ihr klar wurde, warum ich mich so nachdrücklich nach ihrer Kollegin erkundigte.

„Jetzt verstehe ich ...", rief sie unversehens mit ihrer tiefen Stimme aus. „Sie sind das, Herr Wachtmeister! Sie sind der mysteriöse Mann, mit dem Agnes ihre freien Tage verbringt ..."

Sie ließ ein gequältes Lachen erklingen, ehe sie mich forschend ansah. „Wer hätte das gedacht? Sie sind der geheimnisvolle Liebhaber!" Christel schüttelte fassungslos den Kopf. „Ich kann es einfach nicht glauben. Mit mir schäkern Sie bei jeder sich bietenden Gelegenheit herum, während Sie gleichzeitig eine Affäre mit Agnes haben! Turtelten Sie nur deshalb mit mir, um von Ihrem Techtelmechtel mit meiner Kollegin abzulenken? Wie lange geht das überhaupt schon mit Ihnen beiden?"

Ihre Frage ignorierend legte ich meine Hände noch einmal auf ihre Schultern und sah sie beschwörend an. „Fräulein Lange, so verstehen Sie doch! Ich mache mir die allergrößten Sorgen um Agnes. Wo ist sie? Kann sie über einen anderen Zugang in den Bunker gelangt sein?" Sie warf mir einen ratlosen Blick zu und zuckte gleichzeitig mit den Schultern. „Keine Ahnung ... es ging alles so schnell. Wir mussten uns furchtbar beeilen ... wir anderen Mädchen dachten, sie sei schon unterwegs, als wir aus dem Haus stürmten ..."

Da ich auf diese Weise nicht weiterkam, lenkte ich das Gespräch auf den Vorabend und betete dabei innerlich, dass sich mein furchtbarer Verdacht nicht bestätigen würde. „Bitte überlegen Sie jetzt ganz genau. War Jasper Meiners gestern Abend zu Gast in Ihrem Haus?"

Daraufhin bedachte sie mich mit einem vorwurfsvollen Blick. „Aber Herr Wachtmeister, über solche Dinge sprechen wir in unserem Gewerbe nicht. Das sollten Sie eigentlich wissen ..."

„Fräulein Lange, ich muss unbedingt in Erfahrung bringen, ob er bei Ihnen war, weil ich etwas Schreckliches vermute. Es ist wirklich wichtig! Notfalls werde ich Sie sogar offiziell vorladen, damit Sie mir Auskunft erteilen", drohte ich ihr. „Also sagen Sie mir jetzt bitte endlich, ob Sie gestern Abend Jasper Meiners empfingen, wie Sie es jeden Dienstag zu tun pflegen?"

Da sie merkte, wie ernst es mir war, gab sie nach einigem Zögern kleinlaut zu:

„Ja, Jasper war gestern Abend mein Gast."

„Begleiteten Sie ihn später zur Haustür, als Sie sich von ihm verabschiedeten?"

„Nein, das ist in unserem Hause nicht üblich, zumindest nicht bei den Stammgästen. Ich öffnete ihm lediglich meine Zimmertür und ließ ihn hinaus, weil ich sowohl meine Kammer als auch mich selbst für den nächsten Kunden rasch wiederherrichten wollte."

Ich überlegte kurz. „Konnten Sie die Haustür hinter Meiners ins Schloss fallen hören, als er das Gebäude verließ?"

Nun musste auch sie kurz nachdenken.

„Nein", entgegnete sie dann entschieden. „Nein, er scheint das Haus nicht gleich verlassen zu haben, weil ihm wohl noch eines der anderen Mädchen begegnet ist. Jedenfalls hörte ich eine weibliche Stimme, die sich im Korridor noch mit ihm unterhielt, ehe ich mich von der Zimmertür abwandte." An dieser Stelle unterbrach sie sich selbst. „Aber sagen Sie, Herr Wachtmeister, warum stellen Sie mir eigentlich all diese Fragen zu Jasper?"

„Das erkläre ich Ihnen später. Sagen Sie mir stattdessen lieber, wessen Stimme Sie im Gespräch mit Meiners erkannten?" Wieder konnte sie nur mit den Schultern zucken. „Das kann ich Ihnen nicht sagen. Ich wandte mich ja dann gleich von der Tür ab, um ..."

„... Das Zimmer und sich selbst wiederherzurichten. Ich weiß", fiel ich ihr ungeduldig ins Wort, um mich gleich darauf an die anderen Frauen zu wenden, die unsere Unterhaltung mit wachsendem Interesse verfolgt hatten.

„Hat jemand von Ihnen am gestrigen Abend noch mit Jasper Meiners gesprochen, bevor er Ihr Haus verließ?", erkundigte ich mich.

„Also, ich nicht ...", meinte Hildegard Schwarting.

Auch Sophia Diekmann und Margret Borchers, die sich langsam wieder zu erholen schien, schüttelten entschieden den Kopf.

„Demnach muss es Agnes gewesen sein, die sich zu diesem Zeitpunkt im Korridor aufhielt, oder etwa nicht?", schlussfolgerte ich.

Doch ehe ich eine Antwort bekommen sollte, brach über unseren Köpfen erneut die Hölle los. In diesem Moment setzte draußen nämlich wieder das Pfeifen der Bomben ein, dem schon Sekunden später heftige Detonationen folgten. Sofort gingen die Blicke sämtlicher Menschen im Stollen abermals wie automatisch besorgt zur Decke.

Was mich betraf, so überwog trotz des erneuten Aufflammens des Bombenhagels weiterhin die immense Sorge um meine Verlobte, sodass ich meine Angst kaum spürte.

„Ich bin mir nicht sicher, ob ich es richtig wiedergebe, aber Agnes deutete mir gegenüber an, es gebe einen Schrank, in dem die Gäste Ihres Hauses ihre Schuhe abstellen, ehe sie sich zu Ihnen auf die Zimmer begeben. Habe ich Agnes richtig verstanden?", fragte ich schnell in die Runde, als auch schon die nächsten Bomben einschlugen und die Stollenwände erzittern ließen.

Christel war es vorbehalten, sich als erste vom Schock, der den gesamten Bunker bereits wieder erfasst hatte, zu erholen. „Im Korridor gibt es ein Regal, auf dem wir für unsere Kunden Hausschuhe bereithalten. Dort bitten wir sie, ihre Fußbekleidung zu wechseln, bevor wir sie mit auf unser jeweiliges Zimmer nehmen."

„Das bedeutet, auf diesem Regal sind die Schuhe der Gäste

abgestellt, während sie ..."

"... Sich von uns verwöhnen lassen", vollendete Christel meinen Satz. „Kamen die Stimmen, die Sie hörten, aus diesem Bereich des Hauses?", wollte ich wissen. Sie nickte. „Ja, eindeutig. Jasper musste ja zwangsläufig am Regal vorbei, um sich seine Schuhe wieder anzuziehen." Ich überlegte kurz. „Sie sagten eben, Sie konnten die Stimme Ihrer Kollegin nicht eindeutig erkennen. Doch war es Ihnen wenigstens möglich, zu verstehen, was Meiners sagte?"

„Na ja, viel habe ich natürlich nicht mitbekommen", erklärte sie zögernd. „Aber ehrlich gesagt, wunderte ich mich ein wenig. Das war wohl auch der Grund, warum ich noch für einen Augenblick an der Tür verharrte. Denn Jasper sprach davon, dass er sich noch gar nicht müde fühle, was mich einigermaßen irritierte. Als er sich kurz zuvor von mir verabschiedete, hatte ich nämlich eher den Eindruck, er sei ziemlich erschöpft, wenn Sie verstehen, was ich meine ..."

Obwohl dem Quartett nicht bekannt war, was genau sich am Vorabend in ihrem Haus abgespielt hatte, schien sich aus dem, was Christel Lange mir berichten konnte, mein Verdacht zu bestätigen, wonach Meiners Agnes beim Überprüfen seines Schuhprofils erwischt hatte.

Was diese Erkenntnis für sie bedeuten musste, mochte ich mir nicht vorstellen. Hatte er Agnes danach womöglich überreden können, ihn mit auf ihr Zimmer zu nehmen? Und falls es so gewesen sein sollte, was mochte danach geschehen sein? Hatte er ihr dort Gewalt angetan, sie gar umgebracht?

Die Vorstellung, dass Agnes nicht mehr leben könnte, raubte mir beinahe den Verstand. Plötzlich konnte ich nicht mehr klar denken. Die Beine drohten erneut unter meinem Körper nachzugeben. Gleichzeitig spürte ich aber auch eine wahnsinnige Wut in mir aufsteigen. Auf einmal verspürte ich das Bedürfnis, mich auf Jasper Meiners zu stürzen, um ihn zu zerfleischen!

Während ich noch abwägte, ob ich es riskieren konnte, meinen Bereich zu verlassen, um zu seinem Bunkerabschnitt zu stürmen und dort die Wahrheit aus ihm herauszuprügeln, wurde es im gesamten Stollen mit einem Schlag stockdunkel.

83

Mittlerweile gingen wieder beinahe ununterbrochen Bomben auf die Insel nieder. Der plötzliche Stromausfall hatte bei den Menschen für ein vielfaches banges Aufstöhnen gesorgt. Schlagartig wurde ich mir wieder meiner Aufgaben bewusst. Jasper Meiners würde ich später zur Rede stellen müssen. Vorrangig hatte ich mich um die vielen völlig verängstigten Bunkerinsassen zu kümmern, um sie zu beruhigen.

Es dauerte nicht lange, bis erste Taschenlampen aufleuchteten, die dem schmalen Gang zumindest ein klein wenig Licht gaben und die Schutzsuchenden damit aus ihrer größten Beklemmung befreiten.

„Bitte bewahren Sie Ruhe und bleiben Sie auf Ihren Plätzen", rief ich, so laut ich konnte, in den Tunnel. „Haben Sie keine Angst, hier unten wird uns nichts geschehen!"

Kurz darauf war auch Hauke Wykers´ Stimme zu hören, der über Lautsprecher bekannt gab:

„Beide Elektrizitätswerke scheinen getroffen worden zu sein. Das Bunkersystem verfügt jedoch über eine eigene Notstromversorgung, die schon in Kürze wieder für Licht sorgen wird. Bitte verhalten Sie sich bis dahin ruhig!"

Sehr zur allgemeinen Erleichterung ging das Licht bald danach wieder an.

An der fortdauernden Bombardierung der Insel änderte dies allerdings nichts. Weiterhin waren heftige Einschläge zu vernehmen. Mittlerweile wurde die Luft im Stollen immer stickiger. Auch das Belüftungssystem schien Schäden davongetragen zu haben. Zum Glück hatten die Ingenieure beim Bau der Tunnel an Handpumpen gedacht, die von mehreren Männern abwechselnd bedient wurden, um den Bunker mit Sauerstoff zu versorgen.

Ein kleines Mädchen rannte laut weinend durch den schmalen Gang. Seine Mutter konnte ihr nicht hinterherlaufen, um sie wieder einzufangen, weil sie sich um ihre anderen beiden Kinder zu kümmern hatte, die sich weinend an ihr festgeklammert hatten. Ich schnappte mir die Kleine, nahm sie auf den Arm und versuchte sie zu beruhigen. Nachdem mir dies halbwegs gelungen war, brachte ich sie zu ihrer Mutter zurück, die mich dafür mit einem dankbaren Blick bedachte.

Wenige Meter weiter bot sich mir ein rührendes Bild. Ein älteres Ehepaar starrte mit ausdruckslosen Augen schweigend den Boden vor sich an. Beide Ehepartner hielten sich dabei liebevoll an den Händen. Indem ich beiden meine Hand auf den Unterarm legte, versuchte ich ihnen Mut zuzusprechen.
Eine weitere ältere Frau hatte gerade einen fürchterlichen Hustenanfall. Sie schien unter Asthma zu leiden. Um ihre Atemnot zu lindern, bat ich eine Rotkreuzschwester, sich mit einer Asthmapumpe zu ihr zu begeben, damit ihre Lunge ausreichend mit Sauerstoff versorgt wurde.
Die meisten Anwesenden hatten ihre Blicke allerdings nach wie vor ängstlich zur Decke gerichtet, von der der Putz inzwischen fast vollständig abgebröckelt war.
Die Angst der Menschen in meiner Umgebung trug wenigstens dazu bei, meine eigenen Sorgen um Agnes und Frau Friedrichsen für eine Weile zu verdrängen. Ganz ausblenden ließen sie sich jedoch nicht. Zwischendurch stellte ich mir immer wieder die Frage, ob es eine Möglichkeit geben mochte, dass beide das Inferno überlebten.
Irgendwann ließ ich mir von einem Hilfsfeuerwehrmann die Uhrzeit sagen und stellte entsetzt fest, dass das Bombardement schon über eineinhalb Stunden andauerte. Wie viele Flugzeuge mochten den Engländern wohl zur Verfügung stehen, um einen solch gewaltigen Bombenangriff durchführen zu können?
Hatte mich der Luftangriff vom 15. Oktober schon erschüttert, so stellte die heutige Attacke alles bisher Erlebte weit in den Schatten. Die Auswirkungen für die Insel mussten verheerend sein! Angesichts dieser besonders langen, beinahe ununterbrochenen Bombardierung konnte auf Helgoland kein Stein mehr auf dem anderen stehen!
Nach dem Krieg erfuhr ich, dass an diesem Tag annähernd eintausend feindliche Maschinen die Insel angeflogen hatten, um hier ihre tödliche Fracht abzuwerfen. Dem hatte die Flak so gut wie nichts entgegenzusetzen gehabt. Lediglich drei feindliche Maschinen konnten noch abgeschossen werden, bevor die Flugabwehr im Bombenhagel ausgeschaltet worden war.
Wie viele andere Leidensgenossen hatte auch ich irgendwann das Gefühl, das Inferno würde nie ein Ende nehmen. Aber nach annähernd zwei Stunden fortwährenden Bombardements hörte der Lärm draußen auf einmal tatsächlich auf. Dessen ungeachtet

wagten die Menschen im Stollen kaum, ihre Erleichterung zu zeigen, weil sie damit rechneten, dass die Detonationen jeden Moment wieder einsetzten.

Doch Hauke Wykers gab ihren vagen Hoffnungen schon bald neue Nahrung, indem er über Lautsprecher einen Befehl des Inselkommandanten bekannt gab, wonach sich sämtliche Infanteristen und männliche Bunkerinsassen zu einem Arbeitseinsatz in die Spirale zu begeben hätten, wo man ihnen weitere Anweisungen erteilen würde. Da ich als Luftschutzhelfer weiterhin für die Sicherheit im Stollen verantwortlich war, betraf mich diese Anordnung nicht. Um mich dennoch nützlich zu machen, wollte ich mich schnellstens davon überzeugen, ob sich die Türen des Schulbunkers öffnen ließen. Sören Carlsen erklärte sich sofort bereit, mich bei meinem nicht ganz ungefährlichen Erkundungsgang zu begleiten.

Wir waren auf der Treppenanlage noch nicht auf dem obersten Absatz angelangt, als wir von draußen einen neuerlichen, fürchterlichen Knall hörten.

„So eine Schweinerei", schimpfte Sören. „Der Feind scheint einen Teil seiner Bomben mit Zeitzündern ausgestattet zu haben."

Als wir den Ausgang erreichten, wurde uns schnell klar, dass niemand den Bunker auf diesem Weg verlassen konnte. Die Tür hing völlig verkeilt in ihrem Rahmen. Zudem sorgte auf der Außenseite eine riesige Ansammlung von Geröll dafür, dass der Weg ins Freie versperrt war. Die Gesteinsmassen würden erst von außen beseitigt werden müssen, bevor an dieser Stelle an einen Ausstieg aus dem Bunker zu denken war. Wie viel Glück wir unten in den Schutzräumen während des Luftangriffs gehabt hatten, sollte ich erst im Laufe des Nachmittages erfahren!

Als wir in den Stollen zurückkamen, hatte sich die Lage dort etwas entspannt. Da die männlichen Schutzsuchenden auf dem Weg zu ihrem Arbeitseinsatz waren, war die Enge des schmalen Ganges für die verbliebenen Menschen nicht mehr ganz so bedrückend wie noch zuvor. Obwohl jedem bewusst war, was ihn draußen erwarten würde, zeigten sich die Bunkerinsassen erleichtert, das Bombardement zumindest körperlich unversehrt überstanden zu haben.

Wir alle glaubten in diesem Augenblick, dass der Krieg für Helgoland nach diesem Angriff endgültig vorbei sei. Leider handelte es sich bei dieser Annahme um einen Trugschluss, wie wir rund vierundzwanzig Stunden später erfahren sollten ...

84

Hauke Wykers trat humpelnd aus seiner Nische. Er schien in den letzten Stunden um Jahre gealtert zu sein. Tiefe Ringe zeigten sich um seine Augen. Seine Kleidung war völlig durchgeschwitzt. „Es ist eine einzige Katastrophe ...", stammelte er völlig geistesabwesend mehrfach vor sich hin.

Es dauerte eine ganze Weile, bis er in die Wirklichkeit zurückfand und mich überhaupt wahrnahm, als er sich auf einmal suchend umsah.

„Hans, gut, dass du da bist", sprach er mich dann an. „Wie der Flakleitstand mir soeben mitteilte, gibt es dort oben jede Menge Verletzte, die auf ihren Abtransport ins Lazarett warten. Da die Treppe zum Unterland durch einen Volltreffer völlig zerstört wurde, bleibt uns nur der Weg durch das Stollensystem. Dies setzt allerdings voraus, dass die Zugänge zu den Bunkern frei zugänglich sind. Und genau da liegt das Problem. Im Moment ist der Zugang zum Tunnelsystem nämlich lediglich über die oberen Tore der Spirale möglich. Sowohl der Weddigenstollen als auch der Fuchsbau können vom Oberland aus nicht betreten werden, weil sämtliche Eingänge im Bombenhagel verschüttet wurden. Auf diese Zugänge sind wir aber dringend angewiesen, weil die Verwüstungen im Oberland derart verheerend sind, dass die Spirale von vielen Stellen aus nicht erreichbar ist.

Ein Arbeitstrupp ist bereits unterwegs, um den Zugang zum Schulbunker freizuräumen. Deine Aufgabe ist es, die Bemühungen dieser Männer von innen zu unterstützen. Sören Carlsen und zwei weitere Hilfsfeuerwehrmänner werden dir dabei mit schwerem Gerät zur Seite stehen."

Obwohl mir schleierhaft war, wie das Telefonkabel zum Flakleitstand den Angriff unbeschadet überstanden haben konnte, nickte ich nur.

Ich wollte mich gerade auf den Weg machen, als Herr Wykers mich noch einmal zurückhielt. „Da ist noch etwas, Hans. In unmittelbarer Nähe des Eingangs zum Schulbunker scheint es einen Einschlag gegeben zu haben. Man machte mich auf einen gewaltigen Bombentrichter aufmerksam, der sich offenbar direkt über dem Stollen befindet. Wir haben riesiges Glück gehabt, dass die Bunkerdecke bei der Detonation des Sprengkörpers nicht durchschlagen wurde. Sollten wir allerdings ein weiteres Mal angegriffen werden und erneut eine Bombe in diesem Bereich niedergehen ..."

"... Würde die Decke brechen und dabei womöglich Dutzende Menschen unter sich begraben", vollendete ich seinen Satz.

„Ganz genau", stimmte er mir zu. „Der Krater muss darum unter allen Umständen so schnell wie möglich zugeworfen werden, um eine Katastrophe zu verhindern. Ich will daher, dass sich sämtliche Personen im Bunker, die körperlich dazu in der Lage sind, an diesen Arbeiten beteiligen, sobald die Verwundeten abtransportiert wurden. Es kommt auf jede Hand an! Wir werden also auch die Frauen auffordern müssen, sich an diesem Einsatz zu beteiligen. Eine entsprechende Vorankündigung werde ich vorsichtshalber gleich schon einmal über Lautsprecher durchgeben."

„Gut, ich werde mich darum kümmern, dass die entsprechenden Arbeitsgeräte bereitstehen", entgegnete ich und wandte mich damit endgültig von ihm ab.

Kurz darauf stiegen wir erneut die Stufen empor. Dieses Mal waren wir zu viert, jeder von uns jeweils mit mehreren Schaufeln und Spitzhacken bewaffnet, die in weiser Voraussicht in ausreichender Form im Bunker vorrätig gehalten wurden. Von draußen war bereits der Lärm zu vernehmen, den der Arbeitstrupp bei seinen Aufräumarbeiten verursachte.

Mithilfe einer Brechstange gelang es uns schon bald, die völlig verkeilte Eingangstür aufzuhebeln. Wenig später war der Bereich davor von Trümmern befreit, sodass uns der Ausstieg möglich war.

Als ich mit den anderen Helfern nach draußen trat und mich umschaute, glaubte ich im ersten Augenblick, in eine untergegangene Welt einzutauchen. Die Heftigkeit des Luftangriffs hatte mich bereits Schlimmes befürchten lassen. Doch die Verwüstungen, die sich mir dann tatsächlich zeigten, überstiegen jede menschliche Vorstellungskraft.

So weit mein Auge reichte, konnte ich ein einziges Trümmerfeld ausmachen. Wo Stunden zuvor noch die Häuser der Inselbewohner gestanden hatten, waren nach dem Bombardement im günstigsten Fall noch vereinzelt die Gerippe der Gebäude, die meist nur noch aus wenigen Mauerresten bestanden, geblieben. Von der überwiegenden Anzahl der Bauten waren hingegen nur noch

Trümmerberge zu sehen. An vielen Stellen schlugen Flammen in die Höhe. Feuerwehrleute bemühten sich verzweifelt, die Brände zu löschen. Über der gesamten Insel lag eine dichte Rauchwolke. Bizarre Bilder zeigten sich mir. Alleinstehende Schornsteine ragten in den Himmel. Auf den Herden zu ihren Füßen waren teilweise sogar noch Kochtöpfe zu erkennen. Dies brachte mir in Erinnerung, dass der Luftangriff zu einer Zeit erfolgt war, als die meisten Frauen gerade mit der Zubereitung des Mittagessens beschäftigt gewesen waren.

Der Boden war mit Bombentrichtern übersät, wodurch ein Umherwandern unmöglich war. Und als ob dies noch nicht genug Zerstörung sei, hörte ich in der Ferne in unregelmäßigen Abständen immer wieder Explosionen von Bomben, die offenbar mit Zeitzündern bestückt waren.

Im Gegensatz zum Rest des Gebäudes hatte der Turm der St. Nicolai-Kirche dem Inferno standgehalten, während die Trümmer des Kirchenschiffs unmittelbar daneben auf dem Grund lagen. Doch auch dem Turm war anzusehen, dass das Bombardement ihm arg zugesetzt hatte. Der Friedhof, der die Kirche einmal umgeben hatte, glich einer Landschaft aus einem Horrorroman. Die Grabsteine standen schräg in der Luft, lagen flach auf dem Schutt oder waren völlig zerschmettert. Auf dem Gelände reihten sich wie auf dem gesamten Oberland Bombentrichter an Bombentrichter. Die Gräber waren teils freigelegt. An einigen Stellen waren die Gebeine der Toten zu erkennen, die die Wucht der Detonationen durch die Luft hatten wirbeln lassen.

Vom weithin sichtbaren, rot-weiß gefärbten Leuchtturm, eines der Wahrzeichen der Insel, war nur noch die kümmerliche, weit verstreute Ansammlung seiner Einzelteile verblieben. Einzig der Flakleitstand schien den verheerenden Luftangriff überstanden zu haben, wenngleich auch mit deutlich erkennbaren Blessuren. Umgeben von einem Meer aus Ruinen schien er dem Versuch, sämtliche Bebauung auf der Insel auszulöschen, eisern getrotzt zu haben.

Angesichts des Ausmaßes der Zerstörungen war ich entsetzt. Der Anblick der Verwüstung schmerzte. Das einstmals so bezaubernde Helgoland war innerhalb weniger Stunden komplett ausradiert worden. Die Insel hatte praktisch aufgehört zu existieren!

Herr Wykers hatte nicht übertrieben. Genau wie er mir berichtet hatte, befand sich eine besonders tiefe Grube gefährlich nahe am

Stollenzugang. Es grenzte an ein Wunder, dass die Bunkerdecke diesem Einschlag standgehalten hatte!

Wie automatisch hatten meine Augen nach dem Ausstieg die nähere Umgebung des Bunkerausgangs nach Agnes und Frau Friedrichsen abgesucht, ohne sie dabei jedoch entdecken zu können. Obwohl ich mir auch vorher schon wenig Hoffnungen gemacht hatte, sie lebend wiederzusehen, verschaffte mir der Blick über das völlig zerstörte Oberland endgültige Gewissheit. Die Kellerdecke eines normalen Wohngebäudes hatte einem solch heftigen Bombenhagel nichts entgegenzusetzen. Diese Hölle konnte außerhalb der Schutzräume niemand überlebt haben! Ich musste mich schon sehr zusammenreißen, um angesichts dieser ebenso bitteren wie traurigen Erkenntnis nicht augenblicklich in Tränen auszubrechen. Doch ich wurde gebraucht, wie ich schon bald feststellen musste. Es dauerte nämlich nicht lange, bis erste Sanitäter mit Tragen eintrafen, auf denen sich schwerstverletzte Soldaten, Marine- oder Flakhelfer befanden. Um für die Verwundetentransporte den Weg freizumachen, beeilte ich mich, wieder nach unten in den Bunker zu gelangen.

Viele Schutzsuchenden waren froh, sich nach den Stunden des bangen Ausharrens zumindest im Stollen ein wenig die Beine vertreten zu können und wanderten daher ziellos umher. Doch die Enge des Ganges verlangte, dass ich diesem Treiben schnellstens ein Ende bereitete.

„Bitte räumen Sie den Durchgang für Verwundetentransporte. Steigen Sie alle auf die Bänke, um den Gang freizuhalten", rief ich, so laut ich konnte, aus, sobald ich den Stollen erreicht hatte.

Diese Aufforderung wiederholte ich mehrfach, bis ich dessen Ende und damit den Übergangsbereich zur Spirale erreicht hatte. Wie angekündigt schien Herr Wykers die Menschen über Lautsprecher schon vorgewarnt zu haben, denn alle sprangen schleunigst auf die Sitzbänke, sobald sie meine Stimme hörten.

Auch in der Spirale waren offensichtlich erst Aufräumarbeiten vonnöten gewesen, ehe die stufenlosen Aufgänge wieder begehbar waren. Die Menschen, die hier Schutz vor den Bomben gesucht hatten, waren offenbar noch während des Angriffs dazu aufgefordert worden, sich ebenfalls in die Stollen zurückzuziehen, wie man mir berichtete. Denn die Wand aus Ziegelmauerwerk, die einst errichtet worden war, um dem Felsen als Stützwerk zu dienen, hatte der Wucht der Bomben nicht standgehalten und war in sich zusammengefallen. Die Reste des Mauerwerks lagen noch an den Rändern der spiralförmigen Gänge. Nachdem man den gröbsten Schutt beiseite geräumt hatte, würde der Durchlass gerade so ausreichen, um die vielen Verletzten auf diesem Weg in die Stollen des Unterlandes und damit ins Lazarett der Raumanlage transportieren zu können.

Jasper Meiners schien meine flüchtige Inspektion der Spirale argwöhnisch verfolgt zu haben, wie ich aus den Augenwinkeln heraus bemerkt hatte. Erneut hatte mich bei seinem Anblick die nackte Wut gepackt. Doch angesichts der Verwundetentransporte musste ich meinen Zorn weiterhin im Zaum halten, ehe ich von ihm Rechenschaft verlangen würde.

In der folgenden Stunde wurde den Menschen in den schmalen Gängen Fürchterliches zugemutet. Mütter hielten ihren Kindern die Hände vor die Augen, als zahlreiche jugendliche Flakhelfer, aber auch reguläre Soldaten gleich reihenweise an uns vorbeigetragen wurden. Da es offenbar an Tragen mangelte, wurden dazu teils Haus- oder Zimmertüren verwendet, die man wohl in aller Eile aus den Trümmern geborgen hatte.

Die meisten Verwundeten schrien ihre Schmerzen laut aus. Vielen fehlten ganze Gliedmaßen, andere waren mit leichteren Verletzungen davongekommen. Fast alle hatten offene Wunden, aus denen sie mehr oder minder stark bluteten. Ich betete innerlich, dass Agnes und Frau Friedrichsen zumindest ein solches Schicksal erspart geblieben war und sie nicht lange leiden hatten müssen.

Die erschütternden Szenen, die sich uns boten, waren kaum zu ertragen. Wie alle anderen war auch ich froh, als der Schwarm der Verwundeten irgendwann abebbte. Es dauerte mehrere Minuten, bis ich das Gesehene verdaut hatte.

Nachdem ich mir einen Ruck gegeben hatte, bat ich Herrn Wykers, seine Durchsage bezüglich des Arbeitseinsatzes noch einmal zu wiederholen und begab mich danach in Begleitung einer Schar Freiwilliger, die zumeist aus Frauen bestand, nach oben. Zu meinem Erstaunen waren selbst Agnes' Kolleginnen der Aufforderung gefolgt und beteiligten sich an den schweren körperlichen Arbeiten. In den folgenden Stunden gelang es uns, den riesigen Krater im Eingangsbereich des Schulbunkers wenigstens einigermaßen mit Erdreich und Schutt zu verfüllen, damit die Sicherheit im Stollen bei einem möglichen neuerlichen Luftangriff wieder gewährleistet war.

Als wir die Arbeiten gerade beenden wollten, konnte ich in der Ferne beobachten, wie die völlig außer sich geratenen Hunde der Insel in einen Bombentrichter getrieben wurden. An den Rändern stehende Männer mit Gewehren legten kurz darauf an und schossen vielfach in die Grube, bis das kaum zu ertragende Hundegeheul verstummt war. Mir wollte es angesichts dieses grausamen, aber wohl notwendigen Vorgehens das Herz zerreißen. Später beim Abendessen, bei dem Brot aus der Bäckerei in der Raumanlage gereicht wurde, offenbarte sich erstmals ein Riesenproblem, an das im Zuge des Ausbaus Helgolands zur Seefestung und der damit einhergehenden Bevorratung niemand gedacht zu haben schien: Es fehlte an Wasser! Im Zuge der Zerstörung der gesamten Infrastruktur Helgolands waren nämlich auch beinahe sämtliche Zisternen der Insel von den Bomben vernichtet worden.

Eine Komplikation der ganz anderen Art sollte ebenfalls schon bald in äußerst unangenehmer Weise hervortreten. Die Zu- und Abflüsse der Toiletten im Stollen waren offensichtlich durchtrennt worden. Aus den Aborten zog ein stetig zunehmender, äußerst unbehaglicher Geruch durch den engen Gang.

85

Am Abend wurde den Menschen erlaubt, die Bunker kurz zu verlassen. Wohl auf Anordnung der Inselkommandantur drohte Herr Wykers, wie schon nach dem Luftangriff vom 15. Oktober, über Lautsprecher erneut mit drakonischen Strafen, die bei möglichen Plünderungen verhängt werden würden. Angesichts der ungeheuerlichen materiellen Verluste, die die Bewohner Helgolands an diesem Tag hinzunehmen gehabt hatten, empfand ich diese Durchsage auch jetzt wieder als äußerst unpassend.

Da es nach dem Abendessen wenig für mich zu tun gab, stürmte ich an dem mir verstört hinterherschauenden Wilken Ahlers vorbei zum anderen Ende des Fuchsbaus, um Jasper Meiners endlich zur Rede zu stellen. Der sah mich schon von Weitem auf sich zukommen und blickte mir herausfordernd entgegen. Noch ehe ich ihn erreicht hatte, brüllte ich ihn an:

„Jasper, wo befindet sich Agnes?"

Meiners sah sich hastig nach allen Seiten um. Nur wenige

Menschen befanden sich zu diesem Zeitpunkt noch im Stollen.

„Was hast du mit ihr gemacht?", schrie ich, meine Wut kaum bändigen könnend, als ich schließlich vor ihm stand. Doch der Lehrer ließ sich nicht aus der Ruhe bringen. „Hans, was ist denn nur los mit dir? Ich weiß nicht, wovon du redest ...", entgegnete er, obwohl seine Miene das genaue Gegenteil besagte.

„Das weißt du ganz genau! Du hast gestern Abend im Inselbordell noch mit Agnes gesprochen, wie mir von den anderen Frauen berichtet wurde. Was hast du ihr danach angetan?"

Daraufhin sah er mich hämisch an. „Agnes? Meinst du etwa diese Hure, mit der ich dich kürzlich im Kino sah? Ich habe mich, ehrlich gesagt, sehr gewundert, dass du es nötig hast, dich mit einem solchen Flittchen abzugeben. Hier auf Helgoland gibt es doch so viele hübsche Frauen! Konntest du nichts Besseres finden?"

Seine provokanten Bemerkungen ignorierend fauchte ich ihn an: „Hast du Agnes etwa dabei erwischt, wie sie deine Schuhsohle mit der Skizze vom Tatort verglich, mit der ich dir den Mord an Justus Freese nachweisen werde?"

Er tat überrascht:

„Aber was redest du denn da, Hans? Hat der furchtbare Bombenhagel womöglich deine Sinne verwirrt? Ich soll Freese umgebracht haben? Du bringst diesen schrecklichen Verdacht gegen mich mittlerweile schon zum zweiten Mal vor. Hast du auch einen Beweis für diese ungeheuerliche Behauptung?"

Für einen kurzen Augenblick brachte er mich mit dieser Erwiderung aus der Fassung. Warum hatte ich mir nicht seine Schuhsohlen zeigen lassen, als ich ihn seinerzeit zu Hause aufsuchte? Damals hatte er mich mit seinen architektonischen Forschungen blenden können, sodass ich vorschnell der Meinung gewesen war, auf diese Maßnahme verzichten zu können. Dies war ein großer Fehler gewesen, wie ich inzwischen wusste.

Schnell hatte ich mich wieder gefangen. „Du glaubst wohl, nur weil du meine Zeichnung vernichtet hast, kann ich dir den Mord nicht nachweisen, wie?", entgegnete ich verächtlich. „Es gibt Zeugen, die deine Abwesenheit im Stollen während des Bombenangriffs, der gleichbedeutend mit der Tatzeit ist, bestätigen können. Außerdem wurdest du dabei beobachtet, wie du dich mit einem Hammer bewaffnet zu Freeses Haus aufmachtest, sobald der Alarm am 15. Oktober gegeben wurde. Nicht zuletzt liegt mir die schriftliche Aussage der Vorbesitzerin vor, wonach dir bekannt war, dass im Keller des Hauses die Vermögenswerte der Seligs versteckt waren, auf die du es abgesehen hattest. Dies alles zusammengenommen reicht, um dich wegen Mordes anzuklagen!" Nach diesen Worten bedachte Meiners mich mit einem höhnischen Blick. „Ach ja? Mehr hast du nicht vorzubringen? Du magst ein paar Indizien beisammen haben, die sich vor Gericht jedoch schnell entkräften lassen. Ein wirklicher Beweis für meine Schuld scheint dir dagegen nicht vorzuliegen. Deshalb schlage ich vor, wir vergessen die ganze Geschichte und du ziehst wieder deiner Wege, Krüppel!"

Wenngleich er mich abermals auf das Übelste beleidigt hatte, zwang ich mich, einen kühlen Kopf zu bewahren, was mir zugegebenermaßen zunehmend schwerer fiel. Denn noch immer hatte ich keine Antwort auf die Frage bekommen, die mich am meisten bewegte.

„Was hast du mit Agnes gemacht?", stieß ich darum nochmals leise aus.

Ehe Meiners etwas entgegnete, überzeugte er sich mit einem vorsichtigen Blick nach allen Seiten davon, ob unser Gespräch von jemandem belauscht werden konnte. Da er uns alleine wähnte, erwiderte er kaum hörbar:

„Die kleine Schlampe scheint es dir wohl mächtig angetan zu haben, was? Dann wird meine Antwort dich sicher sehr erfreuen. Denn das furchtbare Inferno des heutigen Tages ist ihr glücklicherweise erspart geblieben, wofür du mir dankbar sein solltest ..."

In diesem Moment brannten in meinem Kopf sämtliche Sicherungen durch. Mit einer plötzlichen Wut, die ich nicht mehr kontrollieren konnte und die Meiners völlig unvorbereitet traf, packte ich ihn beim Kragen und rammte ihn mit voller Wucht gegen die Stollenwand, sodass er mit seinen Beinen gegen eine Sitzbank stieß, dadurch das Gleichgewicht verlor und zu Boden ging. Ehe er sich aufraffen konnte, stürzte ich mich auf ihn, schlug ihm mehrmals hintereinander meine Fäuste ins Gesicht und brüllte ihn dabei an:

„Sag mir endlich, was du mit Agnes gemacht hast! Hast du sie umgebracht?"

Obwohl er mir von seiner Konstitution her eigentlich körperlich überlegen war, setzte meine Raserei ungeahnte Kräfte in mir frei.

Meiners musste sich notgedrungen darauf beschränken, meine Schläge, so gut es ihm möglich war, abzuwehren, ohne seinerseits zuschlagen zu können. Ununterbrochen gingen meine Hiebe auf ihn nieder.

„Wo ist Agnes? Hast du sie in ihrem Zimmer ermordet?", schrie ich, außer mir vor Zorn und drosch weiter auf ihn ein. „Na los, rede endlich!"

Auf einmal legten sich mehrere Hände um meine Arme. Schon im nächsten Moment wurde ich gewaltsam nach hinten gerissen und einige Meter fortgeschleift. Als ich mich gegen diese Behandlung zur Wehr setzen wollte, nahm ich Wilken Ahlers und Sören Carlsen wahr, die auf beiden Seiten jeweils einen meiner Arme ergriffen hatten, diese unerbittlich festhielten und mich auf diese Weise davon abhielten, weiter auf den am Boden liegenden Jasper Meiners einzuschlagen.

„Lasst mich los", protestierte ich lautstark gegen dieses Vorgehen. „Ich bin noch nicht fertig mit ihm! Er hat Agnes und Justus Freese umgebracht ..."

Ohne ein Wort zu erwidern, zerrten die beiden mich durch den schmalen Gang, bis wir die Nische des Luftschutzwartes erreicht hatten. Dort erwartete Hauke Wykers uns schon.

„Sagen Sie Wilken und Sören, dass sie mich endlich loslassen sollen! Ich muss Jasper Meiners verhaften. Er ist ein Mörder und für den Tod zweier Menschen verantwortlich", erklärte ich ihm hektisch, während er mich nur mit ausdruckslosen Augen betrachtete.

„Hast du für diese Behauptung Beweise?", fragte er mich mit ruhiger Stimme, nachdem ich geendet hatte.

Da ich mit meiner unüberlegten Handlungsweise nicht nur Agnes in den Tod geschickt hatte, sondern es dabei leichtfertigerweise auch unterlassen hatte, ein Duplikat meiner Zeichnung anzufertigen, musste ich kleinlaut zugeben:

„Nein, das nicht. Aber Sie wissen doch selbst ..."

„Dann verbiete ich dir jetzt und für alle Zukunft, jemals wieder mit dieser Behauptung an ihn heranzutreten", fiel er mir unwirsch ins Wort. „Sollte ich dich in den nächsten Tagen noch einmal in seiner Nähe sehen, werde ich dich einsperren lassen!"

86

Nach dem alles vernichtenden Luftangriff gab es auf der gesamten Insel keinerlei Unterkünfte mehr, in die sich die Menschen hätten zurückziehen können. Sämtliche Gebäude lagen in Schutt und Asche. Somit blieb der Bevölkerung nichts anderes übrig, als am späten Abend wieder in die Bunker zu strömen, um der nächtlichen Kälte zu entgehen.

Obwohl die Luft in den Stollen inzwischen stickig und abgestanden roch, die schmalen Gänge völlig überfüllt und die Menschen vollkommen erschöpft waren, versuchten alle, sich so gut es unter diesen widrigen Umständen möglich war, einzurichten. Irgendwer hatte mehrere Feldbetten organisiert, die in den Gängen aufgestellt wurden. Woher sie stammten, vermochte mir niemand zu sagen. Einige ältere Inselbewohner ließen sich dankbar auf den Matratzen nieder. Die überwiegende Anzahl der Bunkerinsassen würde die Nacht jedoch im Sitzen verbringen müssen.

Auch ich suchte mir irgendwann einen Platz für die Nacht. An Schlaf war auf den ungemütlichen Sitzbänken für die meisten Menschen kaum zu denken. Entsprechend unruhig ging es während der nächsten Stunden im Stollen zu. Noch lange waren leise Gespräche zu hören, in denen darüber diskutiert wurde, wie das Leben auf der Insel nun weitergehen sollte.

Auch nachdem die Unterhaltungen irgendwann abgeebbt waren, bekam ich keine Ruhe, weil ständig aus irgendeinem Winkel des langen Ganges gehustet wurde oder irgendwer aufstand, um der unbequemen Sitzhaltung zu entfliehen.

Wenngleich die Umstände in der Enge des Stollens auch zu mancherlei Unzufriedenheit Anlass gaben, rang mir die Haltung der Inselbewohner doch den höchsten Respekt ab. Sie hatten von heute auf morgen ihr Zuhause samt all ihrem persönlichen Besitz verloren und standen vor einer völlig ungewissen Zukunft. Dennoch nahmen sie ihr Los scheinbar klaglos hin, wo manch anderer verzweifelt wäre. Ich war mir nicht sicher, wie ich selbst in einer solch dramatischen Situation reagiert hätte ...

Als es in den frühen Morgenstunden ruhiger wurde, weil viele der Anwesenden irgendwann doch eingeschlummert waren, fand ich Zeit, um in aller Ruhe über meine eigene Situation nachzudenken. Mit der Tatsache, dass ich an diesem Tag zwei geliebte Menschen verloren hatte, hatte ich mich mittlerweile abgefunden. Allerdings fehlte mir jede Vorstellung, wie es mit meinem Leben zukünftig ohne Frau Friedrichsen und vor allem ohne Agnes weitergehen sollte.

Dass ausgerechnet ich es war, der indirekt den Tod der beiden zu verantworten hatte, hatte bereits während des Angriffs schwerste Selbstvorwürfe in mir ausgelöst. Nach wie vor hegte ich ernsthafte Zweifel, ob ich es überhaupt verdiente, selbst überlebt zu haben. Der Gedanke an meine Familie ließ mich schließlich ein wenig zur Ruhe kommen. Meine Eltern würden mir den nötigen Halt geben, den ich nach den furchtbaren Erlebnissen brauchte, sobald ich heimgekehrt war.

Damit tat sich allerdings ein weiterer beunruhigender Gedanke auf, denn es würde nicht lange dauern, bis die Nachricht vom alles vernichtenden Luftangriff auf Helgoland auch Ellerhoop erreicht haben und man sich dort ernsthaft um mich sorgen würde. Da nach der Zerstörung der Insel sämtlicher Postverkehr eingestellt sein würde, gab es keine Möglichkeit für mich, meinen Eltern ein Lebenszeichen zukommen zu lassen.

Irgendwann fielen auch mir die Augen zu.

In der Nacht wurde ich von schrecklichen Alpträumen gequält, in denen immer wieder Agnes' verzweifeltes Gesicht vor meinem geistigen Auge auftauchte. Aus diesem Grund war ich froh, als ich am Morgen frühzeitig erwachte und dadurch von meinen bösen Träumen erlöst wurde, wenngleich ich erneut nicht viel Schlaf bekommen hatte.

*

Bedauerlicherweise war es mir nicht möglich, Herrn Thomsen im Unterlandbunker aufzusuchen, weil der einzig noch begehbare Weg dorthin über die Spirale führte. Dort wäre ich aber unweigerlich an Jasper Meiners vorbeigekommen, was mir einerseits von Herrn Wykers verboten worden war, ich andererseits aber auch in meinem eigenen Interesse unbedingt vermeiden wollte.

Umso mehr freute ich mich, als mein Kollege seinerseits am späten Vormittag in meinem Abschnitt erschien.

„Ein Glück, du lebst, mein Junge", freute er sich, während er mich gleichzeitig umarmte und mir dabei erleichtert auf die Schulter klopfte.

Da ich kein sehr glückliches Gesicht machte, als ich ihn

meinerseits begrüßte, erkundigte er sich mit besorgter Miene: „Ich hörte noch, wie du gestern nach dem Betreten des Bunkers mit Wiebke über Gesa sprachst. Sie hat es doch hoffentlich noch rechtzeitig in den Bunker geschafft, oder etwa nicht?" Als ich nicht gleich antwortete, sah er mich bestürzt an. Daraufhin erzählte ich ihm, was sich ereignet hatte, nachdem wir uns am Vortag getrennt hatten. Dabei erwähnte ich auch meinen neuerlichen Verdacht gegen Jasper Meiners, der mir gegenüber mehr oder minder offen zugegeben hatte, auch Agnes ermordet zu haben. Meine Schuld an den Toden meiner Vermieterin und meiner Verlobten versuchte ich hingegen erst gar nicht zu beschönigen.

„Dieses Schwein", entfuhr es Herrn Thomsen, sobald ich geendet hatte. „Damit darf er keinesfalls durchkommen!"

Auf einmal sah er mich mitfühlend an. „Du solltest dir besser keine Vorwürfe machen, mein Junge. Niemand konnte mit einem solch vernichtenden Angriff des Feindes rechnen. Es war einfach eine Verkettung unglücklicher Umstände, dass sich ausgerechnet, als der Alarm ertönte, weder Wiebke noch du in Gesas Nähe befanden. Auch den Tod deiner Agnes hast nicht etwa du, sondern einzig und alleine Jasper zu verantworten. Wer konnte schon ahnen, wie unverfroren er ist?"

Seine Worte waren mir nur ein schwacher Trost. „Agnes Tod wird mir noch lange zu schaffen machen. Bedauerlicherweise war es Jasper durch meine Dummheit zudem möglich, das einzige Beweisstück, mit dem ich ihm seine Schuld hätte nachweisen können, beiseitezuschaffen. Dabei wäre es ein Leichtes für mich gewesen, selbst seine Schuhsohle mit meiner Skizze zu vergleichen. Wie konnte ich mich von Agnes nur dazu überreden lassen, ihr meine Zeichnung zu überlassen? Ohne die Skizze wird seine Tat wohl ungesühnt bleiben ..."

*

Nach dem Mittag wurde den Menschen erneut erlaubt, die Bunker zu verlassen. Allerdings wurde ihnen ans Herz gelegt, sich nicht allzu weit von den Eingängen zu entfernen, um gegebenenfalls bei einem neuerlichen Alarm schnell in die schützenden Stollen zurückgelangen zu können.

Es sollte nicht lange dauern, bis genau dieser Fall eintrat. In großer Höhe näherten sich schon bald mehrere feindliche Flugzeuge, die prompt einen Luftalarm auslösten. Da sämtliche Gebäude, auf deren Dächern sich vormals die Sirenen befunden hatten, zerstört worden waren, mussten die Warnsignale nun mit Handsirenen gegeben werden.

Einzig an der Nordspitze der Insel waren offenbar einige funktionierende Flakgeschütze verblieben, die ihr Feuer auch gleich auf die vermeintlichen Angreifer richteten, die sich daraufhin, ohne eine Bombe abzuwerfen, zurückzogen. Im Nachhinein betrachtet stellte sich das Verhalten der Verteidiger schnell als großer Fehler heraus, der weiteres Leid heraufbeschwören sollte.

Nachdem sich die Lage vorerst wieder entspannt hatte, konnte ich aus sicherer Entfernung beobachten, wie der einsturzgefährdete Kirchturm vorsichtshalber gesprengt wurde, ehe er von selbst in sich zusammenfiel. Damit war von allen markanten Gebäuden, die bei meiner Ankunft ein Dreivierteljahr zuvor aus der Silhouette Helgolands herausgeragt hatten, einzig der wenig dekorative Flakleitstand verblieben.

*

Ich hatte mir vorgenommen, mich zur Hamburger Strasse und, falls es mir irgendwie möglich sein sollte, auch zur Von-Aschen-Strasse vorzuarbeiten. Obwohl ich die Antworten auf meine Fragen bereits kannte, wollte ich mich persönlich davon überzeugen, ob Jasper Meiners mich nicht doch belogen hatte und Agnes womöglich noch lebte. Insgeheim musste ich mir jedoch eingestehen, dass der wahre Beweggrund wohl eher ein anderer war. Ich wollte der quälenden Ungewissheit über das Schicksal meiner Verlobten und Frau Friedrichsens endlich ein Ende bereiten, um nicht wie Mutter im Falle meines Bruders Josef noch monate- oder gar jahrelang auf das Unmögliche zu hoffen.

Schnell musste ich jedoch einsehen, dass es beinahe ausgeschlossen war, zu den beiden Straßenzügen vorzudringen. Trümmerberge wechselten sich mit tiefen Bombenkratern ab. Es würde mich Stunden kosten, die Wegstrecke, die gut vierundzwanzig Stunden zuvor noch in rund zehn Minuten zu bewerkstelligen gewesen war, zu überwinden. Die Inselkommandantur, ein prächtiges Gebäude, das noch aus der englischen Herrschaftszeit stammte, die gewaltigen

Kasernenbauten und sämtliche Wohnhäuser in ihrem Umfeld lagen in Schutt und Asche und versperrten mir dadurch den Weg, wie ich entmutigt erkennen musste. Deshalb gab ich mein Vorhaben schon nach wenigen Metern auf und kehrte um.

Dies sollte sich als Glück für mich erweisen, denn kaum hatte ich die ersten Schritte getan, da ertönten zum zweiten Mal an diesem Tag die Handsirenen.

87

Aufgrund der gigantischen Verwüstungen auf der Insel war es niemandem möglich gewesen, sich allzu weit von den Bunkerzugängen zu entfernen. Nur diesem eigentlich eher betrüblichen Umstand war es zu verdanken, dass sich sämtliche Inselbewohner wieder rechtzeitig in den Stollen einfanden, bevor die feindlichen Bomber die Insel erreichten.

Die Eile war wahrlich vonnöten. Denn obwohl wir alle nach den schlimmen Erfahrungen vom Vortag der Meinung waren, dass uns so schnell nichts mehr aus der Bahn werfen könne, sollte uns die folgende Dreiviertelstunde eine vollkommen neue Form des Grauens bringen. An diesem Tag war es nämlich nicht etwa die Masse der Flugzeuge, die für Verängstigung bei den Schutzsuchenden sorgte, sondern vielmehr die Art der mitgeführten Fracht in den Maschinen.

Es war um kurz nach 17 Uhr, als die erste über der Insel abgeworfene Bombe mit einem gewaltigen Knall detonierte und dabei die Bunkerwände in einer Weise erzittern ließ, wie es am Vortag nicht einmal mehrere gleichzeitig explodierende Sprengkörper vermocht hatten.

Nach dem ersten Schrecken sahen sich die Menschen im Bunker entsetzt an. Schon im nächsten Augenblick war die Todesfurcht in den Gesichtern schlagartig wieder erkennbar. Viele Kinder begannen laut zu schreien. Die Mütter hatten ihre liebe Mühe, sie wieder zu beruhigen. Aber auch einige Erwachsene waren erschrocken aufgesprungen und starrten die gewölbte Bunkerdecke in Erwartung, dass diese ihnen im nächsten Moment entgegenkäme, panisch an.

Da es allerhöchste Zeit wurde, besänftigend auf die Bunkerinsassen einzuwirken, ehe Panik ausbrach, beeilte ich mich, durch die Reihen zu gehen. Es schmerzte fürchterlich, die Plätze meiner Verlobten und Frau Friedrichsens dabei verwaist vorzufinden, doch ich zwang mich krampfhaft, mir nichts anmerken zu lassen.

In den nächsten Minuten gingen weitere Bomben nieder, die der Wucht des ersten Geschosses in nichts nachstanden.

„Moin, Herr Wachtmeister. Ihre Suche nach Agnes scheint offenbar nicht vom Erfolg gekrönt gewesen zu sein. Kann sie sich vielleicht irgendwo anders verkrochen haben?", erkundigte Christel Lange sich bei mir, als ich in die Nähe der Frauen aus dem Inselbordell kam.

Entgegen Ihrer sonstigen Art hörte ich aus Ihrer Frage ehrliche Besorgnis heraus.

„Ich fürchte, dazu war sie nicht mehr in der Lage, weil sie bereits nicht mehr lebte, als gestern die erste Bombe fiel", entgegnete ich niedergeschlagen.

Daraufhin sah sie mich irritiert an. „Wie sollte sie denn sonst ums Leben gekommen sein?"

„Man hatte sie in der Nacht zuvor umgebracht", erwiderte ich und hörte selbst die Zerknirschtheit aus meinen Worten heraus.

„Aber wer ..." Sie stockte plötzlich, um mich dann zu fragen: „Verdächtigen Sie etwa Jasper, etwas mit ihrem Tod zu tun zu haben? Erkundigten Sie sich deshalb gestern nach ihm?"

Ich zog es vor, diese Frage nicht zu beantworten.

Ein besonders heftiger Bombeneinschlag ließ die Frauen kurz zusammenzucken, ehe Christel weitersprach. „Aha! Keine Antwort ist auch eine Antwort! Sie glauben also, Jasper brachte Agnes um, nachdem er sich von mir verabschiedet hatte. Verraten Sie mir auch den Grund, warum er das hätte tun sollen?"

„Dazu möchte ich lieber nichts sagen, Fräulein Lange. Nur so viel: Er deutete mir gegenüber in einem Vieraugengespräch an, dass ich mit meinem Verdacht nicht falsch liege. Seien Sie zukünftig also besser vorsichtig, wenn er Sie besucht!"

Damit wollte ich mich von ihr abwenden. Doch Christel, die ihren Kolleginnen hastig einen verstörten Blick zugeworfen hatte, hielt mich auf, indem sie nach meinem Arm griff. „Sagen Sie, Herr Wachtmeister, Sie und Agnes ... was war das eigentlich für eine merkwürdige Geschichte zwischen Ihnen beiden? Ging es Ihnen nur um das Vergnügen, oder war es Ihnen wirklich ernst mit ihr?"

Auch die anderen drei Frauen sahen mich jetzt gespannt an.

„Ich hatte Agnes erst vor wenigen Tagen einen Heiratsantrag gemacht", brachte ich mühsam hervor, während mir angesichts der schmerzlichen Erinnerungen an meine Verlobte die Tränen in die Augen schossen. Mit letzter Kraft schob ich noch schnell nach: „Sie hatte ihn angenommen ..."
Nach diesen Worten musste ich mich endgültig von der Gruppe lösen, um nicht laut loszuweinen. Aus den Augenwinkeln bemerkte ich noch, wie die Frauen einander sichtlich betroffene Blicke zuwarfen.

Der neuerliche Luftangriff dauerte insgesamt etwa eine Dreiviertelstunde und war damit deutlich kürzer als die Attacke am Tag zuvor. In diesem Augenblick erschloss sich mir nicht, was die Engländer mit diesem Schlag noch erreichen wollten, weil doch am Vortag bereits sämtliche Gebäude und Einrichtungen auf der Insel zerstört worden waren.

Wie ich später erfahren sollte, hatte man an diesem Tag versucht, auch die letzten noch intakten Seezielbatterien auszuschalten sowie den U-Bootbunker auszumerzen. Zu diesem Zweck hatte man mehrere Dutzend Flugzeuge entsandt, die besonders schwere Bomben von 10 Tonnen Gewicht über Helgoland abwarfen, was die auffallend heftigen Erschütterungen erklärte.

Nachdem endlich wieder Ruhe eingekehrt war, atmeten alle entspannt auf. Der Felsen hatte ein letztes Mal seine Schuldigkeit getan und seine Bewohner vor dem sicheren Tod bewahrt. Trotzdem herrschte nach der Entwarnung allgemeine Ratlosigkeit. Niemand hatte eine Vorstellung davon, wie das Leben auf der Insel weitergehen sollte. Wenngleich jedem Einzelnen bewusst war, dass ein Wiederaufbau Helgolands Monate, womöglich sogar Jahre dauern und ohne Unterstützung vom Festland kaum möglich sein würde, traf eine Durchsage Herrn Wykers´ die Menschen später doch völlig unvorbereitet:

„Auf Befehl des Kommandierenden Admirals Deutsche Bucht ist Helgoland in der kommenden Nacht von sämtlichen Zivilisten zu räumen. Alle Kinder, Frauen und Männer über sechzig Jahre haben, soweit sie nicht zum Dienst verpflichtet sind, unverzüglich ihre Sachen zu packen und sich im Hafen einzufinden, wo sie eingeschifft und auf das Festland evakuiert werden", gab der Luftschutzwart am Abend über Lautsprecher bekannt.
Diese Nachricht sorgte dafür, dass sich unter den Bewohnern

Helgolands erstmals ein Gefühl der Resignation breit machte. Nachdem die Bevölkerung nach der Vertreibung im 1. Weltkrieg praktisch neu hatte anfangen müssen, hatte sie tatenlos mit ansehen müssen, wie ihre Insel in den Jahren vor dem 2. Weltkrieg erneut zu einer Marinebasis ausgebaut worden war. Obwohl dutzende Menschen, darunter viele Kinder, die feindlichen Luftangriffe seit Kriegsbeginn mit ihrem Leben bezahlt hatten, trotz vieler kleinerer Schäden, vor allem aber der verheerenden Verwüstungen im Herbst des Vorjahres sowie der völligen Zerstörung Helgolands am Vortag hatten sie ihr Schicksal bislang klaglos ertragen. Doch mit dieser Bekanntmachung wurde den Menschen nach dem schmerzhaften Verlust ihres Hab und Gutes auch noch ihre Heimat genommen! Ich konnte nur allzu gut nachvollziehen, dass dies für die meisten nicht zu ertragen war. Viele brachen nach den Worten des Luftschutzwartes angesichts der ungewissen Zukunft, die vor ihnen lag, in Tränen aus. Die Verzweiflung der Menschen war allerorts zu spüren.

Auch ich musste angesichts dieser Botschaft heftig schlucken, denn einerseits hatte ich auf Helgoland ja schnell eine zweite Heimat gefunden, andererseits aber auch den erschütternden Niedergang der Insel hautnah miterlebt. Die menschenverachtende nationalsozialistische Tyrannei hatte bewirkt, dass ein Paradies inmitten der Nordsee innerhalb eines Dreivierteljahres in eine karge Mondlandschaft verwandelt worden war ...

88

Bevor sich die Menschen am Abend auf den Weg zum Hafen machen konnten, mussten sie ein weiteres Mal auf die Bänke klettern, als die Zwangsarbeiter durch den Stollen ins Unterland geführt wurden. Auf diese Weise war es mir wenigstens möglich, noch einmal Sergej zu Gesicht zu bekommen, den ich in den letzten Monaten in unregelmäßigen Abständen häufig an der Umzäunung seines Barackenlagers aufgesucht hatte, um ihn mit Lebensmitteln und Zigaretten zu versorgen.
Wie viele seiner Kameraden war auch er von den Bombardierungen der letzten beiden Tage gezeichnet. Der Schrecken stand den Männern noch in den Gesichtern geschrieben. Ich mochte mir nicht ausmalen, welche Todesängste sie in den

letzten Stunden in ihren notdürftigen Unterständen ausgestanden haben mussten...

Beim Durchschreiten des Ganges nickte Sergej mir dankbar zu. Uns beiden war in diesem Moment klar, dass dies ein Abschied für immer war. Niemand konnte mir sagen, wohin man die Männer zu bringen gedachte.

*

Es war schon dunkel, als die Schutzsuchenden über Lautsprecher aufgefordert wurden, sich zum Hafen zu begeben. Viele hatten noch schnell versucht, aus den Trümmern ihrer eingestürzten Häuser zumindest einige wenige kleinere Habseligkeiten zu retten. Allerdings war es den wenigsten gelungen, sich überhaupt zu ihrem Zuhause durchzuschlagen. So führten die meisten Inselbewohner ihren gesamten Besitz in einem einzigen Koffer mit sich, den sie in ihren Händen trugen, als sie sich in die lange Menschenschlange einreihten, um durch die Spirale ins Unterland zu gelangen.

Da ich in meiner Eigenschaft als Ordnungshüter weiterhin meinen Dienst auf der Insel zu verrichten haben würde, worin der auch immer zukünftig bestehen mochte, bot ich einer jungen Frau an, ihre beiden Koffer zu tragen. Meine Hilfe war dringend vonnöten, denn mit ihren drei kleinen Kindern hatte sie schon genug zu kämpfen. Mit sichtlicher Erleichterung nahm sie mein Angebot an und warf mir dafür einen dankbaren Blick zu.

Die ersten Bunkerinsassen hatte man offenbar über einen schmalen, von Stacheldraht eingefassten Pfad zum Nordosthafen geführt. Dort hatte ein kleines Minensuchboot angelegt, wie ich durch die weit geöffneten Türen der Spirale beobachten konnte, als wir das Untergeschoss erreichten. Da die Aufnahmekapazitäten des Schiffes schnell erschöpft waren, hatten die übrigen Inselbewohner den Unterlandstollen der Länge nach zu durchschreiten, um an dessen Ende den Kabelbahntunnel zu queren und auf diese Weise in den vorderen Abschnitt der Raumanlage zu gelangen.

Zwischendurch kam es immer wieder zu Verzögerungen. Während wir wieder einmal warteten, dass es voranging, hörte ich, wie hinter mir ein kleines Mädchen ihre Mutter fragte:

„Mama, muss ich morgen mit den Jungmädeln wieder anlässlich des Geburtstages unseres geliebten Führers singen?"

„Das wirst du schön bleiben lassen! Schau dich nur um, was wir diesem Mann zu verdanken haben", zischte die Mutter der Kleinen ins Ohr und erschrak, als ich mich daraufhin neugierig zu ihr umdrehte. Ich beeilte mich, ihr schnell beruhigend zuzunicken.

Als ich durch die stark beschädigten Tore der Raumanlage erstmals einen Blick auf erste Bereiche des Unterlandes und des Südhafens werfen konnte, erschloss sich mir schnell der Grund, warum es unterwegs immer wieder gestockt hatte. Der untere Teil Helgolands war ebenfalls dem Erdboden gleichgemacht worden! Dies erklärte den Umweg über die Raumanlage, den wir zu nehmen hatten. Ein Durchkommen durch die Trümmerlandschaft wäre den Menschen, zumal diese Gepäck mit sich führten, unmöglich gewesen. Wie im Oberland wechselten sich auch hier Schuttberge mit Bombentrichtern ab, wie ich schockiert feststellen musste, als ich der jungen Familie mit den Koffern ins Freie folgte.

Selbst die Gebäude, die die Attacke im Herbst des vergangenen Jahres überstanden hatten, waren nach diesem neuerlichen Inferno in Schutt und Asche gelegt worden. Von der Biologischen Anstalt, dem Badehaus, unserer Wachstube, ja sogar von der mit vielen angenehmen Erinnerungen verbundenen Umkleidebaracke am Südstrand waren nur noch Trümmer geblieben. An vielen Stellen zog Rauch in den Himmel.

Dieses schockierende Bild setzte sich auf dem Hafengelände fort. Auch dort sah es nicht besser aus, denn Gebäude, Lagerhallen und Schuppen waren sämtlich zerstört. Kräne, Lokomotiven und Loren, Maschinen sowie diverse Baumaterialien, die im Hafen gelagert gewesen waren, vermischten sich in einem wilden Durcheinander auf dem Grund.

Das gesamte Gebiet war mit tiefen Gruben durchzogen. Wie uns ein Marinesoldat mitteilte, hatte man die Blindgänger noch schnell entschärfen können, um den sicheren Zugang zum Anleger zu gewährleisten. In den Hafenbecken, soweit ich sie zumindest überblicken konnte, ragten die Masten und Aufbauten zahlreicher versenkter Schiffe oder Boote aus dem Wasser.

Einzig der U-Bootbunker mit seiner drei Meter starken Stahlbetondecke schien das gewaltige Bombardement beinahe unbeschadet überstanden zu haben. Dorthin hatten Marinesoldaten einen provisorischen Weg über die Kraterlandschaft angelegt, der aus lose liegenden, bedrohlich instabil wirkenden Bohlen bestand, weil die Evakuierungsschiffe an der Mole vor dem U-Bootbunker anlegen sollten. Auf dem wackligen Untergrund kamen wir nur langsam voran. Als wir den Eingang zum Bunker schon beinahe erreicht hatten, wurde plötzlich Fliegeralarm gegeben. Daraufhin ließ ich das Gepäck fallen, griff mir die beiden ältesten Kinder der vor mir gehenden jungen Mutter und rief ihr im Vorbeigehen hastig zu: „Schnell, beeilen Sie sich, in den Bunker zu kommen. Dort sind wir sicher!"

Glücklicherweise schaffte sie es mit ihrem jüngsten Kind auf dem Arm ebenso wie alle anderen noch rechtzeitig in den U-Bootbunker oder zurück in die Raumanlage, ehe ein Tiefflieger seine Maschinengewehrsalven über Unterland und Hafen abfeuerte.

Im U-Bootbunker herrschte dichtes Gedränge. Rund zweitausend Menschen sollten in dieser Nacht von der Insel evakuiert werden. Dazu kamen die vielen Verwundeten, die zur weiteren Behandlung auf das Festland gebracht werden mussten. Deren Transport vom Lazarett in der Raumanlage zum Anleger war angesichts der riesigen Menschenschlange unterbrochen worden und setzte erst wieder ein, sobald der Flüchtlingsstrom aus dem Stollen verebbt war.

Schon bald erreichte mich eine weitere niederschmetternde Nachricht, denn einem Gerücht zufolge, dass sich rasend schnell unter den Anwesenden verbreitete, waren Georg Braun und die anderen Aufständischen unter strengster Bewachung längst an Bord des Schnellbootes gebracht worden. Offenbar wollte man sie eiligst nach Cuxhaven bringen, wo alle vor ein Kriegsgericht gestellt werden sollten. Glaubte man dem Gerede, mussten sich im Unterlandbunker herzzerreißende Szenen abgespielt haben, als die drei Kinder der Brauns sich von ihren Eltern verabschiedet hatten. Immerhin hatte man die älteste Tochter wieder freigelassen. Für Georg und seine Kameraden stand hingegen das Schlimmste zu befürchten. Ich hoffte, dass man zumindest seine Gattin verschonen würde. Wie gerne hätte ich mich noch von meinem Freund verabschiedet! Doch ich hielt es für aussichtslos, die Gestapobeamten zu bitten, mich zu ihm zu lassen.

Für den Kapitän des ersten Dampfers war es in der Dunkelheit nicht einfach, an der Mole vor dem Bunker anzulegen. Entsprechend lange dauerte es, bis die ersten Passagiere an Bord gelassen wurden. Die mussten den massiven Schutzbau der Länge nach durchschreiten, um zum Schiff zu gelangen.

Vor dem Betreten der Anlegebrücke wurden ihnen von der Parteileitung Geldscheine zugesteckt, die wohl für das Überleben an den ersten Tagen auf dem Festland gedacht waren. Doch schon bald schienen die Barmittel erschöpft zu sein, sodass die letzten Fahrgäste bereits leer ausgingen. Als das Schiff schließlich ablegte, weil sein Fassungsvermögen ausgeschöpft war, mussten die meisten Inselbewohner zurückbleiben.

Die Finsternis sowie die Schiffswracks und Trümmerteile im Becken des Südhafens sorgten dafür, dass bis zum Festmachen des zweiten Schiffes Stunden vergingen. Die Menschen richteten sich auf eine Übernachtung im U-Bootbunker ein. Sehr zur Freude der Kinder gab es mehrere Etagenbetten, die schnell von ihnen vereinnahmt wurden, während sich ihre Mütter zumeist auf dem Boden niederlassen mussten.

Zu den Glücklichen, die zwei der begehrten Plätze in den Betten ergattert hatten, zählten auch Fiete Ebbers und seine Schwester Sinja. Sie schienen das Inferno relativ gut verkraftet zu haben, wie ich erleichtert feststellte, als ich mich nach ihrem Befinden erkundigte. Ihrer Mutter waren die Strapazen der letzten Tage dagegen deutlich anzumerken. Sie machte sich große Sorgen, wie es mit den Kindern und ihr selbst weitergehen sollte, wie sie mir gegenüber zum Ausdruck brachte.

„Versuchen Sie, auf einem landwirtschaftlichen Gehöft mit vielen Apfelbäumen unterzukommen. Fiete wird es Ihnen danken", riet ich ihr daraufhin, um sie aufzumuntern. Immerhin zauberte diese Bemerkung ein zaghaftes Lächeln bei Frau Ebbers hervor.

Angesichts der chaotischen Zustände im Bunker beschloss ich, bis zur Einschiffung des allerletzten Inselbewohners vor Ort zu bleiben, um den Zurückgebliebenen gegebenenfalls hilfreich zur Seite stehen zu können. Diese Entscheidung fiel mir allerdings nicht besonders schwer, denn die Atemluft im U-Bootbunker war weitaus angenehmer als der penetrante Geruch im Fuchsbau.

Als ich später durch die Reihen der völlig erschöpften Menschen ging, entdeckte ich zu meinem Entsetzen Jasper Meiners und seinen Sohn Enno unter den Wartenden, die es sich sitzend, mit dem Rücken gegen eine Holzkiste lehnend, bequem gemacht hatten. Der Junge schien sich bei einem der Bombenangriffe der letzten Tage verletzt zu haben, denn er trug seinen linken Arm in einer Schlinge, die um seinen Nacken gebunden war.

Bei ihrem Anblick wollte ich gleich auf dem Absatz kehrtmachen, um keinen weiteren Ärger heraufzubeschwören, doch es war bereits zu spät. Enno hatte seinen Vater sofort mit seinem gesunden Arm angestoßen, sobald er mich in der Menge erkannt hatte.

„Hans, welch nette Geste von dir! Du bist sicher hergekommen, um dich noch schnell bei mir zu entschuldigen, bevor mein Sohn und ich die Insel verlassen", rief Jasper mir mit höhnischer Stimme entgegen und grinste Enno dabei an.

Die Blessuren, die meine Schläge in seinem Gesicht hinterlassen hatten, waren ihm noch deutlich anzusehen. Dennoch schien er bester Laune zu sein. Aus unerfindlichen Gründen hatte ihm irgendwer offenbar die Abreise erlaubt. Zwar gab es für ihn als Lehrer nach dem Abschied der Kinder auf Helgoland nichts mehr zu tun, doch hatte er in seiner Eigenschaft als Luftschutzhelfer ja noch eine zweite Aufgabe, die ein Verlassen der Insel eigentlich ausschloss. Sollte Hauke Wykers ihm womöglich seinen Weggang genehmigt haben, um ihn vor mir zu schützen?

„Hast du dich eigentlich schon nach einem Ersatz für dein Flittchen umgesehen?", spottete Jasper weiter. „Wie wäre es mit Christel? Ich habe mir sagen lassen, dass sie ab sofort dienstags für dich Zeit hätte!"

Nach dieser Bemerkung verfielen Vater und Sohn in lautes Gelächter. Um nicht erneut aus der Haut zu fahren, wandte ich mich schnell von den beiden ab.

Einige Dutzend Meter weiter erkannte ich Franz Schensky, der mich herzlich begrüßte.

„Wie schön, Sie vor meinem Abschied noch einmal zu treffen, Herr Wachtmeister", rief er freudestrahlend aus und gab mir die Hand, um seine Stimme sofort zu senken. „Wie geht es Ihrer Freundin? Sie hat die letzten beiden Tage doch hoffentlich einigermaßen verkraftet?"

Es dauerte eine Weile, bis ich in der Lage war, ihm zu antworten. Da er mich in dieser Zeit aufmerksam beobachtete, hatte seine Miene bereits einen bekümmerten Ausdruck angenommen, als ich traurig erwiderte:

„Agnes hat den Angriff nicht überlebt. Ich habe sogar den begründeten Verdacht, dass sie ermordet wurde. Vermutlich war sie bereits tot, als die erste Bombe fiel ..."

Der Fotograf sah mich lange an, ehe er entgegnete: „Ich weiß nicht, was ich sagen soll. Ihre Worte erschüttern mich zutiefst. Sie beide waren ein so glückliches Paar. Es tut mir unendlich leid für Sie ..."

Daraufhin versuchte ich, krampfhaft zu lächeln, was mir wahrscheinlich gründlich misslang. „Ich danke Ihnen für Ihr Mitgefühl, Herr Schensky."

Weil mir beim Gedanken an Agnes die Tränen zu kommen drohten, wechselte ich rasch das Thema. „Darf ich fragen, wie Ihre Pläne aussehen, wenn Sie auf dem Festland angelangt sind?"

„Zunächst einmal gilt es natürlich, irgendwo unterzukommen. Sobald ich eine Bleibe gefunden habe, werde ich versuchen, mich wieder in meinem Beruf zu betätigen. Auf jeden Fall möchte ich so schnell wie möglich auf die Insel zurückkehren, um all die Zerstörungen fotografisch zu dokumentieren. Schließlich ist auch der Untergang Teil der Geschichte Helgolands, den es festzuhalten gilt!"

Die unerschütterliche Haltung des Fotografen nötigte mir Respekt ab. Wir unterhielten uns noch eine Weile, bevor wir uns herzlich voneinander verabschiedeten.

Einige Zeit später hörte ich, dass es diesem mutigen Mann tatsächlich gelungen war, die englischen Besatzer davon zu überzeugen, ihm noch im Herbst desselben Jahres den Zutritt auf die Insel zu erlauben.

Nachdem das zweite Schiff festgemacht hatte, war ich jungen Müttern und älteren Inselbewohnern beim Gepäck behilflich.

„Sie werden mir fehlen, Herr Wachtmeister", nahm ich auf einmal völlig überraschend die rauchige Stimme Christel Langes in meinem Rücken wahr, als ich gerade nach einem Koffer greifen wollte.

„Fräulein Lange, Sie reisen also auch ab?", fragte ich überflüssigerweise, nachdem ich mich zu ihr umgedreht hatte.

Weiter hinten erkannte ich auch Sophia Diekmann, Hildegard Schwarting und Margret Borchers, die mir freundlich zunickten.

„Für uns gibt es ja hier auf Helgoland nichts mehr zu tun", entgegnete Christel Lange und zuckte dabei mit den Schultern.

„Was sollen wir also noch hier?"
Ehe ich etwas erwidern konnte, legte sie mir ihre Hand tröstend auf den Arm und flüsterte mir leise ins Ohr:
„Es tut mir wirklich sehr leid, was mit Agnes geschehen ist. Ich glaube, Sie beide wären sehr glücklich miteinander geworden."
Zum Abschied gab sie mir die Hand und fügte dabei noch hinzu:
„Hoffentlich hängen sie Jasper für diesen gemeinen Mord!"
Währenddessen spielten sich am Anleger bewegende Szenen ab. Viele Menschen hatten beim Betreten der Zugangsbrücke Tränen in den Augen, weil sie ihre Heimat womöglich für immer verlassen mussten. Ich konnte ihren Schmerz nur allzu gut nachempfinden, denn auch mir war Helgoland ja in kürzester Zeit sehr ans Herz gewachsen.
Wie sich schon bald herausstellte, sollte ein weiterer Tag vergehen, bis auch die letzten achthundert Menschen die Insel verlassen konnten.
Als am späten Abend des nächsten Tages das letzte der drei Schiffe an der Mole lag, machten auch Jasper Meiners und sein Sohn endlich Anstalten, aufzubrechen. Der Bunker hatte sich mittlerweile deutlich geleert. Bis zu diesem Zeitpunkt war es mir gelungen, den beiden erfolgreich aus dem Weg zu gehen. Doch angesichts des nahenden Abschieds schien der Pädagoge seine Schritte ganz bewusst in meine Richtung zu lenken, um mir im Vorbeigehen kaum hörbar zuzuraunen:
„Ich habe sie mit ihrem eigenen Schal erdrosselt, nachdem ich sie mit deiner Zeichnung und meinem rechten Schuh in der Hand überrascht hatte. Zu meinem Glück konnte ich sie davon überzeugen, gemeinsam mit mir ihr Zimmer aufzusuchen, damit ich ihr die Sache erklären könne ..."
Wie automatisch hatten sich meine Hände sofort zur Faust geballt. Ich wollte gerade ausholen, als er noch rasch hinzufügte:
„Keine Sorge, sie hat nicht lange leiden müssen ..."
Nach diesen Worten sprang er schleunigst einen Schritt zurück und beeilte sich anschließend, sich von mir zu entfernen. Ich konnte ihm und seinem Sohn nur fassungslos hinterherstarren.
Als Enno sich bald darauf auf der Brücke zum Schiffsdeck noch einmal zu mir umdrehte, um mir einen letzten hämischen Blick zuzuwerfen, kamen mir Christels Abschiedsworte plötzlich wieder in den Sinn. Aus einem Impuls heraus zog ich Schreibblock und Bleistift aus der Innentasche meines Uniformrockes hervor und

schrieb hastig ein paar Zeilen. Danach riss ich das Blatt aus dem Block, faltete es zweimal und begab mich zu einem Matrosen, dem ich den Zettel in die Hand drückte.

„Bitte übergeben Sie diese Nachricht Ihrem Kapitän", bat ich ihn. „Die darauf befindliche Information ist äußerst wichtig!" Nachdem ich ihm das Versprechen abgenommen hatte, dass er meiner Bitte entsprechen würde, zog ich mich zurück und wartete noch das Ablegen des Schiffes ab, ehe ich den Rückweg zum Felsen antrat.

Aus den oberen Scharten der Spirale beobachtete ich später, wie sich der Dampfer in der aufgehenden Sonne immer weiter von der Insel entfernte. Mit einiger Besorgnis bemerkte ich dabei mehrere Flugzeuge am Himmel, die offenbar über dem Schiff kreisten. Die *Düsseldorf*, die *Kehrwieder* und die *Medea* hatten zusammen rund zweitausend Menschen an Bord genommen, um sie auf das Festland zu transportieren. Unter ihnen befanden sich viele Frauen und Kinder. In Anbetracht des Umstandes, dass dieser Krieg der Menschheit sechs Jahre lang größten Kummer und unendliches Leid beschert hatte, wünschte ich in diesem Moment von ganzem Herzen, dass die feindlichen Piloten ein Einsehen haben würden und das Schiff unbehelligt passieren ließen.

89

Was konnte es nach der Evakuierung der Bevölkerung noch für einen Inselgendarmen zu tun geben?
Immerhin waren auf Helgoland noch immer mehrere tausend Menschen verblieben. Neben den Offizieren und Soldaten betraf dies die zum Dienst verpflichteten Zivilisten beiderlei Geschlechts, unter anderem auch die Männer, die dem Volkssturm angehörten.
Da jedoch praktisch alles auf der Insel zerstört worden war, konnten Herr Thomsen und ich die eigentliche Polizeiarbeit getrost vernachlässigen. Stattdessen unterstützten wir die Marineangehörigen bei der Bergung der vielen Toten, die zumeist noch unter den Trümmern ihrer Stellungen verschüttet lagen. Beim Einsturz des Leuchtturms waren ebenfalls mehrere Menschen zu Tode gekommen, deren Leichen aus den Überresten des Gebäudes befreit werden konnten.
Auf diese Weise wurden in den nächsten Tagen insgesamt 128 Tote

geborgen, darunter 12 Zivilisten. Anhand der Anwesenheitslisten in den Stollen und den Zählungen der Kommandantur galten vorläufig 13 Personen als vermisst. Zu diesem letzten Personenkreis zählten auch Frau Friedrichsen und Agnes. Angesichts der vielen Schuttberge auf der Insel stand allerdings zu befürchten, dass die tatsächliche Zahl der Opfer erheblich höher anzusiedeln war.

Die Toten wurden in den darauffolgenden Tagen nach und nach an Bord eines kleinen Schiffes gebracht, um auf See bestattet zu werden. Zu Ehren der Verstorbenen wurden mehrfach Trauerfeiern unter freiem Himmel abgehalten.

Solange ich tagsüber beschäftigt war, war ich abgelenkt und hatte glücklicherweise kaum Gelegenheit, über Agnes nachzudenken. Dies änderte sich allerdings in den Abendstunden, wenn ich mich mit den anderen Zurückgebliebenen in den Stollen zurückzog, um dort die Nacht zu verbringen. Während alle anderen selig schliefen, grübelte ich noch stundenlang über meine Verlobte nach und machte mir selbst die allerschlimmsten Vorwürfe.

Sobald ich in den nächsten Tagen in die Nähe des Klippenrandes kam, dachte ich mehrmals daran, es Rieke Folkerts gleichzutun und einfach in die Tiefe zu springen. Doch bevor ich dieses Vorhaben in die Tat umsetzen konnte, kamen mir glücklicherweise andere Gedanken in den Sinn. Denn aufgrund meiner Behinderung war ich es in unserer Kindheit immer gewesen, um den sich meine Eltern die größten Sorgen gemacht hatten. Mutter und Vater hatten bereits ihre beiden ältesten Söhne im Krieg verloren, während das Schicksal ihres dritten Kindes mehr als ungewiss war. Ich durfte ihnen keinesfalls weiteren Kummer bereiten! Lediglich dieser Umstand hielt mich davon ab, mich in die Tiefe zu stürzen.

*

Irgendwann in den folgenden Tagen gelang es mir, Herrn Thomsen dazu zu überreden, mich bei einem Ausflug über das verwüstete Oberland zu begleiten. Ich hatte mir vorgenommen, endlich die Orte aufzusuchen, an denen die beiden Menschen unter den Trümmern ihrer Häuser begraben lagen, die mir auf Helgoland am meisten bedeutet hatten.

Obwohl dieses Unterfangen wegen der vielen Blindgänger alles andere als ungefährlich sein würde, sagte mein Kollege ohne zu zögern zu. Es war nicht einmal sonderlich schwer gewesen, ihn zu dieser Aktion zu überreden, denn seine Gattin hatte zu den evakuierten Personen gehört, sodass er gezwungen war, sein Dasein in diesen Tagen alleine zu tristen und über jede Abwechselung froh schien. Zudem wusste Herr Thomsen ja, wie sehr mir Frau Friedrichsen ans Herz gewachsen war und selbst meine Liebe zu Agnes hatte er am Ende respektiert.

Es war wahrlich nicht einfach, sich in der Trümmerwüste des Oberlandes fortzubewegen. Wir mussten über unzählige Schuttberge klettern, aus denen oftmals scharfkantige Gesteinsbrocken, Eisen oder Hölzer herausragten. Die vielen metertiefen Krater, die die Bombeneinschläge auf der Oberfläche der Insel hinterlassen hatten, konnten wir häufig nur unter größten Anstrengungen umgehen. Im Gegensatz zu mir zeigte sich Herr Thomsen dabei trotz seiner sechzig Jahre als unheimlich wendig, während mir mein Klumpfuß unterwegs arg zu schaffen machte.

Es dauerte eine ganze Stunde, bis wir uns von der Kirchstrasse bis etwa zur Mitte der ehemals bebauten Fläche vorgearbeitet hatten. Auf der Spitze eines Schutthaufens stehend warf mein Kollege einen Blick zum Flakleitstand, um sich zu orientieren und schüttelte dabei ernüchtert den Kopf.

Nachdem ich ihn erreicht hatte und mich ebenfalls umdrehte, konnte ich seinen resignierten Gesichtsausdruck nur allzu deutlich nachvollziehen.

„Ich fürchte, wir haben keine Möglichkeit, Gesas Haus in diesem Durcheinander ausfindig zu machen", meinte er entnervt. „Ich kann nicht einmal erkennen, wo genau die Hamburger Strasse einmal verlief."

Obwohl es mich innerlich schmerzte, musste ich mir eingestehen, dass er recht hatte. Nur vereinzelt waren von den Gebäuden kümmerliche Mauerreste erhalten geblieben, die es uns jedoch kaum ermöglichten, daraus auf die Häuser zu schließen, die dort einmal gestanden hatten.

Darum entgegnete ich:

„Es hat wohl wirklich keinen Zweck, nach Frau Friedrichsens Haus zu suchen, wie ich einsehen muss. Aber vielleicht haben wir in der Von-Aschen-Strasse mehr Glück."

Meine Hoffnung war nicht ganz unbegründet, weil sich das Inselbordell am Rande der Bebauung befunden hatte.

Tatsächlich gelang es uns eine gute halbe Stunde später, die Stelle ausfindig zu machen, wo Agnes gelebt und gearbeitet hatte, nachdem wir uns weiter in Richtung Südspitze vorgearbeitet hatten. Allerdings zeigte sich dort, wo einmal das Freudenhaus gestanden hatte, nur eine tiefe Grube.

Gesteinsbrocken, gebrochene Hölzer, selbst Teile des Mobiliars waren in einem weiten Umkreis verstreut. Das Gebäude musste einen Volltreffer abbekommen haben!

Beim Anblick der Zerstörung hoffte ich von ganzem Herzen, dass Jasper Meiners mich wenigstens in einem Punkt nicht belogen hatte, nämlich als er damit geprotzt hatte, Agnes in der Nacht vor dem Luftangriff getötet zu haben. Denn der Gedanke, welche Todesängste sie beim Anflug der feindlichen Bomberverbände und den ersten Einschlägen ausgestanden haben musste, falls sie zu diesem Zeitpunkt noch gelebt haben sollte, war mir schier unerträglich.

Wie lange ich auf den Krater gestarrt hatte, kann ich nicht mehr sagen. Irgendwann legte Herr Thomsen seinen Arm mitfühlend um meine Schulter und sagte zu mir:

„Komm, mein Junge. Es ist Zeit für den Heimweg."

Erst in diesem Augenblick merkte ich, dass mir Tränen über die Wangen liefen. Bevor ich mich vom Anblick des nicht mehr vorhandenen Gebäudes, um das ich vormals stets einen großen Bogen gemacht hatte, lösen konnte, bat ich Agnes in einem stillen Gebet noch einmal um Verzeihung für das, was ich ihr angetan hatte.

Dann wandte ich mich ab und folgte meinem Kollegen, der schon einige Meter vorausgegangen war.

*

Einige Tage später verkündete die schneidende Stimme des Sprechers im Volksempfänger, dass der *„Führer Adolf Hitler in seinem Befehlsstand in der Reichskanzlei bis zum letzten Atemzug gegen den Bolschewismus kämpfend für Deutschland gefallen"* sei. Diese Mitteilung war vermutlich die letzte Lüge des menschenverachtenden nationalsozialistischen Regimes, denn in Wahrheit hatte Adolf Hitler Selbstmord begangen, um sich für seine millionenfachen Verbrechen nicht verantworten zu müssen. Dies erfuhr ich allerdings erst nach dem Krieg.

Die Nachricht vom Tod des Führers wurde von den verbliebenen

Menschen auf der Insel mit Gleichgültigkeit zur Kenntnis genommen. Es gab in diesem Augenblick weitaus Wichtigeres zu tun! Sonderlich betroffen schien alleine schon aus diesem Grund niemand zu sein.

In diesen Tagen wurde auf Anordnung des Inselkommandanten mit Hochdruck daran gearbeitet, die Verteidigungsbereitschaft Helgolands wiederherzustellen, weil man nach dem verheerenden Luftschlag offenbar ernsthaft mit einer englischen Invasion rechnete. Diese Maßnahme löste nicht nur bei mir Kopfschütteln aus, denn angesichts der Verwüstungen stellte sich zwangsläufig die Frage, was genau der Kommandant noch zu verteidigen gedachte.

Glücklicherweise dauerte es nicht lange, bis die Kunde von der deutschen Kapitulation rasend schnell die Runde machte. Der 2. Weltkrieg war für uns damit endgültig vorbei!

In den darauffolgenden Tagen erfuhren wir, dass am 11. Mai ein englisches Kommando erwartet wurde, das Helgoland zu besetzen gedachte. Bis dahin hatten bis auf ein kleines Übergabekommando sämtliche Truppen die Insel zu verlassen. Auch Herr Thomsen und ich wurden angewiesen, uns den abziehenden Soldaten und Zivilisten anzuschließen.

*

Am Morgen der Übergabe gingen wir zusammen mit den meisten Verbliebenen an Bord eines Räumungsbootes, das uns nach Brunsbüttel bringen sollte.

Wir waren schon fast eine halbe Stunde auf See, als Herr Thomsen, der bis dahin schweigend neben mir gesessen hatte, sich plötzlich erhob und mich aufforderte:

„Komm, mein Junge! Wir sollten uns ans Heck des Schiffes begeben, um einen letzten Blick auf die Insel zu werfen. Wer weiß, ob wir sie jemals wiedersehen werden ..."

Wenig später standen wir nebeneinander an Deck, die Arme auf die Reling gestützt und bekümmert nach achtern schauend. Die Schiffsschraube ließ das Wasser direkt unter unseren Füßen zu heftigen Wogen aufsprudeln, was wir jedoch kaum wahrnahmen. Stattdessen hatten wir unseren Blick schweigend auf das Eiland gerichtet, das für unsere Augen stetig kleiner wurde, je weiter wir uns von ihm entfernten.

Wehmütig starrte ich auf das Bild, das sich mir bot. Wie sehr hatte sich die Silhouette der Insel seit dem August des vergangenen Jahres verändert! Große Teile der Felskante waren durch den Bombenhagel unwiderruflich abgesprengt worden und lagen zu Füßen des Massivs. Im Gegensatz zu damals ragte an diesem Tag nur noch der Flakleitstand aus der Silhouette des Oberlandes heraus. Erstaunlicherweise sorgten die Sonnenstrahlen dafür, dass das rote Gestein trotz des Martyriums der letzten Kriegswochen an diesem Morgen strahlend glänzte, als wolle Helgoland sich mir zum Abschied noch einmal von seiner besten Seite präsentieren. Auch wenn es mir schwerfiel, wandte ich meine Augen irgendwann von der Insel ab. Der rote Felsen in der Nordsee würde mir für den Rest meines Lebens als der Ort in Erinnerung bleiben, an dem ich erfahren durfte, was Liebe ist, an dem mir aber auch größtes Leid widerfahren war ...

Büsum 1984

Cornelias Augen waren wässrig, als sie die Kladde auf dem Tisch ablegte. „Oh Gott, welch furchtbares Ende der Geschichte", stöhnte sie sichtlich mitgenommen. „Aber zumindest weiß ich jetzt, warum es für Burkhard und mich nie eine Tante Agnes gab ..."
„Hat man später ... ich meine ... wurden ihre sterblichen Überreste je gefunden? Vielleicht von den Engländern, nachdem sie Helgoland besetzt hatten?", erkundigte sich ihr Bruder vorsichtig bei mir.
Ich schüttelte bekümmert den Kopf. „Nein, leider nie. Aber das ist auch kein Wunder. Der mächtige Krater ließ darauf schließen, dass die Explosion der Bombe so gewaltig gewesen sein muss, dass es ihren Körper wohl völlig zerfetzt hatte! Das einzige, was mir von Agnes geblieben ist, sind die Fotografie Herrn Schenskys und ..."
Ich öffnete rasch die beiden obersten Knöpfe meines Oberhemdes und holte den Anhänger meiner Halskette hervor. „... Und ihr Weihnachtsgeschenk."
Burkhard und Cornelia starrten mit traurigen Augen auf die silberne Kette mit dem Anhänger in Herzform.
„Und wie sieht es mit Frau Friedrichsen aus?", wollte Cornelia wissen. „Hat man wenigstens ihren Leichnam aus den Trümmern bergen können?"

Auf diese Frage konnte ich nur mit den Schultern zucken. „Ehrlich gesagt, weiß ich es nicht. Falls das der Fall gewesen sein sollte, wird man sie wohl ebenfalls auf See bestattet haben."
Eine Weile schwiegen wir. Dann legte Burkhard seine Hand auf einmal tröstend auf meinen Unterarm. „Du trägst keine Schuld an dem, was passiert ist, Onkel Hans. Weder am Tod Frau Friedrichsens noch an der Ermordung deiner Agnes."
Als ich ihn schuldbewusst ansah, erklärte er schnell:
„Du hattest dich am Morgen des Bombenangriffs verständlicherweise auf diese Wiebke verlassen. Die wiederum war zu diesem Zeitpunkt in großer Sorge um ihren Bruder, der offensichtlich im Zuge der Aktion gegen die Aufständischen verhaftet worden war. Sie hat in dieser Ausnahmesituation vergessen, dir Bescheid zu geben, dass sie für Frau Friedrichsen nicht verfügbar war, was unter diesen Umständen durchaus nachvollziehbar ist. Dennoch wäre in erster Linie ihr die Schuld am Tod deiner Vermieterin zu geben, wenn man in diesem Zusammenhang überhaupt von Schuld sprechen kann. Denn in Wahrheit handelte es sich wohl eher um eine Verkettung unglücklicher Ereignisse.
Und was Agnes' Ermordung angeht, so hast du sie kaum in den Tod geschickt, wie du dir viele Jahre lang selbst eingeredet hast. Sie hat dich ja quasi überrumpelt, als sie sich deine Skizze aushändigen ließ. Du warst bis über beide Ohren in sie verliebt und hast in dieser Situation einfach nicht nachgedacht. Sonst hättest du die Zeichnung wohl selbst mit Meiners' Schuhprofil verglichen. Ein solcher Lapsus passiert uns Männern manchmal nun einmal, wenn das weibliche Geschlecht seine Waffen zum eigenen Vorteil einsetzt ...."
Cornelia verdrehte genervt ihre Augen. „Männer ..."
Ich betrachtete beide abwechselnd. „Es ist wirklich nett von euch, mir gut zuzureden, damit sich mein Gewissen endlich beruhigt. Aber ich kann es mir bis heute einfach nicht verzeihen, das Leben meiner Verlobten und meiner Vermieterin leichtfertig aufs Spiel gesetzt zu haben. Für diese Schuld werde ich mich irgendwann vor einem höheren Gericht zu verantworten haben."
Erneut herrschte für eine Weile Stille. Dann erkundigte Cornelia sich bei mir:
„Und es gab nach dem Krieg wirklich nie eine andere Frau für dich, Onkel Hans? Wie ich bereits sagte, bist du bis heute ein

äußerst attraktiver Mann. Also, wenn ich in dieser Zeit gelebt hätte und nicht zufällig deine Nichte wäre ..."

„Nein, Cornelia", erwiderte ich entschieden, obwohl ich gleichzeitig innerlich schmunzeln musste. „Es gelang mir zwar, die schrecklichen Ereignisse von damals irgendwann wenigstens die meiste Zeit aus meinen Gedanken zu verdrängen. Doch vergessen habe ich Agnes bis heute nicht."

„Ich kann dich gut verstehen", versicherte sie mir daraufhin und umarmte mich dabei. „Ihr beide müsst euch wirklich sehr geliebt haben."

Erneut hing jeder für eine Weile seinen eigenen Gedanken nach.

„Hattest du später eigentlich noch Kontakt zu deinem Kollegen?", wollte Burkhard irgendwann wissen.

„Herrn Thomsen?", fragte ich überrascht. „Oh ja, er besuchte mich nach dem Krieg häufiger in Büsum, selbst, nachdem er Mitte der 1950er-Jahre wieder auf die Insel übergesiedelt war. Zu diesem Zeitpunkt hatte er allerdings längst das Pensionsalter erreicht."

„Sprachst du ihn nach dem Krieg immer noch so förmlich an?", fragte mein Neffe belustigt.

Nun musste auch ich grinsen. „Bis zuletzt blieb ich „sein Junge" und er für mich „Herr Thomsen". Leider ist er vor etwa 15 Jahren gestorben. Immerhin war es ihm und seiner Frau vergönnt, den Lebensabend auf ihrer geliebten Insel zu verbringen, worüber beide sehr glücklich waren.

Von Herrn Thomsen erfuhr ich übrigens auch von den Schicksalen der anderen Inselbewohner. Wiebke ließ nach ihrer Rückkehr auf die Insel ein eigenes Hotel bauen, das sie bis heute gemeinsam mit ihrem Mann führt. Olle Kruskopp errichtete einen Frisiersalon. Auch Sören Carlsen, Hauke Wykers, Wilken Ahlers, Dortje und Hergen Siemer, Sunna Ortgies und selbst Fiete Ebbers und seine Familie kehrten nach Helgoland zurück und halfen, die Insel wiederaufzubauen.

Der Einzige, der die Wiederbesiedlung nicht mehr erlebte, war Hinnerk Görres. Er verstarb, bevor die Engländer Helgoland wieder freigaben."

„Hast du Herrn Thomsen denn deinerseits nie auf Helgoland besucht?", erkundigte sich Burkhard.

Diese Frage ließ mich gleich wieder ernst werden. „Nein, das brachte ich einfach nicht fertig. Dazu waren die Erinnerungen an die Kriegserlebnisse und vor allem an Agnes zu schmerzlich."

„Ist dir eigentlich bekannt, was mit Georg Braun und seiner Frau geschah, nachdem man sie auf das Festland gebracht hatte?", wollte Cornelia wissen.

„Ja, allerdings", entgegnete ich niedergeschlagen. „Auch ihr Schicksal beschäftigte mich nach dem Krieg noch lange. Georg wurde sofort nach seiner Ankunft in Cuxhaven vor ein Kriegsgericht gestellt und wegen Kriegsverrats, wie die Vorbereitungen zur kampflosen Übergabe der Festung Helgoland an den Feind bezeichnet wurden, zum Tode verurteilt. Er und vier seiner Kameraden wurden noch am Abend des 21. April auf einem Schießstand in Sahlenburg erschossen. Seine Frau Julia wurde wegen Mitwisserschaft zu drei Jahren Zuchthaus verurteilt. Nach der Kapitulation wurde sie glücklicherweise schon nach wenigen Wochen aus der Haft entlassen. Ihre drei Kinder waren übrigens mit den Schiffen evakuiert worden.

Wodurch der Widerstandskreis letztlich aufgeflogen ist, konnte bis heute nicht eindeutig geklärt werden. Mal ist von Verrätern in den eigenen Reihen die Rede, mal werden abgefangene Funksprüche dafür verantwortlich gemacht. Wer weiß, vielleicht stimmen am Ende sogar beide Theorien. Nach dem Krieg kamen sogar Gerüchte auf, wonach die Niederschlagung des Aufstandes und die Luftangriffe in einem unmittelbaren Zusammenhang gestanden haben sollen. Aber auch das werden wir wohl niemals genauer erfahren ..."

Meine Nichte sah mich bedrückt an. „Welchen Sinn sollten diese Erschießungen eigentlich noch haben? Der Krieg war doch zu diesem Zeitpunkt längst verloren ..."

„Die Nazis waren wohl der Ansicht, sich in den letzten Tagen ihrer Herrschaft noch an ihren Gegnern rächen zu müssen und diese mit in den Abgrund zu reißen, wenn ihr tausendjähriges Reich schon unterging.

Diese Menschen waren Verbrecher. Barbaren, denen ein Menschenleben nichts bedeutete! Es ist mehr als schmerzhaft, dass viele von ihnen trotz ihrer zunehmenden Verrohung gerade in den letzten Kriegstagen überlebten und später in der Bundesrepublik Karriere machten. Einige sollen es sogar bis in höchste öffentliche Ämter geschafft haben."

„Ich wage gar nicht, nach Sergej und den anderen Fremdarbeitern zu fragen ...", warf Burkhard mit nachdenklicher Miene ein.

„Gerüchten zufolge erschoss man auch sie, sobald man sie auf das Festland gebracht hatte. Ob an diesem Gerede etwas dran ist, werden wir wohl nie erfahren, weil es über eine solche Aktion, wenn sie denn stattgefunden hat, kaum schriftliche Aufzeichnungen geben wird. Ich hoffe jedenfalls von ganzem Herzen, dass diese Informationen nicht zutreffen."

Mein Neffe überlegte kurz. „Onkel Hans, du sprachst eben von den Nazis, die es trotz ihrer dunklen Vergangenheit auch in der Bundesrepublik wieder in den Staatsdienst geschafft hatten. Wie sah es mit Jasper Meiners aus? Wurde ihm gestattet, nach dem Krieg weiterhin in seinem Beruf als Lehrer tätig zu sein?"

Seine Frage bewirkte, dass ich zum ersten Mal seit längerer Zeit wieder lächeln konnte.

„Zum Glück nicht", erwiderte ich mit innerer Genugtuung. „Meiners wurde wenige Monate nach der Kapitulation von einem britischen Militärgericht für seine Taten belangt und zu einer langjährigen Freiheitsstrafe verurteilt. Er verstarb während seiner Haftzeit. Sein Sohn Enno wurde der Beihilfe und Mitwisserschaft für schuldig befunden und musste ebenfalls eine mehrjährige Gefängnisstrafe antreten. Zumindest in ihrem Fall hat die Gerechtigkeit am Ende doch gesiegt!"

Sowohl Cornelia als auch Burkhard sahen mich irritiert an.

„Aber ich verstehe nicht", entgegnete meine Nichte. „Der einzige Beweis für seine Schuld war doch deine Skizze von diesem Schuhabdruck, den er am Tatort hinterlassen hatte. Meiners wird dieses Blatt Papier doch sicherlich vernichtet haben. Oder war er etwa so dumm gewesen und hatte es aufbewahrt?"

Ehe ich zu einer Antwort ansetzen konnte, kam Burkhard mir zuvor, indem er laut überlegte:

„Moment mal ... diese Nachricht, die du dem Matrosen kurz vor dem Ablegen des Schiffes in die Hand gedrückt hattest ... was genau hattest du dem Kapitän geschrieben?"

Angesichts seiner Gedankengänge konnte ich mir ein Grinsen nicht verkneifen, als ich erwiderte:

„Deine Überlegungen sind goldrichtig, Burkhard, denn genau diese flüchtige Notiz war es letztlich, die dafür sorgte, dass Meiners des Mordes überführt wurde. Glücklicherweise waren mir kurz vor dem Ablegen des Schiffes Christel Langes Worte, die ihrem Wunsch Ausdruck verliehen hatte, dass man Jasper Meiners seiner gerechten Strafe zuführen möge, wieder in den Sinn gekommen.

Ihre Bemerkung führte dazu, dass ich mir Gedanken machte, ob es nicht eine andere Möglichkeit gab, ihm die Tat doch noch nachzuweisen. Der rettende Einfall kam mir, als Enno mir einen letzten hämischen Blick zuwarf, bevor er an Bord ging, denn in diesem Moment erinnerte ich mich wieder an seinen Heimaturlaub im November. Also schrieb ich dem Kapitän des Schiffes in aller Kürze eine Nachricht, in der ich ihn bat, meine eigentliche Mitteilung unverzüglich an die Cuxhavener Polizei weiterzuleiten. Die Kollegen informierte ich darin wiederum in knappen Worten über den Mord an Freese und äußerte gleichzeitig meine Vermutung, wonach Meiners das dabei erbeutete Diebesgut irgendwo auf seinem Grundstück versteckt haben musste. Bei der daraufhin veranlassten Durchsuchung seines Hauses stieß man tatsächlich auf die Beute. Enno hatte sie nämlich in einem Kaninchenstall untergebracht.

Meiners hatte zunächst Glück, weil die deutsche Kapitulation die Nazi-Herrschaft wenige Tage danach beendete. Sonst hätte man ihn nämlich wohl gleich gehängt, denn schließlich hatte er den Stellvertretenden Ortsgruppenleiter der Partei auf Helgoland umgebracht! Doch die britischen Besatzer führten die Anklage fort. Noch im Herbst desselben Jahres fand die Gerichtsverhandlung statt, bei der ich als Zeuge aussagte."

Ich zögerte kurz, ehe ich fortfuhr:

„Auch wenn es sonst nicht meine Art ist, fühlte ich doch eine große innere Genugtuung, als ich Meiners und seinen Sohn wie ein Häufchen Elend zusammengesunken im Gerichtssaal wiedersah."

Ehe ich weitersprach, seufzte ich kurz. „Leider konnte mir das Urteil meine Agnes auch nicht wieder zurückbringen. Der Mord an ihr ließ sich auch nicht beweisen. Dennoch empfand ich die Strafe als gerecht.

Apropos: Die aufgefundene Beute wurde später ihren rechtmäßigen Besitzern zugesprochen. Mit diesem Vermögen war es Enna Selig möglich, ihr Vorhaben in die Tat umzusetzen und mit ihren Kindern nach Argentinien auszuwandern. Nach allem, was ihrer Familie in Deutschland angetan worden war, konnte ich diesen Schritt nur allzu gut nachvollziehen.

Enna Selig hat mir einige Jahre danach übrigens geschrieben und sich herzlich für meine Bemühungen um die Wiederbeschaffung ihres Vermögens bedankt."

„Ihr Mann ..." Cornelia stockte.

Ich schüttelte betrübt den Kopf. „Als ich ihr seinerzeit den ersten Brief schrieb, lebte er schon nicht mehr. Man hatte ihn ins Vernichtungslager Sobibor verschleppt und offenbar gleich nach seiner Ankunft in die Gaskammer geschickt."
Eine Weile herrschte betretenes Schweigen. Irgendwann sagte Burkhard in die Stille hinein: „Erstaunlicherweise konntest du uns über beinahe alle Personen, die in deinem Erlebnisbericht auftauchen, Auskunft geben, wie es in deren Leben weiterging. Fehlt eigentlich nur noch Christel Lange und ihre Kolleginnen ..."
Diese Bemerkung entlockte mir abermals ein Schmunzeln. „Tut mir leid, aber ich habe weder von ihr noch von den anderen Damen je wieder gehört. Doch ich bin mir sicher, dass sie schon einen Weg gefunden haben werden, um sich in den Jahren nach dem Krieg über Wasser zu halten ..."

Helgoland 1985

Obwohl mir das wiederaufgebaute Helgoland natürlich aus Zeitschriften, Zeitungen und dem Fernsehen bestens bekannt war, war ich doch einigermaßen schockiert, als wir uns der Insel näherten.
Im Gegensatz zu meiner ersten Anreise im Jahr 1944 wird die Silhouette heute von einem alles überragenden Sendemast beherrscht. Im Leuchtturm erkannte ich den Flakleitstand aus Kriegszeiten wieder. Der gesamte südliche Teil des Oberlandes fehlte hingegen, weil die darunterliegende Raumanlage beim sogenannten Big Bang gesprengt worden war. Dieses Schicksal teilte sie sich mit dem U-Bootbunker und dem Felseneck mit der an der Steilwand errichteten Spirale. All diese Einrichtungen mochten den Briten nach der Besetzung der Insel verständlicherweise ein Dorn im Auge gewesen sein, hatten im Krieg aber vielen tausend Menschen das Leben gerettet.
Cornelia und Burkhard hatten mich nach unzähligen Diskussionen schließlich überzeugen können, doch noch einmal nach Helgoland zurückzukehren. Ihrem Argument, mein jahrzehntelang währendes Trauma endlich zu überwinden, indem ich den Ort meines Leids aufsuchte, hatte ich mich irgendwann nicht mehr entziehen können. Ihr Angebot, mich bei meiner Reise begleiten zu wollen, hatte sein

Übriges getan, um mich endgültig zu überreden. Überhaupt hatte sich meine Einstellung nach dem Studium meiner Aufzeichnungen dank meiner Nichte und meines Neffen grundlegend geändert. Ich wollte das damals Erlebte nicht länger verdrängen oder totschweigen, sondern offen darüber sprechen. Inzwischen sah ich es als meine Aufgabe an, jungen Menschen von meinen Erfahrungen zu berichten, damit sich nie wiederholen möge, was ich in jungen Jahren durchleben musste.

In den Monaten vor unserer Reise hatte ich mir absichtlich Bücher mit Erlebnisberichten der damaligen Ereignisse sowie Fotobände, die die Zerstörungen im und nach dem Krieg dokumentierten, kommen lassen. Nachdem ich mich mit diesen Unterlagen befasst hatte, fühlte ich mich genügend gefestigt, um einige Tage auf der Insel durchstehen zu können. Ich hatte mir sogar vorgenommen, Cornelia und Burkhard bei dieser Gelegenheit an die Orte zu führen, die in meinem Erlebnisbericht wesentliche Rollen gespielt hatten.

Sehr zu meiner Freude wurden wir bei unserer Ankunft ausgebootet, was für mich eine wunderbare Erfahrung war, die ich 41 Jahre zuvor nicht hatte machen dürfen. Allerdings verlieh die modernere Bebauung der Insel ein völlig verändertes Aussehen und hatte wenig mit meinen Erinnerungen gemein, wie ich bei unserer Ankunft etwas enttäuscht feststellen musste. Wie überall in Deutschland waren die aufwendig gestalteten Gebäude aus dem vorhergehenden Jahrhundert nach dem Krieg schlichten Zweckbauten gewichen. Wie anders hätte man den Wiederaufbau nach der völligen Zerstörung der Insel auch finanziell stemmen sollen?

Im Oberland waren viele schmucke kleine Häuser errichtet worden, die dem Besucher wenigstens ansatzweise ein Gefühl für das alte Helgoland zu vermitteln vermochten. Obwohl die Gebäude im Vergleich zur früheren Bebauung modern wirkten, dauerte es nicht lange, bis ich mich in den engen Gassen beinahe wieder heimisch fühlte.

Der Straßenverlauf unterschied sich allerdings erheblich vom Vorkriegszustand. Wenngleich ich mir die größte Mühe gab, konnte ich weder den Standort des zerstörten Hauses von Frau Friedrichsen noch die Lage des früheren Inselbordells eindeutig bestimmen. Aus diesem Grund entschied ich mich, die zum Gedenken an Agnes und meine früheren Vermieterin mitgebrachten

Blumensträuße auf dem Friedhof vor dem Kirchturm abzulegen. Dort entzündete ich im Beisein Cornelias und Burkhards zu ihren Ehren zwei Kerzen. Nach einigem Suchen fanden wir auch das Grab Herrn Thomsens, der in einem Familiengrab neben seiner Frau die ewige Ruhe gefunden hatte. Sogar für eine Bunkerführung hatten wir uns angemeldet. Trotz anfänglicher Bedenken hatte ich entschieden, dass auch dies dazu gehörte, wenn ich es mit der Bewältigung der Vergangenheit wirklich ernst meinte. Nach vielen Jahrzehnten würde ich noch einmal in die schmalen Stollen hinabsteigen und dadurch Gelegenheit bekommen, meiner Nichte und meinem Neffen vor Ort zu erläutern, wo und unter welchen Umständen sich die Inselbewohner im Krieg zum Schutz vor den feindlichen Bomben zurückgezogen hatten.

*

Etwa zwanzig Personen hatten sich an diesem Nachmittag auf dem Falm unweit des früheren Felsenecks versammelt. Nur einen Steinwurf entfernt hatten sich einst die oberen Zugänge zur Spirale befunden.

Es dauerte nicht lange, bis sich ein Mann in meinem Alter leicht humpelnd zu uns gesellte, der sogleich das Wort ergriff:

„Guten Tag oder besser Moin, wie wir hier im Norden sagen. Mein Name ist Eiko Tietjen. Ich arbeite seit vielen Jahrzehnten als Fremdenführer auf Helgoland und darf Sie zur heutigen Bunkerführung ganz herzlich willkommen heißen. Wie Sie sicherlich wissen ..."

Seine Begrüßungsworte hatten mich sofort hellhörig werden lassen. Wie gebannt sog ich in der Folgezeit jede seiner Erklärungen mit höchstem Interesse auf.

Nachdem er die Teilnehmer noch kurz auf die Enge der Stollen hingewiesen hatte, setzte sich die Gruppe unter seiner Führung in Bewegung. Wir gingen die leicht ansteigende Kirchstrasse hinauf und kamen schon bald am früheren Pastoratsgarten vorbei, auf dem der berühmte Maulbeerbaum, von dem ich im Vorfeld mit großer Freude gelesen hatte, in voller Pracht stand.

Die Pflanze wurde als „Wunder von Helgoland" bezeichnet, weil sich nach der völligen Zerstörung der Insel völlig unerwartet Knospen gebildet hatten und sie auf wundersame Weise wieder ausgeschlagen war. Seither hatte der Baum sich wieder prächtig entwickelt. Damit stand er bis heute symbolhaft für den Überlebenswillen der Helgoländer Bevölkerung.

Nur wenige Meter weiter befand sich der Zugang zum Schulbunker, der heutzutage allerdings völlig anders gestaltet war als noch im Krieg. Doch sobald wir uns in dem Gang befanden, der auf die Treppenanlage zuführte, hatte ich auf einmal das Gefühl, als sei ich erst am Vortag das letzte Mal hier gewesen. Ich fand mich gleich wieder zurecht.

An den Wänden zeigten sich großflächig grüne Flecken, die auf Algenbefall zurückzuführen seien, wie Herr Tietjen erklärte. Unten im Fuchsbau erwies sich der Fremdenführer als erstaunlich gut informiert und schilderte die Umstände, denen die Inselbewohner während der Bombenangriffe ausgesetzt gewesen waren, äußerst detailliert. Bei seinem Vortrag konnte man beinahe den Eindruck gewinnen, als sei er seinerzeit persönlich vor Ort gewesen, obwohl dies definitiv nicht der Fall gewesen war. Allerdings war ich vermutlich der Einzige in der Gruppe, dem dies bekannt war.

Während seines Vortrages ergab sich für mich zwischendurch immer wieder die Gelegenheit, Burkhard und Cornelia zu erläutern, wo Agnes oder Frau Friedrichsen gesessen hatten, wie die Nische des Luftschutzwartes eingerichtet gewesen war oder wo sich die Aborte sowie der Raum für junge Mütter mit ihren Kleinkindern befunden hatten. Bilder und Schautafeln hingen an den Wänden, die die Schilderungen Herrn Tietjens anschaulich ergänzten. Bedauerlicherweise hatte man die Sitzbänke entfernt, die den Besuchern ein noch deutlicheres Bild von der bedrückenden Enge im Stollen vermittelt hätten.

Meine Gefühle beim Rundgang durch die früheren Bunker des Oberlandes waren gemischter Natur. Mehrfach tauchte Agnes vor meinem geistigen Auge auf, deren Schicksal mir auch nach vier Jahrzehnten noch immer zu schaffen machte. Ich fragte mich, wie sie angesichts der unweigerlich aufkommenden Erinnerungen an die vielen Nächte im Felsen wohl reagiert hätte, wenn sie die letzten Kriegstage überlebt hätte und bei der heutigen Bunkerführung an meiner Seite wäre?

Im Laufe der Besichtigung wurde mir noch einmal bewusst, wie viel Glück ich damals gehabt hatte, mit dem Leben davongekommen zu sein. Verpflichtete mich dieser Umstand nicht geradezu, den jüngeren Menschen von meinen schrecklichen

Erfahrungen zu berichten, damit ihnen die Tragödie eines neuerlichen Krieges hoffentlich erspart blieb?

Der letzte Tunnelabschnitt vor der Spirale war während der britischen Besatzungszeit durch die Sprengung des Felsenecks verschüttet worden. Der Zugang zu diesem Bereich wurde durch eine Mauer aus Beton versperrt. Unmittelbar vor dieser Sperre zweigte der Weddigenstollen ab, dessen Verlauf wir folgten.

Unter der heutigen Rickmer-Clasen-Rickmers-Strasse endete schließlich der wieder begehbar gemachte Teil des Stollens. Bevor die Teilnehmer der Führung die Treppe emporsteigen konnten, sprach Herr Tietjen noch einige Abschiedsworte und bedankte sich für das Interesse. Die meisten Urlauber schienen danach erleichtert, der unangenehmen Enge entfliehen zu können und beeilten sich, wieder ins Freie zu gelangen.

Ich nutzte die Gelegenheit, um Burkhard und Cornelia rasch zu bitten, noch zu bleiben. Danach wartete ich absichtlich, bis sich auch die letzten Besucher verabschiedet hatten, ehe ich mich an den Fremdenführer wandte:

„Verzeihen Sie, dass ich Sie anspreche, aber ich bin mir beinahe sicher, dass wir beide in der Vergangenheit schon einmal miteinander zu tun hatten. Es ist allerdings lange her und war damals, im Krieg ..."

Er wirkte keineswegs überrascht, als er erwiderte:

„Ich habe Sie während der Führung aufmerksam beobachtet und konnte mich dabei des Eindrucks nicht erwehren, dass Sie in den Kriegsjahren hier auf Helgoland lebten, oder täusche ich mich?"

Als ich nicht gleich reagierte, fuhr er fort:

„Vermutlich gehörten Sie zu den Menschen, die damals bei den Luftalarmen in den Stollen Schutz fanden, richtig? Sie scheinen sich hier unten nämlich sehr gut auszukennen!"

„Sie irren keineswegs", entgegnete ich schmunzelnd. „Ich gehörte zu dieser Zeit der Schutzpolizei an, wurde in dieser Eigenschaft im Jahr 1944 hierher versetzt und bei einer äußerst sympathischen älteren Dame einquartiert. Sie hieß Frau Friedrichsen und war Ihre Tante, nicht wahr?"

Er sah mich einen Augenblick lang verblüfft an. Doch schnell gewann er die Fassung zurück und reichte mir zunächst die Hand, ehe er erwiderte:

„Demnach müssen Sie Hans Plöger sein! Der Mann, für den ich damals die Anschrift der Familie Selig herausfand!"

Am liebsten hätte ich seine Hand gar nicht wieder losgelassen. „Und Ihr Name ist Eiko Tietjen!", stellte ich fest. „Ich stutzte gleich, als Sie sich auf dem Falm vorstellten. Es ist mir eine große Freude, Sie nach all den Jahren endlich persönlich kennenzulernen!"

„Damit unsere Familie auf der Insel nicht ganz ausstirbt, bin ich Mitte der 1960er-Jahre hierher übergesiedelt", lachte er. „Leider hatten Tante Gesas Kinder nie ein Interesse daran, nach Helgoland zurückzukehren. Immerhin wurde es mir dadurch ermöglicht, ihren früheren Grundbesitz zu übernehmen."

„Etwas Besseres, als bei Ihrer Tante unterzukommen, hätte mir damals gar nicht passieren können. Sie war ein wunderbarer Mensch und hat mir von Anfang an das Gefühl gegeben, in ihrem Heim zu Hause zu sein. Vom ersten Augenblick an habe ich mich ausgesprochen wohl bei ihr gefühlt. Bedauerlicherweise hat sie den Luftangriff vom 18. April 1945 nicht überlebt, was dazu führte, dass ich mir viele Jahre lang schlimmste Vorwürfe machte, weil ich sie an diesem Tag nicht in den schützenden Bunker geführt hatte ..."

„Das sollten Sie nicht! Niemand konnte damals vorhersehen, was geschehen würde. Tante Gesa hatte übrigens ihrerseits ebenfalls eine sehr hohe Meinung von Ihnen, wie ich Ihnen versichern kann. Sie lobte Sie in den höchsten Tönen, wenn sie mir schrieb! Aber sagen Sie, konnten Sie den Mörder des Stellvertretenden Parteileiters seinerzeit eigentlich dingfest machen?"

„Er erhielt seine gerechte Strafe", entgegnete ich. „Aber dies in aller Kürze zu erläutern, wäre ein Ding der Unmöglichkeit. Vielleicht finden wir beide ja in den nächsten Tagen einmal Gelegenheit, uns ausgiebiger auszutauschen."

„Sehr gerne", erwiderte er strahlend, ehe er seinen Blick schnell zu Cornelia und Burkhard lenkte, die unser Gespräch höchst interessiert verfolgten.

„Handelt es sich bei Ihren beiden Begleitern um Ihre Kinder?", erkundigte er sich danach.

„Bedauerlicherweise nein. Das sind meine Nichte Cornelia und mein Neffe Burkhard. Ich selbst habe keine Kinder", beeilte ich mich zu erklären. „Die beiden waren es übrigens, die mich zu dieser Reise überredeten. Alleine hätte ich es nicht geschafft, noch einmal hierher zurückzukehren, denn die Erinnerungen an die damaligen Geschehnisse waren für mich einfach zu schmerzlich.

Dies ist mein erster Besuch auf Helgoland seit jenen Tagen." Eiko Tietjen zog überrascht die Augenbrauen in die Höhe. „Sie sind kinderlos? Aber Sie hatten doch seinerzeit eine Freundin, als Sie hier auf Helgoland weilten, wenn ich mich recht erinnere? Hieß die junge Dame nicht Agnes?"
Nun war es an mir, erstaunt zu reagieren. „Agnes kam damals leider ums Leben, worüber ich viele Jahre nicht hinwegkam. Doch entschuldigen Sie, wenn ich nachfrage. Ich wundere mich nämlich gerade, dass Sie von ihr wissen..."
„Meine Tante berichtete mir in ihren Briefen von der jungen Dame. Wegen der vielen Fliegeralarme hatte sie im Bunker wohl genügend Gelegenheit, Ihre Freundin eingehender zu beobachten. Ich erinnere mich noch, dass sie mir schrieb, wie sehr sie sich für Sie freute. Die Dame schien wohl aus ... nun, nicht ganz einfachen Verhältnissen zu stammen, machte aber dennoch einen sehr vorteilhaften Eindruck auf Tante Gesa."
Für einen kurzen Moment sah ich ihn verstört an. Wie viel Mühe hatten Agnes und ich uns damals gegeben, so leise wie möglich zu sein, wenn sie die Nächte in meiner Schlafkammer verbrachte. Und das alles, damit meine Vermieterin nur nichts von ihrer Anwesenheit mitbekam! Das Auslassen der knarzenden dritten, fünften und achten Stufe der Treppe war Agnes bereits nach wenigen Wochen derart in Fleisch und Blut übergegangen, dass sie diese Tritte selbst im Dunkeln wie selbstverständlich ausgelassen hatte.
Doch scheinbar war all unser Bemühen vergebens gewesen. Obwohl Frau Friedrichsen sich nie etwas hatte anmerken lassen, geschweige denn, mich auf Agnes angesprochen hatte, schien sie von Anfang an Bescheid gewusst zu haben!
Plötzlich konnte ich nicht mehr anders. Als müsse ich die ganze Anspannung, die sich meiner seinerzeit bemächtigt hatte, wenn Agnes über die Treppe in meine Kammer gehuscht war, nach all den Jahren endlich von mir abschütteln, brach ich in ein schallendes Gelächter aus! Burkhard und Cornelia, die ahnten, was mich so amüsierte, taten es mir gleich und schlossen sich meinem Heiterkeitsausbruch an.
Daraufhin sah Eiko Tietjen uns fragend an. Nur mit äußerster Mühe gelang es mir, ihm prustend zu erklären:
„Agnes und ich waren bis zuletzt der Meinung, Ihre Tante habe nichts von ihren nächtlichen Besuchen bei mir mitbekommen. Aber

da scheinen wir uns wohl gründlich geirrt zu haben ..."
Es dauerte einen Moment, bis auch er in unser Lachen einfiel.

Nachwort

„Helgoland wird nie wieder so sein, wie es früher einmal ausgesehen hat. Mit dieser Tatsache müssen wir uns abfinden", wurde mir bei einer Bunkerführung im Jahr 2021 von einem Fremdenführer, dessen Namen ich mir bedauerlicherweise nicht notiert habe, sinngemäß gesagt.

Diese Worte waren es, die mich darauf brachten, eine Geschichte zu schreiben, die vor dem Hintergrund des Untergangs des alten Helgolands spielt. Dabei habe ich Fiktives mit Realem vermischt. In diesem Zusammenhang möchte ich auf die Erläuterungen und Quellen im Anhang verweisen.

Beinahe zwei Jahre lang recherchierte ich für diesen Roman und habe dabei viele Bücher, Internetseiten und Presseartikel studiert, Augenzeugenberichte gelesen und mir unzählige Karten und Fotografien mit alten Ansichten der Insel angesehen. Erst danach fand ich den Mut, Helgoland nach bestem Wissen und Gewissen so zu beschreiben, wie es vor seiner Zerstörung einmal ausgesehen haben muss. Ich kann nur hoffen, das Bild des alten Helgolands vor seiner Zerstörung einigermaßen getroffen zu haben.

Anhang

Die in der Geschichte erwähnten Hotels und Lokale, das Fotogeschäft Franz Schenskys, die Bäckerei Packross, das Postamt, die Kommandantur sowie das Kino der Familie Jürgens existierten neben den vielen anderen öffentlichen Gebäuden, Straßen und Plätzen wirklich. Auch die kilometerlangen Stollen, die in den Felsen getrieben worden waren, die Geschützstellungen zur Sicherung der Insel bzw. der Deutschen Bucht, auf die in diesem Buch nur am Rande eingegangen wird, sowie die aufgeführten Fremdarbeiterunterkünfte hat es tatsächlich gegeben. Die Wachstube in der hier beschriebenen Form, die Umkleidebaracke am Südstrand, die Wohnhäuser der Protagonisten und das Inselbordell in der Von-Aschen-Strasse sind hingegen reine Erfindung des Autors.

Einige geschichtliche Personen, die in den Kriegsjahren auf Helgoland lebten, werden erwähnt oder wurden in die Handlung eingebaut.

Braun, Georg (1902 – 1945):
Dachdecker und Widerstandskämpfer. Braun stammte ursprünglich aus der Nähe von Heilbronn und kam Mitte der 1930er-Jahre anlässlich des Kasernenbaus nach Helgoland. Aus seiner Abneigung gegen den Nationalsozialismus machte er nie einen Hehl. Die Zerstörungen bei den Bombenangriffen sorgten dafür, dass seine Auftragsbücher stets gut gefüllt blieben. Gegen Ende des Krieges gehörte er einer Widerstandsgruppe an, die Helgoland kampflos an die Engländer übergeben wollte. Der Plan flog auf und Braun wurde am frühen Morgen des 18. April 1945 verhaftet, zusammen mit seinen Mitverschwörern nach Cuxhaven gebracht und dort von einem Kriegsgericht zum Tode verurteilt. Noch am selben Abend wurde das Urteil vollstreckt. Der in der Handlung von Georg Braun unmittelbar nach seiner Verhaftung geäußerte Satz „Wir wollten dem Morden ein Ende bereiten und Helgoland vor der völligen Zerstörung retten", war die Parole der Widerstandsgruppe.

Braun, Julia:
Georg Brauns Ehefrau Julia wurde als Mitwisserin zu drei Jahren Zuchthaus verurteilt und nach sieben Wochen aus der Haft entlassen. Später kämpfte sie jahrelang um finanzielle Entschädigung für Verfolgte des Nationalsozialismus, die ihr den Quellen zufolge schließlich bewilligt wurde.

Dr. Heiner, Heinz:
Marineoberstabsarzt der Reserve, Standortarzt

Familie Jürgens:
Kinobetreiber auf dem Oberland

Lohmann, Ludwig:
Kapitän zur See, Inselkommandant auf Helgoland von Februar 1944 bis Dezember 1944

Meyer:
Justizinspektor und Mitglied des Kriegsgerichts

Roegglen, Alfred:
Kapitän zur See, Inselkommandant auf Helgoland von Dezember 1944 bis Mai 1945

Sämann:
Verwaltungsoffizier

Schensky, Franz (1871 - 1957):
Preisgekrönter Fotograf, der vor allem durch seine Heimatfotografie, die sich mit der Insel Helgoland in sämtlichen Facetten befasst, international bekannt wurde. Wie in der Handlung erwähnt, hatte Schensky seine Glasnegative vorsorglich auf das Festland bringen lassen. Den Ausspruch „Das muss ich wohl können, es ist ein historischer Augenblick" soll er nach dem Bombenangriff vom 15. Oktober 1944, bei dem auch sein eigenes Haus zerstört worden war, so gesagt haben, als er die Verwüstungen zum Erstaunen der Beobachter fotografisch festhielt. Schensky bekam von den britischen Besatzern bereits im Sommer 1945 die Erlaubnis, nach Helgoland zurückzukehren, um Aufnahmen von der Insel zu machen. Das Museum Helgoland

widmet dem berühmten Sohn der Insel in einer Hummerbude einen eigenen Themenbereich.

Das allgemeine Kriegsgeschehen soll lediglich der zeitlichen Einordnung der Geschehnisse dienen. Die im Roman beschriebenen Luftangriffe auf die Insel gab es tatsächlich, wobei in diesem Roman kein Wert auf Vollständigkeit gelegt wird. Die geschilderten Vorgänge rund um die Verhaftung und Hinrichtung des Frisörs Mork Kruskopp liegen reale Ereignisse zugrunde. Der Frisör Heinrich Prüß wurde am 8. Oktober 1943 nach einem Luftalarm wegen seiner regimekritischen politischen Äußerungen von der Gestapo verhaftet, nach Berlin überstellt und nach einem Urteil des Volksgerichtshofes am 14. August 1944 in Brandenburg an der Havel hingerichtet.

Den Diebstahl des Opferstocks der St. Nicolai-Kirche mit einer Beute in Höhe von 30 Reichsmark gab es tatsächlich. Allerdings wurde diese Straftat nicht, wie in meinem Roman geschildert, im März des Jahres 1945 von Sunna Ortgies verübt, sondern bereits am 17. November 1935. Ob der Schuldige seinerzeit gefasst wurde, entzieht sich bedauerlicherweise meiner Kenntnis.

Ob die Bäckerei Packross in den Kriegsjahren Fischbrötchen im Warenangebot führte, wie im Buch geschildert, ließ sich nicht in Erfahrung bringen.

Am 22. Juli 1932 wählte ein Liebespaar aus Hannover den Freitod, indem es sich gemeinsam an der Nordseite Helgolands vom Klippenrand in den Tod stürzte. Dieses Ereignis nahm ich zum Anlass, um am Beispiel des Suizids der Kriegswitwe Rieke Folkerts auf das Leid der Hinterbliebenen gefallener Wehrmachtsangehöriger aufmerksam zu machen.

Die bedauernswerten russischen Kriegsgefangenen wurden des Öfteren von den Inselkindern mit Brotstücken versorgt. Die Internierten bedankten sich für die derart überreichten Gaben mit selbstgebasteltem Spielzeug, das sie den Kindern übergaben. Dieses zutiefst rührende Arrangement findet sich im Buch in Form eines Besuches Fiete Ebbers´ und seiner Schwester Sinja am Zaun des Barackenlagers wieder, wo sie sich mit Sergej treffen. Die Kriegsgefangenen wurden im Zuge der Evakuierung der Insel, wie in der Geschichte geschildert, durch den Stollen ins Freie geführt. Bedauerlicherweise ließ sich ihr weiteres Schicksal nicht eindeutig klären. Dass sie nach ihrer Ankunft auf dem Festland ermordet wurden, steht allerdings zu befürchten.

Während des 2. Weltkrieges gab es auf der Insel einen recht unorthodox operierenden Minenräumdienst, zu dem die Helgoländer Fischer verpflichtet wurden. Das Inselkommando machte sich den Umstand zunutze, dass ihnen im Gegensatz zu den Marineangehörigen in den heftig schaukelnden hölzernen Börtebooten, mit denen sie sich den Minen vorsichtig näherten, nicht übel wurde. Dieses Verfahren wird dem staunenden Hans Plöger in der Geschichte von Georg Braun erläutert.

Nach der Stationierung der Jagdstaffel Helgoland kam es zwischen den Piloten und der weiblichen Helgoländer Bevölkerung zu mancher Liebelei. Ob diese in allen Fällen ohne Folgen blieben, ist nicht überliefert.

Wie im Buch von Agnes Thombült und Hans Plöger beobachtet, gab es tatsächlich Sanitätsschiffe, die bei Seeschlachten verwundete Marinesoldaten zur weiteren Behandlung nach Helgoland brachten.

Das beschämende Schicksal der Menschen jüdischen Glaubens in Europa unter der nationalsozialistischen Gewaltherrschaft ist in vielerlei Form dokumentiert. Eine größere jüdische Gemeinde hat es vor dem Krieg auf Helgoland nicht gegeben. Die wenigen Juden, die auf der Insel lebten, wurden Mitte der 1930er-Jahre vertrieben. Angesichts dieses Umstandes ist es recht unwahrscheinlich, dass Simon Selig mit seiner Familie bis 1941 auf Helgoland wohnen konnte, wie es in meinem Roman der Fall ist. Den Werbeprospekt, wonach Juden auf Helgoland unerwünscht seien, hat es dagegen wirklich gegeben.

Die Niederschlagung des Aufstandes zur kampflosen Übergabe Helgolands an die Engländer und die Verhaftung Georg Brauns, dessen Frau bzw. ältester Tochter sowie deren Gesinnungsgenossen dürften sich den Quellen nach in etwa der geschilderten Form abgespielt haben.

Die nach den verheerenden Luftangriffen vom April 1945 geschilderten Zustände auf der Insel mit dem damit einhergehenden Wassermangel bzw. der erschwerten Luftzufuhr, den hygienischen Verhältnissen in den Bunkern und den Erschießungen der völlig wild gewordenen Hunde entsprechen den Tatsachen. Dies betrifft auch den Transport verwunderter Soldaten durch die engen Stollen auf Haustüren und die Durchsage, wonach potenziellen Plünderern mit standrechtlichen Erschießungen gedroht wurde. In mehreren Augenzeugenberichten ist nach den Luftangriffen von einsam in die Luft ragenden Schornsteinen die Rede, zu deren Füßen Kochtöpfe mit dem Mittagessen auf dem Herd standen, während vom Rest der zugehörigen Häuser nur noch Trümmer geblieben waren. Den Berichten zufolge waren die Zugänge zu den Schutzstollen des Oberlandes nach den Bombardierungen verschüttet, während es über dem Schulbunker einen gewaltigen Krater gab, der von den Bunkerinsassen beiderlei Geschlechts eiligst verfüllt wurde.

Im Zuge der Evakuierung der Insel soll es ein kleines Mädchen gegeben haben, das sich bei seiner Mutter erkundigte, ob es zum Geburtstag Adolf Hitlers ein Lied vortragen solle und dem Sinn nach die in der Geschichte aufgeführte Antwort erhalten haben. Die ersten Menschen, die die Insel verließen, bekamen von der Parteileitung noch Bargeld in die Hände gedrückt. Doch die Vorräte waren offensichtlich schnell erschöpft, sodass der Rest leer ausging.

Inwieweit das Gemeindehaus bei der Bombardierung der Insel am 15. Oktober 1944 zerstört wurde, ließ sich nicht eindeutig klären. Da das Unterland und insbesondere die Gebäude in der Kaiserstrasse bei diesem Angriff in weiten Teilen dem Erdboden gleichgemacht wurden, ist davon auszugehen, dass auch das Gemeindehaus nach dem Luftangriff erhebliche Schäden aufwies. Die in der Handlung beschriebene Bergung von Unterlagen und Akten ist jedoch frei erfunden. Dies trifft auch auf das Führen einer Anwesenheitsliste während der Luftalarme zu. Bei der Beschreibung der Aufgaben von Luftschutzhelfern und Luftschutzwarten im Bunker während der Fliegeralarme habe ich meiner Fantasie ebenfalls freien Lauf gelassen.

Eine Aufnahme des Maulbeerbaumes nach der völligen Zerstörung Helgolands, von dem zu diesem Zeitpunkt lediglich ein jämmerlicher Stumpf verblieben war, verdeutlicht, wie sehr im Zusammenhang mit dem Wiederausschlagen der Pflanze, die symbolhaft für den Wiederaufbau der Insel und dem Überlebenswillen ihrer Bewohner steht, der Begriff „Wunder" gerechtfertigt ist.

Danksagung

Alexandra Jahn und Andreas D. Rompf vom Landesamt für Vermessung und Geoinformationen Schleswig Holstein, Sabine Roberts in ihrer Eigenschaft als Helgolandbeauftragte der Stabsstelle Klimaschutz, Nachhaltigkeit, Mobilität, Energie des Kreises Pinneberg sowie Anna Hoff vom Fachdienst Service Kreisarchiv des Kreises Pinneberg gaben sich die allergrößte Mühe, meine Anfragen nach Kartenmaterial aus den 1940er Jahren zu beantworten. Dank ihrer Hilfe war es mir möglich, die damaligen Straßenverläufe nachzuvollziehen und die einzelnen Straßen korrekt zu benennen.

Die Künstlerin Christel Prus malte mir eigens für den Einband ein Bild nach meinen Vorstellungen und erstellte auch die Übersichtskarte zu Beginn des Buches.

Michael Heeke war mir mit seinen technischen Kenntnissen eine große Hilfe beim Erstellen des Covers.

Yvonne Jürgensen war so freundlich und übersetzte mir eine Bemerkung Herrn Thomsens von der deutschen Sprache in Halunder.

Die kreativen Gespräche mit meiner lieben Freundin Hilde Nielsen führten dazu, dass wir irgendwann den passenden Buchtitel für diese Geschichte fanden.

Simone Elmer und Evelyn Ziebuhr untersuchten das Manuskript auf Fehler. Falls sich dennoch welche eingeschlichen haben sollten, gehen diese natürlich zu meinen Lasten.

All diesen Personen gilt mein herzlichster Dank!

Dieter Heymann, im Dezember 2024

Quellenverzeichnis

Literatur:

Helgoland in alten Ansichten, Karl-Heinz Axen, Europäische Bibliothek 1980

Das alte Helgoland photographiert von Franz Schensky, Herausgeber: Walter Knauss, Worpsweder Verlag 2001

Hochseefestung Helgoland, Teil II 1934 – 1947, Claude Fröhle und Hans-Jürgen Kühn, Fröhle-Kühn Verlagsgesellschaft 1999

Die Inselfestung – Eine Ergänzung zur Bunkerführung – 6-Auflage, Erich-Nummel Krüss, Museum Helgoland 2020

Die Zerstörung Helgolands durch die Bombardierung am 18. April 1945 - 2. Auflage, Pastorin Elisabeth Wallmann, Evang.-luth. Kirchengemeinde 1996

Helgoland Band 1 – Erinnerungen, Tatsachen, Dokumente 1933 bis Mai 1945, Benno Krebs, Selbstverlag 1985

Der zweite Weltkrieg – Daten, Fakten, Kommentare, Dr. Christian Zentner, Verlagsunion Pabel-Moewig KG, 1994

Atlas DR Eisenbahnkarte Deutschland 1940, Verlag Rockstuhl

Internetseiten:

spurensuche-kreis-pinneberg.de, darin:
Dienststelle Wlassow-Armee, Italienische Marineinternierte, Kriegsgefangene auf Helgoland, Informationen über die ehemaligen Kriegsgefangenen aus der Ukraine, Zwangsarbeiter auf Helgoland inkl. Übersichtskarte mit Lage der Barackenlager der Zwangsarbeiter, NSDAP Ortsgruppenleiter Helgoland, Juden auf Helgoland, Widerstand auf Helgoland u. a. mit Kurzbiografien von Georg Braun und Heinrich Prüß

spiegel.de - Widerstand auf Helgoland 1945, 04.05.2020

hamburgische-geschichten.de - Weitestgehend unbekannt: Zwangsarbeit auf Helgoland, 09.06.2022

uni-bremen.de - Erlebt Helgoland sein blaues Wunder?, 05.10.2015

faz.net - Helgoland 1945, Viermal täglich in den Bunker, 22.05.2020

helgoland-genealogie.info - Durch Bombenangriff im Zweiten Weltkrieg umgekommene Helgoländer, 23.07.2012

sonntagsblatt.de - Geschichte Helgolands, Big Bang in der Nordsee, 21.04.2017

museum-helgoland.de

festungsbauten.de - Helgoland

lexikon-der-wehrmacht.de – Abschnitt Helgoland

geocities.ws – Kapitän zur See Ludwig Lohmann

christian-terstegge.de/hamburg/karten_umgebung/files/1906_helgoland

facebook.com/helgolandatlantisforschung

zhb-flensburg.de – Die deutsche Wochenschau vom 25.10.1944

wikipedia.org - Münchhausen_Film

jpkutz.de - Kolberg

dhm.de – Ausstellungen-Lebensstationen-Tod, Beileidsschreiben und Todesanzeige

gdb.bund.de – Die Durchführungsbestimmungen zum

Luftschutzgesetz

abruckner.com – Hitlers Tod im Rundfunk

Orte:

Museum Helgoland

Bunker Unterland

Bunkerführung Oberland

Die Martin Voß-Reihe - Historische Kriminalromane aus den 1930er-Jahren:

Dieter Heymann
Tod eines SA-Mannes
Der erste Fall für Kriminalsekretär Voß
BoD, ISBN 9783759703415

Rheine, 30. Januar 1934: In der westfälischen Kleinstadt finden zum Jahrestag der Ernennung Adolf Hitlers zum Reichskanzler Feierlichkeiten statt, an denen sich auch die örtliche SA mit einem Fackelzug beteiligt. Nach dem feuchtfröhlichen Ausklang des Abends in der Gaststätte "Emskrug" wird der SA-Mann Heinrich Plagemann am nächsten Morgen ermordet am Ufer der Ems gefunden. Kriminalsekretär Martin Voß bekommt mit Kommissar Althoff aus Münster prominente Unterstützung bei seinen Ermittlungen, doch will auch die SA in Person des Sturmführers Walbusch Einfluss auf die Untersuchungen nehmen. Nach ersten Befragungen in der politisch schwierigen Situation geschieht ein weiterer Mord: Die Kellnerin des "Emskrug" wird auf dem Weg zu ihrer Arbeitsstelle umgebracht. Musste die junge Frau sterben, weil sie dem Mörder Plagemanns gefährlich werden konnte?

Dieter Heymann
Blick ins Verderben
Der zweite Fall für Kriminalsekretär Martin Voß
BoD, ISBN   9783759731623

Kriminalsekretär Martin Voß landet im Jahr 1934 nach einer sommerlichen Fahrradfahrt durch Zufall auf einem Schützenfest im Rheiner Stadtteil Schotthock und wird dadurch Zeuge, wie der neue König der *Schützengilde Schotthock 1888* ermittelt wird. Doch was auf den ersten Blick nach harmonischer Brauchtumspflege aussieht, entpuppt sich schnell als Katastrophe für das Schützenwesen des gesamten Viertels, denn einige Wochen später wird auf dem Ortskaiserschießen aller Schotthocker Vereine eine Frau auf bestialische Weise ermordet. Zahlte das Opfer den Preis für seinen ausschweifenden Lebenswandel oder liegen die Gründe für seinen gewaltsamen Tod in seiner undurchsichtigen Vergangenheit? Voß und sein junger Kollege Beckmann müssen sich zudem gezwungenermaßen an den Aktionen zur Niederschlagung des „Röhm-Putsches" beteiligen und sind über das brutale Vorgehen der SS bestürzt, die auch vor der Exekution des örtlichen SA-Führers nicht zurückschreckt. Wird es den beiden Kriminalbeamten gelingen, den verzwickten Mordfall zu lösen und gleichzeitig die Freilassung des angesehenen Bevergerner Ratsherren Fritz Kagelmann aus den Klauen der SS zu erreichen?

Dieter Heymann
Verhängnisvolle Verschwörung
Der dritte Fall für Kriminalsekretär Martin Voß
BoD, ISBN 9783754317389

Im November des Jahres 1934 wird das westfälische Rheine durch eine Serie von Mordanschlägen erschüttert. Erstes Opfer ist der städtische Beamte Gerhard Pieper, der auf offener Straße erschossen wird. Zwar gibt es Anhaltspunkte für ein korruptes Verhalten des Ermordeten, doch gleichzeitig weisen für Kriminalsekretär Martin Voß alle Spuren darauf hin, den Täter innerhalb der Jägerschaft Rheines suchen zu müssen. Während sich einige Tage später beinahe die gesamte Polizei der Stadt an den Gedenkfeierlichkeiten zum Jahrestag des Hitler-Putsches beteiligt, werden Voß und seine Kollegen zu einem zweiten Tatort gerufen. Ein Mann wurde in seiner Villa mit derselben Waffe grausam niedergestreckt. Fieberhaft suchen die Kriminalbeamten nach einer Verbindung zwischen den beiden Taten. Gerade als sie glauben, den Schuldigen endlich gefasst zu haben, geschieht eine weitere Bluttat. Schlimmer noch: Die Ermittler finden heraus, dass sich gar eine vierte Person in allerhöchster Gefahr befindet. Unter Einsatz seines Lebens versucht Voß, den Mann vor dem sicheren Tod zu bewahren und das furchtbare Gemetzel endlich zu beenden.

Dieter Heymann
Der Zündler
Der vierte Fall für Kriminalsekretär Martin Voß
BoD, ISBN 9783734752568

Am frühen Neujahrsmorgen des Jahres 1935 beginnt im westfälischen Rheine mit dem Brand eines aufgeschichteten Stapels Kaminholz eine unheimliche Serie von vorsätzlich gelegten Feuern, die von der Kriminalpolizei zunächst nicht ernst genommen wird. Im Vordergrund des behördlichen Interesses steht vielmehr eine im Untergrund agierende kommunistische Gruppe, die die Bevölkerung mit Plakaten und Wurfzetteln zum Widerstand gegen das nationalsozialistische Regime aufruft. Doch schon bald werden weitere Brände in der Stadt gelegt. Gibt es tatsächlich eine Verbindung zwischen den Brandstiftungen und der „Verbreitung staatsgefährdenden Propagandamaterials", wie SS-Hauptsturmführer Görges und Gestapo-Kommissar Rauher vermuten? Der nach seiner Schussverletzung wieder genesene Kriminalsekretär Martin Voß und sein Kollege Beckmann glauben im Gegensatz zu ihrem Vorgesetzten Lammerskitten nicht an diese Theorie und lenken ihre Nachforschungen insgeheim in eine andere Richtung. Als es bei einem neuerlichen Feuer ein erstes Todesopfer zu beklagen gibt, nimmt der öffentliche Druck auf die beiden ermittelnden Beamten weiter zu. Mit allen ihnen zur Verfügung stehenden Mitteln versuchen sie, dem gemeingefährlichen „Zündler" das Handwerk zu legen.

Die Neuwerk-Krimireihe:

Dieter Heymann

Das Sterben auf Neuwerk

Band 1 der Neuwerk-Krimireihe

BoD, ISBN 9783753435831

Die untereinander völlig zerstrittenen Nachkommen des angesehenen Hamburger Bankiers Ludwig Godeffroy kommen nach dessen Tod auf der Insel Neuwerk zusammen, um das Familienoberhaupt dort zu bestatten und im Anschluss daran über das Testament des Verstorbenen in Kenntnis gesetzt zu werden. Doch nach einem gemeinsamen Abendessen der Familie mit ihrem Notar stürzt eines der Geschwister urplötzlich zu Boden und verstirbt kurz darauf. Der aufgrund dieses Vorfalls eiligst herbeigerufene Doktor Nolden vermutet eine Vergiftung als Todesursache. Am nächsten Tag gelingt es dem mit den Ermittlungen beauftragten Hamburger Hauptkommissar Richard Bruns gerade noch rechtzeitig vor einem angekündigten Unwetter auf die Insel zu gelangen, um gemeinsam mit dem Mediziner und dem Wasserschutzpolizisten Kluge die Morduntersuchung einzuleiten. Schon bald muss sich das Trio mit schier unglaublichen Vorgängen aus der Vergangenheit der Godeffroys auseinandersetzen. In den Tagen darauf kommt es zu weiteren Morden an Angehörigen der Familie. Sind die Gründe für die Taten in den Streitereien der Nachkommen um das Erbe des Vaters zu suchen oder führt ein Außenstehender einen Rachefeldzug gegen die Bankiersdynastie?

Dieter Heymann

Die Vergeltung auf Neuwerk

Band 2 der Neuwerk-Krimireihe

BoD, ISBN 9783758311161

Der Hamburger Hauptkommissar Richard Bruns reist mit seiner Verlobten Karin zur Insel Neuwerk, um dort gemeinsam einige entspannte Urlaubstage zu verbringen. Doch nach dem grausamen Mord an einem Beschäftigten der Stackmeisterei ist es mit der Erholung schnell vorbei, denn er wird von seinem Vorgesetzten mit den Untersuchungen betraut. Bruns bekommt mit der jungen Kriminalbeamtin Deniz Yilmaz Verstärkung aus der Hansestadt. Schon bald deuten für die beiden Ermittler erste Hinweise darauf hin, den Täter unter den Gästen des Hotels Hus am Hafen suchen zu müssen. Noch während ihrer Befragungen geschieht ein zweiter Mord. Währenddessen recherchiert Oberkommissar Boris Gerdes im LKA Hamburg in der Vergangenheit des ersten Mordopfers und fördert dabei ebenso überraschende wie erschreckende Dinge zutage. Liegt hier der Schlüssel zur Aufklärung der Verbrechen?